तूफ़ान झुका सकता नहीं

उपन्यास

तूफ़ान झुका सकता नहीं

शराफ़ रशीदोव

अनुवाद

सुधीर कुमार माथुर

ISBN : 978-81-267-1379-0

मूल्य : ₹ 299

इस रूप में पहली बार 2007
This book is printed on **Print on Demand** Technology : 2025

प्रकाशक : राजकमल प्रकाशन प्रा.लि.
1-बी, नेताजी सुभाष मार्ग, दरियागंज
नई दिल्ली-110 002

शाखाएँ : अशोक राजपथ, साइंस कॉलेज के सामने, पटना-800 006
पहली मंजिल, दरबारी बिल्डिंग, महात्मा गांधी मार्ग, प्रयागराज-211 001
1, अनमोल सोराबजी संतुक लेन, धोबी तलाव, मरीन लाइंस, मुम्बई-400 002
वेबसाइट : www.rajkamalprakashan.com
ई-मेल : info@rajkamalprakashan.com

चयन : रामबाबू
संयोजन : हरीश आनन्द

TUFAN JHUKA SAKTA NAHIN
Novel by Sharaf Rashidov
Translated by Sudhir Kumar Mathur

इस शृंखला के बारे में

थाती विश्व की उन सुप्रसिद्ध कृतियों के हिन्दी अनुवादों की शृंखला है, जो पहले कभी प्रकाशित हुए थे, और अब जिन्हें या तो भुलाया जा चुका है या फिर वे नए पाठकों के लिए दुर्लभ हो गए हैं।

इस तरह, यह शृंखला स्मरण का, याददिहानी (रिमाइंडिंग) का, एक जरूरी उपक्रम है।

राष्ट्रीय स्वातन्त्र्य-संघर्ष के दौरान हमारे यशस्वी पूर्वजों ने राष्ट्रीय जागरण का सर्जनात्मक साहित्य रचने के साथ ही विश्व-साहित्य की महान कृतियों से हिन्दी संसार को परिचित कराने की शुरुआत की। उनकी राष्ट्रीय चेतना अन्तर्मुख-आत्मकेन्द्रित नहीं थी। उदग्र विकास के लिए क्षैतिज विस्तार जरूरी है, यह वे समझते थे। भारतीय राष्ट्रीय चेतना के ऊर्ध्वमुखी विकास के लिए उन्होंने उसे बहिर्मुख बनाना—विश्वोन्मुख बनाना, जरूरी समझा। औपनिवेशिक पराधीनता के काल में ही, हिन्दी पाठक **डिकेन्स, ज़ोला, तोलस्तोय, अनातोल फ्रांत्स, रोम्याँ रोलाँ, स्टीनबेक, चेखव, गोर्की, हावर्ड फास्ट** आदि-आदि से परिचित हो चुके थे। कमोबेश गत शती के छठे दशक तक, यानी जब तक स्वाधीनता-संघर्ष से जन्मी उष्मा, ऊर्जा, स्वप्न और आशाएँ किसी सीमा तक बची हुई थीं, यह सिलसिला जारी रहा। बाद के दौर में, यह सिलसिला क्रमशः कमजोर पड़ता चला गया। छिटपुट कुछ अच्छी कृतियों के अच्छे अनुवाद आए। पर ज्यादातर, अच्छी कृतियों के चलताऊ, घटिया और मनमाने ढंग से सम्पादित-संक्षेपित अनुवाद ही प्रकाशित होते रहे। बाजार की दृष्टि से कुछ चर्चित समकालीन कृतियों के भी अनुवाद हुए, जो प्रायः स्तरीय नहीं थे। विशेषकर, विगत शताब्दी के अन्तिम दो दशकों के दौरान साहित्यिक अभिरुचि का जो संकुचन और बाजारीकरण हुआ, उसके चलते विश्व-क्लासिकी के आम हिन्दी पाठकों की संख्या में काफी गिरावट आई। ऐसा नहीं है कि हिन्दी का नया पाठक श्रेष्ठ विश्व-साहित्य नहीं पढ़ना चाहता। यह एक मिथ्याभास है जो बाजार-तंत्र और उसके सहोदर प्रचार-तंत्र (विशेषकर इलेक्ट्रॉनिक मीडिया और प्रिंट मीडिया का नया अवतार) की माया है।

यह एक अकाट्य सत्य है कि भूतपूर्व समाजवादी देशों के प्रकाशनों—विशेषकर सोवियत संघ के प्रकाशन संस्थानों (विदेशी भाषा प्रकाशन गृह/प्रगति प्रकाशन/रादुगा प्रकाशन आदि) ने भी विश्व-क्लासिकी और क्रान्तिकारी साहित्य से हिन्दी पाठकों को परिचित कराने में कभी अत्यन्त महत्त्वपूर्ण भूमिका निभाई थी। इन देशों में समाजवाद से विचलन जब विपथगमन बन चुका था, विकृतियाँ रंग ला चुकी थीं और 1990 के दशक में सामने आने वाला भवितव्य निश्चित हो चुका था, तब भी, स्तरीय साहित्य के

हिन्दी अनुवादों के प्रकाशन का सिलसिला जारी था। पूर्वी यूरोप और सोवियत संघ में व्यवस्था-परिवर्तन और सोवियत संघ के विघटन के बाद यह प्रक्रिया रुक गई।

आज स्थिति यह है कि हिन्दी के जिन युवा पाठकों ने विगत दस-पन्द्रह वर्षों के भीतर होश सँभाला है, वे **गोर्की, तुर्गनेव, पुश्किन, तोलस्तोय, दोस्तोयेव्स्की, चेखव** आदि के महान कृतित्व से भी लगभग अपरिचित हैं। यूँ कहें कि उनसे उनकी जान-पहचान करवाने वाले सूत्र ही विलुप्त हो गए हैं। बहुतेरे तो जानते भी नहीं कि इन महान रचनाकारों की बहुतेरी रचनाओं के हिन्दी अनुवाद पहले कभी हो चुके हैं। हमारी हिन्दी-पट्टी के सार्वजनिक पुस्तकालयों—इनमें सरकारी, गैर-सरकारी और विश्वविद्यालयों के पुस्तकालय, सभी शामिल हैं—की दुर्दशा सर्वज्ञात है। 1990 के बाद कई प्रगतिशील और साहित्यिक अभिरुचि वाले बुजुर्गों ने, निराशा और मोहभंग की फौरी मनःस्थिति में अपने निजी पुस्तकालय भी कबाड़ी को बेच डाले। जिन्होने ऐसा नहीं किया, उनमें से कइयों के उत्तराधिकारी इस काम को अंजाम दे रहे हैं।

इस स्थिति में, हमें यह जरूरी लगा कि दुनिया की जिन चर्चित और महान कृतियों के अनुवाद स्वाधीनता संघर्ष के जमाने से लेकर छठे दशक तक, हिन्दी के प्रतिष्ठित साहित्यकारों ने किए थे और भूतपूर्व समाजवादी देशों से विश्व-क्लासिकी कृतियों तथा महत्त्वपूर्ण क्रान्तिकारी साहित्य के जो अनुवाद प्रकाशित हुए थे, उनमें से चुनी हुई पुस्तकों को पुनर्प्रकाशित किया जाए।

जाहिरा तौर पर, हमारा यह उपक्रम विश्व-साहित्य की हिन्दी में प्रस्तुति की दृष्टि से सन्तोषजनक नहीं कहा जा सकता। पहले हुए अनुवादों की संख्या यूँ भी कम ही है। यदि सिर्फ आधुनिक विश्व इतिहास की चुनी हुई श्रेष्ठतम कृतियों की एक सूची तैयार की जाए तो वह हजार की संख्या पार कर जायेगी। अतः तय है कि हिन्दी की समृद्धि के लिए अनुवाद की नई महत्त्वाकांक्षी परियोजनाओं की जरूरत है। वैसे भी, पहले हो चुके अनुवादों में से कइयों की भाषा आज की हिन्दी के मिज़ाज से मेल नहीं खाती। कुछ अनुवाद भी सन्तोषजनक नहीं हैं। इसलिए, हम पुराने अनुवादों में से चुनिंदा कृतियों का ही पुनर्प्रकाशन करेंगे। साथ ही, जैसा कि हमने पहले ही कहा है, हमारी कोशिश हिन्दी के साहित्येतिहास के कुछ विस्मृतप्राय पन्नों से युवा पाठकों को परिचित कराने की है। जो नया करना है, उसकी पृष्ठभूमि में हमारी थाती है। उसे जानना जरूरी है।

नये पाठकों की सुविधा के लिए हर अनुवाद के साथ कृति और कृतिकार से संक्षिप्त परिचय करानेवाली एक प्रस्तावना हम अपनी ओर से देंगे।

हिन्दी पाठकों की साहित्यिक अभिरुचि में हमारी निष्ठा असन्दिग्ध है। स्तरीय विश्व-साहित्य को जन-जन तक पहुँचाना हिन्दी भाषा और हिन्दी भाषी समाज की प्रगति की एक आवश्यकता है और नए सांस्कृतिक प्रबोधन का एक कार्यभार है, हमारी यह मान्यता अविचल है। हिन्दी के पाठक इस नई पहल का स्वागत करेंगे, हमारा यह विश्वास दृढ़ है।

—सम्पादक

सम्पादकीय प्रस्तावना

उज्बेक लेखक **शराफ़ रशीदोव** इतने महत्त्वपूर्ण लेखक शायद नहीं थे कि **गोर्की, फदेयेव, फेदिन, शोलोखोव, अलेक्सी तोल्स्तोय** आदि सोवियत लेखकों के आलोकमय नक्षत्रमंडल में उन्हें भी शामिल किया जा सके, लेकिन विशेषकर उनके दो उपन्यास *'विजेता'* और *'तूफान झुका सकता नहीं'* ऐतिहासिक और साहित्यिक—दोनों ही दृष्टियों से इतने महत्त्वपूर्ण अवश्य हैं कि हिन्दी पाठकों से उन्हें पढ़ने की पुरजोर सिफ़ारिश की जा सके।

ये दोनों उपन्यास स्वतन्त्र भी हैं और एक-दूसरे से जुड़े हुए भी हैं। *'विजेता'* के पात्रों की कहानी ही *'तूफान झुका सकता नहीं'* में विस्तार पाती है। दोनों उपन्यास पिछड़े हुए उज्बेकिस्तान में समाजवादी संक्रमण की आर्थिक-सामाजिक-नैतिक-सांस्कृतिक और राजनीतिक समस्याओं एवं चुनौतियों को सूक्ष्म ब्योरों-विवरणों के साथ प्रस्तुत करते हुए जनता की सामूहिक शक्ति एवं सर्जनात्मकता के निर्बन्ध होने की प्रक्रिया और उसके विस्मयकारी परिणामों को कलात्मक दक्षता और समाज-वैज्ञानिकों जैसी वस्तुपरकता के साथ दर्शाते हैं। समाजवादी संक्रमण की समस्याओं और अतीत के प्रयोगों की विफलताओं के सैद्धान्तिक पक्ष के अध्येताओं को तत्कालीन वस्तुस्थिति के तफसीलों की ठोस एवं व्यावहारिक समझ के लिए विशेष तौर पर सोवियत संघ और चीन के उन उपन्यासों को (और विस्तृत रिपोर्टों जैसी पुस्तकों को भी, जैसे **विलियम हिण्टन** की *'फानशेन'* और *'शेनफान'* जैसी पुस्तकें) अवश्य ही पढ़ना चाहिए जिसमें गाँवों और शहरों में, कृषि और कारखानों में, सामाजिक-आर्थिक संरचना के समाजवादी पुनर्गठन के इर्दगिर्द कथाबन्ध का ताना-बाना बुना गया है। जीवन की संजटिल महाप्रयोगशाला में उठ खड़ी होने वाली समस्याओं को महज गणितीय सूत्रों और वेद-वाक्यों जैसे अमूर्त सैद्धान्तिक प्रस्थापनाओं के जरिये, और सिर्फ निगमनात्मक (deductive) पद्धति के सहारे, नहीं समझा जा सकता। जीवन का ठोस पर्यवेक्षण जरूरी है—प्रत्यक्ष भी और साहित्य के जरिये भी। और सही निष्कर्ष तक पहुँचने के लिए हमें आगमनात्मक (inductive) पद्धति अपनानी होगी। फ्रांसीसी बुर्जुआ समाज को समझने में **मार्क्स** और **एंगेल्स** को इतिहासकारों, अर्थशास्त्रियों और सांख्यिकीविदों की पुस्तकों से कहीं अधिक जानकारी **बाल्जाक** के उपन्यासों से मिली थी। **एंगेल्स** के शब्दों में बाल्जाक ने 'फ्रांसीसी समाज का अत्यन्त उल्लेखनीय यथार्थवादी इतिहास' प्रस्तुत किया था। इसी पहुँच-पद्धति का अनुसरण करते हुए, हमारी यह पक्की

धारणा है कि समाजवादी संक्रमण के स्वरूप, समस्याओं, सोवियत संघ और चीन के प्रयोगों तथा उनकी विफलताओं को सही ढंग से समझने के लिए, इस विषय पर मौजूद सैद्धान्तिक लेखन के साथ ही, उस दौर में लिखे गए साहित्य को—विशेषकर उपन्यासों को भी पढ़ना बेहद जरूरी है।

सोवियत संघ और चीन में कृषि और उद्योग के, तथा गाँवों और शहरों के सामाजिक-सांस्कृतिक जीवन के समाजवादी रूपान्तरण पर लिखे गए जो उपन्यास हिन्दी या अंग्रेजी में अनूदित हुए थे, उनकी संख्या सौ से कम नहीं होगी। आज इनमें से जो भी उपलब्ध हों, उनका उन जागरूक पाठकों को अवश्य अध्ययन करना चाहिए जो पूँजीवाद को अजर-अमर नहीं मानते, जो यह नहीं मानते कि कुछ देशों के क्रान्तिकारी प्रयोगों की पराजय से क्रान्ति का अविरल प्रवाह रुक जाता है, जो यह जानते हैं कि क्रान्तियों के प्रथम चक्र की पराजय दूसरे, सफल और विजयी चक्र के द्वार खोलती है, तथा, जिनके पास कुछ भविष्य-स्वप्न हैं और मुक्ति की नई परियोजनाओं पर सोचने के लिए जो तैयार हैं।

'विजेता' और *'तूफान झुका सकता नहीं'* को हम इसी दृष्टि से **'थाती'** शृंखला के अन्तर्गत पुनर्प्रस्तुत कर रहे हैं।

शराफ़ रशीदोविच रशीदोव का जन्म 6 नवम्बर (पुराने कैलेण्डर के अनुसार 24 अक्टूबर), 1917 को उज्बेकिस्तान के झिजाक नामक स्थान में हुआ था। अक्टूबर क्रान्ति और उज्बेक सोवियत गणराज्य की स्थापना के बाद अपनी पीढ़ी के अधिकांश युवाओं की तरह, उज्बेक भूस्वामियों के बर्बर प्रभुत्व के खात्मे, कृषि और उद्योग के विकास, सांस्कृतिक परिवर्तनों और स्त्रियों की मुक्ति जैसी समाजवाद की उपलब्धियों से तथा समाजवादी शिक्षा के प्रभाव में, रशीदोव भी कम्युनिज्म की ओर आकृष्ट हुए। 1939 में वे कम्युनिस्ट पार्टी के सदस्य बने।

किसान परिवार में पैदा हुए रशीदोव ने समरकन्द स्थित उज्बेक राजकीय विश्वविद्यालय से 1941 में भाषाविज्ञान में स्नातक उपाधि हासिल की। इसके पूर्व 1935 से ही वे एक माध्यमिक विद्यालय में अध्यापक थे। 1937 से 1941 तक वे समरकन्द से प्रकाशित होने वाले एक पार्टी अखबार के सम्पादन से जुड़े रहे। 1941-42 के दौरान सोवियत सेना में शामिल होकर उन्होंने महान् देशभक्तिपूर्ण युद्ध में हिस्सा लिया। 1943-44 में उन्होंने पुनः समरकन्द के उसी अखबार के सम्पादक की जिम्मेदारी सँभाली।

1944 से 1947 तक उन्होंने उज्बेकिस्तान की कम्युनिस्ट पार्टी की समरकन्द ओब्लास्त कमेटी के सेक्रेटरी और फिर 1947 से 1949 तक गणराज्य के मुखपत्र के सम्पादक की जिम्मेदारी सँभाली। 1950 और 1959 में वे उज्बेकिस्तान की सुप्रीम सोवियत के अध्यक्ष-मण्डल के अध्यक्ष और सोवियत संघ की सुप्रीम सोवियत के

अध्यक्ष-मण्डल के उपाध्यक्ष चुने गए। मार्च, 1959 में वे उज्बेकिस्तान की कम्युनिस्ट पार्टी की केन्द्रीय कमेटी के प्रथम सचिव चुने गए। इस पद पर वे 1983 में अपनी मृत्यु के समय तक काबिज रहे। 1961 से वे सोवियत कम्युनिस्ट पार्टी की केन्द्रीय कमेटी के सदस्य थे। इसके अतिरिक्त वे अनेक राजकीय एवं पार्टी पदों पर रहे।

रशीदोव की पहली पुस्तक 1945 में प्रकाशित एक कविता-संग्रह था।

'विजेता' उपन्यास 1951 में प्रकाशित हुआ। *'विजेता'*. की ही कहानी को और अधिक व्यापक विस्तार देते हुए उन्होंने अगला उपन्यास लिखा *'तूफान झुका सकता नहीं'* जो 1958 में प्रकाशित हुआ। उनका तीसरा उपन्यास *'प्रचंड लहर'* 1964 में प्रकाशित हुआ जो फासीवाद-विरोधी देशभक्तिपूर्ण युद्ध के दौरान घरेलू मोर्चे पर सोवियत जनता के शौर्यपूर्ण संघर्ष को समर्पित है। 1956 में उनकी एक स्वच्छन्दतावादी उपन्यासिका *'कश्मीर का गीत'* भी प्रकाशित हुई थी, जिसमें भारतीय जनता के मुक्ति-संघर्ष का प्रसंग है। इसके अतिरिक्त उन्होंने समकालीन सोवियत साहित्य पर कुछ आलोचनात्मक लेख लिखे और भारी तादाद में राजनीतिक लेखन किया।

यह भी इतिहास की एक निर्मम और त्रासद विडम्बना ही थी कि एक ओर, साहित्यकार रशीदोव ने अपने दो प्रसिद्ध उपन्यासों में कम्युनिस्ट पार्टी के नेतृत्व में घुसे उन भ्रष्ट नौकरशाह चरित्रों का सजीव चित्रण किया जो व्यक्तिवाद, सत्ता-लिप्सा, विशेषाधिकार-प्रेम और गुटबाजी के शिकार थे और जनता तथा ईमानदार कम्युनिस्टों के खिलाफ खड़े थे। दूसरी ओर, राजनेता रशीदोव ख्रुश्चोव और ब्रेझनेव के काल में, स्वयं न केवल उन्हीं नौकरशाहों में शामिल हो गए थे, बल्कि उज़्बेकिस्तान में उनके सरगना की भूमिका निभाते हुए एक नए बुर्जुआ सत्ताधारी बन चुके थे। यह कला के यथार्थ पर जीवन के यथार्थ की जीत थी और इसलिए व्यापक अर्थों में, 'यथार्थवाद की जीत' थी।

जब चारों ओर समाजवाद की बयार बह रही थी तो उस परिवेश में यथार्थवादी कलाकार के रूप में रशीदोव की जन-पक्षधरता और वस्तुपरकता का पहलू प्रधान था और तब उन्होंने पार्टी और राज्य-मशीनरी के उन नौकरशाहों को बेनकाब करने का काम किया जो वस्तुतः समाजवादी समाज के भीतर से पैदा हुए नए बुर्जुआ तत्त्व थे। उल्लेखनीय है कि समाजवाद की इस नौकरशाही के विरुद्ध लेनिन ने भी बार-बार आगाह किया था और स्तालिन ने भी इसके विरुद्ध कई मुहिमें चलाई थीं। पर स्तालिन की सैद्धान्तिक कमी, जो उनकी तमाम गलतियों की जड़ में थी, यह थी कि वे समाजवादी समाज में वर्गों और वर्ग-संघर्ष की मौजूदगी, नए बुर्जुआ तत्त्वों के अविराम उत्पादन की जमीन, और उनके विरुद्ध सतत संघर्ष के द्वारा समाजवाद के अग्रवर्ती विकास का विज्ञान नहीं समझ सके। नतीजतन, महाकाव्यात्मक उपलब्धियों के बावजूद, गतिरोध पैदा हुआ और उस गतिरोध ने जिस विपर्यय को जन्म दिया, वही ख्रुश्चोवी सत्ता और 'शान्तिपूर्ण संक्रमण' आदि के ख्रुश्चोवी सिद्धान्तों के रूप में सामने आया। पार्टी और राज्य-मशीनरी की नौकरशाही जब नए बुर्जुआ वर्ग के रूप में सत्ता पर काबिज हो गई

और समाजवादी संरचना का विघटन एवं राजकीय पूँजीवाद में रूपान्तरण शुरू हो गया तो रशीदोव जैसे अधिकांश राजनीतिज्ञ और बुद्धिजीवी इस नई लहर के साथ हो गए और झुण्ड में जा शामिल हुए। 1980 के दशक में, गोर्बाचोव-येल्तिसन के समय जो हुआ, वह इसी यात्रा की तार्किक परिणति थी, जब राजकीय इजारेदार पूँजीवाद निजी इजारेदार पूँजीवाद में रूपान्तरित हो गया।

किसी भी व्यवस्था की आन्तरिक गति से कुछ ऐसे परिणाम भी सामने आते हैं जो आगे बढ़कर उस व्यवस्था के लिए ही संकट पैदा कर देते हैं। और तब वह व्यवस्था उन्हें नियन्त्रित करने की स्वयं ही कोशिशें करती है। ख्रुश्चोव-ब्रेझनेव काल में ऊपर से नीचे तक व्याप्त, पदाधिकारियों का निजी भ्रष्टाचार 1980 के दशक तक एक ऐसा ही रोग बन चुका था। 1983 में ब्रेझनेव की मृत्यु के बाद यूरी आन्द्रोपोव जब सत्ता में आए तो उन्होंने भ्रष्टाचार को रोकने की पुरजोर मुहिम चलाई। इस चपेट में गृहमन्त्री जनरल श्चेलोकोव, रक्षामन्त्री जनरल चुर्बानोव जैसे कई शीर्ष लोग भी आए। यह तथ्य सामने आया कि अधिकांश एशियाई गणराज्यों में तो भ्रष्टाचार का रूप और बीभत्स और सामन्ती किस्म का था। इनमें शासन लगभग एक कुलीन माफिया के हाथों में केन्द्रित था।

इनमें उज्बेकिस्तान के शराफ़ रशीदोव और कजाकिस्तान के कुनायेव प्रतिनिधि उदाहरण के रूप में सामने आए। जाँच अभी चल ही रही थी कि अचानक दिल के दौरे से रशीदोव का देहान्त हो गया। कहा जाता है कि उन्होंने आत्महत्या कर ली। पता यह चला कि उज्बेकिस्तान में कपास की खेती में बड़े पैमाने का भ्रष्टाचार था। शराफ़ रशीदोव वास्तविक खेती से हजारों एकड़ ज्यादा में पैदावार दिखाकर उसके एवज में (राजकीय सब्सिडी के रूप में) पैसे वसूलते रहे। 1960 से 1983 के बीच इस तरह उन्होंने अरबों रूबल की कमाई की। उत्पाद का बड़ा हिस्सा काला बाजार में बिकता था। सोवियतों का ढाँचा खोखला हो चुका था। किसान भू-दासों जैसी स्थिति में पहुँच गए थे। आदिलोव जैसे 'फार्मिंग-टायकून' ने तो अपना विरोध करने वालों के लिए एक जेल भी बना रखी थी।

आशा की जा सकती है कि रशीदोव की ऐतिहासिक विडम्बनापूर्ण त्रासदी को समेटते हुए सोवियत संघ के उज्बेकिस्तान जैसे किसी एक गणराज्य में समाजवादी क्रान्ति की पराजय की महागाथा कभी कोई रचनाकार अपने उपन्यास में प्रस्तुत करेगा और वह उपन्यास *'विजेता'* और *'तूफान झुका सकता नहीं'* की कहानी को और आगे विस्तार देगा।

रशीदोव ने जब *'विजेता'* उपन्यास लिखा, तब चतुर्दिक समाजवाद के उत्कर्ष का माहौल था। चन्द वर्षों में ही द्वितीय विश्वयुद्ध की अकूत क्षति को पूरा करते हुए विराट समाजवादी उपक्रम चारों ओर खड़े किए जा रहे थे। जब वे *'तूफान झुका सकता नहीं'*

लिख रहे थे उस समय तक पार्टी, राज्य और समाज में शक्ति-सन्तुलन संशोधनवादी शक्तियों के पक्ष में झुक चुका था और विपर्यय की दिशा तय हो चुकी थी। लेकिन सत्ता-संघर्ष अभी दो स्तरों पर जारी था। एक स्तर पर उन ताकतों का दमन हो रहा था जो अतीत की गलतियों को तो ठीक करना चाहती थीं लेकिन समाजवाद की बुनियादी नीतियों पर अडिग थीं। दूसरे धरातल पर, सत्तालोलुप संशोधनवादियों के अलग-अलग गुट एक-दूसरे को निपटाने के लिए उलझे हुए थे। 1956 की बीसवीं कांग्रेस के बाद भी, निर्णायक वर्चस्व के लिए ख़ुश्चोव गुट को दो-तीन वर्षों तक हरचन्द कोशिशें करनी पड़ीं। इस समय तक समाजवादी सम्बन्ध, संस्थाएँ और मूल्य समाज में काफी हद तक बचे हुए थे, हालाँकि राज्यसत्ता का चरित्र बदल चुका था।

इन हालात में, गड़बड़ियों को भाँपने के बावजूद आम जनता के बड़े हिस्से को, और अपनी निजी वर्गीय कमजोरियों और ढुलमुलपन के बावजूद बहुतेरे लेखकों-बुद्धिजीवियों को भी विश्वास था कि लेनिन के देश में समाजवाद को आँच नहीं आएगी और अन्ततोगत्वा सब कुछ ठीक हो जाएगा। शराफ़ रशीदोव भी कदाचित्, उस समय इसी श्रेणी में शामिल थे। *'तूफान झुका सकता नहीं'* में समाजवादी निर्माण में जनता की पहलकदमी और सामूहिक सर्जनात्मकता का चित्रण जिस प्रतिबद्धता और जीवन्तता के साथ किया गया है, उससे तो यही प्रतीत होता है। बाद में जब पार्टी और राज्य मशीनरी के संचालक राजनीतिक लोग, उत्पादक उपक्रमों के ब्यूरोक्रेट-टेक्नोक्रेट और सांस्कृतिक तन्त्र एवं मीडिया से जुड़े बुद्धिजीवी मेहनतकश जनता से ज्यादा से ज्यादा पृथक्कृत, विशेषाधिकार प्राप्त 'अभिजन समाज' में तब्दील होते चले गए तो शराफ़ रशीदोव जैसे लोगों के अन्तर्द्वन्द्व का दूसरा पक्ष प्रबल होता चला गया। यह अनायास नहीं कि *'तूफान झुका सकता नहीं'* के बाद रशीदोव ने समाजवादी संक्रमण पर कुछ भी साहित्यिक नहीं लिखा। और लेखक रशीदोव क्रमशः एक मौन, धीमी मौत मरता चला गया। बच गया घाघ राजनीतिक रशीदोव, जो जनता से दूर जा चुका था।

'विजेता' और *'तूफान झुका सकता नहीं'* में भी किंचित् वैचारिक विचलन और कमजोरियाँ हैं, लेकिन उनका कारण शराफ़ रशीदोव में नहीं बल्कि समाजवादी संक्रमण विषयक तत्कालीन सोवियत समझ की कुछ कमियों में है। इन दो कृतियों के लिए तो हमें उपन्यासकार शराफ़ रशीदोव का कृतज्ञ होना ही पड़ेगा।

इन दोनों उपन्यासों में उज्बेकिस्तान के एक ग्राम-सोवियत की जनता को एकजुट सामूहिक श्रम और सामूहिक मेधा एवं कौशल से, खाली पड़ी धरती को खेती योग्य बनाते हुए, क्रान्तिविरोधी बासमाचियों द्वारा बन्द कर दिये गए कोकबुलाक चश्मे के उद्गम को खोजकर उसे फिर से चालू करते हुए और सामूहिक फार्मों के उत्पादन को तरह-तरह से आगे बढ़ाते हुए विस्तार से चित्रित किया गया है। आर्थिक सम्बन्धों के रूपान्तरण के साथ ही जो नई सामाजिक-सांस्कृतिक-नैतिक-सौन्दर्यशास्त्रीय मूल्य-मान्यताएँ, सम्बन्ध और संस्थाएँ अस्तित्व में आ रही थीं तथा नए-पुराने के बीच जो संघर्ष अविराम जारी था, उसका लेखक ने विश्वसनीय और जीवन्त चित्र उपस्थित किया है। कथा के

फलक पर पार्टी और प्रशासकीय मशीनरी की वह नौकरशाही भी मौजूद है, जो जनता की पहलकदमी एवं प्रयोगशीलता तथा नीचे से उभरते नए जन-नेतृत्व के रास्ते में तरह-तरह के रोड़े अटकाती है। सामूहिक खेती के बावजूद, छोटे पैमाने के पूँजीवादी उत्पादन से पैदा होने वाली लोभ-लालच की मानसिकता भी अभी मौजूद है। क्रान्ति-पूर्व समाज के अवशेष कुछ षड्यन्त्रकारी विध्वंसक तत्त्व भी मौजूद हैं जो पुरानी पीढ़ी के कुछ लोगों की रूढ़िवादिता और नौकरशाही की हठधर्मिता का लाभ उठाकर सार्वजनिक सम्पत्ति और समाजवाद को नुकसान पहुँचाने की कोशिश करते हैं। पुराने मूल्यों और रूढ़ियों से चिपके कुछ पुराने लोग भी हैं जो धीरे-धीरे बदलते हैं। लेकिन नए और पुराने के बीच का संघर्ष लगातार चलता रहता है। इन सभी प्रवृत्तियों की पारस्परिक अन्तर्क्रिया और संघात के रूप में आगे बढ़ते घटना-क्रम के बीच से नई दुनिया के उन नए नायकों के उदात्त, मानवीय चरित्र उभरते हैं जो पूँजी की संस्कृति के बरक्स श्रम की संस्कृति की नुमाइन्दगी करते हैं।

लेनिन ने, और आगे चलकर **माओत्से-तुङ** ने, समाजवाद की प्रकृति और समस्याओं की चर्चा करते हुए बताया था कि समाजवादी संक्रमण की पूरी अवधि में पूँजीवाद और कम्युनिज्म की शक्तियों के बीच तथा नए और पुराने के बीच संघर्ष लगातार जारी रहता है, निजी स्वामित्व के अवशेष, बुर्जुआ अधिकार तथा मानसिक श्रम और शारीरिक श्रम के बीच के अन्तर जैसी असमानताएँ लम्बे समय तक बनी रहती हैं और आर्थिक आधार के बदलने के बाद भी मूल्यों-संस्थाओं और संस्कृति की पुरानी अधिरचना का समान्तर अस्तित्व कायम रहता है। इन कारणों से पूँजीवादी पुनर्स्थापना का यह खतरा (i) अपने 'खोए हुए स्वर्ग' की प्राप्ति के लिए सचेष्ट पुराने शासक वर्गों की ओर से, (ii) (हमले, घुसपैठ व आर्थिक-सांस्कृतिक प्रभाव-विस्तार द्वारा) साम्राज्यवादियों की ओर से, (iii) समाजवाद के अन्तर्गत मौजूद छोटे पैमाने के पूँजीवादी उत्पादन से लगातार पैदा होने वाले बुर्जुआ तत्त्वों की ओर से, तथा (iv) पार्टी और राज्य-मशीनरी में पनपने वाली नौकरशाही की ओर से, लगातार, लम्बे समय तक बना रहता है। समाजवाद को विपथगामी बनाने वाले प्रतिगामी हरावलों को जनता की पिछड़ी चेतना और संस्कृति से भी विशेष सहायता मिलती है।

उल्लेखनीय है कि *'विजेता'* और *'तूफान झुका सकता नहीं'* में उपर्युक्त सभी प्रवृत्तियों और रुझानों का प्रतिनिधित्व करने वाले पात्र मौजूद हैं। आनुभविक धरातल पर शराफ़ रशीदोव ने इन समाजवाद-विरोधी प्रवृत्तियों की शिनाख्त करने के साथ ही उनके विरुद्ध संघर्ष को भी रेखांकित किया है। लेकिन यह संघर्ष उथले धरातल पर दिखाया गया है। पचास के दशक में सोवियत संघ में लिखे गए किसी उपन्यास में इतना ही सम्भव था। यह याद रखना होगा कि सोवियत संघ और चीन के अनुभवों के आधार पर पूँजीवादी पुनर्स्थापना के कारणों का सारभूत सूत्रीकरण करते हुए समाजवाद के अन्तर्गत सतत क्रान्ति और अधिरचना में क्रान्ति संगठित करने का सिद्धान्त साठ के दशक में चीन में **सर्वहारा सांस्कृतिक क्रान्ति** के दौरान सुव्यवस्थित रूप में अस्तित्व में आया।

आज समाजवादी क्रान्तियों के प्रथम संस्करणों की पराजय के बाद के समय में, और सर्वहारा सांस्कृतिक क्रान्ति के प्रथम प्रयोग के सैद्धान्तिक समाहार की रोशनी में, *'विजेता'* और *'तूफान झुका सकता नहीं'* जैसे उपन्यासों को फिर से पढ़ना एक जरूरी, उपयोगी और नया-सा लगने वाला अनुभव है। यह सिर्फ अतीत के महान् सामाजिक प्रयोग का पुनःस्मरण मात्र नहीं है, बल्कि, उससे भी अधिक, भविष्य के बारे में सोचने-विचारने के उपक्रम का एक जरूरी हिस्सा भी है।

—कात्यायनी
सत्यम

एक

ख़ूबानी पर फूल आए

मुरातअली की नींद सदा की तरह तड़के खुली। वह अहाते में ऊँचे चबूतरे पर सोया करता था और हर सुबह सबसे पहले जिस चीज़ पर उसकी नज़र पड़ती थी, वह थी ख़ूबानी की लम्बी-लम्बी घनी शाखाएँ। उसकी पत्तियों के बीच से गहरा नीला आकाश और धुँधलाते अन्तिम तारे झाँक रहे होते।

मुरातअली थोड़ी देर तक पुष्पित ख़ूबानी का आनन्द उठाता लेटा रहता। फूल कोपलों से सद्यः प्रस्फुटित पत्तियों की झिलमिलाती हरियाली को आच्छादित कर रहे श्वेत-पाटल बादल में घुल-मिल जाते। यह वृक्ष क़तारताल के सबसे ग़रीब किसान, मुरातअली के पिता ने लगाया था। उसने केवल जीवन के अन्तिम दिनों में ही, जब वह सामूहिक फ़ार्म में शामिल हुआ, जाना था कि सुख क्या होता है।

ख़ूबानी की उस पर झुक रही शाखाओं को निहारते हुए मुरातअली को अपने पिता के मृत्यु-पूर्व कहे शब्द स्मरण हो आते : ''मेरी ख़ूबानी सौ बरस फूलेगी और सौ बरस भरपूर फल देगी। और, मेरे बेटे, तुम भी सौ बरस जियो, और लोगों को तुम्हारी मेहनत का खूब फल मिले...''

मुरातअली का दिन रोज़ाना एक ही ढंग से शुरू होता था । भोर की हलकी धुन्ध, ख़ूबानी की डालियाँ...वह इसका आदी हो चुका था, और यदि जागने पर अपने ऊपर वे डालियाँ नहीं दिखतीं, तो उसे जीवन निरानन्द और सूना प्रतीत होता।

आज उसे दिन-भर काफ़ी काम करने थे। मुरातअली ने जल्दी से कपड़े पहने, ख़ूबानी के नीचे लगी चिलमची में हाथ-मुँह धोए और पानी लाने चल पड़ा।

मुरातअली का घर एक पहाड़ी की ढलान पर बना था, जिसकी तलहटी में बसा गाँव कटोरे-सा नज़र आता था। दूर, ढलानों के बीच से एक नदी बहती थी। उसका उद्गम पहाड़ों में ऊँचाई पर था, बहती-बहती वह पहाड़ी सोतों का शीतल जल जमा करके अनेक छोटे-छोटे चश्मों के मिलने से बनी निर्मल फ़ीरोज़ी पानी की झील से घूँट भरती। झील के किनारों पर बेदों की क़तारें लगी हुई थी; यही कारण था कि झील, नदी और गाँव का नाम भी क़तारताल (बेदों की क़तार) पड़ गया।

नदी छिछली थी और गरमियों में लगभग पूरी ही सूख जाती थी। शाम को गपशप करने, पहाड़ों से आती ताज़ा व स्वच्छ हवा का सेवन करने के लिए जमा हुए बूढ़े लोग

बड़े अफ़सोस के साथ कहते; "हमारे यहाँ अगर हवा की तरह पानी भी भरपूर होता, तो हम अपने क़तारताल को लहलहाता बाग़ बना देते !" उन्हें अलतीनसायवासियों से डाह होती, जिन्होंने अपने यहाँ बाग़, फुलवारियाँ और सागबाड़ियाँ लगा रखी थीं : वे चाहते थे कि उनका गाँव भी हरियाली में डूबा रहे। इसके लिए पानी चाहिए था, पर कहाँ था पानी ! केवल कुछ ही आँगनों में इक्के-दुक्के फलदार वृक्ष दिखाई देते थेः वे प्राकृतिक दृश्य में चार चाँद लगाने के साथ-साथ उसकी भीषण एकरसता को भी भंग करते थे। मुरातअली की ख़ूबानी सबसे बड़ी और सुन्दर थी, पर उसे सींचने और उसकी सँभाल करने में वृद्ध को कितनी मेहनत करनी पड़ती थी, कितना समय लगाना पड़ता था ! यदि मुरातअली रोज़ सुबह-शाम नदी पर उतरकर उसमें से सुराहियों में ठंडा पानी ला-लाकर पेड़ को न सींचता, तो वह कभी का सूख गया होता। वृद्ध को सबसे ज़्यादा मुश्किल गरमियों के झुलसाते दिनों में हुआ करती थी, जब सूरज अतोषणीय लालची की तरह झील और नदी का सारा जल ढकोस जाता था। ऐसे दिनों मुरातअली बड़े भोर में पानी लाने पहाड़ों में चला जाता था। वह एक भी बूँद न छलकने देने की कोशिश करता, एक चश्मे से दूसरे पर जाता, बड़ी सावधानी बरतता बहुमूल्य जल को छान-छानकर सुराहियों में भरता। वृद्ध कभी-कभी स्वयं प्यास के मारे तड़पता, लेकिन एक भी दिन ऐसा नहीं जाता, जब वह अपने पिता के लगाए वृक्ष को न सींचता।

उस सुबह मुरातअली एक हाथ में मिट्टी की सुराही और दूसरे में ताँबे की सुराही लिए सर्पिल पथरीली पगडंडी से सावधानीपूर्वक नदी पर उतरा और उनमें पानी भर लिया। वापस ऊपर चढ़ना काफ़ी मुश्किल था। अभी-अभी भोर होने के कारण वृद्ध को खड़ी पगडंडी के धूसर ओससिक्त पत्थर साफ़ नज़र नहीं आ रहे थे। वह एक-एक डग भरता ऊपर चढ़ रहा था : हर क़दम पर सुराहियाँ लेकर चलना दूभर होता जा रहा था। वृद्ध का सफ़ेद कुरता पसीने से तर हो चुका था। ठीक घर के सामने पहुँचते ही उसका पैर फिसल गया और वह गिर पड़ा। मिट्टी की सुराही टुकड़े-टुकड़े को गई और ताँबे की हाथ से छूटकर उसे खिजाती-सी पगडंडी के पत्थरों से टकराती नीचे लुढ़कने लगी। उठते हुए मुरातअली तीव्र पीड़ा के मारे कराह उठाः उसकी कोहनियों और घुटनों की खाल छिल गई थी। उसने आस्तीन से चेहरा पोंछा, अपने गीले हाथों को पाजामे से रगड़कर साफ़ किया, कुछ बड़बड़ाया और भारी-भारी साँस लेता सुराही ढूँढ़ने धीरे-धीरे नीचे उतरने लगा। खुशक़िस्मती से सुराही लुढ़कर नदी तक नहीं पहुँची, किनारे के कंकड़ों में रुक गई। मुरातअली ने उसमें दोबारा पानी भरा और फिर ऊपर चढ़ने लगा, पर इस बार बलखाती पगडंडी से नहीं, बल्कि सीधे खड़ी ढलान से। उसका सारा बदन दुःख रहा था, सुराही के कारण हाथ खिंचा जा रहा था, किन्तु सन्ताप वृद्ध को शक्ति प्रदान कर रहा था और मुरातअली ख़ाली हाथ से विरल झाड़ियाँ और निकले हुए पत्थरों को पकड़-पकड़कर हठपूर्वक बड़ी मुश्किल से ऊपर चढ़ता जा रहा था। आख़िर घर पहुँच ही गया ! मुरातअली ने ठोकर से फाटक ठेल अहाते में प्रवेश किया। उसने केतली में थोड़ा चाय का पानी रखा और बाक़ी बचा चिर-अभीप्सित वृक्ष में दे आया।

उसकी खीज अभी दूर नहीं हुई थी। उसने बेटी के कमरे का दरवाज़ा खोला। मेख़री मीठी नींद सोई हुई थी। आम तौर पर वृद्ध अपने बच्चों को आवश्यकता से अधिक समय तक पलँग तोड़ते देख क्रुद्ध हो उठते हैं, तिस पर उस सुबह मुरातअली को किसी-न-किसी पर अपना ग़ुस्सा उतारना ही था। वह जानता था कि पुत्री को गाढ़ी नींद सोना ज़रूरी है : कल उसे कोम्सोमोल सभा में देर तक रुकना पड़ा था, वह देर रात गए घर लौटी थी,—पर ख़राब मूड पिता-सुलभ सहानुभूति पर हावी हो उठा।

"चलो, उठो !" मुरातअली चिल्लाया। "इतनी देर तक सोती हो ! रात में कम घूमा करो !"

सुबह पिता का मूड प्रायः ख़राब ही रहा करता था, किन्तु मेख़री कभी बुरा नहीं मानती थी—वह रोज़ सुबह के झुटपुटे में उठकर अहाते में कुछ-न-कुछ करता रहता था और फिर देर शाम गए तक खेत में मेहनत किया करता था। दिन भर की थकान से वह निढाल हो जाता था और जी भर के आराम कर ही नहीं पाता था : बुढ़ापे में नींद कम ही आती है। फिर क्या उनके गुस्से में बड़बड़ाने का, जिससे वह कभी-कभी अपने जी का बोझ उतार लिया करता था, कभी बुरा माना जा सकता था ?

"उठो, उठो !" मुरातअली ने जल्दी मचाई। "ज़रूर फिर अपने करीम के साथ घूमती रही होगी ! लोगों ने न जाने तुम्हें कितनी बार उसके साथ देखा है। देख लेना ! तुम ज़रूर सारे गाँव के सामने मेरी नाक कटवाकर रहोगी !"

पिता के जाने के बाद मेख़री ने अलस भाव से कपड़े पहने, पीठ पर दो तेज़ काली धारों की तरह बह रही लम्बी चोटियों को गूथा, हाथ-मुँह धोए और झाड़ू उठाकर पिता की झिड़कियों को अनसुनी करती हुई आँगन बुहारने लगी।

मुरातअली पुत्री की लगन देख शान्त हो गया और उसने मन-ही-मन सन्तोष अनुभव करते हुए अपने मामूली घरबार पर नज़र दौड़ाई। विभिन्न रंगों व आकार के पत्थरों की दीवार से घिरा आँगन इतना छोटा था कि गरमियों में ख़ूबानी की छाया उसे ढक लेती थी। दीवार से सटी हुई सागबाड़ी थी; वह शीघ्र ही प्याज़, टमाटर, ख़ुशबूदार रैहान और जम्बिल* के अलावा युवतियों के अंगराग मेंहदी—हिना और ओस्मा** के पौधों से लहलहा उठनेवाली थी। मुरातअली की नज़र ख़ूबानी के वृक्ष पर टिक गई...

गृहस्वामी का गर्व—विशाल वृक्ष पहरेदार की तरह अपनी शाखाएँ फुलवारी, बड़े-से बदरंग हुए क़ालीन से ढके चबूतरे, कच्चे, जीर्ण-शीर्ण नीचे घर पर फैलाए हुआ था। बाहर के आदमी को घर और आँगन मामूली लग सकते थे, लेकिन मुरातअली के लिए वे दुनिया में सबसे प्यारी चीज़ें थे; वह कहीं भी क्यों न होता अपने घर, सन्दाल***, जिसके पास बैठकर अपनी बूढ़ी हड्डियों को गरमा सकता था, अपनी ख़ूबानी को सर्वाधिक

---

*जम्बिल—एक सुगन्धित बारीक पत्तियोंवाला पौधा जिसको खाने में डाला जाता है।

**ओस्मा—सो. मध्य एशिया का पौधा जिसके रस से स्त्रियाँ अपनी भौंहें रँगती हैं।—सं.

***सन्दाल—एक प्रकार की अँगीठी जिसमें गर्म राख रख दी जाती है और ऊपर से बड़ा कम्बल ढँक दिया जाता है। सर्दियों में लोग इसके चारों ओर कम्बल के अन्दर अपने पैर रखकर बैठे रहते हैं और इस प्रकार उन्हें गर्म रखते हैं।

प्रिय और अभिलषित वस्तुओं की तरह याद किया करता था। और ऐसी यादों से दिल को बड़ा सुकून मिलता है।

सफ़ाई का काम निबटाकर पिता और पुत्री ने चबूतरे पर नाश्ता किया। कपास के खेत क़तारताल से कई किलोमीटर की दूरी पर थे। वहाँ का रास्ता सीधा और सुविधाजनक था, लेकिन अपने खेत पर समय पर पहुँचने के लिए मुरातअली को घर से ज़रा जल्दी निकलना पड़ता था। वैसे वह लम्बे फ़ासलों का आदी हो चुका था : गेहूँ के खेत, जिनमें वह नई ज़मीन को कृषि योग्य बनाए जाने तक काम करता रहा था, पहाड़ के काफ़ी पीछे थे और उन तक पहुँचना वर्त्तमान खेत पहुँचने की अपेक्षा कहीं अधिक कठिन था।

दिन चढ़ रहा था। पर्वतों के ऊपर आकाश रक्ताभ हो उठा। खड्डों और घाटियों में गुलाबी, उदय होते सूर्य की किरणों से किन्चित् आलोकित कोहरा छाया हुआ था, किन्तु दूरस्थ गिरि-शिखर दृष्टिगोचर होने लगे थे, और उन पर हिम बुख़ारा की टोपियों के कारचोबी बेलबूटों की तरह जाज्वल्यमान हो रहा था।

बरतन उठाने के लिए चबूतरे पर चढ़ा मुरातअली सामूहिक फ़ार्म की फैली हुई ज़मीन की ओर देखता, सम्मोहित-सा खड़ा रहा। मिट्टी के चबूतरे पर से क़तारताल से अलतीनसाय जानेवाली सड़क साफ़ दिखाई देती थी। वह अगले दिन, योजनाओं और टोली के कामों के बारे में सोचता न जाने कितनी बार इस सड़क से गुज़रता रहा था।

पहाड़ों के बीच की सड़क भी वहाँ से साफ़-साफ़ नज़र आ रही थी। वह रहा शीरींबुलाक़ नाम का गाँव। उधर आख़िर खुले में निकलकर सड़क राजमार्ग की धूसर पट्टी लाँघकर अलतीनसाय के कपास के खेतों की ओर चली जाती है। खेत वहाँ से दिखाई नहीं देताः वह पहाड़ की ढलान के कुछ दाईं ओर हैं। उसकी आँखों के आगे केवल पहली घास से लहलहाती और रंगबिरंगे फूलों से ढकी स्तेपी फैली हुई है। ज्यों-ज्यों आगे जाइए त्यों-त्यों ज़मीन सूखी होती जाती है; वह क़िज़िलकूम की गरम साँसों से झुलसी हुई है, उसमें आर-पार लू चलती रहती है। वहाँ की ज़मीन सख़्त व ढेलेदार है और केवल नागदौना के धूलभरे नीरस गूच्छेदार पौधों से ढकी हुई हैं, जो दूर, बहुत दूर धूसर क्षितिज तक फैला हुआ है और इसलिए निस्सीम प्रतीत होता है....

अछूती धरती...सदियों से स्वामी की प्रतीक्षा कर रही धरती। मुरातअली को बरबस पार्टी की ज़िला समिति के सचिव जुराबायेव के वे शब्द स्मरण हो आए, जो उन्होंने पिछले वर्ष सामूहिक फ़ार्म की मीटिंग में दिए भाषण में कहे थेः ''आपने हाल ही में कृषि योग्य बनाए अलतीनसाय भूखंड से ज़ोरदार फ़सल काटी है। अब सारी अछूती धरती को कृषि योग्य बनाने की कोशिश कीजिए—वह आपको दिल खोलकर इनाम देगी। अछूती धरती में ख़ज़ाना गड़ा है, जो हम सबको हमेशा-हमेशा के लिए समृद्ध बना देगा !''

कपास के खेत भी, अछूती स्तेपी भी—मुरातअली सबको अपनी सम्पत्ति मानता है। उसने एक बार फिर उन पर मालिक के अन्दाज़ में नज़र डाली और सोचने लगा

कि उन्हें उस अमूल्य ख़ज़ाने को खोद निकालने के लिए कितनी मेहनत करनी पड़ेगी, अचानक उसे ध्यान आया कि उसे काम को देर हो रही है। मेख़री पिता की प्रतीक्षा करती फाटक के बाहर खड़ी थी। मुरातअली बरतन उठाकर घर में रख आया और कन्धे पर कुदाल रख बेटी के पास जाने के लिए कुछ डग ही भर पाया था कि फाटक खोलकर आँगन में उसका पुराना दोस्त गफ़ूर आ गया। मुरातअली अचम्भे में पड़ा अनपेक्षित अतिथि को ताकता रुक गया। उसने ग़फ़ूर को अरसे से नहीं देखा था और उसे बड़ी मुश्किल से पहचान पाया...

मेहमान के कपड़ों का नज़ारा देखने लायक़ था। उसके पैरों में रस्सी को कई बार लपेटकर बाँधे रबड़ के पुराने जूते थे। रंग उड़कर सफ़ेद हुई, कीचड़ में सनी फ़ौजी पतलून के पायंचे पुराने ऊनी मोज़ों में उड़से हुए थे। मिरज़ई पतलून से कुछ कम पुरानी और थोड़ी मज़बूत थी। बहुरूपिया की इस पोशाक पर तुर्रा यह था कि टोपी बिलकुल नई और अभी-अभी ख़रीदी हुई थी।

ग़फ़ूर ने गृहस्वामी को उसे जी भरकर देख-निहार लेने का मौक़ा दिया और फिर पीले-पीले दाँत निपोड़ता मुस्कराकर मुरातअली की ओर बढ़ा। मित्रों ने पहले एक दूसरे का आलिंगन किया और फिर हाथ मिलाकर हाल-चाल पूछना शुरू किया।

"अहा, लौट आए, कितना अच्छा हुआ !" मुरातअली ख़ुशी से कह उठा। "काफ़ी अरसा हो गया रिहा हुए ?"

"यहाँ कल ही पहुँचा।" ग़फ़ूर ने नाक-भौंह सिकोड़ी। "सोचा था कि कम-से-कम घर पहुँचकर आराम से रहूँगा। सोचा था कि भानजी मुझ पर रहम करेगी, मदद का हाथ बढ़ाएगी। लेकिन ऐसा कभी हो सकता था ! अपनों के पास आया, पर मेरे साथ मिले ग़ैरों की तरह..."

"सुनो, सुनो, प्यारे ! जो हुआ सो हुआ। आयक़ीज़ क्या पुरानी बातें अभी तक नहीं भूल पाई ?"

"अरे, छोड़ो भी ! उसने ख़ुद ही मेरी चुगली खाई, और अब पहचानने तक को तैयार नहीं होती। पत्थर का दिल है उसका, पत्थर का !"

मुरातअली अविश्वास के अन्दाज़ में सिर हिलाता सुनता रहा, और ग़फ़ूर ने इसे सहानुभूति की अभिव्यक्ति समझ आयक़ीज़ के साथ हुई अपनी मुलाक़ात के बारे में उत्तेजित स्वर में नमक-मिर्च लगाकर सुना डाला।

वैसे उनकी मुलाक़ात हुई ऐसे थी। आयक़ीज़ के पास ग़फ़ूर जब अचानक आ धमका, वह ग्राम सोवियत में अपने काम में व्यस्त थी। वह नशे में था और बड़ी मुश्किल से अपने पैरों पर टिक पा रहा था। आयक़ीज़ को गुस्से से लाल हुई आँखों से घूरते हुए ग़फ़ूर ने फटी आवाज़ में व्यंग्यपूर्वक कहा :

"सलाम, भानजी ! तुम अपने बदनसीब मामा से मिलने क्यों नहीं आती थीं, क्यों ?"

आयकीज़ ने दुआ-सलाम किए बिना कुरसी की ओर संकेत किया।

"मेहरबानी करके बैठिए और बताइए कि मैं आपकी क्या सेवा कर सकती हूँ ?"

ग़फ़ूर लड़खड़ाया और मेज़ पर हाथ टेक आयक़ीज़ के नज़दीक आकर उसके मुँह पर शराब का भभका छोड़ता हुआ घृणापूर्वक फुसफुसायाः

"क्या सेवा कर सकती हो, भानजी ? तुमने मुझे दोस्तों से, घर से जुदा कर दिया, बदनसीब बना दिया, बेइज़्ज़त किया, और अब पूछती हो कि क्या सेवा कर सकती हूँ ? आज मेरा सगा बेटा तक मुझे पहचानने को तैयार नहीं है ! मेरी बेइज़्ज़ती मेरे दिल में काँटे सी खटक रही है !"

आयक़ीज़ की आँखों के आगे अँधेरा छाने लगा, होंठ काँपने लगे...वह अपने पर नियंत्रण रखने की कोशिश करती मेल-मिलाप के स्वर में बोलीः

"बैठिए, शान्त हो जाइए। अपने दिल का बुख़ार निकालने के लिए यहाँ नशे में आना ज़रूरी नहीं था।"

ग़फ़ूर क़रीब-क़रीब बैठ ही चुका था, पर आयकीज़ के अन्तिम शब्द सुनते ही ऐसे उछल पड़ा मानो कुरसी पर अँगारे पड़े हों।

"चलो-चलो, दिखाओ अपनी ताक़त, भानजी ! कह दो सबसे : तुम्हारा मामा मुजरिम है, वह खुशी में ज़रूरत से ज़्यादा पी गया है !"

आयकीज़ आग-बबूला हो रहे ग़फूर की ओर ध्यान दिए बिना नोटबुक में कुछ लिखती रही, और ग़फ़ूर ने पूर्णतया आत्मसंयम खो मेज़ पर मुक्का मारा और चीख़ उठा।

"ऐ भानजी, सुनो मैं क्या कहता हूँ ! मैंने तुम्हारा क्या बिगाड़ा था ? मैंने कभी तुम्हारे साथ बुरा बरताव किया ? नहीं, भानजी, फ़र्ज़ तो तुमने अदा नहीं किया ! तुमने अपने सगे मामा पर तोहमत लगाई थी ! लेकिन याद रखना, मैं चुप बैठनेवालों में से नहीं हूँ !"

आयक़ीज़ अन्यमनस्कता से मुस्करा पड़ी। उसने तो सोचा था कि ग़फ़ूर के साथ जो कुछ हुआ उसके बाद वह होश में आ जाएगा। क्योंकि उसने न्यायालय में सामूहिक फ़ार्म का अनाज चुराने का आरोप स्वयं स्वीकार किया था। स्वीकार तो कर लिया था, पर स्पष्ट है उस पर पछताया नहीं था, सदा उसके हृदय में प्रतिशोध की द्वेषपूर्ण भावना सुलगती रही थी, जो अब मूसलधार वर्षा के बाद उफनती गंदे पानी की धारा की तरह किनारे तोड़ बह निकली थी।

"आख़िर आपको मुझसे क्या चाहिए ?" नोटबुक से सिर उठाकर आयक़ीज़ ने पहले की तरह आत्मसंयम से पूछा।

भानजी की शान्तचित्तता ने ग़फ़ूर को परास्त कर दिया। वह कुछ शान्त हो गया और आयकीज़ से कोई मामूली काम ढूँढ़ने का अनुरोध करने लगा, जो चक्की पर ही सही, पर लोगों की नज़रों से दूर हो। आयक़ीज़ उसे केवल यही आश्वासन दे सकी : उसे सामूहिक फ़ार्म में शामिल किए जाने के बाद सबके साथ खेत में समान रूप से काम करने का अधिकार मिल जाएगा। ग़फ़ूर अपनी बात पर अड़ा रहा, और आयक़ीज़ भी डटी रही :

“दो में से एक चुन लीजिए : या कुदाल, या फिर जहाँ मरज़ी हो, वहाँ चले जाइए। आपको यहाँ कोई नहीं रोक रहा है।”

ग़फ़ूर शनैः-शनैः फिर भानजी पर आक्षेपों की बौछार करता हुआ चीख़ने लगा। तब आयक़ीज़ ने कह दिया कि वह अपने मामा से कोई वास्ता नहीं रखना चाहती, और ग़फ़ूर ने एलान कर दिया कि उसकी कोई भानजी नहीं है। इसी बात पर दोनों जुदा हो गए। ग़फ़ूर सामूहिक फ़ार्म के अध्यक्ष क़ादीरोव को ढूँढ़ने निकल पड़ा, पर वह पशुपालन-फ़ार्म पर रुका हुआ था। ग़फ़ूर मन-ही-मन अटकलें लगा रहा था कि उससे कौन सहानुभूति दिखा सकता है। उसे मुरातअली की याद हो आई और वह सुबह कुछ जल्दी उठकर क़तारताल के लिए रवाना हो गया।

इस समय आयक़ीज़ से अपनी मुलाक़ात का क़िस्सा अपने पुराने दोस्त को सुनाते समय ग़फ़ूर ने आँसुओं की झड़ी बाँध दी, अपनी कल्पना से ख़ूब नमक-मिर्च लगा दिया, गालियाँ जोड़ दीं, और मुरातअली ने शिष्ट गृहस्वामी के नाते चटपटे बनाए पकवान का रसास्वादन तो कर लिया, मगर विशेष उत्साह नहीं दिखाया और मेहमान को अपने ढंग से तसल्ली दिलाई—उसके कन्धे पर ताक़तवर, श्रम-क्लान्त हाथ रख उत्साहवर्धक स्वर में कहाः

“दिल छोटा मत करो, दोस्त, सेहतयाब आदमी को हर तरह के काम से फ़ायदा ही होता है ! तुम चक्की पर क्या करोगे ? बेहतर होगा, मेरी टोली में शामिल हो जाओ। मैं तुम्हें टोली-नायक बना दूँगा। हमारी टोली सारे सामूहिक फ़ार्म में मशहूर है, कामरेड जुराबायेव ने ज़िला कांग्रेस में हमारी तारीफ़ की थी।”

ग़फ़ूर ने ठंडी साँस लेकर बदमिजाज़ी से कहाः

“शुक्रिया, दोस्त। जैसा तुम कहोगे, वैसा ही करूँगा। ख़ुदा तुम्हें तुम्हारी नेकी का सिला देगा...”

मेख़री फाटक का सहारा लिए खड़ी कल का समाचारपत्र पढ़ती बीच-बीच में अधीरता से कभी पिता की ओर देख रही थी, कभी ग़फ़ूर की ओर। एक बार उससे नज़र मिलते ही मुरातअली ने जल्दी की और ग़फ़ूर की कोहनी पर हाथ रख क्षमा-याचना के स्वर में कहाः

“मुझे माफ़ करना, दोस्त, मुझे बिलकुल फ़ुरसत नहीं है, काम को देर हो रही है। चाहो तो हमारे साथ चलो।”

मित्र बातचीत करते हुए फाटक से बाहर आए और मेख़री के पीछे-पीछे लम्बे-लम्बे डग भरते चलने लगे। धूप तेज़ हो चली थी; ओस को विदा कर चुकी हरी घास से मादक सुगन्ध आ रही थी। और पथिकों को अपनी याद दिलाने के लिए दूरस्थ स्तेपी सामने से जलती हुई लू के झोंके भेज रही थी। ग़फ़ूर रेत के कणों के कारण आँखें मीचता व्यंग्यपूर्वक बोलाः

“सुना है आप लोग कुछ दिनों में रेगिस्तान में बसने जा रहे हैं ?”

मुरातअली उदास हो उठा।

"यह बात क्या तुम्हारे कानों तक पहुँच गई है ? यह सही है कि पहाड़ी गाँवों के सामूहिक किसानों को नई ज़मीनों के कुछ नज़दीक बसने का सुझाव दिया जा रहा है। हम इस साल अछूती ज़मीन को खेती योग्य बनाना चाहते हैं," उसने कहा और मेख़री की ओर इंगित कर कटु स्वर में बोलाः "मेरी बेटी तो प्रवासियों में अपना नाम भी लिखा चुकी है। अपने बाप के बारे में तो बिलकुल भूल बैठी है।"

यह सुन रही मेख़री उनके पास आकर कुछ नाराज़गी और झिड़की के साथ बोली।

"अब्बा ! मैंने आपसे सलाह तो की थी..."

"सलाह की थी ! पहले नाम लिखा आई और फिर सलाह करने की सूझी। शर्म की बात है, बेटी ! हाथ से ही निकल गई है तू..."

मेख़री का चेहरा लाल-लाल हो गया, उसने सिर झुकाकर हठपूर्वक आपत्ति की।

"हमारे सारे कोम्सोमोल प्रार्थनापत्र दे चुके हैं।"

"हाँ, हाँ !" मुरातअली भड़क उठा। "जिधर सब जा रहे हैं, उधर ही तुम भी। बाप की नहीं सुनती ! बुजुर्गों पर यक़ीन नहीं करती ! अरी बेटी, अगर सब कुएँ में कूदने लग जाएँ, तो क्या तुम भी कूद पड़ोगी ?"

"मैं आपके बारे में भी सोच रही थी, अब्बा," मेख़री हार मानने को तैयार नहीं हुई। "क्योंकि नई ज़मीनें काफ़ी दूर हैं..."

"तो क्या हुआ ! मेरे पैर मज़बूत हैं, मुझे कोई तकलीफ़ नहीं है।"

"लेकिन आयक़ीज़ तो..."

"बस करो, बेटी। आयक़ीज़ ने अछूती ज़मीन के बारे में सोचा, उसके लिए उसका शुक्रिया। उसने अच्छा काम छेड़ा है। हमें ज़मीन की ज़रूरत है और हमारे पास उसी की तंगी है। लेकिन मैं अपना गाँव नहीं छोड़ूँगा ! यहाँ मेरे बाप की क़ब्र है, यहाँ उनका अपना पसीना बहाकर बनाया घर है ! यह मेरे पुरखों की ज़मीन है, और मैं यहाँ से कहीं नहीं जाऊँगा। सुन लिया ? नहीं जाऊँगा। और तुम भी नहीं जाओगी ! चाहे जितनी दरख़ास्तें लिख डालो—हर हालत में हम क़तारताल में ही रहेंगे। चाहे आयक़ीज़ आलिमजान और करीम अपने सारे दूर के, नज़दीक के रिश्तेदारों समेत वहाँ जा बसें।"

वे राजमार्ग के पास पहुँचे, जहाँ से अब हाल ही में जोते हुए कपास के खेत और गाँव भूरे-से रंग में झिलमिलाते, वसन्तकालीन झीनी मख़मली हरियाली का परिधान ओढ़े दिखाई देने लगे थे। मुरातअली मौन हो गया। ये खेत उसके पसीने से सींचे गए थे; इस बस्ती में वे लोग रहते थे, जिनके साथ उसने कपास की खेती की थी, पानी हासिल किया था, अपनी, मेख़री, मातृभूमि की क़िस्मत जगाई थी, ख़ुशहाली बढ़ाई थी। वह इस ज़मीन को प्यार करता था और मौन रखकर उसके प्रति अपना सम्मान व्यक्त कर रहा था...

पथिकों को रुकना पड़ गयाः ग़फ़ूर के एक रबड़ के जूते की रस्सी खुल गई थी। वह कराहता हुआ उसे ठीक करने लगा और फिर तनकर मेख़री की ओर मुड़ा, चुपके से उपदेशात्मक स्वर में कहने लगा :

"तुम बाप की मरजी़ के ख़िलाफ़ मत जाओ, लड़की। बड़ों की अवज्ञा करना गुनाह

होता है। तुम, नौजवान लोग, हर वक़्त जल्दबाज़ी करते हो, जिधर जी में आता है, सिर पर पैर रखकर भागने लगते हो। तुम जल्दबाज़ी मत करो, अच्छी तरह सोच-समझ लो, अब्बा की अक़्लमंदी की बातें सुनो। तुम उसे कहाँ घसीट ले जा रही हो ? उजाड़ स्तेपी में ? पर वहाँ तो सिर्फ़ उक़ाब ही आज़ादी से मँडरा सकते हैं,'' ग़फ़ूर गुस्से से हाँफने लगा और भौंहे सिकोड़कर आगे बोला; ''तुम्हारी आयक़ीज़ तो बस उच्च अधिकारियों की नज़रों में चढ़ना चाहती है। लेकिन किसान—वे बेवक़ूफ़ नहीं हैं, उन्हें ज़बरदस्ती रेगिस्तान में नहीं घसीटा जा सकता है। मैं जो कह रहा हूँ—देख लोगी।''

''आपको यह तो मालूम ही नहीं कि कितनी दरख़ास्तें दी जा चुकी हैं।''

ग़फ़ूर ने हाथ हिला दिया।

''दरख़ास्त क्या होती है ? कोरा काग़ज़ ! लोग अपना इरादा बदल देंगे। कौन घर-बार छोड़कर जाना चाहेगा ? और मेरी भी यही सलाह है, लड़की : अपनी दरख़ास्त वापस ले लो। बाप का दिल मत तोड़ो।''

''पर मैं कैसे...'' मेखरी घबराहट से हाँफती हुई बोली, किन्तु पिता ने गुस्से में उसे टोक दियाः

''चुप रह, बेशर्म !''

मेखरी का चेहरा फक हो गया, उसने अपने होंठ कसकर भींच लिए और कपास के खेतों तक मुँह से एक भी शब्द नहीं निकाला।

दो

निर्मल चश्मा

तेज गरमी पड़ रही थी...मध्यान्ह का सूरज मानो भूल गया था कि अभी गरमी नहीं, वसन्त है, पूरे ज़ोर से तप रहा था। आयक़ीज़ अपने घोड़े बायचीबार पर कई किलामीटर का सफ़र तय कर ज़िले से लौट आई थी। उसका चेहरा जल रहा था। घोड़े से उतरकर आयक़ीज़ ने उसे बाँध दिया और स्वयं गरमी में लम्बे सफ़र के बाद हाथ-मुँह धोने अहाते में नाली के पास चली गई। अहाते में कुछ ठंडक थी...मन्द पर्वतीय पवन के झोंके पोपलर और बेद की ताज़ा पत्तियों को हिला रहे थे, सारे अहाते में तेज़ मादक सुगन्ध फैलाते फूलों को लहका रहे थे। नाली के पास, फूलों के बीच, शहतूत की छाया में एक चौड़ी लकड़ी की खाट बिछी थी। शीतल पानी से हाथ-मुँह धोकर आयकीज़ खाट पर बैठ गई और सोच में डूब गई...गरमी के कारण थकने और तंद्रिल हो जाने पर इस प्रकार निश्चल बैठकर शान्ति और ठंडक का आनन्द लेना, पानी पर डोंगियों की तरह तिरती सेब की नन्हीं-नन्हीं श्वेत पंखड़ियों की ओर देखना, आराम से सोचना, यादों की दुनिया में खो जाना कितना अच्छा लगता है !..

वह नाली को ताकती हुई अपने पति आलिमजान के बारे में सोच रही थी, पर्वतीय समीर और कल-कल करती नाली की जल-धारा मानो उसके नाली के जल सदृश्य निर्मल और स्वच्छ विचारों को दोहरा रहे थे, जिसके तल में नाना रंग के कंकर साफ़ दिखाई दे रहे थे।

आलिमजान इस समय बहुत दूर था। उसने दो वर्ष पूर्व संस्थान के पत्राचार विभाग में प्रवेश लिया था और हाल ही में उसकी आगामी परीक्षाएँ देने गया था। वह आयक़ीज़ को अकसर लिखा करता था, उसके पत्रों की प्रत्येक पंक्ति उसके प्रति चिन्ता और प्रेम से ओत-प्रोत होती थी; किन्तु पत्र स्वयं आलिमजान की कमी पूरी नहीं कर सकते थे। आयक़ीज़ को अपने पति के साथ शाम को यहाँ, घर में होनेवाली लम्बी सायंकालीन बातचीत, ग्राम सोवियत, कार्यालय और खेत में होनेवाली भेटें स्मरण हो आईं। वह आयक़ीज़ के साथ उसकी खुशियाँ बाँटता, उसे दुःख और कष्ट होने पर उसकी मदद को पहुँच जाता। उन्होंने कन्धे से कन्धा भिड़ाकर साथ-साथ नवीनीकृत अलतीनसाय के लिए संघर्ष किया था, और उनके जीवन में नई खुशियाँ भर देनेवाले प्रेम ने उन्हें शक्ति, विश्वास और साहस प्रदान किए थे; क्योंकि प्रेम धरती की कोख से फूटनेवाले शुभ्र चश्मे जैसा होता है : वह मरुस्थल को उद्यान में परिवर्तित कर देता है, पुष्पों और वृक्षों में रस भर देता है, वही वसन्त का सृजन करता है।

आयक़ीज़ की कितनी इच्छा थी कि इस समय पति उसके साथ हो ! इस समय इसीलिए कि उसने अपने कन्धों पर अत्यन्त महत्त्वपूर्ण ज़िम्मेदारी उठाई है...

बात यह थी कि जुराबायेव ने अछूती स्तेपी में छिपे ख़ज़ाने के बारे में जो शब्द कहे थे, वे केवल वृद्ध मुरातअली को ही याद नहीं रहे थे। आयक़ीज़ भी उन्हीं के बारे में सोच रही थी। कुछ वर्ष पूर्व अलतीनसायवासी अपने खेतों तक पानी ले आए थे, और ज़मीन ने उन्हें ज़ोरदार फ़सल प्रदान की थी। लेकिन सिंचित खेतों के पास ही दूसरी ज़मीन भी पड़ी थी; वहाँ केवल झुलसा देनेवाली हवाएँ ही चला करती थी और धूप में नागदौना अनाथ बच्चे की तरह सूखा करता था । आयक़ीज को पूरा विश्वास था कि हल के स्पर्श से वंचित इस जमीन को भी कपास के क़ालीन से ढका जा सकता है । इस इलाके की ग्राम सोवियत के सामूहिक फ़ार्मों को बहुत कम लागत में क़ाफ़ी अच्छी आमदनी हो सकती है ।

सर्दियों के अन्त में आयक़ीज अपना काफ़ी समय स्तेपी में गुज़ारने लगी। वह हर बार स्तेपी और रेगिस्तान के बीच लगी हरी-भरी रक्षा-पाँत के पास रुककर बड़े वैर-भाव से आँखें चौंधिया देनेवाले रेत के टीलों, मरुस्थल के पुराने वासी सुस्त भूरे उक़ाबों, क़िज़िलक़ूम के तन पर सफ़ेद पपड़ी के रूप में उभरे नमक के धब्बों की ओर देखती थी।

कभी न कभी मरुस्थल पर भी विजय पा ली जाएगी, लेकिन शुरुआत अछूती धरती से करनी चाहिए। और यह काम तुरन्त, इसी वसन्त में शुरू कर देना चाहिए। स्तेपी का चप्पा-चप्पा छानकर आयक़ीज़ अपने पिता और इंजीनियर स्मिर्नोव को वहाँ

ले गई। वृद्ध उमूरज़ाक-अता, जिन्हें जीवन का काफ़ी अनुभव था, और जानकार रूसी सिंचाई-विशेषज्ञ का समर्थन मिलने से आयक़ीज़ का इरादा पक्का हो गया। उसने जुराबायेव की सलाह ली और उन्होंने स्मिर्नोव व पोगोदिन को, जिसे कुछ समय पूर्व ही मशीन-ट्रैक्टर-स्टेशन निदेशक नियुक्त किया गया था, ज़िला समिति के ब्यूरो के सामने अछूती धरती को कृषि योग्य बनाने और पहाड़ी गाँवों के सामूहिक किसानों के नई ज़मीनों पर पुनर्वासन की ठोस योजना तैयार करके पेश करने की ज़िम्मेदारी सौंप उसके साथ कर दिया। जुराबायेव के अनुरोध पर डिज़ाइन-इंजीनियरों के एक दल को इन उत्साही लोगों की सहायता के लिए भेज दिया गया।

योजना तैयार हो जाने पर आयक़ीज़, पोगोदिन और स्मिर्नोव ने रिपोर्ट तैयार की। उस पर पहले सामूहिक फ़ार्म के पार्टी-संगठन में विचार किया गया, तत्पश्चात्—सामूहिक फ़ार्म के कार्यालय में।

ब्यूरो व कार्यालय ने योजना को स्वीकृति प्रदान कर दी। केवल क़ादीरोव उदास, मौन और मन में वैर-भाव छिपाए हुए बैठा, भौंहें चढ़ाए, बड़े उत्साह से स्तेपी को कृषि योग्य बनाने से होनेवाले लाभों के बारे में बता रही आयक़ीज़ की ओर देख रहा था। क़ादीरोव ने न उसके समर्थन में कुछ कहा, न ही विरोध में, बैठे-बैठे केवल यही व्यंग्यपूर्ण टिप्पणी की :

''चुहिया बिल में वैसे ही बड़ी मुश्किल से घुस पाती है, तिस पर उसने अपनी दुम में छलनी और बाँध दी !''

आयक़ीज़ को इन शब्दों पर आश्चर्य हुआ। ''नई ज़मीनों को कृषि योग्य बनाने से सामूहिक फ़ार्म को कितना फ़ायदा होगा, इसे क़ादीरोव को नहीं तो और किसको समझना चाहिए,'' उसने सोचा। ''क्या वह सचमुच अभी भी नहीं समझता कि लोगों का इससे कितना भला होगा ?''

जब सामूहिक फ़ार्म अलतीनसाय भूखंड को कृषि योग्य बना रहा था, क़ादीरोव ने व्यंग्य करने, निराशावादी भविष्यवाणियाँ करने में कोई क़सर नहीं छोड़ी थी और सामूहिक फ़ार्म के किसानों के पानी खोज निकालने तथा गरमी से तड़की ज़मीन पर कपास पैदा करने में सन्देह भी अधिक नहीं छिपाया था। लेकिन उसकी भविष्यवाणियाँ सच नहीं निकली : अलतीनसायवासियों के मैत्रीपूर्ण समूह ने अपना निश्चय कार्यान्वित कर दिखाया, जबकि क़ादीरोव को, जिसकी प्रतिष्ठा सामूहिक किसानों की नज़रों में काफ़ी कम हो चुकी थी, झिड़कियाँ सुननी पड़ीं। और यदि बड़े जोश से क़ादीरोव के पक्ष में बोलनेवाले ज़िला कार्यकारिणी के नए अध्यक्ष सुलतानोव ने हस्तक्षेप न किया होता, तो उसे अध्यक्ष पद से हाथ धोना पड़ सकता था। लेकिन उसके लिए सब ठीक-ठाक हो गया और उसने शान्ति और आत्मविश्वास फिर प्राप्त कर लिया। सामूहिक फ़ार्म शक्ति जुटाता बढ़ता जा रहा था : क्योंकि वह, क़ादीरोव, सामूहिक फ़ार्म का अध्यक्ष था। और जब कभी सामूहिक फ़ार्म की उपलब्धियों की बात छिड़ती, आत्मसन्तोष के साथ वह कह उठता : ''हमने नहर खोदी !...हमने पानी ढूँढ़ा !...''

क़ादीरोव मज़बूत सामूहिक फ़ार्म के सम्मानित अध्यक्ष पद का आदी हो चुका था। वह दूसरों की बोई फ़सल काट रहा था, पर उसका अन्तःकरण शान्त था : वह सोचता था—आखिर मैं खुद को सामूहिक फ़ार्म से अलग तो नहीं कर सकता। अन्ततः क़ादीरोव ने स्वयं को यह विश्वास दिला दिया कि वह सब, जो सामूहिक फ़ार्म के किसानों ने किया है उन्होंने उसके सीधे और सक्रिय सहयोग से किया है, और पूर्णतया आश्वस्त हो गया। अब वह पहले से भी अधिक निश्चित होकर कुरसी पर जमकर बैठा था, और उसकी बात भी पहले से ज्यादा मानी जाती थी : दूसरों द्वारा की हुई मेहनत के यश का लाभ उठाकर वह मध्यम श्रेणी के सामूहिक फ़ार्म के अध्यक्ष से विशाल कपासोत्पादक फ़ार्म का संचालक बन बैठा था। उसकी प्रतिष्ठा बढ़ जाने से उसके चेहरे-मोहरे में भी परिवर्तन आए : काली ऊनी फ़ौजी क़मीज़ पर बाँधी जानेवाली पेटी में न जाने कितने नए छेद और करने पड़ गए, चेहरा गोल हो गया, ठोढ़ियाँ तीन हो गईं, आँखें सँकरी दरारों में बदल गईं और उन पर लाल-लाल फूले गालों की गद्दियाँ पहले से ऊपर चढ़ने लगीं। क़ादीरोव का लोगों से बातचीत करने, सभाओं में भाषण देने का तरीक़ा भी बदल गया : वह शब्दों का उच्चारण इतना धीरे-धीरे अहंकारपूर्ण आडम्बर के साथ करता था, मानो उन्हें उधार दे रहा हो। वैसे वह यह मानते हुए कि उसकी कृपण टिप्पणियाँ अनेक लम्बे-लम्बे भाषणों से अधिक वज़नी होती हैं, उधार भी ज़्यादा नहीं दिया करता था।

कहने का मतलब है, क़ादीरोव पूरी तरह सफलता प्राप्त कर रहा था।

और लोग उसके बारे में तरह-तरह की बातें करते थे, क्योंकि लोगों की राय स्तेपी की तरह भिन्न-भिन्न होती है : उसमें कँटीली झाड़ी भी मिल जाती है, कड़वा नागदौना भी, नयनाभिराम फूल भी दिखाई देते हैं, हवा के झोंके से नम्रतापूर्वक ज़मीन से लग जानेवाली नरम घास भी...अलतीनसाय में भी यही बात थी। बहुत से कहते थे कि अध्यक्ष को घमंड हो गया है, अपनी ग़लतियों के बारे में भूल गया; क़ादीरोव इस पर एतराज़ करता : "हाँ, मैंने ग़लतियाँ कीं, यह सच है ! लेकिन मैंने अपनी ग़लतियाँ मान लीं। न जाने किस ज़माने की बातें हैं, किसी को याद नहीं है।

अध्यक्ष के अनुभव और निःस्वार्थता की प्रशंसा करनेवाले चापलूसों की भी कमी नहीं थी। निःसन्देह क़ादीरोव उनसे बहस नहीं करता था, केवल कृपापूर्वक मुस्कराता था।

आयक़ीज़ को क़ादीरोव का आत्मसन्तोष पसन्द नहीं था। लेकिन साथ ही उसे खुशी भी होती थीः क्योंकि क़ादीरोव का सामूहिक फ़ार्म की सफलताओं की डींग हाँकने का अर्थ था कि वह आयक़ीज़ की सत्यता स्वीकार करता है। जो सपने उसके ख्याल में असाध्य माने जाते थे उन्हें सच होता वह अपनी आँखों से देख चुका था, अपनी हाल की पराजय पर सन्तोष कर बैठा था—और क्या यह सराहने लायक बात नहीं है ? चाहे वह मोर की तरह पूँछ फैलाकर नाचता रहे, चाहे दूसरों को मिले यश के सुर्ख़ाब के पर अपने को लगाकर सजता रहे। उसे यानी आयक़ीज़ को यश नहीं चाहिए। उसके लिए तो इतना ही काफ़ी है कि उसका सपना सच हो गया और अब क़ादीरोव सरीखे लोग

भी जनता की शक्ति में विश्वास करने लगे।

उसे इस बात में सन्देह नहीं था कि क़ादीरोव जैसा आत्माभिमानी अध्यक्ष नई सफलताओं की आशा दिलानेवाली स्तेपी को कृषि योग्य बनाने की योजना को सहर्ष स्वीकार कर लेगा।

और इसमें आश्चर्य की कोई बात नहीं थी कि क़ादीरोव द्वारा सामूहिक फ़ार्म के कार्यालय में की गई टिप्पणी से आयक़ीज परेशान हो उठी थी। यह सच है कि क़ादीरोव खुले आम कुछ नहीं कहता था, पर आयक़ीज उसके छिपे हुए विरोध को महसूस कर यह अन्दाज़ लगा चुकी थी कि वह ज़िला समिति के ब्यूरो में उससे मोरचा लेगा।

वही हुआ...और वह भी आलिमजान की अनुपस्थिति में। उसे आलिमज़ान के समर्थन और सलाह की कितनी ज़रूरत थी !...वह यदि केवल प्रियतम को देख भी लेती, तो उसके सिर का बोझ उतर जाता...उसकी आँखों के आगे घूमने लगा कि वह कैसे अपने चिन्तन और अपने विरोधियों से हुई बहस से थकी-हारी घर पहुँचेगी, और आलिमजान मन्द-मन्द मुस्कान के साथ उसका स्वागत करेगा, घबराहट में सुनाया उसका क़िस्सा सुनकर हौले से उसके गले में दोनों हाथ डालकर कहेगा : "तुमने ठीक किया, मेरी जान...तुम किसी बात की चिन्ता मत करो, तुमने ठीक किया..." सचमुच, उसे उसको कुछ बताने की भी ज़रूरत नहीं पड़ती—क्योंकि अगर वह यहाँ होता, तो उसे खुद को सारी बातें मालूम होतीं, वह खुद उसके साथ क़ादीरोव से मोरचा लेता !

"साथ..." कितना अद्‌भुत, दीप्तिमान शब्द है !

आयक़ीज़ ने एक ठंडी साँस ली। नाली में पानी कल-कल करता कुछ अपनी ही कहे जा रहा था, पोपलरों की पत्तियाँ भोलेपन से आपस में और हवा के साथ फुसफुसाकर बातें कर रही थीं। सबके अपने-अपने राज़ थे...आयक़ीज भी अपने अंतरंगतम के बारे में सोच रही थी, उसके विचार नाली की निर्मल जल-धारा की लय में बहे जा रहे थे, और लगता था उसके साथ दूर, बहुत दूर उसके प्रियतम के, आलिमजान के पास जल्दी-जल्दी चले जा रहे हैं।

फाटक की चरमराहट ने उसके मधुर व उदास विचारों को भंग कर दिया।

"कोई है घर में ? किसी को चिट्ठियाँ चाहिए ?"

आयक़ीज़ हौले से खाट से कूदकर शहतूत की नंगी टहनी जैसे दुबले-पतले किशोर डाकिए की ओर लपकी। वह एक हाथ से घंटी बजाता, आह्वान करता साइकिल लिए चल रहा था और दूसरे में चिट्ठी पकड़े हुआ था। आयक़ीज ने झपटकर उससे लिफ़ाफ़ा ले लिया, सरसरी नज़र से प्रेषक का पता पढ़ा और केवल इसके बाद ही अचानक ध्यान आने पर किशोर का अभिवादन किया। वह अनुग्रहपूर्वक मुस्कराया : उसने अभी स्कूल जाने की उम्र पार नहीं की थी, इसलिए अपने को मानवीय आवेगों से ऊपर समझता था। साइकिल मोड़कर वह शाही ढंग से चला गया।

आयक़ीज़ पत्र सीने से लगाए जल्दी से घर में गई। बरामदे में पहुँचकर वह छोटी-सी मेज़ के पास बैठ गई और बड़ी मुश्किल से अपनी व्याकुलता पर नियन्त्रण

कर लिफ़ाफ़ा खोल लिया।

लगता था आलिमजान ने उन सब बातों का अन्दाज़ लगा लिया था, जो आयक़ीज़ को व्यथित कर रही थीं और अपने प्यार, और प्यार की चिन्ता से उसके दिल को राहत पहुँचाने के लिए उतावला था। उसने उनके हाल, आयक़ीज़ और उमूरज़ाक़-अता के स्वास्थ्य के बारे में काफ़ी जिज्ञासा प्रकट की थी, पढ़ाई से सम्बन्धित अपने निर्णय में उसका समर्थ करने के लिए पत्नी को धन्यवाद दिया था; लिखा था कि इस समय उसे मुश्किल भी लगती है और खुशी भी होती है; आयक़ीज़ से बिछोह की शिकायत भी की थी और अन्त में ''स्तेपीवाली'' योजना के परिणाम और उस पर जिला समिति के ब्यूरो में हुई बहस के बारे में यथासम्भव विस्तार में लिखने का अनुरोध किया था।

लिफ़ाफ़े में आलिमजान का फ़ोटो भी था। आयक़ीज़ देर तक उसे देखती रही। लगा जैसे आलिमजान इस दौरान में कुछ जवान हो गया है। लगता था पढ़ाई ने न उसकी नींद ख़राब की थी, न ही भूख बिगाड़ी थी। आयक़ीज़ ने शरारती ढंग से आँख दबाते हुए सिर हिलाया और फ़ोटो को उँगली से धमकाया : ''क्यों, प्यारे पतिदेव, शहर में कहीं मटरगश्ती तो नहीं कर रहे हो, बेकार के कामों में तो वक़्त बर्बाद नहीं कर रहे हो ?'' पर तुरन्त हँस भी पड़ी : उसे यह अटकल इतनी अविश्वसनीय लगी। और किसी पर भी चंचल होने का सन्देह किया जा सकता था, पर आलिमजान पर कदापि नहीं। कभी-कभी तो वह आवश्यकता से अधिक गम्भीर हो उठता था और संयमी भी। क्योंकि पुरुष से अपनी भावनाओं के मामले में संयमी होने की अपेक्षा की ही जाती है।

आयक़ीज़ को स्मरण हो आया कि एक बार पतझड़ में, उन दोनों की शादी के तुरन्त बाद, वह कैसे आलिमजान को एकान्त चश्मे शीरींबुलाक के पास खींच ले गई थी। वह उसका सबसे प्रिय स्थान था। शीरींबुलाक का मुक़ाबला केवल पहाड़ पर उगा बादाम का वृक्ष ही कर सकता था, जिसके तले वह और आलिमजान कभी-कभी मिला करते थे। वह बचपन में सहेलियों के साथ चश्मे के पास खेला करती थी, बाद में वहाँ फूल चुनने, पुस्तक पढ़ने और पाठ तैयार करने जाया करती थी।

पति के साथ उसी चश्मे पर जाने की उसे इच्छा हो रही थी।

जैसा कि प्रायः होता है, विवाह के बाद उनका प्रेम शान्त व सन्तुलित धारा की तरह प्रवाहित होने लगा : क्योंकि अब उसके लिए संघर्ष करने की आवश्यकता नहीं रही थी, न समय व्यय करना पड़ता था, न ही अपना काम छोड़ना पड़ता था।

फिर भी आयक़ीज़ अभी तक इस बात की अभ्यस्त नहीं हो पाई थी कि वह पत्नी है, कि उसका और आलिमजान का अपना एक घर है और उन्हें एक दूसरे के प्रेम का प्रतिदान करने के मार्ग में कोई बाधा नहीं रही है। आलिमजान के प्रति आयक़ीज़ के प्रेम में अभी भी अशान्त आसक्ति का पुट भी था। वह उसे पहले से अधिक और साथ-साथ उतनी ही सम्वेदनशीलता से प्रगाढ़ प्रेम करती थी जैसे कि पहले, विवाह से पूर्व करती थी।

उस दिन काम से लौटकर और आलिमजान के आने तक प्रतीक्षा कर वह उसका

हाथ पकड़ निःशब्द अपने पीछे खींच ले चली।

"तुम कहाँ ले चलीं, आयक़ीज़ ?" आलिमजान ने मुस्कराते हुए विरोध किया। "कम-से-कम होश में तो आ लेने दो।"

"आलिमजान !...आज मैं दिन भर बेचैन रही। इतनी तड़पती रही तुम्हारी याद में...चलो...मेरे चश्मे पर चलते हैं। मैं कितने अरसे से वहाँ नही गई !"

"वाह री मनौजी ! हमें क्या घर में बुरा लगता है ? तुम थकी हुई हो, बुद्धू। इस वक़्त शायरी की कोई फ़ुरसत है ?...आराम कर लो। और मैं खाना बनाता हूँ। फिर बैठकर गपशप करेंगे। आख़िर हमारे पास बातें करने को है भी तो बहुत कुछ।"

अचानक आयक़ीज़ की त्योरियाँ चढ़ गईं, उसका मुँह फूल गया और गाल किन्चित् गुलाबी हो उठे, जैसा कि उसके घबरा जाने पर हमेशा होता था।

"नहीं चाहते, तो न सही। मैं अकेली चली जाऊँगी।" आलिमजान हँस पड़ा।

"नन्ही मुन्नी हो !...बिलकुल मुन्नी ! लो बुरा ही मान बैठीं। मुँह फुला लिया। यह वही आयक़ीज़ है, जिसके नाम से नौकरशाह घबराते हैं !..तुम मुलाक़ातियों के साथ इसी तरह पेश आती हो ?"

"जैसा दिल चाहता है, वैसे ही पेश आती हूँ।"

"बड़ा जोशीला और बेचैन दिल है तुम्हारा !..."

आलिमजान प्रेमपूर्वक टकटकी बाँधे पत्नी को देखता रहा। पिछले कुछ महीनों में कितनी खिल उठी है !...चेहरा भर गया है, रंग पहले से अधिक निर्मल हो गया है, निखर आया है, और चेहरा तो इसके कारण मानो दमक रहा है...सीधी-सादी चुस्त पोशाक उसके शरीर पर ठीक बैठी है, जिससे नारी-सुलभ सौष्ठव स्पष्ट रूप से कुछ उभर आया है। और आयक़ीज़ की चेष्टाओं, उसकी हर हरकत में पहले जैसी किशोरावस्था-सुलभ जल्दबाज़ी झलकती रहती है, जिसे वह अपनी बाह्य शान्तचित्तता की आड़ में छिपा पाने में हमेशा असफल रहती है।

आलिमजान ने पत्नी को अपनी ओर खींचा।

"चलो। जिधर कहोगी, उधर ही चलेंगे।" बड़ी मुश्किल से उलझन पर क़ाबू पा धीरे से आगे बोला। "तुम्हारे लिए मैं सब कुछ करने को तैयार हूँ.. मेरी प्यारी..."

आयक़ीज़ का मन तुरन्त खिल उठा। हमेशा ऐसा ही होता: आलिमजान का अपने प्यार का नाम लेने की देर होती कि आयक़ीज़ अपनी हाल की नाराज़गी, सन्देह और थकान सब भूल जाती...इस समय भी उसकी आँखों में शरारत की चमक दिखाई दी, उसने आलिमजान का हाथ और कसकर पकड़ लिया और जब वे अहाते से बाहर निकले, तो उसे छोड़कर शरारती ढंग से चिल्लाई :

"चलो, पकड़ो !..."

"आयक़ीज़ ! बाहर लोग होंगे !..."

"पकड़ो, डरपोक !"

वह रास्ते में सरपट भाग चली। आलिमजान की आशंका के विपरीत बाहर कोई

नहीं था, हालाँकि सन्ध्या गाँव में सुहानी, तेज़ गति से प्रवेश करने ही लगी थी।

शीरींबुलाक़ चश्मा सामूहिक फ़ार्म के पुराने बाग़ के आगे, पहाड़ों के निकट था। शीशे-सा साफ़ पानी मानो अपने सीने से चश्मे को दबाए हुए पड़ी विशाल चट्टान के नीचे से फूट रहा था। उसका पानी जल-प्रवाह से बने छोटे-से गढ्ढे में जमा होकर एक नन्ही-सी सुन्दर झील बन जाता था। इसके बाद शान्त नाले के रूप में निकलकर सड़क के सहारे-सहारे निकटवर्त्ती खेतों को सींचता हुआ नीचे सामूहिक फ़ार्म के बाग़ तक पहुँच जाता—पानी इससे ज़्यादा के लिए अपर्याप्त था। गरमियों में चश्मा बर्फ़-सा मीठा रहता था, और सर्दियों में उसका बुदबुदाता जल इतना सुखद और मीठा लगता था कि जो एक बार शीरींबुलाक़ का पानी पी ले, वह उसका स्वाद कभी न भूले, लोगों ने चश्मे का नाम ''शीरींबुलाक़''—''मीठा चश्मा'' संयोगवश ही नहीं रखा था।

आलिमजान ने आयक़ीज़ को ठीक चश्मे पर जाकर पकड़ा। घास सर्वत्र काफ़ी पहले सुखकर पीली पड़ चुकी थी, केवल पानी के पास ही हरी-भरी थी। आयक़ीज़, जो लगता था तेज़ दौड़ से ज़रा भी नहीं थकी थी, फुर्ती से घास का क़ालीन फाँद चश्मे के रेतीले किनारे पर जाकर रुकी और शुभ्र व गँदले न हो पाए छोटे-से भँवर के ऊपर झुक गई, हालाँकि उसमें रेत के कण वैसे ही अनियमित ढंग से चक्कर काट रहे थे, जैसे झाड़ियों के ऊपर भुनगे। आलिमजान के निकट आने की प्रतीक्षा कर उसके ऊपर अंजलि-भर ठंडा पानी छिड़क दिया। आलिमजान घबराकर पीछे हटा, पर तुरन्त तनकर खड़ा हो गया और पत्नी को चिढ़ाता हुआ कहने लगा :

''लो और डालो ! अब मुझे ज़रा डरपोक कहकर देखो !''

आयक़ीज़ ने उस पर फिर पानी फेंका। वह टस से मस न हुआ। तब वह भागकर उसके पास पहुँची और रूमाल निकाल, एक हाथ से पति के गले में डालकर बड़े प्यार से उसका चेहरा और गरदन पोंछ दिए। और आनन्दातिरेक से उसी समय उसका सिर चकरा उठा...

''आलिमजान !...'' वह भावुक हो फुसफुसा उठी। ''मैं कितनी सुखी हूँ, मैं कितनी सुखी हूँ, मैं कितनी सुखी हूँ !''

आलिमजान का चेहरा शर्म से लाल हो उठा, उसने उसे हौले से अलग कर दिया।

''नहीं, नहीं, आयक़ीज़। सुख तो मुझे तुमने दिया है। लेकिन मुझे...मुझे इसे शब्दों में व्यक्त करना नहीं आता।''

वे काफ़ी देर गए घर लौटे, सड़क पर धीरे-धीरे, मौन चलते रहे, और सुखी, गम्भीर, कृतज्ञ आलिमजान पत्नी की कमर में हाथ डाले चलता रहा...आयक़ीज़ ने उसे अपने स्त्री-सुलभ निष्कपट उत्साह से प्रभावित कर दिया था और उसे ऐसा महसूस हो रहा था मानो आज उनके प्रेम की पवित्र, उत्तप्त ज्वाला पहली बार प्रज्वलित हो उठी है, जिसे न कोई हवा बुझा सकती है, न कोई तूफ़ान।

और इस समय वह चित्र से देख रहा था, और आयक़ीज़ उसे अपने प्रेम के बारे में बता रही थी...''आलिमजान !...मेरे वफ़ादार ! मुझे तुम्हारी हर बात प्यारी है—तुम्हारा

शर्मीला प्यार भी, तुम्हारा संयम भी, तुम्हारी गम्भीरता भी। यदि तुम इसके विपरीत होते—तो मैं भी तुम्हें इस तरह सच्चे दिल से प्यार नहीं करती। आलिमजान !...तुम्हारा नाम लेते मुझे कितनी ख़ुशी होती है ! देखो, मैं अपने मन में फिर तुम्हारा नाम ले रही हूँ : आलिमजान, आलिमजान !—मेरे दिल का कंवल खिल उठा, चारों तरफ़ और उजाला हो उठा, मन करता है छलाँगें लगाती शीरींबुलाक़ पर पहुँच जाऊँ, लोगों की ओर देख-देख मुस्कराऊँ, मेरा दिल चाहता है कि दुनिया में सब ख़ुश और सुखी रहें; कठिन से कठिन काम करने को मन करता है, तुम्हारा प्रेम और सहारा पाने को, और तुम्हारे मुँह से प्रशंसा सुनने को...

तुम्हारी याद में मैं कितना तड़पती हूँ, मेरे विश्वसनीय आलिमजान, मेरी आँखों के नूर, मेरे सबसे विश्वस्त, चट्टान सरीखे मज़बूत सहारे !...

मैं जानती हूँ, तुम न मुझे धोखा दोगे, न अपने उच्च लक्ष्य को। मुझे तुम्हें शीघ्रातिशीघ्र उत्तर देना चाहिए, तुम्हें मेरी—नहीं, हमारी सफलता के समाचार से ख़ुश कर देना चाहिए !...

आयक़ीज़ ने खीजकर पति का फ़ोटो एक तरफ़ रख दिया और पत्र लिखने बैठ गई। वह कुछ समय तक अभी ठंडा न हो पाया गाल छोटी-सी ठोस मुट्ठी पर टिकाए, ब्यूरो की बैठक का सारा ब्योरा विस्तार में याद करने की कोशिश करती बैठी रही: क्योंकि पति को लिखे जानेवाले पत्र में कोई भी बात नहीं छोड़ी जा सकती थी ! क़लम कागज़ पर तेज़ी से और पूरे आत्मविश्वास के साथ चलने लगी।

तीन

पत्र

मेरे प्यारे, मेरे अपने आलिमजान !

अभी-अभी तुम्हारा पत्र मिला और उसके साथ ही तुम्हारा फ़ोटो भी। तुमने जैसे देख लिया कि मुझे तुम्हारे पत्र की इसी समय कितनी ज़रूरत है—कितने सहृदय और समझदार हो ! प्रियतम, तुमने शायद अन्दाज़ लगा ही लिया होगा कि मैं तुम्हें कितना याद करती हूँ, कितनी बेताबी से तुम्हारे लौटने का इन्तज़ार कर रही हूँ। बेहतर होगा मैं तुम्हें बता दूँ कि ज़िला समिति में हमारी नई योजना पर बहस कैसे हुई। मेरे भेजे तार से तुम जान गए होगे कि हमारी योजना स्वीकृत हो चुकी है। लेकिन सब वैसे नहीं हुआ, जैसे हम दोनों ने सोचा था। इसका सारा ब्योरा तुम्हें बताने की कोशिश करती हूँ। तुम ज़रा धैर्य धरे रहना, क्योंकि मैं तुम्हें इतना लम्बा पत्र लिखने जा रही हँ, जैसा मैंने पहले कभी नहीं लिखा। इतनी बातें बताने को मन करता है तुम्हें, प्रियतम !

ब्यूरो के सदस्य सदा की तरह जुराबायेव के कमरे में इकट्ठे हुए। तुम उस कमरे

को शायद पहचान न पाओगेः उसमें हाल ही में सफ़ेदी की गई है, उसमें से सारी फ़ालतू चीज़ें निकाल दी गई हैं, वह पहले से ज़्यादा लम्बा-चौड़ा और उजला लगने लगा है। दीवारों पर तसवीरें टाँग दी गई हैं। कोने में किताबों की खुली अलमारी के पास कपास का बहुत बड़ा पौधा रखा है। कमरे के बीचोंबीच दो मेज़ें हैं; वे साथ रखी हुई लम्बे हत्थेवाली हथौड़ी जैसी लगती हैं। उनमें से एक पर, जो कुछ लम्बी है, गहरे लाल रंग की नई बनात बिछी है, इससे कमरा त्योहार के लिए सजा हुआ-सा लगता है।

सेबों की टहनियाँ खिड़कियों पर खट-खट कर रही थीं; सड़क की ओर खुलनेवाली खिड़की से धूप में नहाया चौक और क़तारों में खड़ी कारें दिखाई दे रही थीं। बाहर से वसन्त की सुगन्ध आ रही थी, और मेरे दिल में भी वसन्त की उमंग भरी थी, इसके साथ-साथ थोड़ी घबराहट भी...

कमरे में ब्यूरो के सदस्यों के अतिरिक्त अलतीनसाय के सामूहिक फ़ार्मों के अध्यक्ष, मशीन-ट्रैक्टर-स्टेशन के निदेशक और कृषिविद, डिज़ाइन इंजीनियर और जल-आपूर्त्ति विभाग के कर्मी एकत्र हुए थे।

अछूती भूमि को कृषि योग्य बनाने की योजना की रिपोर्ट स्मिर्नोव पेश कर रहे थे। उनके मुँह से पहले शब्द निकलते ही सबके हाथ में नोटबुकें सरसरा उठीं : स्मिर्नोव के भाषण में सबकी दिलचस्पी थी।

''तुम उनका भाषण देने का तरीक़ा तो जानते ही हो,'' आयक़ीज़ ने सौजन्य के साथ व्यंग्य करते हुए लिखा, ''वह ऐसे बोलते हैं मानो किसी से बहस कर रहे हों। ऐसा ही तब हुआः उन्होंने सफ़ेद झक रूमाल से चश्मा पोंछकर युयुत्सु रूप धारण कर लिया और हमला बोल दिया।''

आयक़ीज़ ने आगे इंजीनियर का भाषण विस्तार में उद्धृत किया :

''साथियो !'' स्मिर्नोव से आरम्भ किया। ''हम यह योजना लेकर आपके पास आज ही क्यों आए हैं ? हमें अछूती धरती का ख़याल पहले, कुछ वर्ष पूर्व क्यों नहीं आया ? बात यही थी कि हम सोचते रहे थे, पर हमारे विचार जाड़े के सूरज की तरह चमकते थे, गरमी नहीं देते थे। हमारा इलाक़ा,—यह आप भी अच्छी तरह जानते हैं,—पानी की क़िल्लत से परेशान है। और हमने कुछ ही दिन पहले हमला बोलकर पहाड़ी नदियों से हमारे खेतों के लिए पानी हासिल किया है। लेकिन अगर पहले ज़मीन पानी की कमी से बेकार पड़ी रहती थी, तो अब पानी ज़मीन की कमी से बेकार जा रहा है ! ज़िन्दगी में हमेशा ऐसा ही होता आया है : हर चीज़ एक दूसरे से जुड़ी है; सपने सच होते हैं और उनके सच होते ही नया सपना पैदा हो जाता है। और भविष्य की ओर अग्रसर होने के हमारे मार्ग में कोई पड़ाव नहीं है।

स्मिर्नोव की नज़रें अचानक कुछ चुभती हुई हो उठीं : लगता था इंजीनियर को किसी की संशयवादी आपत्ति सुनाई दे गई थी। और वह व्यंग्यपूर्वक आँख दबाकर अदृश्य विरोधी को सम्बोधित कर कहने लगे :

''क्यों, क्या हमें यह काम स्थगित कर देना चाहिए ? अछूती भूमि को कृषि योग्य

बनाने में जल्दबाज़ी नहीं करनी चाहिए ? क्योंकि यह साल आख़िरी तो है नहीं; हमारे भंडार में, जैसा कि कवि कहते हैं; अनन्त समय है। कोई बात नहीं, बेशक हम इन्तज़ार कर सकते हैं, वक़्त बहुत है। फिर इनसान के सारे कामों में इन्तज़ार करना—सबसे कम झंझट का काम है। लेकिन इन्तज़ार हम कब तक करेंगे ? और हमें इन्तज़ार क्यों करना चाहिए ? यदि हमारे भंडार में अनन्त समय है, तो इसका अर्थ है कि हम किसी समस्या के समाधान को अनन्त काल के लिए टाल सकते हैं। नहीं, साथियो, जो निर्णय आज लिया जा सकता है, उसे आज ही लेना चाहिए। हम सोच-विचार करके, नाप-तौलकर, हिसाब लगाकर इस निर्णय पर पहुँचे हैं: हाँ, अछूती धरती को इसी वसन्त में कृषि योग्य बनाना चाहिए। और अगले बरस ही सामूहिक फ़ार्म पिछले बरस से ज़्यादा कपास उठाएँगे। हमारे लोग बेहतर ज़िन्दगी जीने लगेंगे, ज़्यादा ख़ुशहाल हो जाएँगे। और हमारा देश भी ज़्यादा ख़ुशहाल हो जाएगा। क्या हमें स्वयं को ही इस सम्पदा से वंचित रखने का अधिकार है ?

मौन बैठे हॉल से तर्क-वितर्क कर स्मिर्नोव ने ठोस सुझाव सामने रखे : पहले अलतीनसाय जलागार के बाँध की ऊँचाई कुछ मीटर और बढ़ानी चाहिए और वृत्ताकार बाँध का निर्माण करना चाहिए; दूसरा मुख्य कार्य—जिन ज़मीनों पर पहले कपास की बोवाई की जा चुकी है, उनसे लगी अछूती स्तेपी को कृषि योग्य बनाना चाहिए; और इसके परिणामस्वरूप जिले के आगे तीसरी समस्या आ खड़ी होती है : अछूती स्तेपी में नई बस्तियों के निर्माण और उनमें पर्वतीय गाँवों के किसानों के पुनर्वास की : "क्योंकि वहाँ ज़मीन की कमी है, उनकी ज़िन्दगी ज़िन्दगी नहीं, कमरतोड़ मेहनत है !"

स्मिर्नोव का संकेतक दीवार पर लटके नक़्शे पर घूमने लगा। इंजीनियर की बात ध्यानपूर्वक सुन रहे सब मुलाक़ाती संकेतक पर नज़रें जमाए हुए थे। जुराबायेव सोच में डूबे अपने समय से पूर्व खिचड़ी हो रहे बालों पर हाथ फेर रहे थे। पूर्ण शान्ति छाई हुई थी।

"केवल खिड़की के बाहर सेब के पेड़ हमें वसन्त, जोताई और बोवाई के ज़ोरदार मौसम की याद दिलाते सरसरा रहे थे। और मुझे दूर से दिल में उमंगें जगाती ट्रैक्टर की घरघर भी सुनाई दी...कहीं मुझे ऐसा लगा तो नहीं था ?"

स्मिर्नोव के भावी कार्यों, संसाधनों और अनुमानित व्यय के परिमाण के बारे में बताने के पश्चात् जुराबायेव ने खड़े होकर पूछा कि क्या कोई भाषण देने का इच्छुक है, क्या कोई वक्ता से प्रश्न पूछना चाहता है।

तत्क्षण मेज़ के ऊपर क़ादीरोव का थुलथुल शरीर नज़र आने लगा।

" 'थुलथुल' के इस्तेमाल के लिए मुझे माफ़ करना, आलिमजान," आयक़ीज़ ने अपने पत्र में सफ़ाई दी। "यदि मैंने तुम्हें यह पत्र ब्यूरो की बैठक से पहले लिखा होता, तो इस शब्द का इस्तेमाल नहीं किया होता। तुम्हें मालूम है कि क़ादीरोव मुझे पसन्द नहीं है, पर पिछले कुछ समय से मेरे पास उससे दुश्मनी रखने के लिए कोई कारण नहीं था।

एक समय था जब वह हमारी योजनाओं का विरोध किया करता था और बाद

में इस बात पर गर्व करने लगा था कि उन्हें कार्य-रूप में परिणत कर दिया गया है। हमने श्रीगणेश किया, उसने हमारे साथ मिलकर हमारे शुभ कार्य को जारी रखा। सामूहिक फ़ार्म अब बढ़िया फ़सलें समेटता है, और मुझे लगता था कि जब हम और ज़ोरदार फ़सलों के लिए संघर्ष आरम्भ करेंगे, क़ादीरोव हमारा समर्थन करेगा। क्योंकि वह समझ गया है कि नई ज़मीनों को कृषि योग्य बनाने से सामूहिक फ़ार्म को, लोगों को और उसे भी क्या-क्या फ़ायदे हो सकते हैं।

लेकिन क़ादीरोव...मैं तो केवल उसकी मुखमुद्रा देखकर ही चौकन्नी हो उठीः उसका चेहरा और गरदन लाल हो उठे, माथे पर पसीना आ गया, आँखें मनहूस गुस्से के कारण धुँधला गईं; लगा जैसे उसके ऊपर भारी चक्की लाद दी गई है और वह उन पर गुस्सा हो रहा है, जिन्होंने उसे यह बोझ ढोने के लिए मजबूर किया है...''

फिर भी अध्यक्ष ने अपनी अकड़ नहीं छोड़ी और अपना भाषण उपदेशात्मक और संशयात्मक स्वर में आरम्भ किया।

''हम बहाव में बहे जा रहे हैं, प्यारे साथियो, बहे जा रहे हैं !...क्या आप पिछला अनुभव भूल चुके हैं ? कुछ लोगों की तो सचमुच ही याददाश्त बहुत कमज़ोर है।'' यह पत्थर आयक़ीज़ के आँगन में फेंका गया था, क़ादीरोव ने ठहाका भी लगाया, लेकिन अधिक आत्मविश्वास के साथ नहींः शायद उसे सन्देह था कि दूसरे उसका समर्थन करेंगे। ''लेकिन हमें तो याद है कि अलतीनसाय भूखंड हमारे लिए कैसी टेढ़ी खीर साबित हुआ था ! बड़ी मुश्किल से निबटा पाए थे...इससे इनकार नहीं किया जा सकता कि काम हमने बहुत अच्छा किया। मेहनत करने में कोई क़सर नहीं छोड़ी और नई ज़मीन पर कपास पैदा की !...लेकिन हम अगर रोज़ एक भेड़ काटते रहे, तो हमें कोई भी रेवड़ पूरा नहीं पड़ेगा ! अगर हर साल कारनामे कर दिखाते रहेंगे, तो ज़रूर हमारी टें बोल जाएगी। आप ज़रा खुद ही सोचिए : हम अभी दम भी नहीं ले पाए, ताक़त भी नहीं बटोर पाए, अपनी मेहनत के फल का स्वाद भी नहीं चख पाए कि फिर से आस्तीनें ऊँची कर काम में जुटना पड़ रहा है ! हो सकता है उमूरज़ाक़ोवा को हवाई क़िले बनाने में मज़ा आता है। वह आपसे आसमान के तारे तोड़ लाने का वादा कर सकती है ! लेकिन हम व्यवहारकुशल लोग हैं, न कि स्वप्नदर्शी। हम दुनिया में उमूरज़ाक़ोवा से कुछ ज़्यादा ही दिन जी चुके हैं, हर तरह की ज़िन्दगी देख चुके हैं और हर सुनहरे सपने को पहले चखकर देखते हैंः कहीं झूठा तो नहीं है ?...आख़िर हर चमकने वाली चीज़ सोना तो होती नहीं है।'' वक्ता ने रूमाल से मोटी लाल गरदन पोंछी और दम लेकर आगे बोलने लगा : ''बेशक मैं अछूती धरती को कृषि योग्य बनाने के विरुद्ध नहीं हूँ, साथियो। लेकिन अछूती धरती आपके लिए अलतीनसाय भूखंड नहीं है : उस पर एक ही झपट्टे में क़ाबू नहीं किया जा सकता ! अगर वहाँ की ज़मीन उपजाऊ भी हुई,—वैसे इसमें बहुत से लोगों को शक है,—तो भी हम संसाधन, लोग और मशीनें कहाँ से लाएँगे ?...मैं अभी सामूहिक किसानों के पुनर्वास की बात नहीं कर रहा हूँ। लोगों को आप बहुत कम जानती हैं, कामरेड उमूरज़ाक़ोवा ! किसान को उसके

पुरखों की ज़मीन से हटाना इतना आसान काम नहीं हैं। इसके अलावा, जहाँ तक मैं समझता हूँ, उनके लिए नई बस्ती भी बनानी पड़ेगी, क्यों ? क्यों न हम आज ही कम्युनिज़्म का निर्माण कर डालें, जिससे कि काम में देर न हो ? क्यों, कामरेड उमूरज़ाकोवा ?...आपको वही समस्याएँ कम लगती हैं, जो आज हमारे सामने हैं, आप उन्हें आनेवाले कल से उधार लेना चाहती हैं ?...लेकिन आनेवाले कल को लाने की जल्दी नहीं मचानी चाहिए, वह खुद हमारे पास आ जाएगा ! मैं आपको यह बताए देता हूँ, प्यारे साथियो, कि हमें अपने ही बूते पर काम करना चाहिए। खुदा करे, हम यह योजना पूरी कर लें। पर अछूती भूमि के मामले में हमें इन्तज़ार करना पड़ेगा। आख़िर हम ज़िन्दगी का आख़िरी दिन तो जी नहीं रहे हैं।

"कहने का मतलब है क़ादीरोव अपना पुराना राग अलापने लगा। वह न जाने क्यों हर बार मुझे ही सम्बोधित कर रहा था, तिस पर "आप" कहकर, लेकिन मुझे उसके अप्रत्याशित हमलों पर गुस्सा नहीं आया। मुझे खेद इस बात का है कि मेरा अनुमान ग़लत निकला। मैंने सोचा था कि क़ादीरोव अब हमारे साथ है, पर वह फिर झगड़ने को तैयार हो गया। मेरी समझ में नहीं आता, क्यों..."

चार

मतभेद

पत्र में क़ादीरोव का व्यवहार समझना आयक़ीज़ के लिए मुश्किल हो रहा था, क्योंकि वह नहीं जानती थी कि अध्यक्ष के हृदय में कैसी भावनाओं ने तूफ़ान मचा रखा है...

जब आयक़ीज ने बोलने की अनुमति माँगी, क़ादीरोव और ज़्यादा लाल हो उठाः लग रहा था उसके फूले हुए गालों, सफ़ाचट, बिलियर्ड के गेंद जैसी चिकनी खोपड़ी से गाढ़ा लाल रंग बस टपकने ही वाला है। उसने ज़िला कार्यकारिणी के अध्यक्ष सुलतानोव पर नज़र डाली, जो अपनी नोटबुक में कुछ लिख रहा था, फिर जुराबायेव की ओर देखने लगा। ज़िला समिति के सचिव व्यवस्था बनाए रखने के लिए (हालाँकि कमरे में वैसे ही शान्ति थी) संगमरमर के पेपरवेट पर पेन की नोक से खटखटाने लगे और फिर आयक़ीज़ की ओर देख प्रोत्साहक मुद्रा में सिर हिलाया। क़ादीरोव ने मेज़ पर बैल की तरह सिर झुका लिया, मानो उसे मार पड़नेवाली हो...

आयक़ीज़ ने उठकर अपनी मोटी काली चोटी पीछे की। उसकी किन्चित् आगे को निकली हुई आकृति में उड़ान के लिए तत्पर पक्षी जैसा तनावपूर्ण आवेग महसूस हो रहा था। गाल लाल हो उठे थे किन्तु स्वर मन्द और शान्त रहाः

"मैं यह बता दूँ, साथियो, कि कामरेड क़ादीरोव के भाषण से मुझे हैरानी हुई है। और किसी को न सही, लेकिन शायद उन्हें तो मालूम ही है कि आनेवाले कल को जल्दी

लाने, उज्ज्वल भविष्य को निकट लाने के प्रयास से क्या-क्या सफलताएँ प्राप्त की जा सकती हैं...अगर हम हिम्मत जुटाकर दृढ़निश्चयता से काम न करते, हाथ पर हाथ धरे, मुँह बाए बैठे रहते, तो क़िज़िल युल्दुज़* सामूहिक फ़ार्म में इस समय कपास पैदा नहीं हुई होती, सामूहिक किसानों के श्रमदिनों में वृद्धि नहीं हुई होती, और कामरेड क़ादीरोव काफ़ी लम्बे अरसे तक मध्यम श्रेणी के सामूहिक फ़ार्म के अध्यक्ष रहे होते। क़ादीरोव ने कहा है कि वह स्वप्नदर्शी नहीं, व्यवहारकुशल हैं। लेकिन हम व्यवहारकुशल भी हैं और स्वप्नदर्शी भी ! हम आशावादी हैं ! और हम अछूती भूमि को कृषि योग्य बना देंगे, साथियो ! क्योंकि इन वीरान, उजाड़ और अभी तक बेकार पड़ी ज़मीनों की ओर देखते दिल दुखता है !''

क़ादीरोव ने आयक़ीज़ की ओर कठोर व विषण्ण दृष्टि डाली।

''सस्ते में नाम कमाना चाहती हैं, कामरेड उमूरज़ाक़ोवा ? आपकी बातों से तो लगता है सिर्फ़ हमारी स्तेपी ही नहीं, एक ही बार में सारे रेगिस्तान को कृषि योग्य बनाया जा सकता है ! लेकिन हलवा-हलवा कहने से मुँह कहीं मीठा होता है !''

''क्या आप अछूती स्तेपी में अक्सर जाते रहे हैं, आदरणीय व्यवहारकुशल कामरेड ?'' आयक़ीज़ उबल पड़ी। ''आपको उसकी उर्वरता में सन्देह है...लेकिन हम मिट्टी का विश्लेषण करवाकर परिणाम प्राप्त कर चुके हैं, हमें अफ़सोस हुआ कि ऐसी सम्पदा इतने समय तक बेकार पड़ी रही ! वहाँ की स्तेपी क़ालीन जैसी समतल है, मशीनों द्वारा आसानी से उसकी जोताई की जा सकती है। और यह बहुत महत्त्वपूर्ण बात है ! क्योंकि हमारे यहाँ मशीनरी बराबर बढ़ती ही जा रही है। हम जल्दी ही सारे मुख्य कामों का मशीनीकरण करने में सफल हो जाएँगे। सिंचाई निर्माण कार्य आज भी मशीनों की सहायता से किया जा रहा है। मशीन-ट्रैक्टर-स्टेशन बहुत से कामों में हमारा हाथ बँटाएगा। क्योंकि वास्तव में उसे ही अछूती धरती की जोताई करनी होगी।

''यही तो, यही तो !'' क़ादीरोव चिल्लाया, मानो उसने आयक़ीज़ की कोई कमज़ोरी पकड़ ली हो। ''मशीन-ट्रैक्टर-स्टेशनवालों को तो फ़ायदा ही है : हेक्टेयर पर हेक्टेयर जोतते रहेंगे ! पोगोदिन चाहे सारे देश की जोताई कर डाले, उसका कुछ जाता है इसमें !''

''आप कामरेड पोगोदिन की बेकार बुराई कर रहे हैं,'' आयक़ीज़ ने शान्त स्वर में आपत्ति की। ''वह सार्वजनिक हित के लिए मन लगाकर काम करनेवाले निदेशक के रूप में मशहूर हैं। और इस मामले में मशीन-ट्रैक्टर-स्टेशन के हित हमारे सामूहिक फ़ार्मों के हितों से हैं। इसलिए बेशक मशीनें हमें मिल जाएँगी। और कामगार...लेकिन यह तो आप ही पर निर्भर करता है, कामरेड क़ादीरोव। आप हालात को इस तरह पेश कर रहे हैं, जैसे हमारा सामूहिक फ़ार्म पस्त हो गया हो ! आपको हो क्या गया है, प्रिय अध्यक्ष ? हमारी शक्ति अक्षय है, समाप्त नहीं हो सकती, उसे बस नज़रअन्दाज़ किया जा सकता है। हाँ, हाँ, हमारे पाँव तले सोना ही सोना है, पर हम उसे नज़रअन्दाज़ कर बैठते हैं। तिस पर शिकायत भी करते रहते हैं : हम कमज़ोर हैं, हम ग़रीब हैं। बस

*क़िज़िल युल्दुज़—लाल तारा।

आँखें पूरी खोलकर देखने की देर है कि मालूम पड़ेगा—हम विपुल सम्पदा के स्वामी हैं। कामरेड क़ादीरोव, आपके सामूहिक फ़ार्म के श्रम-समर्थ सदस्यों में प्रति व्यक्ति कितने हेक्टेयर कपास होती है ?"

"औपचारिक रूप से—चौथाई हेक्टेयर।"

"लेकिन वास्तव में इससे ज़्यादा है ना ?"

"हमें ज़्यादा की ज़रूरत नहीं है, सबका वैसे ही काम के मारे नाक में दम है !"

"यानी हमारी और आपकी श्रम-व्यवस्था में गड़बड़ है। आपको तो मालूम ही है कि मिर्ज़ाचूल* में प्रति व्यक्ति क्षेत्रफल दो-तीन हेक्टेयर आता है, पर अभी तक कोई नहीं थका। लेकिन वहाँ के सामूहिक किसानों के श्रम-दिन भी हमारे यहाँ से ज़्यादा हैं और उनकी अवितरित निधि भी हमारी से ज़्यादा तेज़ी से बढ़ रही है। क्या हम उनसे उन्नीस हैं ?"

"थोथा चना बाजे घना जैसा होता," क़ादीरोव ने हठपूर्वक कहा। "उनकी अपनी योजना है, मेरी अपनी। और वह आसमान से नहीं टपकी है, हमने उस पर कार्यालय में बहस की है, सोच-विचार किया है...हमारे श्रम-दिन भी उनसे कम नहीं हैं। हमारे सामूहिक फ़ार्म की प्रशंसा की जाती है।"

"क्या इसलिए कि जितनी कपास दे सकता है, उससे कम देता है ? फिर क्या इससे हमारा और सरकार का बहुत ज़्यादा फ़ायदा होता है ? और श्रम-दिन उससे हालाँकि कोई सूखता नहीं है, पर थुल-थुल भी नहीं होता ! नहीं, साथियो, हमारे लिए अछूती धरती को कृषि योग्य बनाना ज़रूरी है। यह हम सबकी इच्छा है।"

"सिर्फ़ इच्छा से कुछ नहीं होगा," क़ादीरोव ने कह डाला।

"लेकिन इच्छा पर भी बहुत कुछ निर्भर करता है—यह भूलना नहीं चाहिए ! हर कार्य में सफलता का आधार जनता की इच्छा, विजय का मैत्रीपूर्ण संकल्प ही होते हैं !"

"मैंने भाषण शायद अच्छा नहीं दिया," आयक़ीज़ ने आलिमजान को लिखे पत्र में दुःख व्यक्त किया। "शायद वैसा नहीं, जैसा कि मैं चाहती थी...बड़ी अजीब बात है : किसी व्यक्ति से आमने-सामने बात की जाती है, तो दिल से निकलनेवाले सीधे-सादे शब्द सूझने लगते हैं। लेकिन सभा को किसी बात का क़ायल करना शुरू करते ही डर महसूस होने लगता है : नहीं, यह वैसा नहीं है, वैसा नहीं है ! अपनी कोई बात कहना चाहते हो, पर मुँह से पिटी-पिटाई बातें निकलने लगती हैं। लेकिन मैं भाषण देना सीख लूँगी, सच कहती हूँ, सीख लूँगी, किसी भी क़ीमत पर ! तुम्हारी पत्नी असली वक्ता बनेगी...केवल जब तुम्हें देखूँगी, तो खुशी के मारे मुँह से एक शब्द भी नहीं निकाल सकूँगी। वैसे ही चुप्पी साधे रहूँगी, जैसे तब, जब हम चश्मे से घर लौट रहे थे। याद है ?...शीरींबुलाक़ तुम्हारी याद में तड़प रहा है, आलिमजान !..."

किन्तु आयक़ीज़ की अपनी वक्तृत्व-कला के बारे में कैसी भी राय क्यों न रही हो, उसके भाषण के समय क़ादीरोव कभी उबलता रहा, तो कभी ठंडा होता रहा। वह

*मिर्जाचूल—भूखी स्तेपी।

आयक़ीज़ के साथ बहस नहीं कर रहा था, केवल उसे टोक रहा था, और उसकी आकस्मिक टिप्पणियाँ उसकी खीज और आत्मसन्देह की गवाही दे रही थीं। वह कनखियों से एकत्र लोगों पर नज़र रख रहा था : उन पर इस सबकी क्या प्रतिक्रिया हो रही है ? फिर भी सच्ची रुचि उसे केवल ज़िला कार्यकारिणी के अध्यक्ष सुलतानोव और जुराबायेव की रायों में ही थी।

सुलतानोव रहस्यमय ढंग से पेश आ रहा था : उसने लिखना बन्द कर दिया और आराम से कुरसी की पीठ पर टिके सबकी ओर उत्कर्ष भावना से और साथ ही कुछ सहानुभूतिपूर्ण हितैषिता से देखने लगा—जितना जी में आए, कहते रहिए, लेकिन होगा यह सब बेकार ही। वह शान्त और कृपालु लग रहा था, किन्तु क़ादीरोव यह न भाँप सका कि इस शान्ति के पीछे क्या छिपा है। अपनी विनोदी आँखें क़ादीरोव—वह घुन्नी साधे बैठा था, और इस पर शायद सुलतानोव को हँसी आ रही थी,—पर टिकाए ज़िला कार्यकारिणी के अध्यक्ष ने आँखें चौंधिया देनेवाली मुस्कान में अपने सफ़ेद झक दमकते दाँत निकाल दिए, किन्तु क़ादीरोव फिर इस मुस्कान का अर्थ न समझ सका। जुराबायेव भी शान्त दिखाई दे रहे थे, पर यह गम्भीर और एकाग्रचित्त शान्ति थी। क़ादीरोव को यह आश्चर्यजनक लगा कि जुराबायेव ने उसे एक बार भी नहीं रोका, हालाँकि अन्य बैठकों के अनुभव के आधार पर कहा जा सकता था कि उन्हें वक्ता को टोकना बिलकुल भी सहन नहीं होता था, और किसी के अपने स्थान से कोई असंयत टिप्पणी करने की देर होती कि ज़िला समिति के सचिव का पेन सुराही, पेपरवेट या दावात पर ज़ोर-ज़ोर से खटखटाने लगता था। जुराबायेव की आज की शालीनता क्या शुभ लक्षण है ? हर हालत में इसका फ़ायदा उठाना चाहिए; और जब आयक़ीज़ ने पुनर्वास के प्रश्न की चर्चा छेड़ी, क़ादीरोव उसका विरोध करने के लिए उठ खड़ा हुआ। जुराबायेव ने सिर हिलायाः बोलिए, सुन रहे हैं...लेकिन क़ादीरोव इससे केवल घबरा ही गया और फिर कुरसी पर बैठकर उदास स्वर में बुदबुदाया :

''आपके हिसाब से ये पुनर्वासी कौन हैं, कामरेड उमूरज़ाक़ोवा ? क्या मुरातअली जैसे लोग ? कुछ विश्वास नहीं होता...''

''हाँ, हाँ ! आयक़ीज़ बीच में बोल बठी। ''आप ऐसी बातें इसलिए करते हैं, क्योंकि आपको जनता पर विश्वास नहीं है। आप लोगों की बेहतर और सुन्दर जीवन की कामना को नहीं समझते। जब लोगों के लिए आवश्यक सुविधायुक्त नया गाँव बन जाएगा, तो क्या किसान हवा आर-पार बहती रहनेवाले पुराने कच्चे घरों को छोड़कर, बढ़िया क़िस्म के घरों में रहने नहीं जाएँगे ? ज़रा यही सोचिए कि पुनर्वास से स्थानीय अर्थव्यवस्था के विकास में कितनी सहायता मिलेगी, उससे संस्कृति का कितना उत्थान होगा। स्मिर्नोव ठीक कहते हैं—हमारी ज़िन्दगी में हर चीज़ एक दूसरे से जुड़ी है : टहनी पकड़कर खींचते ही सारा पेड़ झुकने लगता है। पार्टी किसानों का बेहतर ज़िन्दगी जीने के लिए आह्वान कर रही है, और भलाई से कौन इनकार करेगा ? हम भी आत्मविश्वास के साथ भविष्य की ओर देख रहे हैं। और कॉमरेड क़ादीरोव, यदि आप हमारे अतीत

को याद कर लें, तो बुरा नहीं रहेगा। आपको तब भी हर बात में सन्देह रहता था। बीती याद करके देखिए : शायद उस समय का क़ादीरोव आपको अपनी ग़लतियाँ बता दे, अपने कटु अनुभव को आपके साथ बाँट लें। उससे दिल खोलकर बात कीजिए !''

आयक़ीज़ का चेहरा लाल हो उठा, उसकी आँखें किसी अन्तर्निहित शक्ति से चमक उठीं, और उसके शब्दों में वांछित आत्मविश्वास झलकने लगा। वह महसूस करने लगी कि लोग उसकी बात ध्यानपूर्वक सुन रहे हैं और उसका समर्थन भी कर रहे हैं।

क़ादीरोव ने फ़ौजी क़मीज़ का गरेबान खोल लिया। वही हुआ जिसका उसे पूर्वाभास हो रहा था ! उसकी पिछली ग़लतियों के ताने मारे जाने लगे हैं ! अभी कहेंगे कि वे उसे कोई सबक़ नहीं सिखा सके, कि उसने अपने पुराने सबक़ों से कोई निष्कर्ष नहीं निकाला...भाड़ में जाएँ ये सारे चंचल आविष्कारक ! चैन से बैठ ही नहीं सकते ! सब कितना अच्छा चल रहा था ! ठीक है, कुछ बरस पहले उससे ग़लती हो गई थी, पर बाद में उसने प्रायश्चित कर लिया था, और अब उसे लग रहा था कि उसकी सारी परेशानियाँ दूर हो चुकी हैं। सामूहिक फ़ार्म ज़िले में अग्रणी फ़ार्मों में गिना जाने लगा है, अध्यक्ष का सर्वत्र सम्मान होता है,—बस जियो और ख़ुशियाँ मनाओ। किसी ने ठीक ही कहा है आधी छोड़ पूरी को धावे, आधी रहे, न पूरी पावे। फिर जोखिम के काम में हाथ डालने से कभी भला हो भी सकेगा ? एक बार तो सफल हो गया, पर दूसरी बार बिगड़ भी सकता है। सामूहिक किसान अब ग़रीब नहीं हैं। सामूहिक फ़ार्म मातृभूमि को भी लाभ पहुँचा रहा है। लेकिन नहीं ! इस आयक़ीज के लिए तो यह भी कम है ! नौबढ़ !

लेकिन ब्यूरो के सदस्य उसकी बात ध्यानपर्वक सुनते हैं, पसन्द करते हैं। जुराबायेव के सामने हमेशा की तरह नोटों का ढेर नहीं दिखाई दे रहा है : क्या किसी का भाषण देने का इरादा नहीं है ? सारी बात इन अक्लमन्दों की समझ में आ गई है ! या फिर मैं भी उमूरज़ाक़ोवा का समर्थन करूँ ? वे अछूती धरती को कृषि योग्य बना देंगे, और तब सारे प्रान्त, सारे जनतंत्र में क़ादीरोव की धूम मच जाएगी ! हाँ, अगर वे इस अछूती धरती को कृषि योग्य बना लें...यदि न बना सके, तो ? कामों का तो वैसे ही सिर पर बोझ चढ़ा है, सिर उठाने तक की फ़ुरसत नहीं मिलती। और तिस पर ये नई झंझटें, नई ज़िम्मेदारियाँ। काम नहीं चल पाया, तो उससे, क़ादीरोव से जवाब तलब किया जाएगा। नहीं, जोखिम नहीं उठानी चाहिए। जोखिम आयक़ीज ही उठाती रहे, उसे सूझेगा भी नहीं कि वह ठोकर भी खा सकती है। इससे बस क़ादीरोव का फ़ायदा ही होगा. ..हूँ...लेकिन उन्होंने अपनी ठानी कर दिखाई, तो ? क़िस्मत उनका पहले भी साथ दे चुकी है...सुलतानोव का शुक्रिया अदा करना चाहिए, उसी ने तब क़ादीरोव को बचाया था। लेकिन अब उसका बिलकुल भी लिहाज़ नहीं किया जाएगा, अध्यक्ष की कुरसी से वह दूध की मक्खी की तरह निकाल दिया जाएगा ! आख़िर ये आविष्कारक आते कहाँ से हैं ? परती पड़े खेत में वे खरपतवार की तरह कितने सारे हो गए हैं। सब के सब बस अब आगे बढ़ने के सपने ही देखते रहते हैं। इसलिए तो अपनी योजनाएँ लिए

घूमते रहते हैं। क्या कहा था सुलतानोव ने एक बार उनके बारे में? "नाम के भूखे !..." वे जानते हैं कि क़ादीरोव जोखिम उठानेवालों में से नहीं है, इसलिए उसे पीछे छोड़ने का फ़ैसला कर चुके हैं। लेकिन क़ादीरोव किसी के साथ सत्ता नहीं बाँटना चाहता। वह इस बात का आदी हो चुका है कि सामूहिक किसान उससे मुलाक़ात होने पर "सलाम, माननीय अध्यक्ष !" कहकर आदरपूर्वक दिल पर हाथ रखें। वह अपनी मित्र-मंडली में अपने सामूहिक फ़ार्म के बारे में अधिकारपूर्वक राय देने का अभ्यस्त हो चुका है। वह अपने कैबिनेट, अध्यक्ष की पुरानी मेज़-कुरसी, अपने खेतों का, जिनमें वह एकमात्र स्वामी की तरह धीरे-धीरे और आत्मविश्वास के साथ सलाह देता, आदेश देता, जल्दी करने को कहता चलता है...वह अड़ जाएगा, पर अध्यक्ष का पद कभी नहीं छोड़ेगा। हम अभी और ज़ोर आज़माएँगे, कामरेड उमूरज़ाक़ोवा। देखते हैं किसका पलड़ा भारी पड़ता है ! वहाँ "ऊपरवालों" को इन जोशीले "नेताओं" की कारिस्तानी की ख़बर तक नहीं है। और पता नहीं इसका कैसा स्वागत करेंगे। इसके अलावा क़ादीरोव अकेला तो है नहीं, उसकी पीठ पर ज़िला कार्यकारिणी के अध्यक्ष जैसा पहाड़ है।...लेकिन वह चुप क्यों है ?...क्योंकि यदि ब्यूरो ने इस योजना को स्वीकृति दे दी, तो उसे भी मुश्किल होगी। इन्हें रोकना चाहिए, वरना सब बरबाद हो जाएगा। अकेला क़ादीरोव उनसे नहीं निबट पाएगा...आयक़ीज से वह उलझ चुका है, पर तमाचे उसी के मुँह पर पड़े। क़ादीरोव ने गाल छूकर भी देखाः उफ़, जल रहा है ! वह महसूस कर रहा था कि मौक़ा उसके हाथ से निकलता जा रहा है, उसकी मुखमुद्रा मन की घबराहट की गवाही दे रही थीः मर्ज़ लाख छिपाइए, हरारत उसकी पोल खोल ही देती है !

उसी समय क़ादीरोव के पास उसको भेजा हुआ नोट खिसका दिया गया। उसने सुलतानोव की ओर देखा; सुलतानोव ने चुपके से सिर हिलाया और अनुग्रहपूर्वक मुस्कराया; उसमें आत्मविश्वासपूर्ण टेढ़ी-मेढ़ी लिखावट में कुछ शब्द लिखे थेः "क्या ख़याल है—ये लोग स्वार्थजीवी हैं या अदूरदर्शी मनसूबेबाज़ ?"

यह बताना ज़रूरी है कि ज़िला कार्यकारिणी का अध्यक्ष क़ादीरोव का रक्षक ही नहीं, बल्कि उसका मित्र भी था। असल में यह बराबरी की दोस्ती नहीं थीः एक ओर से कृपा-भाव से कन्धा थपथपाना, दूसरी ओर से जी हुज़ूरी की पुरज़ोर कोशिशें; इसके बावजूद इस दोस्ती का आधार बहुत ठोस था—हितों का समन्वय। सुलतानोव को क़ादीरोव की ज़रूरत थी, क़ादीरोव को—सुलतानोव की, और दोनों एक दूसरे के लिए भरोसेमंद सहारे का काम करते थे। सुलतानोव ने अभागे अध्यक्ष को एक बार बचाकर उसके रूप में अपना एक वफ़ादार समर्थक पा लिया था। सुलतानोव का आभारी क़ादीरोव उसे "उच्च अधिकारियों" में अपने पक्के संरक्षक के रूप में देखता था। वह हृदय से सुलतानोव की वक्तृत्व-कला, कठिन से कठिन परिस्थिति में सौजन्यता व गरिमा बनाए रखने की दक्षता, उसके व्यंग्यपूर्ण व अपने प्रति सम्मान से परिपूर्ण लहजे का प्रशंसक था। लोगों से बातचीत करते समय क़ादीरोव अनजाने में सुलतानोव की प्रिय चेष्टाओं, तकिया-कलामों का इस्तेमाल करता रहता था और कुछ अरसे से उसके नाम

का हवाला भी देने लगा था : ''कामरेड सुलतानोव ने यह कहा था...'', ''कामरेड सुलतानोव ने यह आदेश दिया था।''

वह सुलतानोव के इशारे फ़ौरन समझ जाता था और अब उसका नोट पाकर उसने कन्धे सीधे किए, सिर उठाया, कुरसी पर आराम से बैठ गया। आयक़ीज़ बस्ती के निर्माण के संसाधनों, सरकार द्वारा नए अधिवासियों को दी जानेवाली सहायता, निर्माण-टोलियों की समस्याओं के बारे में कुछ कह रही थी। लेकिन क़ादीरोव अब उसकी बात नहीं सुन रहा था। ज़िले की सर्वेसर्वा वह नहीं, सुलतानोव है, और उसी का निर्णय अन्तिम होगा। सुलतानोव जानता है कि क्या करना चाहिए; सुलतानोव विशेषज्ञ है, अनुभवी है, वह इस नौबढ़ की शेखी किरकिरी कर देगा !

क़ादीरोव ने राहत की साँस लेकर नोट सीने की जेब में रख लिया। उससे मानो प्रभुता की गरमी निकल रही हो और उसके दिल को आराम पहुँच रहा हो। वह आयक़ीज़ के बाद बोलनेवाले ज़िला कार्यकारिणी के अध्यक्ष के भाषण पर भले ही ध्यान नहीं दे रहा था, परन्तु उसके गुरु स्वर की कोमल गूँज, उससे पूर्व के वक्ताओं के लिए व्यक्त किए गए व्यंग्यपूर्ण अथवा द्वेषपूर्ण स्वरविन्यास ने क़ादीरोव का ध्यान ज़रूर आकृष्ट कर लिया था और वह सोच रहा था : ''आख़िर ऐसे अधिकारी अभी भी हैं, जिन पर भरोसा किया जा सकता है, जिनके साथ कोई बात तय हो सकती है—क्या लिखा था उसने ?—हाँ, अदूरदर्शी मनसूबेबाज़ !''

और सुलतानोव इस बीच कभी नेकदिली से मुस्कराता, तो कभी व्यंग्यपूर्वक, विचित्र, ढंग से हाथ हिलाता बड़े मज़े के साथ आडम्बरपूर्ण वाक्य गढ़े जा रहा था। उसे भाषण देने में आनन्द आता था !

''कामरेड उमूरज़ाक़ोवा ने सुन्दर, अतिसुन्दर भाषण दिया ! लेकिन उनके अनुसार सब कुछ सुखसाध्य लगता है। आदि से अन्त तक काव्यात्मक लगता है : आगमन, निरीक्षण, विजय ! पर हम कम्युनिस्ट लोग वास्तविकता से आँखें बराबर करने के अभ्यस्त हो चुके हैं ! सपने बुनना हमें शोभा नहीं देता ! बेशक लोगों का कहना ठीक है : खरी बात कड़वी लगती है। लेकिन मैं फिर भी वास्तविकता को ज़्यादा पसन्द करता हूँ, न कि अविचारित मनसूबों की !...ज़िला कार्यकारिणी के अध्यक्ष के नाते मैं स्थिति से भली-भाँति परिचित हूँ। उमूरज़ाक़ोवा ने यहाँ हृदयग्राही तसवीर खींचकर रख दी है : पुनर्वास के लिए ढेरों प्रार्थनापत्र, नई बस्ती; रेगिस्तानी स्तेपी में जल्दी से जा बसने के लिए एक दूसरे से होड़ करते सामूहिक किसान ! पर वास्तविकता तो इसके बिलकुल विपरीत है !

''स्वभाव की शक्ति को ध्यान में रखिए, साथियो ! हम किसानों के दिल में घर किए हुए अपनी ज़मीन के टुकड़े से लगाव जैसे पूर्वाग्रह की,'' सुलतानोव ने खीसे निपोरीं, ''बिलकुल अनदेखी नहीं कर सकते। किसान कोई प्रवासी पक्षी नहीं है—आज यहाँ और कल वहाँ। उसकी जड़ें उस ज़मीन में गहरी जमी हुई हैं, जिसे कभी उसके पुरखों ने जोता था। उसे अपना घर प्यारा है, वह चाहे जितना ख़राब क्यों न हो। क्योंकि

बदले में उसे उससे बेहतर चीज़ पेश नहीं की जा रही है ! नई, सर्वसुविधायुक्त बस्तियाँ—बेशक बहुत सुन्दर बात है। लेकिन हम उन्हें बनाने कहाँ जा रहे हैं ? उजाड़ हवाओं के लिए चारों ओर से खुली स्तेपी में...'' उसने फौजी कोट का कॉलर खोलने के लिए हाथ बढ़ाया, पर तुरन्त खींच लिया। हालाँकि सुलतानोव कभी मोर्चे पर नहीं रहा था, लेकिन वह युद्ध के समय से ही फ़ौजी काट के कपड़े पहनने लगा था और उसे ''फ़ौजियों'' जैसी चुस्ती और साफ़-सुथरेपन का दिखावा करने का शौक़ था : लोगों के सामने, भारी गरमी में भी उसके कोट के सारे बटन बन्द रहते थे। माथे पर से गहरे काले बालों की छोटी लट झटके से पीछे कर वह उत्तरोत्तर मग्न हुआ बोलता रहाः ''किसी ने यह क्यों नहीं बताया कि अछूती धरती क़िज़ीलक़ूम का मतलब है—लू, जो अपने जलते तन से असहाय कपास को दबा देती है ! रेत के बगूले, जो अपने रास्ते की हर चीज़ को उड़ा ले जाते हैं ! मैं ट्रस्ट के उन कर्मचारियों को जानता हूँ, साथियो, जिन्होंने ऐसे स्थान में आर्टीज़ियन कूप खोदने की योजना बनाई थी, जहाँ लोगों का नाम-निशान तक नहीं था। ज़मीन से पानी निकलता और तत्क्षण फिर ज़मीन में चला जाता था। हम कहीं ऐसे ही कर्मचारियों के अनुरूप तो नहीं होने जा रहे हैं ? कपास बोने को तो हम बो देंगे, लेकिन लू और आँधियाँ चुना करेंगी ! ख़ाली पानी बिलोना—इसे यही तो कहा जाता है, साथियो ! जनता ने मुझे उच्च पद पर प्रतिष्ठापित किया है, इतनी लुभावनी पर जोखिमभरी योजना के प्रणेता मुझे क्षमा करें, यदि जनता के हितों की रक्षा करते हुए मैंने उनके अहं को चोट पहुँचाई हो, यदि उन्हें मेरे ख़ंजर-से तेज़ धारवाले शब्दों ने आहत किया हो। उन्होंने हानिकारक और ख़तरनाक काम छेड़ा है, और उसके बारे में बताना—मेरा कर्त्तव्य है ! हम कपासोत्पादकों से पार्टी केवल एक बात की अपेक्षा करती है : अनवरत और नियमित रूप से कपास की पैदावार में वृद्धि। इसके लिए हमें वर्त्तमान, कृषि योग्य बनाई जा चुकी ज़मीन का अधिक कारगर ढंग से उपयोग करना चाहिए। कामरेड क़ादीरोव का कहना ठीक है, नई ज़मीनों को कृषि योग्य बनाना—हम लोगों के लिए बहुत आगे का काम है। ''और कामरेड उमूरज़ाक़ोवा, आप,'' सुलतानोव ने बड़े जोश में चिल्लाकर कहा, ''हमें राह से बेराह मत कीजिए, मरुस्थल में जाने, आँधियों के पंजों में फ़ँसने का आह्वान न कीजिए। एक बार फिर विनती करता हूँ, मेरी स्पष्टवादिता पर नाराज़ न होइए। पहले कहा था न मैंनेः खरी बात कड़वी लगती है...''

सुलतानोव काफ़ी देर तक बोलता रहा, किन्तु उसे टोका नहीं गयाः ज़िला कार्यकारिणी के अध्यक्ष को भले ही बातूनिया माना जाता था, पर उसके क़ालीन सरीखे रंगबिरंगे और यदा-कदा मिर्च जैसे तीखे भाषणों को प्रायः रुचि के साथ सुना जाता था। जुराबायेव सोच में डूबे हथेली से ठोढ़ी रगड़ रहे थे। बैठक में भाग लेनेवाले व्यंग्यपूर्वक मुस्कराते हुए एक दूसरे की ओर देखे जा रहे थे। ''बहुत दूर की सूझी अध्यक्ष को !''

क़ादीरोव विजय की खुशियाँ मनाने लगा था, पर बैठक की आगे की कार्रवाई से वह निराश होने लगा। ब्यूरो के सदस्य, अन्य सामूहिक फ़ार्मों के अध्यक्षों ने, जिन्हें

योजनानुसार अछूती और परती ज़मीन को कृषि योग्य बनाना था, अपने भाषणों में इस योजना का ज़ोरदार समर्थन किया। क़ादीरोव हैरान था...वह समझ नहीं पा रहा था कि ज़िले के कम्युनिस्ट इसके लिए काफ़ी पहले ही दिल से तैयार बैठे थे। उन्होंने केवल इसलिए आयक़ीज़ और स्मिर्नोव का दृढ़तापूर्वक पक्ष नहीं लिया, क्योंकि वे उन्हें क़ायल करने में सफल रहे थे, बल्कि इसलिए भी कि वे भी तहे दिल से यही चाहते थे। वक्ताओं ने सुलतानोव का विरोध करते हुए इस पर ज़ोर दिया कि योजना में लू और आँधी का भी ध्यान रखा गया है और याद दिलाया कि ज़िला कार्यकारिणी का वाक्-पटु अध्यक्ष स्तेपी में विरले ही जाता है और उसे लगभग हर रोज़ आनेवाले रेत के बगूलों के बारे में केवल सुनी-सुनाई बातों से ही जानकारी है। वैसे वक्ता अधिक नहीं थे। सब थक चुके थे, आगे बहस जारी रखने की इच्छा नहीं रही थी। जुराबायेव ने एकत्र लोगों पर नज़र डालकर अपने भाषण का सारांश लिखे पन्ने को मरोड़ दिया और केवल उपसंहारात्मक टिप्पणी तक ही सीमित रखा।

"यह बहुत अच्छी बात है, साथियो, कि हमने आज जमकर बहस की ! मेरे ख़याल से अब सबको यह स्पष्ट हो गया है कि हमें अछूती धरती को कृषि योग्य बनाना चाहिए और हम ऐसा कर सकते हैं। कामरेड क़ादीरोव ने यहाँ वर्तमान योजना का हवाला दिया है : यानी हमारे लिए आज की चिन्ताएँ ही काफ़ी हैं। जो योजना प्रस्तुत है—बस उसे ही अमल में लाया जाए। लेकिन योजनाएँ हम लोगों के भले के लिए बनाई जाती हैं, साथियो ! तो हमें ये प्रतिज्ञाएँ करनी चाहिए। कपास का मतलब ख़ुशहाली, संस्कृति की उन्नति है—क्या इसके हेतु हमें अपनी पूरी शक्ति नहीं लगा देनी चाहिए ? यूँ तो हमारे लोगों का जीवन इस समय भी बुरा नहीं है। यह सही है। लेकिन वे इससे भी बेहतर जीने का सपना देखते हैं। और कल उससे भी ज़्यादा बेहतर ! और उन्नति के इस मार्ग पर सुस्ताने की फ़ुरसत हमें बिलकुल नहीं है : अगर हम लगातार दो वर्ष तक टस से मस न होंगे, किसान को होनेवाली अतिरिक्त आय से, नए घर से, नए क्लब से वंचित करेंगे, तो जनता हमें क्षमा नहीं करेगी। इसी कारण हम कॉमरेड सुलतानोव से सहमत नहीं हो सकते। उन्होंने जनप्रिय नेता की भाँति हमारी नई ज़मीन को कृषि योग्य बनाने व कपास का अतिरिक्त उत्पादन करने की अभिलाषा की तुलना उपज की वृद्धि के लिए किए जा रहे संघर्ष से करने की कोशिश की है। लेकिन क्या ये दो काम एक दूसरे को बाधा डाल सकते हैं ? हम अछूती धरती से भी अधिक से अधिक कपास उठाने का प्रयत्न करेंगे ! मेरा विचार है कि अछूती धरती को कृषियोग्य बनाने की योजना पेश करनेवाले साथियो ने अमूल्य पहलक़दमी की है, और मेरा सुझाव है कि इस योजना को हमारे ज़िले की अन्य ग्राम सोवियतों में लागू किया जाना चाहिए। कामरेड सुलतानोव कठिनाइयों से हमें डरा रहे थे। उनका धन्यवाद कि उन्होंने हमें एक बार फिर कठिनाइयों का स्मरण करा दिया। मैं इतना मान लेता हूँ कि कामरेड उमूरज़ाकोवा ने उत्साह के आवेग में तसवीर में रंग ज़रूरत से ज़्यादा इस्तेमाल किए हैं। कठिनाइयाँ आएँगी, और जनता को उनका मुक़ाबला करने के लिए तैयार करना चाहिए; जनता का आह्वान केवल

सुख-समृद्धि के लिए ही नहीं, संघर्ष करने के लिए भी करना चाहिए। कठिनाइयाँ आएँगी, पर क्या हमें, कम्युनिस्टों को प्रकृति की शक्तियों और पुरानी पहाड़ी झोंपड़ियों से वृद्धों के लगाव के आगे हार माननी चाहिए ? मोर्चे पर तो किसी के भी दिमाग़ में चिल्लाने का विचार नहीं आता होगाः आगे दुश्मन है,—भागो ! मैं इसे, साथियो, मतदान के लिए पेश करने का प्रस्ताव रखता हूँ...''

क़ादीरोव के लिए यह सब अप्रत्याशित था और वह बुरी तरह घबरा गया। उसने सुलतानोव पर अपनी प्रश्नात्मक दृष्टि जमा दी। सुलतानोव ने जुराबायेव के भाषण के बाद कृत्रिम विनोदपूर्ण आज्ञाकारिता से हाथ हिला दिए : क्या किया जाए, कभी-कभी झुकना पड़ता है। फिर भी उसने मतदान में भाग नहीं लिया। और ब्यूरो की कार्रवाई समाप्त होने के बाद जब वे दोनों बाहर निकले, सुलतानोव ने दोस्त का कन्धा थपथपाया और उत्साहवर्धक स्वर में बोला :

''दिल छोटा मत करो, अध्यक्ष ! नाई, नाई, बाल कितने ? जिजमान आगे ही आते हैं !'' उसने बड़े आनन्द से वसन्त-सिक्त ताज़ा हवा में उच्छवास लिया और सुझाव दिया : ''चलो, मेरे यहाँ पुलाव खाएँगे। चलो। चलो, ज़िन्दगी छोटी होती है, बहुमूल्य समय बेकार नहीं गँवाना चाहिए !''

आयक़ीज ज़िला समिति से सबसे बाद में बाहर निकली। बाहर शाम का झुटपुटा हो आया था। बस्ती के ऊपर गहरा नीला आकाश फैला हुआ था, जिस पर तारे चमकीली, नुकीली चिनगारियों की तरह छिटके हुए थे। आयक़ीज पत्थर की सीढ़ियों पर से धीरे-धीरे पटरी पर उतरी और लालटेन की मद्धिम रोशनी में क़दम रख ही पाई थी कि उसकी अलतीनसायवाली सहेलियों की शोर मचाती टोली ने उसे घेर लिया। चारों ओर से प्रश्नों और उद्‌गारों की बौछार होने लगी।

''उफ़, आयक़ीज़, हम तो तुम्हारा इन्तज़ार करती-करती ऊब ही गईं...''

''देखो, हमने काम ख़तम कर ड्राइवर को मना लिया—और यहाँ आ पहुँची !''

''सारा सामूहिक फ़ार्म छत्तापेटी बना हुआ है; बातें सिर्फ़ अछूती धरती के बारे में ही हो रही हैं।''

''आयक़ीज़, हम नई बस्ती का नाम क्या रखेंगे ?''

''आयक़ीज़, आयक़ीज़, योजना का क्या हुआ ?''

''सुनो, आयक़ीज़ ! चलो बस्ती के चारों ओर बहूऽऽत बड़ा बाग़ बना दें। नहीं तो घूमने के लिए कोई जगह ही नहीं होगी : स्तेपी तो चारों ओर वीरान पड़ी है !''

आयक़ीज़ इस भँवर में घिर गई। अनचाहे वह सबके साथ जोश में आई और उसका नटखट खनकता स्वर गूँज उठा :

''योजना स्वीकार हो गई, लड़कियों ! अब—काम में जुट जाओ !''

''पर क़ादीरोव ने क्या कहा, आयक़ीज़ ?''

आयक़ीज़ ने हँसते हुए हाथ झटकार दिया : ''अरे, छोड़ो उसे !...''

आयक़ीज़, हमारे साथ चलो !'' लड़कियाँ फिर उसके पीछे पड़ गईं। ''बायचीबार

को हम ट्रक में चढ़ा लेंगी। ज़रा वह भी सवारी का मज़ा ले ले !''

''नहीं, सहेलियो, मुझे सुबह कुछ काम निबटाने बाक़ी हैं। रात मैं यहीं बिताऊँगी।''

आयक़ीज़ की पुरानी सहेली मेख़री उसके पास आई। उसने हौले से आयक़ीज़ की कोहनी पकड़ी और सान्त्वना पाने के अन्दाज़ में उसके कन्धे से कन्धा सटा लिया। आयक़ीज़ ने आश्चर्य से उसके उदास चेहरे की ओर देखाः

''तुम इतनी उदास क्यों हो ? ऐ मेख़री, सिर ऊँचा रखो ! कुछ ही दिनों में तुम बड़े घर की मालकिन बननेवाली हो। अब ज़्यादा इन्तज़ार नहीं करना पड़ेगा, मेख़री !''

मेख़री ने खिन्न मुस्कान के साथ सिर हिलाया।

''अब्बा नई जगह में रहने नहीं जाना चाहते, आयक़ीज़।''

और आयक़ीज़ को अचानक लगा जैसे गली के छोर के ऊपर आकाश में झिलमिलाते बड़े-से तारे ने उसे शरारती ढंग से आँख मारी हो।

''क्या सुलतानोव की बात सचमुच ठीक है ?'' आयक़ीज़ ने अपने पत्र का अन्त इस क्षोभयुक्त प्रश्न के साथ किया। ''क्या किसान सचमुच पुनर्वास नहीं करना चाहेंगे ?...नहीं, नहीं, मुझे अपनी समीचीनता में पूरा विश्वास है, लोग इतने नेक काम का ज़रूर समर्थन करेंगे। क्योंकि यह उनके भले के लिए ही है...पर आलिमजान, मेरे प्रियतम, तुम जल्दी से लौट आओ, तुम्हारे बिना मुझे बहुत मुश्किल हो रही है...''

पाँच

बहती नदी में पाँव पखार लेने चाहिए

हाँ, आयक़ीज़ का जैसा अनुमान था, पत्र काफ़ी लम्बा और शुष्क सिद्ध हुआ। जबकि वह उसमें वह सब उँडेल देना चाहती थी, जो उसे इस समय इतना व्याकुल किए हुए था। पंक्तियों को सरसरी नज़र से पढ़ते हुए उसे भिन्न-भिन्न अनुभूतियाँ हो रही थीं—क़ादीरोव के प्रति उसका रोष अभी ठंडा नहीं पड़ा था, साथ ही योजना स्वीकृत होने से उत्पन्न हुई आह्लादक चेतना के कारण वह सन्तुष्ट भी थी।

यह याद आते ही कि उसे खाना बनाना है, आयक़ीज़ ने पिता के आने से पहले शोरबा पकाने के लिए जल्दी से चूल्हा जलाकर देगची चढ़ा दी—शोरबा उन्हें बहुत पसन्द था। वह पत्र लिफ़ाफ़े में रख ही पाई थी कि अहाते में उमूरज़ाक-अता, मशीन-ट्रैक्टर-स्टेशन का निदेशक पोगोदिन और ज़िला समिति के ब्यूरो की बैठक में निर्माण कार्य के अधीक्षक पद पर नियुक्त स्मिर्नोव दिखाई दिए।

''लो, मेहमानों की ख़ातिरदारी करो, मेज़बानिन !'' पोगोदिन ने फाटक से ही आवाज़ दी।

''बरामदे में सबसे पहले उमूरज़ाक़-अता धीरे-धीरे चढ़े, फिर युवकों की-सी सहजता

से दुबले-पतले स्मिर्नोव, और उनके बाद बूटों से धम-धम करता पोगोदिन। उनका अभिवादन कर आयक़ीज़ ने सबको अहाते में, हौज़ के पास आने का निमंत्रण दिया जहाँ क़ालीन बिछा ऊँचा, बड़ा चबूतरा बना था।

"हमसे सब्र नहीं किया जा सका। बैठकर सलाह करने आए हैं," पोगोदिन ने आयक़ीज़ से नज़र हटाकर उबलते पानीवाली देगची की ओर देखकर कहा। "मिल-जुलकर पकाया शोरबा कभी न हो ख़राब।"

"तुम, इवान बोरिसोविच, हमारी सारी कहावतें जानते हो !" आयक़ीज़ ने मुस्कराकर कहा।

"हाँ, सारी न सही, पर कुछ जानता हूँ..."

स्मिर्नोव ने बिना किसी को सम्बोधित किए भोली-भाली मुखमुद्रा में कहाः

"अलतीनसाय में एक लड़की है...सुन्दर, हाज़िर-जवाब, हँसमुख ! और इसके अलावा कहावतों की बहूऽऽत शौक़ीन भी। बस मुझे उसका नाम याद ही नहीं आ रहा है..."

"कहीं लोला तो नहीं है ?" आयक़ीज़ ने नटखट मुस्कान के साथ याद दिलाया।

"हाँ, हाँ ! लोला ! और कहावतें भी उसके मुँह से बिलकुल वैसी ही निकलती हैं, जैसी इवान बोरिसोविच के मुँह से !"

पोगोदिन का चेहरा लाल सुर्ख़ हो उठा, उसने कुछ बुदबुदाते हुए स्मिर्नोव की ओर क्रोधपूर्ण नज़रों से देखा। वह ज़िन्दादिली से हँस पड़े।

"अरे, शर्माओ नहीं, निदेशक, हम तो अपने ही हैं। तुम्हें चिट्ठी लिखती है वह ?"

"लिखती है..." पोगोदिन ने नरमी से कहा। "लेकिन विरले ही।"

"समझ गया," स्मिर्नोव ने गम्भीरतापूर्वक सिर हिलाया, "सिर्फ़ दिन में एक बार ! यानी अब बस एक ही बात पूछनी बाक़ी रह गई है : शादी कब की है ?"

आयक़ीज़ ने पोगोदिन की ओर स्नेहपूर्ण आश्चर्य से देखा। वह दूसरे पोगोदिन—मुखर, कर्कश, चिड़चिड़े—की आदी थी। उसे शान्त और लज्जालु हुआ देख वह हैरान हो गई जबकि पोगोदिन के लिए लोला के बारे में बात करना सुखद भी लग रहा था और बोझिल भी...उसकी आँखों के आगे अचानक लोला का चेहरा घूम गयाः गुलाबों-से लाल-लाल गाल, भौंहें—दो काले अर्द्धचन्द्र, लम्बी-लम्बी बरौनियाँ, मुस्कराती हुई बड़ी-बड़ी आँखें, जो मानो यह पूछती रहती थीं : "तुम मुझसे अपना प्यार क्यों छुपाते हो, अपने घर क्यों नहीं बुलाते हो ?" हाँ, वह अभी तक लोला के साथ साफ़-साफ़ बात नहीं कर पाया था। पिछले कुछ समय से उनकी मुलाक़ातें हुई भी थीं तो बहुत कमः अपने स्वप्न को साकार करने के लिए दृढ़-प्रतिज्ञ लोला ताशक़न्द में उद्यान-विशेषज्ञ व चयनविद बनने के लिए अध्ययन कर रही थी...स्मिर्नोव को वह क्या जवाब दे सकता था ? बुरी तरह सकुचाते पोगोदिन ने बातचीत का रुख़ मोड़ने की कोशिश की :

"हाँ, आयक़ीज़, तुमने आलिमजान को ब्यूरो की कल की बैठक के बारे में लिख दिया ?"

"ज़रूर लिख दिया ! तार भी भेज दिया।"

ठीक है, ठीक है ! मैं भी उसे तार भेजना चाहता था, पर सोचाः अभी जल्दबाज़ी नहीं करनी चाहिए, मेरे ख़त के बजाए तुम्हारे ख़त को देखकर आलिमजान ज़्यादा ख़ुश होगा।"

जब तक वे एक दूसरे से हँसी-मज़ाक, बातें करते रहे, तब तक उमूरज़ाक-अता ने पिछली शरत् में हौज़ के पास गड्ढा खोदकर दबाई सब्ज़ियों में से कुछ मोटी-मोटी मूलियाँ निकाल लीं, सागबाड़ी से सूई जैसे पतले हरे प्याज़ तोड़ लाए, घर से नमकीन खीरे, टमाटर तथा ख़रबूज़ा ले आए। ख़रबूज़े वे कूट-कूटकर चपटे किए सरकंडों से बाँधकर छत से लटका देते थे। वह जब चबूतरे पर पहुँचे, वहाँ स्तेपी में आगामी प्रस्थान की चर्चा छिड़ी हुई थी।

"तो बात यह है, आयक़ीज़," स्मिर्नोव ने कहा और उनकी ठोढ़ी का काले मटर जैसा मस्सा तेज़ी से हिलने लगा, "वह कहावत, जो हमारे प्यारे निदेशक को बहुत पसन्द है : बहती नदी में पाँव पखार लेने चाहिए ! क्या हमारा काम शुरू कर देने का समय नहीं आ गया है ?"

"तुम ठीक कहते हो, बेटा," चीनी मिट्टी के बड़े प्याले में मूली काट रहे उमूरज़ाक़-अता ने उनका समर्थन किया। "मौत को छोड़कर हर मामले में जल्दी करनी चाहिए। काम टाल दिया, तो जोश ठंडा पड़ जाएगा, वैसे ही जैसे शोरबा ठंडा पड़ा रहने पर उसमें फफूँद लग जाती है।"

आयक़ीज़ ने भी समय न गँवाने के लिए समोवार सुलगा दिया, बड़ी चायदानी में हरी चाय बना ली, चबूतरे पर दस्तरख़ान बिछा दिया, उस पर भुने हुए चनों और किशमिश व मिठाइयों की तश्तरियाँ, बेलबूटेदार हरी प्यालियाँ रख दीं, गेहूँ की नान के टुकड़े कर दिए और शोरबा लाकर उसे रक़ाबियों में परोसने लगी।

"क्या ख़याल है, आयक़ीज़," स्मिर्नोव ने अपनी तश्तरी में मूली रखते हुए पूछा, "काम जल्दी शुरू कर दिया जाए ?"

"आपने इस बारे में जुराबायेव से बात की ?"

"जुराबायेव आज मेरे पास जलागार पर आए थे। हम स्तेपी पर धावा बोलने के लिए तैयार हैं या नहीं—उन्होंने इसका पता लगा लिया। उन्होंने सलाह दी कि हम तीनों मिलकर कुछ ही दिनों में प्रारम्भिक कार्य शुरू किए जाने पर विचार करें। आइए, साथियो, इसे टाले नहीं !" स्मिर्नोव ने इतने उत्तेजनापूर्ण स्वर में अपनी बात ख़तम की, मानो कोई उनका विरोध कर रहा हो।

आयक़ीज़ ने अधखाए शोरबे की रकाबी सरकाकर शान्त स्वर में कहाः

"आप जानते हैं, मुझे मनाने की ज़रूरत नहीं है। जितना जल्दी हो, उतना ही अच्छा। अब्बा भी कह रहे हैं कि हमें जल्दी करनी चाहिए। मुझे मालूम है कि हमारे सामूहिक किसान हमारा समर्थन करेंगे। क्योंकि वे इन सब बातों के बारे में कितनी ही बार सलाह-मशविरा कर चुके हैं। अब उन्हें मनाने की ज़रूरत नहीं रही—वे काम छिड़ने

का इन्तज़ार कर रहे हैं। बस एक क़ादीरोव..."

"क़ादीरोव से अभी किसी काम की अपेक्षा नहीं की जा रही है। हम इस समय केवल सामूहिक प्रस्थान की तैयारी के बारे में बात कर रहे हैं, सबसे ज़्यादा बोझ हम पर पड़ेगा। मैं जलागार के पुनर्निर्माण के डिज़ाइन का पूरा ब्योरा मालूम कर लूँगा। इवान बोरिसोविच अपनी मशीनरी निर्माण-स्थल पर ले जाएँगे। और आयक़ीज़, तुम बस्तियों का काम सँभाल लोगी। तय रहा ? तुम्हारा इस बारे में क्या ख़याल है, इवान बोरिसोविच ?"

"मेरा क्या...मैं हमेशा इसके पक्ष में हूँ," पोगोदिन ने मन्द स्वर में कहा। "जल्दी शुरू करने का मतलब पक्की तैयारी करना है। पर तैयारी सही माने में पक्की होनी चाहिए। अछूती धरती को कृषि योग्य बनाना कोई बच्चों का खेल नहीं है।"

सब हँस पड़े, पर पोगोदिन ने हाथ झटकार दिया :

"आप लोग भी क्या ! आप लोगों से तो बात करना भी मुश्किल है।"

स्मिर्नोव ने ख़रबूज़े की पीली-सी और स्वाद में शहद जैसी फाँक मुँह में डाली और आनन्द के कारण आँखें बन्द कर लीं।

"वाह, कितना स्वादिष्ट है !"

"कुछ ही दिनों में ताज़ा मिलने लगेंगे," उमूरज़ाक़-अता ने सागबाड़ी की ओर इंगित किया। "देखिए, कितने सारे हैं !"

आयक़ीज़ ने दोपहर के सूरज की किरणों में नहाई क्यारियों की ओर देखा और सुझाव दियाः

"नई ज़मीन में भी ख़रबूज़े बोने चाहिए। अछूती धरती जोतनेवालों को भी गरमी के दिनों में अपनी प्यास बुझाने के लिए कुछ मिलता रहेगा।"

"चूक गईं, आयक़ीज़ !" पोगोदिन ने विजयोल्लास में ठहाका लगाया। "मैं सागबाड़ी के लिए जगह ढूँढ़ चुका हूँ।"

बातचीत देर तक चलती रही। सूरज ने जैसे अनिच्छा से क्षितिज की ओर अपने अवरोहण की यात्रा आरम्भ कर दी। गरमी की तेज़ी बढ़ने लनी, उसकी घनता दबाने-सी लगी, आकाश से मानो भारहीन सूर्यकिरणें नहीं, तपा हुआ तेल गिर रहा था। पर चबूतरे पर गरमी कुछ कम महसूस हो रही थीः छायादार हौज़ से ऊपर बेद की शाखाओं का घना छत्र तना हुआ था, ठंडक आती महसूस हो रही थी, चारों ओर से घनी शाखाओंवाले वृक्षों से घिरे होने के कारण चबूतरे पर काफ़ी ठंडक थी।

मित्र अब चाय की तीसरी केतली ख़ाली कर रहे थे। पोगोदिन ने माथे से पसीना पोंछने के लिए शायद दसवीं बार रूमाल निकाला; स्मिर्नोव अन्त में मेज़बानों को धन्यवाद दे उठ खड़े हुए और बोलेः

"लगता है सारी बात साफ़ हो चुकी है। आयक़ीज़ तुम्हें कल सब सामूहिक फ़ार्मों के अध्यक्षों को जमा करके उनके साथ सारी बातें तय कर लेनी चाहिए। और काम शुरू कर देना चाहिए।"

छः

चढ़ाई से पहले

अलतीनसायवासी सामूहिक प्रस्थान की तैयारियों में लग गए। घर-घर में कुदालों, बेलचों की धार तेज़ की जा रही थी, काम के कपड़े तैयार किए जा रहे थे, जूतों की मरम्मत की जा रही थी। कोम्सोमोल नारे लिख रहे थे, दीवार समाचारपत्र का विशेष संस्करण निकालने के लिए दौड़-धूप कर रहे थे।

निःसन्देह सबसे ज़्यादा काम स्मिर्नोव, आयक़ीज़ और पोगोदिन को करने पड़ रहे थे।

स्मिर्नोव सारा दिन निर्माण-स्थलों पर गुज़ारते, जहाँ वृत्ताकार बाँध बनाना और जल-वितरकों का निर्माण करना था। वह भावी नहर के मार्ग पर निरीक्षण करते, प्रबन्धकों के साथ विचार-विमर्श करते। शाम को कार्यालयवाले घर के एक कमरे में बार-बार जलागार के पुनर्निर्माण के डिज़ाइन का अध्ययन किया करते।

एक दिन रात को कमरे में घने बादल से छाए तम्बाकू के धुएँ से तंग आकर स्मिर्नोव ने बाँध पर जाने का फ़ैसला किया। वह लम्बे और दुबले-पतले थे और क़मीज़ का कॉलर खोले, चौड़े पाँयचों की केनवस की पतलून की जेबों में हाथ डाले रेलिंग के सहारे खड़े थे और हिमनदों व नदियों की शीतलता लिए बह रहे स्वच्छ सांध्य पर्वतीय पवन के झोंके उनके सुनहरे बालों को, जिनमें सफ़ेदी का नाम भी नहीं था, अस्त-व्यस्त कर रहे थे, खुली गरदन को शीतल कर रहे थे। रात उजली थी, चाँदनी छिटकी थीः चाँद की तश्तरी जलागार के अन्धकारमय लहरियों में प्रतिबिम्बित हो रही थी। मानो किसी ने रजतपिंड जल में गिरा दिया हो और वह तल में झिलमिला रहा हो...हलकी तरंगें किनारों को फेन की झालर से सजाती छपाके लगा रही थीं।

"समुद्र !...वास्तव में समुद्र है !" स्मिर्नोव फुसफुसाए। जलागार को जी भर निहारकर इवान निकितिच बाँध के दूसरे छोर पर अलतीनसाय पनबिजलीघर के अधिक निकट चले गए। दूर नीचे बन्धन तोड़कर मुक्त हुई-सी नदी उफन रही थी, किसी को धमकाती-सी गरज रही थी, इस शोर के बीच कपास के खेतों की ओर से नियमित और मन्द घर-घर भी सुनाई दे रही थी। स्मिर्नोव ने ध्यान से देखा और दूर, बहुत दूर से आगे बढ़ती बत्तियाँ पहचान लीं : ये पोगोदिन के ट्रैक्टर हेडलाइटें जलाए अथक जुगनुओं की तरह ज़मीन पर रेंग रहे थे। "अँधेरे में भी काम कर रहे हैं !" स्मिर्नोव ने सहृदय मुस्कान के साथ सोचा। "बोवाई करने की जल्दी में हैं। ठीक है, ठीक है, इवान बोरिसोविच ! दबाओ एक्सलरेटर ! सामूहिक प्रस्थान बस आरम्भ ही होनेवाला है !" आश्वस्त और प्रसन्न स्मिर्नोव ने एक लम्बी साँस ली और लम्बे डग भरते हुए कार्यालय की ओर चल दिए।

मशीन-ट्रैक्टर-स्टेशनवाले वास्तव में जल्दी में थे। अछूती धरती पर अधिकाधिक

मशीनरी पहुँचाने के लिए वसन्तकालीन बोवाई जल्दी से जल्दी समाप्त कर लेनी थी। कुछ सामूहिक फ़ार्मों की अनजुती ज़मीन से घिरे अछूते भूभाग पर ट्रैक्टर-टोलियों के लिए मशीन-ट्रैक्टर-स्टेशन द्वारा खेत-कैम्प बनाया जा रहा था।

मशीन-ट्रैक्टर-स्टेशनवाले यहाँ जब पहली बार आए थे, उन्होंने यहाँ सूखी धूसर और धूलभरी घास से ढकी ज़मीन देखी थी। उन्होंने घास जला दी, ज़मीन को समतल कर दिया। स्तेपी के बीच धुँधली झील-सा चौड़ा मैदान फैलता जा रहा था। एक दिन बीतते ही मैदान में तख़्तों, छत छवाने के स्लेट के चौकों और शहतीरों के ढेर लग गए। ढेर तेज़ी से घटते जा रहे थे, पर साथ ही लम्बे-चौड़े बरामदेवाला पूर्व-रचित घर दिन दूना रात चौगुना ऊँचा होता जा रहा था, जिसमें ट्रैक्टर दल का मुख्यालय, चिकित्सा-कक्ष, मनोरंजन-कक्ष बनाए जाने थे। मैदान के किनारे-किनारे टूटी हुई काली रेखाएँ खींच दी गई थीं: वहाँ ईंधन की टंकियाँ और ड्रम लाकर रखे जाने लगे थे। कुल मिलाकर खेत-कैम्प के लिए सुरक्षित रखे गए क्षेत्र का हुलिया दिन-प्रतिदिन बदलता जा रहा था, मानो कोई अशान्त, कठोर चित्रकार रेखाएँ और रंग मिटाकर उसमें अधिक सख़्ती के साथ तालमेल बिठाता दूसरे रंग इस्तेमाल करता हुआ तत्क्षण दूसरी रेखाएँ खींच रहा हो।

हाल ही में कृषि योग्य बनाई गई ज़मीन से, जिसे मशीन-ट्रैक्टर-स्टेशन का निदेशक ''पुरानी'' कहता था, खेत-कैम्प तक बनाई गई नाली के उस ओर पोगोदिन द्वारा लगाई छोटी-सी सागबाड़ी थी।

एक बार अछूती धरती पर स्थानान्तरित ट्रैक्टर-टोली में काम करनेवाला सुवानक़ुल ख़रबूज़े के खेत में आया। पिछले वर्ष तक वह क़िज़िल युल्दुज़ सामूहिक फ़ार्म में टोली-नायक था, पर भीमकाय सुवानक़ुल को सामूहिक फ़ार्म के ''पुराने'' खेतों में जगह तंग महसूस होने लगी और वह मशीन-ट्रैक्टर-स्टेशन में पोगोदिन के पास नई ज़मीन को कृषि योग्य बनाने चला गया।

सुवानक़ुल काफ़ी देर तक खेत के किनारे खड़ा रहा। वह स्वयं मशीन-ट्रैक्टर-स्टेशन के निदेशक द्वारा तरबूज़ और ख़रबूज़े बोई हुई और सफ़ाई से बनाई गई क्यारियों को देर तक देखता रहा। उसका उद्देश्य ट्रैक्टर-चालकों को सूखे और तपते दिनों में खाने को कुछ मीठा उपलब्ध कराते रहना था।

थोड़ी देर और खड़े रहकर, उसने मन में कुछ तय किया और अलतीनसाय चला गया। वहाँ से रैहान की हरी-भरी पौध ले आया। जब तक अन्तिम फ़ैसला हो पाए, जब तक तरबूज़ और ख़रबूज़े पक पाएँ, तब तक ट्रैक्टर-चालक मित्र हरी-भरी, कुंचित बूटी की मादक, मीठी-कड़वी सुगन्ध का आनन्द लेते हुए उसे निहारते ही रहें। और मस्तावा* में ऊपर से रैहान** डाल दिया जाए, तो सोने में सुहागा हो जाए !...सुवानक़ुल को सारे गरम और मसालेदार सूपों में मस्तावा सबसे ज़्यादा पसन्द था : शीतल दही और

*मस्तावा—चावल का मांस के साथ बना सूप, जिसमें ऊपर से थोड़ा-सा दही डाला जाता है।

**रैहान—तुलसी की एक क़िस्म।—सं.

ख़ुशबूदार रैहान उसे अद्वितीय स्वाद प्रदान कर देते हैं। यहाँ तक कि शोरबे को सबसे ज़्यादा पसन्द करनेवाले पोगोदिन को भी सुवानक़ुल अपना मतावलम्बी बनाने में सफल हो गया था। उसके सक्रिय प्रचार के बाद मशीन-ट्रैक्टर-स्टेशन के निदेशक के भोजन में मस्तावा ने शोरबा के ऊपर निर्णायक विजय प्राप्त कर ली थी।

सुवानक़ुल अपने साथी को पाली सँभलाकर दिन भर तरबूज़ों-ख़रबूज़ों के खेत में किनारे-किनारे रैहान की पौद रोपता रहा। शाम से पहले अपने मित्र से मिलने आए उसके सामूहिक फ़ार्म के टोली नायक बेकबूता ने उसे इसी काम में व्यस्त पाया। धाय की तरह सावधानी से मिट्टी में नन्ही-नन्हीं पौद रोप रहे भारी-भरकम और बेढब सुवानक़ुल की सूरत देख बेकबूता को हँसी आने लगी। हँसी सुनकर सुवानक़ुल ने अनिच्छापूर्वक धीरे-धीरे गरदन घुमाई, कमर सीधी की और मेहमान का अभिवादन किए बिना ही अपने चेहरे पर उदासी लाकर पूछाः

''खीसें क्यों निपोड़ रहे हो ?''

''तुम्हें सही-सलामत देख रहा हूँ, इसी की ख़ुशी में,'' बेकबूता ने ज़िन्दादिली से जवाब दिया। ''सलाम-अलैकुम, मेरे दिल के टुकड़े, कोकताऊ की चोटियों में सबसे ऊँची चोटी !''

''वालैकुम अस्सलाम, कभी न थकनेवाले बातूनी ! कैसे आना हुआ ?''

''तरस गया, दोस्त। इतना तरस गया कि ताक़त ही नहीं रही,'' बेकबूता ने सुवानक़ुल के पास ज़मीन पर बैठते हुए उससे उन्नीस न रहने की कोशिश में गम्भीर स्वर में कहाः ''तुमसे मिले कितना अरसा हो गया ! मेरी तो ज़बान ही भोथरी हो चली, ऐसी कोई सिल्ली नहीं है, जिस पर मैं उसकी धार तेज़ कर सकूँ।''

''यानी सिल्ली मैं हूँ ?'' सुवानक़ुल के मुँह से असावधानीवश निकल गया।

''समझ गए, दोस्त !'' बेकबूता ख़ुश हो उठा। ''प्यारे, तुम सचमुच कामयाबी हासिल करते जा रहे हो। बिलकुल ठीक, मेरी ज़बान चाकू है, तुम्हारा सिर सिल्ली। वैसी सिल्लियाँ ज़रा ज़्यादा बढ़िया क़िस्म के माल से बनती हैं..''

सुवानक़ुल सहृदय कृपा-भाव से मुस्करा पड़ा।

''स्मिर्नोव तक ऐसा बाँध नहीं बना सकते, जो तुम्हारी बक-बक की बाढ़ को रोक सके। तुम्हारा मुँह बन्द करने के लिए चाय पेश करूँ ? इस चीज़ की हमारे कैम्प में कोई कमी नहीं है, जितनी ढकोस सको, ढकोस लो।''

सुवानक़ुल के प्रस्ताव से बेकबूता और अधिक ख़ुश हो उठा।

''चाय !...हा...हा... !...यह मेरी चाय से ख़ातिरदारी करना चाहता है !....'' वह आगे-पीछे झूमता और बड़े जोश में अपने घुटनों पर हाथ मारता खिलखिलाकर हँसने लगा। ''जब तक तुम चाय लेकर आओगे, मैं लपककर गाँव पहुँच जाऊँगा और अपने घर में जी भरके चाय पी आऊँगा। अरे, बैठे भी रहो, फुरतीलों में फुरतीले !''

सुवानक़ुल बेकबूता की बातें सुन-सुनकर मन-ही-मन केवल सहृदयता से मुस्करा रहा था। वह दिल से न जाने कब से अपने दोस्त से मिलने को तड़प रहा था। ट्रैक्टर पर

बैठ धीरे-धीरे किन्तु तत्परता से अपने शक्तिशाली डी.टी-54 से अनन्त स्तेपी की हठीली सिट्टी तोड़ते हुए वह प्रायः याद करता रहता था कि वह कैसे कपास के खेतों के लिए पानी निकालने कोकबुलाक़ पर बेकबूता और आलिमजान के साथ काम करता रहा था, और बाद में नई ज़मीन पर उसने कैसे अपने मित्र के साथ धुआँ-धार मेहनत में ज़ोर आज़माई की थी। वह बेकबूता के आने पर दिल से खुश था, पर अपनी खुशी किसी भी तरह छुपाने की कोशिश कर रहा था। अतिथि की हँसी-दिल्लगी पर कोई ध्यान दिए बिना वह फिर भी खेत-कैम्प में गया, वहाँ से बड़ी-सी केतली और दो प्यालियाँ उठा लाया और गरमागरम तेज़ हरी चाय बेकबूता के लिए ढालते हुए भोलेपन से पूछने लगा :

"यानी तुम इतना लम्बा सफ़र सिर्फ़ मुझे दो-एक बासी मज़ाक़ पेश करने के लिए ही तय करके आए हो ?"

"दान की बछिया के दाँत नहीं देखे जाते। लेकिन अगर तमन्ना है, तो मर्द से मर्द की तरह बात हो जाए। हमारी क़िस्मत ने हमारा साथ नहीं दिया, प्यारेः ऐसे काम हो रहे हैं, और हम दोनों अलग मालिकों के मातहत हैं..."

"पोगोदिन मेरा दोस्त है, मालिक नहीं। यह क़ादीरोव है, जो जैसे उसके जी में आता है, तुम पर हुक्म चलाता रहता है।"

"अरे इससे कुछ नहीं होता, हुक्म चलाता है, चलाता रहे, हमारी बला से। आख़िर वह कमांडर काम का है, उसके साथ बड़े-बड़े काम किए जा सकते हैं...जब तक उसकी लगाम खींचकर रखी जाए।"

"लगाम लगा देंगे !" सुवानकुल ने आत्मविश्वास के साथ कहा।

"देखो, हम कितने हैं !..."

लेकिन बेकबूता ने सन्देह प्रकट करते सिर हिला दिया :

"यह सब इतना आसान नहीं है, दोस्त। आख़िर वह भी अकेला थोड़े ही होगा ?"

"आयक़ीज़ तो उससे नहीं डरी ! उसने कह डाला कि गौरैयों से डरने लगे तो कर ली जई की बोवाई !

"सच है, गौरैयाँ ही हमसे डरती रहें, खुद को वे कितना ही बड़ा आदमी दिखाने की कोशिश क्यों न करती रहें !..."

बातचीत और मज़ाकों में, जिन पर ज़ोरदार ठहाके लगाए जा रहे थे, दोस्तों ने ध्यान ही नहीं दिया कि कब...स्वयं क़ादीरोव घोड़े पर बैठा उनके पास आ पहुँचा। नसवार थूककर उसने धमकी भरे स्वर में पूछाः

"बछड़े की तरह क्यों हिनहिना रहे हो ?"

मित्रों ने यंत्रवत् गरदन घुमाई और अध्यक्ष की भौंहें चढ़ी देख उसके बारे में हाल ही में हुई बातचीत यादकर बड़ी मुश्किल से हँसी के नए दौरे को रोका।

"वाह हँसी-दिल्लगी हो रही है !" क़ादीरोव खीज उठा। "तुम्हारे लिए मैं क्या कोई बन्दरवाला मदारी हूँ ?"

"हँसने तक की मनाही है..." अध्यक्ष के अप्रत्याशित आगमन से किन्चित्

किंकर्त्तव्यविमूढ़ हुआ बेकबूता बड़बड़ाया, लेकिन क़ादीरोव ने उसकी टिप्पणी पर कोई ध्यान नहीं दिया और सुवानक़ुल को सम्बोधित कर कहने लगा :

"उस्ताद हज़रतक़ुल कहाँ है ?"

"कहाँ से जानूँ, " सुवानकुल ने लापरवाही से कन्धे उचका दिए। "वह मुझे रिपोर्ट तो पेश करता नहीं है। शायद कैम्प में आराम कर रहा होगा।"

"आराम तो वह अपने घर पर भी कर सकता था। और बेकबूता, तुम्हें भी गाँव में होना चाहिए था। किसी का मेहमान बनते फिरने का समय नहीं है।"

बेकबूता जवाब में कुछ कहना चाहता था, पर क़ादीरोव ने ग़ुस्से में घोड़े पर चाबुक फटकारा, और खेत-कैम्प की ओर सरपट भाग चला—केवल घोड़े के सुमों से धूल उड़ती रह गई।

"बड़े आए हैं," बेकबूता बड़बड़ाया। "उन्हें हमारी हँसी पसन्द नहीं आई !"... यह कहावत ठीक ही है : चोर को हर अजनबी कोतवाल नज़र आता है।"

"ऐसी कोई कहावत नहीं है !"

"मान लो, आज से बन गई। इस खोपड़ी में उपजी बातें," बेकबूता ने अपने माथे पर उँगली पटपटाई, "चिड़ियों की तरह सारी दुनिया का चक्कर काटती हैं।" वह सोच में डूब गया। "हाँ...अध्यक्ष के दिल को चैन नहीं है। तुमने ध्यान दिया, पिछले कुछ अरसे से वह नसवार अक्सर ही मुँह में डालने लगा है...और यह संयोग की बात नहीं है।"

सुवानकुल, जिस पर गिरे क़ादीरोव के नज़ले का कोई असर नहीं हुआ था, शान्त कुतूहल से बेकबूता पर नज़र रखे रहा और जैसे ही उसने बात ख़तम की उसकी खिल्ली उड़ाता हुआ-सा हँस पड़ाः

"देखो कितनी बहादुरी दिखा रहा है !...और अध्यक्ष के सामने तो पीपल के पत्ते की तरह काँप रहा था..."

"झगड़े के बाद घूँसे चलाने में तुम भी कम उस्ताद नहीं हो," बेकबूता ने ताना मारा। "क़ादीरोव के सामने तो बुत बने हुए थे, और अब घमंड के मारे फूले जा रहे हो।"

"फूलूँ क्यों नहीं ?" सुवानकुल ने आत्मतुष्टि से कहा। "मेरी बहादुरी तुम्हारी जैसे सौ के लिए काफ़ी है, और आड़े वक़्त के लिए भी बच जाएगी।"

उसने गरजदार मन्द स्वर में ठहाका लगाया और बेकबूता की तीखी हँसी भी उसके ठहाका में घुल-मिल गई।

"और अध्यक्ष को देखते ही तुम्हारे होंठों से प्याली ही चिपक गई थी।"

"ऐ, ऐ ! ज़रा सँभल कर !...प्यारे मेहमान के सलाम के जवाब में क्या तुम्हारी मुँह की बात मुँह में ही नहीं रह गई थी ?"

किन्तु बेकबूता ने ईंट का जवाब पत्थर से दियाः

"और, प्यारे, तुम तो सलाम का जवाब, चाय पीने का बुलावा, प्याली और अपनी

मेहमाननवाज़ी, जिसकी तारीफ़ करते नहीं अघाते, सब गले के नीचे उतार गए !.. बहुत जगह है तुम्हारे पेट में !...''

''रहम करो मुझ पर, बेकबूता,'' सुवानक़ुल ने विनती की। ''हँसी के मारे कहीं मर न जाऊँ !

''मेरे मज़ाकों से गुदगुदी होती है क्या ?''

''गौरैया को उक़ाब से ऊँचा उड़ने के लिए ज़ोर लगाते देख पेट फट सकता है ! बस करो, बहुत हो गया !''

''चुहिया से ऊँट को डरते देख कितनी हँसी आती है !...''

बेकबूता की तरह सुवानक़ुकल को भी दूसरों को लाजवाब छोड़ना पसन्द था। वह एकाएक उठा और बेतकल्लुफ़ी से बोलाः

''तुम्हारे साथ गप-शप में खो ही गया था। तुम्हें तो गाँव जाने का हुक्म मिला है। और मेरा पाली सँभालने का वक़्त हो चला है।''

''अपने निदेशक से डरते हो ?'' बेकबूता ने भी उठते हुए दोस्त पर चोट की।

''एक चीज़ से मौत से ज़्यादा ख़ौफ़ खाता हूँ। इवान बोरिसोविच को चकमा देने से। वह तो अपनी भी परवाह नहीं करता...हाँ, दोस्त, तुमसे जुदा होने को दिल चाहता तो नहीं, पर क्या मजाल। तुम जाकर सुस्ता लो। डाक्टर को बुलाना मत भूलना। अध्यक्ष को गए आधे घंटे से ज़्यादा हो चुका है, पर तुम्हारा चेहरा अभी तक फक है। आयक़ीज़ से कुछ सीखो, प्यारे !'' उसने उत्साह बढ़ाने के अन्दाज़ में बेकबूता का कन्धा थपथपाया और आराम से डग भरता खेत-कैम्प की ओर चल दिया।

सुवानक़ुल ने ठीक कहा था। इन दिनों पोगोदिन अपनी कोई परवाह नहीं कर रहा था। उसकी मोटरसाइकिल तूफ़ान की तरह मशीन-ट्रैक्टर-स्टेशन से अछूती धरती की ओर जाती दिखती थी और अछूती धरती से मशीन-ट्रैक्टर-स्टेशन की ओर। इवान बोरिसोविच अपना अधिकांश समय नए खेत-कैम्प में व्यतीत करता था। उसकी गरजदार आवाज़ कभी मैदान के एक छोर पर सुनाई देती थी, तो कभी दूसरे पर,—कभी यह एक-सी सहृदय गरज होती, तो कभी बिजली की कड़क का रूप धारण कर लेती।

कैम्प में काम की देख-भाल करनेवाला मशीन-ट्रैक्टर-स्टेशन की निर्माणटोली का टोली-नायक एक ढीला-ढाला और आलसी आदमी था। पोगोदिन उसके बारे में कई बार कह चुका था : ''मैं इस अनाड़ी को या तो निकाल दूँगा, या आदमी बना दूँगा, फिर मेरे इशारों पर नाचा करेगा।'' निदेशक उससे रोज़ाना तफ़सील में रिपोर्ट तलब करता था : क्या किया जा चुका है, एक घंटे, एक दिन बाद क्या करना बाक़ी रह गया है। फिर धमधमाती चाल से कुछ बड़बड़ाता गोदामों का चक्कर लगाता; ट्रैक्टर-चालकों से पूछता कि क्या वे काम की गति से सन्तुष्ट हैं, क्या सुझाव देना चाहते हैं।

सामूहिक प्रस्थान की पूर्ववेला में पोगोदिन की टोली-नायक के साथ ज़ोरदार मुठभेड़ हो गई। वह कैम्प में दोपहर में पहुँचा, कुछ राजगीर व ट्रैक्टर-चालक स्लेट के सायबान के नीचे बने भोजनालय में खाना खा रहे थे, कुछ निर्माण-स्थल के पास घास पर झपकी

लेने लेटे हुए थे। वे अपने चेहरों पर टोपियाँ खींचे लेटे थे और सारी चिलचिलाती धूप उनके बदन पर पड़ रही थी...

पोगोदिन की भौंहें तन गईं, उसने टोली-नायक को बुलवाया, और जब वह आया, तो त्योरियाँ चढ़ाए उससे पूछा :

''सायबान बनाने का काम क्या नहीं शुरू किया, जिसके नीचे लोग आराम कर सकें ? मैंने आपको कल ही आदेश दिया था।''

''इवान बोरिसोविच...लेकिन पहले कभी सायबान की तो बात भी नहीं हुई थी !''

''पहले ! पहले ! पहले मुझे भी ख़याल नहीं आया था। लेकिन तुम तो सारे वक़्त इस चिलचिताली धूप में रहते हो, ख़ुद भी सोच सकते थेः लोगों को यहाँ रहना है, काम करना है, इसलिए ऐसा करना चाहिए कि लोग आराम भी कर सकें। कुछ देर काम किया और छाया में जाकर लेट लिए, झपकी ले ली। और हमने क्या किया ? सबसे पहले अधिकारियों के लिए घर बनाकर खड़ा कर दिया। अधिकारी अभी हैं नहीं, पर दफ़्तर तैयार हो चुका है ! कृपया, बैठकर रिपोर्टें तैयार कीजिए !...और हमारे नौजवान धूप में तपे जा रहे हैं !...आज ही सायबान तैयार करके लेटने के लिए पट्टे लगा दो !''

उसने एक बार फिर निर्माण-स्थल पर नज़र दौड़ाई और उसके दूरस्थ कोने की ओर उँगली से इंगित किया।

''और वहाँ स्टॉल बना दो। हम माँग करेंगे कि व्यापारिक संस्थान से किसी को यहाँ भिजवा दिया जाए।''

''लेकिन आपने तो...''

''जानता हूँ, मैंने स्थल की पहले बात नहीं की थी। लेकिन तुम्हारे कन्धों पर भी तो सिर है ?''

टोली-नायक ने माथे से पसीना पोंछा और मुस्कराने की कोशिश की।

''अगर आप इस वक़्त ज़रा अपने दिमाग़ से सोचने की तकलीफ़ करें...''

''तुम चापलूसी मत करो ! और बाल की खाल मत निकालो ! मैं कोई अल्लाह तो हूँ नहीं, जो सबके लिए सोचता रहूँ। कुछ दिन पहले तक मैं मामूली मेकेनिक था। आख़िर तुम यह क्यों सोचते हो कि अधिकारी ही सारी बातों का ख़याल रखें, और तुम बस हुक्म सुनो और उसकी तामील ही करो ? गाँठ बाँध लोः अक़्लमंद को एक इशारा काफ़ी होता है !''

टोली नायक पैर बदलता उदास खड़ा रहा, और पोगोदिन ने हाथ झटककर कहाः

''मैंने जो कहा, कल सब तैयार हो जाना चाहिए। ज़रा उमूरज़ाक़ोवा को ही देख लेते,—लोगों का वह कितना ख़याल रखती है !''

टोली-नायक से विदा लेकर वह भोजनालय की ओर चल दिया।

पोगोदिन ने आयक़ीज़ का उदाहरण संयोगवश ही नहीं दिया था। पिछले कुछ अरसे से उसे अकसर आयक़ीज़ से मिलना पड़ रहा था, और निदेशक आराम से उसके काम को देखता रहा....

उन दिनों आयक़ीज़ को भी दम लेने की फ़ुरसत नहीं थी। ग्राम सोवियत में भी काम काफ़ी होते थे, और उसके अलावा उसे नई बस्तियों के आयोजन पर भी नज़र रखनी पड़ रही थी। जुराबायेव ने ब्यूरो की बैठक के बाद उसे सचेत कर दिया था : "पुनर्वास का प्रश्न बहुत जटिल और नाज़ुक है। सावधानी से काम करना।" आयक़ीज़ को लगता था : किसान नए घरों में बस जाएँ, इसके लिए एक ही चीज़ की ज़रूरत है—काम की ऐसी व्यवस्था की जाए कि वे स्वयं पुनर्वास के लिए लालायित हो उठें, कि अच्छे से अच्छे सर्वसुविधायुक्त गाँवों के किसान भी पुनर्निर्मित बस्तियों को देख डाह करने लगें।

निर्माण-कार्य का श्रीगणेश सामूहिक प्रस्थान के दिन करना निश्चित किया गया। उस दिन की पूर्ववेला में आयक़ीज़ उस स्थान गई, जहाँ "क़िज़िल युल्दुज़" सामूहिक फ़ार्म के किसानों के लिए घर बनाए जाने थे।

बायचीबार दुलकी चाल से पास से गुज़रते ट्रकों को कनखियों से देखता ख़ुशी-ख़ुशी राजमार्ग के किनारे-किनारे चलता रहा, फिर स्तेपी की ओर जानेवाली सड़क पर मुड़ गया। सच कहा जाए तो सड़क अभी नहीं बनी थी, दो थोड़ी-सी गहरी लीकें दूर चली गई थीं और उनके बीच की ज़मीन आस-पास की ज़मीन की अपेक्षा कुछ अधिक समतल और रोंदी हुई थी। राजमार्ग से ही डिज़ाइनरों द्वारा स्तेपी में ताना तम्बू और उससे कुछ दूरी पर कार्यकुशल, विचारित एकाग्रचित्तता के साथ निर्माण-स्थल पर चल-फिर रहे लोगों की आकृतियाँ आयक़ीज़ को नज़र आ गईं। निर्माताओं का हर क़दम सम्भवतया किसी आवश्यकता से प्रेरित था, किन्तु अनभिज्ञ को दूर से उनके इस तरह चलने-फिरने का कारण समझ पाना कठिन था—आयक़ीज़ को यह मूक फ़िल्मों की याद दिला रहा था।

आयक़ीज़ ने घोड़े की लगाम खींची। उसे यह कल्पना करने की इच्छा हुई कि भावी गाँव कैसा लगेगा—साफ़-सुथरा, सफ़ेद, बाग़ों की हरियाली में डूबा, सन्ध्या समय विद्युत प्रकाश जगमगाता। किन्तु कल्पना उसका साथ नहीं दे रही थीः सुखद बाग़ों और साफ़-सुथरे घरों के स्थान पर आयक़ीज़ को दयनीय झोंपड़ियाँ, जिनमें अभी पर्वतीय गाँवों के वासी रह रहे थे, इक्के-दुक्के वृक्षोंवाले उजाड़ अहाते, मिट्टी की तड़की हुई छतें, पुआल की लकीरोंवाले सूखी घास और धूल-भरे क़ालीनों से ढके कच्चे फ़र्श दिखाई देने लगे।

आयक़ीज़ का दिल दुखने लगा। "हम कितनी देर कर रहे हैं !" उसने उदासी से सोचा। "लोगों का कितना कम ख़याल रख रहें हैं !" उसने झुँझलाकर बायचीबार पर चाबुक फटकारा और वह दूर चमकते तम्बू की ओर तीर की तरह उड़ चला।

निर्माण-स्थल पर उसके साथ अप्रत्याशित भेंट होनेवाली थी। वहाँ उसे डिज़ाइनकार ही नहीं, मुरातअली और सामूहिक फ़ार्म के निर्माताओं का टोली-नायक उस्ताद हज़रतक़ुल भी मिले।

मुरातअली अलतीनसाय भूखंड की ज़मीन के टोली-नायक का कार्य कर रहा था।

वह उस दिन अपनी टोली के सामूहिक किसानों के साथ खेत के सहारे-सहारे बनी रेत से भर गई छोटी नहर साफ़ कर रहा था। वहाँ से अछूती स्तेपी स्पष्ट दिखाई देती थी। आराम के क्षणों में वृद्ध कुदाल के हत्थे पर हथेलियाँ जमाए सपनों में खोया अनन्त स्तेपी की ओर देखता रहता...आगामी वर्ष में उसकी टोली नए खेतों में कपास पैदा करने जा रही है; कपास ज़्यादा होगी, और मुरातअली को अनाज भी ज़्यादा मिलेगा, पैसा भी। वह मन-ही-मन हिसाब लगा रहा था कि उन पैसों का उसे क्या ख़रीदना चाहिए। शायद अब बेटी के लिए नए फ़र्नीचर ख़रीदने का वक़्त आ गया है...उसे अपने कपड़े टाँगने के लिए कोई जगह नहीं रही है, जबकि वह दुलहन है; उसे रोज़ाना ज़्यादा चीज़ों की जरूरत पड़ा करेगी। अफ़सोस इसी बात का है कि उनका घर छोटा पड़ता है...कोई नया, ज़्यादा लम्बा-चौड़ा और बड़ा घर बनाना चाहिए। लेकिन होगा कैसे ! पैसे भी कम पड़ेंगे, घर में पैर रखने की भी जगह नहीं है, उसका अहाता भी तो काफ़ी तंग है...

स्तेपी लम्बी नींद के बाद जागने लगी थी। चारों ओर लोग दौड़-धूप कर रहे थे। दूर,लकड़ी के घर के पास सुव्यवस्थित खम्भे निकले हुए थे। खम्भों के ऊपर नीली-सी स्लेट की छतें पड़ी हुई थीं। मुरातअली को मालूम था कि वहाँ ट्रैक्टर-चालक निर्माण-कार्य कर रहे हैं। लेकिन थोड़ी बाईं ओर, मुरातअली के कुछ नज़दीक यह कैसा तम्बू चमक रहा है ? वृद्ध अरसे से देख रहा था कि उसमें रहनेवाले लोग ज़मीन नापते हैं, सारसों जैसी लम्बी तीन टाँगोंवाले अद्‌भुत यंत्र एक स्थान से उठाकर दूसरे स्थान पर ले जाते हैं। और आज तम्बू के पास घने बलूत सदृश लम्बा उस्ताद हज़रतकुल नज़र आ रहा था। मुरातअली एक अधीर वृद्ध था। चिन्ताजनक कुतूहल के कारण व्यग्र वह दोपहर में, टोली के नहर की सफ़ाई पूरी करते ही उस रहस्यमय तम्बू की ओर चल पड़ा।

उस्ताद हज़रतकुल को भी आज डिज़ाइनसाज़ों के यहाँ कोई काम नहीं करना था। लेकिन ऐसा केवल लगता ही था कि कोई काम नहीं है। उसकी टोली नई बस्ती के निर्माण की तैयारी कर रही थी। और उस्ताद हज़रतकुल का मौक़े पर यही सोचने की इच्छा हो रही थी कि एक काम को किस तरह बेहतर ढंग से पूरा किया जाए...

बायचीबार से कुदकर नीचे उतर, आयक़ीज़ मुरातअली की ओर बढ़ी। वृद्ध उदास और खिन्न हुआ तम्बू से दूर खड़ा था। लेकिन आयक़ीज़ निर्माण-स्थल पर उसके आगमन पर इतनी प्रसन्न हुई कि उसने न मुरातअली की तनी हुई भौंहों की ओर कोई ध्यान दिया, न ही कसकर भींचे हुए पतले होंठों की ओर।

"सलाम, मुरातअली-अमाकी"* आयक़ीज ने ज़िन्दादिली से उसका अभिवादन किया। "आप देखने आए हैं कि हमने आपके रहने के लिए जगह अच्छी चुनी है या नहीं ?"

वृद्ध ने उसकी ओर गुस्से से देखा और मौन मुड़कर धीमी चाल से स्तेपी के रास्ते से अपने खेत की ओर रवाना हुआ। आयक़ीज़ विकल व दुःखी नज़रों से उसे जाते

*अमाकी—आदरपूर्ण सम्बोधन, शब्दशः चाचा।

देखती रही और जब मुड़ी, तो उस्ताद हज़रतकुल को अपने पास खड़ा पाया। उसने आयक़ीज़ को सिर से पैर तक देखा और उसकी लम्बी, घनी, नीचे को झुकी मूँछें व्यंग्यपूर्वक फड़क उठीं।

"बुढ़ऊ बेवक़ूफ़ी कर रहा है !" उसने आयक़ीज़ के मौन प्रश्न के उत्तर में कहा। "शुरू में मैंने भी यही सोचा था कि वह वह जगह देखने आया है, जहाँ उसे रहना होगा। उसके पास ख़ुशी-ख़ुशी गया...पर वह मुझ पर भेड़िए की तरह टूट पड़ा ! ये बूढ़े इस तरह अपनी झोंपड़ियों से क्यों चिपटे रहते हैं ? मानो इन्हें रस्सी से बाँध दिया गया हो...मैं तो बड़ी बेसब्री से इन्तज़ार कर रहा हूँ कि मुझे कब क़तारताल से नए गाँव में बसने भेजा जाता है !...

आयक़ीज़ ने सोच में डूबे सिर हिलाया।

"यह सब इतना आसान नहीं है, उस्ताद-अमाकी। कभी-कभी तो लोग किसी बेकार के चिथड़े तक से जुदा नहीं हो पाते !" अचानक उसके होंठों पर मुस्कान फैल गई। "पर आप यहाँ कैसे ? आप भी क्या अभी यहाँ से भाग जाएँगे ?"

"नहीं, मुझे भी अभी यहाँ रुककर कुछ बातचीत करनी है। आख़िर मुझे भी तो यहाँ रहना है...बताओ, अध्यक्ष, ये घर जल्दी से जल्दी बनाने चाहिए ना ?"

"जितनी जल्दी, उतना अच्छा, उस्ताद-अमाकी !"

"लेकिन तुम्हारा क्या ख़याल है, सीमेंट और ईंटें क्या आसमान से टपकेंगी ? या उनके लिए थोड़े बहुत हाथ-पैर मारने पड़ेंगे ?"

"वैसे ही, जैसे होता आया है !" आयक़ीज़ हँस पड़ी।

"हाँ, हाँ, यही बात है। कल मैं सुलतानोव से मिला था : वह हमारे पशुपालन फ़ार्म के प्रबन्धक रोज़ी-पहलवान के साथ मोटर में हिरनों के शिकार पर जा रहा था...उसके पास इमारती सामान की अर्ज़ियाँ न जाने कब से पड़ी हैं: मदद करने का वादा किया था, लेकिन टाले जा रहा है...वह गाड़ी से कमर सीधी करने निकला, मैं उसके पास पहुँचा : आपको अपना एक वादा पूरा करना बाक़ी है। कहने लगा : 'क्यों नहीं, याद है, याद है ! कल सुबह आइए, हम इस बारे में बात करेंगे।' "

उस्ताद हज़रतकुल ने अपना धूप में सफ़ेद हुआ पुआल का टोप उतारा और फूँक मारते हुए चौड़े-से रूमाल से गरदन और माथा पोंछे।

"मैं आज ज़िला-केन्द्र गया था। लेकिन सुलतानोव के यहाँ मीटिंग थी। उसके यहाँ जब भी पहुँचिए, हमेशा मीटिंग होती रहती है ! मैं इन्तज़ार करता रहा, करता रहा, फिर सोचने लगा : मैं सबके पैर पकड़ता रहूँगा या सबके गले पर छुरी रखा करूँगा ? क्या यहाँ स्तेपी में ईंटों का भट्टा लगाना बेहतर नहीं रहेगा ? मिट्टी भी यहीं पास में है। ढेर सारी ईंटें बना लेंगे, पहाड़ों से ज़रा ज़्यादा पत्थर निकाल लेंगे, और फिर—आइए नए गाँव में स्वागत है, प्यारे साथियो ! गृह-प्रवेश मनाइए, कपास बोइए ! क्यों, कैसा रहे, अध्यक्ष ?..."

आयक़ीज़ की आँखें चमक उठीं। मानो धूप के कारण आँखें दबाते हुए उसने चारों

ओर नज़र दौड़ाई, मानो गाँव बनकर तैयार हो चुका हो और केवल उसे निहारना बाक़ी रह गया हो, फिर प्रशंसापूर्ण स्वर में कह उठी :

"बहुत अच्छा, उस्ताद-अमाकी ! चलिए पूरा ज़ोर देकर तलब कीजिए : बताइए, मैं आपकी क्या सहायता कर सकती हूँ ?"

टोली-नायक ने घनी मूँछों पर हाथ फेरा और ठंडी साँस ले हिचकिचाते हुए बोला:

"लोगों की ज़रूरत है, कामरेड उमूरज़ाक़ोवा। क़ादीरोव कुछ राजगीरों को चुन ले गया है : श्रेष्ठ कामगारों का तबादला खेती के काम पर कर दिया।

"यह किस ख़ुशी में ?"

"क्योंकि इस तरह काम ज़्यादा भरोसे का हो जाता है : दो जोड़ी हाथ एक जोड़ी से बेहतर रहते हैं। फिर वह कपास की योजना पूरी किए बिना कैसे रह सकता है ! और मुझे लोगों की बहुत सख्त ज़रूरत है !..."

"ठीक है। हम क़ादीरोव से कहेंगे कि वह आपको लोग दे।"

उस्ताद हज़रतक़ुल ने हाथ झटक दिए।

"ओह, मैं उससे बात कर चुका हूँ !"

"और बात करेंगे। कपास कपास की जगह है, पर निर्माताओं का नुक़सान होना—बहुत बुरी बात है। वे भी कपास पैदा करने में हाथ बँटाते हैं, हम अध्यक्ष को नाक से आगे देखने के लिए मजबूर कर देंगे। इस वक़्त कहाँ है क़ादीरोव ?"

उस्ताद हज़रतक़ुल ने अपनी चौड़ी हथेली पेशानी पर आड़ी रखकर कपास के खेतों की ओर नज़र डाली और दबी मुस्कान के साथ बोला :

"वहाँ हुक्म चला रहा है !"

"चलिए उसके पास !"

हाल ही में कृषि योग्य बनाई गई भूमि के आस-पास एक छोटी टेकरी थी। क़ादीरोव उसी टेकरी से सामूहिक किसानों के काम पर नज़र रख रहा था। वह गहन चिन्तन में डूबे सेनानायक की मुद्रा में खड़ा था : बायाँ हाथ कमर पर टिका था, दाएँ हाथ का अँगूठा कमीज़ पर बँधी पेटी में घुसा रखा था; उसके माथे पर मोटी-मोटी झुर्रियाँ पड़ी थीं, निचला होंठ मुश्किल से नज़र आती वितृष्णा से निकला हुआ था। क़दमों की आहट सुनकर क़ादीरोव ने गरदन नहीं घुमाई, कनखियों से देखा और उससे भी अधिक एकाग्रचित्तता व घमंड की मुद्रा धारण कर ली; केवल जब उसके पास पहुँचे लोगों ने आवाज़ दी, तभी वह मुड़ा और क्रुद्ध मुद्रा में भौंहें चढ़ाए, मानो उसका गम्भीर कार्य से ध्यान हटाने पर खीज रहा हो, व्यंग्यमिश्रित स्वर में बोला :

"अहा, कामरेड उमूरज़ाक़ोवा ! प्यारे टोली-नायक ! कैसे तशरीफ़ लाए !"

क़ादीरोव ने टोली-नायक की ओर रुखाई से देखा और तिरस्कार-पूर्वक कह उठा :

"कर दी शिकायत !" और फिर आयक़ीज़ की ओर मुड़कर कृत्रिम विनम्रता से ठंडी साँस लेकर बोला : "आपने देख लिया, कामरेड उमूरज़ाक़ोवा : अपने अध्यक्ष के साथ बातचीत करके शान्ति से सारा मामला तय नहीं कर सकते, सब आपके पास

भागते हैं ! कुछ दिनों में मेरी बिलकुल मानना छोड़ देंगे। और इसे क्या कहते हैं ? प्रतिष्ठा को चोट पहुँचाना !..."

"फिर आप ही कोशिश कीजिए ना, अपनी प्रतिष्ठा बढ़ाने की," आयक़ीज़ ने कहा। "निर्माताओं की मदद कीजिए। आज नहीं तो कल हमें बस्ती का निर्माण-कार्य आरम्भ करना है।"

"लेकिन योजना की पुष्टि तो अभी हुई ही नहीं है, ग्राम सोवियत की प्रिय अध्यक्षा !"

"लेकिन आप ज़िला सोवियत के ब्यूरो की बैठक में मौजूद थे और सुन चुके हैं..."

"ज़िला सोवियत से ऊपर भी तो कुछ संस्थाएँ हैं। !" क़ादीरोव ने उसकी बात काट दी। "अगर आप कुछ अनुभवी होतीं, तो थोड़ी देर इन्तज़ार करतीं, आ बला, गले लग न करतीं।"

"वक़्त क़ीमती है। और हम इस समय बिना किसी की मदद के जो कर सकते हैं, हर क़ीमत पर करेंगे !" आयक़ीज़ ने साँस ली और आगे शान्त स्वर में बोली: "क्या सचमुच आपको इसमें थोड़ा-सा भी सन्देह है कि प्रान्त और प्रजातंत्र में हमारा समर्थन किया जाएगा ?" क़ादीरोव ने कन्धे उचका दिए।

"दूसरों के मन की मैं क्या जानूँ। हो सकता है, समर्थन करें...जब होगा तब देखा जाएगा। आप सोचती हैं कि आपकी बात ठीक है। लेकिन वहाँ उच्च-अधिकारी इसका उलटा फ़ैसला कर सकते हैं..."

"जनता और पार्टी का उद्देश्य एक ही है, क़ादीरोव।"

"आप जनता की तरफ़ से अभी कुछ नहीं कह सकती, कामरेड उमूरज़ाकोवा..."

"जनता की आवाज़ आप भी सुन चुके हैं ! सामूहिक फ़ार्म सभा ने निर्णय लिया है : अछूती धरती को कृषि योग्य बनाया जाए और बस्ती का निर्माण किया जाए।

"तो करिए इस निर्णय को पूरा ! अतिरिक्त साधन ढूँढ़िए, आपके पैरों तले जो सोना पड़ा है, उसे उठाइए ! मैं आपके आड़े नहीं पड़ रहा हूँ।"

"आप उस्ताद हज़रतक़ुल की टोली में लोग भेजेंगे या नहीं ?" आयक़ीज़ ने संयत धमकी के साथ शान्त स्वर में पूछा।

क़ादीरोव इस कहा-सुनी से ऊबने लगा। यह जानते हुए कि उसे सुलतानोव का समर्थन मिलना सुनिश्चित है, इस समय वह शान्त और आत्मविश्वास से परिपूर्ण था। नहीं, वह उमूरज़ाक़ोवा की सहायता नहीं करेगा; यदि वह चाहती है, तो भले ही अपना सिर फोड़ती रहे; उसका काम है–दूर रहना। क्या, वह उसके, क़ादीरोव के लिए कुआँ नहीं खोद रही है ? कोई बात नहीं, उसमें खुद ही गिरेगी। और तब, खुदा की इनायत से, ज़िन्दगी अपने ढर्रे पर फिर चलने लगेगी, और उसे किसी बात का डर नहीं रहेगा।

आयक़ीज को आँखों ही आँखों में तौलकर और निन्दापूर्वक झबरी भौंहें सिकोड़

रहे टोली-नायक पर (इसने इस बदमाश का भी दिमाग़ ख़राब कर दिया !) तिरछी नज़र डाल क़ादीरोव ने दृढ़ व शुष्क स्वर में कहाः

"नहीं हैं मेरे पास लोग। और सामूहिक फ़ार्म सभा में इस बारे में कोई बात नहीं हुई थी। जल्दी ही सबको कपास में लगाना पड़ेगा। पानी देने और जोताई के काम सिर पर आ पहुँचे हैं। काम ज़ोरों पर होगा। सुरक्षित साधनों की रट जितना जी चाहे लगाते रहिए—पर वह रबड़ थोड़े ही है, जो खींचकर बड़ा किया जा सके। रबड़ भी तो टूट जाता है...पार्टी हमसे कहती है : कपास बोइए..."

"लेकिन पार्टी यह नहीं कहतीः थोड़े पर सन्तोष कीजिए !"

"ये खोखले शब्द हैं, कामरेड उमूरज़ाक़ोवा ! अगर हम इस साल कपास के मामले में पीछे रह गए, तो न आपकी पीठ थपथपाई जाएगी, न मेरी। नई ज़मीन की फसल काटना भविष्य का काम है, लेकिन हमें तो अभी जवाब देना है, आज, इसी शरत् में ! मैं आपके आड़े नहीं आना चाहता। जैसा ठीक समझें, कीजिए। लेकिन मुझे चैन से रहने दीजिए।"

क़ादीरोव आयक़ीज़ व उस्ताद हज़रतकुल की ओर सिर हिलाकर टेकरी से नीचे उतर गया और आराम से जमा-जमाकर डग भरता हुआ कुछ दूरी पर काम कर रहे सामूहिक किसानों की ओर चल पड़ा।

उस्ताद हज़रतक़ुल ने गुद्दी खुजलाई और निन्दापूर्ण व विस्मित स्वर में कहाः

"न जाने उसे क्या हो गया है ! अजीब आदमी है : कभी बिलकुल शान्त, तो कभी बिगड़ैल घोड़े की तरह लात मारने लगता है !"

आयक़ीज़ सोच में डूब गई, फिर धीरे-धीरे बोलने लगी, जैसे कुछ याद कर रही हो :

"मैं ऐसे लोगों को जानती थी, जो शान्ति के दिनों में बहुत बहादुरी दिखाते थे और जब लड़ाई छिड़ी, तो पस्त हो गए।" उसने युवा क़ैराग़चों,* बलूतों व जीदा** की दूर नज़र आती घनी शाखाओं की ओर देखा। "आपको वन का किनारा दिखाई दे रहा है, उस्ताद-अमाकी ? पेड़ एक से एक बढ़कर हैं, सुडौल, मज़बूत। लगता है सब अच्छे हैं। लेकिन उनमें कमज़ोर भी हैं; वे अपने भाई-बन्दों से सिर्फ़ शान्त मौसम में ही मिलते-जुलते हैं। हवा चले तो वे गिर पड़ेंगे या जड़ से उखड़ जाएँगे ! और पोल खुल जाएगी कि उनकी जड़ें ज़्यादा गहरी नहीं थीं। लोगों के साथ भी यही बात है, उस्ताद-अमाकीः बाज़ लोग केवल पहली तेज़ हवा तक ही सीधे खड़े रह पाते हैं।

---

*क़ैराग़च—एल्म क़िस्म का वृक्ष जो सोवियत संघ के दक्षिणी इलाक़ों में उगता है।

**जीदा—एक प्रकार का कंटीला और फलदार पेड़।

सात

मिलने आई लड़की

उस्ताद हज़रतक़ुल से विदा लेते समय आयक़ीज़ ने आश्वासन दिया कि वह स्वयं इमारती सामान के लिए कोशिश करेगी। लपककर बायचीबार पर सवार हो वह अलतीनसाय की ओर उड़ चलीः उसने दोपहर के बाद का समय मुलाक़ातियों के लिए रखा हुआ था। वह कभी भी, किसी भी परिस्थिति में मुलाक़ात का समय नहीं टालती, न ही उसे कभी बदलती, यह उसका पक्का नियम था। भले ही सबको घर भागने के लिए मजबूर करनवाली कड़ाके की गरमी पड़ रही हो या प्रचंड लू चल रही हो, आयक़ीज़ ग्राम सोवियत जाती, जिससे किसी को भी, जिसे अचानक उसकी सलाह व सहायता की आवश्यकता आ पड़े, बन्द दरवाज़े के आगे खड़ा न रहना पड़े या ख़ाली हाथ न लौटना पड़े।

आज मुलाक़ाती कम थे। सेक्रेटरी के कमरे से होकर अपने कक्ष में जाते हुए आयक़ीज़ ने ऊँचे क़द की अपरिचित युवती की ओर, जिसकी ठाठदार चमकीली टोपी के नीचे से सावधानीपूर्वक गूथी हुई कई चोटियाँ काली झालर की तरह लटकी हुई थीं, विशेष रूप से दृष्टिपात कर सबका शिष्टतापूर्वक अभिवादन किया। आयक़ीज़ का कक्ष धूप में नहाया हुआ था। उसने परदे खींच दिए और छोटे-से शीशे में देख अपने अस्त-व्यस्त केश ठीक कर मेज़ पर बैठ गई।

कक्ष में सबसे पहले चमकीली टोपीवाली युवती आई। वह स्वयं भी आकर्षक और सुवेशी थी। वह सफ़ेद रेशम की जाकेट और हरी सी अतलस की पोशाक पहने हुए थी, जिसमें से मृदु, औत्सविक चमक फूटी पड़ रही थी। भौंहों में गहरा सुरमा लगा था। लम्बी, धनुषाकार बरौनियों के तले आँखें पर्वतीय झीलों सदृश गहरी लग रही थीं।

युवती ने अक्खड़ कुतूहल से चारों ओर देखा और नापसन्दगी से नाक-भौंह सिकोड़ लीं। आयक़ीज़ के कक्ष की सज्जा सीधी-सादी और साधारण थी। उसका एकमात्र अलंकरण बग़ल की दीवार पर, खिड़कियों के बीच लगा ग्राम सोवियत की भूमि का बड़ा नक़्शा था, जिसे आयक़ीज़ के अनुरोध पर इंजीनियर स्मिर्नोव ने खींचा था और रंगबिरंगी पेन्सिलों से चिन्हित किया था। आयक़ीज़ ने निमंत्रण के संकेत से मेज़ के पास रखी कुरसी की ओर इंगित किया। मुलाक़ातिन अपने शानदार जूतों से खटखट करती दरवाज़े से मेज़ के पास आई और सलीक़े से पोशाक ठीक कर बैठ गई। आयक़ीज़ अब उसका चेहरा भली-भाँति देख पा रही थी। कोमल साँवली त्वचा...भरे-भरे होंठ...और आँखों में गहराई नाममात्र को भी नहीं थी, ये बरौनियाँ थीं, जो उन्हें काली और गहरी बना रही थीं; निकट से स्पष्ट दिखाई दे रहा था कि उनके तल में से चालाकी और उपेक्षा की सुनहली चिनगारियाँ बिखरी पड़ रही हैं। युवती सुन्दर थी, और यह सर्द नहीं, ज़िन्दादिल ख़ूबसूरती थी, किन्तु उसमें आध्यात्मिक सुन्दरता का अभाव था। न जाने क्यों आयक़ीज़

ने युवती को अपनी कल्पना में हाथों में दुतार थामे, शोर मचाते प्रशंसकों से घिरा हुआ देखा और मुस्करा पड़ी : इस युवती पर दुतार और विनोदी गीत बहुत फबते थे।

युवती ने मेज़ पर कोहनी टिकाई, मुड़ी पतली कलाई पर गाल रखा और नाज़-नख़रे भरी विश्वस्तता से कहा :

"आपका नाम आयक़ीज़ है ना, कामरेड उमूरज़ाक़ोवा ?...और मेरा नज़ाकतख़ाँ।"

"सुनिए, सुनिए," आयक़ीज़ ने उसे टोक दिया, "आप अलीक़ुल-अमाकी की बेटी हैं न ?"

युवती ने सिर हिला दिया।

"मैं आपके अब्बा को थोड़ा-बहुत जानती हूँ," आयक़ीज़ ने कहा। "आपको यहाँ आए कुछ ही दिन हुए हैं, है न ?"

"मैं यहाँ अलतीनसाय में पैदा हुई थी," नज़ाकतख़ाँ ने ठंडी साँस ली और अचानक पूछ बैठी : "इजाज़त हो, तो मैं आपको अपने बारे में बताऊँ ?"

"बताइए, मैं सुन रही हूँ..."

"बात यह है..."नज़ाकतख़ाँ ने हाथ घुटनों पर रख लिए और आँखें उठाईं, मानो रटा-रटाया पाठ सुनाने जा रही हो। "जब मैं छोटी थी, हम यह जगह छोड़कर चले गए थे। हम कहाँ-कहाँ नहीं रहे ! लेकिन सबसे ज़्यादा दिन मिर्ज़ाचूल में रहे। वहाँ उन दिनों नई ज़मीन को कृषि योग्य बनाया जा रहा था। अब्बा टोली-नायक थे। आप ऐसा न सोचें, मैं भी काम करती थी ! टाइमकीपर थी; फिर सेक्रेटरी रही..अब्बा कहते हैं : 'अब सभी लड़कियों को काम करना चाहिए, नहीं तो अच्छे आदमी से शादी नहीं हो सकेगी'..." मुलाक़ातिन चुप हो गई, घबराती हुई मुस्कराई और पहले से कम आत्मविश्वास के साथ बोलने लगी : "तो दिन बीतते रहे, हम काम करते रहे—आख़िर मैं कामचोर तो हूँ नहीं,—लेकिन दिल अपने वतन लौटने को तड़पने लगा। एक बार अब्बा काफ़ी दुःखी और परेशान हुए घर लौटेः 'तुम्हारा क्या ख़याल है, बेटी, क्या हमें अपने वतन लौट जाना चाहिए ? वहाँ अपने रिश्तेदारों और दोस्तों के बीच हमें आसानी रहेगी, कुछ चैन से रहेंगे...' और मैंने कहाः 'जैसा आप कहें, अब्बा, वैसा ही होगा।' और हम यहाँ अलतीनसाय आ पहुँचे। अब्बा सामूहिक फ़ार्म में शामिल हो चुके हैं, काम कर रहे हैं। मुझे भी कहीं न कहीं काम करना चाहिए। आप मेरी मदद करेंगी ना ? क्यों ? अब्बा ने कहा था : 'आयक़ीज़ भी औरत है, वह तुम्हारी परेशानी समझ लेगी, तुम्हारा ख़याल रखेगी।' "

युवती अत्यधिक शालीनता से पेश आ रही थी, अपनी राम-कहानी के बीच-बीच में ठंडी साँसे लेती हुई बोल रही थी। आयक़ीज़ को लग रहा था : यह सब ढोंग है, यह अपने को संयमी और गम्भीर दिखाने की कोशिश कर रही है, जबकि जीवन में बिलकुल ही ऐसी नहीं है। त्योहार के मौक़ों का-सा ठाठदार लिबास, नख़रीली चेष्टाएँ, अल्हड़-चालक नज़रें जिन्हें वह काली बरौनियों की ओट में छिपाने की पूरी कोशिश कर रही थी, जीवन का आनन्द लूटने के भूखे लाल-लाल होंठ,—यह सब उसकी गम्भीर,

विश्वासकारक, सहृदय बातों से मेल नहीं खा रहा था। आयक़ीज़ ने कुछ सोचकर कहा :

"ठीक है, मैं आपकी मदद करूँगी। आपने कहा था कि आप कभी नई ज़मीन को कृषि योग्य बनाने में हाथ बटा चुकी हैं ?"

युवती ने डरते-डरते आँखें उठाकर आयक़ीज़ की ओर देखा, मानो कोई चाल चली जा रही हो और हिचकिचाती हुई बोली :

"हाँ...हमने...काम किया था..."

"यह तो बहुत अच्छा है। हम लोगों ने भी इन दिनों अछूती भूमि को कृषि योग्य बनाने की ठानी है। इस साल आपको कृषि योग्य बनाई हुई ज़मीन पर काम करना होगा, और अगले वर्ष हम आपको किसी अछूती धरतीवाली टोली में भेज देंगे। सोचती हूँ, यह आपके लिए भी लाभदायक होगा और हमारे लिए भी। आपकी उम्र में..."

पर तभी कुछ अप्रत्याशित बात हो गई : नज़ाकतख़ाँ रो पड़ी और इस बार उसकी ईमानदारी में सन्देह करना कठिन था ! वह आँखों से रूमाल हटाए बिना आँसुओं के बीच बुदबुदाती रही :

"मैं आख़िर स्कूल में पढ़ी हूँ...सब कहते हैं कि मैं अच्छा लिखती हूँ और नोट तैयार करना चाहती हूँ...और आप मुझे खेत में भेज रही हैं....क्योंकि मैं यहाँ ग़ैर हूँ...जबकि मुझे मालूम है कि सामूहिक फ़ार्म के कार्यालय में सेक्रेटरी की जगह ख़ाली है। लेकिन मैंने सुना है, मेख़री की निगाहें फिर उस जगह पर जमी हुई हैं।"

आयक़ीज़ की आदत थी : जब उसे किसी की प्रार्थना पर विचार करना होता, वह जाकेट की जेबों में हाथ डाले, सोच में डूबे सिर झुकाए कमरे में चहलक़दमी करने लगती। मुलाक़ाती को लगने लगता कि वह उसकी बात नहीं सुन रही है, पर आयक़ीज़ एकाएक रुककर मेज़ के पास लौट आती और सम्भाषी को शान्ति से विस्तार में बताती कि वह उसकी किस तरह और कैसे सहायता करना चाहती है। ऐसा ही अब हुआः वह मेज़ से उठकर खिड़की के पास गई, क़रीब एक मिनट हौले से दासे पर उँगलियों से पटपटाती रही और फिर झिड़कती हुई बोलीः

"मेख़री के मामले में आपको ग़लतफ़हमी है, वह नई ज़मीन पर काम करने के लिए अनुरोध कर रही है। इसलिए आपको भी उसका अनुकरण करना चाहिए !"

नज़ाकतख़ाँ ने जवाब में केवल किसकी भरी। आयक़ीज समझ नहीं पाई कि इस सिसकी का क्या अर्थ होना चाहिए। वह इस लड़की के साथ, जो शायद असली मेहनत की आदी नहीं है, कमज़ोर और लाचार है, कैसे पेश आए ? और बेचारी बच्चों की तरह रोती है...कहीं इसकी ज़िन्दगी में किसी गड़बड़ की काली छाया तो नहीं पड़ीं है या घर में कोई झगड़ा तो नहीं हुआ है ? आयक़ीज़ को युवती पर दया आने लगी...वैसे नज़ाकतख़ाँ पीड़ित-सी नहीं लगती थी, उसका स्वभाव कुछ विनोदी और अल्हड़ लगता था, लेकिन शकल-सूरत से धोखा भी तो हो सकता है। इसे अलावा हँसमुख लोगों का जीवन कभी-कभी कष्टकर भी होता है। यदि युवती की प्रार्थना को अस्वीकार कर दे—उसके पुराने दुःखों में एक नया दुःख बढ़ जाएगा। वैसे आयक़ीज़

के पास इनकार करने के लिए कोई ठोस कारण भी नहीं था। सारी बातें ध्यान में रखकर आयक़ीज़ ने तय किया कि नज़ाकतख़ाँ के खेत में काम करने से लाभ कम होगा...जबकि क़ादीरोव के दफ़्तर में वास्तव में जगह ख़ाली थी। क्यों न नज़ाकतख़ाँ की उस स्थान के लिए सिफ़ारिश की जाए ? आयक़ीज़ ने अपनी नोटबुक में कुछ लिखा और पन्ना फाड़कर नज़ाकतख़ाँ की ओर बढ़ा दिया :

"यह क़ादीरोव के नाम है। वह आपको काम पर लगा देगा। देखिए, मेरे साथ दग़ा मत कीजिएगा ! और आँसू पोंछ डालिए, आप पर ये फबते नहीं हैं !.."

नज़ाकतख़ाँ ने सावधानी से अपने गाल से आँसू की आख़िरी बूँद पोंछ ली। नोट जेब में डाल लिया, राहत की साँस ले आयक़ीज़ का शुक्रिया अदा किया और भागती हुई-सी जल्दी से कमरे से बाहर निकल गई।

आठ

स्तेपी में

सामूहिक प्रस्थान के दो-तीन दिन बाद आलिमजान शहर से लौट आया। शाम देर गए आयक़ीज़ और आलिमजान गाँव में घूमने निकले, जिसे उसने कई महीनों से नहीं देखा था। अँधेरा था ; आकाश पर चांदी के अर्द्धवृत्ताकार तार-सा बाल-चन्द्र लटका हुआ था; तारे सोच में डूबे एक दूसरे की ओर देख रहे थे ; आकाश-गंगा दूर फैले मलमल के बादल-सी जाज्वल्यमान हो रही थी...आलिमजान और आयक़ीज़ नालियों के सुखद कलकल के बीच गाँव के शान्त रास्तों से गुज़रे, कुछ देर बाग़ में बैठे, जो इस समय रात में निर्जन व निरानन्द लग रहा था। फिर आयक़ीज़ अपने पति को स्तेपी की ओर ले गई।

"तुम बहुत दिनों से स्तेपी में नहीं गए...याद है, रात में वह कैसी लगती है ? वह जीती-जागती है, बात करती है..."

वे मौन चल रहे थे : जानते थे कि कभी भी जी भरकर बात कर सकते हैं। इस समय तो वे केवल दोनों एकान्त में रहना चाहते थे। आयक़ीज़ दहकता गाल आलिमजान के कन्धे से सटाए हुई थी और अपने को संसार में सबसे सुखी अनुभव कर रही थी।

"हम कब से नहीं मिले, आलिमजान !" उसने धीरे से, विलम्बित उदासी के साथ कहा।

"मुझे लगता है, कई बरस के बाद !..." आलिमजान ने भी वैसे ही धीरे से कहा।

"हाँ, बहुत बरस बाद !..."

"पूरा ज़माना बीत गया ! पूरा ज़माना, आयक़ीज़ !..."

उनके पैरों तले राजमार्ग के साथ-साथ जाते रास्ते की मोटी धूल बिखरी हुई थी।

आयक़ीज़ के कान के पास से चमगादड़ का पंख हलका सा सरसराता निकल गया। आयक़ीज़ आलिमजान से और ज़ोर से सट गई और कुछ शरारतभरी आवाज़ में फुसफुसाई :

“तुम न होते, तो मैं क्या करती, आलिमजान ?...”

आलिमजान मुस्करा दिया।

“लोग कहते हैं कि तुमने यहाँ मेरे बिना ही पहाड़ काट डाले !”

“तुम्हारे बिना ? नहीं, तुम सदा मेरे पास थे...तुम्हारे बिना मैं सह नहीं पाती।

स्तेपी में पहुँचकर वे रुक गए और देर तक खड़े रात का आनन्द लेते रहे, उसका मृदु मधुर संगीत सुनते रहे।

स्तेपी चैतन्य थी...वे यहाँ अकेले थे, बिलकुल अकेले, लेकिन यह वह अकेलापन नहीं था, जिसे लोगों से दूर भागनेवाले तलाशते हैं। वे अकेले थे, किन्तु सप्राण, आबाद, मेहनतकशों के परिश्रम और मैत्री से समृद्ध दुनिया में।

आयक़ीज़ को रात्रिकालीन स्तेपी से प्यार था। रात में स्तेपी दिन से अधिक अवगम्य भी होती थी।

दिन में स्तेपी इतनी निस्सीम नहीं लगती। धूसर तप्त उन्मरीचिका दूरस्थ रूपरेखा को धुन्ध में ढक लेती, स्तेपी सुनहली धूप से प्लावित रहती। गीत और फुसफुसाहट, शोर और सरसराहट–सब एकरस अविरल कोलाहल में विलीन हो जाते।

जबकि दिन में यह कोलाहलपूर्ण, प्रकाशमान, बहुरंग प्रवाह मानो पृथक धाराओं में बँट जाता। यदि कोई रात का संगीत सुनना चाहता, जो अधिकांश को वीरान और मूक प्रतीत हीती है, तो वह उसे स्तेपी में बसे लोगों के साधारण व असाधारण कार्यों के बारे में आश्चर्यजनक वाग्मिता से बताती।

आयक़ीज़ और आलिमजान आलिंगनबद्ध खड़े हुए बड़ी उत्सुकता से रात की कहानी सुनते रहे...

सारी स्तेपी ज्योतियों से आच्छादित थी। इन ज्योतियों में कुछ प्रखर भी थीं, कुछ कठिनाई से दृष्टिगोचर होनेवाली, कुछ बहुवर्णभासी, कुछ निस्तेज, श्वेत और रक्ताभ...उनमें से कुछ आगे बढ़ रही थीं, कुछ लहक रही थीं, कुछ अन्धकार में रत्नों की तरह जगमगा रही थीं...

दूर, धरती के छोर पर श्वेत बिन्दुओं का साधारण पुंज दृष्टिगोचर हो रहा था। आयक़ीज़ को मालूम था : वहाँ आर्टीज़ियन कूप खोदा जा रहा था। उसकी एक तरफ़ कुछ दूरी पर मौसम-प्रेक्षणशाला की बत्तियाँ टिमटिमा रही थीं, जो दिन में यहाँ से नज़र नहीं आती थीं। और उधर मृदा विज्ञानियों के तम्बुओं से क्षीण प्रकाश फूट रहा था। खेत-कैम्पों में जलते अलावों की लपटें फड़फड़ा रही थीं। पहाड़ियों के निकट भी रक्ताभ लोमशी तारे चमक रहे थे, वे केवल कुछ छोटे थे,–ये चरवाहों की झोंपड़ियों के बाहर जलते अलाव थे।

स्तेपी में भिन्न-भिन्न दिशाओं में घूमते स्पष्ट, उज्ज्वल वृत्तों में भी कुछ

सम्मोहक-सा लग रहा था; लग रहा था जैसे तारे धीमी गति से चक्कर काटते नाच रहे हों। आयक़ीज़ को यह अत्यन्त सुखद लग रहा था कि वे तारे बिलकुल नहीं, अछूती धरती को कृषि योग्य बना रहे ट्रैक्टरों की हेडलाइटें हैं...ऐसे—कितने दीप थे स्तेपी में !

ट्रैक्टर दिन की तरह ही एकाग्रचित्त हो बड़े उत्साह से घरघरा रहे थे, किन्तु इस समय, रात में, प्रत्येक ध्वनि पृथक सुनाई दे रही थी। मन्द से मन्द आवाज़ दूर-दूर तक सुनाई दे रही थी...कहीं किसी मनचले के गीत के साथ अकार्डियन बज उठा। रात की निस्तब्धता को चीरती किसी की लम्बी पुकार गूँज उठी। और फिर सब शान्त हो गया, केवल ट्रैक्टरों की निरन्तर सक्रिय घरघर, जो शायद नीरवता का अंग बन चुकी थी, शान्त न होकर स्तेपी के ऊपर तिरती रही...उधर कहीं दूर से क़ोमुज़* की मधुर झन्कार तैरती आई, कहीं बाँसुरी बज उठी, और इन मन्द सुरों में विचारमग्न मानव स्वर गुँथ गए; कोई रात में अकेला रह जाने पर अपनी प्रियतमा, परिवार के वियोग के बारे में बता रहा था, अपने विचारों, सपनों, आशंकाओं के बारे में बता रहा था...

"सुन रहे हो, आलिमजान ? चरवाहे अभी सोए नहीं हैं..."

"कभी-कभी मुझे लगता है कि वे जानते ही नहीं कि नींद क्या होती है। क्या तुम्हें नींद नहीं आ रही है ?"

"नहीं..."

आलिमजान ने उस ओर संकेत किया, जहाँ ट्रैक्टरों के कैम्प की बत्तियाँ जल रही थीं और जेनरेटर का शोर सुनाई दे रहा था।

"पोगोदिन के पास चलें ? या स्मिर्नोव के पास जलागार के किनारे ?"

"नहीं, नहीं...आज मैं कहीं नहीं जाना चाहती। तुम्हें क्या दोस्तों से मिलने की उतावली हो रही है ?"

"मुझे तुम्हारे अलावा और किसी की ज़रूरत नहीं...तुम्हे ठंड तो नहीं लग रही है ?"

"नहीं..."

आलिमजान ने फिर भी कोट उतारकर पत्नी के कन्धों पर डाल दिया।

"ऐसे बेहतर रहेगा। अब घर चलने का वक़्त हो गया, कल जल्दी उठना है। मैं अपनी टोली में ज़रा जल्दी जाना चाहता हूँ..."

"यहाँ अच्छा लग रहा है, आलिमजान," आयक़ीज़ ने धीरे से कहा और याचनापूर्ण दृष्टि से पति की ओर देखा।

उसी समय गाँव की ओर से मुर्ग़े की किन्चित् तंद्रिल, कर्कश बाँग सुनाई दी। दूसरी ओर से कहीं दूसरे मुर्ग़े ने तत्परता से उसका जवाब दिया। और स्तेपी में मुर्ग़ों की नाना प्रकार की आवाज़ों का सहगान गूँज उठा।

"सुन रही हो, आयक़ीज़ ?"

"हाँ, चलने का वक़्त हो गया है !" आयक़ीज़ ने अनिच्छापूर्वक कहा।

और वे धीरे-धीरे गाँव की ओर लौट गए।

---

*कोमुज़—मध्य एशिया का एक प्रकार का तार-वाद्य।

उनके पास सोने के लिए कोई दो घंटे ही बचे थे, लेकिन आयक़ीज़ की आँखों में नींद का नाम तक नहीं था। वह, वैसे ही जैसे उस समय बाग़ में, सिर के नीचे हाथ रखे लेटी अपने, अपने पति, पति के प्रति अपने प्रेम के बारे में सोच रही थी...उसे अपने गाल पर आलिमजान की नियमित साँसों की तपिश महसूस हो रही थी। आयक़ीज़ सुखी थी, किन्तु कहीं उसके दिल के कोने में विक्षोभकारक, अस्पष्ट कष्ट कसक रहा था...आयक़ीज़ समझ नहीं पा रही थी कि उसे क्या परेशानी है : क्योंकि यह दिन उसके लिए ख़ुशियाँ, केवल ख़ुशियाँ लेकर आया था। फिर भी न जाने क्यों ये ख़ुशियाँ अधूरी ही थीं...

सुबह जब उदय होते सूरज की किरणें परदों को भेदने लगीं, आयक़ीज़ ने पति को न जगाने की कोशिश करते हुए धीरे-धीरे कपड़े पहने और अहाते में निकल आई। पिता उठ चुके थे और सागबाड़ी में प्याज़ तोड़ रहे थे। उमूरज़ाक़-अता ने मुड़कर बेटी की ओर देख स्नेहपूर्वक पूछा :

"क्यों, बेटी, नींद कैसी आई ?"

आयक़ीज़ शरमाती हुई मुस्कराई।

"अब आपका दिन भी ख़ुशी-ख़ुशी बीता करेगा, अब्बा..."

"हाँ, बहुत अच्छा हुआ कि वह लौट आया। लेकिन तुम ज़रा जल्दी उठ गईं।"

"समोवार सुलगाना चाहिए।"

"चूक गईं, बेटी, चूक गईं। मैंने चाय का पानी कब का चढ़ा दिया है।"

"आपको तो कुछ आराम करना चाहिए था, अब्बा। मैं ख़ुद सब कर लूँगी।"

"तुम्ही तो अब मेरी ख़ुशी हो, बेटी, मेरा काम बस तुम बच्चों का ख़याल रखना ही है।"

"आपके सिर वैसे दूसरे काम बहुत हैं। दिन भर तो आप खेत में..."

"सच कहूँ, तो कपास भी मेरे लिए छोटे बच्चे जैसी है। ध्यान नहीं रखूँ, तो फ़ौरन खर-पतवार से दोस्ती गाँठ लेती है। वक़्त पर पानी नहीं पिलाया, तो धूप में सूख जाती है। यही तो बात है, बेटी...अब तो इस दुनिया से जाने का वक़्त आ गया, पर मर भी तो नहीं सकताः देखो, कितने बच्चों को मेरी ज़रूरत है !"

आयक़ीज़ ने पिता के पास आकर उनका आलिंगन कर लिया और आँखें मूँदकर फुसफुसाई :

"उफ़, आपकी मुझे कितनी ज़रूरत है, अब्बा ! मेरे प्यारे, सबसे प्यारे अब्बा !..."

"अच्छा, अच्छा, बेटी," उमूरज़ाक़-अता बुदबुदाए, "जाओ, नाश्ता तैयार करो।"

कोई आधे घंटे बाद आलिमजान भी जाग गया। सारे परिवार ने साथ नाश्ता किया और खेत चल पड़े। शीघ्र ही उमूरज़ाक़-अता अपने खेत की ओर मुड़कर पुत्री और आलिमजान से अलग हो गए। आलिमजान दाईं ओर फैले कपास के खेतों से नज़रें नहीं हटा पा रहा था। वह अपने काम, हरी मख़मल से झिलमिलाते अंकुरों, इन खेतों, खेतों में मेहनत करनेवाले लोगों का बहुत अभाव महसूस करता रहा था।

उसने अनजाने में डग भरने शुरू कर दिए, और लाचारी और नाराज़गी के कारण पीछे छूट गई आयक़ीज़ के होंठ फड़क उठे : आलिमजान उसके बारे में बिलकुल ही भूल गया ! वह उसकी अधीरता का कारण समझती थी, उसे ख़ुद को भी जल्दी करनी चाहिए थी। यदि आलिमजान उसे जल्दी करने को कहता, तो उसने बुरा न माना होता। लेकिन उसने देखा तक भी नहीं कि वह पीछे रह गई है। वह खेतों की ओर बड़ी उत्कंठा और एकाग्रचित्तता से देख रहा था। काश, इस समय फिर रात होती, चारों ओर स्तेपी फैली होती, रोशनियों का ख़ज़ाना बेतरतीबी से बिख़रा होता, और प्रिय आँखों की ज्योति निकट होती...आयक़ीज़ ने ठंडी साँस ली, किन्तु आलिमजान ने एकाएक मुड़कर उसे आवाज़ दी :

"आयक़ीज़ तुम्हें क्या हो गया ? ज़रा क़दम बढ़ाओ !"

वह धूप के कारण पीछे छूटी पत्नी की ओर आँखें मीचे देख रहा था। आयक़ीज़ ने उसकी इस प्रेमपूर्ण, प्रतीक्षित दृष्टि के लिए उसके द्वारा हाल में दिखाई उपेक्षा को क्षमा कर दिया।

आलिमजान की टोली जिस खेत में काम करती थी, उस तक पहुँचकर वे रुक गए।

"आज तुम्हें दिन में क्या-क्या करना है ?" आयक़ीज़ ने पूछा।

"ढेरों काम हैं !...लेकिन दोपहर में मैं तुम्हें लेने आऊँगा, खाना साथ खाएँगे। तुम्हें कहाँ ढूँढूँ ?"

"नई बस्ती में ?"

आयक़ीज़ ने कितनी ही देर क्यों न लगाई, पर बिछुड़ने का समय आ ही गया। आलिमजान खेत की ओर चल दिया। आयक़ीज़ उसकी ओर हाथ हिलाकर चिल्लाई :

"मैं तुम्हारा इन्तज़ार करूँगी, आलिमजान।"

आलिमजान के टुकड़े के आगे, वह टुकड़ा था, जिस पर अलतीनसाय के कोम्सोमोलों का नेता, सबसे युवा टोली-नायक करीम काम करता था और उससे आगे–वृद्ध मुरातअली के खेत थे। सामूहिक किसान कुदाल से ढूहे बना रहे थे और पहले कोमल अंकुरों के चारों ओर मिट्टी ढीली कर रहे थे। वे कपास की सीधी क़तारों के सहारे-सहारे सड़क की ओर बढ़ते जा रहे थे। आयक़ीज़ को मेख़री और उसके पिता की टोपियों के सफ़ेद बेलबूटे दिखाई दे रहे थे। वह रुकी और हाथों का मुँह पर भोंपू बनाकर उसे आवाज़ दी :

"ऐ, मेख़री ! क्या हाल है ?"

मेख़री ने कमर सीधी करके हाथ से माथा पोंछा और ख़ुशी-ख़ुशी जवाब दिया :

"ठीक चल रहा है !..."

"ढूहे जल्दी बना लोगे ?"

मेख़री ने पिता की ओर देखा। इस प्रश्न का उत्तर टोली-नायक को देना चाहिए था, पर मुरातअली ने सिर तक नहीं उठाया। उसने आयक़ीज़ की बात सुन ली है, इसका

अन्दाज़ केवल उसके कुदाल की ताबड़-तोड़, ज़ोरदार ओर जानबूझकर लगाई जा रही चोटों से ही लगाया जा सकता था। वृद्ध मानो दिखाना चाहता था : वह व्यस्त है, उसे किसी से मतलब नहीं है, उसे बेकार परेशान न किया जाए...आयक़ीज़ मुस्कराई और सिर हिलाया : मेख़री, घबराओ मत, मैं सब समझती हूँ—और जाते-जाते पुकारा :

''आलिमजान लौट आए हैं ! शाम को हमारे यहाँ होती जाना।'

आयक़ीज़ ने ध्यान नहीं दिया कि उस समय खेत में काम कर रहे सामूहिक किसानों में से एक और आदमी झुककर, कुदाल पर पेट और हथेलियाँ टिका सड़क की ओर द्वेषपूर्ण दृष्टि से देख रहा था...यह ग़फ़ूर था। वह काफ़ी देर तक भानजी को जाते देखता रहा, और जब वह आँखों से ओझल हो गई, तो उसने कुदाल इतनी ज़ोर से ज़मीन में मारा कि कपास का नन्हा-सा पौधा बाल-बाल जड़ से उखड़ता-उखड़ता बचा।

यह रही अछूती धरती...

अछूती धरती से संघर्ष ज़ोरों पर था। स्तेपी में बाईं और दाईं ओर दृष्टिपात करते हुए अछूती धरती को कृषि योग्य बनाने के सारे चरणों का अवलोकन किया जा सकता था। स्तेपी के बाएँ छोर पर ज्वाला की असमतल पट्टी, जो सूर्य-किरणों में लगभग अदृष्ट थी, तेज़ी से आगे बढ़ती जा रही थी। ज्वाला मानो अपने पीछे-पीछे राख की नीलगूँ चादर फैलाती जा रही थी, और सामूहिक किसान जब राख पर क़दम रखते, तो अपने पीछे काले पद-चिन्ह छोड़ते जाते। ज़मीन पर से जहाँ-तहाँ धुँए की सर्पिल लकीरें उठ रही थीं : ये स्तेपी की झाड़ियों की जड़ें जलकर बुझ रही थीं: पास ही बुलडोज़र व स्क्रेपर मस्सेनुमा छोटी टेकरियों को काटते खड्डों को भरते ज़मीन को समतल बना रहे थे। खेतों में विभाजित ज़मीन पर केटरपिलर ट्रैक्टर अपने पीछे शक्तिशाली यंत्र-संकुल खींचते पूर्णतया शान्त समुद्र में उतराते छोटे जहाज़ों की तरह तैर रहे थे।

राजमार्ग से कुछ दूरी पर अंतरप्रादेशिक एक्सकेवेटर स्टेशन द्वारा भेजा हुआ एक्सकेवेटर नहर का अगला टुकड़ा खोद रहा था। आयक़ीज़ बरबस दुबले-पतले युवा एक्सकेवेटर-चालक के काम को, जिसके झबरे, घुँघराले बालों के केशविन्यास के कारण वह विवर्ण कुकरौंधे जैसा लग रहा था, मुग्ध हुई देखने लगी : फूँक मारने की देर है कि चमकीले, हल्के-फुल्के बाल चारों ओर उड़ जाएँगे। युवक के मुख पर हठ व प्रचंड क्रोध झलक रहे थे। क़मीज़ की आस्तीनें कोहनियों तक चढ़ी हुई थीं। लीवरों को कसकर पकड़े हुए पतले हाथों में नसें व मांसपेशियाँ तनी हुई थीं। लगता था जैसे वे हाथ नहीं कसकर ताने और गुथे हुए तार के रस्से हैं। एक्सकेवेटर-चालक अपनी पैनी व एकाग्र दृष्टि डोल से नहीं हटा रहा था। उसकी घनी भौंहें जुड़कर एक चमकीली पट्टी-सी बन गई थीं। उसकी मुखमुद्रा ऐसे व्यक्ति की-सी हो गई थी, जो किसी शक्तिशाली शत्रु से जीवन-मरण के निर्णायक संघर्ष में उलझा हुआ हो।

आयक़ीज़ को मालूम न था कि युवक से वास्तव में बड़े अध्यवसाय की अपेक्षा की जाती थी: ज़मीन की एक मीटर की ऊपरी सतह पत्थर-सी कठोर थी। डोल के फ़ौलादी दाँते उससे टकराकर कर्कश झन्न के साथ वापस उछल रहे थे, अन्ततः मिट्टी

खोदकर उसे एक किनारे पर डालने के लिए डोल को कई बार नीचा करके अच्छी तरह निशाना साधना पड़ रहा था। सरसरी नज़र से देखा जाता, तो एक्सकेवेटर आसानी से बिना रुके काम कर रहा था : उसका शक्तिशाली डोल हवा में नावनुमा झूले की तरह चमक रहा था।

स्तेपी में पोगोदिन व स्मिर्नोव के मशीन-चालकों के साथ "किज़िल-युल्दुज़" सामूहिक फ़ार्म के अनेक किसान काम कर रहे थे। वे स्तेपी को जला रहे थे, झाड़ियों की जड़ें उखाड़ रहे थे, सिंचाई तथा जल-विभाजन यंत्र लगा रहे थे और राजमार्ग से गाँव व ट्रैक्टर-स्टेशन तक जानेवाली सड़क का निर्माण कर रहे थे।

आयक़ीज़ हर मिनट पर सामूहिक किसानों के अभिवादन का उत्तर देती हुई उसी सड़क पर चल रही थी।

निर्माण-स्थल, उस्ताद हज़रतक़ुल के जुझारू टुकड़े पर सारे में मिट्टी, कंकर, बालू और भूरे पत्थर के ढेर लगे थे; ज़मीन में जहाँ-तहाँ नींव के गड्ढे मुँह बाए हुए थे; इमारती सामान ढोकर लानेवाले ट्रक घरघरा रहे थे, कँकरीट-मिक्सर करकर कर रहे थे। उस्ताद हज़रतकुल अपने "प्रिय नेता" की ओर जल्दी से बढ़े।

टोली-नायक से आँख बराबर करने के लिए सिर पीछे करना ज़रूरी था; और आयक़ीज़ ने सिर उठाकर पूछा :

"कैसा चल रहा है, उस्ताद-अमाकी ?"

उस्ताद हज़रतकुल ने एहतियातन उदास व दुःखी मुखमुद्रा बना ली।

"शिक़ायत करना गुनाह है, कामरेड उमूरज़ाक़ोवा। तुमने हमारी खूब मदद की, तुम्हारे बिना क़ादीरोव तो हमें खाकर डकार तक न लेता। टोली हमारी बेशक छोटी है, ख़ैर कोई बात नहीं, काम चला रहे हैं..."

"चालाकी कर रहे हैं, उस्ताद-अमाकी ! अब आपके पास लोग ज़्यादा हैं..." आयक़ीज ने रेत और गिट्टी के ढेर पर ध्यानपूर्वक नज़र दौड़ाई : "शायद कँकरीट-बिछानेवाले भी हैं ?"

टोली-नायक की भौंहें सिकुड़ गईं, उसने स्ट्राहेट भौंहों तक खींचकर सीने पर हाथ रख हठपूर्ण स्वर में कहा :

"टोली में कँकरीट बिछानेवाले एक-दो से ज़्यादा नहीं हैं। देख रही हो, पत्थर गाड़ियों में ढो रहे हैं। नींव में पत्थर जमाने का काम करेंगे।" उसने कनखियों से सतर्कतापूर्वक आयक़ीज़ की ओर देखा और मुस्कराकर आगे कहाः "तुम भी तो चालाकी कर रही हो, कामरेड उमूरज़ाक़ोवा ! फ़ौरन बताओ, किस इरादे से आई हो ? मेरे लोगों को ले जाना चाहती हो ?..."

"मुझे ज़्यादा लोग चाहिए, दो कँकरीट बिछानेवाले काफ़ी हैं।"

"उहूँ, बुरी बात है, अध्यक्षा ! तुमने क़ादीरोव को मुझे लोग देने के लिए मजबूर किया, और अब खुद छीन रही हो।"

"लेकिन इससे आपके यहाँ कमी थोड़े ही पड़ जाएगी, " आयक़ीज़ हँस पड़ी।

“आपके लिए लोगों की कमी पूरी करना आसान है।”

“कैसे ?”

“बुद्धिसंगत पुनर्गठन से...ईंटों के भट्टे जैसी कोई तरकीब निकाल लीजिए, फिर आपके यहाँ लोग ख़ाली मिल जाएँगे।”

उस्ताद हज़रतक़ुल ने सिर हिलाया।

“वाह, भाई, वाह, वैज्ञानिक सलाह के लिए शुक्रिया, फिर कभी डींग नहीं हाँकूँगा। नहीं तो तुम मुझे बिना लोगों के, सिर्फ़ अपने ‘बुद्धिसंगत पुनर्गठन’ के भरोसे छोड़ जाओगी...”

आयक़ीज उस्ताद हज़रतक़ुल को भली-भाँति समझती थी—ऐसा कौन टोली-नायक है, जो अपनी टोली को कमज़ोर बनाना चाहेगा !—किन्तु उसने दुःखी व क्रुद्ध होने का दिखावा किया।

“मैं देख रही हूँ, आप भी कंजूस होते जा रहे हैं, उस्ताद-अमाकी...बुरी आदत छूत का रोग होती है।”

“मुझे उलाहना मत दो, अध्यक्षा !”

“बिना उलाहनों के काम नहीं चलता। आपने मेरी बात तो पूरी सुनी ही नहीं और लगे इनकार करने !”

“ख़ैर, बताओ, तुम्हें लोग किस लिए चाहिए ? सुनते हैं...”

“मालूम है, उस्ताद-अमाकी, सामूहिक फ़ार्म “अक्तूबर” में भी बस्ती का निर्माण हो रहा है, लेकिन वह सामूहिक फ़ार्म हमारे सामूहिक फ़ार्म से कमज़ोर है, निर्माण-टोली वहाँ अभी हाल ही में बनाई गई है। टोली में अनुभवी कारीगर कम हैं, कँकरीट-बिछानेवाले तो बिलकुल ही नहीं है। और बिना कँकरीट के उनका काम कैसे चले ? मैंने सोचा : आप उस्ताद-अमाकी, व्यवहार-पटु हैं, दूरदूर्शी हैं, आपकी टोली मिल-जुलकर काम करती है, मज़बूत है। आपका पड़ोसी की मदद करने में क्या जाता है ? स्तेपी एक ही बस्ती के निर्माण से तो बदलेगी नहीं। इस इलाक़े का कायापलट करने के लिए सारी स्तेपी को नई बस्तियों से सजाना होगा। लेकिन अक्तूबरवाले हम से पिछड़ सकते हैं...एक-दो सप्ताह के लिए अपने लोग उनके यहाँ भेज दीजिए। वे पड़ोसियों को थोड़ा सिखा देंगे, काम करने का तरीक़ा दिखा देंगे,—और वापस लौट आएँगे।”

आयक़ीज़ जैसे-जैसे बोलती रही, वैसे-वैसे उस्ताद हज़रतक़ुल के माथे की झुर्रियाँ ग़ायब होती गईं, आँखें रोशन होती गईं। उसके मौन होते ही टोली-नायक ने चैन की साँस ली, मानो आयक़ीज़ उनसे कारीगर छीन नहीं रही हो, बल्कि नए लोगों को भेजने का प्रस्ताव कर रही हो। उन्होंने टोप माथे से गुद्दी पर खींचते हुए कहा।

“तुम क्यों मेरा माथा खपा रही थीं, कामरेड उमूरजाक़ोवा ? यह फ़ौरन ही कह देतीं कि काम के फ़ायदे के लिए दो कँकरीट-बिछानेवालों को भेजना है...”

“मैंने तो बात इसी से ही शुरू की थी !”

"वाह री, अध्यक्ष, तुमने बात घुमा-फिराकर शुरू की, जबकि हमारे साथ बात दो टूक और सीधे-सादे ढंग से करनी चाहिए। अक्तूबरवालों के लिए मैं अपने कामगारों को भेज दूँगा। लेकिन वे ज़रा खुद भी तो हाथ-पाँव चलाएँ ! उन्हें दूसरों का मुँह ताकते हुए बहुत देर हो चुकी है।"

आयक़ीज़ मुस्करा पड़ी।

"और आप कह रहे थे कि आपके पास कँकरीट-बिछानेवाले कम हैं।"

"जो धावे, सो पावे। मुझे क्या पता था कि उनकी ज़रूरत क्यों पड़ी है। कभी-कभी क्या होता है ? ग़रीबों से लिया—अमीरों को दे दिया।"

"क्या ऐसा हुआ है, उस्ताद-अमाकी ?"

"होता है, अध्यक्ष ! मेरा भाई ताशक़न्द में पढ़ता था, काम करने मास्को चला गया। और मास्को में, सुना है, अपने कामगारों को भी काम पर लगाना मुश्किल है। काश, उन पढ़े-लिखे लोगों को तो हमारे यहाँ सामूहिक फ़ार्म में भेज देते...शायद, काम ही आते, क्यों, अध्यक्षा ?"

"आज नहीं, तो कल काम आएँगे ! आख़िर हमारा काम बढ़ रहा है, उस्ताद-अमाकी !"

"हम तरक़्क़ी कर रहे हैं, अध्यक्षा, हमें जानकार राहनुमा चाहिए..."

उस्ताद हज़रातक़ुल के साथ बातचीत के बाद आयक़ीज़ को कोई खास, चश्मे के पानी जैसी झनझनाहट पैदा करने, हलचल मचा देनेवाली ताज़गी महसूस होने लगी। चारों ओर दोस्त, हमख्याल लोग हैं, उनके साथ न किसी बाधा का डर है, न किसी अचानक टूट पड़नेवाली विपदा का...वे उसकी बात समझते हैं, ध्यानपूर्वक सुनते हैं, जानते हैं कि वह वही सोचती है, उन्हीं बातों का ध्यान रखती है, जो वे स्वयं सोचते हैं और जिसका ध्यान रखते हैं। लोग सुखी होना चाहते हैं, और वह भी चाहती है कि लोग सुखी रहें, उसकी और आलतीनसायवासियों की आकांक्षाएँ एक ही हैं—इस बात के एहसास से आयक़ीज खुद को भी सुखी अनुभव करने लगी।

निर्माताओं से बातचीत करके वह उस खेत की ओर चल पड़ी, जहाँ रोपे हुए नए पौधों की क़तारें लगी थीं। वे अत्यन्त कोमल और निस्सहाय थे और दूर से वृक्षों से तोड़कर ज़मीन में गाड़ दी गई डंडियों से लगते थे।

उस बाग़ के लिए सुरक्षित रखे गए टुकड़े पर आयक़ीज को बूढ़े बाग़बान हलीम-बाबा और उनकी विश्वस्त सहायिका, आलिमजान की बहन लोला मिल गए। लोला गरमियों की छुट्टियाँ बिताने अपने सामूहिक फ़ार्म में आई हुई थी।

चिलचिलाती धूप अपने धधकते स्पर्शकों से ज़मीन का आलिंगन करने लगी थी।

आयक़ीज़ हलीम-बाबा के लगाए बाग़ में लोला के साथ टहलती हुई उससे शहरी ज़िन्दगी के बारे में पूछती रही, पर साथ-साथ सड़क की ओर भी देखती रही, जिस पर आलिमजान किसी भी क्षण दिखाई देना चाहिए था। बाग़ में कार्यरत सामूहिक किसान

खा-पी चुके थे; उन्होंने आयक़ीज़ को अपने साथ खाने का निमंत्रण दिया था, किन्तु उसने इनकार कर दिया था। वह आलिमजान की प्रतीक्षा कर रही थी।

बाग़ का निरीक्षण कर और लोला को उसकी आवश्यकता पड़ने पर उसे ढूँढ़ने की जगह बता आयक़ीज़ स्तेपी से होकर वन के किनारे की ओर चल दी। वहाँ वन-फ़ार्म के कर्मी नए वृक्ष लगा रहे थे, जिससे स्तेपी को मरुस्थल से अलग करनेवाली हरी दीवार ठोस और अभेद्य हो जाए। दीवार के उस ओर गरम-गरम पीली रेत फैली थी। और उसके ऊपर, ठेठ क्षितिज तक भयानक उन्मरीचिका घनी होती जा रही थी। क्षितिज के उस ओर भूरी धुँध गहरे नीले, शीशे-से निर्मल आकाश पर छाती जा रही थी। हवा में तपन महसूस हो रही थी...

आयक़ीज़ का दिल जैसे एक मिनट के लिए रुक-सा गया और फिर ज़ोर-ज़ोर से धक-धक करने लगा। वह जल्दी-जल्दी वापस बाग़ व बस्ती की ओर लौट पड़ीः सबको चेतावनी देनी थी कि उन पर विपदा टूट पड़नेवाली है।

आयक़ीज़ ने शीघ्र ही हलीम-बाबा व लोला को अपनी आशंकाओं के बारे में बता दिया।

लेकिन आलिमजान का अभी तक कुछ पता न था...

नौ

अग्रिम मोर्चे पर

पोगोदिन को खेत-कैम्प में रात बिताते कई दिन हो चुके थे।

उस सुबह वह जल्दी उठा और उठते ही उसे ट्रैक्टरों की शक्तिशाली स्फूर्तिदायक घरघर सुनाई दी। वह साबुन व तौलिया लेकर नाली पर पहुँचा और ज़ोर-ज़ोर से फू-फू करते, ठंड से सिकुड़ते हाथ-मुँह धोए। उसके स्थूल व शिथिल शरीर का काँपता प्रतिबिम्ब सारी नाली में फैला हुआ था। पोगोदिन ने असन्तोष से नाक-भौं सिकोड़े और किन्चित् घृणा भरे स्वर में कहाः "यह क्या ! फूलता जा रहा हूँ ! लोला मुझे आख़िर प्यार किस लिए करती है ?" लोला का ख़याल आते ही पोगोदिन के दिल में मीठी झुरझुरी होने लगीः आख़िर उसकी यानी भालू की तक़दीर साथ दे रही है। बोवाई जब ज़ोरों पर थी, लोला अलतीनसाय आ गई थी, और पोगोदिन के लिए काम करना अचानक अधिक आसान और आनन्ददायक हो उठा। यहाँ तक कि उसकी चाल भी, जिसे देखकर सभी ट्रैक्टर-चालक विस्मित हो उठते थे, तेज़ और आकर्षक हो गई थी। और उसकी भयानक मंद्र आवाज़ में भी अपनी विशिष्टता के प्रतिकूल लोच और सान्त्वनादाई कोमलता आ गई थी।

पोगोदिन ने एक बार फिर अपने प्रतिबिम्ब पर नज़र डाली और उदास होकर

नाली से दूर हट गया। "कितना बेडौल हूँ ! क्या थोड़ी कसरत करना शुरू कर दूँ ?" पोगोदिन रोज़ाना व्यायाम करने का दृढ़ निश्चय करता और हर दिन उसे मालूम पड़ता कि उसके पास बिलकुल भी समय नहीं रहता है। उसकी नींद खुलने की देर होती नहीं कि उसके सिर पर ढेरों फ़ौरी काम आ टूट पड़ते, और अकसर अत्यावश्यक कार्य व चिन्ताएँ...

पोगोदिन ने तौलिए से बदन रगड़-रगड़कर लाल कर लिया, क़मीज़ पहनी, कन्धों पर तेल के धब्बोंवाला नीला ओवरआल डाला, छोटे, कम घने बालों में कंघी की, चलते-चलते पिछली शाम के बचे ठंडे गोश्त के साथ नान खाया और ज़ल्दी-जल्दी अपने ट्रैक्टर-चालकों की ओर रवाना हो गया।

ट्रैक्टर-चालकों में बहुत-से युवा और अनुभवहीन थे। उनका उत्साह बढ़ाना और सलाह देकर मदद करना ज़रूरी था। कैम्प की सारी कमियाँ अभी दूर न की जा सकी थीं: वायरलेस बीच-बीच में काम करना बन्द कर देता था; दुकान में आवश्यक सौदा हमेशा नहीं पहुँचाया जाता था; चलती-फिरती नाई की दुकान में औज़ारों की कमी थी...सिर पर ढेरों काम थे, फिर भी पोगोदिन दोपहर के खाने में और छोटे-मोटे कामों में आधा घंटे की "बचत" कर अपनी भारी तेज़ चाल से हलीम-बाबा के नए बाग़ की तरफ़ रवाना हो गया, गोया यह पता लगाने जा रहा हो कि वृद्ध बाग़बान को किसी प्रकार की सहायता की ज़रूरत है या नहीं। हलीम-बाबा मशीन-ट्रैक्टर-स्टेशन के संदिग्ध दीखते चिन्ताशील निदेशक के साथ, जिससे अभी तक सहायता की आवश्यकता नहीं पड़ी थी, बात करते हुए—सब समझते सफ़ेद हुई दाढ़ी में मुस्कराते रहे और लोला पास खड़ी-खड़ी शरमाती हुई अपने रंग-बिरंगे, खुशनुमा कुरते पर बंधी पेटी पर उँगलियाँ फेरती रही, उसके गोल-गोल गालों के गड्ढों और होंठों की कोरों में उल्लसित मुस्कान छिपी हुई थी। युवती गत शाम को पोगोदिन से मिल चुकी थी, वे सर्वप्रधान बात के अलावा अनेक विषयों पर बात कर चुके थे, और जो बात अधूरी रह गई थी, उसे पोगोदिन ने अपने आगमन से पूरा कर दिया था। लोला भली-भाँति जानती थी कि पोगोदिन कितना व्यस्त रहता है। और यदि फिर भी वह समय निकालकर, कोई कारण सूझते ही बाग़ में आया है, इसका अर्थ है कि उसे उसके यानी लोला के बिना बहुत मुश्किल हो रही है।

उनके निकट आती आयक़ीज़ को देखकर पोगोदिन ने जल्दी-जल्दी हलीम-बाबा और लोला से विदा ली और लम्बे-लम्बे डग भरता स्तेपी में ट्रैक्टर-चालकों के पास चल पड़ा।

उसे सबसे पहले सुवानक़ुल मिला। वह शक्तिशाली ट्रैक्टर की कैबिन में आत्मविश्वासपूर्वक सिर किन्चित् पीछे किए बड़ी आसानी से बैठा उसे धीमी, कभी-कभी अनुद्योगी लगनेवाली चेष्टओं से चला रहा था। सुवानक़ुल बिलकुल अपने ट्रैक्टर की तरह था : मन्द, आलसी होते हुए अत्यन्त अध्यवसाई था और उसमें महावीर की शक्ति थी; यदि ज़ोर लगाए, तो शायद भारी-भरकम लोहे की मशीन को भी बिना इंजन चलाए

उसकी जगह से सरका दे। ट्रैक्टर भी मानो किसी निकट सम्बन्धी की तरह उपकार करता हुआ, बिना आपत्ति किए अपने स्वामी की आज्ञा का पालन कर रहा था।

पोगोदिन ने सुवानक़ुल को आवाज़ दी। वह इंजन की आवाज़ कम कर ज़मीन पर कूदा और नेकदिली से चिल्लायाः

"अहा, निदेशक ! अच्छा किया जो आ गए, कुछ बातें करनी हैं। लेकिन माफ़ करनाः तुम मेहमान तो हो, पर तुम्हारी ख़ातिरदारी करने के लिए मेरे पास लतीफ़ों के सिवा कुछ नहीं है !"

सुवानकुल बिना क़मीज़ पहने काम कर रहा था। गरमियों में धूप-ताम्र हुई उसकी त्वचा नमी के कारण रवि-रश्मियों में दमक रही थीं, मांसपेशियाँ फ़ौलाद से ढली लगती थीं। पोगादिन ने उसका शक्तिशाली, मज़बूत, निहाई जैसा कन्धा थपथपाया और खुद भी मुस्करा दिया।

"कोई बात नहीं, लतीफ़ों पर ही सन्तोष करूँगा। कुछ लोग तो इसमें भी कन्जूसी करते हैं।"

"हाँ, निदेशक," सुवानक़ुल ने अर्थपूर्ण स्वर में सहमति प्रकट की, "कुछ लोग थोड़े कन्जूस हो गए हैं। हम ट्रैक्टर-चालक यह खुद महसूस कर रहे हैं।"

पोगोदिन ने विस्मय से उसकी ओर देखा।

"तुम्हारा इशारा किस ओर है ?"

"सुना है, संचालक स्मिर्नोव को वैगन मिल गए हैं। सुना इस बारे में ?"

"नहीं, मुझे अभी तक उन्होंने कुछ नहीं कहा।"

"कैसा लगा ! शायद उन्हें डर लगता है कि तुम शोर मचा दोगे।"

"तुम देर मत करो, बताओ, क्या मामला है ?"

"यानी उन्होंने वे वैगन ले लिए," सुवानकुल धीरे-धीरे-बताने लगा, "और अपने एक्सकेवेटर-चालकों को दे दिए। आख़िर हमारे यहाँ एक्सकेवेटर-चालकों की ख़ास इज्ज़त जो की जाती है ! और ट्रैक्टर-चालकों को सिर्फ़ इसकी ख़बर ही सुनने को मिली...और ख़बर मकान तो होती नहीं, जिसमें रहा जा सके..."

"लेकिन तुम्हारे लिए ओसारा तो बना दिया गया है !"

"सो तो है, निदेशक, लेकिन वैगन ज़्यादा आरामदेह होते हैं, उन्हें कहीं भी खड़ा किया जा सकता है—खेत-कैम्प में भी, स्तेपी में भी। इसके अलावा ओसारे की दीवारें हलकी भी होती हैंः ख़ालिस हवा की।"

"तो क्या आप लोग ताज़ा हवा से डरते है ?"

"नहीं, निदेशक, जैसा कि पायनियर* कहते हैं : धूप, हवा और पानी—हमारे सबसे अच्छे दोस्त हैं। लेकिन दुश्मनों से बचाव करना ज़रूरी है। ज़रा उधर देखो, इवान बोरिसोविच !"

सुवानक़ुल ने हाथ से वन की पट्टी पर छाए आकाश के किनारे की ओर इंगित

*पायनियर—सोवियत बालचर।

किया। पोगोदिन ने कितने ही ध्यान से क्यों न देखा, उसे कुछ नज़र नहीं आया।

"ज़रा और ध्यान से देखो," सुवानक़ुल ने कहा। "कहीं आँधी न आ जाए !..."

पोगोदिन परेशान हो उठा। वह जानता था कि खुली स्तेपी में आँधी आने का क्या मतलब होता है। अगर अचानक आ गई, तो काम के बाद ट्रैक्टर-चालकों को कहीं सिर छिपाने की जगह नहीं मिल सकेगी। कैम्प में केवल एक छोटा-सा घर है, ट्रैक्टर-चालक उसमें खचाखच भर गए, तो उसके जोड़ उखड़ जाएँगे। उसे आख़िर वैगनों का खयाल क्यों नहीं आया ? क्योंकि सचमुच वे मिले तो थे !

"शैतान कहीं का !" पोगोदिन ने क्रोधावेश में कोसा, न जाने किसे गाली दी–बिनबुलाई आँधी को, ख़ुद को या स्मिर्नोव को...

"हर हालत में कुछ न कुछ करना ज़रूरी था। पोगोदिन उन लोगों में से नहीं था, जो अपनी डायरियों में नियम से लिखा करते हैं : "कल यह करना है। परसों वह करना है। इस काम का ख़याल रखना है। अधिकतम अवधि–अमुक दिन तक।" जो आज या अभी कर पाना सम्भव होता, वह उसे तुरन्त बिना समय गँवाए, जिसकी सबसे बुरी विशेषता है–देखते-देखते ख़तम हो जाना, करने की कोशिश करता था...

कैम्प में लौटकर पोगोदिन ने अपने कर्मियों को निर्देश दिए, स्मिर्नोव को टेलीफ़ोन पर चेतावनी दे दी कि वह आधा घंटे में उसके पास उसके दफ़्तर में पहुँच जाएगा और–बाक़ी सब भाड़ में जाए !–उसके साथ कम्युनिस्टों की तरह साफ़-साफ़ बात करेगा। उसने ओसारे से मोटरसाइकल निकाली और कुछ देर के बाद वह उसे कभी पुरानी, कभी ऊबड़-खाबड़ और कभी बिलकुल नए रास्तों पर सरपट दौड़ता जलागार की ओर बढ़ा जा रहा था।

पोगोदिन ने आधा रास्ता तय करते-करते देख लिया कि चारों ओर सब पूर्णतया बदल चुका है। हवा गँदली होने लगी, धूप धुँधली पड़ गई कष्टदायक लगने लगी। हृदय को सदा प्रमुदित करनेवाला ग्रीष्म का रंगबिरंगा दिन कोई अस्पष्ट कसक पैदा करने लगा।

हैंडिल कसकर थामे हुए पोगोदिन ने आकाश पर नज़र डाली। उसे पूरा विश्वास हो गया कि अलतीनसाय पर आँधी आ रही है।

सूरज को छिपा देनेवाली धुँधली भूरी चादर ने पूरे आसमान को ढँक लिया था। सूरज का गोला फीके, विसरित पीले धब्बे की तरह काले बादल की ओट से झाँक रहा था। वह गर्जन-मेघ नहीं था : ज़मीन से काफ़ी ऊँचाई पर धूल प्रवाहित हो रही थी, जिसे मरुस्थल से उपरितन वायु उड़ाए लिए जा रही थी।

कुछ ही क्षणों में सड़क से थोड़ी दूरी पर धूल का चक्कर खाता स्तम्भ–बगूले का पहला कुंडलित वक्र गुज़र गया। खेतों और सड़क पर पड़ी हुई रेत सरसराती हुई उड़ी और उत्तरोत्तर वेगवान वायु की चपेट में आकर कपास के पौधों की क़तारों के बीच में से उड़ने लगी। स्तेपी से, रेगिस्तान से रेत की एक के बाद एक नई लहरें आ रही थीं। खेतों के ऊपर अनेक बगूलों की धुँध मँडरा रही थी, जो तांडव करने लगे थे।

पोगोदिन ने मोटरसाइकल की रफ़्तार बढ़ा दी...हवा पीछे से रेत उडाकर थपेड़े मार रही थी, मिट्टी के ढेले उछटा रही थी। मोटरसाइकिल धूल के घुटनभरे गुबार में सरपट दौड़ी जा रही थी, लेकिन पोगोदिन बेपरवाह केवल ट्रैक्टर-चालकों के बारे में सोच रहा था, जो रेत के बगूलों के बीच में से अपने ट्रैक्टर निकाल रहे थे। उसे उनके क्लान्त, धूलभरे चेहरे नज़र आ रहे थे और शायद उनकी तानेभरी आवाज़ें भी कानों में गूँज रही थीं : ''यह तुमने क्या कर दिया, निदेशक, हमें आँधी में भाग्य भरोसे छोड़ दिया ?...आख़िर हम स्तेपी में खेलने तो आए नहीं थे ! स्तेपी शान्त रहनेवाली जगह नहीं है। उसका हमारे ऊपर लू, तेज़ हवा, बारिश और आँधी भेजने में कुछ नहीं जाता। आदमी को हमेशा चौकन्ना रहना चाहिए, लेकिन तुमने, निदेशक, वैगन लेने का मौक़ा गँवा दिया, जिनमें हम आँधी से सिर छिपा सकते, खाना खा सकते, सो सकते थे। बहुत भारी भूल कर दी, निदेशक ! बहुत भारी भूल !...''

पोगोदिन को स्मिर्नोव कार्यालय में नहीं, जलागार के तट पर मिला। पोगोदिन से बिना कुछ कहे इंजीनियर ने सिर हिलाकर मुँह फिर उफनती तरंगों की ओर कर लिया। वे ज़ोरदार शोर के साथ किनारों से टकरा रही थीं, पीछे लौट रही थीं, मानो फिर अपनी पूरी प्रचंड शक्ति के साथ चारों ओर छींटों व फेन के प्रपात उड़ाती तटीय दीवारों पर टूट पड़ने के लिए शक्ति बटोर रही हों। पक्षी तीखी, कर्णभेदी शोर करते पानी के ऊपर भटक रहे थे...

''ज़ोरों पर है !'' स्मिर्नोव ने खिन्न मुस्कान के साथ कहा। ''कोई बात नहीं, टिके रहेंगे ! किनारे पूरी ईमानदारी से मज़बूत बनाए हैं...''

पोगोदिन मोटरसाइकिल को ज़मीन पर न गिरने देने के लिए उसे थामे हुए चिल्लाया :

''लेकिन सारे कामों में शायद तुम ईमानदारी नहीं बरत पाते हो...''

स्मिर्नोव ने दिलचस्पी ज़ाहिर करते हुए उसकी ओर देखा।

''कहो, कहो, स्तेपी के हौआ ! कहो, कैसे आना हुआ ?''

''चलो, उधर चलें, जहाँ शोर कुछ कम हो। यहाँ तो बस लेटकर ही बातचीत की जा सकती है, नहीं तो आँधी पाँव उखाड़ देगी...''

वे दफ़्तर में गए। स्मिर्नोव ने पोगोदिन को मेज़ के निकट आराम-कुरसी पर बिठाकर खुद एक कुरसी खींच उसके पास बैठ गए और किन्चित् स्पष्ट सतर्कतापूर्वक उससे पूछने लगे।

''लगता है तुम फट पड़ने को तैयार बैठे हो। कौन है वह, जिसने तुम्हें ठेस पहुँचाई है ?''

''तुमने, इवान निकितिच !...और बहुत बुरी तरह !''

''यह बात है...तो लो उड़ा दो मेरी धज्जियाँ ! तुम इसमें तो माहिर हो ही !''

''कटाक्ष बेकार कर रहे हो, इवान निकितिच। इस वक़्त मुझे मज़ाक की फ़ुरसत नहीं है।''

"तो फिर फ़ौरन बताओ, क्या बात है।"

किन्तु पोगोदिन हिचकिचाने लगा। वह हमेशा मुखर व जोशीला होते हुए भी इस समय संयम बरत रहा था। केवल उसकी दृष्टि खोजपूर्ण व रूखी थी। पोगोदिन को अभी तक एक बार भी निर्माण कार्य के अधिकारी से बहस नहीं करनी पड़ी थी। वह स्मिर्नोव पर विश्वास करता था, उसका आदर था, और उसके लिए ऐसे व्यक्ति पर आक्षेप करना आसान नहीं था, जिसे वह अपना हमख़याल मानता रहा हो।

"बात यह है, इवान निकितिज," पोगोदिन ने उस पर से नज़र हटाकर खिड़की की ओर देखते हुए कहा, वहाँ आँधी की गँदली धुँध के साथ मिलकर शाम का धुँधलका गहराता जा रहा था। "निर्माण कार्य का अधिकारी होने के नाते हमारे काम की सफलता के लिए पूरी तरह तुम ही जवाबदेह हो ना ? हर चीज़ के लिए जवाबदेह हो, हर निर्माण-स्थल के लिए ?.."

"हममें से हरेक हर चीज़ के लिए ज़िम्मेदार हैं..."

"छोड़ो, इवान निकितिच ! इस वक़्त बात तुम्हारी हो रही है। सारा इन्तज़ाम तुम ही चला रहे हो, इसलिए तुम ही से पूछ रहा हूँ ! तुमने मुझे क्यों नहीं बताया कि तुम्हें वैगन मिल चुके हैं ? उन्हें तुमने किस-किस को दिया ?"

"वैगन कम थे, इवान बोरिसोविच।"

"मानता हूँ, कम थे ! पर थे तो सही ! और तुमने उन्हें एक्सकेवेटर-चालकों को दे दिया। और हम क्या तुम्हारे लिए ग़ैर हैं ?..."

"इवान बोरिसोविच !..."

"ठहरिए, इवान निकितिच..." पोगोदिन ने हाथ फैला दिए, मानो उसे आश्चर्य हो रहा हो, बोला : "वाह, कितने मज़े की बात है ! हम सब एक ही काम में लगे हैं। तुम्हें हमारा संचालक बना दिया गया, लेकिन मालूम पड़ा, तुमने सबको अपने और पराए में बाँट रखा है : एक्सकेवेटर-चालक—अपने विभाग में काम करते हैं, उनका तो ख़याल रखना चाहिए, पर ट्रैक्टर-चालक—पराए हैं, पोगोदिन के हैं ! यानी बिना इसके काम चला लेंगे..."

स्मिर्नोव मौन कुरसी से उठकर कमरे में चहलक़दमी करने लगे, पर पोगोदिन जोश में बोलता रहा :

"आख़िर तुम्हारे दिमाग़ में यह बात आई कैसे, इवान निकितिच ? या फिर यह घुला-घुलाकर मारनेवाली छूत है ? अपने विभाग के चारों ओर मोटी-मोटी दीवारें खड़ी करके तुम लोग सोचने लगे कि चाँद भी मेरे लिए ही चमकता है और सूरज भी। अपने लोगों को सामान दिलवा दिया। अपने निर्माण-स्थल पर पहुँचवा दिया—शाबाशी भी मिल गई और काम भी अच्छा हो गया ! तुम्हें तो मिल गया, पर मुझे नहीं मिला। कुल मिलाकर भी तो अच्छा नहीं हुआ। क्योंकि अगर हम ट्रैक्टर-चालकों ने अपना काम नहीं किया, तो सार्वजनिक काम मिट्टी में मिल जाएगा। यानी तुम्हारे एक्सकेवेटर-चालकों की मेहनत भी बेकार जाएगी ! और उसका मतलब यह हुआ कि तुम क़ादीरोव के हाथ

की कठपुतली हुए जा रहे हो ! कहीं काम रुक गया, तो विश्वास रखो, वह शोर मचाने का मौक़ा हाथ से नहीं निकलने देगा : कहेगा—मैंने कहा था, मैंने आगाह किया था !...तुम ख़ुद ही देख रहे हो, आँधी ने हमें सोते में आ घेरा है...''

''तुम घबराओ नहीं,'' स्मिर्नोव गुर्राए और वायुदाबमापी पर नज़र डालकर बोले, ''तुम्हारे ट्रैक्टर-चालकों का कुछ नहीं बिगड़ेगा। आँधी ज़्यादा देर नहीं चलेगी।''

''यह शान्त हुई—दूसरी आ जाएगी !''

''डटे रहेंगे !''स्मिर्नोव ने अब कुछ कम आत्मविश्वास के साथ कहा। ''तुम्हारे लड़के बहादुर हैं, ऐसी-वैसी आँधी उनका कुछ नहीं बिगाड़ सकेगी !...''

पोगोदिन ने स्मिर्नोव की ओर ध्यानपूर्वक देखकर सिर हिलाया।

''मैं तुम्हारा चेहरा देखकर कह रहा हूँ, इवान निकितिच, कि तुम्हें ख़ुद भी अपने कहे पर विश्वास नहीं है। और अपनी ग़लती मानना तुम्हें खटकता है।''

वह थोड़ी देर मौन साध कुछ सोचकर आगे बोलाः

''मुश्किलों पर हम बेशक क़ाबू पा लेंगे...लेकिन पिछले कुछ अरसे से हम हर तरह की साधारण कमियों को आम बात मानने और उन्हें मुसीबत पड़ने पर सुधारने के आदी हो गए हैं। और 'हुर्रा ! हुर्रा !' चिल्लाते हैं : 'जल्दी से जल्दी स्तेपी में चलिए, साथियो, वहाँ बहुत अच्छा है, मुश्किल है : न रहने को ठौर, न खाने को कौर !' और हम अपने लोगों की कठिनाइयों से न डरने की अद्भुत, अत्युत्तम विशेषता के इतने आदी हो गए हैं कि कभी-कभी ख़याल भी नहीं करते कि इन कठिनाइयों को कम-से-कम पैदा होने देना चाहिए। यह सच है कि उस हालत में हम ज़िम्मेदार कर्मियों को ज़रा मुश्किल होगी, पर आख़िर हम इसी लिए तो ज़िम्मेदार कर्मी कहलाते है !''

स्मिर्नोव निढाल होकर कुरसी पर बैठ गया और न जाने पोगोदिन पर या खुद पर, व्यंग्यपूर्वक मुस्कराकर पूछा :

''सब कह लिया ?''

''तुम्हारे लिए काफ़ी है।''

कृशकाय स्मिर्नोव जैसे इतने-से समय में भारी-भरकम हो उठे; उनके कन्धे भी झुक गए, मानो उन पर भारी बोझ आ पड़ा हो।

''बात यह है, प्यारे इवान बोरिसोविच,'' स्मिर्नोव ने खीज की आड़ में अपनी पश्चातापी घबराहट छिपाने का प्रयास करते हुए धीरे-धीरे कहा। ''तुम्हारी बात मैं सुनता रहा, सुनता रहा, पर कोई नई बात उसमें नहीं मिली। मुझे क़ायल करने की कोई ज़रूरत नहीं है, मैं खुद भी सब जानता हूँ। जैसे ही वैगन आएँगे, सबसे पहले तुम्हें भिजवा दूँगा।''

''जब आएँगे, तब नहीं, बल्कि अभी !'' पोगोदिन ने स्मिर्नोव की, जिनके लिए इस तरह तुरन्त अपनी भूल स्वीकार करना और आत्मसमर्पण करना कठिन था, स्थिति समझते हुए दृढ़तापूर्वक कहा।

''इस वक़्त मैं उन्हें कहीं से नहीं ले सकता...''

पोगोदिन हँस पड़ा।

"झूठ बोलते हो, इवान निकितिच, ज़रूर कहीं आपतकाल के लिए सुरक्षित रखा होगा ! तुम्हारे जैसा कंजूस, जैसे कि तुम अब हो चुके हो, ज़रूर आड़े वक़्त के लिए कुछ बचाकर रखता है !"

स्मिर्नोव ने अपनी मेज़ के पास जाकर एक दराज़ खींची, एक काग़ज़ निकालकर उस पर हस्ताक्षर किए और पोगोदिन की ओर बढ़ाया।

"यह लो। और पिंड छोड़ो। कल सुबह लोगों को स्टेशन पर स्टोर में भेज देना।"

"आज ही भेज दूँगा !" पोगोदिन ने उठते हुए कहा।

स्मिर्नोव भी उठ खड़े हुए।

"जैसी तुम्हारी मर्ज़ी ! यह याद रखनाः मैंने तुम्हारी बात सिर्फ़ तुमसे पीछा छुड़ाने के लिए ही मानी है।"

पोगोदिन शरारती ढंग से मुस्कराया।

"समझता हूँ, इवान निकितिच !..."

"और कोई शिकायत तो नहीं है ?"

पोगोदिन गम्भीर हो गया और स्मिर्नोव के पास आ उनके कन्धे पर हाथ रखकर धीरे से बोलाः

"इवान निकितिच, मैं तुम्हारे पर वैगनों के लिए थोड़े ही नाराज़ हुआ था। मैं शायद उनके बिना भी काम चला लेता...लेकिन तुम्हारे बिना, जिस रूप में मैं तुम्हें काफ़ी साल से जानता हूँ, मुझे मुश्किल होती...मैंने जब इन वैगनों के बारे में सुना..."

"ठीक है। चुप करो।"

"मेरी बात समझ गए, इवान निकितिच ?"

"चुप रहो। वैसे ही मेरा जी मिचला रहा है।"

स्मिर्नोव ने खीज भरी चेष्टा के साथ अपने श्वेताभ बाल कान से गुद्दी की ओर बिखेर लिए, और जब सिर उठाया, उनका चेहरा शान्त और हँसमुख था...मित्रों ने एक दूसरे का प्रगाढ़ आलिंगन किया और वैसे ही दरवाज़े की ओर बढ़े।

स्मिर्नोव के दरवाज़ा खोलते ही उनकी आँखों में बारीक किरकिरी, सूखी रेत भर गई। किवाड़ भड़ाक से घर की बाहरी दीवार से जा टकराया, क़ब्ज़े ज़ोर से चरमराए; दीवार का पलस्तर झड़ गया। स्मिर्नोव बड़ी मुश्किल से किसी तरह दरवाज़ा बन्द कर पाए...वह ध्यानपूर्वक लहरों के भयानक छपाके सुनते, मेघ, रेत व हवा की गति से आच्छादित धुँधले अन्धकार में झाँकते कुछ मिनट मौन खड़े रहे और असम्मति में सिर हिलाकर पूछाः

"तुम ऐसे ख़राब मौसम में वापस जाने की सोच रहे हो ? इसके सुधरने तक मेरे यहाँ इन्तज़ार कर लेते..."

"कौन जाने, कितनी देर इन्तज़ार करना पड़ जाए ? तुम्हें मालूम तो है कि इन्तज़ार करना मौत के बराबर होता है। नहीं इवान निकितिच, मैं तो जाऊँगा...वैगनों का इन्तज़ाम

करना है। और वैसे भी...मेरा इस वक़्त वहाँ कैम्प में रहना बेहतर होगा।''

''यही सही...तुम्हारा बाल भी बाँका न हो।''

पोगोदिन शीघ्रातिशीघ्र कैम्प में पहुँचना चाहता था। उसने गाँव से गुज़रनेवाले रास्ते से न जाकर निर्जन स्तेपी से निकलनेवाली पुरानी, सीधी और सँकरी पगडंडी से जाने का फैसला किया। उस समय पगडंडी रेत से ढक चुकी थी, फिर इतने अँधेरे में पगडंडी को हर हालत में नहीं देखा जा सकता था। आँधी ने पहचान के सारे चिन्ह मिटा दिए थे, और पोगोदिन अटकल से, यह न जानते हुए कि उस क्षण वह कहाँ है, सरपट मोटरसाइकिल दौड़ाए लिए जा रहा था...उस पर केवल एक ही धुन सवार थी, जो वह स्वयं एक संक्षिप्त, आवेशपूर्ण शब्द में व्यक्त कर रहा था : जल्दी !...जल्दी, जल्दी—क्योंकि आँधी व स्तेपी से संघर्ष कर रहे लोगों को उसकी ज़रूरत है ! जल्दी—क्योंकि उसे मुश्किल भले ही हो रही हो, और उसे वहाँ, उन लोगों के साथ होना चाहिए, जिन्हें सबसे ज़्यादा मुश्किल हो रही है। जल्दी, जल्दी ! वे ही बेकार चक्कर काटते रहें, जो केवल लोगों को आगे धकेलते हैं, न कि ख़ुद मैदाने जंग में कूदते हैं। कम्युनिस्ट का स्थान अग्रिम मोर्चे पर है। केवल अग्रिम मोर्चे पर ! जल्दी, जल्दी !

मोटरसाइकिल उछल रही थी और लग रहा था कि किसी भी क्षण उसके अंजर-पंजर बिखर जाएँगे। चश्मा रेत से पूरा बचाव नहीं कर पा रहा था। रेत आँखों में जा रही थी, कानों में भर रही थी, दाँतों में किरकिरा रही थी, हैंडिल पर जमे हाथों में चुभ रही थी, उन्हें कोड़े-से मार रही थी। चारों ओर आँधी ने साम्राज्य जमा लिया था, लेकिन पोगोदिन उसे देख नहीं रहा था, केवल उसका शोर सुन रहा था। वह मानो इंजन के ज़ोरदार खड़खड़-घरघर को सोख रही थी, हवा की चीख से, हवा में तेज़ी से उड़ती रेत की खोखली सरसराहट से उसे दबा रही थी।

पोगोदिन के रास्ते में एक खड्ड था। दिन में उससे अपनी मोटरसाइकिल निकालना बहुत आसान था, पर इस समय निदेशक यह अन्दाज़ भी नहीं लगा पाया कि खड्ड अभी ज़्यादा दूर है कि नहीं। पोगोदिन पूरी रफ़्तार से उसके किनारे पर पहुँच गया। मोटरसाइकिल कुछ उछली और एक ओर गिर गई।

पोगोदिन को होश खड्ड के तल में आया, जहाँ वह मोटरसाइकिल के साथ लुढ़कता हुआ पहुँच गया था। उसने उठने की कोशिश की, पर पहली हरकत के साथ ही घुटने में इतना तेज़ दर्द हुआ, मानो इसमें किसी ने तपती हुई सुई चुभा दी हो। पोगोदिन कराहता हुआ ज़मीन पर बैठ गया। और भी बुरा हो गया। उसे किसी भी क़ीमत पर जाना था, लेकिन वह हिल-डुल भी नहीं सकता था : उसकी अवाज़ें आँधी निगल रही थी; सहायता की आशा कहीं से नहीं रही थी...

पोगोदिन अँधेरी स्तेपी में पड़ा तड़पता रहा, दर्द से उतना नहीं, जितना कि अपनी दयनीय लाचार स्थिति से। और आँधी प्रचंड रूप धारण करती रही, हवा सूखी मिट्टी और रेत के ढेरों को खड्ड में चारों ओर उड़ाती रही...

दस

आशंकाजनक रात

स्तेपी में जब अचानक रेतीली आँधी आई, उस्ताद हज़रतक़ुल इमारती सामान तिरपाल से ढककर अपनी टोली को अलतीनसाय ले गए। हलीम-बाबा ने आयक़ीज़ व लोला के साथ कैम्प जाने का फ़ैसला किया : उनकी इच्छा संकट के क्षणों में अपने प्रिय बालकों—नए रोपे गए पौधों के निकट रहने की थी...

आँधी विशाल कँटीले गोले की तरह स्तेपी, खेतों, सड़कों व अलतीनसाय के रास्तों पर चलती रही...गरम रेत से पृक्त हवा ललछौंहा पीली लग रही थी। हवा धूल, सूखी टहनियाँ और जड़ से उखड़ी घास उड़ा रही थी। आयक़ीज़ स्पष्ट रूप से कल्पना कर रही थी कि गाँव में, सड़कों पर और खेतों में क्या हाल हुआ होगा। कपास के कोमल पौधे शायद रेत से दब चुके होंगे। अलतीनसाय में वृक्ष धूल के बोझ के मारे झुक गए होंगे, हवा कई घरों की छतों को उड़ा ले गई होगी...

हलीम-बाबा, आयक़ीज़ व लोला हथेलियों से आँखें ढके, अपने पैने पंजों से मुँह खरोंच डालनेवाली हवा से दूसरी ओर मुँह किए स्तेपी में धीरे-धीरे आगे बढ़ रहे थे...वृद्ध बार-बाार मुड़कर उस ओर देख रहा था, जहाँ वह निरीह पौधों को आँधी के भरोसे छोड़ आया था, किन्तु रेत के घने आवरण में कुछ दिखाई नहीं दे रहा था।

आँधी की गरज के बीच सहसा भूली-भटकी-सी जानी-पहचानी शान्तिदायक आवाज़ें कान में पड़ रही थीं: कभी एक ओर से, तो कभी दूसरी ओर से ट्रैक्टरों की आन्तरायिक घरघर सुनाई दे रही थी—बहुत से ट्रैक्टर-चालक तेज़ हवा के बावजूद घनी धूल में काम करना जारी रखे हुए थे।

वृद्ध बाग़बान और उसकी हमसफ़र बड़ी मुश्किल से पूर्वरचित घर—पोगोदिन के मुख्यालय तक पहुँच गए।

घर में कुछ सामूहिक किसान और अपने काम के बाद ख़ाली बैठे ट्रैक्टर-चालक मिले। पोगोदिन के कमरे में कोई न था।

हलीम-बाबा और लोला बैठ गई। आयक़ीज़ खिड़की के पास गई।

आँधी के उड़ाए रेत के कण शीशों से टकरा-टकराकर नीचे फिसल रहे थे—जैसे परवाने शमा के पास आकर तत्क्षण जलकर गिर पड़ते हैं, पर शमा पर परवानों के एक के बाद एक झुंड उड़कर आते रहते हैं...शीशे धूल के कारण धुँधले पड़ गए। खिड़की के बाहर भी धुँधला था। आयक़ीज़ इस पीले-भूरे कोहरे में कैम्प में घुसते, कैम्प से निकलते, एक इमारत से दूसरी इमारत की ओर भागते लोगों की आकृतियों को बड़ी मुश्किल से देख पा रही थी। ट्रैक्टर-चालकों ने काम नहीं रोका। आयक़ीज़ के दिल में सराहना का भाव उमड़ आया, किन्तु उसमें एक अन्य सन्देहजनक व विक्षोभकारक भाव भी मिल गया: क्या हमने कार्य में अपनी पूरी शक्ति लगा देनेवाले इन लोगों का काम

आसान करने के लिए सब कुछ कर लिया ? क्या प्रकृति के हमले का डटकर मुक़ाबला करने के लिए पूरी तैयारी कर ली ? नहीं अभी कमियाँ बहुत हैं। आयक़ीज़, स्मिर्नोव, पोगोदिन और आलिमजान को अभी बहुत कुछ सोचना-विचारना, सुधारना और कार्यों को पूरा करना बाक़ी है...ख़राब मौसम में स्तेपी में लोगों के लिए सिर छिपाने की जगह कहीं नहीं है। बस्ती व बाग़ की आँधी व लू से रक्षा करने के लिए पक्का इन्तज़ाम करना चाहिए। वन पट्टियों को लगाने का काम जल्दी पूरा करना चाहिए।

ये सब "होना चाहिए" वाली बातें आयक़ीज़ के दिल में काँटों सी खटक रही थीं, किन्तु वह इन सारी बातों को बाद के लिए टालने के बजाए याद करती रही कि उन्हें और क्या करना चाहिए, फौरन क्या करना चाहिए, बल्कि अवश्य ही करना चाहिए...

आलिमजान के साथ सलाह करे...वह निष्पक्ष दृष्टि से सब देखकर वे कमियाँ बता सकता है, जिनकी वह ख़ुद आदी हो चुकी है। लेकिन आलिमजान लौट आया है, और उसे यह बिलकुल महसूस भी नहीं हो रहा है। वह यहाँ है—पर उसके पास नहीं। वह इतना भी नहीं जानती कि इस क्षण वह कहाँ है, क्या कर रहा है, किसे अपने मन की बात बता रहा है...

उसके सिर पर रोज़मर्रा के काम, चिन्ताएँ, जिनके लिए वह शहर में तरस रहा था, आ पड़े, उनके भँवर में वह ऐसा पड़ा कि उसे अब आयक़ीज़ की चिन्ता ही नहीं रही। आयक़ीज़ पति की हालत समझती थी, उसे उचित ठहराती थी, फिर भी वह आलिमजान द्वारा किए गए उसके अस्पष्ट तिरस्कार की अनुभूति से मुक्त नहीं हो पा रही थी...

वह उसका कितना कम ख़याल रखता है !...

आयक़ीज़ को अपने कन्धे पर किसी का हौले से रखा हाथ महसूस हुआ। आयक़ीज़ चौंक उठी और उसे अपने पास लोला का चेहरा दिखाई दिया। अल्हड़, हँसोड़ लोला इस समय चुप और उदास थी; उसके हलीम-बाबा के बाग़ के रसदार सेबों सरीखे, साधारणतया लाल रहनेवाले गोल-मटोल गालों की रंगत उड़ गई थी।

"आयक़ीज़-आपा ! इवान बोरिसोविच कहाँ हैं ?"

"शायद स्तेपी में होंगे। अपने ट्रैक्टर-चालकों के पास..."

"वह तो यहाँ, कैम्प की तरफ़ आए थे..."

"तुम्हें कहाँ से पता चला ?"

"पता चल गया..." लोला ने टालमटोल करते हुए कहा और सहेली के गले में हाथ डालकर उससे ठिठुरे हुए बालक की तरह चिमटकर अनुरोध करने लगी: "आयक़ीज़-आपा, ज़रा जाकर मालूम कर आओ, वह कहाँ हैं..."

आयक़ीज़ अपने कक्ष से बाहर निकली। गलियारे व कमरों में मशीन-ट्रैक्टर-स्टेशनवालों की भीड़ जमा थी। सबके चेहरे क्लान्त, धूलभरे और चिन्तित थे। ट्रैक्टर-चालक लतीफ़ों से एक-दूसरे का हौसला बढ़ा रहे थे, किसी विषय पर ज़ोरदार बहस कर रहे थे। सबसे

अधिक धैर्यवान डोमिनो खेल रहे थे। कुछ दीवार के सहारे उकड़ूँ बैठे, घुटनों पर सिर टिकाए सो रहे थे। उनमें से एक युवा एक्सकेवेटर को आयक़ीज़ ने पहचान लिया। वह बेफ़िक्री की मीठी नींद सो रहा था, जिस तरह दिन भर की मेहनत से सन्तुष्ट लोग सोया करते हैं।

आयक़ीज़ ने जिससे भी पूछा, उसने यही कहा कि उसे पता नहीं निदेशक कहाँ गया है। वह बरामदे में गई। घर का पिछला हिस्सा स्तेपी की तरफ़ था, बरामदे में स्तेपी की अपेक्षा शोर कम था, कुछ शान्ति थी, किन्तु आयक़ीज़ को वहाँ भी ऐसा महसूस हुआ जैसे वह तूफ़ानी समुद्र में जर्जर नाव में सफ़र पर निकल पड़ी हो...आँधी चारों ओर तांडव-नृत्य कर रही थी ; तपती रेत के थपेड़े चेहरा झुलस रहे थे ; हवा के तेज़ झोंकों से दीवारें काँप रही थीं। पर ढलती साँझ के धुँधलके में दूर ट्रैक्टरों की हेडलाइटों की पीली-पीली बत्तियाँ प्रफुल्लित विश्वासकारक व उत्साह-वर्धक नन्हे जलदीपों के सदृश चमक रही थीं। स्तेपी का स्वामी मनुष्य ही रहे।

"ओहो ! हमारी अध्यक्षा ही हैं ना ?" पास से आवाज़ आई। आयक़ीज़ ने गरदन घुमाई, देखा, सुवानक़ुल था। वह बग़ल से बरामदे के पास आया और निढ़ाल हो रेलिंग पर कोहनियाँ टिकाकर खड़ा हो गया।

"सलाम, सुवानक़ुल ! काम कैसा चल रहा है ?"

"ठीक ही चल रहा है ! जिसे कहते हैं,...'वायु गति से'।"

"अफ़सोस तो नहीं होता कि सामूहिक फ़ार्म छोड़कर चले गए ?"

"क्यों नहीं, सामूहिक फ़ार्म को मेरे बिना मुश्किल हो रही है...और मुझे भी उसकी याद सताती है। लेकिन मशीन-ट्रैक्टर-स्टेशनवालों की मदद भी तो करनी थी ! पोगोदिन ने मनाते-मनाते मेरी नाक में दम कर दिया..."

"डींग हाँकने लगे ! हाँ, बता नहीं सकते हैं, वह कहाँ है ?"

"क्या निदेशक ? वह शायद संचालक स्मिर्नोव के पास गए हैं। मैंने उन्हें वैगनों के बारे में इशारा किया था। निदेशक मुझे 'बहुत-बहुत शुक्रिया' कहकर खुद चले गए..."

"यानी वह स्मिर्नोव के यहाँ हैं ? शुक्रिया, सुवानक़ुल..."

"अरे, एक और 'शुक्रिया' ! इन्हें मैं रखूँगा कहाँ, अध्यक्षा ?"

लेकिन आयक़ीज़ ने सुवानक़ुल की पूरी बात नहीं सुनी। वह उससे जल्दी से विदा लेकर लोला के पास चल दी।

लोला खिड़की के पास गरम शीशे से माथा सटाए खड़ी थी, और बूढ़े हलीम-बाबा कुरसी पर किन्चित् झुके, घुटनों पर हाथ रखे बैठे थे, लगता था ऊँघ रहे थे। आयक़ीज़ के भीतर आने पर उन्होंने सिर उठाकर चिन्तित स्वर में पूछाः

"क्यों, बेटी, आँधी का ज़ोर कम नहीं हुआ ?"

"नहीं, बाबा, और ज़्यादा तेज़ी से चल रही है।"

वृद्ध ने दुःखी होकर सिर हिलाया और कराहते हुए कुरसी पर से उठ खड़ा हुआ। "हाय, हाय ! ये मेरे पौधे उखाड़ देगी। जाकर देखता हूँ..."आयक़ीज़ ने बूढ़े

बाग़बान को कन्धों से पकड़कर वापस बिठा दिया।

"बैठे रहिए, बाबा...ऐसी आँधी में आप कहाँ जाएँगे ? फिर स्तेपी में अँधेरा छाया हुआ है, कुछ नज़र नहीं आ रहा है। सुबह तक इन्तज़ार कर लेते हैं..."

आयक़ीज़ का हौसला बुलन्द था, किन्तु उसकी आँखें बिलकुल काली लग रही थीं, मानो उन पर अवसादमय, ख़राब मौसम का धुँधलका छाया हुआ हो...

हलीम-बाबा ने पिता की तरह स्नेहपूर्वक अपनी सूखी, खुरदुरी हथेली से उसका हाथ सहला दिया और सान्त्वना दिलाते हुए मुस्कराए।

"कोई बात नहीं, बेटी, सब ठीक हो जाएगा..."और धीमे स्वर में आगे बोले, "जाओ, बेहतर होगा, लोला के साथ बैठो। देखती हो, वह तुम्हारी तरफ़ कैसे देख रही है ?"

लोला वास्तव मे उसकी ओर अधीर व विक्षुब्ध दृष्टि से देख रही थी। आयक़ीज़ ने उससे धीरे से कहा :

"वह स्मिर्नोव के यहाँ हैं। ट्रैक्टर-चालकों के लिए वैगनों का इन्तज़ाम करने गए हुए हैं।"

"स्मिर्नोव को टेलीफ़ोन करिए, आयक़ीज़-आपा !"

"बेकार क्यों घबराहट फैलाएँ ?"

"पर तुम ऐसे करो, जैसे किसी काम से कर रही हो..."

आयक़ीज़ वैसे मुस्कराई, जैसे बड़े लोग बालक के मचलने पर झुककर मुस्कराते हैं, और मेज़ की ओर बढ़ी, जिस पर टेलीफ़ोन रखा था। वह देर तक हैंडिल घुमाती रही, पर चोंगे में सन्नाटा छाया था, बीच-बीच में आम तौर पर सुनाई देनेवाली खड़खड़ ग़ायब थी...

"लगता है आँधी से लाइन ख़राब हो गई है। पर तुम घबराओ मत, लोलाख़ाँ। उन्हें क्या हो सकता है ? इस वक़्त स्मिर्नोव के यहाँ बैठे होंगे या अपने मशीन-ट्रैक्टर-स्टेशन चले गए होंगे।"

"नहीं, आपाजान, नहीं ! वह स्मिर्नोव के यहाँ नहीं रुक सकते...उन्हें यहाँ काफ़ी पहले आ जाना चाहिए था..."

"आख़िर क्यों, लोलाख़ाँ ?"

लोला ने सिर से खिड़की की ओर इंगित किया।

"देखती हो, क्या हो रहा है ? उन्हें कैम्प में लौट आना चाहिए।" उसका चेहरा लाल हो गया, आँखें झुक गईं। अन्त में फुसफुसाकर बोली: "ज़रूर लौट आना चाहिए ! मैं उनको जानती हूँ..."

आयक़ीज़ के दिल में हूक-सी उठी, कुछ-कुछ डाह से मिलती-जुलती...लोला की आँखों, उसकी बातों में से प्रेम और प्रियतम पर पवित्र व गहरा विश्वास झलक रहा था। वह इस समय पोगोदिन से दूर थी, किन्तु लगता था जैसे देख रही थी, उसके हर क़दम का अन्दाज़ लगा सकती थी। उसे पूरी विश्वास था : पोगोदिन केवल इसी तरह पेश आ सकता था, दूसरी तरह नहीं। आयक़ीज़ उसके विश्वास व व्याकुलता से

अप्रभावित न रह सकी...

"ठहरो, बहन ! मैं अभी पता लगाती हूँ, लाइन ठीक की जा सकती है या नहीं...आप लोग आराम कीजिए, मैं ट्रैक्टर-चालकों से बात करती हूँ।"

आयक़ीज़ दरवाज़े की ओर बढ़ने ही लगी थी कि उसी समय दरवाज़ा खुला और दहलीज़ पर उमूरज़ाक़-अता व आलिमजान दिखाई दिए। उनके चेहरे व वस्त्र भी पूरी तरह धूल में सराबोर थे। आलिमजान के नाक के बाँसे पर जुड़ी घनी, काली भौंहें वृद्ध उमूरज़ाक़-अता की भौंहों जैसी सफ़ेद दिख रही थीं, पर भौंहों तले आँखें राख में दबे अनबुझे अँगारों की तरह चमक रही थीं। आलिमजान कपड़े झाड़ने लगा और धूल के घने, भूरे बादल से ढक गया। उसने हलीम-बाबा व लोला का अभिवादन कर उमूरज़ाक़-अता की ओर कुरसी सरकाई और आयक़ीज़ के पास आकर बोलाः

"मुझे माफ़ करना, आयक़ीज़। बहुत थक गया ! टोली से गाँव, गाँव से टोली...सारी बातों के बारे में जानना चाहता था, सबसे मिलना चाहता था। इस दौरान मुझे सामूहिक फ़ार्म की बहुत याद आती रही थी।"

"और मेरी ?" आयक़ीज़ तुनकमिजाज़ी से झिड़की देती हुई फुफकारी।

"काश, तुम जानतीं, मेरी समझदार, सुन्दर आयक़ीज़ कि मैं तुम्हें कितना प्यार करता हूँ।" आलिमजान ने शर्माते हुए मुड़कर देखा और सामान्य स्वर में पूछाः "तुमने मेरे बिना खाना खा लिया ?"

"खा लिया," आयक़ीज़ ने स्वीकृति में सिर हिलाकर भूख के मारे थूक सटका। "मैं निर्माताओं के यहाँ थी, उन्हीं के साथ खा लिया।"

"बहुत अच्छा किया। नहीं तो मैं घबरा रहा था कि तुम मेरा इन्तज़ार करती-करती भूखी रह जाओगी।"

"आप लोग अभी कहाँ से आ रहे हैं ?"

"खेत से," आलिमजान ने कहा। "कपास को आँधी से बचाने की कोशिश कर रहे थे। लेकिन हमारी चल सकती थी !..."

"तुम शर्माओ मत, बेटा !" उमूरज़ाक़-अता ने मीठी झिड़की दी। "सच कहा जाए, तो हमने काम कम नहीं किया।" और आयक़ीज़ को सम्बोधित कर वह आनन्दोल्लास में कह उठेः "आलिमजान हमारा महावीर है, बेटी ! आँधी चलते ही बहुत-से लोग घर भाग लिए : कैसा काम, आँधी से कभी होड़ की जा सकती है ! शुरू में हम भी कुछ हिम्मत हार बैठे थे, कपास को ख़तरा देख घबरा गए, समझ में नहीं आ रहा था, क्या करें। लेकिन आलिमजान ने हिम्मत नहीं हारी !"

"अब्बा !"आलिमजान ने अनुनई स्वर में कहा। "आपने तो मेरी इतनी तारीफ़ कर डाली...सच्चे वीर तो सामूहिक किसान हैं !"

उमूरज़ाक़-अता ने हँसी दबाकर गम्भीर स्वर में दामाद की बात काट दी :

"बड़ों के बोलते समय—तुम चुप रहो ! हाँ, तो, बेटी...इसने कुदाल उठाकर पानी खोल दिया। तब हम समझे कि इसका इरादा क्या है। हवा तो रेत को इधर-उधर उड़ाती

है, पर उसे गीला करते ही वह हवा में उड़ नहीं पाती। हमें होश आया, हमने कुदाल उठा लिए। हमें बहुत मुश्किल हुई, बेटी, बहुत ही मुश्किल ! हवा पैर उखाड़े डाल रही थी, आँखें रेत के मारे अँधी हुई जा रही थीं, दो क़दम दूर तक कुछ नहीं दिखाई दे रहा था, नालियों में पानी ज़ोर मार रहा था ! लेकिन आलिमजान हमें लिए चलता रहा, और हम कमांडर के पीछे चलते सिपाहियों की तरह इसके पीछे-पीछे चलते रहे। अहा, मैं अपने को जवान महसूस करने लगा, याद करने लगा कि लुटेरों से, प्रतिक्रान्तिकारियों से कैसे लड़ा करता था !''

आयक़ीज़ साँस रोके पिता की बातें सुनती रही।

''फिर क्या हुआ ?''

''फिर हम लालटेनें ले आए और उन्हें गले में लटकाकर फिर आँधी से भिड़ गए ! देखा, दूसरी टोलियों के किसान भी अपनी कमज़ोरी पर शर्मिन्दा होकर खेत में लौटने लगे थे। आँधी का सबसे ख़तरनाक हमला हमने नाकाम कर दिया। आलिमजान ने जब देखा कि लोग बड़ी मुश्किल से खड़े रह पा रहे हैं, तो इसने खेत में कुछ मीराबों* को छोड़कर बाक़ी को गाँव जाने को कह दिया।''

''लेकिन आप यहाँ किस लिए आए हैं, गाँव क्यों नहीं गए ? आपको तो आराम करना चाहिए !''

आलिमजान धीरे से बोला :

''मुझे मालूम था कि तुम यहाँ हो...''

इन शब्दों के और पिता का क़िस्सा सुनने के बाद आयक़ीज़ का पति पर आ रहा गुस्सा काफ़ूर हो गया। वह फिर उसके पास था, और उसके स्वर में मृदुता व चिन्ता झलक रही थीं, आँखों में प्यार की चमक थी...उसने एक क्षण के लिए दूसरों की नज़र बचाकर अपना कन्धा उसके सीने पर टिका दिया, प्रमुदित आँखें उठाकर उसकी ओर देखा और फिर पिता से पूछाः

''यानी, अब्बा, आपका ख़याल है कि कपास को बचाया जा सकता है ?''

''आख़िर कपास की क़िस्मत आँधी के हाथ में तो है नहीं। सब हम पर ही निर्भर करता है !...पूरी ताक़त जुटाकर काम करें, तो फिर कुछ भी होता रहे, पतझड़ में कपास के वज़न से तराज़ू चरमरा उठे !''

''शुक्रिया, अब्बा,'' आयक़ीज़ ने धीरे से कहा। उसने खिड़की के पास जाकर देखा कि हवा शान्त हुई या नहीं। वहाँ उसकी नज़रें लोला की याचना करती, प्रतीक्षाकुल नज़रों से टकराईं। ''अब्बा ! आलिमजान !...आपने पोगोदिन को तो नहीं देखा ?''

''ठहरो, ठहरो, बेटी !'' उमूरज़ाक़-अता कह उठे। ''उसके पास तो मोटरसाइकिल है ना ?''

''तो आपने उन्हें देखा था ?'' लोला के मुँह से निकल गया।

''दोपहर बाद कोई मोटरसाइकिल पर हमारे पास से गुज़रा था। पागलों की तरह

*मीराब—मीर-आब, जल-वितरण कर्मचारी।

उसे सरपट दौड़ा रहा था !...''

''वह इवान बोरिसोविच ही थे !'' लोला से फिर न रहा जा सका, और वह फ़ौरन खिड़की की ओर मुड़ गई, जिससे कोई उसके चेहरे पर छाई लाली न देख सके।

''वह वापस लौटते नहीं दिखाई दिए ?'' आयक़ीज़ ने पूछा।

''नहीं, बेटी...''

आलिमजान ने विवेकपूर्ण मुस्कान के साथ बहन पर नज़र डाली और पत्नी को आँख मार जानबूझकर ज़ोर से बोला :

''वह ज़रूर या तो गाँव में होगा, या अपने मशीन-ट्रैक्टर-स्टेशन में। पोगोदिन के बारे में फ़िक्र करने की ज़रूरत नहीं है।''

''कोई फ़िक्र कर ही नहीं रहा है,'' लोला बिना मुड़े सुबकी भरकर बुदबुदाई।

उस शाम और रात को यहाँ बुज़ुर्गों—हलीम-बाबा और उमूरज़ाक-अता को छोड़कर कोई नहीं सोया। वे अपनी-अपनी कुरसियों पर ही झपँकी लेते रहे।

आलिमजान और आयक़ीज़ ट्रैक्टर-चालकों के पास गए।

ट्रैक्टर-चालक इतने हठपूर्वक, उत्साह से उन्मत्त हुए काम कर रहे थे कि लगता था मानो उमड़ती हुई आँधी को चुनौती दे रहे थेः ''तूने हमें डराने, कुचल डालने, उखाड़ फेंकने की ठानी थी ? नहीं, हम तेरे प्रचंड हमले से झुकेंगे तक नहीं !'' यह प्रकृति के साथ दुःसाहसपूर्ण संघर्ष था, जब रगों में खून उबलने लगता है, कान, आँखें व माँसपेशियाँ—सब पूरी तरह तन जाते हैं।

आयक़ीज़ स्तेपी में चली जा रही थी और कन्धों से समुद्री लहर की तरह लचीली, थपेड़े मारनेवाली फूत्कार करती हवा चीरते, चेहरे पर तीक्ष्ण रेत के छर्रों की बौछार का सामना करते और प्रकृति के विरुद्ध निरन्तर आगे ही आगे बढ़ते उसे आनन्द-सा मिल रहा था। वह स्वयं को साहसी व शक्तिशाली अनुभव कर रही थी और अब उसे आँधी पर, जिसने उसकी और उन सब निर्भीक व दृढ़निश्चई लोगों की कठिन परीक्षा ली थी, इतना क्रोध नहीं आ रहा था जितना कि कुछ समय पहले।

सहसा घुप अँधेरे से आयक़ीज़ को कोई गीत सुनाई दिया। हवा ने फिर से उसे दबाने, उसकी धज्जियाँ उड़ाने, छितराने की कोशिश कीः गीत प्रकृति की शक्तियों से अप्रभावित रात में तैरता रहा और उत्तरोत्तर तीव्र व आत्मविश्वासपूर्ण होता रहा। यह कोई ट्रैक्टर-चालक गा रहा था; केवल धुन गुनगुनाते हुए, उसे अपने बेक़रार उमँग भरे दिल से गा रहा था।

और आयक़ीज़ को ख़याल आयाः अगर सुलतानोव व क़ादीरोव ने यह गीत सुना होता, तो उन्होंने ज़िला समिति के ब्यूरो में दूसरी तरह ही बात की होती ! वे क्यों कुछ देखना या सुनना नहीं चाहते ? उन्होंने क्यों अपनी आँखों पर पट्टियाँ बाँध रखी हैं, कानों में रूई ठूँस रखी है ?...

आयक़ीज़ जब कैम्प लौटी, उसे बताया गया कि भंग हुई संचार-व्यवस्था ठीक कर ली गई है। टेलीफ़ोन काम करने लगा था।

इस दौरान लोला और पीली पड़ गई, उसका मुँह और सूख गया। उसकी आँखों में नमी चमक रही थी। सूखे आँसू ने उसके गाल पर चमकदार धारी छोड़ दी थी। आयक़ीज़ ने रूमाल निकालकर अपनी मुस्कान दबाए सहेली का गाल पोंछ दिया।

''अरे क्या हो गया, लोलाख़ाँ ?...''

''आयक़ीज़-आपा,'' लोला ने बेबसी में कहा, ''मैंने स्मिर्नोव को फ़ोन किया था...इवान बोरिसोविच यहाँ के लिए चल दिए थे।''

''और...फिर क्या ?...''

''वह काफ़ी पहले रवाना हुए थे, काफ़ी पहले...वह मशीन-ट्रैक्टर-स्टेशन में भी नहीं हैं...लेकिन वह तो ख़ुद ही टेलीफ़ोन कर सकते थे !''

आयक़ीज़ के आने से जागे हलीम-बाबा सहेलियों के पास आए और उन्होंने स्नेह व सहानुभूतिपूर्ण दृष्टि से लोला की ओर देख सिर हिलाया।

''हाँ, बेटी, लगता है निदेशक किसी मुश्किल में पड़ गया है...पोगोदिन वैसे जवान है, पर ट्रैक्टर-चालकों के लिए वह पिता के समान है। और अच्छा बाप कभी अपने बच्चों को भूलता है ? वह मुसीबत की घड़ी में उनके पास पहुँचने की जल्दी में था। और उसने ज़रूर छोटा रास्ता चुना होगा। छोटा और ख़तरनाक भी...''

''आपाजान,'' लोला ने विनती की ''उन्हें ढूँढ़ना चाहिए !''

''क्या हुआ है तुम्हें, लोलाख़ाँ ?...ऐसे मौसम में ?''

''आह, आपाजान, अगर सारे रास्ते बर्फ़ से ढक जाएँ, अगर धरती पर ओलों की बौछार होने लगे, अगर क़िज़िलकूम की सारी रेत हवा में उड़ने लगे, तो भी मैं हर हालत में...''

वह जल्दी-जल्दी और उत्तेजित स्वर में बोल रही थी, मानो आवेश में कसम खा रही हो, लेकिन आयक़ीज़ ने सहेली को टोक दियाः

''इस समय उन्हें ढूँढ़ना बेकार होगा, लोलाख़ाँ...देखो, बाहर कितना घुप अँधेरा है ! हम सिर्फ़ थककर चूर हो जाएँगे।''

''फिर क्या किया जाए ?''

''धीरज रखो। यह कहावत याद रखोः उतावला सो बावला, धीरा सो गँभीरा।''

''अरे, मुझे इस वक़्त कहावतों के लिए फ़ुरसत नहीं है !...''

''आयक़ीज़ ठीक कह रही है, बेटी,'' हलीम-बाबा ने कहा। ''सुबह तक इन्तज़ार करना चाहिए। कितना ही क्यों न अखरे, पर इन्तज़ार करना चाहिए। सुबह मैं ख़ुद तुम्हारे साथ चलूँगा। भरोसा रखो, बिटिया, बूढ़ा हलीम-बाबा जो काम हाथ में लेता है, वह ठीक-ठाक पूरा हो जाता है...इतने में तुम आराम कर लो, इस मेज़ पर बैठकर झपकी ले लो।''

''नहीं, बाबा, मुझे नींद नहीं आएगी।''

वृद्ध ने सिर हिलाया।

''तुम यहाँ आराम करने आई हो, तरोताज़ा होने आई हो और तुम्हें न सोने की

फ़िक्र है, न आराम की...तिस पर बाग़ में काम करती हो...क्या तुम्हारी इस काम से छुट्टी कर दूँ ?"

"क्या कह रहे हैं आप ! बिना काम के आदमी ऊबने लगता है...जब आदमी काम करता है, उसे पता ही नहीं चलता कि दिन कब बीत गए !"

आयक़ीज़ वैसे पोगोदिन के ग़ायब होने से चिन्तित थी, पर मुस्कराए बिना न रह सकीः मुझे मालूम है तुम बाग़ में जाने को क्यों बेताब रहती हो, कयों तुम्हारे लिए दिन नटखट, तेज़ चिड़ियों की तरह फुर्र से उड़ते बीतते रहते हैं। इवान बोरिसोविच जो पास में रहते हैं। उसने प्यार से, सान्त्वना देते हुए लोला के कन्धे पर हाथ फेरा।

"सुबह होने ही वाली है, बहन, इन्तज़ार किए लेते हैं।"

पौ फटने में कुछ ही घंटे बाक़ी रह गए थे। किन्तु लोला को ये घड़ियाँ अनन्त लग रही थीं, समय वह गहरी और अँधेरी खाई थी, जिसमें लोला निरन्तर गिरे ही जा रही थी और तल तक पहुँच ही नहीं पा रही थी...

आँधी रात भर उत्पात मचाती रही। कातर भोर दुविधा में पड़ा झिलमिलाने लगा...आँखों में काटी रात के कारण लोला की आँखें लाल हो गईं, पलकें सूज गईं और चेहरे की त्वचा मानो राख की तह-से ढक गई।

"चलिए, आयक़ीज़ !"

"अभी चलती हूँ, बहन...मैंने हमारे लिए घोड़े ढूँढ़ने को कहा है। ट्रैक्टर-चालक भी ढूँढ़ने चल रहे हैं—वे भी निदेशक के बारे में चिन्तित हैं। मज़दूरों को शायद हमसे ज़्यादा फ़िक्र हो रही है..."

गरमी की सुबह हमेशा गरमी की सुबह ही होती है। उससे बेहतर कोई चीज़ नहीं हो सकती। आँधी हवा में रेत और धूल पूर्ववत् उड़ा रही थी, पर लोग अब उसके आदी हो चुके थे। इन बादलों को बेधकर आ रहा सूरज का प्रकाश विक्षोभकारी व अमंगलसूचक था। कुछ भी सही पर था वह निकलते दिन का प्रकाश, और दिन में सब उतना भयावह और डरावना नहीं दिखता, जितना कि रात में...

उमूरज़ाक़-अता और आलिमजान खेत में चले गए। आलिमजान जाने से पहले आयक़ीज़ को आगाह कर गयाः यदि उसकी सहायता की आवश्यकता पड़े तो तुरन्त किसी को भेजकर बुलवा ले। वृद्ध बाग़बान ने आयक़ीज़ व लोला का पथप्रदर्शक बनने की पेशकश की। किन्तु वृद्ध पर दया कर उन्होंने उसकी सेवा अस्वीकार कर दी। वह धीरे-धीरे स्तेपी में अपने बाग़ की ओर चल पड़ा...

कुछ ही देर में आयक़ीज़ व लोला भी चल पड़ीं। उन्होंने मशीन-ट्रैक्टर-स्टेशनवालों के दल को पीछे छोड़ दिया, जो थके-हारे, परेशान एक चौड़ी क़तार में डग भरते स्तेपी में चल रहे थे। पगडंडियाँ व रास्ते रेत से ढँके हुए थे। आयक़ीज़ ने मन ही मन खेत-कैम्प से जलागार (इसी की सम्भावना अधिक थी कि पोगोदिन सीधे स्तेपी से इसी रास्ते से गया होगा) तक एक सीधी रेखा खींची, और घोड़ा उसकी इच्छानुसार उस कल्पित मार्ग पर टेढ़े-मेढ़े डग भरता आगे बढ़ता रहा।

हवा कभी बग़ल से बह रही थी, तो कभी पीछे से। हवा में उड़ती रेत से वे कितना भी बचाव क्यों न करतीं, फिर भी वह उनकी आँखों में जा रही थी। आयक़ीज़ के पीछे चल रही लोला बीच-बीच में पुकारती रहीः

''आपाजान ! मुझे कुछ दिखाई नहीं दे रहा है ! इस तरह हम उन्हें नहीं ढूँढ़ पाएँगे।''

आयक़ीज़ मौन साधे रही और उस कसकते दर्द पर क़ाबू रखते हुए; जिसके कारण आँखों में आँसू उमड़ रहे थे, एकाग्रचित हुए स्तेपी में देखती रही।

सहेलियाँ स्तेपी में भटकती कोई दो घंटे बाद उस विशाल खाई के पास पहुँची, जिसे स्थानीय लोग ''बेश चुकूर''—''पाँच खड्ड'' के नाम से पुकारते थे। घोड़े रेत में धँसती टापों से सावधानी से क़दम रखते खाई में उतरे, और सहसा लोला चिल्ला पड़ीः

''आयक़ीज़ ! वह यहाँ है !''

पोगोदिन पूर्णतया रेत से ढका हुआ था। केवल उसके हाथ और सिर दिखाई दे रहे थे। वह सिर उठाने की कोशिश कर रहा था, पर फिर नरम रेत पर वैसे ही गिर पड़ता था जैसे तकिए पर।

लोला पहले घोड़े से कूदकर पोगोदिन की तरफ़ लपकी और उस पर झुककर उसके सीने व गरदन् से रेत हटाती हुई उसके फटे व सूखे होंठ चूमने लगी। पोगोदिन क्षीण मुस्कान के साथ भर्राई आवाज़ में फुसफुसायाः

''कुछ नहीं, लोला...कुछ नहीं...'' उसे कमज़ोरी के कारण सूजी हुई पलकें मूँदते देख युवती भयस्तब्ध रह गई।

''आयक़ीज़ !'' लोला चिल्लाई। ''जल्दी करो, आयक़ीज़ ! यह मर रहे हैं !...

सौभाग्यवश आयक़ीज़ ने अपनी स्वाभाविक दृढ़ता व धैर्य नहीं खोए। वह लोला के पास घुटनों के बल बैठ गई और पोगोदिन की बग़ल में हाथ डालकर उसे उठाने की कोशिश करने लगी। पोगोदिन कराहने लगा...लोला का चेहरा पीला पड़ते देख आयक़ीज़ ने सिर हिलाकर घोड़ों की ओर इंगित किया :

''उन्हें ज़रा नज़दीक ले आओ !''

लोला मुड़-मुड़कर देखती वहाँ से हट गई। आयक़ीज़ ज़ोर से होंठ भींच और सारी ताक़त लगाकर पोगोदिन को खाई के किनारे तक घसीट ले गई। पोगोदिन ने बड़ी मुश्किल से आँखें खोलीं, कृतज्ञतापूर्ण दृष्टि से आयक़ीज़ की ओर देख कुछ फुसफुसाया, पर उसकी बात अचानक आए हवा के झोंके में दबकर रह गई...

''तुम्हें क्या हुआ ?'' पोगोदिन के प्रति दया से अभिभूत हुई आयक़ीज़ ने पूछा। ''दर्द कहाँ हो रहा है ?''

''पैर में...पैर को कुछ हो गया है...''

''थोड़ा सहन करना होगा, इवान बोरिसोविच !''

''सहन करूँगा...''

''हिम्मत रखो !...''

आयक़ीज़ बड़ी मुश्किल से पोगोदिन का शिथिल व भारी शरीर घसीटकर एक घोड़े के पास ले गई और लोला की मदद से उसे काठी पर लाद दिया। वह स्वयं पोगोदिन के पीछे बैठ गई और सख़्त स्वर में लोला से बोलीः

"पीछे-पीछे चलो और रोओ मत। इनकी हालत वैसे ही ख़राब है।"

लोला ने उत्तर में प्रशंसा व कृतज्ञतापूर्ण दृष्टि से उसकी ओर देखाः उसे कुछ समय पूर्व अपने निराशाग्रस्त होने पर शर्म आ रही थी। और उसे आयक़ीज़ के सामने सबसे ज़्यादा शर्म उसके साहस व दृढ़ता से काम लेने के कारण आ रही थी।

आयक़ीज़ ने पोगोदिन को सँभालते हुए लगाम खींच कर घोड़े को मन्द चाल से हाँका।

उन्हें सबसे पहले सुवानकुल ने देखा। अपनी प्रसन्नता छिपाए बिना वह धीरे-धीरे चलते घोड़ों के पास पूरे ज़ोर से चिल्लाता भागा आयाः

"ढूँढ़ लिया, ढूँढ़ लिया, साथियो !"

किन्तु निदेशक को उस हालत में देख सुवानक़ुल व अन्य ट्रैक्टर-चालकों की प्रसन्नता धूमिल पड़ गई।

"ज़िन्दा हैं ?"

"इन्हें क्या हुआ ?"

"ज़िन्दा हैं, लेकिन इन्हें क्या हुआ है, कुछ पता नहीं। खाई में मिले। कोई जाकर इनकी मोटरसाइकिल ले आए। आयक़ीज़ ने घोड़ों को रोके बिना उस ओर इंगित किया, जहाँ उन्होंने पोगोदिन को पाया था। जब कोई जल्दी में हो, तो समय कितना धीरे-धीरे बीतता है ! जब तक वे आँधी में चलते हुए ट्रैक्टर-कैम्प तक पहुँचे, जहाँ चिकित्सा केन्द्र था, तब तक न जाने दो घंटे बीत चुके थे, या हो सकता है एक घंटे से कम समय ही बीता हो।

पोगोदिन सारे रास्ते एक बार भी नहीं कराहा। जब उसकी प्राथमिक चिकित्सा की जा रही थी, वह दर्द पर क़ाबू करता धैर्य रखे रहा, किन्तु फिर बोला कि वह किसी भी अस्पताल में नहीं जाएगा।

"अछूती धरती को कृषि योग्य बनाना बच्चों का खेल नहीं है ! मेरी जगह यहाँ, कैम्प में है," उसने मुस्कराने की कोशिश की किन्तु उसकी मुस्कान कुछ फीकी और मुख-विकृति जैसी रह गई।

निदेशक के कक्ष में से मेज़ व टेलीफ़ोन चिकित्सा केन्द्र में लाने पड़े। पोगोदिन शीघ्र ही निश्चिन्त नींद में खो गया, और हालाँकि वह अल्पकालिक ही रही, पर आहत को उससे राहत मिली। निदेशक कुछ प्रसन्नचित्त व उत्साहित हो उठा, और कामकाजी शोर व हँगामे से गूँजता कमरा एक मिनट के लिए भी ख़ाली नहीं रहा।

लोला बराबर इवान बोरिसोविच के सिरहाने मौजूद रही। वह एक धैर्यधारी, चिन्ताशील, निस्स्वार्थ तीमारदार सिद्ध हुई...

ग्यारह

आँधी के बाद

आँधी लगभग दो दिन तक उत्पात मचाती रही। आँधी का अन्त होते-होते जलागार में लहरें ऊँची और ख़तरनाक होने लगीं। नहर में, जिससे नालियाँ खेतों की ओर किसी वृक्ष की शाखाओं के समान जाती थीं, पानी का दबाव बढ़ने लगा। पानी धानीमूषों, चूहों व चींटियों के बिलों से छलनी हुई मेड़ों को काटने लगा। उसकी कहीं से रिसने की देर थी कि दरार तेज़ी से चौड़ी होने लगती और खेतों में तूफ़ानी जल-धारा घुस पड़ती।

आयक़ीज़ खेतों के लिए उत्पन्न हुए ख़तरे के बारे में जानते ही सरपट बायचीबार पर सवार हो स्मिर्नोव के पास दौड़ पड़ी। उन्होंने जानकार, अनुभवी मीराबों को एकत्र कर उनके साथ नहर के सहारे-सहारे मेड़ के हर टुकड़े का ध्यानपूर्वक निरीक्षण किया, कमज़ोर स्थानों पर पत्थर, सुखी झाड़ियाँ व हरी टहनियाँ पहुँचाने का इन्तज़ाम करवाया। मीराब बहे हुए किनारों को दृढ़ बनाने व उनकी मरम्मत करने के काम में जुट गए। जब अँधेरा होने लगा, नहर पर दौड़-धूप कर रहे किसानों ने लालटेनें जला लीं और नहर आदि से अन्त तक हिलती-डुलती, टिमटिमाती बत्तियों से जगमगा उठी।

इस प्रकार एक और रात बीत गई...सुबह जब आँधी ने अपने पंख समेट लिए और अचानक आनेवाली बाढ़ का ख़तरा टल गया, तो आयक़ीज़ ने मीराबों व स्मिर्नोव से विदा ली। स्मिर्नोव ने उसे दफ़्तर में आराम करने और झपकी लेने के लिए मनाया, पर आयक़ीज़ जल्दी में थी।

"नहीं, इवान निकितिच, नींद बाद में पूरी करते रहेंगे ! सच कहा जाए, तो इस वक़्त किसी किसान को सोने की फ़ुरसत नहीं है !..."

"पर क़ादीरोव तो शायद नेक इनसान की मीठी नींद सो रहा होगा और सपने में देख रहा होगा कि शैतान हमें कैसे कड़ाहों में तल रहे हैं। "

"क़ादीरोव के पास इस समय दूसरों से ज़्यादा काम हैं। क्योंकि उसे अपने सामूहिक फ़ार्म की चिन्ता जो लगी रहती है !" आयक़ीज़ ने स्मिर्नोव की ओर अनिमेष देखा और हँस पड़ी। "ओह, इवान निकितिच ! आपकी दाढ़ी तो काफ़ी बढ़ गई ! और आँखें बिलकुल मुँदी जा रही हैं !.."

स्मिर्नोव ने आनन्द से एक ज़ोरदार अंगड़ाई ली :

"काश, सो लेता इस वक़्त...दाढ़ी बाद में बना लेता...और आख़िरकार सामान्य, शान्त जीवन जी पाता !..."

"तो फिर सो जाइए ना, इवान निकितिच !"

किन्तु स्मिर्नोव ने केवल हाथ झटकार दिए। आयक़ीज़ से सहृदयता से कसकर हाथ मिलाकर वह किशोरसुलभ स्फूर्त्ति और किंचित् अधीर चाल से जलागार लौट गए।

आयक़ीज़ ने वह सारा दिन स्तेपी में बिताया। वह थोड़ी देर कपास-उत्पादकों के साथ रही, पोगोदिन के खेत-कैम्प में गई, वृद्ध हलीम-बाबा से मिली, जो ज़मीन में आँधी द्वारा उखाड़े पौधों की मकड़ियों जैसी जड़ें रोप रहे थे।

आँधी ने हर जगह-स्तेपी में, गाँव में और खे़त-कैम्पों में अपने भयावह अवगम्य चिन्ह छोड़ दिए थे। रास्ते के किनारों की खाइयाँ, मोरियाँ, खड्ड रेत, मिट्‌टी के ढेलों और टूटी हुई डालों व पत्तियों से भर गए थे। नालियों में पीला और गँदला पानी बह रहा था; स्तेपी में सक्साऊल या नागदौनों की हर झाड़ी के तले रेत का टीला बन गया था। जोती हुई स्तेपी पर आँधी ने रेत की मोटी तह बिछा दी थी। उसने अपनी ज़हरीली ज़बान से कपास के खेत चाट डाले थे, कपास के कोमल हरे पौधों को लगभग सिरों तक रेत में दबा दिया था, उन्हें पीली धूल से ढक दिया था, और वे रास्ते के सहारे-सहारे उगी घास की तरह ही गर्मी से सूखे हुए-से नज़र आ रहे थे।

विनाशकारी आँधियाँ अलतीनसायवासियों के लिए नई बात नहीं थीं, लेकिन लम्बी-चौड़ी स्तेपी व खेतों में तब, जब काम ज़ोरों पर था, उनका ख़राब मौसम से मुँह-दर-मुँह मुक़ाबला पहली बार हुआ था। उससे छिप पाना असम्भव था, और अलतीनसायवासियों ने उसके वार सीने पर झेले थे। अब जब आँधी शान्त हो चुकी थी, सामूहिक फ़ार्म को लगे घावों का शीघ्रातिशीघ्र इलाज करना आवश्यक था।

पोगोदिन ने खेत कैम्प में "व्यापक सफ़ाई" अभियान छेड़ दिया। मशीन-ट्रैक्टर-स्टेशनवालों ने अहाते से रेत और गन्दगी हटा दी, आँधी से क्षतिग्रस्त हुए शेड व पूर्वरचित मकान की छत की मरम्मत की, रेत में दबे ईंधन के ड्रम, औज़ार, ट्रैक्टरों के कल-पुर्ज़े निकाल लिए, स्टेशन से पहुँचाए गए कैम्प के वैगनों में सब क़रीने से जमा दिया। उन्हें नींद, खाने और विश्राम के समय में कटौती करनी पड़ी। किन्तु आँधी पर प्राप्त विजय ने लोगों में जोश फूँक दिया, और अब उन्हें अपने चिर-अभीप्सित लक्ष्य—अछूती भूमि पर विजय पाने—को प्राप्त करने से कुछ भी नहीं रोक सकता था।

किसान भी ट्रैक्टर-चालकों जैसी भावना से अभिभूत हो नालियाँ साफ़ करने, कपास के पौधों के इर्द-गिर्द ढेले तोड़ने, मिट्‌टी को ढीली करने, पौधों का अतिरिक्त पोषण व उनमें पानी देने में जुट गए। जिन पौधों में पहली नुकीली पत्तियाँ निकल चुकी थीं, लोगों ने उन्हें हरा-भरा-रखने, आज़ादी व तेज़ी से बढ़ने देने के लिए, मानो मौसम कभी बिगड़ा ही नहीं था, अपने श्रमसाध्य, रहस्यमय व बुद्धिमत्तापूर्ण कार्य—कपास या सफ़ेद सोने के सृजन—में कोई क़सर नहीं छोड़ी।

खेतों में ट्रैक्टर अपने पीछे कल्टीवेटर खींचते घरघर करते चल रहे थे : वे कपास की क़तारों के मध्य उथली हलरेखाएँ बनाते जा रहे थे, जिनमें नालियों से छोड़ा पानी मन्थर गति से बह रहा था।

वृद्ध उमूरज़ाक़-अता भी किसी से पीछे नहीं रह रहे थे। उनकी सफ़ेद दाढ़ी, टोपी के सफ़ेद बेलबूटों, सफ़ेद चोगे, धूप में साँवले खुले सीने—सब पर धूल की मोटी तह जम गई थी; लगता था जैसे किसी ने उनकी पीठ पर गरम-गरम हथेली रख दी हो।

लेकिन क्या वह अपनी पुत्री, अपनी टोली, सामूहिक किसानों को धोखा दे सकते थे, जिन्होंने आलिमजान के साथ मिलकर पक्का वादा किया था : कपास को बचा लेंगे !

आख़िरकार उमूरज़ाक-अता ने जब मीठा-मीठा दर्द करती कमर सीधी की, तो उन्होंने क़ादीरोव को अपने पास पाया। क़ादीरोव पेटी में अँगूठे डाले और बाक़ी उँगलियों से तने हुए, तरबूज़-से पेट पर टपटप करता खड़ा चिन्तित मुद्रा में कपास की क़तारों की ओर देख रहा था।

"अस्सलाम-अलैकुम, अब्बा," उसने वृद्ध कपास-उत्पादक की ओर देख सिर हिलाया। "देखा, आपकी बेटी के अभियान का क्या नतीजा निकला ?"

उमूरज़ाक़-अता ने क़ादीरोव के चेहरे पर एक चुभती, रूखी नज़र डाली।

"मेरी बेटी का इससे कोई वास्ता नहीं है, अध्यक्ष।"

"क्या कहा, कोई वास्ता नहीं है ? आख़िर किसकी ज़िद से लोगों को अपने घर से हटाकर स्तेपी में भेजा गया था ? तुम्हारी बेटी ने कृषि-टोलियों को कमज़ोर कर दिया, इसी लिए अब आप लोगों को कपास बचाने के लिए कमरतोड़ कोशिश करनी पड़ रही है। मुझे तुम पर रहम आता है, अब्बा। तुम्हारी आँखें कमज़ोर हो गईं, हाथों में दम नहीं रहा, कमर झुक गई, फिर भी तुम दिन-रात खेत में मेहनत करते हुए दूसरों की ग़लतियाँ सुधार रहे हो..."

उमूरज़ाक़-अता की आँखें रुखाई से, अर्थपूर्ण मुद्रा में सिकुड़ गईं।

"ख़याल रखने के लिए शुक्रिया, अध्यक्ष। लेकिन हमें तुमसे रहम नहीं—मदद की ज़रूरत है। तुम आख़िर अनुभवी किसान होः तुम्हें ज़मीन की जानकारी है, कपास की जानकारी है।"

"मैं मदद करने से इनकार नहीं करता। वादा करता हूँ, अब्बा, जो कर सकूँगा, करूँगा।"

उमूरज़ाक़-अता ने फिर कुदाल सँभाल लिया, और कादीरोव सड़क की ओर डग भरता चल दिया, जहाँ उसका घोड़ा अपने मालिक का इन्तज़ार कर रहा था।

इन सारे दिनों अध्यक्ष बहुत परेशान था। जब आँधी चली, तो वह द्वेषपूर्ण भावना के कारण ख़ुशी से फूला नहीं समा रहा था : लो, बच्चू, आ गया मज़ा ? और ज्यों-ज्यों आँधी का उत्पात बढ़ता गया, त्यों-त्यों उसकी ख़ुशी बढ़ती रहीः "आविष्कारकों" को, जिनसे उसे घृणा थी, जिन्होंने उसे ज़बरदस्ती खतरनाक, जोखिमभरे काम में फँसा दिया था, असफलता मिली; अब उनके मुँह बन्द हो जाएँगे और ख़ुदा का शुक्र है, उसे चैन से रहने देंगे !

किन्तु कुछ देर बाद उसे जैसे होश आया और क़ादीरोव ने झुँझलाकर ख़ुद को फटकारा : "वाह रे, गधे, आख़िर तू किस बात पर ख़ुश हो रहा है ?...क्या इस बात पर कि तेरे सामूहिक किसानों की मेहनत मिट्टी में मिल गई ? क्या इस बात पर कि उन पर मुसीबत टूट पड़ी और हरेक को, जिसको तू जानता है, जिसके साथ इतने साल साथ रहा,—चोट आई, नुक़सान पहुँचा ?"

क़ादीरोव घोड़े पर लद गया और निस्स्वार्थ भाव से आँधी से जूझ रहे सामूहिक किसानों को नाक-भौंह चढ़ाए देखता कपास के खेतों के सहारे-सहारे निकल गया।

आख़िर यह क्या कर सकते हैं ? कमरतोड़ मेहनत कर रहे हैं, हर पौधे को सँभाल कर रहे हैं, पर क्या फायदा ? आँधी ने सारी स्तेपी को बर्फ़ की तरह रेत से ढँक दिया, खेतों में सारी हलरेखाएँ भर दीं। ऐसे में तो ख़ुश होने के बजाय गला फाड़-फाड़कर रोना चाहिए।

उसके चेहरे पर उदासी और म्लानता का भाव आँधी के बाद भी बना रहा। वह स्पष्ट कल्पना कर रहा था कि यदि उन्होंने अछूती धरती में कपास बो दी होती और वह सब रेत में दब गया होता, तो क्या हुआ होता...

कौन जाने, वे कपास को बचा भी पाते या नहीं ? उसका, यानी, क़ादीरोव का कभी इतने विस्तृत कपास के भूखंडों से वास्ता नहीं पड़ा, लेकिन तब सभी उसके पास भागे आतेः "क्या करें, अध्यक्ष ? मदद करो, अध्यक्ष !..."और अगर कपास बरबाद हो जाती, तब भी उसी से यानी क़ादीरोव से जवाब तलब किया गया होता !..."

नहीं, कुछ भी कहिए, लेकिन आँधी फिर भी ठीक वक़्त पर आई...उन दोनों—क़ादीरोव की भी और सुलतानोव की भी—बात सच निकली। अब वे निर्भीकतापूर्वक और आत्मविश्वासपूर्वक कार्रवाई कर सकते हैं। अब सारी शक्ति कपास को बचाने में लगा लेनी चाहिए, और क़ादीरोव अध्यक्ष के पद का लाभ उठाकर बस्ती का निर्माणकार्य बन्द करवा देगा, लोगों को अछूती धरती से उनकी पुरानी टोलियों में वापस भेज देगा। उसे ऐसा करने का अधिकार है : क्योंकि इस फ़सल के भाग्य की पूरी ज़िम्मेदारी उसी पर है और उमूरज़ाक़ोवा और उसके मित्र जैसे चाहें अपनी जान बचाते रहें।

क़ादीरोव उन टोलियों में भी गया, जहाँ काम इतनी अच्छी तरह नहीं चल रहा था : कपास के पौधे वहाँ अभी सीधे नहीं हो पाए थे, और सामूहिक किसान, जिन्होंने कभी विशेष उत्साह नहीं दिखाया था, निराशापूर्वक शिकायत कर रहे थे : "हाँ, मुश्किल काम है। हाँ, लोगों की कमी है।" क़ादीरोव जानता था : उनमें से कुछ किसान आँधी के दौरान घर में बैठे रहे थे और इस समय भी बेदिली से काम कर रहे थे; उनके टोली-नायक तेज़ लोगों में से नहीं थे और अधिकांश काम प्रायः औरतों पर टाल देते थे। पर उन्हें कुछ कहना असम्भव था : वे सभी सभाओं में अध्यक्ष के पीछे पहाड़ से डटे रहते थे, और इसके लिए उन पर कुछ कृपा की जा सकती थी, उनकी कुछ ग़लतियाँ माफ़ की जा सकती थीं...उन्हें नाराज़ करने का मतलब था—दोस्तों को खो बैठना, और विश्वसनीय मित्र उसके वैसे ही अधिक नहीं थे...

उसने उमूरज़ाक़-अता जैसे अनुभवी कपास-उत्पादकों का भी सहारा पाने की कोशिश की। उमूरज़ाक़-अता भले ही उसके साथ रुखाई से पेश आए थे, पर उन्होंने मदद माँगी थी। कोई बात नहीं, क़ादीरोव उनकी सहायता करने को तत्पर है। वह अब तक स्तेपी में बेकार—हाँ, हाँ, बेकार !—मटरगश्ती कर रहे किसानों को भेजकर उनकी

टोली मज़बूत बना देगा।

टोलियों का चक्कर लगाकर क़ादीरोव गाँव लौट आया, और उसने सुलतानोव को टेलीफ़ोन किया। सुलतानोव ने उसकी बात ध्यान-पूर्वक सुनी (अधिकारी ऐसा हो, जो सजग व व्यवहारकुशल लोगों की बात सुनता हो !) और प्रोत्साहन देते हुए बोलाः

"ठीक है, अध्यक्ष, खुश रहो ! इस समय कपास सबसे मुख्य बात है ! कपास–सामूहिक फ़ार्म की सम्पदा और प्रतिष्ठा है ! वही हमारी रोटी है, पैसा है, नए घर है। कपास के लिए सरकार हमारे प्रति आभार प्रकट करेगी, आज ही, भविष्य में नहीं ! और यह याद रखो, यदि हमने इस साल अच्छी फ़सल काटी, तो यह हमारी, केवल हमारी सुकृति होगी ! समझे ?"

सुलतानोव से बात करने के बाद क़ादीरोव के दिल को पूरी तरह चैन आ गया। वाह, शाबाश सुलतानोव ! हीरे की परख सिर्फ़ जौहरी ही कर सकता है। और क्या यह ज़िला कार्यकारिणी समिति के अध्यक्ष की दूरदर्शिता का प्रमाण नहीं है कि उसने क़ादीरोव की बात समझी और उसका समर्थन किया ? ओह, क़ादीरोव सुलतानोव को साबित कर दिखाएगा कि उस पर भरोसा करके उसने ग़लती नहीं की ! कपास ! कपास की सर्वोपरि है ! और आज ही, न कि भविष्य में, अभी किसी को क्या मालूम कि तब क्या होगा ! नौ नक़द न तेरह उधार। अछूती धरती को अभी उपजाऊ केवल मेहनत से ही बनाया जा सकता है, जबकि पुरानी ज़मीन पर कपास उग रही है। यह सच है कि कपास वहाँ बहुत ज़्यादा नहीं है, लेकिन फिर भी उसे देखा जा सकता है, छुआ जा सकता है, दूसरों को दिखाया जा सकता है ! लोगों को तुरन्त, शीघ्रातिशीघ्र अछूती धरती से हटाकर कपास के खेतों में भेज देना चाहिए ! "अछूती धरतीवाली योजना" के स्रष्टा अब मुँह भी नहीं खोल सकेंगे; उन्हें ज़बान बन्द रखनी पड़ेगी। काम जल्दी करना चाहिए, वे होश में आ पाएँ उससे पहले !

क़ादीरोव सबसे पहले उस्ताद हज़रतक़ुल के खेत रवाना हो गया।

निर्माताओं का मध्यान्ह-भोजन का अवकाश था। ज़मीन पर बिछाए क़ालीन पर रखे प्यालों में परोसे चिकनाईवाले शोरबे से भाप उठ रही थी। निर्माता क़ालीन पर चारों ओर एकाग्रचित मौन धारण किए (इस प्रकार केवल थककर चूर हुए लोग ही भोजन करते हैं) बैठे थे। अध्यक्ष को देखकर उस्ताद हज़रतकुल ने उठकर उसका अभिवादन किया और क़ालीन की ओर दोनों हाथ बढ़ाकर हार्दिकता से क़ादीरोव को अपने साथ भोजन करने का निमंत्रण दिया।

जिन लोगों की मनःस्थिति बहुत अच्छी हो, उन्हें प्रायः भूख भी काफ़ी अच्छी लगती है। क़ादीरोव ने शोरबा चखा और आनन्द से आँखें मीच लीं।

"शोरबा बहुत स्वादिष्ट है !.."

"आप नान के टुकड़े करके उसमें डालिए," उस्ताद हज़रतक़ुल ने सुझाव दिया। "नान के टुकड़े पड़े शोरबे से बढ़कर स्वादिष्ट चीज़ कोई नहीं होती। फिर स्तेपी में, ताज़ा हवा में, ऐसा शोरबा–कितनी मज़ेदार चीज़ होती है !"

"तुम मुझे मत सिखाओ !" क़ादीरोव ने बुरा मानते हुए कहा। "मैं आख़िर शहरवालों में से तो हूँ नहीं, जो खेत में बने शोरबे का मज़ा न जानूँ !...न जाने कितनी बार खेत में खाना पड़ा है मुझे !"

उस्ताद हज़रतकुल मुस्करा पड़े :

"खेत में खाना और बात है, यहाँ तो स्तेपी है ! यहाँ आदमी तहे दिल से काम करता है और दो आदमियों की ख़ुराक खाता है ! अपने को सूरमा महसूस करता है !...

निर्माता खाने की ओर से ध्यान हटाए बिना उत्सुकतापूर्वक टोली-नायक व अध्यक्ष की बातें सुन रहे थे। उनकी नज़रें चुभती महसूस कर क़ादीरोव झल्लाकर शोरबे के प्याले में चम्मच छोड़ उठ खड़ा हुआ और उस्ताद हज़रतकुल को ऊपर से नीचे तक देख आदेशात्मक स्वर में झाड़ने लगा :

"बहुत खा चुके आप लोग अछूती धरती में शोरबा ! अब पुरानी ज़मीन पर पुलाव खाते रहोगे ! आज से आधे निर्माताओं को कृषि-कार्य टोलियों के साथ काम करना होगा ! बाक़ी लोगों को गाँव में काम करना होगा और आँधी से क्षतिग्रस्त घरों की पूरी तरह मरम्मत करनी होगी !"

"लेकिन नई बस्ती का क्या होगा ?..."

"यह मेरा काम नहीं है। न मैंने यह काम छेड़ा है, न ही मुझे इसकी परवाह है। हमें एक ही काम के बारे में सोचना चाहिए : इस साल कपास की भरपूर फ़सल कैसे चुनी जाए !"

उस्ताद हज़रतकुल भी खड़े होकर क़ादीरोव को रोषपूर्ण आँखों से घूरने लगे :

"बेतुकी बात कर रहे हो, अध्यक्ष ! देखो, हम कितना काम कर चुके हैं ! आँधी भी हमें नहीं रोक पाई। नींव के गड्ढों में रेत भर गई थी—हमने उसे वहाँ से निकालकर फेंक दिया। सीमेंट, चूना, कीलें—सब हमने आँधी से बचा लिया ! और हमारा भट्ठा भी ज्यों का त्यों मौजूद है : आजकल में ईंटें पकाना शुरू कर देंगे। अब सिर्फ़ काम ही काम करना है, और तुम हमें इसे छोड़कर जाने का हुक्म दे रहे हो। यह ढंग की बात नहीं है ! हम समझते हैं कि गाँव में भी घरों की मरम्मत होनी चाहिए। ठीक है, हम इससे इनकार नहीं कर रहे हैं। हम कपास-उत्पादकों की भी मदद करने को तैयार हैं। कुछ लोगों को उधर भेज देंगे ! लेकिन अछूती धरती में काम बन्द कराना—तुम्हारे हाथ में नहीं है।" उन्होंने मुड़कर निर्माताओं की ओर देखा, जो अभी पूरा खाना नहीं खा पाए थे। "मैं ठीक कह रहा हूँ ना, प्यारो ?...

उनमें से एक निर्माता उस्ताद हज़रतकुल के पास आया। स्पष्ट दिख रहा था कि वह अनेक वर्षों से धूप में काम करता रहा था : उसके चेहरे की चमड़ी डबलरोटी की पपड़ी जैसी कड़ी थी, सारी गहरी-गहरी झुर्रियों से भरी थी, दृष्टि कठोर और चुभती हुई थी। वृद्ध ने क़ादीरोव को सम्बोधित कर फटी हुई आवाज़ में कहा।

"तुम अपनी हद से बाहर तो नहीं जा रहे हो, अध्यक्ष ?...ऐसे मामलों का फ़ैसला

आम सभा में होता है। सभा ने हमें सम्मानपूर्ण काम सौंपा है, और हम उसे छोड़नेवाले नहीं हैं। कभी नहीं छोड़ेंगे, जब तक कि लोग अपना मत नहीं बताते !..."

क़ादीरोव ने घमंडी मुस्कान के साथ आँखें सिकोड़ीं:

"आप लोग कहने लगे : 'हम इनकार नहीं करते, हम भेज देंगे," 'हम छोड़नेवाले नहीं हैं'। अध्यक्ष क्या आप लोगों की नज़रों में कुछ भी नहीं है ? नहीं, प्यारो, अभी तो सामूहिक फ़ार्म का अध्यक्ष मैं हूँ, न कि आप लोग ! मैं हर बात पर सभा नहीं करवाऊँगा ! आप लोगों को बतियाना नहीं, बल्कि काम करना चाहिए ! और काम के लिए ज़िम्मेदार मैं हूँ, मैं सामूहिक फ़ार्म का अध्यक्ष ! और मैं आदेश दे रहा हूँ : अपना बोरिया-बधना समेटो और अपने खेत, गाँव रवाना हो जाओ ! नहीं तो मैं आप लोगों के साथ दूसरी तरह बात करूँगा !...मेरे निर्णय का अनुमोदन ज़िला अधिकारियों ने कर दिया है !...मैं...मैं आप लोगों को उच्चाधिकारियों की प्रतिष्ठा कम नहीं करने दूँगा..."

अन्तिम वाक्य पूरा करते-करते क़ादीरोव का गला रुद्ध हो गया। उसने चुप हुए निर्माताओं की और पागलों की-सी निगाह से देखा और उनसे विदा तक लिए बिना भारी-भारी डग भरता चलता गया।

उस्ताद हज़रतक़ुल ने इतने ज़ोर से गुद्दी खुजलाई कि उनकी टोपी गिर गई, लेकिन उसे उठाने का ख़्याल तक उन्हें नहीं आया : उन्होंने आयक़ीज़ को बायचीबार पर सरपट अपनी ओर आते देख लिया और जल्दी से उसका स्वागत करने लपके।

टोली-नायक की क्षोभित शिकायतें सुनकर आयक़ीज़ मुस्करा दी।

"यह बात है...पुरानी बात दोहराई जा रही है ! कोई बात नहीं उस्ताद-अमाकी, सिपाहियों का कहना है, हथियार जंग के लिए तैयार रखना चाहिए ! जाकर अध्यक्ष को ढूँढ़ती हूँ।"

बारह

एक और एक ग्यारह

आयक़ीज़ को क़ादीरोव बेकबूतावाले खेत के पास मिला। सामूहिक फ़ार्म का अध्यक्ष अचानक अलतीनसाय आ पहुँचे जुराबायेव से बात कर रहा था। पास ही राजमार्ग पर ज़िला समिति के सचिव की पुरानी, धूल से ढकी जीप धूप में तप रही थी। क़ादीरोव और जुराबायेव के अग़ल-बग़ल एक तंग अर्द्धवृत बनाए सामूहिक किसान खड़े थे।

सदा यही होता: ज़ब कभी जुराबायेव आ पहुँचते, मोटर खड़ी करते, स्थानीय टोली-नायकों में से किसी को अपने पास बुलाते, और देखते-देखते लोग न जाने कैसे ज़िला समिति के सचिव के आगमन की सूचना पाकर उन्हें घेर लेते। जुराबायेव जीवंत

बातचीत में सबको शामिल करने का प्रयास करते, किसी नाज़ुक विषय पर ज़ोरदार बहस भड़का देते, स्वयं भी चुप नहीं रहते, न चतुर, सर्वज्ञ प्रमाणपुरुष का रूप धारण करते, जो अन्तिम क्षण तक अपने निर्णायक शब्द गुप्त रखता है, बल्कि स्वयं भी बहस करते, क़ायल करते, सलाह देते।

आयक़ीज़ ने ज़िला समिति के सचिव को घेरे खड़े लोगों में आलिमजान, उमूरज़ाक-अता, ज़िन्दादिल, फुरतीले बेकबूता, आग से तेज़ और जोशीले करीम को देखा और ग़फ़ूर को भी, जो शायद थोड़ी-सी देर के लिए भी काम छोड़ने को मौक़ा मिलने से खुश था।

जुराबायेव सदा की तरह गहरे नीले रंग का गरम फ़ौजी कोट, हल्के, धूल से रंग उड़े कैन्वस के ऊँचे बूट और सफ़ेद, पीली पड़े छज्जेदार टोपी पहने हुए थे। उनसे दुआ-सलाम कर आयक़ीज़ ने उन्हें उलाहना दियाः

''लगता है आप सारे ज़िले का चक्कर काट आए हैं और हमें सबसे आख़िर में याद किया है...''

''मुझे तो इस बात की खुशी है कि मुझे आप लोगों के यहाँ जल्दी आने की कोई वजह नहीं मिली,'' जुराबायेव ने ज़िन्दादिली से कहा। ''मुझे आप लोगों पर पूरा भरोसा था और लगता है मैंने ग़लती नहीं की ! यह कितनी अच्छी बात है, जब ऐसे लोग मौजूद हों, जिन पर भरोसा किया जा सकता हो ! आपकी बदौलत, दोस्तो, मैं कमज़ोर सामूहिक फ़ार्मों में ज़्यादा देर बैठ सकता हूँ।''

''लेकिन हमारे यहाँ भी तो सारे काम आसानी से नहीं निबटाए जा रहे हैं !'' क़ादीरोव ने उदास स्वर में टिप्पणी की।

''तुम मुझे इस बारे में पहले ही बता चुके हो ! लेकिन मैं तुमसे बात होने से पहले देख चुका हूँ कि तुम लोगों के खेतों में काम कैसा चल रहा है और मैं क़ायल हो चुका हूँ : 'क़िज़िल युल्दुज़' के किसान आँधी के उत्तरप्रभावों को सफलतापूर्वक दूर कर रहे हैं !''

क़ादीरोव ने आत्मविश्वास के साथ खीसें निपोरते हुए आपत्ति कीः

''आप शायद अच्छी टोलियों में गए हैं। लेकिन उनके आधार पर सामूहिक फ़ार्म की हालत का अन्दाज़ा नहीं लगाया जा सकता। हमारे ऐसे खेत कम नहीं हैं, जिनमें कपास के पौधे सीधे नहीं हुए हैं, और अगर हमने उन्हें बचाने में सारी शक्ति नहीं लगाई, तो कपास बरबाद हो जाएगी।''

जुराबायेव ने कन्धे उचका दिए।

''हो सकता है, मैंने केवल अग्रणी टोलियों का ही काम देखा हो। लेकिन पिछड़ेवालों को आगे बढ़ाना तो तुम्हारा, अध्यक्ष का काम है। जिस काम को करने में कुछ लोग सक्षम हैं, उसे करना दूसरों के सामर्थ्य में भी है। इसमें कुछ तुम्हारी ही ग़लती है, अध्यक्ष।''

''बेशक ! ज़रा-सी भी गड़बड़ हो, तो क़सूरवार अध्यक्ष ! जबकि इस समय दोषियों

को ढूँढ़ने के बजाए कपास को बचाना ज़रूरी है ! कपास को बचाना चाहिए !''

''लेकिन उस तरह नहीं, जिस तरह आप उसे बचा रहे हैं !'' आयक़ीज़ बीच में बोल पड़ी। ''आप ही फ़ैसला कीजिए हमारा, कामरेड जुराबायेव ! क़ादीरोव ने अभी-अभी निर्माता-टोली को अछूती भूमि छोड़कर आँधी से क्षतिग्रस्त मकानों की मरम्मत करने गाँव में जाने का आदेश दिया है। लेकिन अगर इनकी अछूती धरती को कृषि योग्य बनाने की अनिच्छा को ध्यान में न रखा जाए, तो इनकी इस कार्रवाई का कोई औचित्य नहीं है। आँधी से केवल कुछ पुरानी, जीर्ण-शीर्ण झोपड़ियाँ ही टूटी हैं। और इस बात के लिए भी कि सामूहिक फ़ार्म में अभी ऐसे घर मौजूद हैं, दोषी अध्यक्ष ही हैं !''

''ठीक है, मैं अपना क़सूर मानता हूँ !'' क़ादीरोव की आँखों में बाज़ की-सी द्वेषपूर्ण चमक झलकी। लेकिन मेरी ग़लतियाँ तिल जितनी हैं, और आपकी, कामरेड उमूरज़ाक़ोवा, ताड़ जितनी !'' ग़फ़ूर और कुछ अन्य सामूहिक किसान हँस पड़े, और क़ादीरोव ऊँचे और आत्मविश्वासपूर्ण स्वर में बोलता रहा, ''कपास रेत में दबी है, तो आपकी ही वजह से !...''

''कहीं आपका यह तो खयाल नहीं है कि कपास के खेतों पर आँधी भी मैंने ही चलाई थी ?''

''इस समय मज़ाक का वक़्त नहीं है, उमूरज़ाक़ोवा,'' क़ादीरोव ने दृढ़ व निश्चायक स्वर में कहा। ''आपकी ग़लतियाँ हर आँखवाला देख सकता है। आपने अभी तक सादी-सी पोशाक की सिलाई तो पूरी की ही नहीं, जिसे रोज़ाना पहना जा सके और सीने लगीं पोशाक त्योहार के लिए ! अब सादी पोशाक फटने लगी। उसके टाँके-टाँके खुल गए !...मैं तो हमेशा ही कहता रहा हूँ : दुम्बे की दुम की चर्बी से देगची में पकती कलेजी ज़्यादा स्वादिष्ट होती है।''

''पर हम तो चाहते हैं कि देगची में कलेजी भी पके और चर्बीदार दुम भी,'' आयक़ीज़ ने कहा।

''ठीक कहा !'' बेकबूता ने समर्थन किया। ''ऐसा शोरबा कहीं ज़्यादा अच्छा होगा !...''

''वाह रे वाह ! पाँचों उँगलियाँ घी में रखना चाहते हो ! चाहने को तो सब चाहा जा सकता है। आधी छोड़ पूरी को धाए, वो अपनी आधी भी खोए !''

''कहावत से यह साबित नहीं हो जाता !'' आयक़ीज़ ने झट टोक दिया। ''उस्ताद हज़रतक़ुल ने मुझसे पक्का वादा किया है कि वे बस्ती का निर्माण रोके बिना गाँव के क्षतिग्रस्त घरों की मरम्मत कर सकते हैं। आपने निर्माताओं के आधे लोग कृषि-टोलियों को मज़बूत बनाने के लिए ले जाने की सोची है, जिनमें काम अच्छी तरह नहीं हो पा रहा है। मैं आज उन टोलियों में होकर आई हूँ। वहाँ एक हेक्टेयर में कितने आदमी काम कर रहे हैं ?''

''तीन,'' क़ादीरोव अनिच्छापूर्वक गुर्राया और चारों ओर खड़े लोगों में पिछड़नेवाली

टोली के कन्धे पर कुदाल रखे खड़े युवक को देख आगे बोलाः "और किसी-किसी में—चार।"

"और बेकबूता, तुम्हारे यहाँ कितने हैं ?"

"मेरे यहाँ भी एक हेक्टेयर में तीन आदमी हैं। मेरे यहाँ लोग काफ़ी हैं, मुझे कोई शिकायत नहीं है...और हम कपास की भी सँभाल कर रहे हैं ! हम तो आँधी में भी वैसे ही काम करते रहे थे, जैसे मोर्चे पर। अब तो हरगिज़ पीछे नहीं रहेंगे !" उसने चोगे़ की आस्तीन चढ़ाकर सबके सामने बाँह की फ़ौलाद जैसी मछलियाँ फुलाकर दिखाईं। "जवान के हाथों में अभी भी ताक़त मौजूद है !" और अपने माथे पर उँगली पटपटाकर शेखी मारता हुआ बोला, "और यहाँ भी कुछ है !..."

"पता है हमारे पास कितने ट्रैक्टर हैं !" युवा-सुलभ उत्साह से करीम चिल्लाया। "पूरा दस्ता है !"

"और हर ट्रैक्टर पर मेरे प्यारे दोस्त सुवानकुल जैसे असली सूरमा सवार रहते हैं !" सबकी ज़ोरदार हँसी के बीच बेकबूता ने बात पूरी की।

जुराबायेव ने बड़ी मुश्किल से मुस्कान रोक पाते हुए फिर क़ादीरोव को सम्बोधित किया :

"सुना, अध्यक्ष, तुम्हारे किसान क्या कहते हैं ?"

"कामरेड जुराबायेव ! ये अपने फ़ायदे की बात ही तो नहीं समझते हैं। क्योंकि इन्हें अपना काम पूरा करने तक न जाने कितना पसीना बहाना पड़ जाएगा !..."

"तुम हम पर रहम मत करो, अध्यक्ष !" बेकबूता फिर बीच में बोल पड़ा। "तुम्हें तो पिछले साल हम पर रहम करना चाहिए था, जब तुमने खेतों में कपास चुननेवाली मशीनें भेजने से इनकार कर दिया था !"

"वे मशीनें सिर्फ़ कपास को बरबाद करती हैं।"

"लेकिन जो मशीनें किसी तरह हम तक पहुँचीं, उन्होंने तो एक भी पौधे को नुक़सान नहीं पहुँचाया !" आलिमजान से न रहा जा सका। "इनकार करना, बेशक, आलोचना का सबसे आसान और सीधा तरीक़ा है।"

"ऐ पार्टी संगठनकर्त्ता, अख़बारों तक ने लिखा है कि इस मशीनों में अभी कमियाँ है।"

"लिखते हैं, उन्हें पूरी तरह दोषमुक्त बनाने के इरादे से। यह तो हम सबकी ज़िम्मेदारी है ! और तुम तो पकाने के बजाए पका-पकाया मिलने का इन्तज़ार कर रहे हो...अच्छी, उपयोगी मशीनरी को भी पास नहीं फटकने देते। कितने अरसे से हम तुम से इस बारे में बहस कर रहे हैं !"

"हम मुश्किल काम से डरते नहीं हैं," बेकबूता ने कहा। "काम करना मुश्किल हो जाए, तो कोई मुसिबत नहीं आ जाती ! बुरा तो तब होता है, जब जीना मुश्किल हो जाता है...हम तो कोशिश ही यह करते हैं कि हम सब बेहतर ज़िन्दगी जिएँ, आज़ादी से जिएँ ! इसकी ख़ातिर हम ख़ून-पसीना एक कर देने को तैयार हैं, अध्यक्ष !..."

“ठीक है। आप लोग अछूती धरती को खेती योग्य बना लेंगे, बस्ती बसा लेंगे, लेकिन आँधी फिर सब बरबाद कर देगी !”

“हम आँधी के रास्ते में हरी रक्षा-पाँत लगा देंगे, रेत को जमा देंगे, रेगिस्तान में सक्साऊल बो देंगे !” आयक़ीज़ ने उत्साहपूर्ण स्वर में आपत्ति की। “ऐसी कोई समस्या नहीं, जिसका समाधान न किया जा सके, कामरेड क़ादीरोव !...अगर हमने अक़्ल से काम लिया, लगन से काम किया, तो हर तरह की मुश्किल को आसान बना सकते हैं ! काश, आप भी सोचते कि हमें आँधी से, सूखे से कैसे बचना चाहिए !”

“उमूरज़ाक़ोवा का कहना ठीक है, अध्यक्ष,” जुराबायेव ने कहा। “तुम अछूती धरती को कृषि योग्य बनाने का विरोध करने में जितनी शक्ति लगा रहे हो, जितना जोश दिखा रहे हो, उससे कहीं कम शक्ति और जोश अगर तुम सामूहिक किसानों की इस अछूती धरती को कृषि योग्य बनाने, उसमें कपास की बोवाई करने, आँधी और लू से कपास को बचाने में लगाते, तो कितना अच्छा होता। अगर तुम अपने किसानों पर विश्वास करते तो उनकी मदद ज़रूर करते।”

क़ादीरोव पैर थोड़े फैलाए, बुत-सा उदास, पेटी को इतना कसकर पकड़े खड़ा था कि उसके किनारे उसकी हथेलियों और उँगलियों में गड़ रहे थे। उसकी मुद्रा उसकी निराशाजनक हठधर्मिता व्यक्त कर रही थी। यह लो, सब वैसा ही हुआ, जैसा कि उसने सोचा था ! अब उस पर यानी क़ादीरोव पर सारे काम लाद दिए जाएँगे, और उनके बोझ के मारे उसकी कमर झुक जाएगी। ज़रा-सा ग़लत क़दम रखा नहीं कि मुँह की खानी पड़ गई...सामूहिक किसानों और टोली-नायकों के लिए लम्बे-चौड़े वादे करना आसान होता है। उनका क्या जाता है ! काम नहीं हुआ—उनका कुछ नहीं बिगड़ेगा, उनकी ज़िन्दगी पहले जैसी रहेगी : न उससे बेहतर, न बदतर...पर सब उसकी ओर उँगली उठा-उठाकर कहा करेंगे : ख़राब अध्यक्ष है, सक्रिय नहीं है ! और हटा देंगे ! इसमें कोई शक नहीं, हटा देंगे ! उसके लिए लोगों ने गड्ढा तो काफ़ी पहले से ही खोदना शुरू कर दिया है। एक बार तो क़रीब-क़रीब उसकी छुट्टी ही कर दी गई थी...जबकि उसने अपनी सारी ज़िन्दगी दाव पर लगाकर संचालन करने का सम्मानित अधिकार प्राप्त किया है। उसने सामूहिक फ़ार्म की स्थापना की है, उसे पाल-पोसकर बड़ा किया है, उसे उन्नति के शिखर पर चढ़ाया है : इससे ऊपर पहुँचाने की तो फ़िलहाल ज़रूरत नहीं है ! नहीं, वह बाग़ नहीं छोड़ेगा, वह इतना मूर्ख नहीं है। वह ओखली में सिर नहीं देनेवाला, लेकिन ऐसा करने की कोशिश करेगा कि पीछे उसे नहीं, बल्कि उमूरज़ाक़ोवा, आलिमजान और जुराबायेव को हटना पड़े ! कभी-कभार उच्चाधिकारियों का मुँह जोहना भी बुरा नहीं होता है : देखना है, वहाँ इनकी “स्वेच्छाचारिता” की क्या प्रतिक्रिया होती है। सुलतानोव ने ठीक कहा था : तेल देखो, तेल की धार देखो।

क़ादीरोव ने सिर उठाकर कन्धे उचकाए :

“मैं क्या अछूती धरती को कृषि योग्य बनाने के विरुद्ध हूँ, कामरेड जुराबायेव ? लेकिन हमें सदा परिस्थिति को भली-भाँति ध्यान में रखना चाहिए। पर परिस्थिति अभी

अनुकूल नहीं है।" उसने सामूहिक किसानों के बीच ग़फ़ूर को खोज लिया और उसे संकेत किया, "ज़रा इधर आओ, ग़फ़ूर और कामरेड जुराबायेव को बता दो कि क्या तुम्हारी टोली ख़ुद अपने बल पर अपने खेत की कपास को बचा सकती है।"

ग़फ़ूर आगे निकलकर कटु व फीकी मुस्कान के साथ बोला :

"हम बेशक कोशिश करेंगे, कामरेड जुराबायेव। लेकिन हमारी ताक़त सचमुच कम ही है। हमारा टोली-नायक आदरणीय और योग्य इनसान है, पर पिछले कुछ अरसे से उससे कोई काम ढंग से नहीं हो पा रहा है !"

"ऐसा किस लिए ?"

"उसे ठेस लगी है, कामरेड जुराबायेव ! सगी बेटी भी ज़हर उगलती है ! बूढ़े मुरातअली के दिल को चैन नहीं है !...फिर दूसरों के भी हाथ रुक जाते हैं। आख़िर हमने कपास की खेती करना कुछ ही दिन हुए शुरू किया है, अनुभव नहीं है अभी हाथ जम नहीं पाता...टोली में और लोग नहीं शामिल किए, तो कपास बरबाद हो जाएगी !.."

"आपकी हम मदद करेंगे !" करीम कह उठा। "अपने खेत का काम निबटाकर सारी टोली के साथ आपके यहाँ पहुँच जाएँगे ! मुरातअली चचा की मदद करने को मैं हमेशा तैयार हूँ !...

"कहीं अपना काम चौपट न कर बैठो, " क़ादीरोव ने विषादपूर्ण स्वर में कहा। "पिछड़नेवाली टोली हमारे यहाँ एक थोड़े ही है...डूबते को बचाने जाओ, और वह उसे भी ले डूबे।"

उसी समय भीड़ में से कुदालवाला युवक बाहर निकलाः

"मैं ख़ुद भी पिछड़नेवाली टोली में से हूँ, अध्यक्ष ! तुम हमारी टोली में अकसर आते रहते हो, तुमसे बेहतर भला और कौन जान सकता है कि हम क्यों सबसे पिछड़ रहे हैं ! आँधी के समय हमारे खेत में दो-तीन आदमी ही काम कर रहे थे, बाक़ी रोज़ी-पहलवान के यहाँ चले गए थेः उसके पिता को मरे दस साल हो चुके हैं, और उसे बरसी मनाने की सूझ आई। देग भरके पुलाव पकाया, यार दोस्तों को बुला लिया और उनके साथ दिन भर दावत उड़ाई !..."

"ओफ," बेकबूता ने दुःखभरी साँस ली। "काश, आँधी भी ऐसे ही आवारागर्दी करती ! किज़िलक़ूम में कहीं बैठकर पुलाव उड़ाती, वोदका पीती और अपनी सरकारी ज़िम्मेदारियों के बारे में भूल जाती !..."

सब हँस पड़े, केवल ग़फ़ूर झल्लाकर चिल्लायाः

"ऐ बेकबूता ! अपनी क़ौम के रिवाजों की हँसी मत उड़ाओ !"

जुराबायेव ने ग़फ़ूर की ओर ध्यानपूर्वक देख सिर हिलाया :

"ये कौन-सा क़ौमी रिवाज हुआ, जिससे लोगों का नुक़सान होता हो ?" वह युवा सामूहिक किसान की ओर मुड़े। "और टोली-नायक ? उस वक़्त आपका टोली-नायक कहाँ था ?"

"हमारा आदरणीय टोली-नायक मुल्ला सुलैमान भी रोज़ी-पहलवान के यहाँ चला गया था। आख़िर वे पुराने दोस्त हैं ! मैं यही कहना चाहता हूँ : अध्यक्ष हमारे यहाँ से इस टोली-नायक को हटा लें। हमारी नाक में दम आ गया है उसके मारे...बहुत हो चुका ! "

"तुम सारी टोली की तरफ़ से मत बोलो !" क़ादीरोव ने उसे डपटा। "आप लोगों का टोली-नायक धुन का पक्का है, जोशीला है।"

"हाँ, जोशीला है ! दावतों में ! और धुन का ऐसा पक्का है कि अड़ जाए, तो कोई उसे टस से मस नहीं कर सकता ! अध्यक्ष, तुम हमें और लोग देना चाहते हो ना ? अगर टोली में लोग बढ़ जाएँ, पर तौर-तरीक़ा पहले जैसा ही रहता है, तो फ़ायदा कम ही होगा !"

अब तक मौन रहे उमूरज़ाक़-अता ने अपनी रुई जैसी सफ़ेद दाढ़ी पर गम्भीर मुद्रा में हाथ फेरा, चारों ओर नज़र डाली और सबको उनकी बात सुनने के लिए तैयार हुआ देख बुज़ुर्गों की तरह धीरे-धीरे, हर शब्द तौलते हुए क़ादीरोव को सम्बोधित कर बोले :

"हम बूढ़े लोग तुम्हें कब से सलाह दे रहे हैं कि कामचोरों का लाड़ मत करो !...लोग ईमानदारी से कमाई रोटी उन लोगों के साथ बाँटकर नहीं खाना चाहते, जो उन्हें उस रोटी को कमाने से रोकते हैं ! और सुस्त टोली-नायकों को छूट नहीं देनी चाहिए !...तुम उनकी तरफ़दारी मत करो, बल्कि हमें उनसे बचाओ।"

"अगर काम पूरा नहीं कर पाते हैं—उन्हें बदल दो, उनकी जगह ईमानदार मेहनतकशों को रखो !" आयक़ीज़ ने पिता का समर्थन किया। "और स्त्रियों को भी बेधड़क आगे बढ़ाइए, कामरेड क़ादीरोव ! आपके यहाँ एक भी तो स्त्री टोली-नायक नहीं है !..."

"यानी, अभी उस लायक़ नहीं हुई है !..."

"वाह अध्यक्ष, यह ग़लत है !" करीम ने खीजकर टोका और उपस्थित लोगों की मुस्कानों की परवाह किए बिना जल्दी से कह बैठा: "मेख़री तो है—कब से उपटोली-नायक का काम कर रही है ! अब तो आ गया समय उसे टोली सौंपने का !"

"कौन है—मेख़री ?" जुराबायेव ने जिज्ञासा प्रकट की।

करीम ने लेशमात्र भी हिचकिचाए बिना पटाक से कहा, मानो रिपोर्ट दे रहा हो:

"वह मुरातअली की बेटी है, उनकी टोली में काम करती है। उसने सबसे पहले अछूती धरती में भेजे जाने की प्रार्थना की थी !"

"पर क्या वह टोली-नायक बनने योग्य है ? आपका क्या ख़याल है, उमूरज़ाक़-अता ?..."

"क्यों नहीं, लड़की फुरतीली है, माहिर है...शान्त स्वभाव की है, वैसे किसी को अपना बुरा नहीं करने देगी !...अब और क्या कहूँ, कामरेड जुराबायेव; भले लोगों के मामले में हम बहुत धनी हैं !..."

क़ादीरोव फिर उदास, हठीली नज़रों से अपने धूल में सने ऊँचे बूटों की नोकों को

ताकने लगा। वह एकाएक चौंक उठा, उसने सिर ऊँचा किया, उसकी आँखों में किंकर्त्तव्यविमूढ़ता की झलक दिखाई दी। उसे जुराबायेव की शान्त व किन्चित् व्यंग्यमिश्रित आवाज़ सुनाई दीः

''मालूम पड़ता है, तुम अपने सामूहिक किसानों पर सिर्फ़ विश्वास ही नहीं करते हो, बल्कि उन्हें अभी जानते तक नहीं हो। उनकी बातों को ध्यान से सुनो, अध्यक्ष ! अपने सामूहिक फ़ार्म के प्रति प्रेम के कारण कही बुद्धिमत्तापूर्ण, विश्वासपूर्ण बातों को सुनो ! उनकी बातों पर कान करो—तुम्हारे खुद के लिए जीना और काम करना आसान हो जाएगा। तुमने कहा : ठोस परिस्थिति को ध्यान में रखना चाहिए। हाँ, ध्यान में रखना चाहिए, पर किस लिए ? इसलिए कि उसे अपने लिए लाभदायक बना सकें !'' जुराबायेव ने दोनों हाथ पूरे फैलाए, मानो उन्हें घेरे खड़े सामूहिक किसानों का आलिंगन करना चाहते हों, जिन्होंने अपने अल्पकालिक अवकाश का समय सामूहिक फ़ार्म के मामलों के बारे में बात करने, बहस-मुबाहसे पर ख़र्च कर दिया था। ''देखिए, सामूहिक फ़ार्म में कितने विलक्षण लोग हैं ! इनके साथ तो पहाड़ उठाए जा सकते हैं !''

सामूहिक किसानों में से कुछ अपने अध्यक्ष की ओर कटु तिरस्कार की दृष्टि से देख रहे थे, कुछ छिपे व्यंग्य भाव से, कुछ कुतूहल से, कुछ अवसरवादी की तरह, किन्तु उनकी नज़रों में द्वेष भाव नहीं था...उन्होंने क़ादीरोव के साथ अनेक वर्ष तक कन्धे से कन्धा भिड़ाकर काम किया था और इस दौरान काफ़ी सफलताएँ प्राप्त कर चुके थे। क़ादीरोव के साथ वे भरपूर फ़सलों के लिए संघर्ष कर चुके थे और क़ादीरोव के साथ ही एक मेज़ पर बैठकर दावतें खा चुके थे। ऐसा भी हो चुका था : मुसीबत उनका दरवाज़ा खटखटाती—वे उसकी मुश्कें कस देते; कभी सूखे में उनके तन का आख़िरी चिथड़ा भी छिन जाता, बड़ी तंगी में दिन कटते—पर उन्होंने कभी हिम्मत नहीं हारी...सरकार से मदद माँगते, किसी तरह हवा खाकर जीते रहते, लेकिन वसन्त आते ही—फिर काम में जुट जाते ! और यह सब उन्होंने क़ादीरोव के साथ, क़ादीरोव के ही सामने, उसकी मदद से, उसकी कुशल देख-रेख में किया था ! सामूहिक किसान क़ादीरोव के आदी हो चुके थे, उसकी कमियों तक के। वे जानते थे कि वह हद से ज़्यादा स्वाभिमानी और हठी है, पर वे केवल उस पर हँसते ही थेः मानो ऐसा होना उसी के हित में है...अध्यक्ष को उसकी तारीफ़ों के पुल बाँधा जाना पसन्द था— समाचारपत्रों में, रेडियो पर, सभाओं में,—लेकिन वह जब कोई काम हाथ में लेता था, तो उसे पूरा करके ही छोड़ता था।

सच पूछिए, तो कुछ अरसे से वह बुरे लोगों के साथ उठने-बैठने लगा था, घमंडी हो गया था, हवा पर चलने लगा था। ''चारो ओर ज़िन्दगी बदल रही है, पर क़ादीरोव उसे पुराने से ही नाप रहा है !'' एक बार आलिमजान ने पार्टी की मीटिंग में कहा था। ''उसके घर में एक भी किताब नहीं दिखाई देती !'' नौजवान क्षोभ के साथ कहते। ''इज्ज़तदार लोगों की बात मानता ही नहीं, है,'' वृद्ध शिकायत करते।

लेकिन ऐसा कौन है, जिसमें कोई दोष न हो ? जब पानी की खोज की जा रही

थी, अध्यक्ष अड़ गया था, पर फिर चेत गया। आशा तो यही करनी चाहिए कि आज की बातचीत के बाद भी वह अक्ल से काम लेने लगेगाः क्योंकि लोगों ने उससे बात की, सफ़ेद झक दाढ़ीवाले उमूरज़ाक़-अला ने उसे अक्लमंदी की सलाह दी, ज़िला समिति के सचिव कामरेड जुराबायेव ने उसे बहस में मात दी, उसकी कड़ी निन्दा की। सब उसे बता रहे हैं कि उसे किस रास्ते पर चलना चाहिए, क्या वह फिर भी रास्ता बदल लेगा ? नहीं, नहीं, वह शायद ही अकेला पड़ना चाहे ! वे—अलतीनसाय के किसान और उनका स्थायी अध्यक्ष फिर एक साथ हो जाएँगे। इसीलिए सामूहिक किसान हालाँकि क़ादीरोव की ओर तिरस्कार भरी, निन्दासूचक दृष्टि से देख रहे थे, किन्तु वैर-भाव से नहीं।

इस बीच जुराबायेव बोलते रहे :

"मेरे ख़याल से सारी बात साफ़ हो चुकी है, कामरेडो। ज़िला समिति के ब्यूरो ने निर्णय किया है : अछूती धरती को कृषि योग्य बनाना है। लोगों ने सामूहिक फ़ार्म की सभा में भी और इस समय भी इसके पक्ष में मत व्यक्त किया है। ऐसे हालात में जनतंत्र की केन्द्रीय समिति हमेशा हमारा समर्थन करती है : कुछ नहीं तो मिर्ज़ाचूल पर बोले हमले को ही याद कर लीजिए ! सरकार से जैसे भी हो सका उसने साहसी किसानों की मदद की। मुझे इसमें सन्देह नहीं कि वह अब भी मदद करेगी। फिर हममें भी हर तरह की बाधा हटाने की ताक़त, इच्छाशक्ति और तमन्ना है ! सब हमारे हाथ में है, दोस्तो !"

बेकबूता ने अपना मज़बूत और अभी तक कन्धे तक उघड़ा हाथ करीम के दुबले कन्धे पर रख युवक को अपनी ओर खींचा और उसकी सूरज-सी धधकती आँखों में झाँक कहने लगा :

"तुम्हारे बाँके दग़ा तो नहीं देंगे ना ?"

"हमारी तरफ़ से आप निश्चिन्त रह सकते हैं !"

"और हम, बड़े उक़ाब भी गारद के जवानों की तरह डटे रहेंगे : एक क़दम भी पीछे नहीं हटेंगे !"

बेकबूता व करीम का अनुसरण कर बाक़ी सामूहिक किसान भी चुपके से उनके पीछे आ तनकर खड़े हो गए : सचमुच गारद के जवानों जैसे ! जुराबायेव खुलकर मुस्कराए और उनकी ओर इंगित कर क़ादीरोव से बोले :

"देखा, अध्यक्ष ? तुम्हारे किसानों को फ़सल की चिन्ता तुमसे कम नहीं है। लेकिन इन्हें इसके अलावा हमारे यहाँ अधिकाधिक कपास होने की, जीवन को निरन्तर बेहतर ही बेहतर बनाने की भी चिन्ता है।"

"हूँ...ऐसा कौन नहीं चाहता !"

"तब तुम क्यों लोगों को अछूती धरती से निर्माण-स्थल से हटाना चाहते हो ?...तुम ज़रूर यही सोच रहे होगे : बस्ती का निर्माण अभी रुका रह सकता है, उसकी हमें जल्दी नहीं है। नहीं, अध्यक्ष, हमें बस्ती की ज़रूरत है, सख्त ज़रूरत है ! हमें स्तेपी में कई टन अतिरिक्त कपास पैदा करने के लिए ज़्यादा से ज़्यादा लोगों को आकर्षित

करना है। हम चाहते हैं कि लोग स्वेच्छा से यहाँ आएँ और यहाँ के पुराने बाशिन्दे बन जाएँ। इसी ख़ातिर तो हम बढ़िया, आकर्षक बस्ती बना रहे हैं, जिसमें लोगों को बसने की इच्छा हो ! वह चुम्बक की तरह ग़रीब पहाड़ी गाँवों के लोगों को अपनी ओर आकर्षित करे,'' जुराबायेव आयक़ीज़ की ओर मुड़े। ''यहाँ, याद आया, कामरेड उमूरज़ाक़ोवा, तुम्हें अछूती धरती में सामूहिक फ़ार्म का बाज़ार बनवाने के बारे में सोचने की सलाह देता हूँ। तब देखना एक भी नया अधिवासी स्तेपी छोड़कर नहीं जाएगा !''

''ठीक है, हम इस पर विचार करेंगे,'' आयक़ीज़ ने सहमति प्रकट की। ''मेरा ख़्याल है, पुनर्वास शुरू होते-होते बाज़ार भी बन जाएगा।''

जुराबायेव ने सब पर बारी-बारी से नज़र डाली।

''ठीक है, कामरेडो, हम यह मानेंगे कि हमने चलते-चलाते सामूहिक फ़ार्म की सभा कर ली, जो, जिसे कहना चाहिए, उच्च सैद्धान्तिक स्तर पर हुई ! मुझे आशा है कि कामरेड क़ादीरोव इससे अपने लिए आवश्यक निष्कर्ष निकाल लेंगे। क्यों, अध्यक्ष, काम करेंगे ना ?...''

क़ादीरोव हिचकिचाया और फिर अनिच्छापूर्वक बड़बड़ाया :

''क्यों नहीं, काम करना चाहिए, न कि बातें बनाते रहना।''

जुराबायेव ने घड़ी पर नज़र डाली :

''ओहो !...अध्यक्ष की बात सही है : काम करने का वक़्त हो गया। हम यहाँ बातों में खो गए थे। हालाँकि बातचीत, मेरे ख़याल से, लाभदायक रही।''

जब सामूहिक किसान ज़िला समिति के सचिव से सादर विदा लेकर चले गए, आलिमजान उनके पास आया :

''एक मामले के बारे में बात करनी है, कामरेड जुराबायेव। जानते हैं, मुझे एक चीज़ में दिलचस्पी हो गई है...''

''तो तुम मेरे साथ गाड़ी में बैठ जाओ, साथ गाँव चलते हैं, वहीं सारी बात कर लेंगे। उमूरज़ाकोवा ! तुम भी हमारे साथ चलो !''

''बड़ी ख़ुशी से, कामरेड जुराबायेव !''

''और, अध्यक्ष, तुम हमें छोड़ने नहीं चलोगे ?''

क़ादीरोव एक ओर देखता हुआ बड़बड़ाया :

''मुझे बिलकुल फ़ुरसत नहीं है, पिछड़नेवाली टोलियों को बढ़ावा देना है। आपने ख़ुद ही मेरा काम बढ़ा दिया ! लेकिन आपको आगाह किए देता हूँ, कामरेड जुराबायेव, अगर कुछ गड़बड़ हुई, तो ज़िम्मेदार आप होंगे !''

''आप धमकी मत दीजिए, अध्यक्ष !'' सदा शान्त रहनेवाली आयक़ीज़ उबल पड़ी। ''हम डरपोकों में से नहीं हैं। ज़रूरत पड़ी, तो जवाब देंगे।''

क़ादीरोव को कहने को कुछ नहीं सूझा और उसने केवल वही बात दोहरा दी :

''यही तो, यही तो...जवाब आपको देना होगा !''

इस भय से कि उसे फिर बहस में फँसा लिया जाएगा, वह उदास मुद्रा में सिर

हिलाकर विदा ले अपने घोड़े की ओर बढ़ गया।

पुरानी कार खड़खड़, घरघर करती काँपी, मानो किसी ने उस पर वज़नी सोंटा दे मारा हो, और तेज़ी से अलतीनसाय की ओर दौड़ पड़ी।

क़ादीरोव को ज़्यादा दूर नहीं जाना पड़ा, कोई उपकार करके घोड़ा उसके पास ले आया। और निस्सन्देह ऐसा केवल ग़फ़ूर ही कर सकता था। क़ादीरोव ने अनुग्रह और कृपापूर्वक सिर हिलाया, जिसमें मित्रतापूर्ण कृतज्ञता का और अफ़सरशाही बेतकल्लुफ़ी का भी पुट था, और काठी पर सवार होकर पूछा :

''अलीक़ुल कहाँ है ?''

''शायद नहर के किनारे पर होगा। खाना खा रहा होगा।''

''यह बात है। मैं उसके पास जा रहा हूँ। कुछ देर बाद तुम भी वहाँ पहुँच जाना। बात करनी है।''

क़ादीरोव ने घोड़े को हाँका और उसे स्तेपी या खेत, या पिछड़नेवाली टोलियों की ओर नहीं, बल्कि अपने मददगार अलीकुल की तरफ़ दौड़ाने लगा, केवल उसी के आगे वह अपने दिल के गुबार निकाल सकता था...

तेरह

अलीकुल की करतूतें

अलीक़ुल लम्बी और रंगबिरंगी ज़िन्दगी जी चुका था। उतनी ही लम्बी, जितनी राहें उसने पार की थीं, वैसी ही रंगबिरंगी, जैसा चोग़ा वह पहना करता था।

उसे अनेक बार ठोकरें खानी पड़ीं, गिरना पड़ा, लेकिन चालाक और चौकस आदमी होने के कारण वह फिर उठता, फिर राह पर चल देता—शान्त और मधुर जीवन की तलाश मेंः अलीक़ुल को बचपन से ही मीठा बहुत पसन्द था।

अलीकुल का पिता मूसाख़ान पुराने सौभाग्यशाली ज़माने में सौदागर बज़ाज़ था, अलतीनसाय के बाज़ार में रेशमी कपड़े बेचा करता था। वे ज़्यादा ठाठ से तो नहीं रहते थे, पर मुफ़लिसी में भी नहीं, और अलीकुल को जीवन-वृक्ष से रसदार, मधुर फल झाड़ने से कोई नहीं रोकता था। यह सच है कि उसके पल्ले केवल ऐशो-आराम ही नहीं, बल्कि ज़िम्मेदारियाँ भी पड़ीं—वह किशोरावस्था से ही पिता का हाथ बँटाता रहा था। अलीकुल को यह काम पसन्द आ गयाः उसमें चालाकी, सूझबूझ, लोगों के दिलों के राज़ जानने की ज़रूरत थी। किशोर सौदागर ने बड़े उत्साह और ख़ुशी के साथ अपने में इन आवश्यक गुणों का विकास किया। बज़ाज़ अपने इकलौते बेटे को देख-देख फूला नहीं समाता था। जब अलीक़ुल रंगबिरंगे, चमकदार रेशमी कपड़ों से घिरा प्रफुल्ल बनावटी मुस्कान के साथ मेज़ पर खड़ा होता, सीधे-सादे ग्राहकों में से किसी से शक्कर पड़ी

चाय की प्याली पीने, किसी को ख़ुशबूदार चिलम का एक कश लगाने का अनुरोध करता पुकारता, बुलाता, अपने माल की तारीफ़ करता न अघाता, तो उसे बहुत अच्छा लगता।

अलीक़ुल एक नज़र में ग्राहकों की हैसियत, उनका अनुभव और मिज़ाज़ भाँपने में माहिर था, और जब वह दूर स्तेपी इलाक़े से शादी या किसी त्योहार के लिए रेशमी कपड़े का टुकड़ा ख़रीदने आए किसी सीधे-सादे किसान को अपनी दुकान के सामने झिझकते देखता, तो क़ीमत इतनी बढ़ा-चढ़ाकर बताता, जितनी और कोई सौदागर न बताता।

किसान—पूर्णतः सरलहृदय !—घमंड का दिखावा करने लगता (मुझे इन चीज़ों की पहचान है, मुझे चरका नहीं दे सकते !) और सन्देह प्रकट करता सिर हिलाता : ''महँगा है, मालिक...''

''महँगा है ? अरे, आप भी क्या, चचा, यह तो इस इलाक़े की सबसे बढ़िया रेशम है, ऐसी आपको और कहीं नहीं मिलेगी ! आपकी इज़्ज़त करने की ख़ातिर मैं आपसे औरों से कम क़ीमत माँग रहा हूँ !''

अलीक़ुल मेज़ पर मन्द सरसराते कपड़े पटक देता, उलटता-पुलटता, बड़ी कुशलता से कभी ऐसे रखता, कभी वैसे, जिससे कि वे इन्द्रधनुषी रंगों में दमकें, झिलमिलाएँ, अपनी चमक-दमक से ग्राहक की आँखें चौंधिया दें, और ग्राहक को ठंडी साँसें लेने के सिवा और कोई चारा न रहताः

''रेशम तो बढ़िया है ! पर महँगा है, मालिक। इतने पैसे मेरे पास नहीं हैं।''

''अरे, छोड़िए, सौदेबाज़ी नहीं करेंगे ! मैं जानता हूँ, आप भले आदमी हैं, ठीक है, मैं आपको सस्ते में दिए देता हूँ !''

अलीक़ुल दाम कम करने लगता और तब तक कम करता रहता, जब तक कि ऐसी क़ीमत पर नहीं पहुँच जाता, जो दुकानदार से बहस और उसकी आवभगत से थके ग्राहक को आरम्भ में बताए दाम की तुलना में काफ़ी उचित लगती, जबकि वास्तव में वह सामान्य से काफ़ी ऊँची होती।

किसान को टुकड़ा सौंपते हुए अफ़सोस के साथ ज़बान चटकारता :

''उफ, कितने सस्ते में बेच दिया ! ऐसे दिवाला निकलते देर नहीं लगेगी ! आप अगर मुझे पसन्द नहीं आए होते, चचा, तो किसी क़ीमत पर दाम कम नहीं करता !''

ग्राहक पूर्णतः सन्तुष्ट होकर चला जाता : आख़िर मैंने इस दुकानदार से क़ीमत कम करवा ही ली ! और अलीक़ुल...अलीक़ुल भी ख़ुशी से हाथ रगड़ता।

उसे चिलम के दम जैसा यह दिलचस्प और उत्तेजक खेल बहुत पसन्द था; और जीवन उसे पसन्द था : ठाठदार, आसान।

बचपन में वह मज़हबी मदरसे में पढ़ा था, पर उसे व्यापार की तुलना में शिक्षा कम आकर्षक लगती थी, स्कूली ज्ञान किशोर व्यापारी के पल्ले नहीं पड़ता था। अलीक़ुल ने बड़ी मुश्किल से हफ्तियाक पूरी की, पर उससे आगे नहीं बढ़ पाया। दोस्त अलीक़ुल की हँसी उड़ाते, पर वह उनके मज़ाक़ों पर कोई ध्यान न देता; वह मन-ही-मन

खुद उन सूखों, रट्टुओं पर हँसता था, जो यह नहीं समझते थे कि पैसा बनाना ही एकमात्र रोचक काम होता है, न कि ज्ञानार्जन, जो उबाऊ होता है, किसी काम का नहीं होता है...स्कूल में बैठे-बैठे अलीकुल दुकान के सपने देखा करता था, जिसमें रेशमी कपड़ों की मुलायम, लुभावनी सरसराहट के बीच वज़नी, स्पर्शग्राह्य, हज़ारों पराई उँगलियों के बीच मसले हुए और फिर भी उनकी—मूसाख़ान और अलीकुल की—ओर चले आनेवाले सिक्कों की कर्णप्रिय खनक बीच-बीच में गूँजती रहती थी। अलीकुल स्वयं उस धारा को अपनी ओर मोड़ता रहता था, और ज्यों-ज्यों वह लबालब भरती जाती, त्यों-त्यों खुश-क़िस्मत किशोर को बाज़ार अपनी ओर आकृष्ट करता जाता। उसका पिता, अनुभवी सौदागर मूसाख़ान भी अपने पुत्र की राय पर कान करता, उसके साथ सलाह करता, जब कभी उसका वास्ता किसी नाजुक व पेचीदा सौदे से पड़ता।

अलीक़ुल ऐसे ही हर चीज़ से नफ़ा कमाने की कोशिश करता, केवल अपने ही फ़ायदे की, अपनी ही ख़ुशहाली व सलामती की चिन्ता करता दिन काटता रहा। वह दौलत की इबादत करने को तैयार था, क्योंकि वह उसे ताक़त देती थी, उससे वह अपनी इज़्ज़त बढ़ा सकता था, चैन और ऐशो-आराम ख़रीद सकता था। उसकी नज़र इन सालों में सूई जैसी पैनी हो गई थी, और होंठ—धागे जैसे पतले। वह अपने मुख पर असीम विनम्रता से लेकर गहरे क्रोध तक का कोई भी भाव लाना सीख गया था। सच्चे भाव व इरादे दिल की गहराइयों में छिपाना सीख गया था। वह सुनने, याद रखने, तुलना करने, मूल्यांकन करने में कुशल था और अनुभवी हृदयज्ञ हो गया था। उसके आस- पड़ोस के लोग एकमत से दावा करते थे कि नौजवान सौदागर बहुत तरक़्क़ी करेगा।

किन्तु धन से आलोकित उसके मार्ग में नई व्यवस्था, नए जीवन, नए लोगों ने बाधा डाल दी।

क्रान्ति के बाद मूसाख़ान और अलीकुल का धन्धा धीरे-धीरे मन्दा पड़ने लगा। ख़तम होने लगा। मूसाख़ान कोई दस वर्ष तक और दुकान चलाता रहा, लेकिन जब अलतीनसाय में सामूहिक फ़ार्मों की स्थापना होने लगी, एक रात उसे बन्द कर ग़ायब हो गया...बाद में उसे समरक़न्द के बाज़ारों में देखा गया। कुछ समय बाद अलतीनसाय-वासियों को उड़ती-उड़ती ख़बर मिली कि बज़ाज़ बुख़ारा में तस्करी के रेशमी कपड़े पहुँचाने में लगे घाटे के धक्के से मर गया।

कोई नहीं जानता था कि अलीकुल पिता के साथ शामिल था या नहीं, उसके काले कारनामों में उसकी मदद करता था या नहीं, पर वह स्वयं अलतीनसाय छोड़कर कहीं नहीं गया। उसने अपना घर बसा लिया, पत्नी ने एक पुत्री—नन्ही नज़ाकत को जन्म दिया, और अलीकुल अपने पुरखों की ज़मीन पर ही रहता रहा। वैसे शुरू में उसने भी व्यापार करना नहीं छोड़ा। दुकान अब उसके पास नहीं रही थी, पर वह कालाबाज़ारी करने लगा था : अपनी पैनी नज़र और कुशल व्यवहार से उसे सौदा सस्ते में ख़रीदने और स्थानीय बाज़ारों में तिगुने दामों पर बेचने में मदद मिलती रही। सारे अलतीनसायवासी सामूहिक फ़ार्म में शामिल हो चुके थे, लेकिन अलीकुल अभी तक

आस-पास के बाज़ारों में चक्कर लगाता रहता था। तथापि सारे उज़्बेकिस्तान की तरह अलतीनसाय में भी अब पुराने जीवन के बचे-खुचे कूड़े को उड़ा ले जानेवाली ताज़ा और तेज़ हवा बह रही थी। अलतीनसायवासी संदिग्ध कामों में लगे रहनेवाले अपने ग्रामवासी को तिरछी नज़रों से देखते थे। उसके बारे में गाँव में बुरी ख़बरें फैलने लगीं। नई परिस्थितियाँ उसके लिए कितनी ही कटु और कठिन क्यों न थीं, पर अपने को उनके अनुकूल ढालना ज़रूरी था, और अलीकुल ने अपने सम्बन्धियों के ज़ोर देने पर स्थानीय सामूहिक फ़ार्म में शामिल होने के लिए प्रार्थनापत्र दे दिया।

उसके जीवन में अप्रत्याशित परिवर्तन हुए, पर उसका स्वभाव व रुझान पहले जैसे ही रही; सौदागर के फुरतीले हाथ कुदाल के आदी हो गए, किन्तु उसका दिल दुकान की धुँधली रोशनी में सरसराते अतीत में ही अटका रहा, और उन सब बातों से, जो वह अब देख और कर रहा था, उसे नफ़रत थी।

काम तपती धूप में भी करना पड़ता था और कड़ाके की ठंड में भी। काम कठोर और मोटा था, उस जुए से बिलकुल भी मेल नहीं खाता था, जो वह मेज़ के पास खड़ा प्रायः खेला करता था, जिससे उसे पैसा मिलता था, पैसा—खनकते सिक्के, कुरकुरे नोटों, जो वह मूर्ख बनाए ग्राहकों की जेब से बड़ी चालाकी, बड़े धोखे के साथ उन्हें फुसलाकर निकलवा लेता था।

अलीकुल ने सामूहिक फ़ार्म में भी चालाकी और हीला-हवाला करने की कोशिश की, हर तरह झूठे-सच्चे बहाने बनाकर काम से जी चुराता रहा, पर इससे नुक़सान खुद उसी का होता। इसके फलस्वरूप अलीकुल का बिलकुल भी लिहाज़ न करनेवाले अध्यक्ष और सामूहिक किसान मीटिंगों में उसे ज़ोरदार झाड़ भी पिलाने लगे।

अलीकुल सबको उस भेड़िए की-सी नज़रों से देखता, जिसकी मुश्कें बाँध दी गई हों। उसकी छोटी-छोटी आँखों में द्वेष और घबराहट छिपी रहती थी। वह किसी न किसी तरह अपने दिल को पहले की तरह सुकून पहुँचानेवाली शान्ति, समृद्धि व पड़ोसियों का सम्मान वापस पाने के लिए दिमाग़ लड़ा रहा था, पर कोई तरकीब सूझ ही नहीं पा रहा था।

उसने सामूहिक फ़ार्म से निकलने और अपना गाँव छोड़कर चले जाने का फ़ैसला किया। उसे केवल डर रोके हुआ था कि इस तरह कायरतापूर्वक चम्पत होने से उसकी और भी ज़्यादा बदनामी होगी। शर्म तो मौत से भी बुरी होती है।

एक बार सर्दी की समाप्ति पर सामूहिक फ़ार्म की सभा ने ठंड के बावजूद पहाड़ों में जोताई करने का निर्णय किया।

उस समय तक घाटी में बर्फ़ पिघल चुकी थी। ज़मीन धूप में गरमाने लगी थी। लेकिन पहाड़ों में ठंड हड्डियों को बेध रही थी, तेज़ हवा चल रही थी, न दिन में शान्त होने का नाम लेती थी, न रात में।

तथापि सामूहिक किसान न हवा से डरे, न ठंड से। वे बसन्त-कालीन प्रथम सूर्य-किरणों द्वारा कृपणता से दुलारी पहाड़ियों की ढलानों पर ज़मीन के टुकड़े चुनकर

जोताई और बोवाई में जुट गए।

अलीकुल हलवाहे के रूप में किसी काम का नहीं था, इसलिए उसे बीजों की बोरियाँ छकड़ों से उमूरज़ाक-अता की टोलीवाले खेत तक ढोने का काम सौंपा गया। उमूरजाक-अता द्वारा उसके लाए गेहूँ के बोने तक इन्तज़ार करता अलीकुल एक ओर चला जाता, धूप सेंकने की कोशिश करता हुआ हवा की ओर पीठ कर लेता, कूदता, हवा से जमे जा रहे गालों व कानों को ज़ोर-ज़ोर से मलता और ठिठुरे हुए हाथों पर फूँक मारता। उमूरज़ाक़-अता यदा-कदा खेत के छोर पर ठिठुरते हुए उछल-कूद रहे अपने सहायक की ओर देखकर केवल मुस्करा देते और सिर हिलाते...

अगली बोरी ख़ाली करने के बाद उमूरज़ाक़-अता अलीक़ुल को आवाज़ देने के लिए मुड़े, पर उनका मुँह खुला का खुला रहा गया। अलीकुल का कहीं नाम-निशान न था...वृद्ध ने उसे कई बार आवाज़ दी, लेकिन हवा शायद उनके शब्द कहीं उड़ा ले गई : सहायक ने कोई जवाब नहीं दिया। क्रुद्ध और चिन्तित उमूरज़ाक़-अता जल्दी-जल्दी सारा खेत पार करके उस शैलखंड की ओर गए, जिसके पीछे ही उनका तथाकथित सहायक छिप सकता था। अलीकुल वहीं मिला। वह लेटा था, उसके दाँत बज रहे थे और आँखों में आँसू चमक रहे थे।

उमूरज़ाक़-अता सहानुभूति के साथ उसके ऊपर झुके :

"तुम्हें क्या हुआ, भई ? बीमार तो नहीं हो गए ?"

"आपके सामूहिक फ़ार्म के लिए मैं अपनी कमर और नहीं तोड़ूँगा !"

अलीकुल चिल्लाया। '"मैं आपके लिए कोई गधा तो हूँ नहीं, जो ऐसी ठंड में काम करूँ ! मैं चला जाऊँगा !"

उमूरज़ाक़-अता एक ठंडी साँस ले स्वयं बीज की गाड़ी की ओर चल पड़े।

जमा देनेवाली, कोड़े की-सी मार मारनेवाली हवा तेज़ होती जा रही थी।

अलीकुल को शैलखंड के पीछे से, जहाँ खुले खेत की तुलना में कहीं ज़्यादा गरमी और चैन था, किसी भी तरीक़े से बाहर आने को तैयार करना असम्भव हो गया। उमूरज़ाक़-अता के उसके ज़रा-से पास आते ही वह कराहना और आहें भरना शुरू कर देताः वह समझ गया था कि उमूरज़ाक़-अता दयालु व्यक्ति हैं और उनका दिल किसी को थोड़े से कष्ट में देखकर पसीज जाता है।

इधर अलीकुल आहें भरता रहा, उधर उमूरज़ाक़-अता बोरियाँ ढोते रहे। आख़िर वृद्ध के धैर्य का बाँध टूट गया, और उन्होंने अलीकुल के सामने आकर, जिसके दाँत बज रहे थे, कठोर स्वर में कहा :

"सुनो, प्यारे, तुम किसी दुकान में नहीं हो। आलस करने की कोई ज़रूरत नहीं है। बीमार हो—डॉक्टर के पास जाओ। ठीक हो—काम करो। काम करोगे, तो बदन में गर्मी आ जाएगी..."

अलीकुल कन्धों को हाथों से जकड़े और ज़्यादा ठिठुरने लगा। यह समझकर कि उसे मनाने के लिए की जा रही उनकी सारी कोशिशें चिकने घड़े पर बूँद जैसी हैं,

उमूरज़ाक़-अता क्रुद्ध स्वर में बोले :

"दूर हो जा मेरी नज़रों से ! मैं तेरे बिना भी काम निबटा लूँगा।"

वह बिना मुड़कर देखे डग भरते खेत की ओर चल दिए, और अलीकुल उन्हें असमर्थ घृणापूर्ण दृष्टि से देखता हुआ, दुनिया भर को, अनथक वृद्ध को, सामूहिक फ़ार्म को, नए जीवन को, जो बार-बार उसका गला घोंट रहे थे, गालियाँ देता धीरे-धीरे घर की राह चल दिया।

वह घर पर बीमारी का बहाना करके कई दिन तक निराशाजनक व कष्टदायक विचारों में डूबा लेटा रहा। फिर उसने एक घुप अँधेरी रात में शहर से किराए पर लाए छकड़े में सामान लादा, पत्नी व बेटी को साथ लिया और चुपचाप अलतीनसाय छोड़कर नई ज़िन्दगी शुरू करने चला गया।

दुकान, धोखाधड़ी से जमा की गई सम्पत्ति और भूतपूर्व प्रतिष्ठा से वंचित होने के बाद उत्पन्न हुई अलीकुल की विकलता आख़िरकार समाप्त हो गई। अलीकुल ने ज़िन्दगी में बहुत कुछ भोगा, अब उसे अत्यन्त कष्टदायक शर्मिन्दगी और अपमान भी सहना पड़ा, और उसने मन-ही-मन क़सम खाई : आगे कोई उसे दयनीय हालत में और अपमानित नहीं देख सकेगा। वह नई व्यवस्था में भी जीवन की बग़िया में अपने लिए आरामदेह कोना ढूँढ़ कर रहेगा ! ज़रूरत केवल पूरा हिसाब लगाने, तौलने और सोचने-समझने की है।

उसने बनियों की तरह मन-ही-मन हिसाब लगायाः खेत में काम करने से कोई फ़ायदा नहीं होनेवाला—जितना काम करिए, उतनी ही आमदनी होगी। यह तो वैसे ही हुआ, जैसे कोई चीज़ उसी दाम पर बेच दी, जितने पर ख़रीदी और नफ़ा कुछ नहीं कमाया। टोली-नायक, भंडारी, सहकार-समिति का प्रबन्धक होना अलग बात है। उनमें मज़े उड़ाने की गुँजाइश भी रहती है—वह कभी नुक़सान में नहीं रहेगा, सामूहिक फ़ार्म की मोटी रोटी से थोड़ा बड़ा और ज़रा ज़्यादा स्वादिष्ट टुकड़ा तोड़ लिया करेगा। वह चतुर है और वर्त्तमान व्यवस्था में भी अपने को इस तरह ढाल लेगा कि उससे भी फ़ायदा उठा लिया करेगा।

शुरूआत के लिए खेत में आम कपास-उत्पादक की तरह काम किया जा सकता है, कुछ दिन ईमानदारी से, ध्यान आकर्षित करने के लिए, अपनी खूबियाँ दिखाने के लिए लगन से काम करना है। वह सब सह लेगा, ससम्मान इस कठिन परीक्षा में उत्तीर्ण होगा। लेकिन जब वह पड़ोसियों का सम्मान और अधिकारियों की प्रशंसा पा लेगा और वे उस पर ध्यान दे, उसका मूल्यांकन कर उसे तरक़्क़ी देंगे, तब वह खुद अपना मालिक बन बैठेगा; भाग्य उसे उसकी मेहनत के लिए, कष्टों व मुसीबतों के लिए उदारतापूर्वक पुरस्कृत करेगा, दुनिया की सारी सुख-सुविधाएँ प्रदान करेगा।

अलतीनसाय छोड़कर अलीकुल परिवार सहित भूखी स्तेपी में, सिर-दरिया से कुछ दूर, मिर्ज़ाचूल के एक सामूहिक फ़ार्म में बस गया। उस समय मिर्ज़ाचूल में नई ज़मीन को कृषि योग्य बनाने का कार्य चल रहा था। "नवजात" सामूहिक फ़ार्मों में ज़मीन व

पानी तंगी से ग्रस्त गाँवों से आनेवाले किसानों का ताँता बँधा हुआ था। भूखी स्तेपी में अनेक अलतीनसायवासी भी आकर बसे थे, जिनमें अलीकुल के रिश्तेदार भी थे। शुरू में उन्होंने सामूहिक फ़ार्म के अध्यक्ष को वहाँ के चायख़ाने का प्रबन्धक नियुक्त करने की सलाह देकर भगोड़े की मदद की थी। सामूहिक फ़ार्म में अभी लोग कम थे और कमियाँ बहुत थीं, जिन्हें फौरी तौर पर दूर करने की जरूरत थी। सामूहिक फार्म को काफ़ी अरसे तक कोई ढंग का चाय-विक्रेता नहीं मिल पाया था। अलीकुल का बड़ी गरमजोशी से स्वागत किया गया।

अलीकुल बाग़-बाग़ हो उठा। चाय-विक्रेता का पद निस्सन्देह कोई बहुत महत्त्वपूर्ण पद नहीं होता, लेकिन यह तो केवल श्रीगणेश था, सफल श्रीगणेश। अलीकुल को पहले ही दिन से अपनी पाँचों उँगलियाँ घी में डुबोए रखने का मौक़ा मिल गया। आख़िर चायख़ाना न तो कोई कपास का खेत होता है, और न ही बड़ा समोवार कुदाल होता है ! अलीकुल यहाँ मुँहकी नहीं खाएगा, सामूहिक फ़ार्म के अधिकारियों की कृपादृष्टि प्राप्त करके रहेगा। और समय आने पर—स्वयं भी अधिकारी बन बैठेगा, अपनी भावी समृद्धि की पक्की नींव रखेगा। उसके हाथों में सत्ता आ जाएगी, घर में—ख़ुशहाली, और उसका वह सब, जो उसके पास था, छीन लेनेवाले इन भिखारियों को गुज़रे ज़माने की तरह फिर अलीकुल की बात माननी पड़ा करेगी !

इन मधुर आशाओं से आनन्दित हो अलीकुल बड़े उत्साह से काम में जुट गया। उसे आरम्भ में मिला चायख़ाना सामूहिक फ़ार्म के गाँव से दूर स्थित था। चायख़ाने के सामनेवाली सड़क से भारी बोझ लदे ऊँट दुनिया को अपनी मूर्खता व गर्वीली आँखों से नीचे की ओर हेठी से देखते हुए धीरे-धीरे और अकड़कर डग भरते गुज़रते थे; फुरतीले, अड़ियल गधे दुलकी चाल से निकलते थे, क्लान्त राहगीर सिर झुकाए जाते थे। रास्ते पर चहल-पहल ख़ूब रहती थी, पर चायख़ाना सूना पड़ा रहता था। वह किसी को विरले ही आकर्षित कर पाता था : देखने में वह बिलकुल नीरस था, और वहाँ केवल गन्दी प्यालियों में घटिया चाय ही मिल सकती थी।

अलीकुल के आने तक यही हाल रहा था। वह तुरन्त समझ गया कि इस सामूहिक फ़ार्म में चायख़ानावाले के लिए मशहूर होना बहुत ही आसान है। जीवन वहाँ सुख-साधनरहित एवं अव्यवस्थित था; सामूहिक फ़ार्म का अपना क्लब नहीं था, किसानों के लिए आराम करने की जगह कहीं नहीं थी, और चायख़ानावाला यदि स्नेहपूर्ण व चिन्ताशील हो, तो ग्राहक वहाँ एक के बाद एक टूटे पड़ सकते थे।

यह सब अच्छी तरह से तौलकर अलीकुल ने बहुत जल्दी वहाँ व्यवस्था स्थापित कर दीः कहीं से देग ले आया, एक छोटा-सा सायबान लगा लिया—देखते-देखते चायख़ाने में बावरचीख़ाना तैयार हो गया। उसने चायख़ाने की दीवारों पर दुबारा पलस्तर कर लिया। अलीतीनसाय से गृहस्थी के अन्य सामान के साथ लाए क़ालीन लकड़ी के चबूतरों पर बिछा दिए (ऐसे काम के लिए उसने क़ालीनों के मामले में कंजूसी नहीं की !)। वह चाय के साथ फूली-फूली नान, जो किसी बात में समरक़न्द की नान से

उन्नीस नहीं होती थी, भुने हुए मटर और अत्यन्त मीठी और रेशम के कोयों जैसी सफ़ेद झक मिठाई—परवरदा परोसता था। गरमी से क्लान्त हुए ग्राहक मिट्टी में गाड़कर रखे विशाल लम्बोतरे घड़ों में भरे शीतल जल या ठंडी हुई चाय से प्यास बुझा सकते थे, और जिन्हें भूख सता रही होती, उनका लज़ीज़ पुलाव इन्तज़ार कर रहा होता था।

किन्तु अलीकुल को यह भी कम लगा और शीघ्र ही ''विशिष्ट'' ग्राहकों के लिए आरक्षित और सबसे महँगे क़ालीन बिछे चबूतरे के कोने में गायकों और वादकों ने स्थान ग्रहण करना शुरू कर दिया।

कुछ ही महीनों में चायख़ाने का कायापलट हो गया। उसमें सुबह से शाम देर गए तक ग्राहकों की भीड़ लगी रहती थी।

गीतों के साथ-साथ गुँथा दुतारे का क्रन्दन गूँजता रहता। चाय की प्यालियों और पुलाव की तश्तरियों से हल्की-हल्की भाप उठती रहती, और चेहरे पर चिपकाई हुई सी चापलूसी भरी क्षीण मुस्कान के साथ फुरतीला अलीकुल चाबीदार पुतले की तरह एक ग्राहक के पास से दूसरे के पास दौड़ता रहता।

यहाँ लोग वैसे ही एकत्र होते, जैसे किसी क्लब में। सामूहिक फ़ार्म को इस ''क्लब'' से मोटी आय होने लगी, और अध्यक्ष नए चायख़ाना-प्रबन्धक की प्रशंसा करता न थकता। वह अलीकुल के पास अकसर आता रहता था, और अलीकुल धीरे-धीरे किसी तरह उसे अपनी चाल में फँसाने का मौक़ा तलाश रहा था। कुछ समय पूर्व का निर्धन, ईमानदार, किन्तु अदूरदर्शी तथा शैशव व किशोरावस्था में भूखों मरनेवाला अध्यक्ष अपने व अपने सामूहिक किसानों के लिए सम्पन्न जीवन के सपने देखा करता था और उसके साथ थोड़ी-सी भी नेकी करनेवाले गोलों के साथ, बिना सचाई की तह तक पहुँचे, उनकी अथक गतिविधियों के विस्तार में गए बिना, उत्साहपूर्ण व्यवहार करता था।

उसने संगठनकर्त्ता व मितव्ययी प्रबन्धक के रूप में अलीकुल की प्रतिभा पर तुरन्त विश्वास कर लिया, क्योंकि चायख़ानावाला उस कार्य में दक्ष था, जो उसे, अध्यक्ष को नहीं आता था। अलीकुल ने विशिष्टता प्राप्त करने और अपने संरक्षक के सामने यह सिद्ध कर दिखाने का निर्णय किया कि वह कितना योग्य है। अलीकुल ने एक बार अध्यक्ष व उसके मित्रों के आगमन की पूर्वसूचना पाकर अपने पैसों से बाज़ार से मोटा-ताज़ा एक हिस्सारी मेढ़ा ख़रीदकर काटा, गोश्त को मुलायम व ख़ुशबूदार रखने के लिए उसे सिरके में डुबो दिया और अपने रिश्तेदारों की सहायता से ऐसे सींक-कबाब तैयार किए कि उन्हें देखने मात्र से मेहमानों की लार टपकने लगे।

नान के टुकड़े से तलवार सरीखी लम्बी सींक से मुँह में घुलनेवाले रसीले गोश्त का टुकड़ा निकालते हुए अध्यक्ष ने उपदेशात्मक स्वर में कहाः

''साधारण जनता की चिन्ता करना सीखना हो, तो इनसे सीखिए !'' और मुँह में बड़ा-सा टुकड़ा डाल और उँगलियाँ चाटकर आगे बोला : ''पहले ऐसे सींक-कबाब केवल ज़मीन्दार ही खाते थे...और आज देखिए हम कितनी अच्छी ज़िन्दगी जी रहे हैं ! चायख़ाने में बैठे सींक-कबाब ऐसे सटक रहे हैं, जैसे मालदार आदमी हों !''

उसने अपना पेट थपथपाया और दिल खोलकर ठहाके लगाए, और अलीकुल दिल पर हाथ रख सलाम करता हुआ बोला :

''जनता की सेवा के लिए मैं ख़ुशी से मेहनत करूँगा !''

कुछ ही दिनों बाद अलीकुल को सामूहिक फ़ार्म के गोदाम का प्रबन्धक नियुक्त कर दिया गया। अलीकुल की आँखें खुली की खुली रह गईं : यही तो जगह थी, जहाँ फ़ायदा उठाया जा सकता था ! उसने बिना सब्र किए तुरन्त पराए माल को हड़पना शुरू कर दिया। गोदाम से सामूहिक फ़ार्म का अनाज चोरी से बाहर जाने लगा, खाद के ढेर देखते-देखते घटने लगे, लेकिन पदार्थ की अविनाशिता के नियमानुसार गाँव में मामूली-सी घर के पास, जिसमें अभी तक अलीकुल रह रहा था, दिन दूनी और रात चौगुनी गति से बढ़िया मकान खड़ा होने लगा, जिसकी ओर गोदाम का प्रबन्धक बड़े गर्व व आत्मसन्तोष के साथ देखा करता।

अचानक बिना मेघ के वज्रपात हुआः सामूहिक किसानों ने, जिन्हें बुद्धिमान, दूरदर्शी व उत्साही अध्यक्ष की ज़रूरत थी, अलीकुल की दावतों के प्रशंसक पर विश्वास करना बन्द कर दिया। नए अध्यक्ष की नज़र पैनी और छिद्रान्वेषी साबित हुई। उसके अलीकुल की सम्पत्ति पर ऐसी नज़र डालने की देर थी कि वह तुरन्त फिर ''बीमार'' पड़ गया। इस बार बीमारी लम्बी खिंच गई। अलीकुल की पत्नी, सबको यह विश्वास दिलाकर कि उसे बहुत तेज़ बुख़ार है और वह बेचारा न खाता है, न पीता है, केवल बड़बड़ाता और कराहता है, ''बीमार'' के पास सम्बन्धियों व हाल ही में बने दोस्तों को छोड़कर किसी को नहीं फटकने देती थी।

उसकी पत्नी के ''बुलेटिनों'' के अनुसार अलीकुल का तापक्रम उत्तरोत्तर बढ़ता ही जा रहा था और इस प्रकार उसे काफ़ी पहले 50^0 सेंटीग्रेड से ऊपर पहुँच जाना चाहिए था। कोई दो सप्ताह बाद, ठीक उसी समय, जब लेखा-परीक्षण समिति ने जाँच के दौरान गोदाम में भारी मात्रा में जौ, गेहूँ और खाद ग़ायब पाया, सारे गाँव में अफ़वाह फैल गई कि अलीकुल मरणासन्न है। अलीकुल के मित्रों ने बड़ी तेज़ी से दौड़-धूप शुरू कर दी। कुछ ''दवाइयाँ'' लाने शहर लपके, कुछ बीमारी के अतिरंजनापूर्ण क़िस्से सुना-सुनाकर किसानों के हृदयों में करुणा का भाव उत्पन्न करने का प्रयास करने लगे, कुछ मरणोन्मुख के सिरहाने अथक ड्यूटी देने लगे; और मरणासन्न स्वयं सन्निपात की अवस्था में लेटा कृतज्ञतापूर्वक सोचता रहा : ''वक़्त पर दोस्त ही काम आते हैं, दौलत नहीं।''

जब अध्यक्ष अभागे भंडारी के पास पहुँचा, अलीकुल ने कराहों और ठंडी साँसों से उसका स्वागत किया, अलीकुल की पत्नी ने—ठंडी साँसों और सुबकियों से। अध्यक्ष ने ''बीमार'' को कुछ न कहने का निर्णय किया। सामूहिक फ़ार्म के कार्यालय ने केवल इतना ही किया कि ''हानि की क्षतिपूर्ति'' के लिए अलीकुल से उसका नया, लगभग पूरा बना घर छीन लिया और गोदाम-प्रबन्धक के पद पर एक अन्य सामूहिक किसान को नियुक्त कर दिया।

जेल जाने से चमत्कार से बचकर कुछ महीनों बाद अलीकुल ने बिस्तर से उठने

का साहस जुटा लिया और सिर पर नीली छींट का कमरबन्द कसकर घर से बाहर निकला। वह कुछ दिनों तक सक्साऊल की टहनियों-सा सिकुड़ा काँखता, कराहता, कभी बग़ल दबाता, तो कभी कमर पकड़ता गाँव में भटकता रहा...और अचानक सामूहिक फ़ार्म से ऐसा ग़ायब हुआ जैसे गधे के सिर से सींग। कुछ लोगों का कहना था कि उसे आख़िर जेल में बन्द कर दिया गया, कुछ ने अटकलें लगाईं कि अलीकुल को किसी कमज़ोर सामूहिक फ़ार्म ने लुभाकर अपने यहाँ रख लिया, लेकिन भूतपूर्व भंडारी के मित्र व सम्बन्धी यक़ीन दिलाकर कहते कि उसकी बीमारी फिर उभड़ आई और पत्नी बीमार को अपने वतन आलतीनसाय ले गई।

किन्तु वास्तव में अलीकुल वह सब मालूम कर, देख और सुनकर, जो उसके लिए मालूम करना, देखना और सुनना ज़रूरी था, समझ गया कि अब वहाँ और रहने से कोई लाभ नहीं होगा और रात के अँधेरे में चुपचाप गाँव छोड़, सिर-दरिया पारकर उसने एक ऐसे सामूहिक फ़ार्म को अपनी सेवाएँ उपलब्ध कराने का प्रस्ताव किया, जहाँ उसे तब तक कोई नहीं जानता था।

वहाँ भी उसका हार्दिक स्वागत किया गया : उन दिनों मिर्ज़ाचूल के सामूहिक फ़ार्मों को हर पेशे के कर्मियों की आवश्यकता थी। तिस पर नए स्थान में भी अलीकुल को यार-दोस्त मिल गए।

आरम्भ के महीनों में अलीकुल सामूहिक फ़ार्म के कार्यालय में चौकीदार का काम करता रहा। विनयशील व फ़ुरतीला होने के कारण ऐसा लगा कि वह अध्यक्ष को पसन्द आ गया है। अध्यक्ष अपने कक्ष में क़दम रखता कि मेज़ पर भाप छोड़ती हरी चाय और अलीकुल की ही भेंट की हुई चिलम अपने स्वामी की प्रतीक्षा करती दिखाई देतीं। अध्यक्ष घोड़े जोतने को मुँह खोलता कि फ़ौरन घोड़े हाज़िर हो जाते। वह कह भी न पाता कि दिन भर खेत में रहकर थक गया है, भूखों मर रहा है, और अलीकुल उसके आगे पुलाव की तश्तरी रख देता : खाइए, जनाब, अपना ही पकाया हुआ है...''

अलीकुल मन-ही-मन अपनी सफलता की ख़ुशी मनाने को तैयार था, पर अध्यक्ष ने एक बार उसका बनाया पुलाव पूरी तरह ख़तम कर अपनी चतुर आँखें सिकोड़ीं, सोच में डूबे हुए सिर हिलाया और व्यंग्य व प्रशंसा मिश्रित स्वर में कह उठाः

''कुछ भी हो, तुम हो बड़े तेज़ !''

उसके बाद उसने अपनी पुरानी बिरजिस की बड़ी-सी जेब में से छोटा-सा मुड़ा-तुमड़ा बटुआ निकालकर, पैसे गिन हक्के-बक्के हुए अलीकुल को देते हुए व्यंग्य व कृतज्ञता व्यक्त करती मुस्कान के साथ कहा :

''तुम्हारा शुक्रिया, कामरेड, चाय के लिए भी, पुलाव के लिए भी और चिलम के लिए भी। मुझे तुम्हारा क़र्ज़दार होना अच्छा नहीं लगता। ये लो पैसे, मैंने पूरा हिसाब लगा लिया है। तुम मुझे बेचते रहे, और मैं तुमसे ख़रीदता रहा। तुमने भी नुक़सान नहीं उठाया, और मेरा अन्तःकरण भी शुद्ध रहा। तुम शायद ख़ुद भी समझते होगे : हमारे लिए सर्वोपरि है—ईमानदारी से जीना। और ख़याल रखने के लिए एक बार फिर शुक्रिया।''

उस रात अलीक़ुल को काफ़ी देर तक नींद न आ सकी...

किन्तु शीघ्र ही किसी अन्य पर आई विपदा ने उसका साथ दिया, और अपने लिए मंगलकारी घटना का चतुराई से लाभ उठाकर अलीक़ुल तुरन्त अपनी चिर-अभीप्सित समृद्धि के ऊबड़-खाबड़ मार्ग पर एक साथ कई क़दम आगे बढ़ गया।

गाँव से बाहर तेज़ी से बहनेवाले पानी की नहर के किनारे पर सामूहिक फ़ार्म की पनचक्की लगी हुई थी। अध्यक्ष को उस चक्की पर अपने अनाज का आटा पिसवाने की ज़रूरत आ पड़ी। अलीक़ुल ने स्वयं आटा ले आने की इच्छा व्यक्त की। बरसात हो रही थी, पर चौकीदार उससे नहीं घबराया। किन्तु बरसात ने देखते-देखते मूसलधार वर्षा का रूप धारण कर लिया, और जब अलीक़ुल चक्की पर पहुँचा, ज़मीन पर एक अतिविशाल जलप्रपात बह रहा था। अलीक़ुल पूरी तरह तर हो गया, उसके कपड़े बदन से चिपक गए और हालाँकि वह छकड़े से नीचे नहीं उतरा था, फिर भी उसके ऊँचे बूटों में भी पानी भर गया था। उस कोठरी के पास पहुँचकर, जिसमें चक्कीवाला रहता था, अलीक़ुल दहलीज़ पर बने बड़े-से डबरे में कूद गया और दरवाज़ा खटखटाने लगा। किसी ने जवाब नहीं दिया...अलीक़ुल ने गुस्से में गालियाँ दीं और चारों ओर नज़र दौड़ाई। कोहरे सरीखी बारिश के मोटे परदे में से उसे कुछ दूरी पर घबराहट में दौड़-धूप करता व्यक्ति दिखाई दिया। बूटों से छपछप करता अलीक़ुल दृढ़तापूर्वक डग भरता नहर की ओर चल पड़ा, और किनारे पर पागलों की तरह भागता व्यक्ति कार्यालय के चौकीदार को पहचान, हाथ पर हाथ मार उसकी ओर लपका। वह बुरी तरह काँप रहा था, उसके दाँत बज रहे थे, होंठ हिल रहे थे।

''म...मदद करो, दोस्त, ब...बचाओ...पानी...पानी किनारे तोड़कर बह रहा है ! मैं यहाँ...हाल ही में आया हूँ...मैं...मैं शहर का हूँ...''

यह चक्कीवाला था। वह वास्तव में सामूहिक फ़ार्म में कुछ ही दिन हुए आकर बसा था, अपना काम भली भाँति नहीं जानता था, और अचानक आई बाढ़ ने उसे किंकर्त्तव्यविमूढ़ कर दिया था। अलीक़ुल के साथ-साथ पैर घिसटकर चलते हुए चक्कीवाला शिकायत करने लगा :

''भा...भाड़ में जाए यह चक्की ! लगता है यह हज़ार साल पुरानी है ! ह...हवा तेज़ चली कि इसके अंजर-पंजर बिखर जाएँगे। पानी तेज़ी से बहते ही इसका चक्का जाम हो जाएगा !''

उस समय पानी वास्तव में तेज़ी से बहने लगा था, और चक्की के लिए ख़तरा पैदा हो गया था। अलीक़ुल बड़ी मुश्किल से नहर का फाटक बन्द करने और प्रवाह दूसरी शाखा में मोड़ने में सफल हुआ। चक्कीवाले ने उसकी मदद नहीं कि बल्कि उसके काम में बाधा डालता रहा।

किन्तु सम्भावित भावी लाभ को स्मरण रखते हुए अलीक़ुल ने न ताक़त की परवाह की, न स्वास्थ्य की : मानो वह जानता था कि उसकी कोशिशें व्यर्थ नहीं जाएँगी और वह बाढ़ से पूरा लाभ उठा लेगा।

और उसका अन्दाज़ सही निकला। इस घटना के पश्चात् अलीकुल को चक्कीवाला बना दिया गया, और चक्कीवाले को—चौकीदार। अलीकुल को अध्यक्ष की आँखों में आई अविश्वास की व्यंग्यपूर्ण चमक दूर करने में सफ़लता मिल गई। अब उसकी पुरानी उपकारिता एक प्रकार से नए परिप्रेक्ष्य में देखी जाने लगीः क्योंकि उसे श्रम के क्षेत्र में ''कारनामा'' कर दिखाने में सफलता मिली थी ! और यह बात किसी के भी मन में नहीं आई कि इस ''कारनामे'' का मूल सुविचारित चाल थी।

चोर को कोतवाल बना दिया गया। अलीकुल चक्की का कामकाज सँभालने लगा। अपने कड़वे अनुभव से सबक़ सीखकर अब वह सावधानी बरतने लगा। वह, जैसा कि कहते हैं, ''बड़े उत्साह से काम करता रहा,'' ''अपनी सारी शक्ति उसमें लगाता रहा,'' ''पहलक़दमी करता रहा'' और कुछ समय तक उसकी प्यारी गुल्लक केवल ईमानदारी से कमाए पैसों से ही भरती रही।

चक्की पर अलीकुल की ज़िन्दगी बुरी नहीं कट रही थी। उसके चारों ओर पोपलर, क़ैराग़ाच, बेद के वृक्ष उगे हुए थे; नहर का पानी दोनों किनारों के सहारे-सहारे लगे पेड़ों की छायाओं के कारण सदा काला रहता था। पानी से ठंडक की लपटें उठती थीं... आस-पास के इलाक़े का यह सबसे रमणीय स्थान था, और काम से ख़ाली दिनों में अलीक़ुल की जागीर में मधुर शान्ति व्याप्त रहती थी।

लेकिन अलीकुल की थोड़े पर सन्तोष करने की इच्छा नहीं थीं।

एक वर्ष बाद ही उसने सामूहिक फ़ार्म की खत्तियों पर हाथ फेर दिया। वैसे उसने यह काम इस तरह किया कि आरम्भ में उसका कोई दोष सिद्ध करना कठिन हो गया। उसने चक्की के पास निजी मुर्ग़ीख़ाना खोल लिया, क्योंकि दाना तो वहाँ मुफ़्त का ख़ूब था—अनाज और आटा हर बार ढुलाई, लदाई, उतराई में बिखरता रहता था। अलीकुल की पाली हुई मुर्ग़ियों व बत्तखों की बाज़ार में बड़ी माँग थी; नए चक्कीवाले का धन्धा ज़ोर पकड़ने लगा। शीघ्र ही अलीकुल को सामूहिक फ़ार्म के अनाज में से, जो उसे पीसने के लिए दिया जाता था, थोड़ा-सा हिस्सा ''उधार'' लेने के लिए मजबूर होना पड़ा।

इस बार अध्यक्ष को पदच्युत नहीं किया गया। वह दृढ़निश्चयी व्यक्ति था और उसने स्वयं अलीकुल को निकाल दिया।

अलीक़ुल की खुशहाली जंगली पोस्ते के फूल से भी क्षणभंगुर सिद्ध हुई। और फिर सब नए सिरे से शुरू करना पड़ गया...

अब वह हर नए सामूहिक फ़ार्म में पिछले फ़ार्म की अपेक्षा अधिक समय तक टिकने लगा और एक सामूहिक फ़ार्म से दूसरे सामूहिक फ़ार्म में उत्तरोत्तर अधिक माल-मता ले जाने लगा। वह जीवन-सागर की उत्ताल तरंगों में अधिकाधिक आत्मविश्वास के साथ टिका रहने लगा। असफलताओं ने केवल अलीकुल की बहुत समय से स्वभावगत साधनसम्पन्नता व सतर्कता जैसी विशिष्टताओं को एक नए और उच्च स्तर पर पहुँचा दिया। वह लोगों के बीच हाथ-पाँव मारते और भटकते रहने में जीवन व लोगों को समझकर

पक्का काँइयाँ बन गया। भूतपूर्व सौदागर की आकांक्षाएँ व स्वभाव की विशेषताएँ एक प्रकार से घिस-घिसकर पैनी हो उठीं : जीवन ने उनको पैना कर दिया, वैसे ही जैसे पेन्सिल से अच्छा व स्पष्ट लिखने के लिए उसकी नोक पैनी की जाती है। अलीक़ुल तेज़नज़र था—और ज़्यादा तेज़नज़र हो गया, चुप्पा था—और ज़्यादा चुप्पा हो गया, किसी का विश्वास प्राप्त करना उसे आता था, पर वह अपनी इस कला में ''पूर्णतया दक्ष'' हो गया। उसके वास्तविक लक्ष्यों व अभिप्रायों को जान पाना कठिनतर होता गया।

किन्तु दुनियादारी के अनुभवों के साथ-साथ अलीकुल का बुढ़ापा भी बढ़ता गया। दाढ़ी का रंग कुछ धूसर-सा होकर वह छीदी हो गई, चेहरे पर झुर्रियाँ पड़ गईं, कमर झुक गई, जिससे अलीकुल और छोटे क़द का लगने लगा। केवल उसकी चाल वैसी ही जीवंत और तेज़ रह गई जैसी जवानी में थी, और हाथों की ताक़त शायद कुछ बढ़ ही गई।

अपने एक पुनर्वास के दौरान अलीकुल अपनी पत्नी को खो बैठाः वह रात में, गाड़ी में, रास्ते पर छाए पुष्प-सदृश नीले तारों से भरे आकाश को उदासी से ताक़ती मर गई।

अलीकुल के निकट सम्बन्धियों में से केवल एक बेटी ही बच रही। अपने दिल की सारी तपिश, जो उसमें बच रही थी, उसने किशोरी नज़ाकतख़ाँ पर लुटा दी।

नज़ाकतख़ाँ में बचपन से ही रूपसी होने के लक्षण दिखाई देने लगे थे, और जब वह चौदह बरस की हुई, उस पर सबसे अच्छे, अपनी क़ीमत जाननेवाले लड़कों ने नज़रें गड़ानी शुरू कर दीं। यही नहीं उससे कुछ बड़ी उम्र के मर्द भी मर्यादा का उल्लंधन कर उसकी कोमल त्वचा व लाल-लाल गालोंवाले चेहरे, सुनहली चमक और लम्बी, कोमल बरौनियोंवाली आँखों को देर तक ताकते रहते थे। वह ऊँचे क़द की और सुगठित थी और किसी का भी सिर फेर सकती थी।

अलीक़ुल नज़ाकतख़ाँ को बेहद प्यार करता था। किन्तु उसके दिल में परिपक्व हुई भावनाएँ कुछ विकृत थीं, और बेटी के प्रति अलीकुल के प्रेम से उसे न कोई लाभ प्राप्त हुआ, न ही कोई ख़ुशी।

ख़ुद अलीकुल को जीवन-वृक्ष के किसी अत्यन्त मीठे फल का स्वाद चखने का किसी प्रकार अवसर नहीं मिल पाया था, किन्तु वह अपनी पुत्री के लिए उन्हें तोड़ने के सपने देखता रहता था। वह ऐश उड़ाए, ख़ुशहाली में जिए, बाग़ के गुलाब-सी खिली रही, उसे देख-देखकर लोग जलें, अचरज करते रहें !...और उसके बाद...उसके बाद वह उसकी किसी ठोस और प्रभावशाली व्यक्ति से शादी करवा देगा। फिर नज़ाकतख़ाँ व उसका पति अलीक़ुल के बुढ़ापे में उसके सुख-चैन से जीने का प्रबन्ध करेंगे।

आए दिन के पुनर्वासों के कारण नज़ाकतख़ाँ की पढ़ाई अनियमित रही और वह बड़ी मुश्किल से सातवीं कक्षा तक पहुँच पाई। पिता उसे काम से बचाता रहा। यह मानने के कारण कि युवती के रूप का मूल्य ज्ञान, बुद्धि व कार्यकुशलता से अधिक होता है, अलीकुल अपनी रूपसी पुत्री को सूम की थाती की तरह सँभाल कर बैठा रहा। यदि उसके लिए सम्भव होता, तो वह उसकी सुन्दरता को भी आख़िरी दम तक अपनी

उस गुल्लक में बन्द करे रहता, जिसमें वह अपना धन व मूल्यवान वस्तुएँ रखता था।

पुत्री के लिए मिठाइयाँ ख़रीदते समय, उसे बालियाँ, पहुँचियाँ व कंठी से सजाते समय अलीक़ुल मन-ही-मन हिसाब लगाता रहता था कि उनसे उसके रूप की क़ीमत और कितनी बढ़ गई। नज़ाकतख़ाँ को निहारते समय वह सन्तोष के साथ सोचा करता था : योग्य से योग्य वर ऐसी लड़की को ख़ुशी से ब्याहकर अपने घर ले जाने को तैयार हो जाएगा !

"अपने भविष्य का ख़याल रखो, बेटी," वह स्नेहपूर्वक नज़ाकतख़ाँ को उपदेश देता। "और तुम्हारा भविष्य—अच्छा पति ही है...किसी बड़े ओहदेदार से शादी की, तो जैसे दिल चाहे, वैसे जियोगी। तुम्हारा भरा-पूरा घर होगा, महँगे से महँगे कपड़े और ज़ेवर होंगे, जो किसी और के पास नहीं होते ! अब्बा का कहा मानो, बिटिया, वह तुम्हारा भला चाहता है..."

नज़ाकतख़ाँ बिगड़ैल, चंचल और मनमौजी लड़की की तरह बड़ी होती रही। उसका जीने का ढंग उबाऊ था। उसकी सहेलियाँ नहीं के बराबर थीं: पिता उसे हर ऐरी-ग़ैरी से मेल-जोल बढ़ाने की इजाज़त नहीं देता था। पुस्तकें वह पढ़ती नहीं थी : रूपसी बाला को पुस्तकों की क्या ज़रूरत है ? नज़ाकतख़ाँ दिन भर पोशाकें तैयार करती रहती, घरेलू काम-काज में पिता का हाथ बँटाती और शाम को अलीक़ुल के मित्रों का दुतार-वादन व गीतों से मनोरंजन करती। मेहमानों की आँखें उसके प्यारे-प्यारे चेहरे व सुगठित शरीर से हट ही नहीं पाती थीं, और नज़ाकतख़ाँ उन्हें अकसर नख़रीली और ख़ैरख़ाही नज़रों से जवाब दिया करती थी। मर्दों के ध्यान देने से उसके अहंकार को प्रोत्साहन मिलने लगा, और उबाऊ, खोखले, एकरस जीवन से उसके मूर्ख व तुच्छ हृदय में अस्पष्ट दुराशाएँ उत्पन्न होने लगीं...

इसका परिणाम यह हुआ कि नज़ाकतख़ाँ ने पिता की योजनाओं और सपनों पर विनाशकारी प्रहार कर दिया। पुत्री की सरलता में पूर्ण विश्वास के कारण उसने ध्यान ही नहीं दिया कि कैसे उसमें और उसके मेहमानों में से एक में, जो सामूहिक फ़ार्म के क्लब का सचिव था और जिसे प्रेम-गाथाओं के सुन्दर से सुन्दर शब्द कंठस्थ थे, घनिष्ठता बढ़ गई। अलीक़ुल को बेटी की बदनामी का पता तभी चला, जब उसने उसे अनचाहे एक दुहती का नाना बना दिया। उस समय तक नज़ाकतख़ाँ का प्रेमी दूर जा चुका था : उसे सेना में बुला लिया गया था, और वह अलीक़ुल से उसकी पुत्री के साथ विवाह के लिए पिता का आशीर्वाद पाने की बात भूलकर गाँव से चला गया था...

अलीक़ुल मातमी चेहरा लिए घूमता रहा, पर उसने बेटी को कोई सज़ा नहीं दी : उसे झिड़कने का मौक़ा हाथ से निकल चुका था। इसके अलावा जब अलीक़ुल की योजनाओं पर पानी फिर रहा था, तो वह केवल एक ही बात के बारे में सोच रहा था : ढहे हुए मकान की जगह नया मकान कैसे खड़ा किया जाए।

और फिर दुर्भाग्य ने अलीक़ुल का साथ दिया। बालिका कुछ ही दिन जिन्दा रहकर बीमार पड़ गई और मर गई। अब नज़ाकतख़ाँ की बदनामी का कलंक छिपाना कुछ

आसान हो गया। पिता और पुत्री कोई बहाना बनाकर एक दूरस्थ गाँव में जा बसे, और उनकी असलियत की किसी को भनक भी नहीं पड़ी।

मर्द फिर मीठे पर मक्खी की तरह नज़ाकतख़ाँ पर टूट पड़ने लगे। अलीक़ुल दिल में लाभकारी दामाद ढूँढ़ने की लालसा सँजोए आजकल मिलनेवाले अवसर हाथ से नहीं जाने दे रहा था। वह ज़रूरी लोगों की कृपादृष्टि प्राप्त करने के लिए पुत्री की सुन्दरता को चारे की तरह इस्तेमाल कर रहा था। काफ़ी सोच-विचारकर उसने नज़ाकतख़ाँ को काम पर लगाने का फ़ैसला किया : आस-पास के लोग मेहनत से जी न चुरानेवाली उज़्बेकी युवतियों का बहुत आदर और उन पर विश्वास करते हैं। श्रम की सुकृतियों का मूल्य बढ़ने लगा...

नज़ाकतख़ाँ पिता के सामने स्वयं को दोषी अनुभव करती हुई उसकी हर बात मानती थी और उसे यह भारी नहीं लगता था। अलीकुल खुद नीचे "मोटे" काम से नफ़रत करने के कारण बेटी के लिए कुछ "बौद्धिक" काम ढूँढ़ता रहाः पुस्तकालय में, सहकारी समिति में, सामूहिक फ़ार्म के कार्यालय में...मिलनसार नज़ाकतख़ाँ लोगों से बड़ी जल्दी घुल-मिल जाती थी, और अलीकुल इसका पूरा फ़ायदा उठाता था। नतीजा यह हुआ कि अब वह अकेला काम नहीं करता था, बल्कि उसकी बेटी भी बहुत से मामलों में उसकी मदद करती थी।

नज़ाकतख़ाँ के पूर्ववत् निश्चिन्त जीवन में भड़कीली विविधता आ गई। युवती में पक्की छैल-छबीली की आदतें प्रकट होने लगीं और उसका हृदय प्रेमोन्मत्त हो उठा। अपने प्रथम प्रेमी की स्मृति को दृढ़तापूर्वक मिटाकर वह नए प्रेम के पथ पर डग भरने लगी, और पिता उसकी उत्कंठित भावनाओं को आवश्यक दिशा में कुशलतापूर्वक मोड़ने लगा।

क्लब के बिना मूँछोंवाले सचिव के साथ असफल प्रेम के बाद नज़ाकतख़ाँ स्वयं भी किन्चित् गम्भीर व सम्पन्न व्यक्तियों पर ही कृपा करने लगी थी। उनके साथ ज़रा ज़्यादा मज़ा आता था : वे अथक और एक दूसरे से होड़ करते उसके प्रति अपने ध्यान के तप्त संकेत देते थे, उसका हर नाज़ उठाने को तैयार रहते थे और अल्हड़ रूपसी को प्रसन्न करने, उसका मनोरंजन करने के लिए पूरी कोशिश करते थे। नज़ाकतख़ाँ को यह अच्छा लगता था। केवल यदा-कदा उसके चेहरे पर छाया पड़ जाती थीः ऐसा तब होता, जब वह परिचित युवतियों की आँखों में नज़ाकतख़ाँ की समझ से बाहर स्पन्दनशील, लज्जालु, पवित्र असीम प्रेम की झलक देखती...और उसे स्वयं भी न जाने क्यों दिल को कचोटवाली थोड़ी-थोड़ी ईर्ष्या की अनुभूति होती...

भूतपूर्व सौदागर, जिसमें व्यापारी-सुलभ अन्तःक्षोभ बाक़ी बच रहा था, और उसकी पुत्री ज़िन्दादिल, आकर्षक नज़ाकतख़ाँ ऐसे ही जी रहे थे।

किन्तु समय नदी की तेज़ धार की तरह बीता जा रहा था। अलीक़ुल को अपनी जन्मभूमि की याद बहुत सताने लगी। उसकी टेढ़ी-मेढ़ी जीवन-यात्रा वहीं आरम्भ हुई थी, उसे समाप्त भी वहीं होना था...पिछले कुछ वर्षों में अलीक़ुल को असफलताएँ विरले ही

मिली थीं, उसके पास ऐसी सेवा-पंजी थी, जिससे किसी को भी ईर्ष्या हो सकती थी, थोड़ी बहुत "पूँजी" भी जोड़ने में वह सफल हो चुका था। केवल अपने इलाक़े में सदा के लिए बसना, हर क़ीमत पर सम्मान, शान्ति और सभी प्रकार की सुविधाएँ प्राप्त करना ही बाक़ी रह गया था, जिनके सपने वह अपनी जवानी से ही देखता आया था।

और अलीकुल अलतीनसाय लौट आया।

चौदह

फिर अलतीनसाय में

अलतीनसाय में लोग अलीकुल की काली करतूतों के बारे में न जाने कब से भूल चुके थे और उन्हें अपने हमवतन के पुनरागमन पर प्रसन्नता भी हुई। शुरू में वह अपने एक सम्बन्धी के यहाँ रहा। अलतीनसायवासियों में से सबसे उबाऊ लोगों ने अलीकुल से उसकी वहाँ अनुपस्थिति के वर्षों में उसकी ज़िन्दगी के बारे में उगलवाने की पूरी कोशिश की, पर वह उनके सारे प्रश्नों का अन्यमनस्कता से जवाब देता रहा और केवल अर्थपूर्ण भाषा में ज़ोर देकर कहता रहा कि वह उस दौरान और कहीं नहीं, मिरज़ाचूल में कुशल कपास-उत्पादकों व अपने पेशे के सच्चे विशेषज्ञों के लिए सुप्रसिद्ध सामूहिक फ़ार्मों में रहता और काम करता रहा था। वह यानी अलीकुल उनसे काफ़ी कुछ सीख चुका है और अनेक बार बोनस भी पा चुका है...

कुतूहली ग्रामवासियों ने शीघ्र ही चुप्पे "मिरज़ाचूलवासी" का पीछा छोड़ दिया और उसके कामों के सच्चे सबूतों की प्रतीक्षा करने लगे। उन्हें ज़्यादा देर इन्तज़ार नहीं करना पड़ा...

कुछ दिन आराम करने के बाद अलीकुल ग्राम सोवियत में युवा "अधिकारी" आयक़ीज़ से मिलने, उसे शुभ विवाह की बधाई देने और वृद्ध उमूरज़ाक-अता की सेहत के बारे में पूछने गया। शिष्टाचार के नाते यह उसका कर्तव्य था और उसे निभाना लाभदायक भी था और सुखदायक भी...

आयक़ीज़ मेज़ पर से उठकर सम्मानीय अतिथि की ओर बढ़ी, उसे कुरसी के पास ले गई और अपने स्थान पर बैठकर उसने आगंतुक पर ध्यानपूर्वक निगाह डाली।

अलीकुल ने पालिश की हुई गाँठदार छड़ी घुटनों के बीच रखकर, उस पर हथेलियाँ टिकाकर क्षमा-याचनापूर्ण हँसी के साथ कहा:

"तो, बेटी, स्थानीय अधिकारियों से मिलने आया हूँ...ही...ही...तुम्हें तो शायद मेरी याद भी नहीं रही होगी। लेकिन मुझे तुम्हारी याद है। ही...ही...हाँ, याद है। तुम तब इतनी-सी थीं," अलीक़ुल ने यह दिखाते हुए कि आयक़ीज़ कभी कितनी छोटी-सी थी, फ़र्श के ऊपर हाथ फैलाया। "और तुम्हारे पति की भी याद है, आलिमजान की...बड़ा

चंचल छोकरा था, अल्लाह मुझे माफ़ करे ! हर लड़ाई में आगे रहता था...सुना है, अब वह भी बड़ा आदमी हो गया है। हाँ, तो, बेटी, मेरी बधाई स्वीकार करो। मुझे तुम्हारे लिए भी ख़ुशी है और आलिमजान के लिए भी...''

आयक़ीज़ ने अन्ततः मुलाक़ाती की बात काटने का फ़ैसला कर लिया। उसके हार्दिक उद्‌गारों के लिए उसे धन्यवाद देकर वह मुस्कराई और यों ही कह बैठीः

''अब्बा मुझे आपके बारे में बताते रहते थे..''

अलीक़ुल ने एक गहरी साँस लीः

''ओह, बेटी, तब से न जाने कितना वक़्त गुज़र चुका है, दुनिया कितनी बदल चुकी है। मैं कभी जवान और बेवक़ूफ़ था, नहीं समझता था कि क्या क्या है। फिर मैं भले लोगों के बीच रहा, अक़्लमंद हो गया, अपने हाथों से कपास, सफ़ेद सोना, झबरे मोती उगाना सीखा। मिरज़ाचूल में मेरी तारीफ़ की जाती थी। हाँ, तारीफ़...मुझे जाने तक नहीं देना चाहते थे। पर मेरी उम्र ढल रही है, बूढ़े भालू का मन अपनी माँद में जाने को करने लगा, ही...ही...मैंने ढलती उम्र में शरण, सहारा ढूँढ़ने और अपने बचाव के लिए अपने गाँव, अपने दोस्तों, हमवतनों के बीच रहने का फ़ैसला किया। मुझे तुम्हारी मदद की भी उम्मीद है, बेटी...''

''हमारे गाँव के दरवाज़े सारे ईमानदार लोगों के लिए खुले हैं,'' आयक़ीज़ ने कहा। ''और ग्राम सोवियत के भी।''

अलीक़ुल सम्भाषिणी के शब्दों पर विचार करता हुआ कुछ क्षण मौन रहा और फिर उस पर निगाहें टिकाए धीरे-धीरे- बोलाः

''तुम अपने बाप की लायक़ बेटी हो, आयक़ीज़-जान। उन्होंने अपने ज़माने में मुझे सही रास्ते पर चलाने की कोशिश की थी, पर मैंने उनकी नहीं सुनी, और देखो..अक़्ल आने तक मुझे कितने दुःख, कितनी मुसीबतें भोगनी पड़ी है !'' अलीक़ुल की आँखें डबडबा आईं, उसने उन्हें उँगलियों से पोंछ और शान्त होकर पूछाः ''मोहतरम उमूरज़ाक़-अता की सेहत कैसी है ? कितना अरसा हो गया उनसे मिले हुए !...''

अलीक़ुल की बातों से द्रवित होकर आयक़ीज़ उसके साथ भलमनसाहत और प्यार से बातचीत करती रही...उसके इस प्रश्न के उत्तर में कि क्या वह सामूहिक फ़ार्म में काम करना चाहता है, अतिथि ने स्वीकारात्मक उत्तर दिया। आयक़ीज़ ख़ुश हो गईः

''बहुत अच्छी बात है, अलीक़ुल-अमाकी ! हमें अनुभवी कपास-उत्पादकों की ज़रूरत है। मैं क़ादीरोव से बात करूँगी, आप इस बीच प्रार्थनापत्र लिख दीजिए।''

अलीक़ुल ने विदा लेते हुए बातों ही बातों में पूछ लियाः

''आजकल क्या हाल हैं हमारे अध्यक्ष के ? मुझे याद है, पहले वह बड़ा जुझारू नौजवान था ! मीटिंगों में वह मुझे कई बार डाँट चुका है...''

आयक़ीज़ ने अनिश्चितता से सिर हिलायाः

''वक़्त के साथ-साथ लोग बदलते रहते हैं...आपने ख़ुद ही कहा कि तब से न जाने दुनिया कितनी बदल चुकी है। क़ादीरोव कुछ घमंडी हो गया है, उस पर चरबी छा गई

है। लेकिन आप फ़िक्र मत कीजिए, अलीकुल-अमाकी, आपको वह कुछ बुरा नहीं कहेगा। उसके सामूहिक फ़ार्म में कपास की खेती होती है, कुशल कामगार अमोल होते हैं। इतना तो क़ादीरोव समझता है..."

क़ादीरोव के साथ बातचीत के दौरान, जिसके पास आयक़ीज़ ने अलीक़ुल को भेजा था, वह यह कहना नहीं भूला कि उसने यदि अपने सामूहिक फ़ार्म की सफलताओं के बारे में न सुना होता, तो उसमें वह शायद ही लौटकर आया होता। और अगर अफ़वाहों पर विश्वास किया जाए, तो क़ादीरोव सरीखे अध्यक्ष के साथ मिलकर बड़े-बड़े काम किए जा सकते हैं, और वह यानी अलीकुल...ही-ही...सभी लोगों की तरह बुरे ख़यालों से अछूता नहीं है, इज्ज़त और नाम पाने के ख़िलाफ़ नहीं है...

क़ादीरोव ने सन्तुष्ट होकर खीसें निपोड़ीं। अलीकुल को एक टोली में मीराब बना दिया गया।

उसका दर-दर की ठोकरें खाने का अनुभव और मिर्जाचूल में बिताई जिन्दगी उसके लिए व्यर्थ नहीं रही थी : वह बहुत कुछ देख चुका था, मिर्ज़ाचूलवासियों से काफ़ी कुछ सीख चुका था। सिंचाई का समय आने पर अलीकुल ने अपने ग्रामवासियों को आश्चर्यचकित और खुश कर दिया। वह सिंचाई "प्लावन पद्धति" से नहीं, जैसा कि अभी तक 'क़िज़िल-युलदुज़' में होता आया था, बल्कि नए तरीक़े से, हलरेखाओं में सरकण्डों की नलियों से पानी छोड़कर करता था। शीघ्र ही अलीकुल के दूसरे टोलियों के टोली-नायक व मीराब शिष्य बन गए और "प्रवर्तक" सहर्ष उन्हें अपना अनुभव बाँटने लगा।

क़ादीरोव के साथ अलीकुल अदब से पेश आता था, और अवसर मिलने पर उसकी अतीत व भविष्य की सेवाओं की समुचित प्रशंसा करने से नहीं चूकता था। अनुभवी हृदयज्ञ और तरह-तरह के लोगों से व्यवहार में पटु व्यक्ति के लिए आत्माभिमानी अध्यक्ष की कमज़ोर रग को पकड़ना बाएँ हाथ का खेल था। फिर भी वह "प्लावन पद्धति" को बुद्धिमत्तापूर्वक अस्वीकार कर क़ादीरोव की महत्त्वाकांक्षा की उपजाऊ ज़मीन में चापलूसी भी वैसे ही थोड़ा-थोड़ा करके छोड़ता था, जैसे सिंचाई करते समय पानी छोड़ता था। इस प्रकार उसने केवल क़ादीरोव से कृपालुता ही नहीं, सम्मान भी प्राप्त कर लिया।

अलीकुल दोस्त नहीं बनाता था। पर अपनी पैनी और सधी हुई नज़र से उसने, शिकार को दबोचते बाज़ की तरह, अलतीनसायवासियों में डेयरी के भोंडे, आलसी, ढोल जैसे मोटे प्रबन्धक रोज़ी पहलवान, अपने पेट को पूजनेवाले पिछड़नेवाली टोली के नायक मुल्ला सुलैमान और कुछ अन्य खाने-पीने व ऐश लूटने के शौक़ीनों को खोज लिया था। वह समय-समय पर उन्हें अपने यहाँ दोपहर या शाम के खाने पर बुलाता रहता था। अलीकुल ख़ातिरदारी करने में कंजूसी नहीं करता था : वह जानता था कि यदि एक रूबल को सही ढंग से ख़र्च किया जाए, तो उसके दो रूबल बन सकते हैं।

बाक़ी अलतीनसायवासियों के साथ अलीकुल समान रूप से सौजन्यता के साथ-साथ सतर्कता से पेश आता था। उसे बोलने से ज़्यादा सुनना पसन्द था। सम्भाषी की बात सुनते समय वह ध्यान में डूबा होंठ हिलाया करता था या प्रशंसापूर्ण मुद्रा में

सिर हिलाकर सहमति व्यक्त कर दिया करता था। यदि छिपाने की आवश्यकता न हुई, तो अपने व्यक्तिगत विचार वह बातचीत के अन्त में संक्षेप में, प्रभावशाली ढंग से, गरिमा के साथ व्यक्त करता था। अलीक़ुल मीटिंगों में भाषण नहीं देता था, तटस्थ रहता था। यदि उसके सामने कोई बहस छिड़ जाती, तो वह मौन साधे रहता, कोई न कोई उचित बहाना बनाकर वहाँ से चले जाने की कोशिश करता। गाँव में उसका नाम ''चुप्पा अलीक़ुल'' रख दिया गया था, पर ये शब्द सम्मान के साथ ही कहे जाते थे...

श्रेष्ठ मीराब के यश ने बढ़िया बुलडोज़र की तरह अलीक़ुल का आगे का रास्ता साफ़ और समतल कर दिया। उसे सामूहिक फ़ार्म का मीराब बनाए जाने पर सबने इसे यथापेक्षित माना। अलतीनसायवासियों को लगता था कि अलीक़ुल पहले की तुलना में बिलकुल दूसरा व्यक्ति बनकर वापस आया है। काम वह दूसरों से बुरा नहीं करता था। बहुत से तो कपास-उत्पादक के काम में उससे उन्नीस ही पड़ते थे। रहता भी वह वैसे ही था, जैसे सब। वैसे उसका अतीत याद रखनेवाले लोग बदगुमानी से सिर हिलाया करते थे : ''यह तो चक्की के दो पाटों में से भी सही-सलामत निकल आए !'' किन्तु बाक़ी लोग, बहुमत उन्हीं का था, यही मानते थे कि नया मीराब ईमानदार, सीधा-सादा किसान है : ''यह तो बिलकुल गऊ है !''

क़ादीरोव आए दिन अलीक़ुल के यहाँ जाया करता था : सलाह करने, डींग हाँकने, अपने दुश्मनों की शिकायत करने, नज़ाकतख़ाँ के गीत सुनने, जिस पर वह वैसे ही नज़रें गड़ाए रहता था, जैसे दूध पर बिल्ली। एक बार अध्यक्ष अपने मीराब के पास सुलतानोव को लेकर आया। अलीक़ुल प्यारे मेहमानों की ठकुरसुहाती करने के लिए कोई क़सर छोड़ने को तैयार नहीं था। उसने गोश्त के सूप, लाल पुलाव, रसीले अंगूरों, ताज़ा, मीठे सरदे से, जिसकी भीनी-भीनी ख़ुशबू सारे कमरे में फैल रही थी, उनकी ख़ातिरदारी की। नज़ाकतख़ाँ ने नख़रीली अदाओं से कभी सुलतानोव की ओर, तो कभी क़ादीरोव की ओर देखते हुए उन्हें अपने श्रेष्ठ गाने गाकर सुनाए।

सुलतानोव भोजन से भी सन्तुष्ट हुआ, गानों से भी और गृहस्वामी से भी। उसके दूध-से सफ़ेद दाँत फुलझड़ी की चिनगारियों की तरह चमक रहे थे। अलीक़ुल को उसे प्रदान किए गए आनन्द के लिए धन्यवाद देते हुए सुलतानोव ने बड़ी उदारता से अपने शब्दाडम्बर की बगिया के फूलों से सजाकर एक पूरा भाषण ही दे डाला।

सुलतानोव ने खाने के बाद, जब ताप का स्थान सन्ध्यापूर्व की ठंडक ने ले लिया, कपास की फ़सल देखने की इच्छा व्यक्त की। गृहस्वामी और अतिथि, तीनों बढ़िया नस्ल के तेज़ घोड़ों पर सवार होकर भव्य जुलूस में कपास के खेतों की ओर रवाना हो गए। एक खेत के पास, जिसमें सुवानक़ुल की टोली काम कर रही थी, सुलतानोव ने असन्तुष्ट मुद्रा में भौंहें सिकोड़कर घोड़ा रोक दिया। खेत के एक छोर से दूसरे छोर तक हलरेखाएँ खिंची हुई थीं, पर मीराब ने शायद अपने अनुभव की कमी के कारण खेत में पानी भरने का फ़ैसला कर लिया था। सुलतानोव की तिरछी नज़र देखते ही अलीक़ुल जल्दी से घोड़े से उतर, बूट फेंक घुटने-घुटने पानी में घुस गया और उसने

नाली बन्द कर दी। इसके बाद खनिज खाद का एक ख़ाली पैकेट ढूँढ़कर मीराब ने उससे नलकी-सी बनाई, उसके तंग मुँह को खेत को नाली से अलग करनेवाले मिट्टी की जलापरोध में ठूँसकर पानी को सावधानीपूर्वक समान रूप से हलरेखाओं में छोड़ने लगा।

सुलतानोव को अलीक़ुल की चुस्ती बहुत अच्छी लगी। रकाबों में थोड़ा खड़ा हो हाथ को अभिनन्दन की मुद्रा में उठाकर उसने आवाज़ दी :

"शाबाश, मीराब !" और क़ादीरोव की ओर पलटकर बोला : "ऐसे लोगों की क़ीमत समझनी चाहिए, अध्यक्ष ! इनकी बेधड़क नेतृत्वकारी पदों पर तरक़्क़ी करनी चाहिए। तुम्हारे सामूहिक फ़ार्म ने कपास में हाथ हाल ही में डाला है, इसलिए कपास-उत्पादक विशेषज्ञों को सँभालकर रखो। हाथ और पैर पकड़कर रखो ! मेरे विचार में यह मीराब उर्वरता समिति के अध्यक्ष के पद के लिए सबसे योग्य उम्मीदवार है।"

इस बीच अलीकुल मीराब को आवश्यक निर्देश दे चुका था। नाली में हाथ धोकर, उन्हें चोग़े के पल्ले से पोंछकर उसने जूते पहने और अपने हमसफ़रों के पास लौट आया।

"शाबाश, मीराब !" सुलतानोव ने फिर उसकी प्रशंसा की।

अलीकुल ने चिन्तापूर्ण मुद्रा बनाकर विनम्र स्वर में कहा :

"कामरेड सुलतानोव, मैंने तो सिर्फ़ लापरवाह मीराब की ग़लती ठीक की है...क्योंकि सामूहिक फ़ार्म की रोटी ईमानदारी से मेहनत करके ही कमानी चाहिए !..."

खाने की मेज़ पर सुलतानोव के साथ हुई कुछ मुलाक़ातों के बाद अलीकुल उर्वरता समिति का अध्यक्ष बन गया। अब वह खेतों में विरले ही जाया करता था, लेकिन अलतीनसायवासियों को उसके डींग-भरे उपदेश अकसर सुनने पड़ने लगे, जो प्रायः इन शब्दों से शुरू होते थे : "हमारे यहाँ मिरज़ाचूल में तो..." अर्थ इसका यह होने लगा कि स्थानीय सामूहिक किसान मिरज़ाचूलवासियों से बहुत पीछे हैं, और केवल उर्वरता समिति का अध्यक्ष ही उन्हें सही ढंग से "मिरज़ाचूली पद्धति" से कपास की खेती करना सिखा सकता है। फिर भी अलीकुल लोगों के साथ सदा नम्र और मिलनसार रहा, और ऐसा कभी नहीं हुआ कि किसी सामूहिक कर्मी से मिलने पर वह मनोहारी शिष्टाचार के साथ उसका हाथ पकड़कर उत्साहवर्धक मैत्रीपूर्ण ढंग से न मुस्कराया हो।

अछूती धरती को कृषि योग्य बनाने की ख़बरों ने अलीकुल को चौकन्ना कर दिया : व्यर्थ की चिन्ताओं और दौड़-धूप की उसे ज़रूरत सबसे कम थी। लेकिन सामूहिक फ़ार्म की सभा में, जिसमें अछूती भूमि पर हमला बोलने की योजना पर विचार किया गया, वह मौन साधे रहा और उसने केवल ब्यूरो की बैठक के बाद ही क़ादीरोव को जुराबायेव व आयक़ीज़ के बारे में अपने विचारों से अवगत कराया, जो क़ादीरोव की सेवाओं की कोई परवाह किए बिना स्पष्ट रूप से उसकी जड़ काटने की कोशिश कर रहे थे...

अलीकुल समझता था कि उसकी ख़ुशहाली सुलतानोव और क़ादीरोव की ख़ुशहाली पर निर्भर करती है और दुर्भावना से आयक़ीज़ व उसके मित्रों को परेशान करने की योजना बना रहा था। उनकी ईमानदारी और उत्साह ग्रेनाइट की चट्टानों की तरह उसके शान्त व निश्चिन्त जीवन के मार्ग की बाधाएँ बने हुए थे।

आयक़ीज़ की सहायता से अलीकुल नज़ाकतख़ाँ को सामूहिक फ़ार्म के कार्यालय में एक अच्छे स्थान पर नियुक्त करवाने में सफल हो गया। उसने सुलतानोव को ''पटा'' लिया था, और उसके हाथ में एक और तुरुप का पत्ता आ गया था। और जब खेतों पर आँधी चली, तो अलीकुल का दिल द्वेषपूर्ण ख़ुशी से बाग़-बाग़ हो उठा।

फिर भी वह खुली मुठभेड़ से कतराता रहा। उसके पुराने यार ग़फ़ूर ने जब उसे बताया कि वह भानजी से बदला लेना चाहता है, तो अलीकुल ने व्यंग्यपूर्वक सिर हिलाया :

''अरे, अरे, बुरी बात सोची है तुमने, प्यारे। सिर्फ़ बेवकूफ़ ही बदले का रास्ता अपनाते हैं, '' फिर धीरे से बोला : ''एक बहुत अच्छी कहावत है, प्यारे : दुश्मन को दुशाले में लपेटकर मारना चाहिए।''

पन्द्रह

नहर के किनारे

जुराबायेव व सामूहिक किसानों के साथ मुठभेड़ के बाद क़ादीरोव इसी ''सान्त्वनादाता'' के पास गया था। कपास के खेतों का चक्कर काटकर वह नहर के किनारे-किनारे उस स्थान की ओर चल दिया, जहाँ अब अलीकुल कभी-कभी अपने दोस्तों के साथ हर खाने को लम्बी और शानदार दावत में बदलकर खाना खाया करता था। क़ादीरोव अक्सर ऐसी बेफ़िक्र मंडली में शामिल हो जाया करता था और उसे अपने दोस्तों के मेज़ पर दिलचस्प बातचीत का आनन्द लेते हुए नेक मेहनत के बाद तन व मन को इस पैमाने पर आराम देने में कुछ भी बुरा नज़र नहीं आता था।

धूप खौलते पानी की तरह कन्धों और पीठ को जला रही थी। किनारे पर फैली घास व फूलों से नशीली, उमसदार सुगन्ध आ रही थी। घोड़े की भीगी अयाल अस्त-व्यस्त हो रही थी। क़ादीरोव का चेहरा पसीने से तर-बतर हो रहा था, पर उसे गरमी की जैसे परवाह ही नहीं थी। उसके निचले माथे पर कई बल पड़ गए थे, दिमाग़ में कष्टकर विषादमय विचार चक्की के भारी पाटों की तरह घूम रहे थे...

क़ादीरोव को इतने कठिन प्रश्नों पर कभी इस तरह सिर खपाना नहीं पड़ा था। दुराग्रही विचारों के कारण सिर फटा जा रहा था, जबकि दिमाग़ में हठ, क्रोध व विकलता का भँवर उफान खा रहा था।

जुराबायेव के साथ हुई बहस से क़ादीरोव उद्विग्न हो उठा था। जुराबायेव ने उसे सबके सामने बच्चे की तरह फटकार दिया, और वह अध्यक्ष, केवल चुपचाप खड़ा आँखें झपकाता रह गया। वह सबके ख़िलाफ़ अकेला रह गया ! बूढ़ों तक ने उसका पक्ष नहीं लिया, जबकि उसकी सारी ज़िन्दगी उनकी आँखों के आगे गुज़री है। क्या वे भूल गए कि उसने कैसे कुलकों को बेदख़ल किया था, कैसे एक-एक ईंट चुनकर अलतीनसाय

का सामूहिक फ़ार्म बनाया था, कैसे खुद सामूहिक किसानों के घरों में समृद्धि और खुशी लाया था ? जुराबायेव और आयक़ीज़ नए जीवन के लिए आह्वान कर रहे हैं। लेकिन इस समय क्या अलतीनसायवासियों की ज़िन्दगी पहले से बुरी है ? पहले उनके खेतों में रोगिल गेहूँ ही उगा करता था, जबकि आज कपास खिल रही है, और यह सम्पदा सामूहिक फ़ार्म के लिए लम्बे अरसे के लिए काफ़ी रहेगी !...

सारा काम ढंग से चल रहा था : सामूहिक फ़ार्म की खेती शनैः-शनैः अगोचरता से जमती जा रही थी, क़ादीरोव ने पहले गेहूँ पैदा करना सीखा, फिर—कपास; सादगी से जी रहा था, वह व्यर्थ में दिमाग़ नहीं लड़ाता था, अपने अनुभव और ज्ञान में वृद्धि करते हुए रोज़ाना एक ही तरह का काम किया करता था; सारे सामूहिक किसानों के साथ मिल-जुलकर रहता था, और खुदा का शुक्र है, किसी ने उसे किसी का बुरा करते नहीं देखा...लेकिन नहीं, "जोशीले" लोग आ पहुँचे, गुल-गपाड़ा मचाने लगे ! वह अभी अलतीनसाय भूखंड में ज़बरदस्ती मिलाई गई परती ज़मीन में अपनी स्थिति का निर्धारण करने भी न पाया, उसके अनुसार अपने को ढाल भी न पाया, उसका आदी होने भी न पाया कि उसके मत्थे अछूती धरती मढ़ने लग गए। अछूती धरती !...निस्सीम स्तेपी में जान फूँकना मज़ाक़ थोड़े ही होता है। यह तो उफनती नदी में छलाँग लगा लेना ही है, पार कर भी पाएगा या नहीं—कुछ पता नहीं। तिस पर अगर उन लोगों ने अछूती धरती पर विजय पा भी ली, तो प्रशंसा आयक़ीज़ और जुराबायेव की होगी, और क़ादीरोव को कोई नहीं पूछेगा ! यश उन्हें मिलेगा और क़ादीरोव को—ठेंगा। उसकी कोई भी तो नहीं समझना चाहता ! उससे किसी ने भी सहानुभूति नहीं दिखाई ! लेकिन उसके नाम धरने में सब उस्ताद हैं : "क़ादीरोव सामूहिक फ़ार्म की प्रगति में रोड़े अटका रहा है। क़ादीरोव के विचारों को फफूँद लग गई है। क़ादीरोव सामूहिक फ़ार्म से ज़्यादा अपने को प्यार करता है !" केवल जानी दुश्मन ही गरमी को जाड़ा और साफ़ आसमान को बादलों से ढँका बताकर उस पर छींटे उछाल सकते हैं। कभी ऐसा होता भी है कि जिस आदमी ने सामूहिक फ़ार्म की स्थापना की हो, वही उसे पीछे घसीटे ? नहीं, वह ऐसी झिड़कियों के लायक़ नहीं था ! क़ादीरोव अपने सामूहिक फ़ार्म को प्यार करता है ! क्योंकि वह बिना सामूहिक फ़ार्म के अपने अस्तित्व की कल्पना भी नहीं करता; यह उसका सामूहिक फ़ार्म है, उसने सारी ज़िन्दगी कष्ट भोगकर यहाँ स्वामी होने का सम्माननीय अधिकार प्राप्त किया है और वह किसी को भी—हाँ, हाँ, कामरेड जुराबायेव !—किसी को भी इस अधिकार को पाँव तले नहीं रौंदने देगा।

घोड़ा आराम से नहर के किनारे-किनारे चल रहा था। धूप में मुरझाई घास उसकी टापों तले क्षीण स्वर में सरसरा रही थी...एकाएक घोड़ा ठोकर खा गया, अगले पैरों के बल गिर पड़ा, सवार के हाथ से लगाम छूट गई और वह स्वयं क़दमबाज़ के सिर के ऊपर से उछलकर धम्म से गरम ज़मीन पर जा गिरा। आज़ादी महसूस करते ही घोड़ा तत्क्षण पानी की ओर लपका और प्यास से तड़पते होंठ उसमें डाल जल्दी-जल्दी पानी पीने लगा।

अचानक गिरने से हक्का-बक्का हुआ क़ादीरोव काफ़ी देर तक होश में न आ सका, सिर किन्चित् पीछे किए, हथेलियाँ ज़मीन पर जमाए निरुद्देश्य सामने की ओर ताकता बैठा रहा। अन्त में वह कराहता हुआ उठ खड़ा हुआ, लुढ़की हुई टोपी उठाकर उससे फ़ौजी क़मीज़ व बूटों की धूल झाड़ी, आँखों तक खींचकर सिर पर पहनी और ऊँची घास में बड़ी मुश्किल से मिले चाबुक से बूटों पर फटकारता हुआ भयानक मुद्रा में घोड़े की ओर बढ़ा। घोड़े को स्वामी के अपने पास पहुँचने का पता भी नहीं चला। क़ादीरोव ने पानी में गिरी लगाम पकड़ी और झल्लाकर अपनी ओर खींची और घोड़े पर अपनी पूरी ताक़त से चाबुक मारा। घोड़ा एक ओर भागने लगा, लेकिन मालिक ने पूरे ज़ोर से लगाम खींच उसकी पसीने से तर पीठ पर फिर चाबुक फटकारा। क़ादीरोव केवल तुरन्त शान्त हुए निरीह पशु पर अपने प्रभुत्व से पूर्णतया सन्तुष्ट होकर, उस पर अपना सारा गुस्सा उतारकर काठी पर बड़ी मुश्किल से चढ़ा और उसे दुलकी चाल से दौड़ाता आगे चल पड़ा। घुड़सवारी से अध्यक्ष का चित्त शान्त हो गया। उसने जेब से नसवार की डिबिया निकाली, उसे काठी की नोक पर मारकर खोला और ज़बान के नीचे थोड़ा-सा नसवार रखकर मन-ही-मन अपने मित्रों और शत्रुओं से बातचीत करने लगा...

वाह रे, बेकबूता, तूने भी अध्यक्ष पर छींटाकशी की; लगता है तेरी याददाश्त भी तुझे धोखा दे गई है। तू जब नंगे पैर अलतीनसाय की धूलभरी गलियों में भागा करता था, क़ादीरोव तभी सामूहिक फ़ार्म के अध्यक्ष के पद पर आसीन था। जब तेरी माँ, भिखारिन विधवा की, जो रोटी के एक टुकड़े के लिए ज़मींदारों के दरवाज़े खटखटाया करती थी, हालत ख़राब हुई, तो क़ादीरोव ने सबसे पहले उसकी ओर मदद का हाथ बढ़ाया था और उसे खींचकर सामूहिक फ़ार्म में ले आया था। और तुझे खुद को टोली-नायक किसने बनवाया ? तू अपने अध्यक्ष की सारी नेकी का बदला नमकहरामी से चुका रहा है, उसे तबाह करने के इच्छुक लोगों की हाँ में हाँ मिला रहा है !

अकेला ग़फ़ूर आज क़ादीरोव की मदद को आया। लेकिन उससे, ग़फ़ूर से क्या फ़ायदा ?...क्योंकि वह तो हाल ही में जेल से छूटकर आया है, जहाँ वह चोरी के इलज़ाम में क़ैद था...काश, अध्यक्ष के पक्ष में किसी और ने आवाज़ उठाई होती...लेकिन सारे के सारे एक जैसे मिल गए : उसे दीवार से सटाकर अकृतज्ञ प्रतीक्षा करने लगे कि वह उनके पैरों में गिर पड़े और विनती करे : ''आदरणीय कामरेडो, अपनी विशाल योजनाएँ और विचार मुझ पर लाद दीजिए, मुझे चाँद तक उनसे ढक दीजिए।'' नहीं, कभी नहीं, वह अपनी मर्ज़ी से कभी फन्दे में अपना सिर नहीं डालेगाः सिर अभी आगे उसके काम आएगा। अभी तक तो तुम्हारा पलड़ा भारी रहा है, आगे देखते हैं...

घोड़ा आगे भागा जा रहा था, क़ादीरोव सोच में डूबा नसवार के नशे में काठी पर हचकोले खाता जा रहा था। अचानक उसका चेहरा खिल उठाः उसे नहर के किनारे पर लम्बी-चौड़ी सरकंडे की झोंपड़ी में अपने दोस्त दिखाई दे गए। वे घास पर खाने के आगे बैठे ही थे; वहाँ अलीकुल था, रोज़ी-पहलवान भी, अलीकुल की खूबसूरत बेटी

नज़ाकतख़ाँ थी, जो अध्यक्ष को अरसे से पसन्द आ चुकी थी। और लम्बोतरे चेहरे और काली दाढ़ीवाला मुल्ला-सुलैमान भी। हल्की टाप सुनकर सबने पलटकर देखा और अध्यक्ष का अभिवादन करते उठ खड़े हुए मुल्ला-सुलैमान ने घोड़े से उतरने में उसकी मदद की, और क़ादीरोव पीठ में पीछे से छुरा न भोंकनेवाले, उसे जोखिमभरे कामों में न फँसानेवाले अपने सच्चे दोस्तों के बीच पहुँच गया। यहाँ उसे आराम मिला और जानी-पहचानी शान्ति महसूस हुई। वह आराम से ज़मीन पर बिछाई हुई खुरजीं पर बैठ गया, जिस पर भूख जगाती नान, ताज़ा खीरे, टमाटर, लाल व काली मिर्चें, हरा प्याज़, पिछले साल के बचे अनार और ज़ीरे की खुशबू छोड़ता चर्बीदार भेड़ का ठंडा मांस (रोज़ी पहलवान फ़ार्म से लगभग पूरी लोथ ही उठा लाया था !) सजाए हुए थे।

"निस्संदेह लम्बी उम्र पाओगे, अध्यक्ष !" रोज़ी-पहलवान ने ज़िन्दादिली से टिप्पणी की। "ठीक खाने के वक़्त पर पहुँचे हो। हमने अभी खाना शुरू नहीं किया है। बातचीत और खूबसूरत नज़ाकतख़ाँ के गानों से दिल बहला रहे थे।"

क़ादीरोव की दाईं ओर बैठी नज़ाकतख़ाँ ने रोज़ी-पहलवान के कथन की पुष्टि करते हुए अपनी नाज़ुक उँगलियों से दुतार के तार छेड़ दिए, जिसे वह अपने साथ लाई थी, और नटखट अदा से अध्यक्ष की ओर देखा।

"अपनी बेटियाँ ऐसे दूल्हों को ब्याहनेवाले माँओं को अपने को दुनिया में सबसे ज़्यादा खुशनसीब महसूस करना चाहिए !..."

"अरे, अरे, बस भी कीजिए," क़ादीरोव ज़बरदस्ती मुस्कराकर कह उठा। "सासों की खुशनसीबी से पेट नहीं भरता !"

"सुभान-अल्लाह !" अलीक़ुल ने अपना सुर मिलाया और सीने पर हाथ रखकर विनोदपूर्ण औपचारिकता के साथ कहने लगा : "हम क़सम खाकर कहते हैं, अध्यक्ष, कि हमारे पेट में चूहे दौड़ रहे हैं। हम सब हमला बोलने के लिए बेताब हैं ! रोज़ी-पहलवान, ज़रा गोश्त इधर बढ़ाना।"

अलीक़ुल चमड़े की काली म्यान में से चाक़ू निकालकर बड़ी कुशलता से चर्बीदार, खुशबूदार भेड़ के मांस के छोटे-छोटे टुकड़े काटने लगा। मुल्ला-सुलैमान ने सब्ज़ियाँ सँभाल लीं। उसके चाकू तले से बड़ी-सी रकाबी में टमाटरों, खीरों और प्याज़ के गोल-गोल टुकड़े कटकर गिरने लगे। और रोज़ी-पहलवान रहस्यपूर्ण मुद्रा में उठकर अपने सहभोजियों को आँख मार नहर के पास पहुँचा और आकाश की ओर उठाए हाथों में ब्रान्डी की बोतल व आश्चर्यजनक रूप से मुल्ला-सुलैमान के लम्बोतरे सिर से मिलता-जुलता सरदा उठाए—उसमें केवल काली बुच्ची दाढ़ी की ही कमी थी—बड़ी शान से लौट आया।

बोतल और सरदे से पानी टपक रहा था, जबकि रोज़ी-पहलवान के मुखारविंद से बेतरतीब मज़ाक़ों के साथ-साथ चापलूसी भरे शब्दों की झड़ी लगी हुई थी :

"यह मेरी तरफ़ से है, प्यारे दोस्तो। सरदा मैंने ख़ास तौर से हमारे मोहतरम अध्यक्ष के लिए उगाया है। मैंने लड़की की तरह उसका ख़याल रखा है ! और फिर मैंने उसकी

दोस्ती बाँके कप्तान से कराने का फैसला किया, जिसका नाम है—चार सितारोंवाली ब्रान्डी !'' उसने बोतल हवा में हिलाई और अपनी जगह पर बैठते हुए आशा बँधाते हुए आगे कहा : ''राज़ की बात बताऊँ, वहाँ, ठंडे पानी में इसकी एक ओर सहेली छिपाकर रखी हुई है...''

''वाह कितना मीठा सरदा है !'' क़ादीरोव ने तारीफ़ की।

''कहते हैं: सरदा सुबह खाना चाहिए, नहीं तो वह कड़वा लगेगा, ज़हर जैसा ! लेकिन मनुष्य तो, दोस्तो, प्रकृति का स्वामी है। और रोज़ी-पहलवान ने कहाः सुबह हो जा ! सरदे को शीतल जल में रख दिया, और सरदे में सुबह की ताज़गी आ गई ! ताज़ा सरदे का बासी से क्या मुक़ाबला ! आख़िर हमें इसकी जानकारी है, आदरणीय अध्यक्ष, हाँ, हाँ, जानकारी है !''

''शाबाश, रोज़ी-पहलवान,'' अलीक़ुल ने किन्चित् ईर्ष्या सहित अपने मित्र की प्रशंसा की। ''हर बात का पहले से ही ध्यान रखता है। हमेशा आगे की सोचता है !''

प्रशंसा से उत्साहित होकर रोज़ी-पहलवान और जीवंतता से बोलने लगा :

''मैं तो, दोस्तो, आन्तरिक प्रेरणा पर भरोसा रखता हूँ। यदि तुम्हें आन्तरिक प्रेरणा मिलती है, तो बेधड़क जोखिम उठा सकते हो ! मुझे याद है, वसन्त में हमारे अध्यक्ष ने मुझसे उसके लिए गाय ख़रीदने को कहा था। मैं फ़ौरन बाज़ार रवाना हो गया। मुझे एक गाय पसन्द आ गई। नसल का पता नहीं, कितना दूध देती है—पता नहीं, कौन-सा चारा पसन्द करती है—इसका भी पता नहीं। दोस्त मेरा इरादा बदलने के लिए मनाने लगे : भाड़ में जाने दो इस काम को। लेकिन मैं सोचने लगा : अब हो सो हो, सतर्क व्यक्ति जब तक सोचता रहता है, निर्भीक अपनी सोची कर गुज़रता है ! मैंने गाय ख़रीद ली और आज उसके बछड़ा हुए तीन दिन हो चुके हैं। रोज़ाना एक बाल्टी दूध देती है। और वह भी कैसा ! जगमग-जगमग करता रहता है, जैसे तारों भरा आसमान ! झाग को फूँक मारते ही निरी चिकनाई नज़र आती है। इसलिए अब तुम्हें मिठाई खिलानी होगी, अध्यक्ष !''

क़ादीरोव ने जी भरके हँसने के बाद रोज़ी-पहलवान का कन्धा थपथपाया।

''आदमी नहीं, हीरा है ! हर चीज़ के लिए तुम्हारा शुक्रिया, प्यारे !''

''हाँ, जानकारी रखते हैं हर चीज़ की !...'' डेयरी के प्रबन्धक ने शेख़ी बघारते हुए कहा। ''अब हम इस फ़ायदेमंद ख़रीदारी की ख़ुशी में गला तर करेंगे !'

उसने बड़ी फुरती से हाथ मारकर बोतल का डाट हटा दिया। ब्रान्डी हिली तक नहीं। चित्रित काँच के गिलासों को भरकर रोज़ी-पहलवान ने क़ादीरोव को सम्बोधित किया :

''तुम आज कुछ उदास हो, अध्यक्ष...हँस रहे हो, पर आँखों में गुस्सा झलक रहा है। छिपाओ मत, दोस्त, यहाँ सब अपने हैं।''

क़ादीरोव ने बिना उत्तर दिए अपनी ब्रान्डी पी डाली, भेड़ के मांस का एक टुकड़ा मुँह में डाला और अगले जाम के लिए बायाँ हाथ बढ़ाकर और ब्रान्डी ढाल ली। उसका

चेहरा तमतमा उठा, आँखों में भयावह लालिमा छा गई। अलीकुल ने जल्दी से टमाटर और खीरे की रकाबी उसकी ओर सरका दी, उन पर खूब सारी मिर्च छिड़क दी और काँटे से कई टुकड़े उठाकर अध्यक्ष को दे दिए। ग्रास चबाते हुए क़ादीरोव बड़बड़ाया:

"गुस्सा नहीं आएगा...पहले तो जवान मुर्ग़ों से ही बचाव करना पड़ता था, लेकिन आज तो खुद जुराबायेव से ही झड़प हो गई ! वे अछूती धरती का अपना राग अलापते फिरते हैं, और उनके सुर में सुर न मिलाओ—शोर मचाने लगते हैं !"

"अरे, प्यारे, कुत्ते के भोंकने से हाथी नहीं डरता !" अलीकुल ने कहा। "तुम भी तो पीछे नहीं रहे ना ?"

"बहस करते-करते मेरा गला बैठ गया...लेकिन उन्हें कोई क़ायल कर सकता है ! एक ही रट लगाते रहे: हज़ार काम एक साथ ही करने चाहिए ! कोई उन्हें ज़रा समझाकर तो देखे !..."

"शायद उन्हीं के बारे में कहा गया है : जो बिन सहारे खेले जुआ, आज न मुआ, कल मुआ," रोज़ी-पहलवान ने टिप्पणी की।

"पर वे तो जिए ही जा रहे हैं। मज़े में ! और इसके अलावा दूसरों के लिए कुआँ खोद रहे हैं। आप लोगों ने ज़रा सुना होता, उन्होंने मुझे कैसी-कैसी सुनाई: कहने लगे, 'तुम आलसियों का पक्ष लेते हो !' यानी आलसी आप लोग हैं ! मेरे सबसे अच्छे मददगार, सबसे भरोसेमंद सहारे ! और मुल्ला-सुलैमान, तुम्हारी तो धज्जियाँ ही उड़ा दीं। किसानों ने मुर्ग़ी की तरह तुम्हारे पर नोच डाले। उन्होंने सारी बातों का हवाला दिया : चालीसे का भी और न जाने किन-किन बातों का..."

मुल्ला-सुलैमान खुले मुँह तक भेड़ के गोश्त का टुकड़ा ले जाए बिना स्तंभित बैठा रह गया। उसकी काली गोल-मटोल भौंहें ऊपर को उछलीं; बड़ी और भेड़ सरीखी मूर्ख आँखें नीचे की ओर खिंच गईं—इससे उसका चेहरा और अधिक लम्बोतरा हो गया।

और क़ादीरोव झल्लाकर अपने सम्भाषियों की ओर देखता बोलता गया:

"सबसे ज़्यादा नुक़सान तो बेशक आयक़ीज़ को हुआ। कहती है : 'सुस्त टोली-नायकों को निकाल बाहर करो, और उनकी जगह औरतों को लगाओ'।"

"मिसाल के तौर पर किसे लगाने को कह रही थी ?" अलीकुल ने कुछ मक्कारी के साथ कुतूहल दिखाया।

"उन्होंने कहा—मेख़री को ! उस छोकरी को, जिसके मुँह से दूध की बू आती है ! करीम उसके लिए ऐसे जान दे रहा था कि सुनकर नफ़रत हो रही थी।"

"अहा करी ऽऽ म !" नज़ाकतखाँ ने अर्थपूर्ण स्वर में कहा। "मैं उसे अकसर मेख़री के साथ देखती हूँ।" उसने एक ठंडी साँस ली। "उनमें प्यार जो है।"

"मैं कहता हूँ, उन्हें बिलकुल शर्म नहीं आती है !" अलीकुल ने गुस्से में कहा। "इनका सबके सामने इश्क़ लड़ाने से पेट नहीं भरता, अब यह छोकरा अपनी हूर के लिए हर तरह की रिआयतें भी हासिल करने लगा है। ज़रा सोचिए तो, दोस्तो, हमारे मोहतरम मुल्ला-सुलैमान की जगह कोई चुलबुली हुक्म चलाया करेगी ! थू !...खुदा बचाए

ऐसी बेइज़्ज़ती से...'' उसने क़ादीरोव की ओर मुड़कर सख़्ती से पूछा ''और तुम चुप रहे, अध्यक्ष ?''

क़ादीरोव का चेहरा और ज़्यादा तमतमा उठा :

''तुम अपने अध्यक्ष को ठीक से नहीं जानते हो, मेरे भाई ! मुझे जब कुछ कहना होता है, तो मैं अपने सगे बाप को भी नहीं बख़्शता। मैंने उन्हें चेतावनी दे दी : 'हर बात के लिए जवाबदेह ख़ुद ही होगे !' मैंने कहाः 'मैं अपने वफ़ादार दोस्तों पर अत्याचार नहीं होने दूँगा !' '' वह भड़क उठा और अपने मन में घुट रही बातें तथा हाल ही में आयक़ीज़ व जुराबायेव के साथ हुई बहस में जो न कह पाया था, सब उगलने लगा। ''मैंने कहाः 'मेरे दोस्तों पर कीचड़ उछालने का मतलब मुझ पर, यानी क़ादीरोव पर कीचड़ उछालना है ! और मैं अपनी प्रतिष्ठा पर आँच नहीं आने दूँगा, कामरेड जुराबायेव ! मैं बीस साल से ज़्यादा सामूहिक फ़ार्म का संचालन कर रहा हूँ ! आप लोग मुझे धकेल बाहर नहीं कर सकेंगे, मेरी जगह अपने चहेतों को नहीं बिठा सकेंगे। क़ादीरोव की जड़ें हज़ार बरस पुराने चिनार जैसी मज़बूत हैं।' ''

क़ादीरोव ने सहसा मौन होकर सिर झुका लिया, बैल की तरह फुफकारा। अलीकुल ने दूसरी बोतल में से, जिसे मुल्ला-सुलैमान ले आया था, भरा गिलास उठाया। सबके मौन को भंग करते हुए उसने सविनय प्रशंसा के साथ कहा :

''जो जुराबायेव से इस तरह से बात कर सकता है, उसका दिल शेर का समझो !''

नज़ाकतख़ाँ अपनी दोनों हथेलियाँ अध्यक्ष के कन्धे पर रखकर, उसकी आँखों में झाँककर फुसफुसाई :

''शेर का दिल तो आपका ही है, अध्यक्ष !...आपका ही है !''

क़ादीरोव ने मौन साधे उसके हाथों पर हाथ फेरा और अपने फ़ौलादी गले में ब्रान्डी का बड़ा-सा जाम उलट लिया।

आज आनन्द नहीं आ सका...और जब हवा से बातें करते साइकिल पर आलिमजान खाना खा रहे लोगों के पास पहुँचा, उसने उन्हें सोच में खोया और उदास पाया...उनके उतरे हुए चेहरे देखकर आलिमजान किन्चित् मुस्करा दिया। वह सबको स्वाद से खाने की कामना करके क़ादीरोव को बुलाकर एक ओर ले गया।

''आप लोगों ने यह दावत बेमौक़े की है, अध्यक्ष।''

''हूँ,...तुम हमें कहीं भूखे रहने का आदेश तो नहीं देने जा रहे हो, पार्टी-संगठनकर्त्ता ? हम खाने के समय सामूहिक फ़ार्म के महत्त्वपूर्ण मामलों पर विचार कर रहे हों, तो ?''

आलिमजान ने नज़ाकतख़ाँ की ओर सिर हिलाकर संकेत किया : ''और यह ?''

''मोहतरम अलीकुल की बेटी हमारे लिए खाना पकाने को राज़ी हो गई थी...हमें इस काम के लिए बिलकुल भी फ़ुरसत नहीं है।''

''कोई बात नहीं, यह तो मैंने यों ही कह दिया। पर मैं आया हूँ इस काम से। हम कामरेड जुराबायेव के साथ कुछ समय पहले ''मई दिवस'' सामूहिक फ़ार्म में गए

थे। जुती हुई अछूती धरती इस साल बेकार न पड़ी रह जाए, इसलिए मई दिवसवालों ने उसमें मकई बोने का निश्चय किया है। मैंने भी सोचाः इरादा अच्छा है ! शाबाश, मई दिवसवालो !''

''तुमने यह 'मई दिवसवालों' की क्या रट लगा रखी है !'' क़ादीरोव ने खीजकर उसे टोक दिया। ''मुझे उनसे क्या मतलब ?''

''उनसे मतलब यह है कि हमें उनके अनुभव का लाभ उठाना चाहिए।''

''लाभ उठाना चाहिए ? यानी अगर कोई कुएँ में कूद पड़े, तो क्या हमें भी उसमें कूद पड़ना चाहिए ?...नहीं, आदरणीय पार्टी सचिव ! तुम यह मत सोचो कि तुम डाल पर बैठे हो, और मैं पत्ते पर !...क़ादीरोव का अपना दिमाग़ भी काम करता है। क़ादीरोव किसी और की अक़्ल के सहारे जीने को तैयार नहीं हो सकता ! मैं अछूती धरती में मकई नहीं बोऊँगा !'' उसने आँखें सिकोड़ीं और डाहभरी ख़ुशी के साथ बोलाः ''उसमें तो...हा-हा...वैसे ही रेत बो दी गई है !...''

आलिमजान ने क़ादीरोव की चुभती हुई टिप्पणी अनसुनी करके उत्तेजित स्वर में कहाः

''तुम समझ लो, अध्यक्ष, इससे हम कितना फ़ायदा उठा सकते हैं ! हमारी पशुपालन से होनेवाली आय ज़्यादा नहीं होती। चारे का भंडार बनाने की बात तो हम बिलकुल ही भूल गए हैं। दूसरे सामूहिक फ़ार्म सैंकड़ों टन हरा चारा जमा कर रहे हैं, जबकि हमारे पास एक ग्राम चारा तक नहीं है ! रोज़ी-पहलवान गायों को भूसा खिलाता है, हालाँकि, मैं देखता हूँ, वह ख़ुद बढ़िया ख़ुराक पसन्द करता है !...इसलिए हमारी गायें बकरियों से भी कम दूध देती हैं। मैं तुमसे कबसे कह रहा हूँ : हमारे यहाँ पशुपालन की हालत बहुत ख़राब है। हमें नए फ़ार्म बनाने और चारा बचाकर रखना चाहिए। और तुम्हें ग़म से ही फ़ुरसत नहीं मिलती ! चलो कम-से-कम अब तो हमारी ग़लती—हाँ, हमारी, क्योंकि बहुत-सी बातों का मैं भी दोषी हूँ, सुधार लें। लगता है तुम पर बोझ कम ही पड़ा है।''

''तुम और पूरी तरह मेरी गरदन पर सवार हो जाओ !'' क़ादीरोव गुर्राया और जैसा कि उसके साथ होता था, जब वह किसी से झगड़ता था, उसकी भौंहें तन गईं, गरदन पर पसीना आ गया और माथे पर मोटे-मोटे बल पड़ गए।

''बेकार ग़ुस्सा करते हो, अध्यक्ष,'' आलिमजान ने मित्र-भाव से कहा। ''क्योंकि हमारे लोगों और सामूहिक फ़ार्म के लिए इस साल ज़्यादा दूध का उत्पादन करना बेहतर होगा।''

क़ादीरोव ने नफ़रत से होंठ फुलाए और द्वेषपूर्ण, दुरूहढंग से दाँत निपोड़ेः

''मेरे ख़याल से तुम हो बड़े तेज़ ! तुम्हें कपास भी दो, दूध भी, अछूती धरती भी और मकई भी ! एक तीर से एक साथ दो नहीं, कई शिकार करना चाहते हो !''

''माना, पर तीर-कमानों का ज़माना तो बीत चुका है, '' आलिमजान ने आपत्ति की। ''आज हम बेहतर हथियारों से लैस हैं। इसलिए, अध्यक्ष, दिल छोटा करने की

ज़रूरत नहीं है। लगभग सारे काम मशीन-ट्रैक्टर-स्टेशनवाले पूरे कर रहे हैं, तुम्हें तो सिर्फ़ पौधों की सँभाल के लिए छोटी-सी टोली देनी पड़ेगी। और रोज़ी-पहलवान साइलो-गर्त तैयार कर लेगा, यह उसी की ज़िम्मेदारी है।''

''क्यों नहीं, क्यों नहीं,'' क़ादीरोव ने म्लान व्यंग्य के साथ कहा। ''तुम्हें न जाने क्या-क्या सूझती रहती है, और पसीना मैं बहाता रहूँ !...यानी तुम तो विधान-निर्माता सत्ता हो, और मैं कार्य-कारिणी। मुझे केवल आज्ञापालन करना और तुम्हारे निर्देशों को कार्यरूप में परिणत करना चाहिए...''

आलिमजान ने केवल क्लान्त निराशा के साथ एक ठंडी साँस ली।

''तुम बड़े टेढ़े हो गए हो, अध्यक्ष...फिर मुँह फुला लिया, फिर अपना बिल ढूँढ़ने लगे। क्योंकि जुराबायेव ने तो तुम्हें बुलाया था, पर तुम्हीं ने हमारे साथ जाने से इनकार कर दिया। और आज हमने प्राथमिक तौर पर सारी बातें तय कर लीं।''

''ये 'हमने' किसने ?''

''कामरेड जुराबायेव, ग्राम सोवियत के अध्यक्ष और सामूहिक फ़ार्म के पार्टी-संगठन के सचिव की हैसियत से मैंने।''

''क्या ! ग्राम सोवियत की अध्यक्षा—तो आयक़ीज़ ही है ना ?''

''हाँ, आयक़ीज़...''

''तब फिर तुम्हें कहना चाहिए था : मैं और मेरी पत्नी।''

आलिमजान ने विस्मय से कन्धे उचकाए :

''ठीक है, यही सही : मैं और मेरी पत्नी। हम सब सारी बातों पर विचार करके इस निष्कर्ष पर पहुँचे : सामूहिक फ़ार्म अछूती धरती में कपास की बोवाई करने से पहले उसमें मकई पैदा कर सकती है। काम यह बहुत भारी नहीं है, पर साथ ही बहुत लाभदायक है। मैंने मीटिंग न बुलवाने का फ़ैसला किया, काम ज़ोरों पर है, बोवाई का मौसम है, लेकिन मैंने टोली-नायकों से सलाह कर ली है। सब इसके पक्ष में हैं। बस तुम्हारी राय बाक़ी रह गई है।''

''टोली-नायकों से सलाह किसलिए की ?'' क़ादीरोव ने नाराज़ होने की तैयारी में शक्की स्वर में पूछा। ''आख़िर उन्हें तो तुम्हारी मकई से कोई वास्ता पड़ना नहीं है !''

''कुछ भी हो, उनकी राय जानना ज़रूरी था। टोली-नायक—सामूहिक फ़ार्म का दिल होता है !''

क़ादीरोव गुस्से के मारे हाँफने लगा; अब उसके माथे पर भी पसीने की मोटी-मोटी बूँदें उभर आईं।

''तो...यह बात है...यानी तुम मेरे पास सबसे आख़िर में आए हो ? यानी मेरी सामूहिक फ़ार्म के अध्यक्ष की कोई क़ीमत ही नहीं है। सामूहिक फ़ार्म के खेत का डरावा हूँ ! सामूहिक फ़ार्म का चौकीदार हूँ !...यही मतलब लगाऊँ तुम्हारी बातों का ?''

आलिमजान ने क़ादीरोव की ओर ध्यानपूर्वक देखकर कुछ सोचते हुए व्यंग्यपूर्ण और किन्चित् दया-भाव से सिर हिलाया। अध्यक्ष को क़ायल करना इस समय व्यर्थ था।

मूर्खतापूर्ण नाराज़गी, दुराग्रही महत्त्वाकांक्षा ने उसकी आँखों पर परदा डाल दिया था और उसे सब टेढ़े-मेढ़े शीशे की तरह उलटा दिखाई दे रहा था।

"तो, सुनो, अध्यक्ष," आलिमजान से शुष्क व दृढ़ स्वर में कहा। "कोई तुम्हारे अधिकारों का हनन नहीं करने जा रहा है। लेकिन लगता है तुम भूलने लगे हो कि तुम्हारी कुछ ज़िम्मेदारियाँ भी हैं...तुम अगर अपने अपमान और अपनी प्रतिष्ठा को लेकर कुढ़ने के बजाए यह सोचो कि चारे की सफलतापूर्वक बोवाई कैसे की जाए, तो ज़्यादा अच्छा रहेगा। पार्टी-संगठन इस काम पर नज़र रखेगा।"

साइकिल पर सवार होकर उसने क़ादीरोव की ओर पलटकर, जो किंकर्त्तव्यविमूढ़ हुआ खड़ा रह गया था, चेतावनी दी :

"मैंने जो बात तुमसे कही है, वह पार्टी का निर्देश है, ध्यान में रखो।"

कादीरोव बिना सिर उठाए धीरे-धीरे झोंपड़ी की ओर चल दिया...उसके मित्रों में फीकी चुप्पी छाई हुई थी। क़ादीरोव पर आतुर और प्रश्नात्मक निगाहें टिक गईं। उसने धम्म से अपनी जगह पर बैठ सलाद की रकाबी में काँटे से उलटा-पलटा और उसे गुस्से में इतने ज़ोर से खुरजीं पर दे मारा कि वह कई बार उछला, फिर चीख़ा :

"चुप क्यों हो ? क्या तुम्हें साँप सूँघ गया है ? तुम्हारे अध्यक्ष को कीचड़ में गिराकर रौंदे जा रहे हैं, रौंदे जा रहे हैं और तुम सब मुँह बाए बैठे रहे !"

अलीकुल झिझकते हुए खाँसा और दोषी की तरह .ख़ुशामदी ढंग से मुस्कराया :

"तुम्हें रौंदने के लिए तो, अध्यक्ष, हिन्दुस्तान के सारे हाथियों की ज़रूरत पड़ेगी...ही-ही...तुम हम पर भरोसा रखो, अध्यक्ष...हम तुम्हें मुसीबत में अकेला नहीं छोड़ेंगे। तुम पर चाहे जैसी गुज़रे, हम हमेशा मदद करेंगे। कथनी से भी और करनी से भी। हम—तुम्हारी, और तुम—हमारी...ही-ही..."

उसी समय ग़फ़ूर खाना खा रहे लोगों के पास पहुँचा। क़ादीरोव उसकी ओर तिरछी नज़र देखकर गुस्से से बड़बड़ाया :

"तुम अपना इन्तज़ार करने के लिए मजबूर करते हो, टोली-नायक..."

ग़फ़ूर ने हाथ झटकार दिए :

"आप क्या हमारे टोली-नायक को नहीं जानते हैं ? हमारी नाक में दम कर रखा है उसने ! उसके, कहना चाहिए, मुँह पर थूकते हैं, पर वह अपमानियों की जी-हुजूरी करता रहता है...कपास को बचाने के लिए एड़ी-चोटी का पसीना एक कर रहा है। यह कपास सिर्फ मेरी अनमोल भानजी की बदौलत आँधी से बच सकी है; अल्लाह उसे ढेर सारे बच्चे बख़्शे, जिससे वह दूसरों के मामले में टाँग न अड़ा सके। टोली-नायक को इन सारे कामों की फ़िक्र ही नहीं करनी चाहिए : बहादुरी दिखानेवाले जैसे चाहें वैसे अपनी सफ़ाई पेश करते रहें। पर वह है कि उनके इशारों पर नाचे जा रहा है : न खुद कुदाल छोड़ता है, न दूसरों को दम लेने की फ़ुरसत देता है !"

"कम-से-कम तुम्हें तो नहीं देगा..." क़ादीरोव ने व्यंग्यपूर्वक खीसें निपोड़ीं।

"अरे, अरे, अध्यक्ष, कम-से-कम तुम तो मुझ पर चोट मत करो ! मैं तो तुम्हारे

लिए सब कुछ कहने को तैयार हूँ।''

अलीक़ुल ने गिलासों में बाक़ी बची ब्रान्डी डाल दी। रोज़ी-पहलवान ने जल्दी से सरदा काटकर सबके आगे एक-एक सुगन्धित, चमचमाता अर्द्ध-चन्द्राकार श्वेत टुकड़ा रख दिया :

''दोस्तो, मैं चाहता हूँ कि हम अच्छे मूड और मेरे सरदे को ज़रा नज़दीक से जानने के नाम पर एक छोटा-सा जाम पिएँ।''

''अब अध्यक्ष ज़रा खुद बताएँ कि आलिमजान ने, ही-ही...किस बात से उनका दिल खुश किया है।''

क़ादीरोव ने सरदे के मुलायम गूदे में दाँत गड़ाकर छिलके तक साफ़ कर दिया और उसे एक ओर फेंककर दोस्तों को खीजकर अरुचिकर तिरस्कार से विषण्ण हुई आँखों से घूरा।

''खुशी बहुत कम हासिल हुई। आपका अध्यक्ष अब फूटी कौड़ी का भी नहीं रहा !'' उसने सरदे की एक और फाँक का दुश्मन की तरह सफ़ाया कर दिया और कटु मुस्कान के साथ आगे बोला : ''मैं तो बेवकूफ़ हूँ, सोचता रहा : मैं—सामूहिक फ़ार्म का मुखिया हूँ ! ठीक ही कहा है किसी ने : घर की मुर्ग़ी दाल बराबर। मालूम पड़ा, हमारे असली मुखिया तो टोली-नायक हैं। आलिमजान ने यही कहा : टोली-नायक सामूहिक फ़ार्म का दिल होता है !'' क़ादीरोव ने गुस्से में खुरजीं पर मुक्का मारा और जवाब तलब करते हुए पूछा : ''फिर मैं क्या हूँ ? टोली-नायक तो सामूहिक फ़ार्म का दिल हो गया, और अध्यक्ष—कुछ नहीं। कलेजा, तिल्ली, आँतें ? काटिए और फेंक दीजिए !'' वह खुद पर तरस खाकर रोते-रोते रह गया और कटु स्वर में बोला ''आख़िर कोई यह कैसे सह सकता है ? ऐसे बरताव के बाद कैसे काम करे ? हाथ ही नहीं चलेंगे...''

अलीक़ुल ने आकाश की ओर आँखें उठाईं और चापलूसी करते हुए सहानुभूति प्रकट की :

''हमारा दिल दुखता है तुम्हारे लिए, अध्यक्ष...हम देख रहे हैं कि आलिमजान की बात तुम्हारे दिल में ज़हर में बुझे ख़ंजर की तरह लगी है।''

''देखते रहिए !'' क़ादीरोव ने द्वेषपूर्ण धमकी देते हुए उसकी बात काट दी। ''देखते रहिए, वे आप लोगों को भी नहीं छोड़ेंगे। इस अछूती धरती के मारे फूट-फूटकर रोओगे ! ख़ास तौर से तुम, अलीक़ुल !''

अलीक़ुल चूहेदानी में फँसे चूहे की तरह आँखें चारों तरफ़ चकर-मकर करने लगा।

''आख़िर मैं किस लिए, आदरणीय अध्यक्ष ?''

''तुम उर्वरता समिति के अध्यक्ष हो। इस साल की फ़सल के लिए मैं और तुम दोनों ही जवाबदेह हैं।''

अलीक़ुल सोच में पड़ गया। फिर उसने मुल्ला-सुलैमान को सम्बोधित करते हुए दिलचस्पी दिखाई :

"तुम्हारे खेत में तो कपास ठीक हो गई है ना ?"

"कहाँ से होगी ! लोग कम हैं। अच्छे कपास-उत्पादक तो निर्माण-टोली में चले गए।

"और बाक़ी बचे बाज़ार में मौज कर रहे हैं ?"

"अरे नहीं...धीरे-धीरे काम कर रहे हैं..."

अलीकुल ने व्यंग्यपूर्वक आँखें सिकोड़ीं:

"अगर मेरी आँखें मुझे धोखा नहीं देती हैं, तो टोली-नायक हाथों में मज़बूती से ब्रान्डी का जाम पकड़े टोली को लेकर हमला बोलता है !...नहीं, ऐसे नहीं चलेगा, भई...यह याद रखो : तुम्हारे सारे किसान ईमानदार कामगार हैं और कपास को बचाने के लिए अपनी बची-खुची ताक़त लगाने में कोई क़सर नहीं छोड़ रहे हैं। और तुम खुद भी आँखों में रातें काटते हो, पलक से पलक नहीं लगाते होः बिनबुलाई मुसीबत से कैसे छुटकारा पाया जाए ? लेकिन तुम्हारे पास लोगों की कमी है। जैसे सूरज ज़मीन की नमी सोख लेता है, रोग आदमी को कमज़ोर बना देता है, वैसे ही अछूती धरती ने तुम्हारी टोली का सारा खून चूस लिया, उसकी ताक़त ख़तम कर दी। बहादुर किसान कमरतोड़ मेहनत कर रहे हैं, फिर भी आँधी से गिरी हुई कपास को किसी तरह ठीक नहीं कर पा रहे हैं...और हमारे खेतों में अनमोल सफ़ेद सोना बरबाद हुआ जा रहा है, बरबाद हो रहा है, उन लोगों की ग़लती से, जिन्होंने बेमौक़े और अपनी ताक़त न आँकते हुए, सस्ते में नाम कमाने के लिए, एक बार में ही अभेद्य क़िले—रेगिस्तान को फ़तह करने की ठान ली..."

सब मन्त्रमुग्ध-से अलीकुल की बात सुनते रहे। मुल्ला-सुलैमान अपनी उभरी हुई आँखों से सीधा वक्ता के मुँह में देख रहा था। क़ादीरोव व ग़फ़ूर के चेहरों पर निराशाजनक मूर्खतापूर्ण एकाग्रचित्तता व्याप्त थी। केवल रोज़ी-पहलवान माथा सिकोड़े चालाक बूढ़े का इशारा समझने की कोशिश करता रहा था। अलीकुल श्रोताओं पर पड़े प्रभाव से सन्तुष्ट होकर तत्परता से बोलाः "यही लिखेंगे !"

"हम यही लिखेंगे, प्यारे..."

सबसे पहले रोज़ी-पहलवान को होश आया। उसने किन्चित् अविश्वास के साथ मुस्कराकर झिझकते हुए पूछा :

"आख़िर किसे लिखेंगे, अलीकुल ?

"किसे लिखेंगे ?" अब अलीकुल की विस्मित होने की बारी थी। "अख़बार को। हमारे ज़िले के अख़बार को। आप देख ही रहे हैं कि आयक़ीज़ की शिकायत करने का आधार हमारे पास है। और अगर अपने दिमाग़ों पर ज़ोर दें, तो कुछ और मसाला ढूँढ़ लेंगे...और इस बादलों तक मँडरानेवाली हमारी चिड़िया के पर काट डालेंगे...प्रेस बहुत शक्तिशाली होता है, भाइयो।"

"क्या लोग हमारी...बात पर विश्वास कर लेंगे ?" रोज़ी-पहलवान ने सन्देह व्यक्त किया : वह तो इस बात का आदी हो चुका था कि उस पर लोग विश्वास नहीं करते हैं।

"हम काम ऐसे करेंगे कि लोग विश्वास कर लेंगे। हम सहारा पहाड़ का लेंगे ! ऐसे अधिकारी भी हैं, जो आयक़ीज़ और जुराबायेव से ज़्यादा तेज़-नज़र और अक्लमंद हैं..."

"सुलतानोव ?" क़ादीरोव समझ गया।

"तुमने बिलकुल ठीक सोचा, अध्यक्ष। मसल मशहूर है : जौहरी को ही हीरे की परख होती है। क्या यह सुलतानोव पर लागू नहीं होता ? उसे भले-बुरे आदमी की पहचान है। वह हमारे अध्यक्ष का आदर करता है, वह मेरे घर का सबसे मनचाहा मेहमान है। और वह मुसीबत में हमें अकेला नहीं छोड़ेगा, भाइयो...

"सो तो है..." क़ादीरोव ने म्लान स्वर में कहा, "लेकिन जवान मुर्ग़े उसके भी तो चोंचें मार रहे हैं।"

"अरे, अरे, अध्यक्ष, क्या माने रखती हैं उसके लिए उनकी चोंचों की मार ?" अलीकुल की योजना के प्रति आकर्षित हुआ रोज़ी-पहलवान उत्तेजनापूर्वक हाथ हिलाता हुआ कह उठा। "उनकी नुक़्ताचीनी तो मच्छर के काटने जैसी होती है : खुजाया और दूर हो गई। आख़िर सुलतानोव तो ज़िले का मालिक है ! वह जुराबायेव से नहीं डरता है। कहते हैं, वह जुराबायेव और आयक़ीज़ से शेर की तरह जूझा था। ऐसे अधिकारी के लिए तो जान तक देते दिल नहीं दुखे !"

"सही है, भाई," अलीकुल ने सिर हिलाया। "सुलतानोव बड़ा आदमी है और हमारी मदद करेगा। और यह याद रखोः जो धावे, सो पावे ! तुम, अध्यक्ष, कल ज़िला मुख्यालय में कामरेड सुलतानोव के पास जाओ। उनके लिए ज़रा एक मोटा-ताज़ा भेड़ा लेते जानाः हमारी चिट्ठी पर...ही-ही...टिकट ज़रा क़ीमती ही लगा होना चाहिए। ऐसे काम बनने का ज़्यादा भरोसा रहता है। और मैं सोचता हूँ, कामरेड सुलतानोव यह चिट्ठी अख़बार को भिजवाने से इनकार नहीं करेंगे..."

"हूँ...उर्वरता समिति का अध्यक्ष पते की बात कह रहा है," क़ादीरोव ने सोच में डूबे हुए कहा। "लेकिन तुम्हारे ख़याल से शिकायत पर दस्तख़त किसको करने चाहिए..."

"मैं दस्तख़त करूँगा !" ग़फ़ूर ने तत्परता से कहा।

"नहीं, भई, नहीं," अलीक़ुल ने विरोध किया। "तुम्हारी बहुत तारीफ़ की जानी चाहिए, पर तुम्हारे दस्तख़त...दस्तख़त मुल्ला-सुलैमान करे : उसकी कपास रेत में दबी पड़ी है और टोली कमज़ोर है ! और कोई बाहर का आदमी भी दस्तख़त करे, तो बहुत अच्छा रहे, जिसे हमारे लड़ाई-झगड़े से कोई वास्ता न हो...उसने प्यार से नज़ाकतख़ाँ पर नज़र डाली और दृढ़तापूर्वक किन्तु किन्चित् याचनापूर्ण स्वर में आगे बोलाः "तुम्हें भी, बेटी, इस चिट्ठी पर दस्तख़त करने होंगे...",

"अरे बाप रे ! मुझे तो आप लोगों के काम की ज़रा-सी भी समझ नहीं है !..."

"तुम तो सामूहिक फ़ार्म के दफ़्तर में बैठती हो, बेटी, वहाँ बहुत-सी बातें देखने में आती हैं, सामूहिक फ़ार्म में जो कुछ होता है, उसका पता तुम्हें हुए बिना नहीं रह

सकता। वैसे, मुल्ला-सुलैमान, क्या तुम्हें पूरा विश्वास है कि तुम्हारी टोली कपास की फ़सल ठीक करने में असफल रहेगी ?''

''अगर पूरा ज़ोर लगाया जाए...''

''हूँ...पूरा ज़ोर लगाओगे, तो कमर टूट जाएगी। और शुक्रिया तुम्हारा कोई अदा नहीं करेगा। हम माने लेते हैं कि तुम्हारे खेत में कपास ने...ही-ही...अपनी पूरी उम्र पा ली। और इसमें क़सूर तुम्हारा नहीं, आयक़ीज़ का है। आयक़ीज़ और उसके सरपरस्तों का...बस, आप लोग, यही लिख दीजिए।''

''अब्बा ! आयक़ीज़ नेक है, उसने मेरा कभी बुरा नहीं किया...''

''यह तो और भी अच्छी बात है, बेटी, तब तुम पर ज़रूर विश्वास करेंगे। और आयक़ीज़ के बारे में तुम मत सोचो। बेहतर रहेगा, अगर अपने भविष्य के बारे में सोचो। हमारे अध्यक्ष ऐसी चिट्ठी के लिए तुम्हें झुककर सलाम करेंगे। और कामरेड सुलतानोव भी सन्तुष्ट हो जाएँगे। ज़िद मत करो, प्यारी बेटी...''

नज़ाकतख़ाँ ने प्रश्नात्मक दृष्टि से क़ादीरोव की ओर देखा। क़ादीरोव ने एक लम्बी ठंडी साँस ली :

''क्या किया जाए, सुन्दरी ? इस झक्की लड़की को काबू में नहीं किया, तो वह हमें ज़िन्दगी भर रुलाती रहेगी।''

नज़ाकतख़ाँ अपनी झिझक तुरन्त न मिटा सकी। उसे आयक़ीज़ पर भी दया आ रही थी और इसके साथ-साथ वह पिता और क़ादीरोव को भी खुश करना चाह रही थी। यह सच है कि क़ादीरोव अधेड़ आदमी है, शादीशुदा है। लेकिन उसकी पत्नी बुड्ढी और बदसूरत है। और अध्यक्ष आए दिन उनका मेहमान बनता रहता है और ख़ाली हाथ नहीं आता है : कभी नज़ाकतख़ाँ को आँसुओं जैसे पारदर्शी या खून की बूँद जैसे लाल मनकों को कंठा भेंट करता है, कभी उसके लिए नई पोशाक ख़रीद देता है, कभी शरमाता हुआ भोंडे ढंग से जेब में से महँगे इत्र की शीशी निकालकर उसके सामने कर देता है, और तब कमरा बाग़ की तरह महकने लगता है...हो सकता है कुछ स्त्रियाँ ऐसी हों, जो इसका लोभ संवरण कर सकें, लेकिन नज़ाकतख़ाँ ऐसा नहीं कर सकती। ठाठदार पोशाक देखकर उसका सिर चकराने लगता है...यहाँ तक कि नज़ाकतख़ाँ अपनी मामूली सी तनख़्वाह भी, पिता की अनुमति से, कपड़ों, दुम-छल्लों पर ख़र्च करती है और कार्यालय में त्योहार के मौक़ों जैसे सज-धजकर जाती है। लेकिन तनख्वाह तो सिर्फ़ एक-दो ब्लाउज़ों और कंगनों के लिए ही काफ़ी होती थी। और नज़ाकतख़ाँ बेवकूफ़ तो थी नहीं जो कई हफ़्तों तक एक ही पोशाक में घूमती फिरे। सुन्दरता बादल के सदृश होती है : वह अथक रंग बदलते रहने के कारण आँखों को प्रसन्न करता रहता है—कभी हिम-धवल हो जाता है, कभी गुलाबी, कभी सुनहला, तो कभी मोती समान झिलमिलाता हुआ, और उसे अनन्त काल तक निहारा जा सकता है। नज़ाकतख़ाँ भी वैसे हीः आज अलबेले बेल-बूटे कढ़ी हुई रंगबिरंगी टोपी पहने हुई है, तो कल चुस्त* की काली टोपी

*चुस्त—फ़रग़ाना वादी का एक शहर जो अपनी बढ़िया टोपियों के लिए मशहूर है।

और अगले दिन सबसे दिलकश रंग का हल्का रूमाल बाँधे है...उसके सौन्दर्य की आदी हुई नज़रें बार-बार मौन प्रशंसा के भाव के साथ फिर उस पर टिक जातीं, और ये नज़रें उत्तेजित करतीं, गरमातीं...नहीं, वह क़ादीरोव के उपहारों से इनकार नहीं कर सकती। फिर यदि पिता को गुस्सा आ गया, तो वह उसे बड़ी बन्दिश में रखेगा...नज़ाकतख़ाँ ने हिचकिचाकर फिर कनखियों से क़ादीरोव की ओर देखा और नज़रें झुकाकर नम्र स्वर में कहा :

"वैसा ही होगा, जैसा आप चाहते हैं, अध्यक्ष...जैसा आप बताएँगे, मैं वैसा ही लिख दूँगी..."

"कितनी समझदार है !" अलीकुल प्रसन्न हुआ। "मैं जानता हूँ, बेटी, कि आयक़ीज़ ने तुम्हारे साथ अच्छा बरताव किया, तुम्हें काम पर लगाया...लेकिन तुम्हें तो सिर्फ़ सच्ची बात लिखनी है। और सचाई, बेटी," अलीकुल ने सीने पर दुआ माँगने की मुद्रा में हाथ रखकर कृत्रित विनय भाव से आँखें आकाश की ओर उठाईं, "सचाई सबसे ऊपर है !...कृतज्ञता से भी ऊपर है...हूँ...तुम कुछ कहना चाहते हो, ग़फ़ूर ?"

ग़फ़ूर न जाने कब से खीजता, नाराज़ होता अपनी वज़नी दलील से उनकी आपसी बातचीत को समृद्ध बनाने का अवसर पाने की प्रतीक्षा करता हुआ हाँफ रहा था। अलीकुल के सवाल का जवाब उसने म्लान प्रश्न में दियाः

"पर जुराबायेव का क्या होगा ?

"जुराबायेव ?..."

"वाह रे अलीकुल ख़ुद ही सोचो : गर चिट्ठी पर दस्तख़त सिर्फ़ मुल्ला-सुलैमान और नज़ाकतख़ाँ करेंगे, तो हम उसमें जुराबायेव को कैसे ठूँसेंगे ? यहाँ ज़रा बड़े लोगों के दस्तख़तों की ज़रूरत है।"

"लेकिन मेरे ख़याल से," अलीकुल धीरे-धीरे बोला, "हमें अभी जुराबायेव को छेड़ने की ज़रूरत ही नहीं है। ग्राम सोवियत की अध्यक्षा की अलग बात है, और..."

"वाह रे वाह !" ग़फ़ूर ने उसे बात पूरी नहीं करने दी। "क्या साँपनाथ, क्या नागनाथ—आख़िर हैं तो साँप ही !"

"नहीं, भई, नहीं ! पहाड़ी पर से छोटा-सा पत्थर लुढ़काओगे, तो वह बिना शोर किए नीचे लुढ़क जाएगा...लेकिन बड़ा लुढ़काया, तो शोर होगा, हंगामा होगा। और हमें शोर की क्या ज़रूरत है ?"

"लेकिन आयक़ीज़ के पीछे तो जुराबायेव पत्थर की दीवार की तरह खड़ा है ! जुराबायेव को नहीं डुबाया, तो वह आयक़ीज़ को भी उसके बाल पकड़कर बाहर खींच लेगा !..."

"हूँ...तुमने कभी बिलियर्ड खेला है ?"

"तुम जानते ही हो, मुझे कभी बिलियर्ड जैसे खेलों के लिए फ़ुरसत नहीं मिली।"

"लेकिन मैं खेला हूँ...बड़ा पेचीदा खेल होता है यह, भाइयो ! चोट एक गेंद पर की जाती है, और पाकेट में दूसरा जा गिरता है...कामरेड जुराबायेव को आयक़ीज़ को

बचाने का मौक़ा नहीं मिल पाएगा—वह ख़ुद उसे अपने साथ ले डूबेगी। उसके लिए एक ही रास्ता बचेगा—कलंकित कामगार से नाता तोड़ लेना। और उस योजना से भी, जिसे उसने बदनाम किया...''

नज़ाकतख़ाँ ने ठिठुरन के कारण कन्धे सिकोड़ेः नहर की ओर से नम और कँपा देनेवाले ठंडी हवा बहने लगी थी। दोपहर का खाना हमेशा की तरह देर तक चलता रहा था, शाम का समय हो चला था...दिन भर में न जाने क्या-क्या न देखकर क्लान्त सूरज पर्वत शिखरों के पीछे जा छिपने की जल्दी में था।

क़ादीरोव कराहता हुआ उठ खड़ा हुआ। बाक़ी लोग भी उठ खड़े हुए। पास ही में मुरझाई तिपतिया खा रहे अध्यक्ष के घोड़े ने सिर हिलाया और पुकारता और स्वागत करता-सा हिनहिना उठाः अपने स्वामी की तुलना में वह बुरा ज़्यादा देर तक याद नहीं रखता था..क़ादीरोव ने ग़फ़ूर व मुल्ला-सुलैमान को जल्दी से अपने खेतों में पहुँचने का हुक्म दियाः उनका देर तक ग़ैरहाज़िर रहना शायद वैसे ही निन्दा किए जाने का आधार बन चुका होगा। उन सबने शाम को अलीक़ुल के यहाँ एकत्र होने की बात तय कर ली। नज़ाकतख़ाँ बरतन समेटने लगी। अलीक़ुल अध्यक्ष के साथ अकेले रह जाने पर दिल पर हाथ रखकर एक बार फिर मार्मिक स्वर में उसे विश्वास दिलाने लगा :

''तुम मुझ पर हर मामले में भरोसा रख सकते हो, अध्यक्ष। तुमसे सब मुँह फेर सकते हैं, पर अलीक़ुल मुसीबत की घड़ी में भी वफ़ादार दोस्त बना रहेगा। ऐसा आदमी तुम्हारे पास है, जिस पर तुम भरोसा रख सकते हो, अध्यक्ष...''

भारी-भरकम क़ादीरोव के पास खड़ा अलीक़ुल दुबला-पतला और छोटा-सा लग रहा था।

सोलह

सुलतानोव का फ़लसफ़ा

क़ादीरोव सुबह ज़िला मुख्यालय के लिए रवाना हो गया। उसका मुँह उतरा हुआ था, आँखों के नीचे पोटली-सी लटक गई थी, चेहरा फूला हुआ था, रास्ते की धूल जैसा धूसर हो रहा था। उस रात वह ठीक से नहीं सो पाया था, इसके अलावा कल की ब्रान्डी भी अपना असर दिखा रही थी। सफ़र पर रवाना होने से पहले क़ादीरोव ने फ़ार्म में रोज़ी-पहलवान के यहाँ थोड़ी ब्रान्डी और पी ली थी, पर उससे तबीयत हल्की नहीं हुई। दिल में बहुत बुरा लग रहा था, अन्धकार छाया था...अब सब बातों के बारे में बिना जल्दबाज़ी किए गम्भीरता व शान्ति से सोच लेना चाहिए; उन क़दमों पर भली-भांति सोच-विचार कर लेना चाहिए, जो वह उठाने जा रहा है, सम्भावित परिणामों को तौल लेना चाहिए। लेकिन दिमाग़ में केवल वही कहावतें और मुहावरे आ रहे थे, जिनका

कल के खाने में मसाले की तरह बड़ी उदारता से इस्तेमाल किया गया था। ''कुत्ते के भौंकने से हाथी नहीं डरता,'' अलीकुल ने खाँसते-खाँसते हँसते हुए उसे समझाया था। ''जो धावे, सो पावे,'' ''उनकी नुक़्ताचीनी तो मच्छर के काटने की तरह है,'' रोज़ी-पहलवान ने उसकी हाँ में हाँ मिलाई थी, ''खुजलाया और दूर।'' ''शेर का दिल तो आपके ही है, अध्यक्ष,'' नज़ाकतख़ाँ मीठी आवाज़वाली चिड़िया की तरह कूजी थी...अभी तक क़ादीरोव के कानों में गूँज रहे, मिचली पैदा करनेवाले मीठे शब्दों के कारण उसका सिर मधुमक्खियों के छत्ते की तरह भनभना रहा था : शब्द मधुमक्खियों की तरह उड़कर आ रहे थे, और उड़कर जा रहे थे, इधर-उधर रेंग रहे थे, एक-दूसरे के कोमल पंख तोड़ते हुए एक दूसरे से उलझ रहे थे, अपने पैरों से झुरझुरी पैदा करते चेतना के गुप्त से गुप्त कोनों में रेंगते घुसे जा रहे थे और भनभनाए जा रहे थे, भनभनाए जा रहे थे...''हमारा दिल तुम्हारे लिए दुखता है, अध्यक्ष...हम तुम्हें मुसीबत में अकेला नहीं छोड़ेंगे...ऐसा आदमी है तुम्हारे पास, जिस पर तुम भरोसा रख सकते हो, अध्यक्ष...''

ज़िला केन्द्र जानेवाला मार्ग अछूती धरती से होकर गुज़रता था, वह घुड़सवार की दाईं ओर फैली हुई थी। वह रही अछूती धरती, जिसे उनका सामूहिक फ़ार्म कृषि योग्य बना रहा है...वह रहे दूसरे सामूहिक फ़ार्मों की ज़मीनों से लगे खेत...और वह रही अभी तक अछूती वीरान स्तेपी। वह बाल झड़े ऊँट की खाल जैसी लग रही थी, पर इतने विस्तार में फैली हुई थी कि आँख से उसका ओर-छोर नज़र नहीं आ सकता था, उसे कृषि योग्य बनाने की बात तो दूर रही। कोई ज़रा कोशिश करके देखे ऐसे विस्तार को जोतने, जीवनदाई जल पिलाने, नुकीली रेत उड़ानेवाली गरम हवाओं से उसकी रक्षा करने की ! और यदि चमत्कार हो भी जाए, यहाँ कपास पैदा हो भी जाए, वह हर हालत में बरबाद हो जाएगी : क्योंकि ऐसी कोई शक्ति नहीं, जो यहाँ समय पर फ़सल उठा सके ! यह ठीक है कि आलिमजान फिर मशीनों के उपयोग पर ज़ोर देगा। लेकिन मशीनों का कोई भरोसा नहीं। मशीनों पर भरोसा करते रहिए, और ख़ुद कोई ग़लती न कीजिए ! इस स्तेपी की खिली हुई कपास के श्वेत फेन में डूबे होने की कल्पना करना निस्सन्देह बहुत आकर्षक लगता है। तब तो सामूहिक फ़ार्म मालदार हो जाए !...लेकिन फ़िलहाल तो पिछले बरसों में जोड़ी दौलत से काम चलाया जा सकता है। जैसे कि अभी तक चलता ही आया है ! क़ादीरोव की ज़िले में तारीफ़ की जाती थी, सामूहिक किसानों में से किसी ने मोटरसाइकिल ख़रीदी, तो किसी ने साइकिल, और किसी को भी उस पर यानी अध्यक्ष पर उंगली उठाने का साहस नहीं होता था : न आयक़ीज़ को, न जुराबायेव को। तब काम भी ठाठ से किया करते थे और रहते भी ठाठ से थे। लेकिन अब...

क़ादीरोव ने टोपी से चेहरा व गरदन पोंछे और घोड़े को तेज़ी से दौड़ाने के लिए टिटकारी मारी। अच्छा हो यदि वह ज़िला मुख्यालय में ज़रा जल्दी पहुँच जाए, सुलतानोव के साथ दोपहर का खाना खाए और खाने पर दोस्तों की तरह इधर-उधर की बातें कर सके...कुछ लोगों के लिए सुलतानोव अधिकारी हो सकता है, पर क़ादीरोव के लिए तो

वह नज़दीकी दोस्त है। वह ज़िला कार्यकारिणी में उससे कभी भी मुलाक़ात कर लेगा, अपने घर बुलाएगा। और घर पर तो उसकी मुस्कान ही दूसरी तरह की होती है, और बातें भी वैसी नहीं, जैसी कि दफ़्तर में !...इसके अलावा क़ादीरोव के घोड़े की पीठ पर आड़ी पड़ी खुरजीं में, जिसके दो थैले घोड़े के गरम-गरम बाज़ुओं से सटे थे, सुबह रोज़ीपहलवान के पशुपालन फ़ार्म में काटे गए भेड़े का गोश्त व चर्बी भरी हुई थी। यह तोहफ़ा भी था, रिश्वत भी, पर इसके साथ ही उसे पूरी तरह रिश्वत भी नहीं कहा जा सकता था, क्योंकि जिस भेड़े के जीवन का मर्मान्तिक अन्त हुआ था, वह, कितने ही आश्चर्य की बात क्यों न हो, पर था खुद कामरेड सुलतानोव का। सुलतानोव रिश्वत नहीं लेता था—वह ऐसा आदमी था ही नहीं !—और वह शायद पवित्रता पर आँच न आने देने का ध्यान रखते हुए तोहफ़े भी नहीं ले सकता था। क़ादीरोव मित्र को राज़ी करने के लिए उसके पास उसी का भेड़ा ले जा रहा था।

पशुपालन फ़ार्म से सुलतानोव के घर भेड़ के गोश्त से भरी न जाने कितनी खुरजीं भेजी जा चुकी थीं, और हर बार क़ादीरोव सौगंध खाकर यह विश्वास दिलाता रहता था,—अल्लाह गवाह है !—ये भेड़ें सामूहिक फ़ार्म की नहीं, खुद सुलतानोव की हैं। कामरेड सुलतानोव को शायद याद होगा कि कैसे दो वर्ष पूर्व क़ादीरोव ने उसके अनुरोध पर सुलतानोव के तीन भेड़ों को सामूहिक फ़ार्म के रेवड़ में छोड़ा था। अनुरोध शायद पूरी तरह क़ानूनी नहीं था, लेकिन ज़िला कार्यकारिणी समिति का अध्यक्ष खुद अपने ढोर थोड़े ही चरा सकता था ! क़ादीरोव की अपनी भेड़ें भी तो सामूहिक फ़ार्म की भेड़ों के साथ-साथ मुटिया रही हैं। इसमें ऐसी बात ही क्या है ? यह तो दुनियादारी है...यह सच है कि सुलतानोव की वे तीन भेड़ें काफ़ी अरसे पहले क़ादीरोव के घर में सींक-कबाब के रूप में परोसी जा चुकी थीं...लेकिन उन्होंने आख़िर बच्चे भी तो दिए थे। और उन बच्चों के भी बच्चे हुए थे। अब सुलतानोव की भेड़ें गिनना असम्भव था ! कामरेड सुलतानोव शायद पशुपालन फ़ार्म के प्रबन्धक रोज़ी-पहलवान को जानता है ? अरे, उस मसख़रे को ? कितना मोटा-ताज़ा है वह ! उस पर पूरा भरोसा रखा जा सकता है, वह वफ़ादार और ईमानदार कामगार है, और उसने यह कहा था : "सामूहिक फ़ार्म की सम्पत्ति को अपनी आँख की पुतली से भी ज़्यादा सँभालकर रखता हूँ, मेरे यहाँ हिसाब-किताब बिलकुल ठीक रहता है, कोई उसमें मीन-मेख नहीं निकाल सकता। इस भेड़े को कामरेड सुलतानोव के यहाँ ले जाइए, यह उन्हीं का भेड़ा है और आदरणीय कामरेड सुलतानोव चिन्ता न करें, हमारे यहाँ सामूहिक फ़ार्म के सारे मवेशियों की गिनती कर ली गई है, और सामूहिक फ़ार्म को पराई भेड़ों की कोई ज़रूरत नहीं है...आपकी भेड़ें हमारे यहाँ चरती है, यह ठीक है, आज उनकी संख्या कितनी है—इस बारे में तो बस रोज़ी-पहलवान ही ज़्यादा जानता है।

क़ादीरोव ने भेड़ के गोश्त से भरी खुरजीं पर तिरछी नज़र डाली और किन्चित् स्पष्ट रूप से खीसें निपोड़ीं...जो लोग जीने के शौक़ीन होते हैं, उनसे बात करना ज़रा आसान होता है ! ईमानदारी से कहा जाए, तो ऐसे लोगों के साथ ही निभ सकती

है...उसने यदि ऐसी सेवा का प्रस्ताव आयक़ीज़ या जुराबायेव को किया होता, तो उसके लिए अचानक बड़ी भारी मुसीबत खड़ी हो गई होती। और सुलतानोव की मदद की जाए, तो वह कभी एहसान उतारने में पीछे नहीं रहता। उससे फ़सल की कटाई के समय शहर से ज़्यादा लोग सामूहिक फ़ार्म में भेजने की प्रार्थना की जाए, तो क्या वह इनकार कर सकेगा ? जुराबायेव जैसा तो फ़ौरन चिल्ला पड़े : "आख़िर तुम्हारे सामूहिक फ़ार्म में ही क्यों ? दूसरे सामूहिक फ़ार्मों में श्रम-शक्ति की ज़रूरत तुम्हारे सामूहिक फ़ार्म से कम नहीं है !" सचमुच सनकी ही है !...लेकिन ज़रूरत पड़ने पर क़ादीरोव भी तुम्हारे लिए अच्छा काम कर सकता है...जिसे कहना चाहिए—सेवा के बदले में सेवा। ज़िन्दगी में सब कुछ इसी पर टिका हुआ है। वरना वह सामूहिक फ़ार्म की खेती का काम कभी चला सकता था ? लेकिन, कामरेड जुराबायेव यह बात बस तुम्हारे ही समझ में नहीं आ सकती...तुम सच्चे दोस्तों की परख करना नहीं जानते...तुम बेशक सारी बात गुप्त रखने पर भी अपनी भेड़ें सामूहिक फ़ार्म के रेवड़ में नहीं छोड़ोगे। वाह रे, ईमानदारो ! अपनी बात पर ऐसे अड़ते हैं कि कोई उन्हें किसी तरह वहाँ से नहीं सरका सकता ! इसीलिए तो ऐसे ग़ैरमामूली क़दम उठाने पड़ते हैं...

क़ादीरोव ने सिर हिलायाः उसे जुराबायेव पर तरस भी आने लगा, जो यह समझने को भी तैयार नहीं थे कि ज़िन्दगी बड़ी पेचीदा चीज़ है और हठधर्मिता व दुराध्यता के भरोसे कोई ज़्यादा आगे नहीं बढ़ सकता। "आदरणीय जुराबायेव क़ादीरोव का, जिसे इतने सालों से जानते हो, पक्ष लेने को तैयार नहीं हुए, तो फिर दोषी ख़ुद ही को ठहराते रहें...आयक़ीज़ पर छोड़ा गया तीर तुम्हें भी घायल करेगा, प्यारे कामरेड...जंग आख़िर जंग ही होती है ! और जंग में सारे तरीक़े जायज़ होते हैं।"

क़ादीरोव जब ज़िला केन्द्र में घुसा, उसकी विषण्ण मनःस्थिति का नाम-निशान तक बाक़ी नहीं रहा था। पराए शब्द रूपी मधुमक्खियाँ अब अपनी उबाऊ भनभनाहट से उसे परेशान नहीं कर रही थीं, वे अगोचर रूप से उसके व्यक्तिगत विचार बन गईं, और उसे ख़ुद से बहस करने की इच्छा नहीं रही थी। शक्ति की बचत करने व युयुत्सा को सुदृढ़ बनाए रखना आवश्यक था : गम्भीर मुठभेड़ होगी !

घोड़े की टापें पनपत्थर के रास्ते पर बजने लगीं। ज़िला केन्द्र का मुख्य मार्ग बिलकुल साफ़-सुथरा रखा जाता था। पनपत्थर का रास्ता, डामर बिछे हुए फुटपाथ, ताज़ा सफ़ेदी किए हुए बाड़े, जिनके पीछे से कुंचित वृक्ष मानो उत्कंठातुर हुए-से बाहर को लटके हुए थे...क़ादीरोव ने ज़िला कार्यकारिणी समिति में हो लेने को फ़ैसला किया : शायद सुलतानोव अभी वहीं हो। उसने डामर बिछा हुआ चौक पार किया, जिसकी ओर ज़िला पार्टी समिति की इमारत की खिड़कियाँ खुलती थीं (क़ादीरोव ने उस ओर नज़र तक उठाकर नहीं देखा)। उसने कुछ और घर पीछे छोड़कर घोड़े को ठीक लम्बे-चौड़े बाग़ के प्रवेश-द्वार के सामने रोक दिया। बाग़ के भीतर ज़िला कार्यकारिणी समिति का कार्यालय दिखाई दे रहा था। कार्यालय की इमारत पुरानी होने के बावजूद मज़बूत थी। जब मुख्य चौक में नए घरों का निर्माण कार्य आरम्भ किया गया, सुलतानोव ने ज़िला

कार्यकारिणी समिति वहाँ ले जाने से इनकार कर दिया, क्योंकि वह उसकी पुरानी स्थिति से पूर्णतः सन्तुष्ट था, इसके अलावा अब ज़िला कार्यकारिणी समिति ज़िला पार्टी समिति से कुछ दूर हो गई थी, जिससे सुलतानोव को किसी के अधीन होने की कुछ कम अनुभूति होने लगी थी।

ज़िला कार्यकारिणी समिति की इमारत हरियाली में डूबी हुई थी, भवन की ओर जानेवाली रोड़ी पड़ी हुई चौड़ी वीथि के सहारे-सहारे नीची बेंचें पड़ी हुई थीं। वहाँ हर चीज़...प्रतीक्षा करने की दृष्टि से बनाई गई थी। सुलतानोव का स्वागत-कक्ष आरामदेह और साफ़-सुथरा था; एक अलग मेज़ पर पत्रिकाएँ पड़ी थीं। बाग़ अपनी सफ़ाई और छाया से आकर्षित करता था; भवन में घुटन महसूस होने लगे—बाग़ में चले जाइए, बेंच पर बैठकर सुस्ता लीजिए, छाया में सोच-विचार कर लीजिए; हो सकता है आपके इतने मामूली-से काम के कारण आपको ज़िला कार्यकारिणी समिति में आकर अध्यक्ष को, जिसके सिर पर हमेशा ही ढेरों काम होते हैं, परेशान करने की ज़रूरत ही न हो। नहीं, सुलतानोव को कोई भी इस बात का ताना नहीं दे सकता था कि वह मुलाक़ातियों का ख़याल नहीं रखता ! और उसके सिर पर ढेरों काम रहते हैं, इसका यक़ीन भी बड़ी आसानी से आ सकता था : क्योंकि यदि वह इतना व्यस्त न रहता होता, तो भला लोगों को उससे मुलाक़ात के लिए कभी घंटों इन्तज़ार करने के लिए मजबूर कर सकता था ?

दोपहर हो चुकी थी...वृक्ष के तले पूरी गोल छाया पड़ रही थी। क़ादीरोव ने पटरी के सहारे-सहारे बहनेवाली नाली की रक्षा कर रहे पोपलर के वृक्षों में से एक से घोड़े को बाँधा, फाटक में घुसकर कार्यकारिणी समिति के बाग़ में पहुँचा और परेशान हो रहे प्रार्थियों की ओर मुड़-मुड़कर उत्कर्ष भावना से देखता, रोड़ी पर चर्र-मर्र करता, डग भरता उस भवन की ओर चल दिया, जिसके द्वार क़ादीरोव के लिए सदा खुले रहते थे। वह यहाँ अपने लोगों में गिना जाता था। ज़िला कार्यकारिणी समिति के अध्यक्ष की उत्कृष्ट व क्रोधी स्टेनो आकस्मिक मुलाक़ातियों को अपरिवर्तनीय वाक्य से दृढ़तापूर्वक रोक रही थीः "कामरेड सुलतानोव के यहाँ मीटिंग हो रही है !" लेकिन क़ादीरोव का स्वागत वह सदा सौजन्यपूर्ण मुस्कान के साथ करती थी :

"जी, जी, कामरेड सुलतानोव के यहाँ मीटिंग हो रही है, पर आपका वह इन्तज़ार कर रहे हैं..."और गोपनीय रूप से आगे कहतीः "उनके यहाँ इस समय टाइपिस्ट बैठी है, वह भाषण टाइप करवा रहे हैं...

कमरे में, जहाँ स्टेनो आसीन रहती थी, चहलक़दमी करके क़ादीरोव ने उसका अभिवादन किया और काले चमड़े से मढ़े व सैनिक अफ़सर की वर्दी पर लगी बेल्ट जैसे आड़े चमकीले फीते से सज्जित किवाड़ की ओर संकेत किया :

"अन्दर हैं ?..."

"वह खुद क्या ?" स्टेनो ने न जाने क्यों सवाल के जवाब में सवाल किया। "घर गए। सिर दुखने लगा था..."

"हूँ...ऐसे काम से तो ज़रूर दुखने लगेगा !..."

"डॉक्टर कहते हैं: उनका दिमाग़ थक गया है। उन्होंने खुद मुझे बताया था ! देखा, कितने मुलाक़ाती हैं ! नाक में दम है ! ऐसे में तो तन्दुरुस्त तक बिस्तर में पड़ जाए...आप उनके घर जाइए, आपसे मिलकर वह खुश होंगे।"

सुलतानोव का घर उसी रास्ते के छोर पर स्थित था।

क़ादीरोव घोड़े से उतरकर मौन विस्मय में पड़ा कुछ समय तक फाटक के आगे खड़ा रहा। फाटक की दाईं ओर घंटी का बटन सफ़ेद निशाने की तरह चमक रहा था। क़ादीरोव ने उसे सावधानीपूर्वक दबायाः एक बार, दो बार। दरवाज़ा सुलतानोव की युवा पत्नी ने खोला, जो रूमाल के पल्ले से शर्माकर मुँह ढाँप तत्क्षण ग़ायब हो गई...

क़ादीरोव के आने से पहले तक शायद सुलतानोव नए निकुंज के चारों ओर लगाए फूलों के पौधों की सँभाल कर रहा था। उसे फूलों से प्यार था और वह अपने बग़ीचे के लिए होड़ करके सबसे दुर्लभ और दिसावरी पौधे चुनता था। वह इन्द्रधनुषी रंगों का रेशमी, धारीदार पाजामा पहने, जो सूरज की किरणों में मोर-मंख की तरह झिलमिला रहा था, आँखें सिकोड़े अतिथि की ओर देख रहा था और उसको पहचानकर अपने हाथ में पकड़ा लाल गुलाब हिलाकर खुशी से चिल्लायाः

"अस्सलाम-अलैकुम, अध्यक्ष ! बहुत खुशी हुई तुम्हें देखकर ! घोड़े को वहाँ उ...स पेड़ से बाँध दो...अरे, तुम फिर कुछ खाने का सामान लेकर आ गए !...ऐ बेगम ! ज़रा क़ादीरोव से अपना भेड़ा ले लो, खुदा करे सारी भेड़ इसी तरह ढेरों बच्चे देती रहें ! यहाँ लाओ इस मरदूद को, यहाँ तहख़ाने में ! यहाँ जन्नत जैसी ठंडक है !"

सुलतानोव की अत्यधिक थकान विशिष्ट ढंग से व्यक्त होती थी : वह जीवन्त व हँसमुख हो उठता था, उसकी मुस्कानों की फुलझड़ियाँ सूर्य-किरणों की दीप्ति से होड़ करती थीं, उसके विनोदपूर्ण आदेश हास्यमय सूक्तियों में बदल जाते थे...क़ादीरोव ने सुलतानोव के पास आकर उसका हाथ अपने दोनों हाथों में दबाकर अभिवादन किया और उसकी मनः स्थिति से अछूता न रह पाकर मज़ाक़ किया :

"कामरेड सुलतानोव, क्या तुम सोचते हो कि जन्नत में ठंडक रहती है ?"

"जब बाहर गरमी हो, मैं कहता हूँ : ठंडी जगह मुझे जन्नत जैसी लगती है। जब बाहर ठंड हो, तो मैं जन्नत की कल्पना बड़ी सारी अँगीठी के रूप में करता हूँ ! और जब मेरी ख़ातिरदारी सख़्त सींक-कबाबों से की जाती है, तो मैं ख़यालों में जन्नत की तरह उस सींक-कबाब की दुकान में पहुँच जाता हूँ, जहाँ के सींक-कबाब किसी हूर के होंठों जैसे रसीले और कोमल होते हैं...जन्नत, अध्यक्ष, वह चीज़ है, जो हमें इस वक़्त नसीब नहीं हो पा रही है।' सुलतानोव ने हँसकर क़ादीरोव का कन्धा थपथपाया। "लेकिन हम लोग खुद धरती पर स्वर्ग बना रहे हैं। हैं ना, प्यारे अध्यक्ष ?"

सुलतानोव के घर, आँगन, बातों और उसकी आकृति तक से ठोस खुशहाली और सुखमय जीवन से प्रेम की गन्ध आ रही थी। क़ादीरोव के सन्तप्त हृदय में सुखद शान्ति छा गई...उसने प्रशंसा व द्वेषमिश्रित दृष्टि से सुलतानोव के आँगन में बने नए भागों व फुलवारियों की ओर देखा, और उसकी आँखों पर नज़र रख रहा गृह-स्वामी

आत्मसन्तोष से मुस्कराया :

"देखा, अध्यक्ष ? धरती पर स्वर्ग है !...नहीं, तुम ज़रा इस निकुंज को देखो—विश्व का आठवाँ आश्चर्य है यह !"

निकुंज देखकर चित्त सचमुच प्रसन्न हो उठता था : नीला तैलरंग अभी तड़का तक नहीं था, चारों ओर फूलों की कुशल सजावट के चमकीले क़ालीन बिछे हुए थे। निकुंज के चारों ओर बहुत बारीक नक़्क़ाशीदार जंगले लगे थे; सुखद रंग व आभाएँ उस पर अद्भुत विविधता में अठखेलियाँ कर रहे थे। रंगबिरंगे बेल-बूटों से चित्रित छत से अतिथियों व गृहस्वामी के जीवन के लिए ख़तरा उत्पन्न कर रहा विशाल बिल्लौरी झाड़-फ़ानूस लटका हुआ था। ऐसा ही झाड़-फ़ानूस क़ादीरोव ने एक बार नगर के एक नेता के फ़्लैट में देखा था...हालाँकि सुलतानोव के निकुंज में चार चाँद लगा रहे झाड़-फ़ानूस में शाम के समय केवल एक ही बल्ब जलता था, पर गृहस्वामी को इस पर शर्म नहीं महसूस होती थी। सुलतानोव के आँगन की प्रत्येक वस्तु उसकी उदार प्रकृति का प्रमाण दे रही थी, और यदि वस्तुएँ बोल सकतीं, तो वे स्वामी के गोपनीय विचार एक सुर में व्यक्त कर उठतीं: "हम ऐसे ठाठ से रहते हैं।

फिर भी सुलतानोव को सुख-साधनों तथा सुविधाओं में तालमेल स्थापित करना आता था। निकुंज के आधार का काम कंकरीट का तहख़ाना दे रहा था, जिसकी दीवारें आधी ज़मीन में धँसी हुई थीं। तहख़ाने में हर प्रकार के खाद्य-पदार्थ रखे जा सकते थे: वहाँ झुलसती गर्मी में भी जीवनदाई शीत का साम्राज्य रहता था। निकुंज से कुछ दूरी पर, तीव्र, पारदर्शी जलवाली नाली के मार्ग में एक छोटा-सा हौज़ शीशे की तरह झिलमिला रहा था, उस पर भी कंकरीट का पलस्तर किया हुआ था। उसमें पानी हमेशा बर्फ़ीला रहता था; इस पानी में डुबोकर रखे गए अंगूर व पेय शीतल हो जाते थे और भरी गरमी में भूखे पेटों के लिए सौगुना अधिक लाभदायक हो जाते थे...

निकुंज गृहस्वामी के गर्व का विषय था। सुलतानोव उस पर से सन्तुष्ट व पुलकित दृष्टि हटाए बिना लम्बा-चौड़ा भाषण देता रहा :

"शानदार है ना ? क्यों, अध्यक्ष !...तुम तो यह समझते हो, तुम ज़िन्दगी का मतलब जानते हो ! और ज़िला समिति में लोग मेरे घर को लेकर मेरी नाक में दम करते रहते हैं: तुम्हें इतने ठाठ से रहना शोभा नहीं देता, लोग क्या कहेंगे ! लेकिन कौन-से लोग ? चुग़लख़ोर, डाही...उनकी ज़बानों से आदमी कभी नहीं बच सकता: चाहे सादगी से जिओ, चाहे मामूली ढंग से जिओ, आदमियों की तरह ! हमें ग़रीबी दिखाने की क्या ज़रूरत है, अध्यक्ष ? हम इसलिए तो संघर्ष और मेहनत नहीं करते कि बुरी ज़िन्दगी जिएँ। मेरे पिता ने सन् बीस के बादवाले दशक में धनियों को यहाँ से मार भगाया था। क्या मैं उन्हें कभी मेरी खिल्ली उड़ाने का मौक़ा दे सकता हूँ ? पिता ने तो उज्जवल भविष्य के लिए अपना जीवन बलिदान कर दिया, पर बेटा, ज़िले का मालिक गए-गुज़रे दीवाने से भी बुरी ज़िन्दगी जीता रहे ?...नहीं ! ज़रा सब लोग देखें कि सोवियत सत्ता ने मुझे, मामूली किसान के बेटे को क्या दिया है !" सुलतानोव ने गर्वपूर्वक अपनी सम्पत्ति पर

नज़र दौड़ाई ओर क़ादीरोव की ओर मुड़कर गोपनीय ढंग से बोला : "मुझे–सुन रहे हो, अध्यक्ष ?–मुझे एक बार सामन्त कहा गया। ऐसे ही बकने लगे : तुम्हारी चाल-ढाल, कामरेड सुलतानोव, जागीरदार-ज़मीन्दारों की सी है ! हा !...हा !...लेकिन कम्युनिज़्म में तो सब वैसे ही जिएँगे, जैसे मैं। क्या इसका मतलब यह है कि सब सामन्त बन जाएँगे ? इसके अलावा इस सब में, जो तुम यहाँ देख रहे हो, मेरा पसीना और मेरी मेहनत की कमाई भी लगी है ! क्या तुम सोचते हो, यह चहारदीवारी मेरे लिए सामूहिक किसानों ने खींची है ? मैंने खुद, खुद ने उनकी मदद की–देख रहे हो मेरे हाथों में पड़े फफोले ? और अगर मैंने मेरी मदद करने के लिए कहा भी, तो इसमें शर्मिन्दा होने की बात ही क्या है ? मैं क्या दूसरों के लिए कम कोशिश करता हूँ ? देखो, कितने बड़े ज़िले का नेतृत्व करता हूँ ! यह बोझ हल्का नहीं है, भाई..." सुलतानोव एक मिनट के लिए विचारमग्न हो गया और फिर कुछ सोचकर जल्दी से बोला : "अरे, मैं भी क्या अपनी बातों से तुम्हारा माथा खपाने लगा ! बातें कम, काम ज़्यादा करना चाहिए ! चलो, निकुंज में चलते हैं, अध्यक्ष। बैठकर आराम करेंगे...।"

वे लकड़ी की सीढ़ी से निकुंज में चढ़े। सुलतानोव क़ादीरोव के बैठने तक प्रतीक्षा किए बिना बड़े मज़े से फ़र्श पर बिछे मार्ग़ीलानी* रेशम के शानदार गद्दे पर, परों के गुदगुदे तकिए पर कोहनियाँ टिकाए टाँगें पसारकर लेट गया और उसने मेहमान को भी वैसे ही गद्दे पर तशरीफ़ रखने को कहा :

"आराम से बैठो, अध्यक्ष। अपने घर जैसा समझो !"

निकुंज में सारी परिस्थितियाँ मैत्रीपूर्ण व स्पष्ट बातचीत के अनुकूल थीं। मेहमान को बिठाकर सुलतानोव फिर वैसे ही बोलने लगा, मानो या तो किसी अदृश्य विरोधी से बहस कर रहा हो, या अपनी अन्तरात्मा से। "लगता है ज़िला समिति ने इसकी नाक में दम कर रखा है," क़ादीरोव ने सोचा, "इसीलिए अपनी सफ़ाई दे रहा था।" किन्तु सुलतानोव की बातें वह पूर्ववत् आदरपूर्ण ध्यान के साथ, बिना उसे टोके और केवल यदा-कदा अर्थपूर्ण व सहानुभूतिपूर्ण मुद्रा में अपना गोल सिर हिलाते हुए सुन रहा था।

"हाँ, प्यारे अध्यक्ष," गृहस्वामी आगे बोला, "अभी सब लोग ऐसे नहीं रहते हैं, जैसे मैं, या मिसाल के तौर पर जैसे कामरेड अब्दुल्लायेव..."अफ़सोस, सब नहीं !...हम नेता लोगों के तो पद ही हमें, कहना चाहिए, भव्य जीवनचर्या व्यतीत करने को बाध्य करते हैं। हम सारी जनता की नज़र में रहते हैं !...फिर ज़िले में मेहमान भी कम नहीं आते हैं, प्रान्त से भी, केन्द्र से भी और विदेशों से भी ! और वे ठहरते किसके यहाँ हैं ? ज़िला कार्यकारिणी समिति के अध्यक्ष के यहाँ ! क्योंकि मेरा घर ज़िले में सर्वश्रेष्ठ है। अरे, ज़िले में ही क्या : सारे प्रान्त में ! जुराबायेव तक तो किसी सम्मानित अतिथि के हमारे यहाँ पधारने पर उसे मेरे यहाँ भेजते हैं: खुद बड़ी खुशी से उसे ठहरा सकते हैं, पर ठहराने की कोई जगह ही नहीं है ! और तुम ज़रा कल्पना करो, क़ादीरोव, अगर ज़िला कार्यकारिणी समिति का अध्यक्ष उसका स्वागत तंग और पुराने घर में करे तो

*मार्ग़ीलान–काफ़ी पुराने ज़माने से अपने रेशमी कपड़ों के लिए प्रसिद्ध उज़्बेकिस्तान का शहर।

ऐसा अतिथि क्या सोचेगा ? कहेगा : 'लगता है इनका ज़िला सबसे पिछड़े हुए ज़िलों में से है ! अगर यह अपना ही ख़याल नहीं रख सकता, तो फिर जनता का क्या ख़याल रख सकेगा !'

"नहीं, अध्यक्ष, नेता की प्रतिष्ठा मज़बूत नींव पर टिकी होनी चाहिए ! तुम ज़रा सोचोः जनता ने हमें उच्च पद सौंपे हैं, हमें अपने ऊपर मालिक बनाकर रखा है... क्या यह संयोगवश किया है ? नहीं, संयोगवश नहीं। हमें जनसाधारण में से चुना गया है, क्योंकि—मैं तुम्हें साफ़-साफ़ बता दूँ—कुछ ऐसे लोग होते हैं, जिनके भाग्य में ही कपास-उत्पादक, इंजीनियर, लेखक वग़ैरह बनना लिखा होता है, लेकिन ऐसे लोग भी हैं, जो मानो नेतृत्वकारी कार्यों के लिए ही पैदा हुए हैं,—जैसे तुम और मैं...तुम क्या इंजीनियर के रूप में ही अपनी कल्पना कर सकते हो ? या कृषिविद के रूप में ? नहीं ?...और मैं भी...हम नेतृत्वकारी कार्यकर्त्ता हैं, और हम लोग गिने-चुने हैं, क्योंकि हर कोई नेतृत्व करने योग्य नहीं होता। तुम ज़रा ध्यान से सुनो, प्यारे, यह शब्द कैसा लगता है।" सुलतानोव ने उँगली उठाकर हर्षाबिेश में उच्चारण किया : " 'ने-ता !' ज़रा जीवन में हमारे स्थान के बारे में सोचो !...आम जनता होती है, कहने का मतलब है—साधारण मेहनतकश। साधारण नेता, अग्रसर होते हैं, जिन्हें जनता आगे बढ़ाती है और वे उसे अपने पीछे लेकर चलते हैं। अग्रसर आम जनता के आगे, और नेता—जनता के ऊपर। यह बिलकुल युद्ध जैसा है : दस्तों के कमान-अफ़सर सैनिकों को लेकर हमला बोलते हैं, जबकि सैनिक कमान टेकरी से युद्ध पर नज़र रखना ज़रूरी होता है। उसकी पैनी नज़र से कुछ नहीं छूटना चाहिए !...क्योंकि उसकी ज़िम्मेदारी ज़्यादा होती है ! एक राज़ बताऊँ, मुझे कभी-कभी आम लोगों से ईर्ष्या होती है...अपना काम निबटाया—और आज़ाद हो गए। जो जी में आए करिए, जो जी में आए सोचिए। लेकिन मेरे कार्य का समय निश्चित नहीं है। ज़िम्मेदारी से एक मिनट तक के लिए मुक्त नहीं हो सकता : यह नहीं कि काम का दिन ख़तम हो गया, तो ज़िम्मेदारी भी ख़तम हो गई। न ऽऽ हीं, प्यारे !...कभी-कभी तो आदमी रात-रात भर नहीं सो पाता, बराबर माथा खपाना पड़ जाता है : कहीं ज़िले की नाक न कट जाए, आमदनी के अन्दर किसी तरह ख़र्च चलावें, प्रान्त के सामने अपना लेखा-जोखा किस तरह चतुराई से पेश करें ? या फिर कोई ज़िम्मेदाराना भाषण देना है, लिखने बैठे, पर बात है कि बनती ही नहीं ! यानी फिर तुम्हारी नींद हराम...नतीजा यह होता है कि तुम्हें अपनी कुरसी पर दिन में भी जागते रहना पड़ता है और रात में भी। तो फिर क्या मुझे अवकाश के क्षणों में आराम करने का अधिकार नहीं है ? क्योंकि मुझे आराम की ज़रूरत पड़ती है काम के लिए। मुझे अपने पद के अनुरूप ऐसे ज़िन्दगी जीने का हक़ है ! लाल की छटा में तो सोने की अँगूठी ही निखार ला सकती है, है ना, अध्यक्ष ? वरना मेहनत करना ही बेकार है।"

सुलतानोव के दिल में घर करनेवाले भाषण से झपकी आने लगी थी। क़ादीरोव गृहस्वामी की बात बिना पूरी तरह कान करे सुन रहा था और ख़ुद बड़े आराम से अपनी तन्द्रिल-अन्यमनस्क नज़रें ख़्वारेज़्मी क़ालीनों से झाड़-फ़ानूस पर, झाड़-फ़ानूस से एक कोने

में लगे शीशे, शीशे से संदिग्ध रूप से अक्षत-कन्या की-सी ताज़गीवाली पुस्तकों से सजी ऊँची, खुली अलमारी पर डालता निकुंज की सज्जा का निरीक्षण कर रहा था। यह अनुमान लगाया जा सकता था कि पुस्तकों ने अपने लिए निकुंज जैसा अनुपयुक्त ठिकाना केवल गृहस्वामी की उच्च कोटि की सांस्कृतिक आवश्यकताओं का आधिकारिक प्रमाण प्रस्तुत करने के लिए ही चुना था।

युवा गृहस्वामिनी को निकुंज के पास आते देख क़ादीरोव अपने को राहत की साँस लेने से बड़ी मुश्किल से रोक पायाः सुलतानोव का शब्दाडम्बर पूरी तरह क़ादीरोव की समझ में नहीं आया था, वह भोजन को कहीं अधिक सहजग्राहय मानता था। पत्नी को लगन लिए देख सुलतानोव ने अपना भाषण रोक दिया और हाथ पर हाथ मारता हुआ कह उठा :

"तैयार हो जाओ, अध्यक्ष, आदरणीय कामरेड पुलाव हमारे यहाँ पधार रहे हैं !...

गृहस्वामिनी ने उनके आगे पुलाव का लगन रख दिया, बारीक कटी मूली, मिट्टी के प्याले में मिर्च, नमक व सुगन्धित रैहान मिला छेना, दही ले आई। वह तेज़ी से और बिना शोर किए चल-फिर रही थी। लगता था क़ालीन पर रकाबियाँ, प्याले, तश्तरियाँ बिना उसके सहयोग के स्वतः प्रकट होती जा रही हैं। खाना परोसकर वह वैसे ही निःशब्द ग़ायब हो गई, जैसे वह थी ही नहीं...

अतिथि और गृहस्वामी मौन साधे पुलाव निगलने लगे।

सुलतानोव खा स्वाद से रहा था। वह सारे काम सुरुचिपूर्ण ढंग से करता था : खाना, पीना, आराम करना, जुरमाना किए गए लोगों को टेलीफ़ोन पर और मीटिंगों में अच्छी-ख़ासी झाड़ लगाना, निर्देश देना, रिपोर्टें और सूची-पत्र तैयार करना, बाग़ में टहलना, फूलों के पौधे लगाना, मेहमानों की आवभगत करना, शिकार करना। वह यदि बहस भी करता, अपनी सफ़ाई देता या पश्चाताप करता, तब भी उसे आनन्द की अनुभूति होतीः वह आत्म-प्रशंसा करता, चिकने, स्वादिष्ट व तेज़ मसालेदार-से शब्दों से भरे समोसे तैयार करने के अपने कौशल पर प्रसन्न होता एक-एक शब्द बड़े सुरुचिपूर्ण ढंग से बोलता।

सुलतानोव को ज़िन्दगी से प्यार था। बल्कि ज़िन्दगी में ख़ुद से। इसी सम्वेदनशील व आत्मत्यागी प्रेम की ख़ातिर उसने साधारण मनुष्य के शान्त जीवन का त्याग कर दिया था, अपने सिर पर पार्टी-सदस्यता तथा उत्तरदायित्व का इतना भारी बोझ उठाने का फ़ैसला किया था। किन्तु काम करते समय भी वह अपने व कार्य के मध्य छिड़े गहरे संघर्ष का निर्णय अपने हित में करने का पूरी लगन से प्रयास करता ख़ुद को एक मिनट के लिए भी नहीं भूलता था। इस मामले में भी उसका अपना व्यावहारिक दर्शन था, किन्चित् सरलीकरण के बाद जिसका सार यह था : पद पर टिके रहने के लिए व्यस्त रहने का ढोंग रचना आवश्यक है। निस्सन्देह वह अपने "सिद्धान्त" का खुले तौर पर प्रचार नहीं करता था। यह फलसफ़ा, जो उसने अभी-अभी क़ादीरोव के सामने झाड़ा था, वह सुलतानोव के लिए एक प्रकार से मन का बोझ हल्का करना ही था—उसके

लिए किसी विश्वस्त व्यक्ति के सामने कम-से-कम उन सब बातों का एक अंश ही कह डालना आवश्यक हो गया था, जो उसके मन में घुमड़ रही थीं। सुलतानोव अपने "सिद्धान्त" का पालन कभी-कभी अपने व्यक्तित्व के प्रति प्रेम से प्रेरित होकर, आत्म-रक्षा की सहज-वृत्ति के वशीभूत होकर अनजाने में भी करता रहता था।

"आदमी कहीं भी काम क्यों न करे उसे सर्वप्रथम चुन-चुनकर अपने अधीनस्थ व्यक्तियों और विशेषतः अपने उच्च अधिकारियों का समर्थन प्राप्त कर लेना चाहिए," यह उसका प्रथम नीतिवचन था। उसे केवल उत्तम कर्मचारी बनना चाहिए या केवल ऐसा माना जाना चाहिए ?—इस धर्मसंकट का समाधान सुलतानोव बिना सोचे-विचारे अवरोक्त के पक्ष में करता था, क्योंकि वैसा होना, वैसा माने जाने से अत्यन्त कठिन होता है...यदि आप प्रयास करते हैं, पर आपके प्रयासों पर कोई ध्यान नहीं देता, यदि आप ईमानदार हैं, पर आप पर सब विश्वास नहीं करते, यदि आप सच्चे कम्युनिस्ट हैं, पर आप निम्नस्तरीय पद पर सड़ते रहते हैं, तो इससे आपको क्या लाभ ? सम्मान तथा विश्वास प्राप्त करने के लिए निस्सन्देह संघर्ष करना आवश्यक है, यह सब अर्जित किया जा सकता है, लेकिन उसे प्राप्त भी किया जा सकता है। इसका विश्वसनीय रास्ता है—रिपोर्ट, भाषण, मीटिंग। इस काम का फल मिलने में देर नहीं होती है, वह लोगों को नज़र आता है और सुलतानोव के लिए आसान है जबकि इसका परिणाम आश्चर्यजनक होता है : वह हर समय सबकी नज़रों में रहता है, सब उसका काम देखते रहते हैं ! मान लीजिए वह किसी सामूहिक फ़ार्म के दौरे पर जाता है...दिन भर में कितने सामूहिक किसानों से बातचीत की जा सकती है ? कोई दस-पन्द्रह से ? जबकि मीटिंग में उसकी बात दसियों, सैकड़ों लोग एक साथ सुनते हैं, सब तालियाँ बजाते हैं, और उसके प्रत्येक शब्द को आशुलिपि में लिखा जाता है ! यही ज़िले की समृद्धि के लिए उसकी अनथक गतिविधियों का ठोस, स्पष्ट व अभिलिखित प्रमाण है !

जुराबायेव प्रायः उसे सीख देता है : "हर मामूली से मामूली बात की गहराई में जाइए, प्रत्येक मुलाक़ाती का ध्यान रखिए !" किन्तु उसके इस सौजन्य के बारे में मुलाक़ाती के अतिरिक्त और कौन जान सकेगा ? और क्या वह अपने पद पर कार्य करते हुए मामूली बातों पर इतना समय व्यय कर सकता है ? प्रान्तीय समिति और प्रान्त सोवियत में सुलतानोव के सूची-पत्र, रिपोर्टें व कार्यवृत देखे जाते हैं, न कि सुलतानोव का स्वागत-कक्ष, जिसमें वह शिकायतियों की समस्याओं को हल करता है। यह जुराबायेव है, जो "मामूली बातों की गहराई में जाता है, जबकि उसके लेखा-जोखा देने में अकसर गड़बड़ रहती है, वह अकसर प्रान्तीय समिति के कर्मचारियों से अविवेकपूर्ण बहस में उलझ जाता है, इसीलिए तो जुराबायेव का ज़िक्र छिड़ने पर अब्दुल्लायेव नाराज़गी से मुँह सिकोड़ लेते हैं। जिस आदमी से कार्य-संचालन सीखना चाहिए—वह हैं कामरेड अब्दुल्लायेव ! एक बार जब कपास चुनने की रफ़्तार के बारे में फ़ौरी रिपोर्ट देने की आवश्यकता पड़ी थी, तो अब्दुल्लायेव ने हवाई जहाज़ में बैठकर आसमान से सारे प्रान्त का निरीक्षण कर लिया, कोई घंटे भर में काम के सारे मोर्चे क़ा ध्यानपूर्वक जायज़ा ले

लिया। ऐसे पैमाने पर काम करते हैं वह ! प्रथम सचिव अपने सहयोगी की सक्रियता से आश्चर्यचकित रह गए, पर लगता है उन्हें किसी बात का पता तक न चल सका...लेकिन सुलतानोव को इसका पता था। उसमें और अब्दुल्लायेव में काफ़ी पहले से पटने लगी थी। यह अब्दुल्लायेव ही तो थे, जिन्होंने ज़िला कार्यकारिणी समिति के अध्यक्ष पद के उम्मीदवार के रूप में सुलतानोव का नाम सुझाया था और उसका समर्थन भी किया था।

निस्सन्देह ज़िला कार्यकारिणी समिति के अध्यक्ष के कार्य के बारे में राय केवल रिपोर्टों व भाषणों के आधार पर नहीं, बल्कि सर्वप्रथम ज़िले की प्रत्यक्ष स्थिति के आधार पर क़ायम की जाती है। लेकिन उसके ज़िले में काम कुल मिलाकर ढंग से चल रहा है : सामूहिक किसान कोशिश तो कर ही रहे हैं ! फिर ज़िला समिति भी ऊँघती नहीं रहती। अभी तक ज़िला समिति ज़िले के आर्थिक निर्देशन के रूप में काफ़ी ज़िम्मेदारियाँ अपने ऊपर लेती आई थी, और सुलतानोव इससे पूर्णतया सन्तुष्ट था। उसे स्थानीय सोवियतों के अधिकारों के विस्तारण की बात बिलकुल भी पसन्द नहीं थी। वह वैसे ही काफ़ी पहलक़दमियाँ करता रहा है, जब रिपोर्टों में खटकनेवाली बातों को दबाना पड़ता था। अधिकारों के विस्तारण से ज़िम्मेदारी बढ़ जाने का ख़तरा पैदा हो जाता है और कुछ भी हो, ज़िम्मेदारी उठाने से उसके बारे में बातें करना कहीं ज़्यादा अच्छा लगता है। इस तरह तो ज़िला कार्यकारिणी समिति के अध्यक्ष के पद का आकर्षण ही समाप्त हो जाएगा...

लेकिन जब तक पद सुलतानोव को पसन्द रहा, वह उसकी बाहरी हस्तक्षेपों से रक्षा करते हुए इसमें इतना सफल हुआ कि उसे ज़िले में भी, प्रान्त में भी नियमित वक्ता (नेताओं में इसी की तो क़दर की जाती है) और कार्य में अत्यधिक व्यस्त व्यक्ति के रूप में जाना जाने लगा। भले ही सब अपनी आँखों से देखकर आश्वस्त न हो पाए हों कि वह कितना व्यस्त रहता है, पर इस बारे में कम-से-कम सभी को मालूम था। तिस पर अब्दुल्लायेव सदा ज़ोर देकर कहते रहते थे कि सुलतानोव अत्यन्त अध्यवसायी कर्मचारी है...

सुलतानोव को पता भी नहीं चला कि पुलाव का लगन कब उसके पेंदे में अंकित गृहस्वामी के कुलनाम तक ख़ाली हो गया। उसने बुरी तरह हाँफ रहे क़ादीरोव की ओर ज़िन्दादिली से देखकर पेशकश कीः

“एक बार और हो जाए, अध्यक्ष ? पुलाव तो ऐसा पका है कि सब उँगलियाँ ही चाटते रह जाओ।”

क़ादीरोव निढाल होकर तकियों पर ढुलक गया और उसने अपना लाल हुआ चेहरा निकुंज के आर-पार बह रही हवा के हल्के झोंके की ओर कर लिया...

“ठहरो, कामरेड सुलतानोव...ज़रा दम तो ले लेने दो।”

“अरे, हम तो धीरे-धीरे, थोड़ा-थोड़ा करके...”

“ठहरो। मैं आख़िर यहाँ खाने तो आया नहीं हूँ। मुझे तुमसे एक बात करनी है।”

"तो पुलाव खाते-खाते ही बातचीत भी कर लेंगे...या...नहीं, चलो पहले काम निबटा लें। अच्छा, बताओ, क्या बात है ?"

"हमारे सामूहिक फ़ार्म में लोग ग्राम सोवियत के अध्यक्ष से नाख़ुश हैं।"

"उमूरज़ाकोवा से ?" सुलतानोव ने खीसें निपोड़ीं और अपनी गरदन पर मुक्का मारा। "मेरे यहाँ सवार हो रही है, तुम्हारी उमूरज़ाक़ोवा !...अच्छा, अच्छा, बताओ !"

"बात यह है कि उसे अपने पर बहुत घमंड हो गया है," क़ादीरोव ने उदासी से कहा। "सामूहिक फ़ार्म में अपने घर की तरह हुक्म चलाती है...और उसे अपनी अछूती धरती के सिवा कुछ सूझता ही नहीं है।"

"अड़ियल हठधर्मिता है, " सुलतानोव ने निर्णय दिया।

"और क्या ! उसके मुँह से बस यही सुनाई देता है : अछूती धरती, अछूती धरती ! जबकि इस अछूती धरती ने सामूहिक फ़ार्म का सारा अरक़ निचोड़ लिया है ! इस तरह हमारी योजना भंग हो सकती है !"

"यह बात है ?"

"और भंग होगी ही ! आँधी ने हमें ऐसी थपकियाँ दी हैं कि हमें अभी तक होश नहीं आ पा रहा है। अब किसे फ़ुरसत है अछूती धरती के लिए !..."

"ठीक कहते हो, अध्यक्ष। सारे लोगों को आँधी से हुई हानि को दूर करने के लिए संगठित करना चाहिए।"

"मैंने संगठित किया। लेकिन मुझे इसके लिए ही डाँट खानी पड़ी।"

"उमूरज़ाक़ोवा से ?"

"उससे भी और जुराबायेव से भी।"

"अच्छा...फिर ?"

"फिर कपास की रक्षा करने के लिए मैंने लोगों को बस्ती के निर्माण कार्य से हटाकर अछूती धरती में भेजा। कुल मिलाकर मैंने दृढ़ क़दम उठाए। उमूरज़ाक़ोवा मुझ पर बाज़ की तरह टूट पड़ी ! कहने लगी : 'तुम्हें जनता पर विश्वास नहीं है। जनता में इतनी शक्ति है कि अछूती धरती को कृषि योग्य बनाने के लिए भी काफ़ी रहेगी और कपास की रक्षा करने के लिए भी !..."

"कोरी लफ़्फ़ाज़ी है !"

ज़ाहिर है, लफ़्फ़ाज़ी ही है ! बस इससे मुझे कोई राहत नहीं मिलती। उमूरज़ाक़ोवा सब कुछ पहले की तरह बनाए रखने में कामयाब हो गई : खेतों में लोग कम पड़ रहे हैं, और हम हैं कि बस्ती बनाकर अपना दिल बहला रहे हैं।"

सुलतानोव क़ादीरोव की बात सुनता रहा, इसके साथ-साथ वह मन-ही-मन उस सूत्र को खोज रहा था, जिसके अन्तर्गत उमूरज़ाक़ोवा की गतिविधियों की परिभाषा की जा सके। सूत्रबद्ध करने से सुलतानोव को बहुत शान्ति मिलती थी, उसे अपनी सूत्रबद्ध करने की शक्ति में विश्वास था और वह जानता था कि थोड़े-से सूत्र प्रमाणों व प्रमाणीकरण से अधिक कारगर होते हैं : किसी पर ठप्पा लगा दीजिए, फिर आपको

नहीं, बल्कि उसको ही अपनी सफ़ाई पेश करनी होगी।

"तो यह बात है...जानते हो, अध्यक्ष, इसे क्या कहते हैं ? स्वेच्छाचारिता ! उमूरज़ाक़ोवा अपने को एक छोटा-मोटा अधिनायक समझ बैठी है : जो उसके दिमाग़ में आता है, बस वही अच्छा है ! और बाक़ी लोगों की राय पर ध्यान देने की ज़रूरत ही नहीं है। ज़रा याद करो, यह अछूती धरतीवाला बखेड़ा शुरू कैसे हुआ था। उमूरज़ाक़ोवा ने मेरी भी परवाह नहीं की, हालाँकि प्रत्यक्ष रूप से वह मेरे ही अधीन है। मैंने उसे एक बार फिर सब सोचने-विचारने, जल्दबाज़ी न करने की कितनी ही सलाह क्यों न दी, पर वह अपनी योजना लेकर भागी-भागी जुराबायेव के पास पहुँच गई ! उसने मेरी परवाह किए बिना कार्रवाई करने का फ़ैसला कर लिया ! लेकिन नतीजा क्या हुआ ? ज़िला समिति ने प्रस्ताव पास कर दिया—हालाँकि मैंने ब्यूरो की बैठक में चेतावनी दे दी थी कि उमूरज़ाक़ोवा की जोखिमभरी योजनाएँ पार्टी के निर्देशों के पूर्णतया प्रतिकूल हैं,—जबकि उन्हें पूरा करने की ज़िम्मेदारी ज़िला कार्यकारिणी समितिवालों और सामूहिक फ़ार्मों के अध्यक्षों को सौंपी गई है ! यह भी उमूरज़ाक़ोवा की ही चालें हैं ! वह सबसे ज़्यादा शोर मचाती है; उसकी बातें सुनी जाएँ, तो लगता है कि स्थानीय सोवियतों के पास अपने काम कम हैं, यानी उन्हें और काम सौंप दिए जाएँ। इसीलिए ज़िला समिति ने हमारे साथ यह बोझ बाँट लिया...हूँ...यानी, तुम कहते हो, वह अपनी बात पर अड़ी रही ?" सुलतानोव ने हाथ फैलाकर आनन्दपूर्वक जम्भाई ली और व्यंग्यपूर्ण लापरवाही से कह उठा : "बेवकूफ़ हो तुम सब के सब...बेवक़ूफ़ हो ! एक छोकरी तक को सीधा नहीं कर सकते।"

"पर उसने तो सबके दिमाग़ ख़राब कर दिए हैं ! जनता भी पागल-सी हो उठी है : सब छोड़ दो और उन्हें अछूती धरती दो !"

"लोग तो हमारे यहाँ हैं ही ऐसे, उन्हें बस शोर मचाने का मौक़ा मिलना चाहिए। लोगों को तो परी-कथाएँ अच्छी लगती हैं। क्योंकि परी-कथाओं में तो सभी महावीर होते हैं ना !...तुम मुझे बस यह बताओ : क्या तुम्हारे सामूहिक फ़ार्म में संजीदा और अक़्लमंद लोग नहीं हैं ?"

क़ादीरोव ने साश्चर्य सुलतानोव की ओर देखा : वह मानो भाँप गया था कि बेवक़्त आए मेहमान का इरादा क्या है। यानी इसका मतलब यह था कि उनके विचार एक दूसरे से मिलते-जुलते थे...जब यही बात है, तो शर्माने की ज़रूरत ही क्या रह गई। और क़ादीरोव दृढ़ स्वर में कहने लगा :

"उन्हीं लोगों ने तो मुझे तुम्हारे पास भेजा है, कामरेड सुलतानोव। हमारे "सक्रिय कार्यकर्त्ताओं" ने हमारी नाक में दम कर दिया है, हमारे धैर्य का बाँध टूट चुका है ! समझ में नहीं आता कि क्या करें—सामूहिक फ़ार्म का उत्थान करें, या उमूरज़ाक़ोवा के साथ जूझें। ऐसी बहसों से सिर्फ़ काम से ध्यान ही हटता है। इसीलिए हमने फैसला किया है..."

"ऐ "हम" कौन-कौन है ?"

"तुम डरो मत, कामरेड सुलतानोव, ये सब लोग क़ाबिल हैं। उन्होंने ही उमूरज़ाक़ोवा की सारी करतूतों के बारे में ज़िले के समाचारपत्र में छापने की सलाह दी है। उसके बाद, हो सकता है, प्रान्तीय समाचारपत्र में भी। मैं यह पत्र लाया हूँ...जिसे कहना चाहिए...नोट..."

क़ादीरोव ने फ़ौजी क़मीज़ की जेब खोलकर उसमें से अच्छी तरह तह किया हुआ कागज़ निकालकर सुलतानोव की ओर बढ़ाया।

"ओहो !" सुलतानोव में जान आ गई। "मालूम पड़ता है तुम लोगों ने सारी बातों का ध्यान रखा है ! किसने लिखा है ?"

"लिखा तो सभी ने है...लेकिन इस पर हस्ताक्षर हमारे कार्यालय की कर्मचारी नज़ाकतख़ाँ और टोली-नायक मुल्ला-सुलैमान ने किए हैं। उनके खेतों को ही तो आँधी से सबसे ज़्यादा नुक़सान पहुँचा है। वहाँ कपास बरबाद हो गई !"

"क्या कहा, बरबाद हो गई ? यह तो बहुत ही अच्छी बात है..." किन्तु सुलतानोव तत्क्षण चुप हो गया और शोक व सहानुभूतिपूर्ण मुखमुद्रा बना ली। "अफ़सोस की बात है, बहुत अफ़सोस की। इसके लिए किसी को बहुत कड़ी सज़ा भुगतनी पड़ेगी।"

"बेशक !..."

"इसका मतलब यह है," सुलतानोव ने कहा, "कि इस पत्र को लिखनेवालों में से एक सामूहिक फ़ार्म के कार्यालय में काम करता है, दूसरा भुक्तभोगी टोली-नायक है। यह तो अच्छी बात है। उन्हें ही तो सारी बातों की जानकारी है, उन पर लोग ज़रूर विश्वास करेंगे !"

क़ादीरोव को फिर आश्चर्य हुआ: इस बार इसलिए कि सुलतानोव तथा अलीकुल के विचारों में कितनी समानता है।

और सुलतानोव बोल-बोलकर सोच-विचार करता रहा :

"नजाकतख़ाँ के पिता ने भी अपने सद्गुण सबके सामने रखे हैं। बहुत ही बढ़िया कामगार है ! हूँ...जानते हो, अध्यक्ष, यह विचार बुरा नहीं है। अल्लाह की क़सम, बुरा नहीं है ! इस बात का भी अफ़सोस होता है कि यह बात मेरे दिमाग़ में नहीं आई। आख़िर हम प्रेस के बारे में भूल कैसे गए ? अब तो हम तुम्हारी इस उमूरज़ाक़ोवा को कान पकड़कर बाहर निकाल देंगे ! ज़रा ठहरो, मैं अभी आया..."

सुलतानोव फुर्ती से उठकर डग भरता टेलीफ़ोन की ओर बढ़ा, जो निकुंज के एक खम्भे पर लगा था।

"मुझे सम्पादक-मंडल का नम्बर चाहिए। आप क्या बहरे हो गए हैं ? मुझे सम्पादक-मंडल की लाइन दीजिए। मैं सुलतानोव बोल रहा हूँ...सम्पादक-मंडल ? ज़रा यूसुफ़ी को बुला दीजिए...अस्सलाम-अलैकुम, प्यारे ! अरे हाँ, और कौन हो सकता है ? हा-हा...सुनो, क्या तुम थोड़ी देर को मेरे यहाँ आ सकते हो ? बहुत ही अच्छी बात है। क्या ? अरे, ऐसे ही, एक मज़ेदार मसाला है। हा-हा !...तोहफ़ा दूँगा, अगर ठीक से पेश आओगे ! फ़ौरन, फ़ौरन, वरना हमारे यहाँ पुलाव ठंडा हुआ जा रहा है।"

सुलतानोव के अपने स्थान पर लौटने पर क़ादीरोव ने तकिए पर चमकते पत्र की ओर संकेत करके याद दिलाया :

''तुम पढ़ तो लेते कि हमने इसमें क्या-क्या लिखा है...''

''अभी लो, अध्यक्ष, हर काम का अपना वक़्त होता है।''

सुलतानोव ने बड़े आराम से सींग के बने फ्रेमवाला चश्मा नाक पर चढ़ाया और क़ादीरोव का लाया पत्र बिलकुल आँखों के क़रीब लाकर पढ़ने में मग्न हो गया। वह पढ़ता भी सुरुचिपूर्ण ढंग से था, प्रत्येक पंक्ति का आनन्द लेते हुए, जो अंश उसे पसन्द आ रहे थे और जिन अंशों के बारे में सन्देह उत्पन्न होता उनके प्रति अपने मत को रेखांकित करते हुए। कभी वह असन्तोष से अपनी कोयले जैसी काली भौंहें हिलाने लगता था, कभी प्रशंसात्मक विजयपूर्ण ढंग से खुलकर हँसने लगता था, तो कभी ख़ुशी के मारे चटकारे भरता कह उठता था : ''वाह शाबाश ! कितना ज़ोरदार लिखा है !'' पत्र पूरा पढ़कर वह कोई एक मिनट तक कुछ सोचता रहा और फिर द्वेषपूर्वक आँखें सिकोड़े बिना किसी को सम्बोधित किए धमकियाँ देने लगा :

''ज़रा ठहर...तू ऐसे सस्ते में नहीं छूट सकेगा !'' किन्तु तत्क्षण चुप हो गया और खिली मुस्कान के साथ विनोदपूर्वक शिकायत करने लगा : ''न जाने क्यों देर कर रहा है यह अख़बारी रुस्तम ! जबकि कहता था : मेरा एक पैर यहाँ, दूसरा–वहाँ होगा। मालूम है, अध्यक्ष, उसके पैर कैसे हैं ? पाबांसों-से ?''

फिर भी यूसुफ़ी ऐन वक़्त पर आ पहुँचा–ठीक उसी क्षण, जब लगन में पुलाव दुबारा परोसा गया।

अख़बारनवीस कुछ केंचुए जैसा लगता था...वह केंचुए की तरह लम्बा और पतला और केंचुए जैसा ही उबाऊ और मटमैला था। उसकी आँखों में कोई भाव नहीं झलक रहा था, तिस पर ऐनक के मोटे-मोटे शीशे उन्हें बड़ी मज़बूती से ढके हुए थे। यूसुफ़ी का चेहरा लम्बोतरा और उसकी ऐनक बहुत बड़ी थी, इसलिए उसकी आँखें शीशों से उतनी नज़र नहीं आती थीं, जितने कि खोपड़ी से चिपके कान। पतले, रक्तहीन होंठ शायद नहीं जानते थे कि मुस्कान किसे कहते हैं। साही के काँटों-से एकसार खड़े बाल किंचित धूसर, मटमैले रंग के थे...यूसुफ़ी के कन्धों पर पुराना मटमैला कोट ऐसे लटका हुआ था जैसे हैंगर पर टँगा हुआ हो, किरमिच के बूट उसकी लम्बी व पतली टाँगों के लिए बहुत बड़े थे, लगता था जैसे बूट में पैर वैसे ही घूम रहा है, जैसे घानी में लट्ठा। यूसुफ़ी की आयु का अनुमान लगाना कठिन था, जबकि उसका रुझान जान पाना इससे भी ज़्यादा मुश्किल था और भावनाओं व विचारों का अन्दाज़ लगाना तो पूर्णतया असम्भव था। उसके शुष्क चेहरे की वर्णहीनता, अनभिव्यक्ति व रहस्यात्मकता सम्भाषी को भयभीत कर देती थी।

उच्च अधिकारियों के साथ यूसुफ़ी पूरी आज़ादी के साथ तो नहीं, पर बिना जीहुज़ूरी से पेश आता था। उसने अनिच्छा से पहले सुलतानोव से और फिर क़ादीरोव से हाथ मिलाया और गद्दे पर इतनी चतुराई से बैठ गया कि उसके भोंडे पैरों ने किसी

को परेशान नहीं किया। अपने ऐन मौक़े पर पहुँचने के बारे में घिसा-पिटा मज़ाक सुनाकर यूसुफ़ी बड़ी बेतकल्लुफ़ी से पुलाव पर टूट पड़ा। वह जल्दी-जल्दी और ख़ूब खा रहा था, उसकी ठोढ़ी पर चर्बी बह रही थी, चर्बी उसके कोट की चिक्कट लौटों पर भी टपक रही थी।

सुलतानोव हालाँकि उसके ऊपर अपने अधिकार का अनुभव कर रहा था, फिर भी उसने अख़बारनवीस को मनाने की इच्छा से बातचीत की शुरुआत "अख़बारी रुस्तम" को सम्बोधित कर सुनाई गई मज़ाक़िया प्रशंसा से ही की।

"अध्यक्ष, तुम इसकी सादगी पर मत जाओ !...यह अपने व्यंग्यात्मक लेख भयानक तख़ल्लुस "उत्कीर"* के नाम से यों ही नहीं लिखता है। इसकी क़लम की नोक में ज़हर रहता है !" फिर उसने व्यंग्यपूर्ण मुस्कान के साथ आगे कहा, "क्यों ?...मार ही डालता है ना ? सच है ना ? सच कहूँ, तो मैं ख़ुद भी इससे खौफ़ खाता हूँ...हा-हा.."

अख़बारनवीस के पतले होंठों पर व्यंग्यपूर्ण मुस्कान की छाया झलकी। सच कहें, तो वह इस बात पर बहुत ख़ुश हो रहा था कि सुलतानोव ने उसका स्वागत सम्मानित अतिथि की तरह किया है, किन्तु अपनी प्रसन्नता प्रकट नहीं होने दे रहा था।

बातचीत में शनैः शनैः रंग आने लगा। सुलतानोव ने उसे प्राप्त हुई दीर्घकालीन भविष्यवाणी के बारे में बताया, जिसके अनुसार अच्छे दिनों के आने की आशा थी, चटकारे ले-लेकर उन ज़िम्मेदार कामरेडों के निजी जीवन के कुछ चटपटे क़िस्से सुनाए, जिन्होंने उसकी फलदायक गतिविधियों के किसी न किसी चरण में उसे अपना संरक्षण प्रदान किया था। क़ादीरोव ने बड़े उत्साह के साथ बताया कि किस प्रकार उसके सजग नेतृत्व में सामूहिक किसान हाल ही में आँधी से जूझे थे। यहाँ तक कि यूसुफ़ी ने भी पाठकों के कुछ पत्रों के बारे में बताया, जिनसे उसने यानी यूसुफ़ी ने भी पाठकों के कुछ पत्रों के बारे में बताया, जिनसे उसने यानी यूसुफ़ी ने काफ़ी "मसालेदार" लेख तैयार किए थे।

चुटकुलों के बाद उनका स्थान मज़ेदार क़िस्सों ने, डींगभरी कहानियों ने लिया, फिर—एक दूसरे की तारीफ़ों के पुल बाँधे जाने लगे...

लेकिन सम्भाषी केवल एक ही चीज़ के बारे में बात नहीं कर रहे थे, उस पत्र के बारे में जिसके कारण यूसूफ़ी को बुलाया गया था और जिसकी वजह से क़ादीरोव वहाँ आया था। अख़बारनवीस जानता था कि सुलतानोव ने उसे व्यर्थ नहीं बुलवाया है। इसका मतलब यही है कि काम गम्भीर है, यानी वह काम पूरा करना ही होगा। इस तरह का खाना इस लायक़ था कि मालिक के लिए दिल से मेहनत की जाए। क़ादीरोव भी सुलतानोव पर भरोसा रखे चुप था; वह सुलतानोव के सामने ख़ुद को दब्बू व अनुभवहीन भेड़ मानता था। मेज़बान व मेहमानों के मध्य परस्पर मौन समझ की भावना उत्पन्न हो गई थी...

दावत के अन्त में सुलतानोव ने, ऐसे जैसे उसे किसी नगण्य बात का स्मरण हो

*उत्कीर—पैना (उज़्बेकी भाषा में)।

आया हो, बड़ी बेफ़िक्री से यूसुफ़ी को क़ादीरोव का पत्र दे दिया :

"लो, प्यारे, पढ़ डालो।"

यूसुफ़ी ने पत्र को तिरछा रख उस पर सरसरी नज़र डाल, दस्तख़तों को देखकर अनिश्चित स्वर में हुंकार भरी :

"हूँ...दो दस्तख़त हैं ?"

"क्या कुछ गड़बड़ है ?" क़ादीरोव ने चिन्तित स्वर में पूछा।

"नहीं, नहीं...पत्र विश्वासजनक है। लेकिन दो दस्तख़त...कुछ कम हैं ! हूँ...अगर मैं इससे छोटा-मोटा लेख गढ़ डालूँ, तो कैसा रहे ?"

"जैसे बेहतर रहे, वैसे ही करो, प्यारे," सुलतानोव ने क्लान्त स्वर में उत्तर दिया। "सामूहिक फ़ार्म चले जाओ। लोगों से बात करो। वहाँ ऐसे कामरेड हैं, जो भरोसा करने लायक़ हैं। मिसाल के तौर पर उर्वरता समिति का अध्यक्ष अलीकुल फिर मु...मु..."

"मुरातअली से बात की जा सकती है," क़ादीरोव ने सुझाया।

"हाँ, मुरातअली से बात कर लेना। पर वह कौन है ?"

"हमारे श्रेष्ठ टोली-नायकों में से एक। उमूरज़ाक़ोवा से सख़्त नाराज़ है। नई बस्ती में जाकर नहीं बसना चाहता।"

"यह तो बहुत अच्छा होगा..."सुलतानोव ने कहा। और यूसुफ़ी को सम्बोधित कर धीरे से कह बैठा : "वैसे तुम्हें सिखाने की ज़रूरत ही क्या है ! विद्वान को शिक्षा देना—उसे बिगाड़ देना ही होता है। तुम ख़ुद सब पता लगा लोगे। क़ादीरोव तुम्हारी मदद करेगा। और यह काम निबटने पर सब शिकार पर जाएँगे। स्तेपी में हिरन बहुत हैं ना, अध्यक्ष ?"

"अभी तक एक भी शिकारी ख़ाली हाथ नहीं लौटा है ! हिरन ख़ुद गोलियों के आगे सीना करते हैं।"

"वाह, क्या कहने ! कुछ शिकार मारेंगे...और अब दोस्तो, एक-दो घंटे की झपकी लेने का सुझाव पेश करता हूँ...आख़िर मुझे शाम को काम करना है..."

प्रस्ताव एकमत से स्वीकार कर लिया गया।

शाम को क़ादीरोव को विदा करते समय सुलतानोव उसके कन्धे पर हाथ रखकर डींग हाँकता हुआ बोला :

"देखा, काम कैसे हो रहा है ? जब तक मैं ज़िन्दा हूँ, तुम्हें किसी बात की चिन्ता करने की ज़रूरत नहीं है। सब ठीक हो जाएगा !"

क़ादीरोव के दिल में फिर शंकाओं का तूफ़ान मच गया। उसने एक ठंडी साँस ली :

"हम कहीं बुरा तो नहीं कर रहे हैं ?"

"अरे दोस्त, तुम भी क्या, आग भड़काकर ख़ुद रफ़ूचक्कर होना चाहते हो ? नऽऽ हीं, ऐसे काम नहीं चलनेवाला...पीछे हटने का मौक़ा निकल चुका है। और यह गाँठ बाँध लो, प्यारे : जंग और प्यार में सब जायज़ है..."

सत्तरह

मेख़री और करीम

गरमियों के रविवार की एक शाम को अलतीनसाय में ताशकन्द के कलाकारों का एक कंसर्ट आयोजित किया जानेवाला था।

अलतीनसाय के युवाओं का चैन जाता रहा : आख़िर राजधानी के कलाकार आनेवाले हैं, कोई मज़ाक थोड़े ही है ! बहुत से अलतीनसायवासियों ने उनके कार्यक्रम रेडियो पर सुने थे, पर उन्हें अपने यहाँ सामूहिक फ़ार्म में देखने का अवसर अभी तक नहीं मिल पाया था। हालाँकि हाथ से लिखे पोस्टरों पर कंसर्ट के दिन की सूचना दी जा चुकी थी, पर युवक-युवतियों से शायद रहा नहीं जा रहा था; वे एक मिनट की फ़ुरसत पाते ही फ़ौरन आलिमजान, करीम या आयक़ीज़ के पास पहुँच जाते और एक ही सवाल पूछतेः कलाकार आए या नहीं ? आयक़ीज़ उन्हें धैर्यपूर्वक समझाती कि कंसर्ट के होने में अभी इतने दिन बाकी हैं और इसकी घोषणा पोस्टरों में की जा चुकी है। आलिमजान जब उसके पास ग्राम सोवियत में आया, तो उसने थककर शिकायत कीः

''देख रहे हो, कंसर्ट हमारे किसानों के लिए कितनी महत्त्वपूर्ण घटना है !...लगता है हम उनको ज़रूरत से ज़्यादा नहीं बिगाड़ते हैं।''

''हमारा क्या दोष है, ऐसी परम्परा ही पड़ी हुई है : विख्यात कलाकार नामी सामूहिक फ़ार्मों में ही कार्यक्रम प्रस्तुत करते हैं...'', आलिमजान व्यंग्यपूर्वक मुस्कराया। ''जैसे उन सामूहिक फ़ार्मों के किसानों को, जिनके सामूहिक फ़ार्मों ने प्रसिद्धि प्राप्त नहीं की, गीत व नृत्य उतने पसन्द नहीं हो, जितने कि अग्रणी किसानों को। हँसी की बात है...हम लोग कभी-कभी कला को श्रम की सफलताओं के बोनस का रूप दे देते हैं। लेकिन यह तो रोटी की तरह है, जिसकी सभी को ज़रूरत होती है !''

आयक़ीज़ ने पति के कन्धे पर हाथ रख दिया :

''ठीक है, बिलकुल ठीक है...गीत, नृत्य नाटक से लोगों को कितनी ख़ुशी होती है ! अब्बा को ही लो...इन दिनों उन्हें चैन ही नहीं है : बस कलाकारों का इन्तज़ार कर रहे हैं।'' वह विचारमग्न हो गई। ''तुमने लक्ष्य किया या नहीं, कुछ अरसे से वह दुबले हो गए हैं, सूख गए हैं...''

''काम बहुत है, आयक़ीज़। आजकल सभी के पास बहुत काम है।''

आयक़ीज़ मौन हो गई, फिर हिचकिचाती हुई उदास स्वर में बोली, न जाने उलाहना देते हुए या पूछते हुए :

''शायद इसीलिए हम एक दूसरे के साथ इतना कम रह पाते हैं..

आलिमजान ने किन्चित् भौंहे सिकोड़ीं :

''शिकायत हमें नहीं करनी चाहिए, आयक़ीज़। हमने स्वेच्छा से बहुत से लोगों की भलाई की ज़िम्मेदारी अपने ऊपर ली है और हमें शिकायत नहीं करनी चाहिए कि हम

सारे समय, आख़िरी मिनट तक काम में व्यस्त रहते हैं।"

"शायद तुम्हारी बात ही सही है..." आयक़ीज़ ने क्षीण स्वर में उत्तर दिया।

कंसर्ट के दिन गाँव खूब सजा-धजा था। केन्द्रीय चौक में, लेनिन स्मारक के सामने तख़्तों का मंच खड़ा कर दिया गया था; कंसर्ट का आयोजन खुले आकाश तले करने का निर्णय किया गया था। सारे चौक में क्लब से निकालकर लाई बेंचें रख दी गईं। मन्द पर्वतीय पवन बह रहा था, चौक के चारों ओर उगे पोपलरों की पत्तियाँ सरसरा रही थीं, और लग रहा था जैसे पेड़ों की चोटियाँ ऊर्मियों में डूबी हुई हैं...

सामूहिक किसान उस दिन जी-जान से काम कर रहे थे—सब काम कुछ जल्दी निबटा लेना चाहते थे। युवतियाँ खनकदार आवाज़ों में एक दूसरे को पुकार रही थीं, युवक एक दूसरे से चुभते मज़ाक कर रहे थे...

केवल मेख़री दुःखी और चिन्तित थी और सन्ध्या निकट आते-आते उसकी व्याकुलता बढ़ने लगी। वह उदासी से अपने धूल में सने पुराने बूटों व धूप मे बदरंग हुए मामूली, पुराने कुरते को बार-बार देख रही थी। इस समय वह हाथ-मुँह धोने, बालों को पतली-पतली चोटियों में गूथने, सफ़ेद बुंदकियोंवाला नीला कुरता पहनने, जो करीम को पसन्द था, अपने घर क़तारताल जाना चाहती थी। लेकिन क़तारताल दूर था, और न उसके पंख थे, जो उड़कर वहाँ पहुँच सके, और न ही मोटर। यदि पोगोदिन आस-पास होता, तो वह उसे मोटरसाइकिल पर घर तक छोड़ आने के लिए मना लेती। किन्तु पोगोदिन अछूती धरती पर था और अपनी मोटरसाइकिल पर, जिसे वह प्यार से "मुश्की घोड़ा" कहता था, अब केवल लोला को ही सैर करवाता था। और करीम ने मोटरसाइकिल नहीं ख़रीदी थी, फिर पिता उसे करीम के साथ शायद जाने भी न देते।

मेख़री ने कनखियों से पिता की ओर देखकर भौंहें तानी, उसकी भौंहें नाक के बाँसे के पास चौड़ी थीं और कनपटियों के पास संकरी। जब वह भौंहों को सिकोड़ती, उनके चौड़े छोर मिलकर एक स्याह, झबरे धब्बे में बदल जाते। आज यह धब्बा विशेष रूप से बार-बार प्रकट हो रहा था...

मुरातअली मानो जानबूझकर खेत से जाने की जल्दी नहीं कर रहा था। पड़ोस के खेतों में भी अब कोई नहीं रहा था, मुरातअली ने अपने सामूहिक किसानों तक को कपड़े बदलने के लिए अपने-अपने घर भेज दिया था। खेत में केवल वह और मेख़री ही रह गए थे। पैदल क़तारताल जाने के लिए अब देर हो चुकी थी। मुरातअली देख रहा था कि बेटी असन्तुष्ट है, वह उसकी परेशानी समझता था : युवती को ऐसे समारोह में काम के कपड़ों में पहुँचना शोभा नहीं देता। किन्तु वृद्ध के लिए पुत्री की व्याकुलता की समीचीनता स्वीकार करना कठिन था, और वह हठपूर्वक मन-ही-मन यही सिद्ध कर रहा था : कोई बात नहीं, काम के कपड़े सम्मानप्रद कपड़े होते हैं, और सान्ध्य-कार्यक्रम में सब अपने ही लोग होंगे, उसके तथा मेहरी जैसे ही मेहनतकश होंगे। सब जानते हैं कि उनका घर वहाँ से कितना दूर है। काम ज़ोरों पर होने पर उन्हें कई बार अलतीनसाय में खेत-कैम्प में या सम्बन्धियों के यहाँ रात बितानी पड़ती रहती है। आँधी के दौरान

भी ऐसा ही हुआ था और आँधी के बाद के पहले दिनों में भी। इस दौरान मुरातअली अपने ख़ूबानी के वृक्ष तक में पानी नहीं दे पाया था। उसमें कल पानी देना चाहिए...चल ? क्या इसका अर्थ यह है कि कंसर्ट के बाद उसे और मेख़री को फिर रात में लम्बा रास्ता पैदल तय करना पड़ेगा ? कोई बात नहीं, उनके पैर मज़बूत हैं, और झपकी का मज़ा कुछ और ही होता है।

मुरातअली ने ऐन पहाड़ियों के ऊपर चढ़े सूरज पर नज़र डाली। गाँव में कुछ और करना नहीं रहा था। मेख़री समय न गँवाने के लिए मिट्टी को ढीला कर रही थी, कपास के पौधों के इर्द-गिर्द ढूहे बना रही थी। उसने अलतीनसाय रवाना होने से पहले ख़ुद यह जाँच करने का फ़ैसला किया था कि मुख्य नाली की मोरियाँ मज़बूती से बन्द की गई हैं या नहीं।

उसने कमर सीधी करके बेटी को आवाज़ दी :

"मेख़री !"

"मेख़री ने न सुनने का बहाना किया।

"मेख़री ! बेटी !"

मेख़री बिना सिर उठाए और फुर्ती व लगन से कुदाल चलाने लगी।

मुरातअली ने भर्त्सनापूर्ण ढंग से सिर हिलाया। वाह री बेटी !...बात तक नहीं करना चाहती। यह किस पर गई है, जो इतनी ज़िद्दी है ?

वह एक ठंडी साँस लेकर नाली की ओर चल दिया और फिर नाली के किनारे-किनारे मुख्य नहर की ओर। वह शीघ्र ही एक छोटी-सी टेकरी के पीछे ओझल हो गया...

मेख़री ने कपास के पौधों के इर्द-गिर्द ढूहे बनाना जारी रखा। लेकिन अब वह कुदाल निरन्तर कम ही चला रही थी। हर चोट के बाद वह खिन्न अधीरता से कभी सड़क की ओर देख रही थी, कभी खेत की ओर, जहाँ, कुछ देर पहले तक करीम अपने दल के साथ काम कर रहा था। इस समय करीम शायद गाँव पहुँच चुका होगा...यदि अब्बा न होते, तो वह अवश्य ही मेख़री को लेने आ गया होता। लेकिन अब्बा जब भी करीम को देखते हैं, साँड़ की तरह भड़क उठते हैं। आख़िर उन्हें करीम क्यों पसन्द नहीं आता है ? कहीं वह यह तो नहीं समझते हैं कि करीम ने ही उसे अछूती धरती में जा बसने के लिए फुसलाया है ? लेकिन यह तो झूठ है ! वह ख़ुद ही गाँव से इतनी दूर रहते-रहते ऊब गई है। इसके कारण उसकी फ़ालतू की झंझट और दुःख कितने बढ़ गए हैं ! आज ही देखिए...लेकिन अब इस बारे में न सोचना ही बेहतर होगा ! शायद ऐसा तो नहीं है कि अब्बा को उसका और करीम का प्रेम गुप्त न रखना अच्छा नहीं लगता है ? पुराने ज़माने में युवती का भाग्य उसके अपने पर निर्भर नहीं करता था। सब बुज़ुर्गों की इच्छानुसार होता था : जिसकी ओर वह उँगली उठाकर कहते, वही दूल्हा बन जाता था। स्वच्छन्द प्रेम का गुणगान केवल शायर किया करते थे, जबकि अंधविश्वासपूर्ण परम्पराओं की बेड़ियों में जकड़े आम लोग अपने बच्चों को पापमय

विचारों से बचाए रखने के लिए उन पर कड़ी नज़र रखते थे। और प्रेम गाँव-गाँव में वनज कुसुम की तरह खिलता रहता था : कड़ाके की गर्मी उसे झुलसाती रहती, तेज़ हवाएँ उसे छितराती रहतीं, शुष्क हिम से उसकी काँपती पँखुड़ियों को पाला मारता रहता। प्रेमी चोरी-छिपे मिलते रहते थे और बिछुड़ते अपनी इच्छा से नहीं थे...अब ज़िन्दगी बदल चुकी है, पर बुज़ुर्ग लोगों के लिए पुरानी परम्पराओं को त्यागना कठिन है। मुरातअली को ही लीजिएः वह मेहनत नए ढंग से करता है, पर जीना पुराने ढंग से चाहता है। निस्सन्देह वह मेख़री का विवाह उसे नापसन्द व्यक्ति से नहीं करेगा, वह पुत्री की ख़ुशी की क़दर करता है। किन्तु उसे प्रेम करने का अधिकार भी नहीं है, जब तक कि पिता उस प्रेम को अपनी स्वीकृति से निष्पाप घोषित नहीं कर देता। अर्थात शुरू में प्रेम में एक दूसरे की सहमति प्राप्त कर लेनी चाहिए, माता-पिता को सूचित कर देना चाहिए और केवल इसी के बाद प्रेम करना चाहिए और वह भी उसे सबसे गुप्त रखते हुए। निश्चय ही पिता को कभी ऐसे प्रेम का अवसर नहीं मिला था, जैसा कि उसे और करीम को। वह नहीं समझता कि उन दोनों के लिए प्रेम शनैः शनैः सूर्य की दीप्ति से आलोकित होता भोर है। और भोर किसी परम्परा के अधीन नहीं हो सकता।

करीम के साथ उसकी मुलाक़ातों के बारे में जानने पर अब्बा ने कहा था : "देखो, बेटी, तुम सारे गाँव के सामने मेरी नाक कटवा दोगी।" लेकिन क्या प्यार करना अपमानजनक है ? क्योंकि आजकल दुलहनों के बदले में महर नहीं बाँधा जाता है, युवक तथा युवती प्रेम का मूल्य एक दूसरे के प्रति प्रेम से चुकाते हैं। समय आने पर मेख़री व करीम स्वयं मुरातअली के पास जाकर उससे शान्तिपूर्ण दीर्घ-जीवन का आशीर्वाद माँगेंगे। लेकिन लगता है पिता को इसी बात से तो डर लगता है ? क्या उसे डर है कि मेख़री करीम के घर चली जाएगी, और वह अकेला रह जाएगा ? वह मेख़री को बहुत प्यार करता है। कहना चाहिए वह उसके लिए आँखों का तारा भी है और नूर भी। बूढ़े मुरातअली का बेटी को छोड़कर कोई अपना नहीं है।

मेख़री ने अपना काम छोड़कर, सोच में डूबे-डूबे अपनी खोई-खोई नज़रें कहीं दूर टिका दीं। उसने सुबकी जैसी एक ठंडी साँस छोड़ी। उसे एकाएक पिता पर दया आने लगी...वह नेक है, अच्छा है, इस समय उसे उससे कम परेशानी नहीं है। वृद्ध को अपना पुश्तैनी घर छोड़ना पड़ रहा था, और इधर बेटी भी उसे छोड़कर जाने की तैयारी कर रही है। लेकिन उसकी आशंकाएँ व्यर्थ हैं। यदि मेख़री ने करीम से विवाह किया भी,—वैसे अभी यह अनिश्चित है, उसने कोई वचन भी नहीं दिया है,—तो भी विवाहित जीवन उसे पिता से जुदा नहीं कर सकेगा। वह और करीम मुरातअली को अपने साथ रख लेंगे। वह नई बस्ती में उनके साथ रहेगा। लेकिन क्या वह ऐसा करने को तैयार हो सकेगा ? वह नेक और अच्छा है, पर हद से ज़्यादा ज़िद्दी है ! अब वह जा चुका है और उसे मेख़री की चिन्ताओं व दुःखों से कोई मतलब नहीं है ! वह वृद्ध है, उसे कंसर्ट में पुराना चोग़ा पहनकर पहुँचने में शर्म नहीं महसूस होगी। लेकिन उसे, युवती

को कैसा लगेगा ? उसकी सहेलियाँ सुन्दर-सुन्दर ठाठदार कपड़ों में सज-धजकर आएँगी, जबकि वह अपने पिता की हठधर्मिता के कारण उनके बीच चटकीले फूलों में नागदौना की झाड़ी-सी लगेगी !

मेख़री ने कुदाल ऊँचा उठाकर पूरी शक्ति से उसे ज़मीन में धप्प से गाड़ दिया। धप्प, धप्प !...वह स्वयं को इतनी अभागी महसूस कर रही थी कि केवल मेहनत ही उसे सान्त्वना व शान्ति दे सकती थी। धप्प, धप्प !...

आगे सब वैसे ही हुआ, जैसे परी-कथाओं में होता है। मेख़री को मोटरसाइकिल की रुक-रुककर आती फट-फट सुनाई दी। इंजन का शोर निरन्तर बढ़ता गया। किन्तु वह अचानक बन्द हो गया, और मेख़री को जानी-पहचानी आवाज़ सुनाई दी :

"मेख़री ! चलते हैं !..."

मेख़री ने कुदाल ज़मीन पर फेंक दिया और सिर पर पाँव रखे सड़क की ओर भागी। करीम मोटरसाइकिल की सीट पर, पैर ज़मीन पर टिकाए बड़ी शान से बैठा था। लगता था वह भी कपड़े नहीं बदल सका था : वह छालटी का हल्के पीले रंग का साधारण सूट, पुरानी होने से पीले पड़े बेल-बूटोंवाली फ़रग़ानावाली टोपी तथा अपना बेहतर ज़माना देख चुके बूट पहने हुआ था। उसके चेहरे पर पढ़ी जा सकनेवाली चिन्ता के पीछे छिपे बाल-सुलभ अदम्य उल्लास व गर्व भाँपे जा सकते थे।

"बैठो, मेख़री चलते हैं !..."

"कहाँ ?"

"कहाँ ? क़तारताल ! मैं जब खेत से चला, तो देखा, तुम अभी खेत में ही हो। जबकि तुम्हें कपड़े बदलने चाहिए।"

"धन्यवाद, करीम...पर तुम्हारे पास मोटरसाइकिल कहाँ से आई ?"

"मैं भागा-भागा ट्रैक्टर चालकों के पास गया और इवान-अका से इसे माँग लाया। आज वह बिना 'मुश्की घोड़े' के काम चला सकते हैं। जबकि तुम्हारे और मेरे लिए," करीम ने विनोदी अर्थपूर्णता के साथ उँगली उठाकर कहा," यह जीवन-मरण का सवाल है !"

"ओह, धन्यवाद, करीम ! एक बार फिर धन्यवाद !"

करीम ने दुःखी मन से ठंडी साँस ली :

"यानी क्या मैंने इतनी मेहनत सिर्फ़ धन्यवाद पाने के लिए की है ?"

"तो क्या तुम्हें मेरी कृतज्ञता कम लगती है ?"

मेख़री डरते-डरते चारों ओर नज़र डालकर झुकी और करीम के कपोल पर चुम्बन अंकित कर लाज से लाल हो झिझककर पीछे हट गई। करीम का भी चेहरा लाल हो उठा, पर वह पुरुष था और पुरुष को किसी भी प्रकार की परिस्थिति में किंकर्त्तव्यविमूढ़ होना शोभा नहीं देता। करीम ने दिलेरी दिखाते हुए कहाः

"मैं तूफ़ान की तरह उड़ता तुम्हारे पास आया हूँ, मेखरी ! मैं इससे ज़्यादा बड़े इनाम के लायक़ हूँ !"

मेख़री और एक क़दम पीछे हट हँसती हुई बोली :

"करीम, तुम्हें मालूम होना चाहिए कि किसी को भी अपने अतीत की सेवाओं के भरोसे नहीं जीना चाहिए !"

"मेख़री !..."

"ज़रा मेरा इन्तज़ार करो, करीम, मैं कुदाल उठा लाती हूँ।"

मेख़री उस क्यारी तक, जिसमें वह कुदाल छोड़ गई थी, भागकर पहुँच भी न पाई कि टेकरी के पीछे से मुरातअली आता दिखाई दे गया। मेख़री दुविधा में पड़ रुक गई, उसने मुड़कर सड़क की तरफ़ देखा, फिर पलटकर टेकरी की ओर..यदि वह पिता की प्रतीक्षा करती है, तो उसे क़तारताल जाने का ख़याल ही छोड़ देना चाहिए। और यदि उसकी आज्ञा के बिना जाती है, तो पिता का क्रुद्ध होना निश्चित है। आख़िर क्या करे ?...

मुरातअली ने पुत्री की ओर हाथ हिलाया। मेख़री निश्चल खड़ी रही। किन्तु तभी वह आगे लपकी और कुदाल उठाकर तत्क्षण वापस भाग चली। शर्म से लाल हुई और हाँफती हुई वह बिना कुछ कहे मोटरसाइकिल पर करीम के पीछे बैठ गई और जल्दी मचाने लगी :

"जल्दी चलो !..."

करीम ने मुड़कर देखा, उसके चेहरे पर किंकर्त्तव्यविमूढ़ता व्याप्त थीः

"पर मुरातअली-अमाकी का क्या होगा ? वह तुम पर भी नाराज़ होंगे और मुझ पर भी।"

मेख़री की भौंहें हठपूर्वक जुड़कर स्याह रोएँदार धब्बा बन गईः

"चलो, करीम ! क़सूरवार अब्बा ही हैं। वह सब लोगों की तरह नहीं जीना चाहते !...वह मुझे नहीं समझना चाहते, चलो भी, करीम !"

करीम ने हथेली का भोंपू बनाकर उसे मुँह से लगाकर आवाज़ दी : "ऐ मुरातअली-अमाकी...हम क़तारताल होकर आते हैं ! जल्दी लौट आएँगे !..."

सड़क से न करीम ने देखा, न ही मेख़री ने कि मुरातअली का चेहरा कैसा बुझ गया, उसकी अक्षमाशील आँखों से कैसे चिनगारियाँ छूटने लगीं...

अठारह

शुद्ध-हृदय

अगले दिन की सुबह निर्मल व शान्त थी। प्रकृति मानो अपनी हाल की ग़लती को सुधारने की जल्दी में अत्यन्त उदार हो उठी थी : उसने लोगों को मेघशून्य आकाश, सूर्य का शान्त प्रकाश व स्फूर्त्तिदायक पवन भेंट किए...

किन्तु मुरातअली को किसी भी चीज़ से ख़ुशी नहीं हो रही थी—न हवा से, न सूरज से। उसके चेहरे पर उदासी छाई हुई थी और वह अकसर सोच में डूब रहा था। वह मेख़री की ओर न देखने की कोशिश कर रहा था। मेख़री भी अपनी क़सूरवार नज़रें उठा नहीं पा रही थी। गई पूरी शाम और आज पूरी सुबह पिता व पुत्री एक दूसरे से बात नहीं की थी। वे कंसर्ट में साथ रहते हुए भी मौन बैठे रहे; एक भी शब्द मुँह से निकाले बिना पैदल घर गए और काम पर आए।

और वे इस समय भी चुप थे।

मुरातअली ने किसी पर भी नुकताचीनी नहीं की, किन्तु सभी किन्चित् उदास थे : शायद टोली पर भी टोली-नायक की मनःस्थिति का प्रभाव पड़ चुका था।

मुरातअली अपने कठोर व हठीले स्वभाव के लिए प्रसिद्ध था, और किसान उससे कुछ डरते थे। डरते भी थे और प्यार भी करते थेः वह कुछ कर्कश ज़रूर था, पर न्यायप्रिय और ईमानदार था। वह ताक़तवरों की चापलूसी नहीं करता था, न ही कमज़ोरों से बदला लिया करता था, उसका हृदय निष्कपट व शुद्ध था, और यदि उसे किसी बात पर क्रोध भी आता था, तो वह दो टूक बात कहता था, बिना रहम किए और बिना डरे। अपने दल में वह किसी में भेद नहीं करता था, सबके साथ सख़्त व कठोर था, कामचारों को छूट नहीं देता था और ग़फ़ूर तक को भी, जिसे वह अपना मित्र मानता था, उसकी लापरवाही के लिए उसे माफ़ नहीं करता था। लेकिन दूसरों के साथ सख़्ती बरतते हुए मुरातअली अपने पर भी दया नहीं करता था, वह मेहनत डर से नहीं, दिल से करता था। अनुभवी, कुशल कपासउत्पादक अपना काम भली-भाँति जानता था और उससे निःस्वार्थ भाव से प्रेम करता था, और जब वह किसी को काम करके दिखाता कि कपास की सँभाल कैसे करनी चाहिए, तो सारा दल कुशल वृद्ध कामगार को प्रशंसा की दृष्टि से देखता रहता।

केवल ग़फ़ूर टोली-नायक को कोई ख़ास पसन्द नहीं करता था, किन्तु वह अपनी भावनाएँ व विचार छिपाए रखने में कुशल था...

इस समय अन्य किसानों की तरह ग़फ़ूर के चेहरे से भी चिन्तापूर्ण सहानुभूति टपकी पड़ रही थी, जबकि मन-ही-मन स्पष्टतः ख़ुश हो रहा था : "क्यों, टोली-नायक, अच्छा नहीं लग रहा है ? तुम हो ही इसी लायक़, नुकताचीन बूढ़े !"

मुरातअली ने सारी उपटोलियों का चक्कर लगाकर सख्ती से कपास-उत्पादकों के काम की जाँच की और खेत-कैम्प की ओर चल दिया : वहाँ लेखापाल बैठता था, जिससे बात करना ज़रूरी था। वृद्ध चलता जा रहा था और सारे समय अपने आप से बहस करता जा रहा था...उसका हृदय पुत्री को दोषी ठहरा रहा था, जबकि विवेक उसे उचित ठहरा रहा था। हृदय उसके सारे निर्णयों और व्यवहार को उचित मान रहा था, जबकि विवेक उन्हें स्वीकार नहीं कर रहा था।

कैम्प तक पहुँचने से पहले मुरातअली रुक गया और अनायास ही उसकी दृष्टि उस दिशा में टिक गई, जहाँ नई बस्ती बन रही थी। वह बस्ती की ओर देखना नहीं

चाहता था। बस्ती में वृद्ध मुरातअली को कोई रुचि नहीं होनी चाहिए थी। किन्तु कुछ भी हो उसका मुख नए गाँव की दिशा में ही मुड़ा हुआ था।

मुरातअली मन-ही-मन निर्माताओं की प्रशंसा किए बिना न रह सका। कितनी तेज़ी से काम कर रहे हैं ! कुछ दिन पहले तक स्तेपी में अकेला तम्बू दिखाई देता था, और मुरातअली को वह दिन याद है, जब उसके पास लम्बा और बलूत जैसा गठा हुआ उस्ताद हज़रतकुल उसके पास आया था। अब वहाँ तम्बू नहीं रहा था। जहाँ वह कभी लगा हुआ था, वहाँ नवनिर्मित घरों की सीधी, साफ़-सुथरी क़तारें खड़ी हुई थीं, जैसे पायनियर अपनी सभा में एकत्र हुए हों, जिसमें मुरातअली को भी अकसर उदीयमान पीढ़ी को अपने कष्टमय अतीत के क़िस्से सुनाने के लिए निमन्त्रित किया जाता था। वहाँ से भी दिखाई दे रहा था कि वे घर कितने सुन्दर हैं : बढ़िया क़िस्म की दीवारें, स्लेट की छतें, बड़ी-बड़ी खिड़कियाँ ! कमरों के अन्दर बाहर जैसा उजाला रहता होगा, और जाड़े की बर्फ़ीली हवाओं को गरम आवास-गृह में एक भी दरार ढूँढ़े नहीं मिलती होगी। फ़र्शों से भी ठंड नहीं आती होगी, फ़र्श लकड़ी के हैं, उन पर पुआल बिछाने की ज़रूरत नहीं पड़ेगी। और क़तारतालवाला घर बस ढहने ही वाला है...गरमियों में उसमें अँधेरा रहता है, और जाड़े में ठंड रहती है; हिमझंझावात की बर्फ़ानी धाराएँ किवाड़ों के नीचे से, छोटी-छोटी खिड़कियों और जीर्ण-शीर्ण छत की दरारों से तेज़ साँपों की तरह कमरे में रेंगती घुसने लगती हैं। बचाव का एकमात्र साधन—सन्दाल रह जाता है। नया घर बनाना चाहिए...लेकिन वह, मुरातअली, अपने पुराने घर के बदले में स्तेपी का यह सारी बस्ती भी लेने को तैयार न हो ! वह समझता है कि बेटी का मन यहाँ आने को करता है। पर मुरातअली पहाड़ों का आदी है, वह पहाड़ी है, वह सदियों पुराने वृक्ष की तरह है, जिसकी जड़ें क़तारताल की ज़मीन की गहराई में जमी हुई हैं। क़तारताल में उसके लिए सब अपना है; हर पत्थर, हर डाल, धूप में सूखती ज़मीन की हर दरार भी; वहाँ उसे सब कुछ उसके भोगे सुख-दुःख, उसके उन प्रियजनों की याद दिलाता है, जिन्हें वह खो चुका है...क़तारताल में जीवन अपना प्रवाह बदले बिना बीत रहा है, आख़िर उसकी आयु भी तो ऐसी है कि अभ्यासगत शान्ति को ठुकराना असम्भव हो गया है। मुरातअली को लगता था : कभी नींद खुलने पर उसे अपने ऊपर ख़ूबानी की हरी-भरी टहनियाँ नज़र नहीं आईं, तो क़हर टूट पड़ेगा...इस समय वह नए गाँव की ओर देख रहा है, पर उसकी आँखों के आगे ख़ूबानी का वृक्ष घूम रहा है, क़तारताल का आभूषण व गौरव, वह वृक्ष, जिसकी सँभाल स्वयं मुरातअली ने की है, जो मुरातअली के दिल का एक टुकड़ा बन गया है। यह समझना मेख़री के बूते के बाहर की बात है : वह जवान और चंचल है। आयक़ीज़ भी वृद्ध मुरातअली की बात नहीं समझती। उनकी अपनी दुनिया है, उसकी—अपनी। बेहतर हो यदि वे उसका पीछा छोड़ दें, उसे अपनी वृद्धावस्था के अन्तिम दिन शान्ति व निश्चिन्तता से बिताने दें। लेकिन नहीं, सब केवल अपनी ही नहीं, उसकी भी चिन्ता करते हैं, जैसे जीवन ने उसे तो बुद्धि प्रदान ही नहीं की है। करीम तक, उसका पक्ष लेने और इस प्रकार भावी ससुर की कृपादृष्टि

के योग्य बनने के स्थान पर, अवसर मिलते ही उसे मनाने लगता है। मेख़री को उसी ने पथभ्रष्ट किया है, वही उसे सगे बाप के ख़िलाफ़ जाने को उकसाता है ! कल उसे मोटरसाइकिल पर बिठाकर क़तारताल ले गया; बिलकुल शर्म नहीं रही उसे ! नौजवान आजकल किसी की नहीं सुनते हैं। अपनी मर्ज़ी के मालिक बने हुए हैं ! जैसा चाहते हैं, वैसा ही करते हैं। हद से ज़्यादा आज़ादी दे दी गई है इन्हें, हद से ज़्यादा...

मुरातअली आज के युवाओं, विशेषतः करीम के सारे दोष गिनने भी न पाया था कि उसके पीछे स्वयं करीम आ खड़ा हुआ। अपने विषादपूर्ण विचारों में खोए वृद्ध को पता भी न चला कि वह कब उसके पास आ पहुँचा।

"मुरातअली-अमाकी, मैं आपके पास..."

मुरातअली ने युवक पर एक कठोर दृष्टि डाली और कोई उत्तर नहीं दिया।

"मुरातअली-अमाकी, मुझे आपसे कुछ ज़रूरी बात करनी है।"

"क्या चाहिए तुम्हें ?" मुरातअली रूखे स्वर में गुर्राया।

करीम शरमाकर सकुचा गया...इस समय उसका मन कर रहा था कि या तो वह वहाँ से चला जाए, या धरती में समा जाए। किन्तु वह पुरुष था, और पुरुष को आधे रास्ते में रुकना शोभा नहीं देता। वह वृद्ध टोली-नायक से महत्त्वपूर्ण बातचीत करने आया था, इसलिए उसे अपने संकोच पर क़ाबू पाकर काम पूरा करने की ज़रूरत थी।

"आप कलवाली बात के लिए हम पर नाराज़ मत होइए, मुरातअली-अमाकी। मेख़री कपड़े नहीं बदल पाई होती...मैंने आपको आवाज़ तो दी थी !"

"तुम सिर्फ़ चिड़चिड़े बुड्ढे के सामने अपना दोष स्वीकार करने के लिए काम छोड़कर आए हो ? यह तो किसी और समय भी किया जा सकता था। और करने की बिलकुल ज़रूरत भी नहीं थी...टूटी का क्या जोड़ना ? गाँठ पड़े और न रहे !"

"मुरातअली-अमाकी ! मैं सिर्फ़ इसीलिए नहीं आया हूँ...मैं आपसे कुछ सीखने, कुछ सलाह करने आया हूँ...क्योंकि हम पड़ोसी हैं, और दोनों ही टोली-नायक हैं। ठीक है ना, मुरातअली-अमाकी ?"

"यह तो तुमने बड़ी दूर की सोची, सूक्ष्मदर्शी लड़के," मुरातअली ने बिना मुस्कराए कहा।

किन्तु करीम ने ताना अनसुना कर दिया और उसी तरह घबराहट में बोलता रहा :

"और हाँ...हमारे खेत में कपास में कलियाँ निकल आई हैं ! जानते हैं, हमने इसमें सफलता कैसे पाई, मुरातअली-अमाकी ? हमने अतिरिक्त खाद पहली जोताई के साथ ही दे दी थी।"

"हूँ..." मुरातअली ने दुर्भाव से भौंहे सिकोड़ धीरे-धीरे कहा। "यानी तुम मुझे सिखाने आए हो ?"

"क्या कह रहे हैं आप, मुरातअली-अमाकी ! मैं तो केवल यही कहना चाहता था कि यह बहुत लाभप्रद है।"

"तो फिर अपने राज़ अपने पास ही रखते ना ! जहाँ ज़रूरत न हो, वहाँ टाँग

मत अड़ाओ !''

करीम नहीं समझ पाया कि मुरातअली ने यह द्वेष भाव से कहा या खीज के कारण और वह बड़ी गम्भीरता से उसे श्रम के अनुभवों के आदान-प्रदान के लाभों के बारे में बताने लगा :

''ऐसा क्यों करता, मुरातअली-अमाकी !...हमें तो एक दूसरे की मदद करनी चाहिए। मैं आपको उस तरीक़े के बारे में बताता हूँ, जिसका इस्तेमाल हमारी टोली ने किया, और आप हमारे अनुभव का लाभ उठाकर हमसे आगे निकल जाएँगे। आप तो सामूहिक फ़ार्म के सर्वश्रेष्ठ कपास-उत्पादक हैं ! और आपको देख-देखकर मुझे भी आपसे होड़ करने की इच्छा होगी। हम इसी तरह एक दूसरे का मुक़ाबला करते रहेंगे, और सामूहिक फ़ार्म समृद्ध होता जाएगा। जहाज़ के लिए जलदीप के बिना चलना कठिन होता है, मुरातअली-अमाकी। और आदमी ख़ुद तो अपना जलदीप नहीं बन सकता।''

मुरातअली करीम की बातें मौन साधे सुन रहा था, जबकि उसके मन में अविवेकपूर्ण हठीला क्रोध उबल रहा था। उसे करीम का बालसुलभ उत्साह और बालसुलभ उपदेशात्मक स्वर भी खिजला रहे थे। लड़का बेशक बात पते की कह रहा है...लेकिन मुरातअली इस दुधमुँहे को अपना गुरु मानने को हरगिज़ तैयार नहीं हो सकता ! कितना ढीठ है ! बेटी से चोरी-छिपे इश्क़ लड़ाता है, और बूढ़े को उपदेश देता है कि कैसे जीना चाहिए, कैसे काम करना चाहिए। मुरातअली ख़ुद किसी न किसी तरह इन सारी बातों को समझ लेगा ! अभी तक दुधमुँहें गुरुओं के बिना काम चलाता आया है और आगे भी चलाता रहेगा !...

टूथब्रश के रेशों सरीखी कड़ी भौंहें हिलाकर मुरातअली ने बड़ी मुश्किल से क्रोध पर नियंत्रण रखते हुए रुखाई से कहा:

''सुनो, आदरणीय टोली-नायक, मैं तुमसे बड़ा हूँ और तुमसे बहुत ज़्यादा देख चुका हूँ ! मैंने जब पहली बार हाथों में कुदाल सँभाला था, तुम्हारा जन्म भी नहीं हुआ था। चूहे के हाथ लगी हल्दी की गिरह, पंसारी ही बन बैठा ! बूढ़े मुरातअली को सीख देना तुम्हारे जैसे दुधमुँहे का काम नहीं है ! तुम नए तरीक़े से जितनी कपास पैदा करोगे, उससे ज़्यादा मैं पुराने तरीक़े से पैदा कर लूँगा। अपने खेत लौट जाओ, टोली-नायक। टोली को तुम्हारा इन्तज़ार करने को मजबूर मत करो।''

अप्रत्याशित रूप से मेख़री ने उसकी बातचीत में दख़ल दे दिया। वह कुछ ही दूरी पर काम कर रही थी और पिता व करीम की सारी बहस सुन रही थी। युवती सीधी खड़ी होकर और मुरातअली की ओर पलटकर सख़्त एवं आँसुओं से रुँधी आवाज़ में चिल्लाई :

''आप उसके साथ इस तरह क्यों पेश आ रहे हैं, अब्बा ? उसने आपका क्या बिगाड़ा है ? उसका इरादा नेक था !...''

''चुप करो, बेटी !'' पूरी तरह आगबबूला हुआ मुरातअली उस पर चिल्लाया। ''मेरे पास इसके अलावा भी बहुत-से सलाहकार हैं ! ऐ, तुम खड़े क्यों हो, टोली-

नायक ? मैंने जो कहा, वह सुना या नहीं ?"

किन्तु करीम निराश होनेवालों में से नहीं था। जाने से पहले उसने देर तक मेख़री की ओर देखा, उसका समर्थन पाने की आशा से नहीं, बल्कि अपनी उस दृष्टि से उसका उत्साह बढ़ाने के उद्देश्य से : "डटी रहो, मेख़री ! दिल छोटा मत करो ! मैं पीछे हट रहा हूँ, पर हार नहीं मान रहा हूँ।" मेख़री ने भी हौले से सिर हिलाकर उसे वैसा ही मौन उत्तर दिया : "तुम मेरी चिन्ता मत करो, करीम। अब्बा ज़िद्दी हैं, पर अभी कोई नहीं जानता कि ज़िद करने में कौन किसे मात देता है। मेरी उपटोली तुम्हारी टोली के उदाहरण का अनुसरण करेगी। और सब वैसे ही होगा, जैसा फ़ैसला हम करेंगे !"

मुरातअली करीम से विदा लिए बिना ही खेत-कैम्प की ओर चल दिया। तभी एक लम्बा, दुबला-पतला व मोटे शीशोंवाला चश्मा लगाए एक अपरिचित लम्बे-लम्बे डग भरता उसके पास आ पहुँचा।

"मुझे बताया गया है कि तुम टोली-नायक मुरातअली हो," लम्बू ने कहा और प्रश्नात्मक दृष्टि से, पर बिना विशेष कुतूहल के वृद्ध कपास-उत्पादक को एकटक देखने लगा।

"ठीक बताया गया है...मैं मुरातअली हूँ। पर तुम कौन हो ?"

"मैं अख़बार से आया हूँ। हमारे, ज़िले के अख़बार से। तुमने मेरा नाम ज़रूर कई बार देखा होगाः यूसुफ़ी। तख़ल्लुस–उत्कीर।"

मुरातअली सोच में डूबा होंठ चबाता रहा। वह ज़िले का समाचारपत्र विरले ही पढ़ा करता था और एक भी सम्वाददाता को कुलनाम से नहीं जानता था।

"तख़ल्लुस उत्कीर ? बड़ा अजीब नाम है तुम्हारा, बेटे...नहीं, मैंने ऐसा नाम नहीं सुना।"

यूसुफ़ी ने वृद्ध को यह समझाना आवश्यक नहीं समझा कि तख़ल्लुस नाम नहीं होता, वह मुस्कराया तक भी नहीं।

"मुझे तुमसे एक-दो बातें करनी हैं, टोली-नायक।"

"मैं काम पर हूँ, बेटे।"

"कोई बात नहीं, काम इन्तज़ार कर लेगा," अख़बारनवीस ने तिरस्कारपूर्वक कहा। "मेरा काम कहीं ज़्यादा ज़रूरी है।"

"तो फिर हौज़ के पास चलते हैं, तख़ल्लुस," मुरातअली ने हताश हो ठंडी साँस लेकर सुझाव दिया, "वहाँ बेंच है।"

वह सम्वाददाता को हौज़ की ओर ले गया; इस प्रकार के हौज़, जिनमें पानी निथरता था, हर खेतकैम्प में थे।

वृद्ध का चेहरा पूर्ववत् अस्नेही व उदास बना रहा। यह लम्बा, अजीब से नाम और चश्मे की ओट में छिपी नज़रोंवाला सख़्त अख़बारनवीस उसे पसन्द नहीं आया था, लेकिन आख़िर वह सरकारी आदमी था, और मुरातअली बेंच पर उसके पास बैठकर उसके प्रश्नों के उत्तर देने के लिए तैयार हो गया।

यूसुफ़ी ने नोटबुक निकाल पुलिस-इंस्पेक्टर की तरह सख़्त तथा शुष्क स्वर में कहा :

"मुझे तुमसे कुछ सवाल पूछने होंगे। कहते हैं, आपके यहाँ हाल ही में आँधी आई थी। यह कब हुआ ? उससे नुक़सान क्या ज़्यादा हुआ था ?"

मुरातअली ने आगंतुक की ओर कुछ हैरानी से देखाः

"आँधी आई थी, यह सही है। और उसने मुसीबतें भी कम नहीं ढाईं। लेकिन यह तो पुरानी बात हो चुकी है। कपास के पौधे स्वस्थ हो गए हैं, और हमारा इरादा अच्छी फ़सल उठाने का है। तुम्हें इसी में दिलचस्पी है ना, बेटे ?"

नोटबुक पर फिसलती जा रही यूसुफ़ी की पेन्सिल बीच में ही रुककर हवा में लटकी रह गई।

"मुझे हर चीज़ में दिलचस्पी है, टोली-नायक ! और सबसे पहले तुम्हारी ग्राम सोवियत की अध्यक्षा उमूरज़ाक़ोवा की हरकतों में। क्योंकि उसी के आदेश पर तो कृषि-टोलियों के किसानों को अछूती धरती और बस्ती के निर्माण-कार्य पर भेजा गया है ना ?

मुरातअली सतर्क हो उठा। इस नोटबुकवाले आदमी को उससे क्या चाहिए ? उसने आयकीज़ का ज़िक्र करके मुरातअली को इस तरह टकटकी बाँधे अर्थपूर्ण दृष्टि से क्यों घूरा ?

"आयक़ीज़ का इसमें कोई दोष नहीं है, बेटा...उसे हमें आदेश देने की आज़ादी नहीं है। यह फ़ैसला ख़ुद हमने किया है..."

"और इसके परिणामस्वरूप कृषि टोलियाँ कमज़ोर हो गईं ?" पत्रकार ने बोलना जारी रखा। "क्योंकि अब, उदाहरण के लिए, तुम्हारी टोली में तो ज़रूर ही लोग कम पड़ रहे हैं। है, ना ?"

मुरातअली ने सामने फैले कपास के खेत की ओर हाथ घुमायाः

"देखते हो, तख़ल्लुस उत्कीर ? यह कपास मेरी टोली के लोगों ने उगाई है। एक-आध साल बाद आओगे, तो देख लोगे कि हमने अछूती धरती में कैसी कपास उगाई है। लिखो, तख़ल्लुस उत्कीर, लिखो। मैं तुम्हें हमारे किसानो के बारे में बताऊँगा। उनमें से हरेक के बारे में पूरी किताब लिखी जा सकती है।"

यूसुफ़ी की पेन्सिल रुकी रही...

"टोली-नायक, तुम क्या यह चाहते हो कि मैं उमूरज़ाकोवा के बारे में प्रशंसात्मक लेख लिखूँ ?"

"आयक़ीज़ ने तो हमारा बहुत भला किया है। क्योंकि उसी ने हमारा हाथ पकड़कर हमें अछूते, अनमोल ख़ज़ाने का रास्ता दिखाया..."

"और क्या उस नई बस्ती का रास्ता भी, जिसे वह आपके ही हाथों, पर्वतीय गाँवों के वासियों को वहाँ बसाने के लिए बनवा रही हो ? तुम्हें क्या जल्दी ही गृहप्रवेश का उत्सव मनाना पड़ेगा, टोली-नायक ?"

मुरातअली का मुँह फक हो गया।

"मैं क़दम तक नही रखूँगा उस गाँव में। पुरखों की ज़मीन छोड़कर जाने के लिए

मुझे कोई मजबूर नहीं कर सकता है। क्या उमूरज़ाक़ोवा को ऐसे अधिकार मिले हैं, तख़ल्लुस उत्कीर ?''

''कौन-जाने...मैंने सुना है कि उमूरज़ाक़ोवा को हुक्म चलाने का शौक़ है। तुम बेकार उसका पक्ष ले रहे हो। इसकी कोई तुक नहीं। उमूरज़ाक़ोवा बिछौना तो गुदगुदा बिछा देगी, पर उस पर सोना हराम हो जाएगा...तुम्हें तो ज़रूर ही मालूम होगा कि मुल्ला-सुलैमान के खेत में कपास अब बचाई नहीं जा सकती ?''

''अगर मैं अध्यक्ष की जगह होता, तो मैंने उस कामचोर को काफ़ी पहले ही टोली-नायक के पद से हटा दिया होता। आयक़ीज़ उसे यह सलाह न जाने कितनी बार दे चुकी है !...''

यूसुफ़ी के होंठों पर व्यंग्यमिश्रित सहानुभूति की मुस्कान खेल गईः

''तुम्हारे साथ कोई बात तय करना मुश्किल है, टोली-नायक...कभी तुम उमूरज़ाक़ोवा को कोसने लगते हो, तो कभी उसकी तारीफ करने लगते हो...क्या तुम अभी तक अपने दोस्त और दुश्मन में फ़र्क़ करना नहीं सीखे हो ?''

मुरातअली कुछ क्षण मौन रहा, फिर उसने उठकर अख़बारनवीस से आँखें बराबर कर घूरा। वह खड़ा रहते हुए भी बैठे हुए यूयुफ़ी से थोड़ा ही ऊँचा था।

''ज़िन्दगी ने मुझे बहुत कुछ सिखाया है, तख़ल्लुस उत्कीर। ज़िन्दगी ने मुझे सचाई पहचानना और सच बोलना सिखाया है। दूसरों की चुगलख़ोरी और अपना तिरस्कार रेत की तरह होते हैं : वे आदमी की आँखों पर परदा डाल सकते हैं। लेकिन मेरी नज़र बुढ़ापे की नज़र है, पैनी है ! और तुम्हें जो अपने चश्मे की मदद से नज़र आता है, मुझे उससे बेहतर दिखाई देता है। अपने अख़बार में यह लिख देना, तख़ल्लुस उत्कीर, कि बूढ़ा मुरातअली कभी भी स्तेपी के गाँव में नहीं बसेगा। यह तुम लिख सकते हो। और आयक़ीज़ के बारे में यह लिख देनाः वह हर मामले में जनता से सलाह करती है, और लोग उसका आदर करते हैं। माफ़ करना, बेटा, पर मेरा काम करने का वक़्त हो चला है।''

यूसुफ़ी ने अपनी नोटबुक बन्द कर ली।

''मैं भी जल्दी में हूँ। तुम्हें मालूम है, आयक़ीज़ इस समय कहाँ मिल सकेगी ?''

मुरातअली अभी तक केवल अतिथि के प्रति आदर के कारण अपने पर नियंत्रण रखे हुए था। किन्तु अब उससे न रहा जा सका और उसने दृढ़ स्वर में कहाः

''उसे अछूती धरती में ढूँढ़ो। लेकिन यह याद रखोः हम किसी को उमूरज़ाक़ोवा का अपमान नहीं करने देंगे। उसका अपमान—हमारा अपमान होगा।''

मुरातअली जल्दी से खेत-कैम्प की ओर चल दिया। यूसुफ़ी भौंहें सिकोड़कर उसे जाते देखता रहा, फिर न जाने क्यों चश्मा उतारकर उसे रूमाल से, जो बेशक साफ़ नहीं था, देर तक पोंछता रहा, मानो सुलतानोव द्वारा उसे सौंपे गए, उसे पसन्द आए भंडाफोड़ी मामले में अपनी अगली चाल पर विचार कर रहा हो, फिर किनारे-किनारे चलकर अछूती धरती पहुँचने के इरादे से डग भरता नहर की ओर रवाना हो गया।

उन्नीस

प्रेत

आयक़ीज़ खेत-कैम्प में पोगोदिन के पास उस समय पहुँची, जब वे ट्रैक्टर-चालक, जिन्हें दूसरी पाली में काम करना था, सुबह से थके-हारे अपने साथियों से पाली सँभाल रहे थे। स्तेपी में छोड़े गए ट्रैक्टर बिना लोगों के असाधारण रूप से अनाथ व परित्यक्त लग रहे थे, मानो उस विस्तार में वे अनावश्यक हों...हल की बाट जोह रही धरती और स्थिर व निष्क्रिय खड़े ट्रैक्टर—इसमें कुछ विरोधाभासी और अस्वाभाविक लग रहा था।

काम से लौटे ट्रैक्टर-चालक दोपहर के तपते सूरज की ओर अपनी कांस्यवर्णी मांसल पीठें किए ज़ोर-ज़ोर से फूत्कार करते नाली में हाथ-मुँह धो रहे थे। उनमें से कुछ, जो कपड़े बदल चुके थे, अब जल्दी-जल्दी भोजनालय में जा रहे थे। पहले वह उड़ती रेत से रक्षा के लिए लटकाए गए झिरझिरे सूती कपड़े के परदोंवाले लम्बे शेड के रूप में थे, पर आँधी के बाद भोजनालय के चारों ओर प्लाईवुड की दीवार खड़ी कर दी गई थी।

आयक़ीज़ ने कार्य की प्रगति के बारे में पोगोदिन से ब्योरेवार पूछताछ की, रेत से ढके खेतों की दुबारा जोताई कर चुके और बड़ी लगन से क़िज़िलकुम पर हमला बोल रहे ट्रैक्टर-चालकों से बातचीत की, वह दुबले-पतले, जोशीले बाँके एक्सकेवेटर-चालक का, जो उसे पहली मुलाक़ात से ही पसन्द आ गया था, ध्यान रखना भी नहीं भूली। लड़का अपने एक्सकेवेटर के पास जाने की जल्दी में था। उसकी मसें भीगने ही लगी थीं, उसके पूर्णतः किशोर-सुलभ चेहरा चिन्ताकुल था, पीरीकती-पोल्ये* जैसे फूले-फूले, गोल-गोल श्वेताभ बालों का ढेर धूप में झिलमिला रहा था। ''कुकरौंधा !'' आयक़ीज़ ने फिर स्नेहपूर्वक सोचा। उसने यह जानने में रुचि दिखाई कि एक्सकेवेटर-चालक का काम कैसा चल रहा है। लड़के ने, जो सबसे अधिक इस बात से डरता था कि कहीं उसे बहुत छोटा न समझ लिया जाए, थोड़ा अकड़कर गम्भीरता से वादा किया :

''कामरेड अध्यक्ष, मैं जल्दी ही नहर का अपना टुकड़ा तैयार करके सौंप दूँगा। अब आपका ही काम बाक़ी रह गया है : पानी छोड़िए।''

''पर तुम्हारे काम की क्वालिटी कैसी है ?'' पोगोदिन ने पूछा।

''ओहो !'' लड़के से स्वर गम्भीर न रखा जा सका, उसकी आँखों में चमक आ गई और आवाज़ में बाल-सुलभ गर्व झलकने लगा। ''मेरा एक्सकेवेटर सबसे बढ़िया है और मेरा टुकड़ा सबसे ख़ूबसूरत है ! मेरे एक्सकेवेटर ने उसे हमवार खोदा है, जैसे रूलर रखकर। तल लकड़ी के फ़र्श जैसा है, दीवारें शीशे से ज़्यादा चिकनी हैं ! खुद देख लीजिए, कामरेड उमूरज़ाकोवा।''

''मैं देख चुकी हूँ,'' आयक़ीज़ ने मुस्कराकर उसे तसल्ली दिलाई। ''तुम्हारा

*पीरीकती-पोल्ये—स्तेपी में उगनेवाला एक पौधा, जो सूखने पर हवा के साथ लुढ़कता रहता है।

एक्सकेवेटर सचमुच बहुत बढ़िया है ! उसे हमारी ओर से बहुत-बहुत धन्यवाद।''

आयकीज़ ने सुबह से मुँह में एक कौर भी नहीं डाला था। पोगोदिन शायद यह भाँप गया और उसने उसे भोजनालय चलने का निमंत्रण दिया। उन्होंने नाली के पानी में हाथ धोए और कुछ ही क्षणों बाद वे शेड में ज़मीन में गाड़ी हुई मेज़ों में से एक पर बैठे थे।

भोजनालय में शीतल धुँधलका छाया हुआ था, विश्वास नहीं होता था कि बाहर, प्लाईवुड के तख़्तों की दूसरी ओर अपने ऊर्ध्वबिन्दु पर पहुँचा जून का सूरज तेज़ी से तप रहा है।

आयक़ीज़ के सामने उसका पुराना परिचित सुवानकुल बैठा दिखाई दिया। अपनी पाली पूरी करके वह उतने ही महावीर-सुलभ उत्साह से, जिससे वह ज़मीन जोतता था, अपने मनपसन्द मस्तावा का दूसरा प्याला ख़ाली कर रहा था। आयक़ीज़ ने सुवानक़ुल का बारीक कटा रैहान डाला मस्तावा ख़तम करके सिर उठाया और सुवानक़ुल से कहाः

''मैं कल बेकबूता से मिली थी, उन्होंने तुम्हें दिली सलाम कहा है। वह कह रहे थे हम हफ़्ते-भर से नहीं मिले हैं। यह ज़िन्दगी में पहली बार हुआ है...''

सुवानक़ुल ने उदासी से सिर हिलायाः

''क्या हाल हैं उस बेचारे के, मेरे बिना ? हम दोनों तो दाँत काटी रोटी खाते थे।''

''वह पूछ रहे थे कि तुम्हारा उनके बग़ैर काम कैसे चल रहा है। कह रहे थेः 'मेरा दोस्त कोक-ताऊ पहाड़ जैसा सुस्त है। जब तक वह बूट पैरों पर चढ़ाता है, वसन्त भी बीत जाता है, गरमी भी और पतझड़ भी'।'' आयक़ीज़ अनजाने में मुस्कराकर आगे बोली : ''कह रहे थे, 'अछूती धरती में उसका काम शायद ही चल रहा हो। उससे कह देना कि मैं उसके हिस्से का काम करने को तैयार हूँ और उसे उससे ज़्यादा जल्दी पूरा कर दूँगा।' उन्होंने ऐसा ही कहा था।''

''वाह, कितना बढ़िया इनसान है !'' सुवानक़ुल ने ज़बान तक चटकारी, मानो उसे विश्वास नहीं हो रहा हो कि उसका कोई इतना चिन्ताशील मित्र है। ''अपनी फ़िक्र छोड़कर सगों की तरह मेरी फ़िक्र करता है ! सुनो, आयक़ीज़, क्या लोग सच कहते हैं कि आँधी चलने पर हवा बेकबूता को हज़ार किलोमीटर दूर उड़ा ले गई थी ? बाप रे बाप ! वैसे खाता तो वह हाथी जितना है, शायद उसी के बारे में कहा गया है : पिद्दी को कितना ही खिलाइए—न सावन हरी, न भादों सूखी।''

''कितने शैतान हैं !'' पोगोदिन प्रशंसात्मक स्वर में कह उठा। ''एक दूसरे के बिना जी नहीं सकते, पर मिलते ही मुर्गों की तरह एक दूसरे पर टूट पड़ते हैं। तुम, सुवानकुल इतनी दूर बैठकर भी बेकबूता पर वार करने से नहीं चूकते।''

''वह मुझसे क्या मुक़ाबला करेगा !'' सुवानकुल ने तिरस्कारपूर्वक कहा। ''उसके दिमाग़ पर चर्बी की तहें चढ़ी हुई हैं। तुम उससे कह देना, आयक़ीज़, कि खाने पर इतना ज़ोर न दिया करे।''

यह कहकर सुवानकुल कराहता हुआ मेज़ पर से उठा और खाना लाने चल दिया।

आयक़ीज़ ने हँसकर पोगोदिन की ओर देखाः

"तुम्हीं ने, इवान बोरिसोविच, सुवानकुल को लालच देकर अपने यहाँ बुलाया है, सच्चे दोस्तों को जुदा कर दिया।"

"जुदाई से दोस्ती और पक्की होती है, आयक़ीज़ ! हमें इस बात पर ध्यान नहीं देना चाहिए कि किसने किसको लुभाकर कहाँ बुलाया है। तुम प्रान्तीयता का रवैया मत अपनाओ !"

लोला के साथ उसकी सगाई होने के बाद से पोगोदिन कुछ विनम्र तथा सहृदय हो गया था। वह अपने कर्मियों की ग़लतियों के प्रति पूर्ववत् सख़्ती का रवैया अपनाता था, किन्तु यदि अब उसे किसी को झिड़कना पड़ जाता, तो वह दोषी को सदय भर्त्सना की दृष्टि से देखता था, मानो खीज रहा हो कि किसी ने उसका मानसिक सन्तुलन भंग कर दिया हो, उसे ऊँची आवाज़ में बोलने के लिए मजबूर कर दिया हो, उसे उस पोगोदिन के रूप में न रहने दिया हो, जिसे लोला प्यार करती थीः विनम्र, संकोची, अपनी ख़ुशी से मदहोश।

खाना खा लेने के बाद पोगोदिन ने रूमाल से होंठ पोंछे और आयक़ीज़ की ओर षड़्यंत्रकारियों की तरह देख मन्द्र स्वर में बोला :

"और मीठे के नाम पर, प्रिय अध्यक्ष, मैंने तुम्हारे लिए एक निराली चीज़ तैयार रखी है...तुमने अभी तक मेरे तरबूज़ और सरदे का खेत नहीं देखा है ?"

"क्या वही, जिसके चक्कर में तुम सामूहिक प्रस्थान से पहले पड़े हुए थे, तुमने उसे मुझे दिखाया था।"

"तब तो सिर्फ़ फूल ही निकले थे, आयक़ीज़ ! अब देखो ज़रा उसे ! सारे तरबूज़ों-सरदों के खेतों का राजा है !"

"तुमने तो अपनी तारीफ़ के पुल बाँध दिए, इवान बोरिसोविच," आयक़ीज़ हँस पड़ी। "इसमें हमारे आदरणीय अध्यक्ष का प्रभाव महसूस हो रहा है मुझे।"

पोगोदिन मुँह फुलाकर क़ादीरोव की नक़ल उतारता हुआ आत्मसन्तोषपूर्वक आडम्बरपूर्ण ढंग से बोलने लगा :

"यह मेरा तरबूज़ों और सरदों का खेत है, कामरेड उमूरज़ाक़ोवा !" उसने अपनी छाती पर मुक्का मारकर कहा। "मैंने अपने मशीन-ट्रैक्टर-स्टेशनवालों के लिए खून-पसीना एक करते हुए मेहनत की है। खुद ग्राम सोवियत के अध्यक्ष ने मेरी पहलक़दमी की प्रशंसा की थी !"

"क्या आपका अपने तरबूज़ों-सरदों के खेत को बड़ा करने का इरादा नहीं है, कामरेड पोगोदिन ?" उसके विनोदपूर्ण स्वर के अनुरूप स्वर में आयक़ीज़ ने पूछा। "अछूती धरती में लोगों की संख्या बराबर बढ़ती जा रही है, और आपके सरदे चखने की तबीयत सभी को होने लगेगी।"

"खेत को बड़ा करने का ?" पोगोदिन ने साश्चर्य भौंहें सिकोड़कर दृढ़तापूर्वक कहाः "मूर्खतापूर्ण योजना है। बड़े पैमानों पर काम करने की सनक है ! सौ बरस पहले

तो यह खेत भी नहीं था, और लोग कोई शिकायत नहीं करते थे। देगची में पकती कलेजी..."

"दुम्बे की दुम पर लटकती चर्बी से बेहतर होती है !" आयक़ीज़ ने विनोदपूर्वक उसकी बात पूरी कर दी और पोगोदिन को जल्दी के लिए कहाः "ठीक है, ठीक है, अब चलिए, दिखाइए खेत।"

पूर्वरचित घर, जिसमें ट्रैक्टर-दल का "मुख्यालय" था, और स्मिर्नोव से मशीन-ट्रैक्टर-स्टेशन के निदेशक द्वारा हथियाए गए साफ़-सुथरे हरे वैगनों के पास से गुज़रकर पोगोदिन व आयक़ीज़ खेत-कैम्प तथा तरबूज़ों के खेत के किनारे-किनारे जा रही नाली पर पहुँच गए। कुछ ही दूरी पर झुकी-झुकी कोमल पत्तियों से सजे-धजे युवा वृक्षों की सुघड़ क़तारें नज़र आ रही थीं। वृद्ध हलीम-बाबा की अनथक सहायिका लोला का लगाया यह छोटा-सा बाग़ ट्रैक्टर-कैम्प के पास हाल ही में वजूद में आया था। लोला ने श्रम व्यर्थ नहीं किया था : अपनी मेहनत के पुरस्कार के रूप में उसे इवान बोरिसोविच से अक्सर मिलते रहने की सम्भावना प्राप्त हो गई थी...

कुछ दिन पहले आई आँधी ने इस खेत में भी अपना रंग दिखाया था : सरदों व तरबूज़ों की किन्चित् उठे हुए किनारोंवाली गहरे हरे रंग की पत्तियाँ रेत के कारण धुँधली पड़ गई थीं, कहीं-कहीं पत्तियों पर रेत अभी तक जमी हुई थी। पोगोदिन ने दुःख से सिर हिलायाः

"देखा, आयक़ीज़ ? इस मरदूद आँधी ने मेरे सरदों को भी नहीं बख़्शा। मैं फ़ुरसत मिलते ही यहाँ भागकर आता हूँ और नए घर में सुघड़ गृहणी की तरह सब ठीक करता हूँ।"

पोगोदिन के शब्दों में चिन्ता झलक रही थी, जबकि मुख पर शान्तचित्तता व सन्तोष का भाव था। इवान बोरिसोविच को अपने खेत पर गर्व था, उसने ख़ुद ही सरदे व तरबूज़ बोए थे, ख़ुद उनका पोषण किया था, सँभाल की थी, पर आँधी ने उसका काम बढ़ाकर उसका खेत से लगाव और गहरा कर दिया था : क्योंकि मनुष्य अपने सर्जन के लिए जितने अधिक कष्ट भोगता है, वह उसे उतना ही अधिक प्रिय होता जाता है...

आयक़ीज़ को नाली के पास छोड़कर पोगोदिन ने क्यारियों के बीच जाकर बड़ी सावधानी से लताओं के सूखे तने सीधे किए, पत्तियों पर से रेत झाड़ी। वह उसके लिए असामान्य सावधानी से क़दम रख रहा था, धातुओं से निरन्तर वास्ता पड़ते रहने के कारण साँवले पड़े उसके हाथ किन्तु सतर्कता व प्रेम से धूल से ढकी पत्तियों तथा तरबूज़ों के रेशमी छिलको का स्पर्श कर रहे थे। तरबूज़ अभी हरे और टेनिस के गेंद जितने बड़े थे, सरदे भी अभी पके नहीं थे, पर धूप से गरमाते खेत के ऊपर मन्द, मादक, मधुर सुगन्ध लहक रही थी।

पोगोदिन एक पौधे के पास रुक गया और झुककर बिना मुड़े हाथ के संकेत से अपनी सहगामिनी को पास बुलाया :

"ज़रा देखना तो, आयक़ीज़ !"

आयक़ीज़ जल्दी से पोगोदिन के पास पहुँची। इवान बोरिसोविच ने उठ खड़े होकर विजयोल्लास के साथ केतली से कुछ ही बड़े पीले-ज़र्द ख़रबूज़े की ओर सिर से संकेत किया। यह शीघ्र पकनेवाली क़िस्म का ख़रबूज़ा—हन्दालाक था। पोगोदिन ने उसे तोड़कर हथेली से उस पर लगी रेत पोंछी। खरबूज़ा धूप में स्वर्णपिण्ड के सदृश चमचमा उठा। उसने ख़रबूज़े को आयक़ीज़ की ओर बढ़ायाः

"देखो, पूरी तरह पक चुका है ! सारी आँधियों को ठेंगा दिखाता हुआ पक गया।

आयक़ीज़ ने उसे पोगोदिन से लेकर हाथ में तौला और प्रशंसात्मक विस्मय के साथ सिर हिलाया। ख़रबूज़ा छोटा होते हुए भी पत्थर-सा भारी था। उसे अपने चेहरे के पास लाकर आयक़ीज़ ने पीले छिलके से निकलती मधुर व अद्वितीय भीनी-मीनी सुगन्ध सूँघी।

"यह है मीठा !" इवान बोरिसोविच ने कहा। "नाली पर चलते हैं, प्यारी मेहमानिन, दोपहर का खाना बादशाहों की तरह ख़तम करेंगे, अछूती धरती में उगे पहले ख़रबूज़े का स्वाद चखेंगे !"

नाली के किनारे आयक़ीज़, जो मेमने के चमड़े के छोटे बूट पहने हुई थी, बड़ी जुर्राबों से घुटनों तक ढके पैरों के ऊपर साधारण छींट के कुरते का पल्ला डालकर पैर पानी की तरफ़ करके घास पर बैठ गई। पोगोदिन ने भोजनालय से बचाकर लाई नान अपनी मेहमानिन को दी और बूट के मोज़े में से बड़ा टुटवाँ चाकू निकालकर ख़रबूज़े की एक-सी फाँके काटीं, और जब आयक़ीज़ ने उसे चख लिया, तो उल्लसित स्वर में पूछा।

"अच्छा है ना ?"

आयक़ीज़ ने प्रशंसात्मक ढंग से सिर हिलायाः क्योंकि ताज़ा ख़रबूज़े के साथ नान खाने से बढ़कर स्वादिष्ट खाना कुछ नहीं हो सकता !...

पोगोदिन ने अपनी फाँक जल्दी से खा डाली, और जब तक आयक़ीज़ ख़रबूज़ा खा पाती, इसने नाली के किनारे कुछ दूर जाकर उकड़ूँ बैठ मेड़ पर से कुछ ढेले फेंककर खेत में पानी छोड़ दिया और सोच में डूबा आज़ाद हुई उच्छृंखल धाराओं की तीव्र गति को मंत्रमुग्ध सा देखता हुआ वैसे ही कलकल करती नाली के पास बैठा रहा...पानी अपना रास्ता रोक रही लताओं के आस-पास डबरे बनाता, पुलकित व सन्तुष्ट होता, बुदबुद करता क्यारियों के बीच से बहने लगा। सूखी धरती अपनी गोद में पल रही जड़ों को जीवनदाई रस प्रदान करने की तत्परता से पानी क्षुधातुरता से, तीव्र गति से सोखती जा रही थी। पक्षी भी चुग्गा मिलते ही इतनी तत्परता से उसे अपने शावकों के पास ले जाते हैं।

पोगोदिन ने खेद के साथ एक ठंडी साँस लेकर पानी फिर बन्द कर दिया और हाथ धोकर उठ खड़ा हुआ। उसकी स्वपनिल दृष्टि लोला द्वारा लगाए गए युवा वृक्षों पर टिक गई। बाग़ की उस ओर कपास के खेत दृष्टिगोचर हो रहे थे। निकटवर्त्ती खेत को पार करता एक बेडौल व लमटंगा आदमी आ रहा था। उसके डग लम्बे थे, पर

वह पैर ऐसे रख रहा था मानो उसे उन्हें दलदली कीचड़ में से निकालना पड़ रहा हो। उसके लम्बे डगों व धीमी चाल से पोगोदिन स्थानीय समाचारपत्र के कर्मचारी यूसुफ़ी को पहचान गया।

"लगता है हमारे पास कोई मेहमान आ रहा है," उसने आयक़ीज़ की ओर लौटते हुए कहा और विस्मय से कन्धे उचकाकर आगे कहा : "न जाने कौन से शैतान ने इसे यहाँ भेजा है ?"

"इवान बोरिसोविच..."आयक़ीज़ ने उपेक्षा से कहा।

" 'इवान बोरिसोविच' क्या ? मुझे यह नमूना पसन्द नहीं है। यह आदमी नहीं प्रेत है ! दूध में मक्खी है !" पोगोदिन ने गुस्से में कहा। "इससे तो काली बिल्ली का रास्ता काटना बेहतर होगा।"

यूसुफ़ी बाग़ का मोड़ पार करके आयक़ीज़ व पोगोदिन के निकट आता जा रहा था। आयक़ीज़ घास से उठ खड़ी हुईः

"अस्सलाम-अलैकुम, कामरेड यूसुफ़ी !"

"अस्सलाम-अलैकुम !" पोगोदिन ने बिना विशेष सौजन्य के दोहरा दिया।

"व अलैकुम-अस्सलाम," यूसुफ़ी ने रुखाई से जवाब दिया और आयक़ीज़ की ओर मुड़कर उससे बोला : "मुझे कुछ मिनट का समय दीजिए, कामरेड उमूरज़ाकोवा। हम कहाँ बातचीत कर सकते हैं ?"

"यहीं !" आयक़ीज़ ने किनारे की ओर संकेत किया। "यहाँ क्या बुरा है ?"

"दिली बातचीत के लिए सबसे अच्छी जगह है," पोगोदिन ने द्वेषपूर्वक टिप्पणी की। "सभी जानते हैं कि प्रकृति काव्य-सृजन के लिए प्रेरणा प्रदान करती है।"

यूसुफ़ी ने भौंह तक नहीं हिलाई, केवल एक उकताहट-भरी उड़ती नज़र पोगोदिन पर डाली और संकेतपूर्ण ढंग से खाँसकर आशा-भरी नज़रों से आयक़ीज़ को एकटक देखने लगा।

"ख़रबूज़ा खाएँगे ?" आयक़ीज़ ने मित्रतापूर्ण ढंग से कहा।" इवान बोरिसोविच बड़ी ख़ुशी से खिलाएँगे। ये अछूती धरती के पहले फल हैं।"

"मैं यहाँ ख़रबूज़े खाने नहीं आया हूँ," अतिथि ने कहा, हालाँकि उसके शब्दों में खीज झलक रही थी, पर उसके स्वर में खीज का अभाव था, आवाज़ पूर्ववत् भावहीन और उबाऊ बनी रही।

यूसुफ़ी ने तिरछी नज़र से पोगोदिन की ओर देखा, और उसकी उदासीन दृष्टि में इवान बोरिसोविच ने सहनशील व हठपूर्ण विनती भाँप लीः "तुम जाओ, तुम मुझे परेशान कर रहे हो।" पोगोदिन ने इस प्रार्थना की उपेक्षा करने का फ़ैसला किया, पर उसे बुलाने के लिए एक नौजवान ट्रैक्टर-चालक भागता हुआ आ पहुँचा : इवान बोरिसोविच को टेलीफ़ोन पर बुलाया गया था। वह एक ठंडी साँस लेकर अनिच्छपूर्वक पूर्वरचित घर की ओर चला गया।

यूसुफ़ी घास पर बैठ गया और नोटबुक में देखकर पूछताछ शुरू कर दी। यूसुफ़ी

के स्वर व कठोर मुख-मुद्रा से कोई सन्देह नहीं रह गया था : यह पूछताछ ही थी। किन्तु आयक़ीज़ किसी प्रकार भी उसका लक्ष्य नहीं कर पाई। पत्रकार को जिन सूचनाओं में रुचि थी, वे एक दूसरे से कोई सीधा सम्बन्ध नहीं रखती थीं, प्रश्न बेतरतीब थे। लगता था वह एकमात्र उसे ही ज्ञात वह स्पष्ट योजना के अंतर्गत कार्य कर रहा है, और वह लेख, जिसके कारण वह अलतीनसाय आया था, पहले से तैयार है, तथा यूसुफ़ी आयक़ीज़ के उत्तरों में केवल खुद को ज्ञात तथ्यों की पुष्टि का आधार खोज रहा है।

आयक़ीज़ के साथ बातचीत से पूर्व ही उसके कार्यकलापों के बारे में उसकी अपनी ''निजी'', सुलतानोव़ व क़ादीरोव की सुझाई राय क़ायम हो चुकी थी। आयक़ीज़ से बातचीत के दौरान वह मन-ही-मन ऐसे वाक्य चुन रहा था, जिनका उद्देश्य उसके लेख को उपयुक्त रूप से विश्वासोत्पादक बनाना था : ''कामरेड उमूरज़ाक़ोवा ने स्वयं स्वीकार किया...'' ''स्वयं उमूरज़ाक़ोवा के शब्दों से यह पूर्णतः स्पष्ट हो जाता है...''। वह आयक़ीज़ की कार्रवाइयों, सुझावों व निर्णयों को समझने का प्रयास नहीं कर रहा था, यह उसकी योजनाओं में शामिल नहीं था। उसके लिए केवल एक ही बात महत्त्वपूर्ण थी कि आयक़ीज़ तथ्यों को स्वीकार कर ले, जिन्हें बाद में वह आयक़ीज़ के लिए हानिकारक रंग में पेश करने में सफल हो जाएगा। आयक़ीज़ ने उन तथ्यों का प्रतिवाद नहीं किया। वह नहीं समझती थी कि अख़बारनवीस का लक्ष्य क्या है। यूसुफ़ी को उत्तर देते समय उसकी आवाज़ में हैरानी झलक रही थी, किन्तु जिन बातों के बारे में वह उससे पूछताछ कर रहा था, वे हुई थीं और वह शान्तिपूर्वक उनकी पुष्टि कर रही थी। हाँ, सामूहिक फ़ार्म इस समय जिस ज़मीन को कृषि योग्य बना रहा था, वह अभी तक अनुपजाऊ मानी जाती रही थी। हाँ, यहाँ आँधियाँ व तेज़ लू अकसर चलती रहती हैं। हाँ, हाल में आई आँधी से सामूहिक फ़ार्म को काफ़ी क्षति पहुँची है। लेकिन...

फिर भी जैसे ही ''लेकिन'' कहा जाता, अख़बारनवीस आयक़ीज़ को टोककर उससे अगला सवाल पूछने लगता। आयक़ीज़ कन्धे उचकाकर जवाब देने लगती—उसके लिए और कोई चारा नहीं रह जाता। वह युसूफ़ी को किसी प्रकार नहीं समझा सकी कि अछूती धरती की अनुर्वरता के मत का अनेक प्रयोगों तथा स्वयं जीवन द्वारा खंडन किया जा चुका है, कि उसके सुझाव पर हलीम-बाबा ने अपने बाग़ के एक टुकड़े पर कपास की बोवाई की और अछूती धरती के उस टुकड़े पर कपास खिलने भी लगी है, कि इस प्रदेश के किसी भी इलाक़े का आँधियों से होनेवाली हानि का बीमा नहीं करवाया गया है, कि हाल की आँधी के कुप्रभावों को लगभग पूर्णतया दूर कर दिया गया है। इन सब बातों के बारे में यूसुफ़ी ने उसे कुछ कहने का अवसर ही नहीं दिया। किन्तु क्या उन बातों के स्पष्टीकरण की कोई आवश्यकता थी, जो सबके लिए वैसे ही स्पष्ट थीं ! आयक़ीज़ यूसुफ़ी को उसके लेखों व हास्य-स्तम्भ की बदौलत जानती थी। आयक़ीज़ को यदा-कदा उनकी उद्धत शैली खटकती, किन्तु इससे उसे अख़बारनवीस की ईमानदारी में सन्देह करने का कोई आधार नहीं मिलता। केवल एक बात थी, जो उसे सतर्क कर रही थीः यूसुफ़ी उसके उत्तरों को नहीं लिख रहा था, बल्कि

अपनी नोटबुक में कुछ रेखांकित कर रहा था....

"कृपया यह बताइए," यूसुफ़ी ने इस बीच अपनी नोटबुक के पृष्ठ पर तिरछी नज़र डालकर पूछना जारी रखा, "कि आपको ग्राम सोवियत में ढूँढ़ पाना मुश्किल होता है, कभी-कभी तो आप कई दिन अछूती धरती में बिताती हैं। क्या ग्राम सोवियत की अध्यक्षा की हैसियत से आपका मुख्य कार्य—अछूती धरती को कृषि योग्य बनाना ही है ?"

आयक़ीज़ मुस्करा उठी :

"आप ख़ुद भी बेशक यह समझते होंगे कि ग्राम सोवियत के अध्यक्ष को केवल कक्ष में बैठा रहनेवाला कर्मचारी नहीं होना चाहिए। जनता ने हमें उसकी सबसे प्रमुख व महत्त्वपूर्ण कार्य में मदद करने के लिए चुना है। और इस समय नई ज़मीन को कृषि योग्य बनाना सर्वोपरि है। और इससे मेरे काम में बाधा नहीं..."

"समझ गया, समझ गया," यूसुफ़ी ने उसे फिर टोक दिया और नोटबुक का पन्ना पलटकर पूछने लगा : "सुना है कि आप ही ने हठ किया था कि कपास के खेतों में काम कर रहे सामूहिक किसानों के एक भाग को अछूती धरती और नई बस्ती के निर्माण कार्य पर भेज दिया जाए ?"

"ऐसा ख़ुद सामूहिक किसानों ने ही किया। क्योंकि जहाँ केवल एक आदमी से काम चल रहा था, क़ादीरोव ने अत्यधिक सतर्कता बरतते हुए दो आदमी लगा रखे थे। उनकी मशीनरी के बारे में भी अच्छी राय नहीं है। इसके अलावा...

"आपके विचार में क्या अधिक महत्त्वपूर्ण है : कपास पैदा करना या गाँव का निर्माण ?"

"क्या कभी उन दोनों की एक दूसरे से तुलना की जा सकती है ? हम जितनी जल्दी बस्ती का निर्माण पूरा कर लेंगे, उतनी जल्दी ही प्रवासी सामूहिक किसानों को पूरी शक्ति से और विशेषतः कपास के खेतों में काम करने का अवसर मिल सकेगा।"

"हो सकता है, हो सकता है," यूसुफ़ी ने अस्पष्ट स्वर में गुर्राकर फिर नोटबुक में कुछ निशान लगाया। "मैंने सुना है कि एक खेत में...हूँ...शायद मुल्ला-सुलैमान की टोली के खेत में कपास फिर भी बरबाद हो गई है ?

आयक़ीज़ की आँखें धुँधला गईं, उसने खोखली आवाज़ में कहाः टोली को काफ़ी पहले ही सँभाल लेना चाहिए था। कामरेड यूसुफ़ी, अच्छा होगा कि आप कुछ टोलियों के पिछड़ने के कारणों का पता लगाएँ। वे कोरे काग़ज़ में धब्बों की तरह हैं। सामूहिक फ़ार्म आपका बहुत आभारी होगा।"

लेकिन यूसुफ़ी आयक़ीज़ की बात अब सुन ही नहीं रहा था। वह अपनी नोटबुक बन्द करके बेढ़ब तरीक़े से जड़वत् (मीटर का टुटवाँ नाप इसी तरह खुलता है) खड़ा हुआ और बातों ही बातों मे पूछा :

"बताइए, क्या स्थानीय पार्टी संगठन के सचिव आलिमजान आपके पति हैं ?"

"हाँ...लेकिन इसका इससे क्या वास्ता..."

"हर चीज़ का वास्ता है। द्वन्द्ववाद हमें यही शिक्षा देता है," यूसुफ़ी ने उपदेशगर्भित स्वर में कहा। "क्या वह भी अछूती धरती को कृषि योग्य बनाने के पक्ष में हैं ?"

"सामूहिक फ़ार्म के सभी कम्युनिस्टों ने हमारी योजना के पक्ष में मत दिया है। हाँ, उधर इस योजना के प्रवर्त्तकों में से एक–पोगोदिन आ रहे हैं। वह इस बारे में आपको मुझसे ज़्यादा अच्छी तरह बता देंगे।"

यूसुफ़ी एकदम मुड़ा–पोगोदिन वास्तव में उनके पास आ रहा था। सोच में डूबे-डूबे अख़बारनवीस ने होंठ चबाकर घड़ी ऐन अपनी ऐनक के पास ले जाकर जल्दी से कहा:

"मुझे अफ़सोस है, मैं जल्दी में हूँ। पोगोदिन के साथ मैं फिर कभी बात कर लूँगा। आपका धन्यवाद, कामरेड उमूरज़ाक़ोवा आपने बहुत-सी बातें स्पष्ट करने में मेरी काफ़ी मदद की।"

उसने ढीले-ढाले ढंग से आयक़ीज़ से हाथ मिलाया और पोगोदिन के निकट आने की प्रतीक्षा किए बिना सारस की जैसी भोंडी, नाज़ुक चाल से डग भरता नाली से दूर चला गया।

आयक़ीज़ उसे जाते हुए देखती रही। उसके चेहरे पर तनाव व्याप्त था। बातचीत के अन्त में उसे दाल में कुछ काला नज़र आने लगा था, पर वह अपना बचाव केवल बहस में कर सकती थी, जबकि यूसुफ़ी बहस करने से कतरा गया था।

उसने आयक़ीज़ को पूरी बात कहने का मौक़ा ही नहीं दिया–वह पूछता रहा, और आयक़ीज़ जवाब देती रही। वह शायद इससे सन्तुष्ट था। किन्तु क्या यह आयक़ीज़ के लिए लाभदायक था ?

पोगोदिन ख़ुशख़बरी लेकर आया था। उसका चौड़ा, उन्मुक्त चेहरा ख़ुशी से खिला हुआ था : मशीन-ट्रैक्टर-स्टेशन में कपास चुनने की नई कम्बाइनें आ गई थीं। वह आयक़ीज़ को भी ख़ुश करना चाहता था, पर उस पर नज़र डालकर खिन्न हो उठा। उसने युसूफ़ी की दूर जाती आकृति की ओर संकेत करके पूछा:

"उसे क्या चाहिए था"

"कुछ अजीब-सी बात है..."आयक़ीज़ ने धीरे-धीरे, मानो कुछ सोचते हुए जवाब दिया। "वह मुझसे अछूती धरती और आँधी के बारे में पूछ रहा था। मुझे कुछ ऐसा महसूस होता है कि वह शायद...शायद वह मुझ पर कोई दोष मढ़ना चाहता है। वह मुझसे इंस्पेक्टर की तरह बात कर रहा था, जिसे अपराध का पहले से ज्ञान हो। लेकिन अपराध क्या हुआ है ?"

"ठीक है...और यानी मेरा इन्तज़ार करने की उसे इच्छा नहीं हुई ? सचमुच अजीब बात है।"

"हो सकता है, मैं ग़लती पर हूँ," आयक़ीज़ ने कहा। "क्योंकि वह तो सभी के साथ इसी तरह बात करता है।"

"और इसका अन्त कभी शुभ नहीं होता।" पोगोदिन ने मैत्रीपूर्ण चिन्ताशीलता से आयक़ीज़ से नज़रें मिलाकर उसे स्नेहपूर्वक सतर्क किया : "चौकन्नी रहो, आयक़ीज़।

कुछ गड़बड़ी नज़र आते ही दोस्तों को पुकार लेना, हम सब मिलकर फ़ौरन तुम्हारी मदद को दौड़ पड़ेंगे। इस सब के बारे में आलिमजान को ज़रूर बता देना।

"हम दोनों का मिलना अब बहुत कम होता है," आयक़ीज़ ने अप्रसन्नता से कहा और तुरन्त, मानो पति की सफ़ाई दे रही हो, आगे कहाः "वह हर समय व्यस्त रहते हैं, वह टोली-नायक़ भी हैं और पार्टी सचिव भी। कल उन्हें शहर जाना है, किसी कारण से संस्थान में बुलाया गया है।"

"हम सब व्यस्त लोग हैं," पोगोदिन बड़बड़ाया। आयक़ीज़ की आँखों में चिन्ता व दुःख की झलक देखकर उसने तुरन्त बातचीत का रुख़ मोड़ दियाः "मैं देखता हूँ, इस नमूने ने तुम्हें आख़िर परेशान कर ही दिया।" कुछ पल मौन रहकर उसने फिर कहाः "इससे सावधान रहना चाहिए। यानी मैं कहना चाहता था : तुम उससे मत डरो ! तथ्य हमारे पक्ष में हैं। तुमने कहा, उसने तुम से अछूती धरती के बारे में पूछताछ की ?" पोगोदिन ने जुती हुई अछूती धरती की ओर मुँह करके हाथ फैलाए मानो उस ज़मीन का आलिंगन करना चाहता हो। "वह रही—अछूती धरती ! किसी ज़माने की अछूती धरती ! वह पानी के लिए तड़प रही है ! बीजों के लिए तड़प रही है ! इनसानी मेहनत के लिए तड़प रही है !...वह खुद भी आँधियों और गरमी के शिकंजे में जकड़ी उकता चुकी है। हर जीव जीना चाहता है, और धरती—वह भी तो सप्राण है, आयक़ीज़। उसके लिए अनुर्वर रहना अस्वाभाविक है। उसे वृक्ष, गेहूँ, कपास, फूल पैदा करने और उनका पालन-पोषण करना चाहिए। हम उसके साथ मिल़जुलकर रहेंगे, हम उसे उसकी आदिकालीन जीवनदाई शक्ति वापस पाने में उसकी सहायता करेंगे। इसकी हम सबको, सारे देश को आवश्यकता है !

पोगोदिन—गौरवान्वित, शक्तिशाली, आश्वस्त—मनुष्य द्वारा खोदी गई नाली के किनारे, मनुष्य द्वारा जोती गई स्तेपी के सामने खड़ा था। सफ़ेद क़मीज़ का कालर खुला था, स्तेपी का मन्द पवन उसके खुले वक्ष को दुलार रहा था, धरती के निस्सीम विस्तार पर आकाश की कान्तिमय निस्सीम नीलिमा छाई हुई थी।

बीस

लेख

यूसुफ़ी आयक़ीज़ से मिलकर अलीकुल के घर गया और उसने बाक़ी दिन वहाँ बिताया। यह पता नहीं कि उनमें क्या बातें हुईं, पर कुछ दिनों बाद स्थानीय समाचार-पत्र में छपे लेख में अलीकुल का नाम नहीं दिया गयाः शायद इसका अनुरोध स्वयं अलीकुल ने किया था।

हास्य-स्तम्भों की परम्परानुसार लेख का शीर्षक अत्यन्त कटु था : "निकम्मा प्रशासक"।

लेख में निन्दात्मक उत्साह का निशाना आयक़ीज़ को बनाया गया था, पर इसके साथ-साथ अछूती धरती को कृषि योग्य बनाने की सारी योजना पर ही सन्देह प्रकट किया गया था। नज़ाकतख़ाँ व मुल्ला-सुलैमान के पत्र तथा क़ादीरोव, आयक़ीज़ और मुरातअली तक के साथ हुई बातचीत के आधार पर यूसुफ़ी ने यह सिद्ध करने का प्रयास किया था कि उमूरज़ाक़ोवा, पोगोदिन व स्मिर्नोव की पहलक़दमी पर मरुस्थल पर हमला बोलने का प्रयास अत्यन्त जोखिमभरा साबित हुआ और सब बातों को ध्यान में रखते हुए अतर्कसंगत भी। ''अछूती धरती को कृषि योग्य बनाने की योजना के प्रवर्तकों को समय रहते,'' यूसुफ़ी ने लिखा था, ''उसके दूरदर्शितापूर्ण न होने और आर्थिक दृष्टि से अलाभकर होने के बारे में चेतावनी दे दी गई थी। निकम्मे मनसूबेबाज़ों के अछूती धरतीवाले बखेड़े ने सामूहिक किसानों का ध्यान उनके मुख्य कार्य—कपास-उत्पादन के मूलभूत भूखंडों की देखरेख, सिंचित भूमि की उर्वरता में वृद्धि हेतु संघर्ष से हटा दिया, उस संघर्ष से, जिसके लिए पार्टी आपका आह्वान करती है। नई भूमि को कृषि योग्य बनाने जैसी कार्रवाइयों के महत्त्व को अस्वीकार करना हास्यास्पद लग सकता है। किन्तु यह कार्रवाई अत्यन्त उत्तरदायित्वपूर्ण है, और इस पर यह सुप्रसिद्ध कहावत पूरी तरह लागू होती है : फूँक-फूँककर पाँव रखना चाहिए। हमारे अधकचरे प्रवर्तकों ने सस्ते में नाम कमाने के लालच में शक्ति का पूरा अनुमान नहीं लगाया, और रेगिस्तान कपास पैदा करने के बजाए कपास को निगल गया। उमूरज़ाक़ोवा व अन्य लोगों ने तथाकथित ''दूसरा मोर्चा'' खोलने का फ़ैसला किया और श्रम-शक्ति का अपव्यय करके, सामूहिक किसानों को पहले से कृषि योग्य बनाए कपास के खेतों ''पूरा उत्पादन'' करने के अवसर से वंचित करके मुख्य मोर्चे को खुला छोड़ दिया। अछूती धरती में बोवाई करके उन्होंने, जिसे कहते हैं, ''आँधी काटी'' है, जिसने 'किज़िल युल्दूज़' सामूहिक फ़ार्म के एक खेत में कपास की फ़सल बरबाद कर दी। निस्सन्देह इसमें मुख्य दोष उमूरज़ाक़ोवा का है, जिसने इस परिस्थिति में धृष्ट प्रशासक की तरह कार्रवाई की और सामूहिक फ़ार्म के लिए सर्वाधिक ख़तरे की घड़ी में श्रम-शक्ति के पुनर्वितरण के अल्पप्रभावी तरीक़े पर अड़ी रही।''

लेख में आलिमजान को भी नहीं बख़्शा गया, जिस पर यूसुफ़ी ने सम्बन्धी होने के कारण पत्नी उमूरज़ाक़ोवा की करतूतों की अनदेखी करने और सामूहिक फ़ार्म के पार्टी संगठनकर्त्ता होने के नाते ग्राम सोवियत के अध्यक्ष द्वारा सामूहिक फ़ार्म के आन्तरिक मामलों में हस्तक्षेप को न रोकने, उसके आर्थिक सुधारों के शौक़ पर रोक न लगाने का आरोप लगाया।

अछूती धरती को कृषियोग्य बनाने के केवल एक कट्टर समर्थक को ''क्षमा-दान'' दिया गया : वह था जुराबायेव, जिस पर उँगली उठाने का साहस यूसुफ़ी को नहीं हो पाया था...

आयक़ीज़ को यूसुफ़ी के लेखवाला समाचारपत्र केवल शाम के समय (ग्राम सोवियत में समाचारपत्र देर से पहुँचते थे) ही मिला। उस दिन वह मुलाक़ातियों से भेंट करती रही थी, उस्ताद हज़रतक़ुल के साथ बस्ती के निर्माण-कार्य को शीघ्रातिशीघ्र पूरा करने

के बारे में काफ़ी देर तक बातचीत करती रही थी; सारा दिन महत्त्वपूर्ण कार्यों, समस्याओं व भेंटों से भरा रहा था। समाचारपत्र पढ़ते समय आयक़ीज़ अभी तक उस तनावपूर्ण व ईमानदारी से की गई मेहनत के दिन के सम्वेग से मुक्त नहीं हो पाई थी। शायद इसीलिए यूसुफ़ी ने जिस बारे में लिखा था, वह तुरन्त उसकी चेतना को प्रभावित नहीं कर सका...वह अत्यन्त अनर्गल, अन्यायपूर्ण लगा, जो उन सब महान व उज्जव उद्देश्यों से पूर्णतया मेल नहीं खाता था, जिनके लिए आयक़ीज़ जी रही थी। यह पीठ में नीचतापूर्ण ढंग से, अप्रत्याशित रूप से छुरा भोंकना था। आयक़ीज़ का इस विचार मात्र से ही शारीरिक पीड़ा की अनुभूति हुई कि उसके इर्द-गिर्द अभी ऐसे लोग हैं, जो इस तरह के वार कर सकते हैं। उसे वह सब स्मरण हो आया, जो पोगोदिन ने यूसुफ़ी के बारे में कहा था। मशीन-ट्रैक्टर-स्टेशन के निदेशक की बात सच साबित हुई। वह जीवन को ज़्यादा जानता था और उसको लोगों की पहचान आयक़ीज़ से बेहतर थी। जबकि वह युवा है, आशुविश्वासी है...किन्तु उसकी अपनी बात भी सही है, वह अपनी विश्वास्यता में सही हैं : क्योंकि लोगों पर विश्वास करना—हमारे जीवन का नियम है। केवल सतर्क रहना आवश्यक है। उसे विश्वासी भी होना चाहिए और सतर्क भी।

आयक़ीज़ अख़बार रखकर सोच में डूब गई...इस लेख को वह कैसा माने ? अभी तक उसे केवल कटु उदासी और पीड़ा तक महसूस हो रही थी, लेकिन रोष नहीं। किसी को ग़लत समझना कष्टदायक होता है। यह ज्ञान होने पर कि तुम्हें लोग समझ नहीं सके, कि तुम्हारे मार्ग में अचानक एक नई बाधा उत्पन्न हो गई है, बहुत कटु लगता है। लेकिन क्या इस कारण से घबराना चाहिए ? लेख अपमानजनक व दुर्भावनापूर्ण है। किन्तु आयक़ीज़ के भाग्य में वह क्या बदल सकता है ? कुछ नहीं ! आयक़ीज़ अपनी सत्यता में जैसी निश्चयी थी, वैसी ही अभी भी है। वह किसानों के बेहतर जीवन के लिए संघर्ष कर रही थी और संघर्ष करना नहीं छोड़ेगी। इस समय उस पर कीचड़ उछाली गई है। किन्तु बेईमान हाथ द्वारा उछाले गए कीचड़ के धब्बे ईमानदार नाम पर नहीं लगेंगे। और अगर लग भी जाएँ—तो भी क्या ! क़ादीरोव भले ही अपनी प्रतिष्ठा की ख़ातिर घबराता रहे, आयक़ीज़ निन्दा से नहीं डरती है—बस उसके उज्जवल लक्ष्यों को कलंकित न किया जाए...

वह फिर समाचारपत्र उठाकर दुबारा लेख बड़े ध्यान से पढ़ने लगी। यूसुफ़ी ने लगभग प्रत्येक पंक्ति में उसके कुलनाम पर छींटाकशी की थी, किन्तु आयक़ीज़ को अत्यन्त स्पष्ट नज़र आ गया : हमला उस पर नहीं, उसकी योजना पर किया गया है, जिसका जन्म और पालन-पोषण जनसाधारण के मध्य हुआ था। लेख खुद आयक़ीज़ के जीवन में कुछ नहीं बदल रहा था, लेकिन अछूती धरती के भाग्य को, सामूहिक-फ़ार्म के भाग्य और साधारण किसानों के भविष्य को प्रभावित कर सकता था ! शत्रु ने अपने अधम लक्ष्यों—हाँ, अधम !—के लिए तलवार खींचकर पार्टी के मंच, समाचार-साधनों की शक्ति का उपयोग किया है। यह शायद उसका पहला वार है, इस वार से बचना चाहिए और दूसरे वार से बचने की भी तैयारी करनी चाहिए। जबकि उसने तो बड़ी लापरवाही

से रक्षा के विचार की उपेक्षा कर दी थी ! यदि केवल उसी के बारे में बात हो रही होती, यदि लेख से केवल उसका ही बुरा होने का ख़तरा होता, तब तो शायद आयक़ीज़ का मौन साधना उचित भी होता। किन्तु लेख केवल उसके अकेली के लिए ही ख़तरनाक नहीं है...अपनी रक्षा करनी चाहिए—नहीं आत्म-रक्षा ही नहीं, बल्कि उस कार्य की रक्षा के लिए हर सम्भव प्रयत्न करना चाहिए, जिसके लिए आयक़ीज़ भी, पोगोदिन भी, बूढ़े हलीम-बाबा भी, युवा एक्सकेवेटर-चालक भी, बेकबूता, करीम और मेख़री भी संघर्ष कर रहे हैं ! यदि प्रान्तीय समिति में यूसुफ़ी के एक भी शब्द पर विश्वास कर लिया गया, तो केवल आयक़ीज़ के लिए ही नहीं, बल्कि सभी के लिए मुश्किल हो जाएगी !

आयक़ीज़ अख़बार को एक ओर फेंक मेज़ से उठ खड़ी हुई और जाकेट की जेबों में झटके से हाथ डाल उत्तेजित हुई कमरे में चहल-क़दमी करने लगी। भली-भाँति सोच-विचार कर लेना ज़रूरी था कि संघर्ष कैसे करना चाहिए, रक्षा किससे करनी चाहिए। यूसुफ़ी के पीछे निस्सन्देह कोई ठोस विरोधी है। क्या सुलतानोव ? या क़ादीरोव ? या उनके संरक्षकों में से कोई ? लेकिन उनके मोर्चे तो तोड़ दिए गए से लगते थे। लेकिन आख़िर वे हथियार क्यों नहीं रख रहे हैं ? ऐसा क्या है, जो उन्हें सबके लिए स्पष्ट और आवश्यक योजना को इतना प्रचंड विरोध कर रहे हैं ? क्या वे वास्तव में यह नहीं समझते हैं कि वे जनता की इच्छा के विरुद्ध जा रहे हैं ? या फिर केवल इसीलिए कि उनकी बात सही नहीं है। वे अत्यन्त निष्ठुरता से उन लोगों पर वार कर रहे हैं, जिनकी स्थिति न्यायसंगत है ? सदा यह अनुमान लगा पाना असम्भव है कि वे क्या करने की ठानते हैं, अपनी भ्रान्ति व दुर्बल क्रोध से अन्धे हुए क्या चाल चलते हैं ! और मुख्य बात यह है कि यह देखते हुए कि वे विरोध कर रहे हैं, कभी-कभी समझ में नहीं आता कि वे ऐसा क्यों कर रहे हैं। उन्हें ऐसा करने के लिए क्या प्रेरित कर रहा है ? कायरता ? मतिमन्दता ? हठधर्मिता ? मामूली ख़ुशहाली और शान्ति की अभिलाषा ? लोगों का नेतृत्व कर पाने के पूर्णतः अयोग्य होने, जनता की आवश्यकताओं की चिन्ता करने की स्पष्ट रूप से अनिच्छा के बावजूद सत्ता में बने रहने की आकांक्षा ?...

क़ादीरोव को ही लें...आयक़ीज़ के लिए वह अभी तक टेढ़ी खीर ही रहा है। जबकि क़ादीरोव को समझना ज़रूरी है, बहुत ज़रूरी है, यह निश्चय करने के लिए कि उसके मामले में कैसी कार्रवाई करनी चाहिए,—उसकी मदद करनी चाहिए या उसे रास्ते से हटा देना चाहिए, उसे क़ायल करना चाहिए या उससे संघर्ष करना चाहिए। क़ादीरोव के मन में क्या है ? क्या आयक़ीज़ के प्रति घृणा ? किन्तु वह स्वयं क़ादीरोव की ईमानदारी व कर्त्तव्यनिष्ठा पर विश्वास करते हुए सदा उसे उचित ठहराने की कोशिश करती रही है। यहाँ तक कि इस समय भी उसे विश्वास नहीं हो पाता है कि वह ऐसा स्वार्थी व तुच्छ लक्ष्यों के लिए कर रहा है। यह शायद उनकी योजना के विरुद्ध वास्तव में पूर्वाग्रह से ग्रस्त है। वास्तव में उस पर केवल दया ही की जा सकती है...यह कितना भयावह और कटु लगता है, जब प्रशासक सोचता है कि जनता को एक चीज़ चाहिए, जबकि जनता अपनी ख़ुशी के लिए बिलकुल दूसरी ही चीज़ चाहती है। प्रशासक के लिए, जनता

के नेता के लिए, यदि वह ईमानदार है, यह एक सच्ची त्रासदी है...

या यह सब उससे कहीं ज़्यादा पेचीदा है जैसा कि वह इसे समझती है और उसे निष्कर्ष निकालने की जल्दी नहीं करनी चाहिए ? मात्र संघर्ष व रक्षा करने से कार्य में मदद नहीं मिल सकती। इन सब बातों की गइराई में पैठना ज़रूरी है खूब विचार करो, आयक़ीज़...

बाहर अँधेरा होने लगा था। सूरज पश्चिमोन्मुख होता जा रहा था। कोक-ताऊ पहाड़ की छाया निकटवर्त्ती पहाड़ियों की ढलानों पर, घाटियों में पड़ रही थी, तीव्र गति से भाग रही अन्य छायाओं को पकड़ने की कोशिश कर रही थी, और लग रहा था जैसे पहाड़ियों के सहारे-सहारे फुरतीले भीमकाय ऊँटों का कारवाँ चला जा है।

आयक़ीज़ बत्ती जलाकर ग्राम सोवियत की ज़मीन के नक़्शे के पास आ गई। हरी पेन्सिल से रेखाच्छादित नहरों व नालियों की बारीक रेखाएँ कपास के भूखंडों के मध्य से कलाई की नीली नसों की तरह निकल रही थीं। मानचित्र में पहाड़ों को पीले रंग से दिखाया गया था तथा क़सबे व गाँव—लाल वर्गों व आयतों के समूहों के माध्यम से। केवल अछूती स्तेपी रंगों से वंचित थी। ''मानचित्र पर श्वेत धब्बा,'' आयक़ीज़ ने सोचा और अछूती धरती को कपास के खेतों से अलग करनेवाली बिन्दीदार रेखा पर उँगली चलाई। ''जबकि मानचित्र पर एक भी श्वेत धब्बा नहीं रहना चाहिए ! मैं इसी की ख़ातिर मोर्चा लूँगी।'' और उसने मन-ही-मन दोहराया: ''बस सारी बातें अच्छी तरह सोच-समझ लेनी चाहिए...'' उसकी नज़र टेलीफ़ोन पर पड़ी। ''जुराबायेव को फ़ोन करूँ ? नहीं, कल तक इन्तज़ार किए लेती हूँ। अभी समय है। न जाने क्या मुसीबत टूट पड़े !''

आयक़ीज़ घर काफ़ी देर से लौटी। आलिमजान अभी तक शहर से नहीं लौटा था। उमूरज़ाक-अता सो रहे थे। उनकी साँस भारी और रुक-रुककर चल रही थी। आयक़ीज़ दबे पाँव उनके पलंग के क़रीब गई। उसने स्नेह व आशंका के साथ उनके चेहरे पर नज़र डाली। चेहरा कुछ पिचक गया था, आँखों के नीचे नीली-नीली झुर्रियाँ पड़ गई थीं। वृद्ध पिछले कुछ समय से अस्वस्थ था और आयक़ीज़ ने उसे आज खेत में नहीं जाने दिया था। दोपहर में काम से कुछ समय निकालकर वह घर हो आई थी, पिता को खाना खिला गई थी, दवाई पीने के लिए मजबूर कर गई थी। उमूरज़ाक़-अता इलाज कराना पसन्द नहीं करते थे फिर इस बार उन्होंने बेटी का कहा मान लिया था : वह जल्दी से जल्दी चलने-फिरने लायक़ हो जाना चाहते थे। उन्होंने डॉक्टर को नहीं बुलवाने दिया। अभी डॉक्टरों से जान-पहचान करना जल्दबाज़ी होगी, क्योंकि वह अभी तो सौ के नहीं हैं !...

पिता की नींद ख़राब न करने की कोशिश करती आयक़ीज़ दबे पाँव अपने कमरे में चली गई। वह यह न देख पाई कि उसके मुड़ते ही उमूरज़ाक़-अता ने थोड़ी आँखें खोलकर सिर उठाया और बेटी को स्नेहपूर्ण व चिन्ताकुल आँखों से जाते देखते रहे। वह आज का समाचारपत्र कभी का पढ़ चुके थे...

इक्कीस

श्रम–हमारा हथियार

आयक़ीज़ गहरी नींद सोई और देर से जागी। सूरज की सुनहली किरणों ने दीवारों को रँगकर चटकीले प्रतिबिम्बों से सजा दिया था....वह पिता के कमरे में गई, पर उमूरज़ाक़-अता वहाँ नहीं थे। उनका बिस्तर सलीके से तह किया रखा हुआ था। आयक़ीज़ घबरा उठी : क्या वह सचमुच काम पर चले गए हैं ? उन्हें तो घर से बाहर निकलना मना है ! उन्हें लेटे रहना चाहिए, उन्हें शान्ति व आराम की ज़रूरत है।

आयक़ीज़ होंठ चबाकर बाग़ीचे में भागी मानो अनथक वृद्ध को रोक सकती हो। पिता चश्मे पर झुके खड़े हाथ-मुँह धो रहे थे। उनके बदन पर चोग़ा नहीं था और लम्बे सफ़ेद कुरते के कॉलर से झुर्रीदार सूखी चमड़ीवाली गरदन दिखाई दे रही थी। उमूरज़ाक़-अता की चेष्टाएँ मन्द थीं, वह बड़ी मुश्किल से नाली पर झुक-झुककर अंजलियों में पानी भर-भरकर धीरे-धीरे सीधे खड़े हो रहे थे और मुँह, गरदन व सीना भी धीरे-धीरे धो रहे थे। पीछे से क़दमों की आहट सुनकर उन्होंने मुड़कर स्नेहपूर्वक बेटी से दुआ-सलाम किया :

"सलाम, आयक़ीज़ ! मुझे इस बात की ख़ुशी है कि तुम्हारा चित्त शान्त है : ऐसी गहरी नींद वही सोते हैं, जिनका दिल साफ़ होता है।"

पिता सदा की भाँति एकसुरे स्वर व किन्चित् आडम्बरपूर्ण भाषा में बोल रहे थे, पर आयक़ीज़ का हृदय कह रहा था : उन्हें सारी बात मालूम है !

"अब्बा ! आप बिस्तर से उठ क्यों गए ?"

तौलिए से गरदन व चेहरा पोंछते और, जैसा कि आयक़ीज़ को लगा, यह सब जानबूझकर स्वाभाविक फुर्ती से करते हुए उमूरज़ाक-अता मुस्करा उठे :

"मैं बुड्ढ़ा हो चुका हूँ, बेटी ! अगर अल्लाह मुझे कुछ और दिन बख़्शता, तो शायद उनमें से कुछ को मैंने बेकार गँवा दिया होता...लेकिन मेरा सफ़र ज़्यादा लम्बा नहीं है और बाक़ी बचा रास्ता मैं रेंग-रेंगकर नहीं, शान से डग भरते हुए तय करना चाहता हूँ। बस हमारे नौजवान वक़्त की परवाह नहीं करते हैं। चलो, चाय पिएँ। मैंने केतली में पानी उबाल लिया है।"

"उसके बाद लेट जाएँगे ना ?"

वृद्ध ने पुत्री की ओर एकटक देखकर सिर हिलाया :

"नहीं, बेटी, यह लेटे रहने का वक़्त नहीं है।"

"मगर आप बीमार हैं। देख रहे हैं, आपके हाथ काँप रहे हैं।"

"यह बीमारी की वजह से नहीं है। मेरे दिल को चैन नहीं है, बेटी...तुम्हारी ख़ातिर डरता हूँ।"

"मेरी ख़ातिर डरने की कोई बात ही नहीं है।"

किन्तु वृद्ध उसकी बात अनसुनी करता आगे बोलता गया।

"मुझे सब मालूम है, आयक़ीज़। पड़ोसियों ने मुझे कल अख़बार दिखाया था, उसे करीम ज़िले से लाया था। मैं सारी रात नहीं सो पाया। उसने मेरे दिल में आग लगा रखी है !"

"उस लेख से आपको घबराना नहीं चाहिए, अब्बा। आपके लिए घबराना अच्छा नहीं होगा।"

बरामदे के पास आ रहे उमूरज़ाक़-अता रुक गए।

"सिर्फ़ पहाड़ ही हर वक़्त शान्त रह सकते हैं। उनके दिल पत्थर के होते हैं, बेटी। जबकि हमारे दिल फूलों की तरह हवा के पहले झोंके से ही हिलने लगते हैं। लोगों ने यूँ ही तो नहीं कहा है : इनसान पत्थर से सख़्त और गुलाब से नाज़ुक होता है।"

आयक़ीज़ पिता की शान्तचित्तता से विस्मित हो रही थी। वह शायद दिल में परेशान हो रहे थे, तड़प रहे थे, पर न अपने दुःख को ज़ाहिर होने दे रहे थे, न रोष को। मानो वह अपनी बुद्धिमत्तापूर्ण शान्तचित्तता आयक़ीज़ को प्रदान करना चाह रहे थे। उनकी पूर्ववत् स्नेहपूर्ण, उत्साहवर्धक आँखें मानो कह रही हों : "साहस मत छोड़ो, बेटी, भाग्य जो हमारी परीक्षा ले रहा है, उसमें हमें ससम्मान गर्वपूर्वक माथा ऊँचा किए उत्तीर्ण होना है। साहस मत छोड़ो, मुझे तुम पर विश्वास है।"

उसने पिता से फिर बिस्तर में लेटने को कहा, पर लगता था जैसे वह उसकी बात सुन ही नहीं रहे थे। उन्होंने बिना कुछ कहे केतली लाकर प्यालियों में चाय ढाल दी। कसैले सुगन्धित पेय की आराम से चुस्कियाँ लेते हुए वह सोच में डूब गए। उनके चेहरे पर चिन्ता की छाया व्याप्त हुई, पर उन्होंने उसे तुरन्त दूर कर दिया और पूर्ववत् शान्त व स्नेहपूर्ण स्वर में पुत्री से बातें करने लगे :

"तोहमत लगाना, बेटी, ज़हर में बुझे तीर मारने जैसा होता है। उससे आदमी बुरी तरह घायल हो सकता है। और मैं तुम्हारी ख़ातिर डरता हूँ...तुम ठीक ही सोचती हो कि अब तुम बच्ची नहीं रही हो, ताक़तवर, अक़्लमंद और तेज़निगाह हो। और लोग भी तुम्हें यही यक़ीन दिलाना चाहते हैं। उन पर यक़ीन मत करो, बेटी ! मेरे लिए तो तुम जैसी नन्ही नटखट आयक़ीज़ थीं, वैसी ही अभी भी हो। नन्ही और नाज़ुक। और मुझे तुम्हारी ज़हर में बुझे तीर से रक्षा करनी चाहिए।"

वृद्ध व बीमार पिता के प्रति जो अपनी युवावस्था की तरह निर्भीक व जुझारू थे, कृतज्ञतापूर्ण स्नेह व सहानुभूति तथा अपनी असमर्थता के कारण आयक़ीज़ का दिल दुखने लगा। वह महसूस कर रही थी कि वह कितनी भी कोशिश क्यों न करे, पर पिता घर पर नहीं पड़े रहेंगे और आयक़ीज़ के लिए अभी तक अस्पष्ट अपने निर्णय को नहीं बदलेंगे...

"अब्बा !" आयक़ीज़ ने चिरौरी की। "मैं ख़ुद अपनी रक्षा कर लूँगी। लेख में सिर्फ़ मेरे बारे में ही लिखा गया है, मैं ख़ुद ही मुँहतोड़ जवाब दूँगी !"

"तुम पर उछाला कीचड़—मुझपर उछाला कीचड़ है," उमूरज़ाक़-अता ने उठते हुए

आपत्ति की। ''दुष्ट लोगों ने सिर्फ़ तुम्हीं पर हाथ नहीं उठाया है ! उन्होंने हम सब पर हाथ उठाया है। हमारे सपने पर, हमारी क़िस्मत पर। मैं उन्हें हमारी खुशक़िस्मती और मेरी बेटी के नेक नाम पर छींटे नहीं उछालने दूँगा। तुमने सुना मैंने जो कहा ? मुझे कुदाल ला दो, आयक़ीज़।''

आयक़ीज़ पिता की अशाम्यता और उन मिथ्यारोपण के प्रति उनकी घृणा से प्रसन्न हो रही थी। वह मानो उनके विचारों को भाँप गई। किन्तु वह यह नहीं होने दे सकती थी कि पिता उसकी ख़ातिर अपनी शान्ति व स्वास्थ्य का बलिदान कर दें।

''ठहरिए, अब्बा ! आप अकेले क्या कर सकते हैं, तिस पर ऐसी हालत में ?''

''अकेला चश्मा भी तो फ़ायदा पहुँचाता है—क्योंकि अन्त में वह भी नदी में मिल जाता है। और मैं, बेटी, अकेला नहीं हूँ। मेरी उपटोली है। आलिमजान भी जाते वक़्त मुझे इस बात का ध्यान रखने को कह गया था कि उसका मददगार काम कैसे करता है। मेरे खेत में बहुत-से आदमी हैं और काम भी बहुत हैं। कपास खिलने लगी है, आयक़ीज़।''

''आप एक दिन और घर पर रहें, तो इससे कुछ बिगड़नेवाला नहीं है। आपको शान्ति की ज़रूरत है।''

उमूरज़ाक़-अता की भौहें तन गईंः

''मुझे घर पर चैन नहीं आ सकता। जब आदमी की इज़्ज़त पर आँच आती है, वह हथियार उठा लेता है। हमारा एक ही हथियार है—हमारी मेहनत, हमारी लगन। चुगलख़ोर कहते हैं : आयक़ीज़ ने कपास के खेतों पर आँधी बुलवाई थी। और हम यह साबित करके दिखा देंगे कि लोग आँधी से ज़्यादा ताक़तवर हैं। चुगलख़ोर कहते हैं : कपास बरबाद हो जाएगी। जबकि हम कपास को पहले ही बचा चुके है, और मैं अपने खेत में ऐसी फ़सल पैदा करूँगा, जैसी किसी ने अलतीनसाय में कभी नहीं देखी होगी ! वे कहते है : अछूती धरती को खेती लायक़ बनाने और पुराने खेतों में कपास की सँभाल करने के लिए हमारी ताक़त कम पड़ जाएगी। हाँ, बेटी, यह कर पाना हमारे लिए असम्भव होता, अगर अलतीनसाय में कामचोर और कायर रह रहे होते। लेकिन अलतीनसायवालों को अपने लिए भले और बुरे में फ़र्क़ करना आता है...कुदाल दो, आयक़ीज़, मेरा खेत जाने का वक़्त हो गया है।''

उन्होंने अन्तिम शब्द इस प्रकार कहे मानो पुत्री को आदेश दे रहे हों : ''बन्दूक दो, मैं लड़ने जाऊँगा !'' अब उनके स्वर में स्नेह का नहीं, रोब और दृढ़निश्चयता का पुट था। आयक़ीज़ उनकी अवज्ञा करने का साहस न कर सकी। वह वृद्ध को घर पर रोक पाने में असमर्थ रह पाने के कचदिलेपन के लिए अपने को कोसते हुए कुदाल व सफ़ेद नमदे की टोपी ले आई, उनका रंग उड़ा कमरबन्द ठीक करके उन्हें फाटक तक छोड़ गई और दूर जाते देखती रही...वह रास्ते में टेढ़ी-मेढ़ी और हठपूर्ण चाल से चले जा रहे थे। उनके कन्धे पर कुदाल हिल रहा था। ''जल्दी से ग्राम सोवियत भागती हूँ, बाद में खेत में अब्बा के पास जाऊँगी,'' आयक़ीज़ ने फ़ैसला किया। ''मैं अकेली

उनका इरादा नहीं बदलवा सकी—दूसरे लोग मदद करेंगे। आलिमजान फिर नहीं है ! जब उनकी ज़रूरत होती है, जैसे जानबूझकर पास नहीं होते...''

रास्ते के आखिर में उमूरज़ाक़-अता थक गए और उन्होंने अपनी चाल धीमी कर दी। जब वह खेत में पहुँचे, काम ज़ोरों पर था। क्यारियों के सहारे-सहारे आह्लादक घरघर करते तीन पहियोंवाले छोटे सर्वप्रयोज़न ट्रैक्टर चल रहे थेः उनमें से कुछ कल्टीवेटर खींच रहे थे, कुछ पौधों के इर्द-गिर्द ढूहें बना रहे थे। किसान छकड़ों में खाद ढो रहे थे, ट्रैक्टरों द्वारा बनाई गई हलरेखाओं में पानी छोड़ रहे थे, कुदालों से मिट्टी ढीली कर रहे थे, कपास के पौधों के इर्द-गिर्द ढूहे बना रहे थे।

कपास खिल रही थी...खेत रंगबिरंगा और पाटल-श्वेत हो रहा था, दो दिन पूर्व के मुकाबले उसमें पाटलवर्णी फूल ज़्यादा खिले हुए थे। श्वेत पुष्प केवल पौधों के ऊपरी सिरों पर ही रह गए थे। झड़े हुए फूल कम थे,—यानी अफलित कम होंगे। कपास एक-समान खिली हुई थी, मानो इन खेतों पर आँधी आई ही नहीं हो। ''क्या लोग कभी ऐसे मेहनत कर सकते थे,'' उमूरज़ाक-अता ने सोचा, ''अगर उन्हें अपने सच्चे होने का विश्वास न होता ! नहीं, लोगों की बात सदा सही होती है।'' उमूरज़ाक़-अता की उपटोली के किसान उनकी ओर मुड़े। किसानों का अभिवादन करके वृद्ध ने उनकी ओर हाथ हिलायाः काम जारी रखिए, मैं आपसे पीछे नहीं रहूँगा... वह काम कर रहे लोगों के पास, जो उनको सगों ज़ैसे प्रिय थे, रुके नहीं। क्योंकि क्या पता वे उन्हें बिस्तर में लेटने के लिए मनाने लग जाएँ। वह क्या कोई बीमार हैं ? वैसे बायाँ कन्धा दुखता है, सिर चकराता है और साँस लेने में मुश्किल होती है...यह ज़रूर कल सारे दिन बिस्तर में पड़े रहने के कारण हुआ है। आराम आदमी को सुस्त बना देता है, जबकि कर्म सक्रिय कर देता है। उमूरज़ाक़-अता गृह-युद्ध के वर्षों में लाल सैनिक रहे थे। उन्हें याद है कि कई किलोमीटर के मार्च के बाद थोड़ा-सा सुस्ताने के पश्चात् ज़मीन से उठना और फिर सफ़र पर रवाना होना कितना मुश्किल होता था। बिना आराम किए आगे ही आगे, दूरस्थ और निश्चित विजय की ओर अग्रसर होते रहना कहीं बेहतर होता है !...

सूरज क्षितिज के ऊपर पहुँच गया था। उमूरज़ाक़-अता अपने खेत की क़तारों के बीच एक-समान गति से ऊँचा उठा-उठाकर कुदाल चलाते हुए सूरज की ओर बढ़ते चले जा रहे थे। मिट्टी हौले से कपास के पौधों के तनों के इर्द-गिर्द चिपटी जा रही थी, पत्तियाँ किचित् सरसरा रही थीं, जैसे मन्द झोंकों के चलने से पत्तियों के तले से श्वेत, पाटल पुष्प वृद्ध का उत्साहपूर्वक अभिनन्दन करते हुए उसकी ओर झाँक रहे थे। उमूरज़ाक़-अता कभी-कभी बीच में रुककर ढीठ खर-पतवार—गुमाय के इर्द-गिर्द मिट्टी खोदते, ज़मीन से उसकी लम्बी, सफ़ेद जड़ें चुनते हुए आगे बढ़ते जा रहे थे।

चलना दूभर होता जा रहा था। कमीज़ तर हो गई थी, पर वृद्ध को न जाने क्यों कँपकँपी छूट रही थी, पैरों में कमज़ोरी महसूस हो रही थी और बाएँ कन्धे का दर्द उत्तरोत्तर बढ़ता जा रहा था। सूरज काफ़ी ऊपर चढ़ चुका था, कड़ाके की, स्तम्भित

कर डालनेवाली गर्मी पड़ रही थी। ज़मीन तप रही थी और कुदाल की चोटों से मिट्टी उड़ रही थी।

कुछ ही समय में वृद्ध की ताकत बिलकुल जवाब दे गई। वह रुक गया। उसने अनथक ट्रैक्टरों की ओर देखकर दुःखी मन से सोचा : "आख़िर हम सब कुदाल की जगह भी मशीन से काम लेंगे ? लकड़ी के हल से तो क़ाफ़ी अरसे पहले पिंड छुड़ा चुके हैं, नौजवान तो जानते भी नहीं कि वह होता क्या है। पर कुदाल...मैं तेरा आदी हो चुका हूँ, दोस्त, फिर भी तुझे विदा करके मुझे सचमुच बेहद ख़ुशी होगी। कितनी खुदाई की है इन हाथों से !"

एकाएक उन्हें अपने—ऐन कान के पास जानी-पहचानी भर्राई हुई आवाज़ सुनाई दी :

"अस्सालाम-अलैकुम, अता !..."

उमूरज़ाक-अता चौंक गए, मुड़कर देखा, ग़फूर था।

गर्मी के बावजूद वही मिरज़ई पहने हुआ था। उसकी आँखें कुटिलता और विजय की मुद्रा में सिकुड़ी हुई थी, नाक तले दो जोंकों की सी छोटी-छोटी मूँछें थीं और मूँछों के नीचे साँप-सी ज़हरीली मुस्कान, जिसमें विनम्रता का पुट भी था और छिपे हुए दुर्भाव का भी। ग़फूर ने सीने पर हाथ रखकर दुबारा कहा :

"अस्सालाम अलैकुम, प्यारे रिश्तेदार !"

"वअलैकुम अस्सलाम, " उमूरज़ाक़-अता ने बड़बड़ाकर जवाब दिया।

"मैंने सुना, आपकी क्या तबीयत ख़राब है ?"

"तुम्हारा दिल तो ज़रूर यही चाह रहा है ना ?"

"छि, छि, " ग़फूर ने उलाहनाभरे स्वर में नरमी से कहा, "रिश्तेदार को क्यों नाराज़ करते हो ? आप तो अब बुज़ुर्ग हो चुके हैं, आपको बेटी के नक़्शे-क़दमों पर चलना अच्छा नहीं लगता।"

"क्या तुम्हारी टोली में खाने की छुट्टी हो गई है ?" उमूरज़ाक़-अता ने व्यंग्यपूर्वक जिज्ञासा प्रकट की।

"सारे काम कौन निबटा सकता है ! मैंने आख़िर सेहत बिगाड़ ली...ज़रा-सा काम करता हुँ कि कमर दुखने लगती है।" उसने कराहते हुए कमर पर हाथ मला, और उमूरज़ाक़-अता ने अपना हाथ कन्धे की ओर बढ़ाया, पर हथेली कुदाल के दस्ते पर टिका दी : वह ग़फूर को यह नहीं दिखाना चाहते थे कि उनकी तबीयत ख़राब है। ग़फूर ने फ़ौरन कहा : "लेकिन मैं काम कर रहा हूँ। पूरी ताक़त से ! पर अभी मैंने देखा : मेरे बुज़ुर्ग दोस्त उमूरज़ाक़-अता कुदाल चला रहे हैं। सोचा, चलो उनकी तबीयत पूछ लूँ।" उसने उमूरज़ाक़-अता के चेहरे पर ग़ौर से नज़र डाली और कृत्रिम सहानुभूति प्रदर्शित करता हुआ ज़बान चटकारने लगा : "ओह ! आपकी हालत तो बहुत ही ख़राब लगती है। बेटी ने आपको घर से कैसे निकलने दिया ?"

"बेटी मेरी आया नहीं है।"

"हाँ, हाँ, आया नहीं है...पर बुड्ढे को भी बच्चे की तरह आया की ज़रूरत होती है। उसे नम्र और आज्ञाकारी बेटी की ज़रूरत उसका ख़याल रखने के लिए होती है, न कि उसका नेक नाम मिट्टी में मिलाने के लिए।"

"तुम अपना काम करने जाओ, ग़फ़ूर," उमूरज़ाक़-अता ने धीरे से कहा, "मुझे गुस्सा मत दिलाओ।"

पुत्री के साथ बातचीत के दौरान जिस शान्ति से वह काम लेने में सफल रहे थे, वह अब किसी भी क्षण उन्हें दग़ा देने को तैयार थी। उनका हाथ काँपता हुआ कुदाल पर जम गया और आँखों के आगे तारे छूटने लगे। ग़फ़ूर शायद ध्यान नहीं दे रहा था कि वृद्ध को क्या हो रहा है। उसने बग़ल में से पुराना, मुड़ा-तुड़ा सा अख़बार निकाला, जो शायद बहुत से हाथों से गुज़र चुका था, और उसे उमूरज़ाक़-अता की ओर बढ़ाया।

"अभी तक पढ़ा या नहीं ?"

उमूरज़ाक़-अता निश्चल रहे। ग़फ़ूर ने अर्थपूर्ण मुद्रा में सिर हिलाकर अख़बार को फिर मिरज़ई में छिपा लिया।

"अहा ! यानी पढ़ चुके हैं ! देखिए, क्या हो रहा है : एक वक़्त था, जब आपकी बेटी को अपने सगे मामा को जेल में बन्द करवाते हुए ज़रा भी शर्म नहीं आई थी, और अब ख़ुद उसकी बेइज़्ज़ती हो रही है। अल्लाह इन्साफ़पसन्द है !"

"बेइज़्ज़ती उसकी हो, जिसने इसे लिखा है !" अपने पर क़ाबू न रख पाया वृद्ध चिल्लाया। "वह कहावत याद करो ज़रा : लोग पत्थर फलों से लदे पेड़ पर ही मारते हैं। मेरी बेटी कामचोरों को चैन से नहीं रहने देती, आलसियों और डरपोकों की नाक में दम करती है, इसीलिए लोग उसे बदनाम करते हैं। सच कहूँ, अगर यह नुकताचीनी आलसियों को ही अच्छी लगी है, तो इसका मतलब है इसमें नाम को भी सच्चाई नहीं है !"

"यह आलसी हैं कौन ?"

"तुम्हें ज़्यादा मालूम होना चाहिए।"

ग़फ़ूर ने गुस्से में होंठ काटकर एक ठंडी साँस ली।

"अल्लाह आपको माफ़ कर देगा, अता। मुझे आप पर गुस्सा नहीं आता है। आप मुझे ठेस पहुँचा रहे हैं, पर मैं नाराज़ नहीं हो रहा हूँ। मैं आपका भला चाहता हूँ। आपकी छत पर बर्फ़ जम जाए—ख़ुद उसे साफ़ करने आऊँगा। आपको एक सलाह देना चाहता हूँ: बेटी को क़ाबू में रखिए, वरना वह अपनी करतूतों से आपको तबाह कर देगी।" उसने फिर दिखावटी सहानुभूति से उमूरज़ाक़-अता पर नज़र डालकर सिर हिलाया। "देख लीजिए आप सबकी हालत कितनी ख़राब हो गई है ! आयक़ीज़ और आलिमजान रेशम के भूखे कीड़ों की तरह सूख रहे हैं। हैं भी इसी लायक़, यह उनके सारे गुनाहों की सज़ा है। पर मुझे आप पर रहम आता है, अता। देखिए, आपका तो चेहरा फक हो गया है !"

उमूरज़ाक़-अता ने कुदाल थोड़ा ऊपर उठाया, मानो उससे ग़फ़ूर को मारना चाहते

हो और उसकी ओर क़दम बढ़ाकर क्षीण होते स्वर में चिल्लाए:

"दूर हो जा यहाँ से, गीदड़ ! हमारे सामूहिक फ़ार्म में तू कुछ फ़ायदा नहीं कमा सकेगा। न तू, न तेरा झुंड ! गीदड़ आग से डरते हैं। और हमारे दिलों की आग...हमारे दिलों की आग पवित्र और तेज़ है..."

ग़फ़ूर ये शब्द सुनने को वहाँ था ही नहीं। अपने दिल की भड़ास निकालने पर ख़ुश होता वह अपने खेत की ओर जा रहा था। उसके चेहरे पर प्रतिकार व विजय की व्यंग्यपूर्ण मुस्कान व्याप्त थी।

ग़फ़ूर के जाने के बाद उमूरज़ाक़-अता ने फिर काम करने की कोशिश की, लेकिन अचानक उनके सारे शरीर में भयानक कमज़ोरी महसूस होने लगी। उन्होंने हाँफते हुए दोनों हाथों से कुदाल का सहारा लिया, मुँह से सूखी व गरम हवा गहरी साँस के साथ खींची और एकाएक धीरे-धीरे ज़मीन पर बैठते हुए पीठ के बल उन्हीं द्वारा सँभाली गई कपास की क्यारियों के बीच गिर पड़े। कुदाल भी एक ओर पड़े उनके हाथ पर धप्प की आवाज़ करती हुई गिर पड़ी। हाथ काँपा, कॉलर की ओर बढ़ा और अशक्त होकर सीने पर गिर पड़ा। किसान जब भागे-भागे उमूरज़ाक़-अता के पास पहुँचे, वृद्ध की मृत्यु हो चुकी थी। वह बाएँ हाथ में कुदाल पकड़े लेटे थे। उनकी निश्चल आँखें खिलती हुई कपास के खेत के ऊपर जड़वत् रह गए-से सूरज को देख रही थीं।

बाईस

वह अमर रहें

सारे अलतीनसाय ने उमूरज़ाक़-अता को उनकी अन्तिम यात्रा पर विदाई दी। पड़ोस के और पर्वतीय गाँवों के किसान भी आए। वृद्ध कपास-उत्पादक को बहुत लोग जानते थे...

तपता, शान्त व निश्चल दिन था। चारों ओर सब कुछ मानो शोकपूर्ण सन्नाटे में डूबा हुआ था। दूरस्थ पहाड़ियों की चोटियाँ रहस्यमय उदासीनता से चमक रही थीं। क्षितिज पर सफ़ेद बादल हिममंडित टेकरियों की तरह जमा हो गए थे। वृक्षों की पत्तियाँ पथरा गई लग रही थीं। यहाँ तक कि जिस रास्ते से मौन विशाल जनसमूह क़ब्रिस्तान की ओर बढ़ रहा था, उस पर भी धूल नहीं उड़ रही थी।

क़ब्रिस्तान तक का रास्ता लम्बा था, पर ताबूत को घर से ही कन्धों पर ले जाया जा रहा था। थक जानेवाले लोगों का स्थान ताबूत के पीछे चलनेवाले लोग लेते रहे।

सबसे आगे आयक़ीज़ व आलिमजान चल रहे थे। आलिमजान समझता था कि यदि वह शहर नहीं भी जाता, तो भी होनी को नहीं टाला जा सकता था। फिर भी भीतर ही भीतर उसे कष्टदायक विचार साल रहा था : वह आयक़ीज़ की मुसीबत की घड़ी

में उसके पास नहीं था...किसी ने यह सच ही कहा है : आ बला, गले लग। आयक़ीज़ पर एक साथ अचानक कितनी मुसीबतें टूट पड़ीं ! आँधी, समाचारपत्र में नीचतापूर्ण लेख, पिता की मृत्यु...और आलिमजान अपनी पत्नी के पास नहीं था। काम, परेशानियों, चिन्ताओं ने उसे आयक़ीज़ से दूर कर दिया था, सम्भ्रम में डाल दिया था, दूर धकेल दिया था। यहाँ तक कि यूसुफ़ी का लेख पढ़ने के बावजूद वह इस झंझट से निकलकर पत्नी की मदद को नहीं पहुँच सका। उसके निकट वह केवल अब पहुँचा है, जब कुछ बदल पाना या सुधार पाना असम्भव हो चुका है। आलिमजान ने दोषी की-सी सहानुभूति से आयक़ीज़ की ओर देखा। उसका चेहरा पीला पड़ा हुआ था, आँखें भीतर धँस गई थीं और वह खोई-खोई भावशून्य दृष्टि से आगे व ताबूत की ओर देख रही थी। लगता था कि उस समय न कुछ सोच रही थी, न अनुभव कर रही थी और न चेष्टाओं से, न आँखों से कुछ व्यक्त कर पाने की स्थिति में थी। उसके पीले पड़े कपोलों पर केवल आँसू ढुलक रहे थे। आयक़ीज़ की चाल तनावदार व अस्वाभाविक रूप से सीधी होने के साथ-साथ किन्चित् सुकुमार भी थी। आलिमजान ने उसकी कोहनी पर हाथ रखा, पर आयक़ीज़ बेसुधी में हाथ छुड़ाकर एक ओर हट गई, शायद वह स्वयं भी नहीं समझ रही थी कि वह क्या और क्यों कर रही है...

उमूरज़ाक-अता के अन्तिम संस्कार में भाग लेने के लिए वोल्गा तट-प्रदेश से आलिमजान का मोर्चे का मुँहबोला भाई ग्रिगोरी पेत्रोव तथा उसकी पत्नी वाल्या भी आए थे।

वे आलिमजान तथा आयक़ीज़ के विवाह के दिन पहली बार अलतीनसाय आए थे। नवविवाहित कई बार वोल्गा तट-प्रदेश में हो आए थे, और ग्रिगोरी व वाल्या हर वर्ष अलतीनसाय आकर अपने उज़्बेक मित्रों के मेहमान बनते थे। उज़्बेकी अतिथि-सत्कार क्या होता है, यह उन्होंने सर्वप्रथम उमूरज़ाक़-अता से ही जाना, जो उनका अपने बच्चों की तरह ख़याल रखते थे। ग्रिगोरी तथा वाल्या को नेक, निष्कपट तथा चुटकुलों, कहावतों, काम की सलाहों व बुद्धिमत्तापूर्ण सीख देने के मामले में उदार वृद्ध से दिल से लगाव हो गया था।

आलिमजान का उमूरज़ाक़-अता की मृत्यु का तार मिलते ही वे दिवंगत आत्मा के प्रति अपना अन्तिम कर्त्तव्य निभाने के लिए बिना देर किए सफ़र पर रवाना हो गए थे। दोनों को ही उसी शाम लौट जाने और आयक़ीज़ के दुःख में उसे सान्त्वना देने के लिए रुक न पाने का खेद हो रहा था। वस्तुतः वे समझते थे कि इस समय कोई भी उसका दुःख दूर करने का सामर्थ्य नहीं रखता। वाल्या आयक़ीज़ के प्रति सहानुभूति के कारण रो रही थी...

जनाज़े में शामिल हुए लोगों में जुराबायेव व सुलतानोव भी थे। उमूरज़ाक़-अता ज़िले के अत्यधिक सम्मानित लोगों में से थे, और जनाज़े में शामिल होकर सुलतानोव एक प्रकार से अपने "जनतंत्रवाद" तथा उसके अधिकार-क्षेत्र में आनेवाले ज़िले में घटनेवाली मामूली से मामूली घटना के लिए उत्तरदाई व्यक्ति की अपनी विशेष भूमिका को

रेखांकित कर रहा था। वह अपनी उसी ''नेतृत्वकारी'' उपस्थिति की आवश्यकता तथा महत्त्व के एहसास के साथ अन्त्येष्टि में पहुँचा था, जिसके एहसास के साथ वह, मिसाल के तौर पर, मई-दिवस की सभा के मंच पर भी चढ़ सकता था। वह यदा-कदा ताबूत को कन्धा दे रहा था, और उस समय उसकी मुखमुद्रा उस व्यक्ति जैसी एकाग्रचित्तता की हो जाती थी, जो यह जताना चाहता हो कि वह राजकीय महत्त्व के और सबके लिए सुस्पष्ट कार्य में व्यस्त है और उसके साथ-साथ आडम्बरी व आत्मसन्तुष्ट भी : सुलतानोव प्रायः ऐसा उस समय दिखाई देता था, जब वह अध्यक्ष- मंडल में अपनी कुरसी पर आसीन होता था।

सुलतानोव के आस-पास रहने की कोशिश कर रहे अलीकुल के चेहरे से सच्चा दुःख व्यक्त हो रहा था। वह स्वयं भी अब जवान नहीं रहा था और अपने हमउम्र की मृत्यु को ''बिनबुलाए मेहमान'' के रूप में देख रहा था, जो देर-सवेर उसका दरवाज़ा भी खटखटानेवाली थी। वृद्धों को अपने हमउम्रों को दुनिया छोड़कर जाते देख ख़ास तौर से दुःख होता है। उनका शोक कटु व विवेकपूर्ण होता है। इस शोक ने छोटे-से, दुबले-पतले अलीकुल को मानो कुछ गम्भीर व पक्का बना दिया। वह सोच में डूबा अपनी छीदी हुई दाढ़ी पर हाथ फेर रहा था। उसकी साधारणतः कुटिलता से अधमिची रहनेवाली आँखों में दर्द झलक रहा था।

इसके विपरीत क़ादीरोव का ठोसपन कुछ घट गया था। भोंडा, भारी-भरकम, ढीला-ढाला क़ादीरोव बार-बार बड़े रूमाल से अपना मुँडा हुआ सिर पोंछता हुआ चल रहा था। वह उमूरज़ाक़-अता को प्यार करता था, हालाँकि वह आख़िरी समय में अपने दुराग्रह के कारण उसकी नाक में दम करने लगा था, और इस समय वही महसूस कर रहा था, जो मृत के सभी दोस्त महसूस कर रहे थे।

क़ादीरोव व अलीकुल के साथ-साथ ग़फ़ूर भी चला आ रहा था। किसी की नज़र पड़ती महसूस करके वह ख़ास तौर से ठंडी साँस लेने लगता और शोकपूर्ण विस्मय के साथ सिर हिलाने लगा : ''हाय, ऐसा हो कैसे गया ? बेचारे उमूरज़ाक़-अता ! काश, तुम देख पाते कि तुम्हारी मौत से मुझे कितना दुःख हो रहा है !...''

जबकि जुराबायेव केवल यही सोच रहे थेः हमने कैसे आदमी को खो दिया ! कितने भले बुज़ुर्ग को खो बैठे !'' उन्हें वे दिन स्मरण हो आए, जब अलतीनसाय में सामूहिक फ़ार्म की स्थापना हुई थी और ग़रीबों में सबसे ग़रीब उमूरज़ाक़-अता ने पहले-पहल प्रार्थनापत्र लिखा था। उसे मुसीबत के वे दिन याद हो आए, जब अलतीनसाय में पानी की क़िल्लत हो रही थी, और इसके बावजूद उमूरज़ाक़-अता किसी तरह अपने खेत में बढ़िया कपास पैदा करने में सफल हो गए थे। वृद्ध के साथ हुई बहसें याद आने लगीं। उन्हें कभी-कभी पुरानी धारणाओं, पुराने ढंग से काम करने से इनकार कर पाना मुश्किल हो जाता था, पर नई बातों को स्वीकार करने पर वह कितने युवा-सुलभ उत्साह से मेहनत करने लगते थे ! मूर्ख मृत्यु आख़िर तू कब स्वेच्छाचार करना बन्द करेगी, हमारे बीच से श्रेष्ठतम और योग्यतम व्यक्तियों को उठाना बन्द करेगी ? देखिए, कितने भले

आदमी को खो बैठा है आज अलतीनसाय !

क़ब्रिस्तान गाँव व पहाड़ियों के मध्य में, पर्वतीय गाँवों से अलतीनसाय को मिलानेवाले रास्ते के एक ओर स्थित था। वहाँ सुनसान और उजाड़ था। घटिया पत्थर के और इक्के-दुक्के सफ़ेद संगमरमर के समाधि प्रस्तरोंवाली, मिट्टी व पत्थर की दीवारों से घिरी छोटी-छोटी, इधर-उधर, बेतरतीब बिखरी मिट्टी की टेकरियाँ; कहीं-कहीं क़ब्रों के ढूहों से ही मिलती-जुलती नीची, सूखी हुई झाड़ियाँ...क़ब्र खोदिए—तो बेलचा धूप में तप-तपकर सूख गई, हवाओं से सपाट हुई ज़मीन से टकराकर झन्न-झन्न बजने लगे।

उमूरज़ाक़-अता को वहीं दफ़नाया गया। जुराबायेव ने घबराहट से रुँधी जा रही आवाज़ में श्रद्धांजलि अर्पित की। फिर ताबूत को क़ब्र में उतार दिया गया। क़ब्र पर बनी मिट्टी की टेकरी के सहारे-सहारे शहर से भेजी और लाई गई मालाएँ रख दी गईं और ताज़ा श्वेत, लाल व नीले फूलों के ढेरों से ढक दिया गया। यह सीधा-सादा अनुष्ठान पूरा करके सब क़ब्रिस्तान से अपने-अपने घर लौट गए। किन्तु उमूरज़ाक़-अता को अन्तिम विदाई देकर भी लोग उन्हें नहीं भूले। वह एक नई ज़िन्दगी जी रहे थे, अब वे लोगों के हृदयों में धैर्यवान् गुरू, बुद्धिमान परामर्शदाता, नेक व सख़्त मित्र के रूप में जीने लगे थे।

दिन बीत जाएँगे, महीने बीत जाएँगे और पोगोदिन उपयुक्त समय पर शरतकालीन जोताई करने पर ज़ोर देते हुए उमूरज़ाक़-अता की एक मनपसन्द कहावत का उद्धरण देगाः वसन्त में सौ बार की गई जोताई पतझड़ की एक बार की जोताई की भी बराबरी नहीं कर सकती।''

महीने बीत जाएँगे, वर्ष बीत जाएँगे, और वृद्ध कपास-उत्पादक नौजवान को काम सिखाते हुए कहेगाः

''अरे तुम कैसे गुड़ाई कर रहे हो ? ज़रा देखो, उमूरज़ाक-अता यह काम कैसे करते थे ? और यह बात गाँठ बाँध लो : कपास की फ़सल मनमौजी, नाज़ुक और सनकी होती है। एक बार भी पानी देना चूके, ढूहे नहीं बनाए, गुड़ाई नहीं की, मिट्टी को मख़मल-सा मुलायम नहीं किया, तो फूल झड़ जाएँगे, और कपास का पौधा कपास नहीं देगा। 'कपास के साथ दग़ा करोगे, तो वह तुम्हें दग़ा दे देगी,' उमूरज़ाक़-अता यही कहा करते थे।''

वर्ष बीत जाएँगे, और हलीम-बाबा कपास के नए खेतों के फेनिल समुद्र पर नज़र दौड़ाते हुए आयक़ीज़ को उमूरज़ाक-अता के साथ हुई अपनी अन्तिम मुलाक़ात के बारे में बताएँगे।

''कितने ख़ुश हुए थे, वह, बेटी, मेरे बाग़ीचे में अछूती धरती की पहली कपास देखकर !'' 'मेरी आयक़ीज़ ठीक कहती थी !' उन्होंने प्रमुदित स्वर में कहा था। 'अभी तो हमें इस स्तेपी में सफ़ेद कपास की बाढ़ भी देखने को मिलेगी ! और हमारे पोते-पोती रेगिस्तान में आगे बढ़ते चले जाएँगे। बुढ़ऊ, बस थोड़ा सबर रखना ज़रूरी है। सबर

रखोगे, तो हरे फलों को हल्वे जैसा मीठा होते भी देख लोगे।' पर, बेटी, ख़ुद वह बड़े उतावले और स्तेपी के उक़ाब जैसे तेज़नज़र थे। उनका दिल जवान था...'' और फिर धीरे से आगे कहेंगे : ''और दुहते के कितने सपने देखते रहते थे वह, बेटी !''

उमूरज़ाक़-अता जैसे लोग मृत्यु पश्चात् भी चिरंजीवी होते हैं...

तेईस

रात गई, दिन आया

उन सारे दिनों आयक़ीज़ की आँखों के आगे जैसे कोहरा छाया हुआ था...वह हर समय किसी न किसी काम में व्यस्त रहती, पड़ोसनों के साथ मिलकर तय करती कि दिवंगत को क्या पहनाया जाए, मेहमानों के लिए पुलाव पकाती परछाईं की तरह उसके पीछे लगी रहनेवाली और विषादमय विचारों से उसका ध्यान हटाने की असफल कोशिश करनेवाली सहेलियों मेख़री व लोला से बातचीत करती, समाधि के लिए स्थान चुनने कब्रिस्तान जाती...निकट व्यक्ति की मृत्यु अपने साथ कितने ही कटु व अपरिहार्य काम लेकर आती है ! किन्तु यदि आयक़ीज़ से पूछा जाए कि उस समय वह क्या सोचती रही थी, तो शायद वह उसका कोई जवाब न दे पाती। दुःख ने एक प्रकार से उसके विचारों तथा भावनाओं को जकड़ दिया था, और ये कुछ दिन उसके जीवन व स्मृति से लुप्त हो गए थे।

क़ब्रिस्तान से लौटकर वह खिड़की के पास बिछे गद्दे पर बैठ गई, किसी सोच में डूबी देर तक बाग़ीचेवाले हौज़ के चारों ओर लगे सेब, पोपलर व बेद के वृक्षों को, पौधों एवं फूलों से सजी क्यारियों को अनिमेष देखती रही...पोपलर के वृक्ष पिता ने लगाए थे। सेब के वृक्षों की सँभाल पिता करते थे। और ये बड़े-बड़े भरे-भरे गुलाब भी पिता ने ही उगाए थे। पिता नहीं रहे, किन्तु वह हर उस वस्तु में मौजूद थे, जिसे आयक़ीज़ देख रही थी। वह उसे जीते-जागते उसी रूप में दिखाई दे रहे थे, जिस रूप में उसने उन्हें अन्तिम बार देखा था : नाली पर झुके खड़े, धीरे-धीरे हाथ-मुँह धोते.. .पिता नहीं रहे, लेकिन नाली का पानी है कि निरन्तर कलकल करता बहे जा रहा है, मानो अपने स्वामी को लौटकर निर्मल जल पर झुकने के लिए पुकार रहा हो...

अहाता लोगों से खचाखच भरा था, वहाँ से दबी हुई भनभन आती आवाज सुनाई दे रही थी। लोग आ-जा रहे थे। कमरे से दबे क़दम चलने की आहट आई। किन्तु आयक़ीज़ किसी बात की ओर ध्यान नहीं दे रही थी, मानो अतिथि, मित्र, सम्बन्धी व पड़ोसी सबने मिलकर उसका एकान्त भंग न करने का निश्चय कर लिया हो।

शाम को आलिमजान आयक़ीज़ के पास आया।

''तुम सो जाओ, आयक़ीज़।''

आयक़ीज़ चौंक उठी और खोई-खोई, हैरतभरी नज़रों से पति की ओर देखा।

"क्या ?"

"तुम थक गई हो, आयक़ीज़, थोड़ी देर झपकी ले लो..."

"अच्छा," आयक़ीज़ ने कहा और कुछ देर बाद बोलीः "मैं सोना नहीं चाहती..."

आलिमजान ने उसके पास बैठ उसका आलिंगन कर सावधानी से प्रेमपूर्वक उसे अपनी तरफ़ खींचा।

"अपने को तड़पाओ मत, आयक़ीज़..."

आयक़ीज़ ने कन्धों से उसके हाथ हटाकर धीरे से विनती कीः

"रहने दो। रहने दो, प्रियतम..."

"आराम कर लो, आयक़ीज़।"

"रहने दो...नहीं तो मैं रो पड़ूँगी..."

आलिमजान उठकर उलटे क़दम दरवाज़े की ओर हट गया। बाहर अँधेरा छाने लगा था, शान्त झुटपुटा धूसर राख की तरह हवा में लटक रहा था, कमरे में अँधेरा था, और दरवाज़े से आलिमजान को केवल शोकाकुल पत्नी की आकृति ही दिखाई दे रही थी। वह वहाँ अकेली, दीवार की ओट में लोगों व उससे, आलिमजान से अलग हुई अपने ही विचारों में खोई बैठी है, और वह उसकी सहायता करने में अक्षम है, क्योंकि इस समय वह हर बात से विरक्त हो चुकी है...सारी दुनिया में केवल वह अपने ग़म के साथ रह गई है। उसके प्रति दया के कारण आलिमजान की आँखों में आँसू उमड़ आए। किन्तु वह समझ नहीं पा रहा था कि उसे कैसे सान्त्वना दिलाए। वह बाहर मेहमानों के पास चला गया, जो रिवाज के अनुसार रात को वहीं रुके हुए थे। वे बग़ीचे में लम्बे-चौड़े चबूतरे पर बैठे, धीरे-धीरे चाय पीते हुए दबी, दुःखी आवाज़ में बातचीत कर रहे थे। उन सबके होंठों पर उमूरज़ाक़-अता का ही नाम आ रहा था।

आलिमजान ने पत्नी को आगे परेशान न करने का निश्चय किया। उसे कुछ समय अकेली ही रहने देना चाहिए। वह समर्थ है, वह अपने शोक पर क़ाबू पा लेगी। वह ख़ुद भी देर तक नहीं लेटा, किन्तु थकान ने अपना असर दिखाया, और मेहमानों को टिकाकर आलिमजान फ़र्श पर लगाए गए बिस्तर पर लुढ़क गया और घुटनभरी गहरी नींद में खो गया...

वह तड़के ही जल्दी से कमरे में गया, जहाँ वह पत्नी को छोड़ गया था, पर आयक़ीज़ वहाँ नहीं थी। मेज़ पर उमूरज़ाक़-अता का गत वर्ष गणतंत्र के श्रमिकों की कांफ्रेंस के समय लिया गया, लकड़ी के चौखटें में जड़ा फ़ोटो रखा था। वृद्ध का खड़े हुए का फ़ोटो लिया गया था, उनके सिर पर चुस्त की नई टोपी फब रही थी, काले मज़बूत कपड़े के चोग़े के नीचे श्रम में कौशल के पुरस्कार के रूप में मिला काला सूट दिखाई पड़ रहा था, हाल ही में ख़रीदी नई महसी* पर रबड़ के बिलकुल नए जूते

*महसी—मुलायम चमड़ेवाला जूता।

चमचमा रहे थे। ये महसी और रबड़ के जूते आयक़ीज़ ने पिता को भेंट किए थे। चोग़े की काली पृष्ठभूमि में उमूरज़ाक-अता की हिमधवल दाढ़ी विशेषतः स्पष्ट नज़र आ रही थी; उनका मुस्कराता हँसमुख चेहरा मानो दमक रहा था, और आँखों में बुद्धिमत्ता, जवानी और नेकी झलक रही थी। आयक़ीज़ ने शायद वह फ़ोटो रात को दीवार से उतारा था, उसे हाथ में थामे रोती रही थी और वापस टाँगना भूल गई थी...

आलिमजान ने फ़ोटो को उसके स्थान पर जमाकर खिड़की से बाहर झाँका। आख़िर आयक़ीज़ कहाँ गई ? क्या वह सचमुच काम पर जा चुकी है ? उसने बावरचीख़ाने में जाकर समोवार को छूकर देखा। समोवार ठंडा था...चली गई, चाय तक पिए बिना ! कल भी उसने सारे दिन न कुछ पिया, न खाया। आलिमजान ने उलाहनाभरी निराशा से सिर हिलाया और ग्राम सोवियत के लिए रवाना हो गया।

आयक़ीज़ ने सारी रात आँखों में काटी। खिड़कियों के बाहर जब भोर का धुँधला-गुलाबी प्रकाश झिलमिलाने लगा, उसने गद्दे से उठकर चारों ओर नज़र दौड़ाई, मानो अपने कमरे को नहीं पहचान पा रही हो, और मेहमानों व आलिमजान की भी नींद ख़राब न करने की कोशिश करती हुई घर से बाहर निकल गई। वह इस बात के लिए अतिथियों की आभारी थी कि उन्होंने उसे न शाम को परेशान किया, न रात में। किन्तु इस समय उसे नितान्त अकेली रहने की इच्छा हो रही थी।

और आँखों में काटी बोझिल रात के बाद आयक़ीज़ अपने प्रिय चश्मे शीरींबुलाक़ की ओर चल दी।

गाँव अभी तक शान्तिपूर्ण तन्द्रा में खोया मौन साधे हुए था। गर्मी के मौसम में भोर के समय गाँव में सदा शान्ति छाई रहती थीं; अधिकांश किसान दिन-रात खेत-कैम्पों में रहते थे, और बाक़ी बचे अभी सोए हुए थे। किन्तु आयक़ीज़ को आज की भोरपूर्व की नीरवता विशेष रूप से अर्थपूर्ण तथा असाधारण रूप से गहरी प्रतीत हो रही थी। ''निष्प्राण निस्तब्धता...'' उसने ठंड से ठिठुरते हुए सोचा। ''मानो चारों ओर मौत का साम्राज्य हो।''

किन्तु चारों ओर जीवन था। आयक़ीज़ स्वयं भी शनैः शनैः जीवन का अनुभव करने लगी। उसके कानों में पत्तियों की मन्द फुसफुसाहट, रास्ते के दोनों ओर खोदी गई नालियों में बहते पानी का कलकल सुनाई देने लगे। पहाड़ियों, घरों व वृक्षों की रूप-रेखाएँ उत्तरोत्तर स्पष्ट होने लगीं।

वह पिछले कुछ वर्षों के दौरान अलतीनसाय में बनाए गए ईंटों के बढ़िया मकानों, कच्चे घरों के सामने से गुज़र रही थी, मिट्टी की दीवारों के ऊपर से अंगूर की बेले लटकी नज़र आ रही थीं। वह बाग़ों के पास से गुज़र रही थी, जो फुसफुसाकर उसे अपनी रहस्यमय परी-कथाएँ सुना रहे थे...वह देख रही थी कि गाँव भोर का कैसे स्वागत करता है।

अलतीनसाय में भोर कितना अनूठा होता है ! दिन में आदमी कड़ाके की गर्मी से बचकर कहीं नहीं जा सकता, शाम को पत्थर, रेत और मिट्टी दिन भर में संचित किए

ताप से भट्टी की तरह तपाते रहते हैं, पर भोर में कोई ऐसी बात नहीं होती, जो गर्मी की याद दिलाए। पहाड़ों की ओर से शान्त, निद्रामग्न गाँव को दुलारते स्वच्छ, निर्मल मन्द पवन के झोंके प्रवाहित होते रहते हैं, घास व फूलों से ओस-सिक्त शीतलता निकलती महसूस होती है। भोर में अलतीनसाय में कितना अच्छा लगता है !...

आयक़ीज़ का चेहरा गुलाबी हो उठा।

वह गाँव के किनारे-किनारे निकलनेवाली सड़क के निकट पहुँच रही थी। एकाएक कोने के घर से ग़फ़ूर निकला। शायद उस रात उसे भी नींद नहीं आई थी। भानजी को देखते ही उसने उसकी ओर क़दम बढ़ाए। लोमड़ी अपने पैरों के निशान मिटाने निकल पड़ी...

''सलाम-अलैकुम, भानजी ! इतने भोर में तुम कहाँ जा रही हो ?''

आयक़ीज़ ने रुककर खीजभरी नज़र से उसकी ओर देखा। बड़े बेवक़्त आया है वह उसके रास्ते में ! वह एकान्त खोज रही थी, अपने दोस्तों तक से बचने की सोच रही थी, इसी कारण ग़फ़ूर से हुई यह अप्रत्याशित भेंट उसे और भी अख़री। यह सच है कि उसे ग़फ़ूर की उमूरज़ाक़-अता के साथ हुई आख़िरी बातचीत के बारे में कुछ भी मालूम नहीं था। उसे अनुमान भी नहीं था कि उनकी बातचीत हुई भी थी, किन्तु इस समय, पिता की मृत्यु के पश्चात् ग़फ़ूर, जिसे वह कभी पसन्द नहीं करती थी, उसके लिए विशेषतः अप्रिय हो उठा था। उसके चेहरे पर, जिस पर शोक व सहानुभूति का मुखौटा बिलकुल भी नहीं फबता था, और उसकी असाधारण रूप से मधुर व चापलूसी भरी स्नेहपूर्ण आवाज़ में कुछ सतर्क करनेवाली बात झलक रही थी...

''अरे, भानजी, तुम क्या मुझसे दुआ-सलाम तक नहीं करना चाहतीं ? क्या उस बातचीत के लिए अभी तक गुस्सा हो रही हो ? छि-छि, रिश्तेदारों में क्या-क्या नहीं होता रहता ! अरे, कहा-सुनी ही तो हुई थी—चलो, भूल जाएँ उस बात को। गड़े मुर्दे उखाड़ने से क्या फ़ायदा ? तुम पर मुसीबत आई है, और तुम पर आई मुसीबत—मुझ पर आई मुसीबत है।''

आयक़ीज़ ग़फ़ूर की बातें अन्यमनस्कता से सुन रही थी और उसके चेहरे से अधीरता टपक रही थी। इसे क्या चाहिए ? ग़फ़ूर आम तौर पर रुखाई से पेश आता था और ज़्यादा नहीं बोलता था। इस समय वह आयक़ीज़ के आगे ठकुरसुहाती कह रहा था, और इससे यह विचार दृढ़ होता जा रहा था कि उसने अवश्य उसके साथ कुछ बुरा किया है और अब अपनी ग़लती छिपाने की कोशिश कर रहा है। कहीं उस अनष्टिकारी लेख में इसका गन्दा हाथ तो नहीं है ?

ग़फ़ूर अपने उद्गार प्रकट करता रहा :

''हम लोगों को भारी नुक़सान पहुँचा है, भानजी। चलो, अब हमारे पुराने झगड़ों को भुला दें। क्योंकि आख़िर यह हम सबकी बदनसीबी है...और अब तुम्हारा मुझसे ज़्यादा क़रीबी रिश्तेदार कोई नहीं है। भरोसा रखो, अब मैं अपनी आख़िरी साँस तक तुम्हारा सरपरस्त, तुम्हारा वफ़ादार ख़िदमतगार रहने को तैयार हूँ...

“मैं कोई ख़ान नहीं हूँ, मुझे ख़िदमतगारों की ज़रूरत नहीं है।”

“छि-छि, तुम्हें इतना गुस्सा नहीं करना चाहिए। मैं सच्चे दिल से तुम्हारे पास आया हूँ, और तुम...”

आयक़ीज़ के माथे पर बल पड़ने लगे, उसने ग़फ़ूर को घूरकर सोच में डूबे हुए कहा :

“मैं आपके दिल में झाँककर देखना चाहती हूँ, प्यारे मामा...देखना चाहती हूँ कि उसमें असल में क्या है...”

“मुझे ठेस मत पहुँचाओ, भानजी। मेरे दिल में अमन और रंज है। मेरी तो बस एक ही तमन्ना है : तुम्हारे बाप की कमी पूरी करना...”

केवल पाखंड सहन कर पाना आयक़ीज़ के सामर्थ्य में नहीं था। उसका चेहरा स्याह पड़ गया, आँखों से चिनगारियाँ छूटने लगीं।

ग़फ़ूर, यह समझने पर कि उसने अनधिकार चेष्टा की है, सहसा सिकुड़कर एक ओर ऐसे हट गया, मानो कोई उसे मारने जा रहा हो। उसकी चालाक काली आँखें उस चूहे की आँखों की तरह नाचने लगीं, जो अपने बिल से दूर घिर गया हो...अपनी चापलूसी भरी बातों से ग़फ़ूर अपना कोई स्वार्थ सिद्ध नहीं करना चाहता था, उसके पापी अन्तःकरण ने आयक़ीज़ से बातचीत के लिए धकेला था, किन्तु उसका अन्तःकरण प्रतिशोधी क्षुद्र आत्मा में निवास करता था : ग़फ़ूर की इच्छा भानजी के आगे अपने को दूध का धोया साबित करने की उतनी नहीं थी, जितनी कि उसकी आँखों में धूल झोंकने की। उसे अपनी ढोंग रचने की क्षमता पर काफ़ी गर्व था, पर वह घटिया क़िस्म का अभिनेता था और उसके अत्यभिनय से उसने आयक़ीज़ के हृदय में केवल सन्देह ही जगाया था। उसको अपने से हड़बड़ाकर दूर हटते देख आयक़ीज़ व्यंग्यपूर्वक मुस्करा उठी। वह बिना कुछ कहे, अनधिकारी नामधारी “पिता” से मुँह मोड़कर धीरे-धीरे सड़क पर आगे चल दी। कुछ ही समय बाद वह ग़फ़ूर के बारे में भूल गई। जबकि वह रास्ते के किनारे खड़ा खुली नफ़रतभरी आँखों से भानजी को जाते देख रहा था। उसकी आँखों में दिखावटी दुःख और शोक का नाम-निशान भी नहीं रहा था।

शीरींबुलाक़ पर पहुँचकर आयक़ीज़ एक बड़े-से शैलखंड के किनारे पर बैठ गई, और गरम माथे पर हाथ फेरा, मानो कुछ याद करने की कोशिश कर रही हो... वह यहाँ किसलिए आई है ? क्या उसके लिए घर में रुकना असह्य हो उठा था और उसकी इच्छा मन बहलाने की और प्रातः कालीन स्वच्छ हवा में साँस लेने की हो रही थी ?...वह अपने को बहुत थकी हुई महसूस कर रही थी। वह शोक लोगों व उनकी मौन सहानुभूति और गत दिनों के कष्टकारक झंझटों के कारण थक गई थी। पर यहाँ, इस चश्मे के किनारे सदा शान्ति रहती है। यह स्वाभाविक, आत्मा को आनन्दित करनेवाली, उज्जवल स्मृतियाँ जागृत करनेवाली जीवन्त शान्ति थी...आयक़ीज़ को अपनी किशोरावस्था याद आने लगी...उन दिनों भी चश्मे का पानी ऐसे ही अनवरत कलकल करता प्रशमित करता था, शैलखंड के चारों ओर उगे वृक्षों की पत्तियाँ सरसराती

रहती थीं, चश्मे के तल में कंकड़ मर्मर ध्वनि करते रहते थे। लगता था ये ध्वनियाँ उस अद्भुत अतीत से आज लौट आई हैं। किन्तु तभी आयक़ीज़ के कानों में एक और आवाज़ आई—मधुर और सुरीली,—मानो हवा के झोंके से पुष्प झंकृत हो उठे हों। दूर, पहाड़ियों के सहारे-सहारे ऊँटों का कारवाँ धीरे-धीरे चला जा रहा था, और अन्तिम ऊँट के गले में लटकती एकमात्र घंटी उनके धीमे क़दमों की ताल में बज रही थी। ऊँटवान गा रहे थे और उनके गीत में हल्का दर्द महसूस हो रहा था। घंटी की गूँज व गीत शान्त हो गए, प्रातः कालीन पवन में विलीन हो गए, और गाँव की ओर से नई, स्पष्ट और भिन्न-भिन्न आवाज़ें सुनाई देने लगीं,—जागृति की ध्वनियाँ। किसी के घर का दरवाज़ा धड़ से बन्द हुआ, गाड़ी के पहिए चरमराए, कोई कुत्ता गला फाड़-फाड़कर पागलों की तरह भोंकने लगा, मानो सारी दुनिया को जगा देना चाहता हो, एक मुर्ग़े ने बाँग दी, और एक मिनट बाद ही कुछ कम जोश के साथ दूसरे मुर्ग़े ने उसका प्रत्युत्तर दिया।

गाँव जाग रहा था।

यदि उमूरज़ाक़-अता जीवित होते, तो वह सबसे पहले जागते। वह उठकर सो रही बेटी के सिरहाने थोड़ी देर खड़े रहकर, उसकी नींद ख़राब किए बिना हाथ-मुँह धोने नाली पर चले गए होते। और उसके बाद वे और आलिमजान साथ बैठकर चाय की चुस्कियाँ लेते हुए बातचीत करते, सदा की तरह गुज़रे दिन के बारे में नहीं, बल्कि आनेवाले दिन के बारे में...

अब्बा !...कितनी यादें तुम्हारे साथ जुड़ी हैं, कितनी अवगम्य थी सबके लिए तुम्हारे हृदय की सम्वेदनशील उदारता !...

उमूरज़ाक़-अता को अपने बारे में पसन्द नहीं था। जुराबायेव ने एक बार आयक़ीज़ को बताया था कि कठिन वर्षों में, जब सामूहिक फ़ार्म अभी जम नहीं पाया था, अपने पैरों पर खड़ा न हो पाया था, और इसका लाभ उठाकर शत्रु आग लगाकर, मूल्यवान अनाज को छिपाकर, द्वेषपूर्ण अफ़वाहें फैलाकर उसे नष्ट करने की कोशिश कर रहे थे, तब उमूरज़ाक़-अता व क़ादीरोव ने कैसे ग़रीबों को संगठित करके उन्हें क्रूर व बुद्धिमान नीचों के गिरोहों के विरुद्ध संघर्ष करने के लिए तैयार किया था। शत्रु शायद अपना सर्वनाश निश्चित जानकर हर तरह की नीचतापूर्ण कार्रवाइयाँ कर रहे थे। उमूरज़ाक़-अता को निर्ममता से बदला लेने की धमकी दी गई। उमूरज़ाक़-अता को प्रलोभन देकर, धन देकर अपने साथ मिलाने की कोशिश की गई। किन्तु उमूरज़ाक़-अता दृढ़ता व साहसपूर्वक अपनी जान पर खेलकर दुश्मनों के षड्यंत्रों से अपने सामूहिक फ़ार्म की रक्षा करते रहे, और सामूहिक फ़ार्म टिका रहने में सफल हो गया, जबकि दुश्मनों को उनके किए की उचित सज़ा मिली।

उमूरज़ाक़-अता ने अपने बेटों तिमूर व अलीशेर को भी साहसी, निर्भीक व दृढ़निश्चयी बनाया। और उन्होंने पिता को निराश नहीं किया, युद्ध में फ़ासिस्टों से निर्भीकतापूर्वक जूझते हुए रक्तपातपूर्ण मुठभेड़ में वीरगति को प्राप्त हुए—उक़ाब जैसे

गर्वीले, प्यारे भाई ! आयक़ीज़ को वह दिन अत्यन्त स्पष्ट स्मरण है, जब उद्घोषक ने आहलादक व्याकुलता से गद्गद कंठ से विजय की घोषणा की थी। सारे ग्रामवासी तब घरों से बाहर निकल आए थे। रंगबिरंगा, मुखर व उल्लसित प्रवाह अलतीनसाय के रास्तों में बह चला था। कुछ त्योहार के दिन की तरह सज-धज चुके थे, कुछ जैसे कपड़ों में थे, वैसे ही निकल आए थे, किन्तु सबके चेहरों पर त्योहार की-सी खुशी छाई हुई थी, उल्लसित, निष्कपट मुस्कानें, उत्साह से चमकती आँखें सबके चार चाँद लगा रही थी। अहातों में भेड़े काटे जा रहे थे, आग पर बड़े-बड़े देग चढ़ाए जा रहे थे, पुलाव के लिए चर्बी पिघलाई जा रही थी। हर जगह धूप में चमचमाते समोवार धुआँ छोड़ते खदक रहे थे। गाँव के एक छोर से दूसरे छोर तक गीत उत्ताल तरंगों में प्रवाहित हो रहे थे। केवल वे लोग, जिनके परिवार युद्ध में लगभग आधे रह गए थे, उज्ज्वल त्योहार पर शोक की कालिमा न फैलाने के लिए अपने दुःख को लोगों से छिपाते घरों में बैठे रहे थे। आयक़ीज़ भी घर में बैठी रही थी। वह अपनी मातृभूमि के भाग्य पर प्रसन्न भी हो रही थी, पर उसके आँसू भी रोके न रुक पा रहे थे।

विजय-दिवस के दिन पिता पहाड़ों में थे, किन्तु शायद उनके दिल को महसूस हो गया था कि जनता के लिए कितना महान त्योहार आ गया है। वह शाम को आयक़ीज़ के लिए अप्रत्याशित रूप से लौट आए। रोती बेटी को देखकर उनकी भौंहें सिकुड़ गईं, वह कुछ क्षण गम्भीर चिन्तन में डूबे दहलीज़ पर खड़े रहे, फिर आयक़ीज़ के पास आकर सख्त एवं उलाहनाभरी आवाज़ में बोले :

"ऐसा नहीं करना चाहिए, बेटी, नहीं। चलो, कपड़े बदलो, लोगों से मिलने चलते हैं। ऐसे दिन सबके साथ रहना चाहिए। हम सबकी खुशी बाँट लेंगे, और लोग हमारा दुःख समझ लेंगे...लोगों का सब हरेक का है : सुख भी, कामयाबी भी और दुःख भी।"

वह उसका हाथ पकड़कर उसे बाहर ले आए। वे त्योहार के रंग में डूब गए, मन को कुछ राहत मिली, शोक के साथ भाइयों पर गर्व की पवित्र भावना जुड़ गई, जिन्हें अलतीनसाय में सम्मान के साथ स्मरण किया जाता था।

"और अब्बा, तुमने मुझे कैसे तसल्ली दिलाई थी, जब मेरी माँ, हमारे घर की रौनक़ हमें छोड़कर चली गई थी !...तुम खुद को खेत में अनथक काम से, लोगों के तुम्हारे प्रति प्यार और लोगों के प्रति अपने प्यार से तसल्ली दिलाते रहे थे ! मेहनत से प्यार करो, बेटी, तुमने मुझे सिखाया था मेहनत आदमी को ताक़तवर और अक्लमंद बनाती है। सच्चाई से प्यार करो, सच्चाई हमें हमारे लक्ष्य के पास पहुँचा देती है। अपने लोगों को प्यार करो, हमेशा लोगों के साथ रहो, तुम्हें सदा उनकी चिन्ता रहे और वे तुम्हारा सहारा रहें। तुम मुझसे यही कहा करते थे, अब्बा और खुद भी सदा लोगों के साथ रहते थे। तुम उनकी मदद करते थे, और वे तुम्हारी। तुम इनसाफ़ पसन्द और ईमानदार थे और मेहनत करते रहे थे—सारी ज़िन्दगी खुशी से निःस्वार्थ मेहनत करते रहे थे। इसे कोई कभी भी नहीं भूल सकेगा। कोई कभी नहीं भूल सकेगा !"

आयक़ीज़ ने सिर उठाया, उसकी नज़र नन्हे पोखर के चारों ओर और चश्मे के किनारों पर आज़ादी से उगे हुए फूलों व घास पर पड़ी। चश्मे के जितना निकट जाइए, हरियाली उतनी ही ज़्यादा, उनके तने भी ज़्यादा रसदार व फूलों के गुच्छे उतने ही ज़्यादा घने होते जा रहे थे ! चश्मे ने फूलों की कितनी पीढ़ियों को पाल-पोसकर बड़ा किया है ! मई में यहाँ सारी ज़मीन पर पीले व लाल ट्यूलिपों का क़ालीन बिछा रहता है और जून में पानी के निकट कोमल व मख़मली बैंगनी बनफ़्शे के गुच्छे लगे रहते हैं। फूल बड़ी तेज़ी से पानी व धूप को आत्मसात करते हैं, लोगों को अपने उच्छृंखल, अछूते सौन्दर्य से आनन्दित करते है, मुरझा जाते हैं, जबकि छोटा-सा, शक्तिशाली चश्मा जीवन के सृजन के हेतु अपने निस्सीम, निरहंकार दुराग्रह से चट्टान को फोड़कर निकलता अनवरत कलकल करता रहता है। वह अभी बहुत अरसे तक कलकल करता रहेगा, और जब सूख जाएगा, तो भी लोग हर हालत में उसे ख़ुशी से याद किया करेंगे, और इस स्थल का उसका पुराना नाम सदा के लिए रह जाएगाः मीठे पानी का चश्मा...

''लोगों की स्मृति अच्छी और कृतज्ञतापूर्ण है। अब्बा तुम लोगों की समृति में सदा अमर रहोगे, और तुम्हारी बेटी कभी तुम्हें नहीं भूलेगी, तुम्हारी योग्य उत्तराधिकारिणी बनने का प्रयास करेगी, तुम्हारी सारी ज़िन्दगी के बारे में तुम्हारे दोहते को बताएगी, जो तुम्हें कभी न देख पाएगा...''

आयक़ीज़ अपने भावी पुत्र के विचार से अचानक शर्म से लाल हो उठी। उसे स्वयं भी यह स्वीकार करते डर लगता था कि उसकी कोख में उमूरज़ाक़-अता के एक अन्य वंशज के जीवन-दीप की मन्द ज्योति उत्तप्त हो चुकी है। पिछले कुछ दिनों से उसके सिर में अकसर चक्कर आ रहे थे और जी मिचलाता महसूस होने लगा था...इस समय भी गिरने से बचने के लिए आयक़ीज़ को पत्थर का सहारा लेना पड़ गया था। किन्तु उसे अचानक महसूस हुई कमज़ोरी से ख़ुशी भी नहीं हुईः यह उसका बालक उसे अपनी उपस्थिति का एहसास करा रहा था। ''अब्बा, बेचारे अब्बा, तुम अपने चिर-अभीप्सित सपने को साकार होने के दिन तक ज़िन्दा नहीं रह पाए !''

कैसे सपने देखे थे उमूरज़ाक़-अता ने दोहते के ! उन्होंने अपने स्नेहपूर्ण व किंचित चुभते मज़ाकों से नवविवाहितों को नाक में कितना दम कर दिया था। आयक़ीज़ व आलिमजान के विवाह-सूत्र में बँधने से पहले वह शहर जाकर वहाँ से ढेर सारे खिलौने ले आए थे—''जिससे कि दूल्हा-दुलहन...हा...हा...अपने पाक फ़र्ज़ के बारे में न भूलें।'' उन्होंने खिलौने सन्दूक में रख दिए थे, और जब उनका मूड अच्छा होता, आलिमजान को आँख मारकर ठंडी साँस लेकर कहते...

''ओह, लगता है मुझे सन्दूक बाज़ार ले जाना पड़ेगा। ज़रा देखना, दामाद, यह भारी है क्या ?''

''नहीं, उनके लाए खिलौने काम आएँगे, केवल वह स्वयं उन्हें दोहते को भेंट नहीं कर पाएँगे...आयक़ीज़ को उमूरज़ाक़-अता के अन्तिम शब्द स्मरण हो आएः ''हमारे दिल फूलों की तरह हैंः पहला झोंका आते ही झूमने लगते हैं...'' लो, तुम्हारे दिल की लौ

भी गुल हो गई, अब्बा....ठंडी हवा का झोंका आया और उसने एक और अलाव बुझा दिया। लोगों के दिलों को ठंडी हवा से कैसे बचाया जा सकता है !

आयक़ीज़ को अचानक ग़फ़ूर के साथ हाल में हुई अपनी पहली मुलाक़ात और समाचारपत्र में छपे लेख की याद आ गई, उसे घमंडी और हर बात के प्रति उदासीन सुलतानोव का पिता के ताबूत को कन्धा देने का ढंग भी याद हो आया, हालाँकि उसने पहले इस पर ध्यान ही नहीं दिया था। उसे ये बातें याद क्यों हो आईं, पिता की यादें क्यों इस तरह अप्रत्याशित रूप से और संयोगवश क्यों उन दुखद व अप्रीतिकर से जुड़ गईं ? और क्या यह मात्र संयोग है ?...

खुद पर क़ाबू रखो, आयक़ीज़ ! तुम्हारे विचार को सामान्य रूप से परिपक्व व स्पष्ट हो जाने दो ! क्योंकि यह सब कैसे हुआ, और जिसका इतना कारुणिक अन्त हुआ, उसका आरम्भ कहाँ से हुआ—समझना अत्यन्त महत्त्वपूर्ण है...

पिता को उस दुर्भाग्यपूर्ण दिन खेत में जाने देने के लिए तुम अपने को क्षमा नहीं कर सकती। प्रियजनों को खो बैठनेवाले लोग शोक में अपने कसकते घावों को कुरेदते हुए सदा अपने को किसी न किसी बात के लिए दोषी ठहराते रहते हैं। तुम बार-बार मन में कहते रहती होः "मैंने अब्बा को नहीं बचाया ! नहीं बचाया !..."लेकिन ज़रा सोचो, क्या तुम पिता को घर पर, बिस्तर में रोके रख सकती थीं ? क्या अपनी सच्चाई सिद्ध कर दिखाने के उत्कट इच्छुक व्यक्ति को रोका जा सकता है ? तुम्हारे लिए इस बात का पता लगाना बेहतर होगा, आयक़ीज़, कि उमूरज़ाक़-अता के लिए उस बात को सही प्रमाणित करना क्यों, किस कारण और किसके कारण मजबूर होना पड़ा था, जो उनके, तुम्हारे और अनेक अलतीनसायवासियों के लिए वैसे ही स्पष्ट थी।

अछूती धरती को कृषि योग्य बनाने की योजना थी। इस योजना के विरोधी भी थे। आँधी भी आई थी। औ समाचारपत्र में लेख छपा। और इन सबका एक ही निष्कर्ष निकाला जा सकता था : संघर्ष चल रहा था।

पर तुम जानती हो, संघर्ष किसे कहते हैं, आयक़ीज़ ? यह आख़िर मात्र विभिन्न विचारों और विभिन्न दृष्टिकोणों का टकराव नहीं होता। इस संघर्ष में लोगों के भाग्य अनिवार्य रूप से उलझ जाते हैं, और मोर्चे की रेखा हमारे दिलों से गुज़रती है। सेनाएँ एक दूसरे से लड़ती हैं, प्रतिद्वन्द्वी विचारधाराओं के शिविर एक दूसरे से लड़ते हैं, एक दूसरे से सहमत न होनेवाले गुटों के बीच लड़ाई होती है, जबकि लोग मरते हैं, परिपक्व होते हैं, विजयी होते हैं। उनमें से हरेक का केवल एक हृदय होता है लोहे का नहीं, बल्कि जीता-जागता हृदय, जो अपने चारों ओर होनेवाली हर बात पर सहानुभूति के साथ प्रतिक्रिया दिखाता है। ऐसा हर संघर्ष में होता है, पहली नज़र में वह कितना ही अहानिकर क्यों न लगता हो।

तुम अछूती धरती के लिए संघर्ष कर रही थीं, और इस बीच तुम पर कष्टकर और असाध्य विपदा आ पड़ी। क्या इन इतनी भिन्न घटनाओं में कोई सम्बन्ध है ? है, आयक़ीज़ ! और तुम्हें ग़फ़ूर, यूसुफ़ी व सुलतानोव का ख़याल संयोगवश ही नहीं

आया, जो सम्भवतः तुम्हारे कटु शत्रुओं की ओट में छिपे हुए हैं।

तुमने मुट्ठियाँ कसकर उन्हें तपते हुए पत्थर पर टिका दिया और एकाएक अत्यन्त घृणापूर्वक कह उठीः "हत्यारे !..."और स्वयं इस विचार से भयभीत हो आँखों पर हथेली रख ली, मानो भयावह प्रेत-बाधा को दूर करना चाहती हो...

तुम अपने सोच-विचार में कहीं बहुत आगे तो नहीं निक़ल गई हो आयक़ीज़ ? जिनके बारे में तुम इस समय सोच रही थीं, वे वृद्ध कपास-उत्पादक की मृत्यु के अनभिप्रेत कारण थे, किन्तु यदि वे पिता के साथ हुई तुम्हारी बातचीत के समय वहाँ मौजूद होते, यदि उनके इरादों और उनकी बीमारी के बारे में जानते, तो उन्होंने ख़ुद पिता की जान व स्वास्थ्य बचाने में तुम्हारी मदद की होती...यह सब बहुत पेचीदा है, आयक़ीज़ ! एक बात याद रखोः तुम्हारे पिता ने युद्ध में सैनिक की सी वीरगति पाई है।

तुम उनकी स्मृति के प्रति निष्ठावान रहते हुए संघर्ष जारी रख रही हो। तुम्हारी बुद्धि और विवेक अब कटु हो उठे हैं। तुम अधिक प्रचंड और अधिक विवेक से संघर्ष करोगी, नए बलिदानों से बचने और शीघ्रातिशीघ्र विजय प्राप्त करने के लिए, जो किसानों की क़िस्मत बना देगी। तुम अपनी शक्ति की परवाह किए बिना संघर्ष करोगी। लेकिन तुम अकेली पार नहीं पा सकोगी, आयक़ीज़। यह तुम जानती हो। तुम क्यों उन लोगों से दूर भाग आई हो, छिप रही हो, जिनके बिना तुम भाड़ में अकेले चने की तरह हो ? शायद वे तुम्हें ढूँढ़ रहे हैं, तुम्हारी सलाह के इंतज़ार में हैं, ख़ुद कुछ करने का इरादा बना रहे हैं ! अलतीनसायवासी हाथ पर हाथ धरे बैठे रहनेवालों में से नहीं हैं। तुम शान्त होना चाहती थीं ? पर क्या तुम्हें शान्ति की ज़रूरत है ? तुम्हें इस समय साहस जुटाने की आवश्यकता है, पर वह केवल मेहनत व संघर्ष के ज़रिए और लोगों के बीच ही जुटाया जा सकता है। "तुम सदा लोगों के साथ रहो, बेटी," पिता तुमसे कहा करते थे। "वे तुम्हारी चिन्ता का विषय और सहारा है..." फ़ौरन उनके पास जाओ, आयक़ीज़ ! तुम्हारा दुःख–उनका भी दुःख है, उनकी विजय और उल्लास तुम्हारी विजय और उल्लास हो जाएँगे।

आयक़ीज़ पत्थर से उठ खड़ी हुई। हाँ, उसे किसानों के साथ, पोगोदिन, करीम, मेख़री, बेकबूता, स्मिर्नोव व वृद्ध हलीम-बाबा के साथ होना चाहिए। पर पहले वह जुराबायेव के यहाँ जाएगी। उसने उस शाम लेख पढ़ने के बाद उन्हें बेकार ही टेलीफ़ोन नहीं किया। आख़िर उसे जुराबायेव से कुछ बातें करनी हैं ही। वह उनसे ठोस क़दम उठाने की माँग करेगी, और वह उसे सुझाएँगे कि क्या करना बेहतर होगा, सम्भावित ग़लतियों के बारे में उसे आगाह कर देंगे, बताएँगे कि जिन निष्कर्षों पर वह पहुँची है, वे ठीक हैं या नहीं।

आयक़ीज़ चश्मे के पानी से चेहरे को तरोताज़ा करके डग भरती दूर चली गई। अपने पीछे से चश्मे का आत्मविस्मृतिपूर्ण गीत, जीवन के शाश्वत विजय का गीत उसे काफ़ी देर तक सुनाई देता रहा।

चौबीस

किसानों का संकल्प

उस दिन वृद्ध हलीम-बाबा सुबह तड़के ही उठकर जल्दी से नई बस्ती के पास लगाए बाग़ के लिए रवाना हो गए। अपने पुराने मित्र उमूरज़ाक-अता की मृत्यु से बाग़बान का ध्यान बाग़ की ओर से हट गया था। छोड़े हुए कामों को निबटाना ज़रूरी था।

हलीम-बाबा नए प्रवासियों की प्रतीक्षा कर रहे गाँव के सुनसान रास्ते से जा रहे थे। रास्तों पर, क्लब व ग्राम सोवियत की ईंटों की बनी इमारतों के आगे लगाए गए पहले वृक्षों पर सुहावनी हरियाली छा रही थी। उन्हें खुद हलीम-बाबा ने उगाया और रोपा था। उन्होंने उत्साही स्वामी की तरह नए गाँव को हरियाली से सजाने की कोशिश की थी, जिससे गाँव के नए स्वामियों के दिल खुश हो जाए। और वह उन्हें बाग़ भी ऐसा भेंट करनेवाले थे, जिससे किसी को भी अपना नया आवास छोड़कर जाने की इच्छा न हो।

बाग़ आँधी के प्रभाव से मुक्त हो चुका था। सेब, नाशपाती, खूबानी व आड़ू के वृक्षों पर घनी हरियाली छाई हुई थी और वे बड़ी तेज़ी से बढ़ रहे थे। आँधी की याद दिलाने के लिए नुक़ीली रेत के कणों की बौछार से छलनी हुए "पुराने" पत्ते ही सूक्ष्म बच रहे थे।

पेड़ों मे अभी शाखाएँ निकल नहीं पाई थीं, उनके तने अभी पतले थे, और हलीम-बाबा ने हर ख़ाली व छायामुक्त ज़मीन के टुकड़े का इस्तेमाल करते हुए बाग़ में खरबूज़े तरबूज़, प्याज़, टमाटर व सुगन्धित हरे पौधे बो दिए थे। उनके यहाँ बाग़ के एक कोने में, एक हेक्टेयर से कुछ कम के टुकड़े में कपास उग रही थीः हलीम-बाबा ने उसे यहाँ शंकालुओं को यह साबित कर दिखाने के लिए बोया था कि अच्छी सँभाल होने पर कपास अछूती धरती में भी पुराने खेतों से बुरी नहीं पनपेगी। हालाँकि यह कपास देर से बोई गई थी, हालाँकि उस पर रेतीली आँधी हमला बोल चुकी थी, लेकिन फिर भी पौधों में प्रथम गुलाबी फूल खिलने लगे थे। हाल ही में जब उमूरज़ाक़-अता अपने जीवन में अन्तिम बार बाग़ में आए थे, हलीम-बाबा ने उन्हें पुष्पित हो रही कपास दिखाई थी। उमूरज़ाक-अता उल्लसित स्वर में कह उठे थे :

"देखा !"

हलीम-बाबा तक मुस्कराए बिना न रह सके थे। उमूरज़ाक़-अता उनके साथ इस तरह बात कर रहे थे, मानो उन्हें यानी हलीम-बाबा को शंका थी कि अछूती धरती पर उम्दा कपास पैदा नहीं हो सकती।

उन्होंने उमूरज़ाक़-अता से उनके साथ मिलकर उस टुकड़े में कपास की सँभाल करने का प्रस्ताव रखा था। वृद्ध ने कितने हर्ष के साथ यह सुझाव स्वीकार किया था।

"नौजवान घर आते ही," उन्हें एक प्रसिद्ध उज़्बेकी कहावत याद हो आई थी,

''काम में जुटे, और बूढ़ा-खाने में। तुम्हारे बारे में मैं नहीं जानता, प्यारे, पर मैं अपने को बुड्ढा नहीं मानता : मुझे लज़ीज़ से लज़ीज़ पुलाव खाने से ज़्यादा ख़ुशी काम करने से हासिल होती है।''

उन्होंने फ़ौरन नाली का पानी क्यारियों में छोड़ दिया और देर तक बाग़ छोड़कर नहीं गए। उनके चेहरे से गर्वपूर्ण प्रसन्नता व गम्भीर चिन्तन की अभिव्यक्ति हो रही थी...

उमूरज़ाक़-अता फिर कभी इस बाग़ में नहीं आएँगे, उन्हें अछूती धरती की पहली कपास भी नहीं चुननी पड़ेगी...

''यह कपास किसानों को दिखानी चाहिए,'' हलीम-बाबा ने सोचा। ''उनका चित्त कुछ शान्त हो जाएगा।'' उन्होंने बेकबूता व करीम की टोलियों में जाने का निश्चय किया, किन्तु उन्हें सबसे अधिक इच्छा मुरातअली के सामने ''अपनी'' कपास की बड़ाई करने की हो रही थी : मरहूम उमूरज़ाक़-अता के बाद वही सर्वाधिक कुशल कपास-उत्पादक और हलीम-बाबा का निकट मित्र था।

लोला अभी तक नहीं आई थी; या तो वह आयक़ीज़ के पास थी या फिर मशीन-ट्रैक्टर-स्टेशनवालों के बाग़ में काम में जुटी हुई थी, जिसकी सँभाल की ज़िम्मेदारी उसने स्वेच्छा से ऊपर ले रखी थी। वृद्ध ने उसकी प्रतीक्षा न करने का निश्चय किया, कपास का एक सबसे बड़ा पौधा उखाड़कर अपने सफ़ेद चोग़े के चौड़े पल्ले में छिपा लिया और पुराने खेतों की ओर चल पड़ा...

उधर ही उस सुबह पोगोदिन जा रहा था। वह अकसर ख़ुद कृषि-टोलियों का चक्कर लगाता था, टोली-नायकों से पूछता था कि मशीन-ट्रैक्टर-स्टेशन उनकी क्या सहायता कर सकता है, उनसे सलाह करता था कि खेतों में ट्रैक्टर, ढूहे बनाने की मशीनें व कल्टीवेटरों से बेहतर ढंग से काम करने के लिए कौन-सा समय उपयुक्त रहेगा।

खेत-कैम्प के रास्ते में पोगोदिन को सुवानकुल मिल गया। ट्रैक्टर-चालक काम से छुट्टी का एक घंटा निकालकर अपने मित्र बेकबूता के यहाँ यह देखने जा रहा था कि उसकी टोली कैसे काम कर रही है। वैसे मित्र गत शाम को उमूरज़ाक़-अता की अंत्येष्टि के समय मिले थे, पर वहाँ बातचीत की फ़ुरसत नहीं थीं, फिर हँसी-मज़ाक की तो बात ही क्या, और वे हँसी-मज़ाक करने, दोस्ताना नोक-झोंक के लिए उतावले हो रहे थे, जिसमें हथियार का काम तलवार की धार जैसे पैने, चुभते मज़ाक देते थे।

पोगोदिन ने अपनी मोटरसाइकिल रोक दीः

''बैठो, सुवानकुल। छोड़ दूँगा।''

सुवानक़ुल ने आलोचनात्मक दृष्टि से मोटरसाइकिल को देखा और एक ठंडी साँस लेकर मन्द स्वर में कहा :

''अपनी फटफट पर रहम खाओ, निदेशक !''

''कोई बात नहीं, ऐसे जवाँमर्द की ख़ातिर मैं अपनी मोटरसाइकिल खोने तक का ख़तरा मोल लेने को तैयार हूँ !''

"तो फिर मुझ पर रहम खाओ !"

"पर तुम कौन-सी जोखिम मोल ले रहे हो ?"

ट्रैक्टर-चालक का चेहरा सन्तोषप्रद मुस्कान से खिल उठा। मज़ाक के कारण पर खुश होते हुए उसने समझाया :

"क्योंकि अगर मैंने इस पर बैठने की कोशिश की, तो मुझे तुम्हारी फटफट को ढोना पड़ जाएगा !"

पोगोदिन ने डरने का दिखावा करके फुरती से मोटरसाइकिल स्टार्ट की और सुवानकुल की ओर हाथ हिलाकर चिल्लाया :

"अपनी क़िस्मत आज़माने की कोशिश नहीं करूँगा, अकेला ही जाता हूँ। तुम पहुँच जाना।"

मोटरसाइकिल हिरन की तरह हवा से बातें करती आगे दौड़ पड़ी, और सुवानकुल लम्बे-लम्बे डग भरता उसके पीछे चल दिया :

हुआ ऐसा कि उस सुबह, जब आयक़ीज़ अपने शोक व विचारों के साथ चश्मे के किनारे बैठी हुई थी, मुरातअली, बेकबूता तथा करीम-तीनों के सामूहिक खेत-कैम्प में उसके बहुत-से मित्र एकत्र हुए थे।

वहाँ सबसे पहले मुरातअली और मेख़री पहुँचे। वृद्ध का विचार था कि जब बाक़ी सब किसानों के एकत्र होने के बाद टोली-नायक व उपटोली-नायक के लिए खेत में पहुँचना शर्मनाक होता है। "टोली को मेरा स्वागत नहीं, मुझे टोली का स्वागत करना चाहिए," वह बेटी से अकसर कहा करता था। वे रात को घर पर नहीं, अलतीनसाय में सोए थे, पर मुरातअली अपनी पुरानी आदत के अनुसार पौ फटे ही उठकर तैयार हो चुका था। वे खेत-कैम्प में और दिनों से कुछ समय पूर्व ही पहुँच गए थे।

हाल ही में नवीकृत खेत-कैम्प एक साथ खिल रही कपास के सागर में द्वीप के सदृश लग रहा था। लम्बे-चौड़े व कुछ रौंदी हुई घासवाले मैदान के किनारे के पास स्लेट की हल्की छतवाली एक सादा, पर अपनी सादगी में सुन्दर दिखनेवाली इमारत खड़ी थी। उसके आधे हिस्से में, जो बन्द था, प्रायः माँओं द्वारा अपने साथ काम पर लाए बच्चे रहते थे। दूसरा हिस्सा तीन ओर से खुले, लम्बे-चौड़े बारजे जैसा लगता था। वहाँ हमेशा ताज़गी रहती थी और आरामदेह महसूस होता था, मेज़ों पर समाचारपत्र, पत्रिकाएँ, पुस्तकें रखी रहती थीं, एक खम्भे से दूसरे खम्भे तक लाल कपड़े पर लिखे चमकीले नारे तने रहते थे। इमारत के पीछे युवा बेद-मजनुओं से आच्छादित हौज़ था। कुछ दूरी पर प्रातःकालीन सूरज की धूप में चमचमाता, डामर किया हुआ समतल, चौकोर खलिहान था, जहाँ फ़सल चुनने के समय कपास जमा की जाती थी। इमारत के आगे फूल रंगबिरंगी बत्तियों की तरह चमक रहे थे। फुलवारी के पास ही स्टैंड था जिस पर पिनों से ताज़ा समाचारपत्र लगाए जाते थे। इस समय उस पर धूप में पीला पड़ा उत्कीर के लेखवाला समाचारपत्र लगा हुआ था। मेख़री ने उस पर एक सरसरी नज़र डाली थी, उसने लेख अन्त तक पढ़ा नहीं था, और उन दिनों लेख के बारे में कोई चर्चा नहीं

हुई थीः अलतीनसायवासी दूसरी बातों के बारे में सोचते थे, दूसरी बातों की चर्चा करते थे। मेख़री ने अब अपनी उपटोली के सामूहिक किसानों का इन्तज़ार करते हुए समाचारपत्र के पास आकर लेख को ध्यान से पढ़ा। वह ज्यों-ज्यों आगे पढ़ती रही, पढ़ती रही, त्यों-त्यों उसकी भौंहें अधिक सख़्ती से एक दूसरे के निकट आती रहीं। अन्ततः उनके चौड़े कोने नाक के बाँसे पर जुड़कर झबरा, स्याह धब्बा बन गए।

मुरातअली बेंच पर बैठा कुदाल पर धार चढ़ा रहा था। लेख पूरा पढ़कर मेख़री झटके से पिता की ओर पलटी और बड़ी मुश्किल से आँसुओं व क्रोध पर क़ाबू करके धीरे से बोलीः

"अब्बा ! आपको शर्म नहीं आती ?..."

मुरातअली ने सिल्ली बेंच पर रख दी और विस्मय से बेटी को घूरने लगा।

"तुम किस बारे में कह रही हो ? ख़ुदा के शुक्र से मेरे लिए शर्म करने की कोई वजह नहीं है।"

वह पिछले कुछ दिनों की घटनाओं से अभी होश में नहीं आ पाया था। उसकी मुखमुद्रा उदास, एकाग्र व गम्भीर थी...उसने अपनी सामान्य झल्लाहट के बिना शान्ति से जवाब दिया। किन्तु मेख़री को यह शान्तचित्तता चुनौती देती-सी लगी...

"कैसे, अब्बा ? आपकी आत्मा क्या अभी भी आपको नहीं कचोट रही है ? कैसे आप कुछ लोगों को एक बात कहते हैं और दूसरों को—दूसरी ? आप तो हमेशा ही आयक़ीज़ की उसके अछूती धरती को कृषि योग्य बनाने की ठानने के लिए तारीफ़ करते थे ! आप तो..."

"ठहरो, बेटी ! मैं अपने कहे से इनकार ही कहाँ कर रहा हूँ।"

मेख़री ने उँगलियाँ होंठों पर रख लीं और कुछ डरते हुए पिता की ओर देखा। उसकी आँखों में आँसू चमक रहे थे, ठेस के, दर्द के, हैरानी के आँसू। वह पिता को स्पष्टवादिता, अडिग निष्कपटता के लिए प्यार करती थी, पर मालूम पड़ा वह पाखंड करने में भी कुशल हैं। उन्होंने आयक़ीज़ पर पत्थर मारा और अब हाथ पीठ के पीछे छिपा रहे हैं। मेख़री लगभग सुबकियाँ भरती हुई कह उठी :

"यानी आप आयक़ीज़ को सताने के लिए, उससे बदला लेने के लिए झूठी निन्दा करने में नहीं हिचके—न जाने किसलिए !"

अन्त में मुरातअली से सहा न गया और उसने खीजकर कुदाल ज़मीन पर ठकठकाया।

"तुम क्या बकवास कर रही हो ! तुम्हें क्या कुत्ते ने काटा है ?"

"झूठ और तोहमत कुत्ते के काटने से भी ज़्यादा ख़तरनाक होती हैं !" मेख़री ने समाचारपत्र की ओर संकेत किया। "आपने उत्कीर को क्या-क्या झूठी बातें कह दीं ?"

मुरातअली ने अभी तक "तखल्लुसवाला" समाचारपत्र नहीं पढ़ा था। उसने कन्धे उचकाए और शान्त होकर कहा :

"मैंने उससे कहा कि मैं नई बस्ती में क़दम भी नहीं रखूँगा। और तुमसे भी कह

रहा हूँ: सौ पैबन्द लगा पुराना चोग़ा भी नए से ज़्यादा सुहाता है...''

''आयक़ीज़ ने आपको घर बदलने के लिए मजबूर नहीं किया !''

''ठीक है,'' वृद्ध ने सुलह करते हुए स्वीकार किया। ''उसने मजबूर नहीं किया। और मजबूर कर भी नहीं सकती। यही कहा था मैंने उत्कीर को।''

''यही कहा था ? और यह क्या है ? यहाँ साफ़ लिखा है,'' मेख़री ने पढ़कर सुनाया: ''प्रशासन के मद में अन्धी हुई उमूरज़ाकोवा की कार्रवाइयों की अलतीनसाय के श्रेष्ठ कपास-उत्पादक आलोचना कर रहे हैं। सुविख्यात टोली-नायकों में से एक मुरातअली को शिकायत है कि उमूरज़ाक़ोवा अपने अधिकारों का अतिक्रमण करती है। 'उमूरज़ाक़ोवा हमें हमारे पुरखों की ज़मीन से हटा रही है, 'आँधी से कपास बरबाद होते-होते बची', मितभाषी टोली-नायक का यह कथन किसानों के हितों की अनदेखी करनेवाली उमूरज़ाक़ोवा की सारी कार्रवाइयों को पूर्णतया अनुचित ठहराने के समान है।' ''

मुरातअली को अपने कानों पर विश्वास नहीं हुआ। उसने बेटी के पास आकर खुद लेख पढ़ा। खेत-कैम्प में किसान जमा होने लगे थे। करीम, पोगोदिन, बेकबूता, हलीम-बाबा और सुवानक़ुल आदि वहाँ आ चुके थे। मुरातअली ने अख़बार से नज़र हटाने पर अपने ग्रामवासियों की चुभती और विस्फारित निगाहें अपने पर टिकी पाईं। मेखरी ने भी पीछे देखकर सिर झुका लिया और फुसफुसाई :

''लोगों के आगे शर्म आती है, अब्बा..''

मुरातअली किंकर्त्तव्यविमूढ़ हो गया। आरम्भ में उसे विरोध में कहने के लिए कुछ नहीं सूझा। लेख पढ़नेवालों को टोली-नायक वास्तव में आयक़ीज़ के शत्रुओं का सहभागी और सहविचारक लग सकता था। उत्कीर ने उसके कथन को उद्धृत किया था, और वे शब्द—या लगभग उनसे मिलते-जुलते शब्द वास्तव में उसके द्वारा कहे गए थे। फिर भी कलम-घिस्सू ने उसके बारे में जो कुछ लिखा था झूठ था—शुरू से आख़िर तक झूठ था। मुरातअली किसानों को समझाना चाहता था कि वास्तव में क्या हुआ था, लेकिन उसने सोचा : ''जब बेटी ही मुझ पर विश्वास नहीं करती, तो बाक़ी लोगों से क्या उम्मीद ?'' उसने विश्वास की याचना करती नज़र एकत्र लोगों पर डाली और भीड़ में करीम को देख न जाने क्यों उसी को सम्बोधित करने का निश्चय किया :

''तुमने यह लेख पढ़ा है, करीम ?''

युवक ने मौन स्वीकृति में सिर हिला दिया।

''और क्या तुम्हें उसमें मेरे बारे में जो कहा गया है उस पर विश्वास होता है ?''

''नहीं, मुरातअली-अमाकी,'' करीम ने दृढ़तापूर्वक कहा। मुझे उत्कीर के एक भी शब्द पर विश्वास नहीं है।''

मुरातअली ने राहत की साँस लेकर आगे कहा:

''तुम तो जानते ही हो, बूढ़े मुरातअली ने कभी अंतरात्मा की आवाज़ नहीं दबाई। मैं चिल्ला सकता हूँ, बहस कर सकता हूँ, पर झूठ बोलना मुझे नहीं आता, करीम। झूठ

कुत्ते के काटने से भी ज़्यादा ख़तरनाक होता है। यह मेरी बेटी का कहना है, और उसके ज़हन में यह बात मैंने ही बिठाई है। तुम्हें याद है, करीम, तुम मुझे काम की सलाह देने आए थे, पर मैंने तुम्हें दूर भगा दिया था ? लेकिन फिर भी मैंने वैसा ही किया, जैसा तुमने कहा था, और मुझे यह मानने में शर्म नहीं महसूस होती। मैं सबके सामने दोहराने को तैयार हूँः 'करीम एक अच्छा कपास-उत्पादक है, कभी-कभार उसकी सलाह मानने में कोई बुराई नहीं है !"

मुरातअली इस समय पहले जैसा नहीं था, न वह कुछ तलब कर रहा था, न वह चिड़चिड़ाकर हठपूर्वक बड़बड़ा रहा था, बल्कि अपनी सफ़ाई दे रहा था...उसे अपनी नेकनामी की चिन्ता थी, वह सबको विश्वास दिलाना चाहता था कि उसने अपने नाम पर बट्टा लगाने का कोई काम नहीं किया है।

"तुम सुन रहे हो, करीम ? तुम सुन रहे हो, भले लोगो ? मैं क़सम खाकर कहता हूँ, अपने पुरखों की क़सम खाकर कहता हूँ, कि उस लमटंगे ने मुझ पर झूठी तोहमत लगाई है !"

किन्तु मुरातअली को पूरी बात नहीं कहने दी गई। भीड़ में से न जाने कहाँ से ग़फ़ूर निकल आया और अपने टोली-नायक के सामने खड़ा होकर तिरस्कारपूर्वक सिर हिलाकर परदाफ़ाश करते उत्तेजक स्वर में बोलाः

"छि ! छि ! प्यारे मुरातअली...तुम अपना दोष दूसरे के सिर क्यों मढ़ रहे हो ? मैं तुम्हारा दोस्त हूँ, मैं तुम्हारी बहुत इज़्ज़त करता हूँ, पर..." उसने किसानों की ओर अपना सीना ठोका। "पर सच्चाई मुझे दोस्ती से ज़्यादा प्यारी है ! मैं सिर पर तलवार लटकी होने पर भी सच ही बोलूँगा ! मैंने देखा–और सबने देखा–कि हमारे इज़्ज़तदार टोली-नायक ने इज़्ज़तदार यूसुफ़ी से कैसे बातें की थीं..."

"वह मेरे पास आया था। यह सच है। लेकिन..."

"अहा !" ग़फ़ूर विजयोल्लास में चिल्लाया। "आपलोगों ने बातें कीं ! और जब तुमने उसके सामने न जाने क्या-क्या झूठी-सच्ची कही ही है, तो फिर इससे इनकार करने की क्या ज़रूरत है ? तुम अपनी बात के पक्के रहो, हमें बताओ कि तुमने मेरी अभागी भानजी की झूठी बदनामी किसलिए की ?"

"तुमने सुना तो था कि हमारे बीच क्या बातें हुई, ग़फ़ूर," मुरातअली ने किन्चित् लाचारी से कहा। "उस बेईमान ने जो बातें मेरे सिर मढ़ी हैं, वे तो मेरे दिमाग़ में भी नहीं थीं..."

ग़फ़ूर ने व्यंग्यपूर्वक खोसें निपोड़ दीं।

"सचमुच किसी ने नहीं सुना कि तुमलोगों में किस बारे में बातें हुईं। और कोई जान भी नहीं सकता कि तुम्हारे दिमाग़ में क्या विचार थे। नेक भी हो सकते हैं और बुरे भी। सच्ची बात के लिए तुम मुझ पर नाराज़ मत होओ, पर तुम साबित कैसे करोगे..."

किन्तु ग़फ़ूर अपना दोषारोपणीय भाषण जारी न रख सका। पोगोदिन पहले बोल

पड़ा। वह मुरातअली की ओर दोस्ताना ढंग से मुस्कराकर ग़फ़ूर को उतना नहीं जितना कि किसानों को सम्बोधित करके कहने लगा :

"मुरातअली-अमाकी को कुछ साबित करने की ज़रूरत ही नहीं है। हमें उन पर विश्वास है। पहले मैंने सोचा था कि मुरातअली-अमाकी यूसुफ़ी की चाल में आ गए हैं, लेकिन अगर वह कहते हैं कि यूसुफ़ी ने उनके शब्दों को तोड़-मरोड़कर पेश किया है, तो इसका मतलब है कि ऐसा ही हुआ है। मुझे पूरा विश्वास है कि किसानों का समर्थन न मिलने पर इस क़लम-घिस्सू ने मनगढ़ंत बात को असलियत की तरह पेश करने की कोशिश की है।"

"ऐ, ऐ, निदेशक !" ग़फ़ूर चिल्लाया। "ज़रा सँभल के ! पार्टी प्रेस को बेकार बदनाम मत करो !"

"हम पार्टी प्रेस का आदर करते हैं, " पोगोदिन ने आपत्ति की," यह हमारी आवाज़ है, जनता की आवाज़ है। इसीलिए तो हमारा सर्वप्रथम कर्त्तव्य उन चुगलख़ारों और अख़बारी क़लम-घिस्सुओं का परदाफ़ाश करना है, जो सम्पादक-मंडल में घुस आए हैं और सोवियत पत्रकारिता का नाम बदनाम कर रहे हैं !"

"तुम ऐसा इसलिए कह रहे हो, निदेशक, कि यूसुफ़ी ने किसी पर नुकताचीनी की है।"

"यूसुफ़ी ने जिस समस्या के बारे में लिखा है, उसने उसकी तह में जाने की कोशिश ही नहीं की है। लगता है किसी ने उसके कान पहले से भर दिए थे। उसकी उमूरज़ाक़ोवा के साथ हुई बातचीत में उसका पूर्वाग्रह साफ़ महसूस हो रहा था। मुझसे तो उसने बात तक नहीं करनी चाही। वह औरों की कही दोहराता है, दोस्तो। आपकी साहसपूर्ण पहलक़दमी में आपको सहारा देने के बजाए वह उस रास्ते में रोड़े अटका रहा है, जिससे आप सुखी और समृद्ध जीवन की ओर बढ़ रहे हैं।"

"ठीक कहते हो, इवान बोरिसोविच !" भीड़ में से बेकबूता ने आवाज़ दी। "उत्कीर ने तीर आयक़ीज़ पर छोड़ा था, पर लगा वह हमारे है !"

"अभी कुछ पता नहीं उसने निशाना किसे बनाया था !"

"आयक़ीज़ हमेशा हमारे साथ मिलकर लोकहित के लिए काम करती रही है !"

"वह हमारा भला चाहती है !"

"उत्कीर ने आँखें मूँद कर लिखा है !"

"हम आयक़ीज़ पर आँच नहीं आने देंगे !"

"उत्कीर के चश्मे के शीशे काले हैं, उसे कुछ नज़र नहीं आने देते !"

बेंच पर करीम उछलकर चढ़ गया और शोर मचाते किसानों की आवाज़ को दबाने की कोशिश करता बोलने लगा :

"आपलोगों ने यह क्या रट लगा रखी है : 'उत्कीर, उत्कीर !' कहीं इस लेख में हमारे आदरणीय अध्यक्ष का हाथ तो नहीं है ? वह हमारा पल्ला पकड़कर हमें अछूती धरती से खींच ले जाना चाहता है ! जिस आँधी की हमें याद तक नहीं रही, वह उसके

बारे में सबको बढ़ा-चढ़ाकर बताता है : देखिए, कितनी ख़तरनाक आँधी है, किसान तो उसके सामने नाचीज़ कीड़े हैं !"

"वह हमें सिर्फ़ आँधी का नाम लेकर ही नहीं डराता है !"

"शायद उसी ने इस उत्कीर की पीठ थपथपाई है !"

"अध्यक्ष ख़ुद डरता है, इसीलिए हमें भी डराता है !"

"हम क्या फ़रग़ानावालों और मिरज़ाचूलवालों से कमज़ोर और डरपोक हैं ?"

"ऐ, बेकबूता !" सुवानक़ुल की गरजती आवाज़ गूँज उठी। "तुम फ़रग़ाना में रह चुके हो, देख चुके हो कि वहाँ कैसा संघर्ष चल रहा है, ज़रा तुम ही क़ादीरोव के साथ राजनीतिक ढंग से बात करो।"

"बेकबूता, ज़रा सुनाओ, तुमने वहाँ क्या देखा।"

"मैं सुना चुका हूँ। वहाँ भी रेगिस्तान पर हमला बोला जा रहा है। और रेगिस्तान में वैसा ही नमक है, जैसा कि फूहड़ के शोरबे में ! पर फ़रग़ानावाले इससे नहीं घबराते ! मैं रेगिस्तान में कपास देख चुका हूँ। नए गाँव देख चुका हूँ। बाग़ देख चुका हूँ—उस जगह, जहाँ कुछ अरसे पहले तक सरकंडे उगा करते थे, जिसमें जंगली सूअर घूमते रहते थे।"

"जंगली सूअरों को तो ज़रूर हमारे बहादुर बेकबूता ने डरा दिया होगा !" सुवानकुल ने कहा और सब ठहाके लगाकर हँस पड़े।

"याद है," करीम फिर बातचीत में हिस्सा लेने लगा, "याद है, जुराबायेव ने भूखी स्तेपी को कृषि योग्य बनाने के बारे में हमसे क्या कहा था ?...मिरज़ाचूल पर धावा बोलने ताशक़न्द क़ाश्क़ादरिया व सुरख़ानदरिया, फ़रग़ाना और समरक़न्द के वीर किसान गए थे ! उन्हें भी कम मुसीबतें नहीं झेलनी पड़ी थीं। लेकिन अब हाल ही का रेगिस्तान कपास के खेतों और लहलहाते बागों में बदल गया है, और नए अधिवासी ऐसे रहते हैं कि उनसे ईर्ष्या होती है ! और किसी ने यहाँ ठीक ही कहाः तो क्या हुआ, हम क्या दूसरों से उन्नीस हैं ?"

"मेख़री !" मुरातअली ने बेटी को झिड़का। "तुम उसे ऐसे क्यों ताक रही हो ? शर्म की बात है !"

चारों ओर से उत्तेजित आवाज़ें गूँज रही थीं :

"यह क़ादीरोव ही है, जो हमें दूसरों से गया-गुज़रा मानता है !"

"उत्कीर और क़ादीरोव शायद हमारे पड़ोसियों के कारनामों के बारे में भूल गए...

"उनकी याददाश्त किसी काम की नहीं है !"

पोगोदिन ने हाथ से किसानों को शान्त होने का संकेत किया।

"शान्ति, शान्ति, दोस्तो ! हमलोग ऐसे बहस में उलझ गए हैं कि शायद पहाड़ों में भी हमारी आवाज़ें सुनाई दे रही होंगी। तो क्या आपका ख़याल है कि क़ादीरोव की याददाश्त ख़राब है ? लेकिन मेरे विचार में तो मामला ज़रा ज़्यादा गम्भीर है। मैंने कई

साल पहले ही उसे खेती के अधिकांश कामों के यंत्रीकरण के बारे में विचार करने का सुझाव दिया था। क़ादीरोव ने तब विरोध किया था : हमारे पास हाथ भर ज़मीन है, फिर हमें यंत्रीकरण की क्या ज़रूरत है, जहाँ सूई से काम चलता हो, वहाँ तलवार चलाने की क्या ज़रूरत है ? कुदाल से काम चला लेंगे, यह भरोसे की और आज़माई हुई चीज़ है। कुदाल ने हमारे दादा-पड़दादों को खिलाया-पिलाया है, बढ़िया क़िस्म की कपास पैदा करने में उनकी मदद की है। जैसा आप देखते हैं, क़ादीरोव को यह सब याद है ! पर अब जब उससे नई ज़मीन को कृषि योग्य बनाने की बात कीजिए, तो वह रोना शुरू कर देता है : हमारी ताक़त कम है, लोगों की कमी है। इनमें से हर परिस्थिति के लिए अध्यक्ष की आपत्तियाँ मानो बिलकुल उचित हैं। अगर ज़मीन कम है, तो सचमुच उसके लिए मशीनरी पर पैसा ख़र्च करना बेकार है। अगर सामूहिक फ़ार्म कमज़ोर है तो उसे बेशक अछूती धरती के लिए फ़ुरसत कहाँ से होगी ! पर ज़रा क़ादीरोव की इन बातों को दिमाग़ से निकाल दीजिए, तो आप क़ायल हो जाएँगे कि वह ख़ुद परस्पर-विरोधी बातें कहता है ! ज़मीन कम है ? तो नई ज़मीन को कृषि योग्य बनाइए ! लोगों की कमी है ? तो फिर उनकी ताक़त के साथ मशीनरी का फ़ौलादी बाहुबल जोड़ दीजिए ! अगर हम सब पूरा ज़ोर लगाएँ, दोस्तो, और इसी साल में अछूती धरती को कृषि योग्य बना दें, तो अगले साल मैं आपके खेतों में मशीन-ट्रैक्टर-स्टेशन की सारी मशीनरी पहुँचा दूँगा। तब आप देख लेंगे हमने कपास की खेती के लिए नई ज़मीन को तैयार करके कितनी समझदारी और दूरदर्शिता से काम लिया ! हम अभूतपूर्व फ़सलें चुनेंगे। और कुदाल, जिसको अध्यक्ष इतना कसकर पकड़े हुए हैं, ज़रूरी न रहने के कारण संग्रहालय को भेंट कर देंगे।''

''उसकी ज़गह है भी वहीं !''

''जल्दी से जल्दी करो, निदेशक !''

''फिर अध्यक्ष चाहे तो संग्रहालय में जाकर कुदाल को देखता रहे !''

''काम के बाद उसके कन्धे थोड़े ही दुखते हैं...

''और हम दूसरा अध्यक्ष चुन लेंगे, तब क़ादीरोव को मज़ा आ जाएगा।''

''ठीक कहा ! उसे अध्यक्ष के पद पर रहते बहुत वक़्त हो गया।''

पोगोदिन ने किसानों को शान्त करते हुए हाथ हिलाए और मुस्कराकर चेतावनी दी :

''जोश में मत आइए, दोस्तो। ऐसे मामले जल्दबाज़ी में नहीं निबटाए जाते हैं। आपलोग इस बारे में आपस में सलाह कीजिए, सोच-विचार कीजिए, ज़रा दूर की सोचिए...''

किन्तु अपनी वरिष्ठता के अधिकार का उपयोग कर अब तक मौन रहे हलीम-बाबा ने पोगोदिन की बात काट दी :

''इसमें सोचने की बात ही क्या है, बेटा ? किसान एक तरफ़ देखते हैं, तो अध्यक्ष–दूसरी तरफ़। हमने एक बार उसे विदा कर देने की सोची थी, पर हमें कुछ

इन्तज़ार करने के लिए मना लिया गया। तब अध्यक्ष खुद सीना ठोक-ठोककर हर नए काम का पूरा समर्थन करने की कसम खाता था। वह मीटिंग याद है ? आज फिर नया काम छिड़ गया है, लेकिन अध्यक्ष अपने कसमें-वादे भूलकर फिर उससे पीछे हटने लगा है, केकड़े की तरह...मैं बूढ़ा हूँ, मैं ज़िन्दगी में बहुत कुछ देख चुका हूँ, मैं हमारे अध्यक्ष को तीन सलाहें देना चाहूँगा। मैं उससे कहूँगाः ऊँटसवार को सिर्फ़ आगे की चिन्ता करनी चाहिए। जनता से अलग मत हो, उसके बिना तुम जल बिन मछली जैसे रह जाओगे। अकेला चना भाड़ नहीं फोड़ सकता, और अगर फोड़ भी ले, तो उसकी तारीफ़ करनेवाला कोई नहीं होगा। और मैं उससे यह भी कहूँगाः वक़्त रहते अपने ओहदे पर इसके क़ाबिल किसी दूसरे को आने दो, और अपने लिए अपने सामर्थ्य का काम ढूँढ़ लो।''

''ठीक कहा, हलीम-बाबा !''

''अक़्लमंदी की बातों के लिए आपका शुक्रिया !''

किसानों के उत्साह पर, चुगलख़ोरी से उन लोगों की रक्षा करने की तत्परता पर, जिन्हें वे सच्चा मानते थे, पोगोदिन प्रसन्न था। वह सामूहिक फ़ार्म के असली मालिकों के अपनी शक्ति में आत्मविश्वास पर प्रसन्न था। पोगोदिन को आशा नहीं थी कि वे क़ादीरोव से इतने नाराज़ हैं। इस बारे में जुराबायेव को सूचित करना चाहिए। और इस समय किसानों को अछूती धरती को कृषि योग्य बनाने की योजना पर मँडरा रहे ख़तरे को टालने का तरीक़ा समझाना चाहिए। उसने शोर थमने तक इन्तज़ार किया, फिर शान्त स्वर में सलाह दी :

''अध्यक्ष का क्या किया जाए, इसका फ़ैसला आप बाद में कर लेंगे। आइए, अब ज़रा ऐसी तरकीब सोच लें जिससे यह वार,'' उसने अख़बार की ओर संकेत किया, ''ख़ाली चला जाए।''

''हम इसका खंडन करेंगे।''

''हमारा पार्टी-संगठनकर्त्ता जुराबायेव के पास जाकर उन्हें बताए कि लोग इस लेख के बारे में क्या सोचते हैं।''

''आलिमजान कहाँ हैं ?''

''वह अपनी टोली में है।''

''चलिए आलिमजान के पास चलते हैं !''

''क्या इसी तरह सभी वहाँ चलें ?'' पोगोदिन हँस पड़ा। ''क्यों न यह काम दो-तीन किसानों को सौंप दें और बाक़ी लोग काम में जुट जाएँ ? देखिए, सूरज कहाँ पहुँच गया है !''

मुरातअली ने आकाश की ओर देख चिन्ता से भौंहे सिकोड़ी और अपनी टोली के किसानों की ओर क़दम बढ़ाए।

''निदेशक पते की बात कह रहे हैं। काम शुरू करने का समय हो गया है।''

''पर आलिमजान के पास कौन जाएगा ?''

''बेकबूता !''

"करीम !"

"इवान बोरिसोविच !"

"हलीम-बाबा !"

"मुरातअली-अमाकी !"

"नहीं, मैं नहीं जाऊँगा," मुरातअली ने आपत्ति की, "मुझे खेत में ही काफ़ी काम होंगे। बेकबूता को जाने दीजिए। मैं उसके खेत का ध्यान रखूँगा। बोरिस इवानोविच को जाने दीजिए। और हलीम-बाबा को।" उसने वृद्ध बाग़बान की ओर पलटकर कड़ी हिदायत दी। "तुम आलिमजान को सारी बात बता देना। उसे और जुराबायेव को मिलकर तख़ल्लुस उत्कीर को शर्मिन्दा करने की माँग करना। और उत्कीर से वह लिखने को कहना...क्या कहते हैं उसे...खंडन।"

हलीम-बाबा शरारती ढंग से मुस्कराए और न जाने क्यों उन्होंने चोग़े के सीने को छुआ।

"वह तो पहले ही हो गया, प्यारो।" उन्होंने बग़ल में से कपास का पौधा निकालकर उसे झंडे की तरह सिर के ऊपर उठा लिया। "यह रहा—खंडन ! यह मेरे बच्चो, अछूती धरती की कपास है।"

पोगोदिन की आँखों में प्रसन्नता व प्रशंसा की चमक आ गई।

"हम इसे आलिमजान को सौंप देंगे, और वह इसे जुराबायेव को पेश करेगा। यह सबसे अच्छा खंडन है ! और क्या यह, उसने कपास के खेतों की ओर संकेत किया, जहाँ पौधे घुटनों तक ऊँचे हो चुके थे और फूलों के मारे आँखें चौंधिया रही थीं, क्या ये खेत खंडन नहीं हो सकते ?"

बेकबूता ने किसानों को आँख मारी और हवा में मुक्का हिलाकर कह उठा :

"हमारे किसानों का भगीरथ-प्रयास भी तो इसका खंडन ही है !"

किसान अपने-अपने खेतों को रवाना होने लगे। पोगोदिन पहले तो मुरातअली को एक तरफ़ ले गया, फिर करीम को और उनसे किसी बारे में सलाह की। बेकबूता ने अपनी टोली के किसानों में काम बाँटकर ऐसे अनुचित समय में उसका "मेहमान" बनकर आ टपकनेवाले सुवानकुल को ढूँढ़ने लगा।

ट्रैक्टर-चालक अपने चौड़े कन्धे कुछ झुकाए और बग़ल में विशाल मुट्ठियाँ टिकाए स्टैंड के पास खड़ा लेख पढ़ रहा था। पढ़ वह उसे पहली बार रहा था। तब तक उसके कानों में उसके बारे में उड़ती ख़बर ही पड़ी थी, इसलिए सबके साथ शोर करते, विरोध करते और रोष प्रकट करते उसे कुछ अटपटा लग रहा था : वह क्यों एक ऐसे लेख के बारे में शोर मचा रहा है, गुस्सा हो रहा है, जिसे उसने अपनी आँखों से देखा तक नहीं है ? लेख, अछूती धरती और क़ादीरोव के बारे में छिड़ी ज़ोरदार आम बहस के बीच वह भौंहे सिकोड़े समाचारपत्र के पास पहुँच गया। सुवानकुल जो भी काम हाथ में लेता, उसे मनोयोग से करने के साथ-साथ बिना जल्दबाज़ी के और एकाग्रचित्तता से पूरा करता। वह लेख को भी सोच में डूबा, सारी दुनिया से बेख़बर और किसी कठिन

कविता को कंठस्थ कर रहे स्कूली छात्र की तरह होंठों में बुदबुदाता पढ़ रहा था। वह उसमें इतना तल्लीन हो गया था कि उसे स्वतः आयोजित हुई मीटिंग के समाप्त होने तक का ध्यान नहीं रहा।

बेकबूता ने चुपचाप सुवानक़ुल के पास आकर उसके कन्धे पर हाथ मारा। ट्रैक्टर-चालक अचानक चौंक उठा और घबराहट में स्तब्ध हुआ पीछे मुड़कर देखने लगा...

"ओफ़ तुम कितने अधीर हो गए हो," बेकबूता ने सहानुभूतिपूर्ण स्वर में कहा, "कितने डरपोक हो गए हो ! तुम्हारे तो हाथ तक लगाना मना है। तुम्हें महावीर आख़िर कहते किसलिए हैं ? तुम्हारा दिल तो शिकारी से डरकर भागते ख़रगोश की तरह धड़क रहा है..."

पास ही में खड़े किसानों ने बेकबूता के मज़ाक का प्रशंसापूर्ण हँसी के साथ स्वागत किया। सुवानकुल इस हँसी से भड़क उठा और उसने सलाह दीः

"मुझे तुम अपने पैमाने से मत नापो, बेकबूता। मैं क्या तुमसे डरा था ? तुम खुद ऐसे बहादुरों में से हो, जिनके होंठ गौरैया का नाम लेते ही थरथराने लगते हैं।"

"कितना बहादुर है !" बेकबूता व्यंग्यपूर्ण आश्चर्य के साथ कह उठा। "जबकि इसके कन्धे पर हाथ रखने की देर है कि इसका सारा बदन काँपने लगता है।"

पर सुवानकुल भी हाज़िरजवाबी में चूकनेवाला नहीं था।

"मैंने तो सोचा था कि कोई मक्खी बैठ गई है। उसे उड़ाना चाहा, देखा तो इस बकवादी बेकबूता को पाया, जिसकी ज़बान हाथों से ज़्यादा चलती है !"

बेकबूता ने आत्मसन्तोष से मुँह फुला लिया।

"ऐ दोस्त, तुम लोग अछूती धरती में इसीलिए आराम से सोते हो, क्योंकि मैं यहाँ बैल की तरह काम करता हूँ ! जब तक मैं ज़िन्दा हूँ—मुझ पर पूरा भरोसा रख सकते हो, पहाड़ की तरह।"

"शुक्रिया, बेकबूता। आख़िर पहाड़ का सहारा भी तो सूरमा ही ले सकता है।"

"सूरमा होने से तो तुम बहुत दूर हो, प्यारे दोस्त," बेकबूता ने ट्रैक्टर-चालक को शंकालु नज़रों से तौलकर एक ठंडी साँस ली। "तुम तो रेंगते चल रहे ऊँटों के क़ाफ़िले के से ज़्यादा लगते होः जितना रास्ता तुम महीने भर मैं तय करते हो, मैं उसे दिन भर में तय कर लेता हूँ।"

"और मशीनगन की तरह इतने शब्द भी मुँह से दागते रहते हो कि दूसरे को उसमें पूरा महीना लग जाए।"

"ठीक कहते हो, दोस्त। मैं इस ज़िम्मेदारी को भी कामयाबी के साथ पूरा करता हूँ। तुम्हारे जैसे नहींः तुम्हारे मुँह से चार शब्द निकलवाने में तो गर्मी बीतकर पतझड़ आ जाता है।"

दोनों मित्रों के पास लम्बे वाग्द्वन्द्व के लिए मसाला कम नहीं पड़ता। वे विनोद-भावना के असीम भंडार के स्वामी थे। वे कटु से कटु और गम्भीर से गम्भीर क्षणों में भी हँसी-मज़ाक़ करने में सक्षम थे।

पोगोदिन ने बेकबूता को बुलाया:

''टोली-नायक। आलिमजान के पास चलते हैं।''

''तुम मेरा इन्तज़ार नहीं करोगे ?'' सुवानकुल ने बेकबूता से पूछा। ''मैं अभी आया।''

''नहीं, प्यारे, काम का वक़्त हो गया। मैं तुम्हारे सरीखा कामचोर नहीं हूँ।''

एक बार फिर अपनी बात लाजवाब रहने से सन्तुष्ट सुवानक़ुल बेकबूता की ओर पीठ कर अपने ठिकाने की ओर चल दिया, जबकि बेकबूता, हलीम-बाबा व पोगोदिन कपास के खेतों में से निकलनेवाली पगडंडी से आलिमजान के पास उसके खेत की ओर चल दिए।

उन्होंने उसे अलतीनसायवासियों की स्वतः आयोजित मीटिंग के बारे में बताया और उनके अनुरोध के बारे में सुचित किया : सारी बातें जुराबायेव तक पहुँचानी हैं, लेखवाले मामले की छानबीन और चुगलख़ोरों के विरूद्ध पार्टी अनुशासनात्मक कार्रवाई करने का आग्रह करना है।

आलिमजान सोच-विचार में डूब गया। वह होंठ चबाता हुआ पोगोदिन के पास खड़ा था, नाक के बाँसे पर जुड़ी उसकी काली भौंहें आँखों के ऊपर काले स्याह छज्जे की तरह लटक गईं।

''इसमें सोचने की बात ही क्या है, आलिमजान ! फूँक-फूँककर क़दम रखनेवाला सोचता रह जाता है, डरा सो मरा। अपनी मोटरसाइकिल पर बैठो और फटाफट ज़िला मुख्यालय पहुँच जाओ।''

''समझते हो, इवान बोरिसोविच...''

''नहीं, कुछ नहीं समझता।''

''देखिए, बात यह है...दरअसल मुझे आयक़ीज़ की वकालत करनी पड़ेगी ?''

''लेख में उसी के बारे में लिखा गया है, और किसान भी उसी की तरफ़दारी करना चाहते हैं। और पार्टी-संगठनकर्त्ता होने के नाते तुम्हें उनकी ओर से माँग करनी चाहिए कि यूसुफ़ी ने जो कुछ आयक़ीज़ के बारे में गढ़ा है, उसे लोगों ने झूठी शिकायत पाया है।''

आलिमजान हिचकिचाने लगा।

''सो तो है...लेकिन किसानों के लिए तो आयक़ीज़ ग्राम सोवियत की अध्यक्ष है, जबकि मेरी वह पत्नी है।''

''पत्नी तो, बेटा, दुनिया में सबसे ज़्यादा सगी होती है, '' हलीम-बाबा ने कहा। ''पत्नी तुम्हारी सबसे नज़दीक दोस्त है। और दोस्त की ख़ातिर तुम्हें हर काम की बाज़ी लगाने को तैयार रहना चाहिए।''

''फिर वही यूसुफ़ी लिख देगा कि ''क़िज़िल युल्दूज़'' सामूहिक फ़ार्म के पार्टी सचिव ने अपनी पत्नी का तरफ़दारी की !''

''लिखता रहे !'' पोगोदिन झल्ला उठा। ''तुम सबको तो ख़ुश कर नहीं सकते।

लोग तुम पर विश्वास करेंगे, न कि उस पर। लेख तो निरी तोहमततराज़ी है।''

''तुम मुझ पर क्यों चिल्ला रहे हो ? सच में वह सरासर तोहमततराशी है। लेकिन यह बात इतनी महत्त्वपूर्ण नहीं है।''

''यही बात है ! और बाक़ी सारे विचार दिमाग़ से निकाल दो। आयक़ीज़ की सफ़ाई देते हुए तुम तरफ़दार की तरह नहीं, बल्कि दोस्त और ईमानदार कम्युनिस्ट की तरह पेश आओगे, जो हर तरह की तोहमततराशी से झल्ला उठता है, चाहे वह किसी के बारे में भी क्यों न की गई हो।''

''मुझ पर तो वैसे ही भाई-भतीजेवाद का आरोप लगाया जा चुका है।''

''आरोप किसने लगाया है ? पार्टी ने ? साथियों ने ? चुगलख़ोर ने ही लगाया है, और तुम डर गए। इसका मतलब क्या यह हुआ कि अगर कोई मुझ पर झूठा आरोप लगाए, तो तुम भी मुझसे कतराने लगोगे ? इसलिए कि पोगोदिन मेरा दोस्त है, कहीं कोई यह न कहने लगे कि मैं मित्र भाव से उसकी तरफ़दारी कर रहा हूँ। और मित्र भाव तो बहुत पवित्र कार्य है ! और अगर तुम्हारा दोस्त दोषी है, तो उसे फटकार लगाना तुम्हारा कर्त्तव्य है। और अगर वह निर्दोष है, तो उसकी ख़ातिर शेर की तरह लड़ो ! मैंने ठीक कहा ना, हलीम-बाबा ?''

''तुम्हारी बात सही है, बेटा। हमारी सारी ज़िन्दगी दोस्ती पर ही टिकी है। एक पुरानी पूरबी नीति-कथा है। एक विद्वान से किसी ने पूछाः 'सोने से ज़्यादा क़ीमती चीज़ क्या है ?' 'दोस्ती', विद्वान ने कहा। 'और फ़ौलाद से ज़्यादा मजबूत क्या है ?'' 'दोस्ती,' विद्वान ने फिर कहा। 'और तूफ़ान से ज़्यादा ताक़तवर क्या है ?' और विद्वान कह उठाः 'दोस्ती तूफ़ान से ज़्यादा ताक़तवर होती है।' इस तरह दोस्तों की ख़ातिर नहीं, तो फिर और किसकी ख़ातिर लड़ना चाहिए ?''

''एक और बात ध्यान में रखो, आलिमजान,'' पोगोदिन बोल उठा, ''लेख में सिर्फ़ आयक़ीज़ पर ही चोट नहीं की गई है। इस मामले को ज़रा गहराई में जाकर देखो !''

आलिमजान के पास इससे सहमत होने के सिवा और कोई चारा नहीं रहा। वह स्वयं भी समझने लगा था कि उसकी अतिसतर्कता का अर्थ भीरुता—उदासीन व्यक्ति की भीरुता लगाया जा सकता है। जबकि वह न तो उदासीन ही था और न ही भीरु।

उसके खेत-कैम्प लौटते समय, जहाँ पोगोदिन अपनी मोटरसाइकिल छोड़ गया था, इवान बोरिसोविच ने आलिमजान की कोहनी छूकर कहा :

''हम इनके पीछे-पीछे चलते हैं, मुझे तुमसे कुछ कहना है।''

''क्या फिर झाड़ लगाओगे ?'' आलिमजान हँस पड़ा। ''मैं सारा मामला समझ गया, इवान बोरिसोविच, सारा !''

''सारा मामला समझ गए, आलिमजान ? तुम मुझे माफ़ करना कि मैं तुम्हारे घरेलू मामलों में दख़लन्दाज़ी कर रहा हूँ। लेकिन मुझे लगता है—तुम अपनी पत्नी की भावनाओं को ठेस पहुँचा रहे हो...''

''यह कैसे ?''

''अपनी लापरवाही से। मुझे लोला ने बताया: आयक़ीज़ जब तुम्हें काफ़ी अरसे तक नहीं देख पाती है, तो खोई-खोई घूमती रहती है। और कभी-कभी तो वह तुम्हें पूरा दिन नहीं देख पाती है। इस समय वह कहाँ है ?''

''वह रात-भर नहीं सोई, खिड़की के पास बैठी रही...सुबह मैं उसके कमरे में गया, वह वहाँ थी ही नहीं...और ग्राम सोवियत में भी नहीं थी...''

''वाह, भई, वाह ! तुम ख़ुद तो ज़रूर जैसे घोड़े बेचकर सो रहे थे ना ?''

''मैं तो खड़ा ही बड़ी मुश्किल से रह पा रहा था। तुम ख़ुद ही समझते हो ! ऐसा दिन था...''

''मैं होता, तो सो ही नहीं पाता,'' पोगोदिन ने अन्यमनस्कता से और कुछ-कुछ सपनों में खोए-खोए कहा, ''और लोला से लम्बे अरसे तक मिले बिना भी नहीं रह पाता। और अगर उससे मिलना तय कर लो, तो कहीं रुकता भी नहीं। शादी कर लें, फिर मैं तुम्हें यह दिखा दूँगा कि पति अपनी पत्नी के साथ कैसे पेश आता है...''

''और काम ?''

''और काम करना भी आसान हो जाएगा !''

''मैं देखता हूँ, इवान बोरिसोविच, तुम्हें लोला से बहुत ही गहरा प्यार है ! मेरी बहन की किस्मत अच्छी है।''

''पर तुम क्या आयक़ीज़ को अब प्यार नहीं करते ?''

''तुम भी क्या, इवान बोरिसोविच !'' आलिमजान का चेहरा किन्चित् लाल हो उठा और उसने विश्वासपूर्वक पोगोदिन के हाथ में हाथ डालकर स्वीकार किया : ''अभी तक प्यार में डूबा हूँ ! किशोर की तरह...''

''केवल अपनी भावनाएँ प्रकट करते शर्माते हो ? अपनी पुरुष-सुलभ प्रतिष्ठा कम हो जाने से डरते हो ?''

''नहीं, नहीं...'' आलिमजान ने हथेली से ज़ोर से गुद्दी पर मला। ''काम बहुत रहते हैं ! उनमें व्यस्त हो जाने पर और कुछ याद नहीं आता।''

''ऐसा है...यानी तुम्हारे व्यक्तिगत और सामाजिक जीवन में तालमेल नहीं है। और तुम जब इन सिद्धान्तों में सामंजस्य स्थापित करने का आह्वान अपने भाषणों में करते हो, तो ज़रूर बुलबुल की तरह कूजते होगे ? अर्थपूर्ण और सुव्यवस्थित भाषण देने में तो तुम पटु हो।''

''ठहरो, इवान बोरिसोविच ! माना तुम लोला से ठीक दो बजे मिलने का वादा करते हो। पर तुम्हें कुछ काम हो जाता है। फिर क्या तुम सब छोड़कर अपनी मंगेतर के पास भाग जाओगे ?''

''नहीं। मैं जल्दी से जल्दी काम निबटाकर भागूँगा नहीं, बल्कि उड़कर जाऊँगा ! आख़िर आलिमजान, आयक़ीज़ के सिर पर काम तुमसे कम नहीं हैं। लेकिन न जाने फिर भी क्यों उसके पास तुम्हारे से मिलने का और तुम्हारे न होने पर तुम्हारी याद में तड़पने का समय बचा रहता है...''

आलिमजान चुप रहा। पर जब वे खेत-कैम्प पहुँचे, वह मोटरसाइकिल की तरफ लपका और जल्दी से उसे स्टार्ट कर जुराबायेव के पास ज़िला मुख्यालय सरपट दौड़ा ले चला।

पच्चीस

दिल को क़रार आया

हवा से बातें करनेवाले बायचीबार ने ज़िला केन्द्र तक का रास्ता कोई डेढ़ घंटे में तय कर लिया। आयक़ीज़ ज़िला समिति में ठीक समय पर ही पहुँचीः जुराबायेव अपने कक्ष में बैठे थे और अभी कहीं जा नहीं पाए थे।

स्वागत-कक्ष में आयक़ीज़ की संयोगवश सुलतानोव से मुलाक़ात हो गई। वह बग़ल में मोटा व शानदान पोर्टफ़ोलियो दबाए जुराबायेव के कमरे से उदास, चिन्तित निकला। किन्तु आयक़ीज़ को उसे नज़र आने की देर थी कि उसके चेहरे पर, मानो उसने कोई बटन दबा दिया हो, अधिकारी-सुलभ कृपालु मुस्कान खिल उठी।

''अहा, उमूरज़ाक़ोवा ! सलाम-अलैकुम !''

आयक़ीज़ बिना कुछ कहे सिर हिलाकर जुराबायेव के कक्ष में जाने ही वाली थी, पर सुलतानोव ने उसे रोक लिया :

''कहाँ की जल्दी हो रही है ? जुराबायेव तुमसे बचकर कहीं नहीं जा सकेंगे, वह तो, जिसे कहते हैं, हमेशा अपने मोर्चे पर तैनात रहते हैं ! और मुझे तुमसे कुछ बातें करनी हैं।''

''पर मुझे जुराबायेव के साथ कुछ बातें करनी हैं।''

''तुम तो बिलकुल ततैया हो, उमूरज़ाक़ोवा ! वैसे तुम पर नाराज़ होना गुनाह होगा, तुम्हारे यहाँ ग़मी है, और उसकी वजह से दिल पत्थर हो उठता है...'''

''ग़मी ?'' आयक़ीज़ ने, जिसे सुलतानोव की मुस्कान और उदासीन व धृष्टतापूर्ण शब्द भी पाखंड-से लगते थे, छिपे वैरभाव से सवाल दोहराया।

''माफ़ करना, मैंने बात ढंग से नहीं कही। मुझे तुम्हारे शोक में तुमसे गहरी सहानुभूति है। तुम्हारे साथ सभी को दुःख हो रहा है। तुमने देखा ही होगा : तुम्हारे अब्बा के जनाजे में जिले के सारे अधिकारी मौजूद थे !...''

आयक़ीज़ ने इतने गुस्से से सुलतानोव को घूरा कि वह पीछे हट गया और उसकी मुस्कान पल भर में सकपकाहट और किंकर्त्तव्यविमूढ़ता की मुस्कान में बदल गई...लेकिन उसने तत्क्षण खुद पर क़ाबू पा लिया, उसके चेहरे पर अधिकारी-सुलभ कठोरता का भाव आ गया, और सुलतानोव ने अब बिना मुस्कराए रुखाई से पूछा :

''तो सुनो। जिला कार्यकारिणी के अध्यक्ष की हैसियत से मुझे अपने अधीनस्थों

से जवाबतलब करने का अधिकार है। मुझे तुमसे बात करनी है। मुझे इसमें सन्देह है कि तुम ग्राम सोवियत के अध्यक्ष के पद पर कार्य करते हुए अपने कार्यभार को ठीक से समझ पा रही हो। प्रेस मुझे इसके बारे में आगाह कर चुका है। जुराबायेव से मिलने के बाद मेरे कमरे में आ जाना। मैं जिला कार्यकारिणी समिति में हूँगा।''

उसने पोर्टफ़ोलियो को और कसकर दबोचा और गलियारे में खुलनेवाले दरवाज़े को ज़ोर से धक्का दिया। आयक़ीज़ क्षोभ से दाँत पीसकर जुराबायेव के कक्ष में घुसी। जुराबायेव ने मेज़ के पीछे खड़े होकर उसका अभिवादन किया, आयक़ीज़ को चिन्ताशीलता से अपने सामने की आराम-कुर्सी पर बिठाया और काफ़ी घबराते हुए, अपने छोटे-छोटे बालों में हाथ फेरते हुए कहा :

''तुम आ गई...बहुत अच्छा किया। मैं जानता हूँ, तुम कितनी दुःखी हो, आयक़ीज़। लेकिन मुझे यक़ीन था कि तुम आओगी। हमें बहुत-से मामलों के बारे में बात करनी है, सोच-विचार करना है। ठीक है न ?''

''हाँ...''

''तुमने अपनी ताक़त बटोरकर जिला समिति आने का फ़ैसला करके बहुत अच्छा किया !'' जुराबायेव ने फिर दोहराया। ''तुम यूसुफ़ी के लेख के बारे में मेरी राय जानना चाहती हो ?''

''मुझे आपकी सलाह की ज़रूरत है। बस यह आप मत सोचिए मैं हिमायत हासिल करने के लिए आई हूँ !''

जुराबायेव मुस्करा पड़े :

''हिमायत ! यह मूर्खतापूर्ण शब्द है, आयक़ीज़ ! युद्ध के दिनों में जब दुश्मन कहीं भी हमारे मोर्चे को तोड़ने की कोशिश करता था, तो हम सब मिलकर उसके हमले का मुँहतोड़ जवाब देकर खदेड़ देते थे। और इसे हिमायत नहीं कहा जाता था। इसे सहयोग भाव या परस्पर सहायता कहा जाता था। मैं तुम्हें सारा मामला पहले ही समझा देना चाहता हूँ : हम जिला समिति में लेख पर विचार कर चुके हैं, तुम्हें समर्थन दिया जाएगा। मैंने सम्पादक से बात कर ली है, दो-चार दिनों में मेरा लेख छाप दिया जाएगा, जो, मुझे आशा है, यूसुफ़ी की वितंडा का कारगर ढंग से तीव्र प्रतिवाद कर देगा।'' जुराबायेव फिर उठे और कक्ष में चहलक़दमी करते हुए किन्चित् क्रोधमिश्रित विस्मय के साथ बोले : कौन जाने ! उन्होंने कैसे बिना सम्पादक से सलाह किए ऐसी हरकत करने की ठानी ? उन्हें ऐसा लेख छापने का साहस कैसे हुआ, जिसमें निष्कर्ष तो हैं, पर तथ्य नाम को भी नहीं ! उन्हें इससे क्या आशा थी ? किसकी आँखों में धूल झोंकना चाहते थे ?''

''यह मेरी भी समझ में नहीं आता। समझ में नहीं आता कि वह कैसे इतने कटु और दृढ़संकल्पी हो गए हैं।''

''दृढ़संकल्पी या धृष्ट ?''

''नहीं, दृढ़संकल्पी। धृष्टता—दूसरी चीज़ है...उन्हें अपने सामर्थ्य में विश्वास जो है।

''या अपनी दुर्बलता का अहसास है ? मेरे खयाल से यह उनका अपनी दुर्बलता

और हताशा का आखिरी क़दम है। ठीक कहा है किसी ने : मरता क्या न करता। सारे दूसरे तरीक़े आज़मा लिए जा चुके हैं और उनसे अभी तक वांछित परिणाम नहीं मिल पाया है। इसीलिए उन्होंने इस लेख का सहारा लिया है।''

जुराबायेव एक ही मुद्रा और एक ही स्थिति में देर तक नहीं रह पाते थे। उनकी चेष्टाएँ उदार, कठोर व अभिव्यंजक होती थीं, दहकती काली आँखें मुख को ओजपूर्ण भाव प्रदान करती थीं, तो कभी सहृदयता से दीप्तिमान हो उठती थीं, तो फिर कठोरता, गम्भीरता या विचारशीलता व्यक्त करने लगती थीं।

''तुम ज़रा देखो तो, यूसुफ़ी हवाला किसका देता है,'' जुराबायेव ने आगे कहा। ''यह मुल्ला-सुलैमान कौन है ? दावतों का वह दीवाना तो नहीं, जो मुसीबत की घड़ी में अपनी टोली को छोड़कर बरसी मनाने चला गया था ?''

''वही है। सामूहिक किसान अरसे से उसे टोली-नायक के ओहदे से हटाने की माँग कर रहे हैं, पर क़ादीरोव इस बारे में सुनना तक नहीं चाहता।''

''यह तो ज़ाहिर ही है : सामूहिक किसानों के लिए वह निठल्ला है, पर क़ादीरोव के लिए शायद दोस्त है। और दोस्त उसके इतने ज़्यादा तो हैं नहीं, उन्हें बचाना ज़रूरी है, उन्हें ख़ुश रखना ज़रूरी है। पर नज़ाकतख़ाँ क्या है ? दफ़्तरवालों ने शिकायत की है कि वह किसी काम की स्टेनो नहीं है। उसे काम पर लगाने की सिफ़ारिश किसने की थी ?''

आयक़ीज़ लाल हो उठी।

''मैंने ख़ुद ही क़ादीरोव से उसकी सिफ़ारिश की थी।''

''यह लो ! ख़ूब मिली तुम्हें सिफ़ारिश करने को !''

''वह मेरे कमरे में फूट-फूटकर रो पड़ी थी...''

''तो क्या उसने तुम्हारे दिल में रहम जगा दिया ? छि, आयक़ीज़ ! सिफ़ारिश का आधार आख़िर आदमी के आँसू नहीं, उसकी योग्यता होनी चाहिए। तुम उससे पहले क्या नज़ाकतख़ाँ को अच्छी तरह जानती थीं ?''

''मेरे ख़याल से वह बुरी लड़की नहीं है। हँसमुख, सहृदय और मिलनसार है। मेरी समझ में नहीं आता कि उसके सम्पादक के नाम पत्र लिखने के लिए किस बात ने प्रेरित किया ?''

''किस बात ने या किस आदमी ने ? तुमने यह पता लगाने की कोशिश की ? तुम्हारी इस 'समझ में न आनेवाली' बात से मुझे सन्तोष नहीं होता, आयक़ीज़ ! नज़ाकतख़ाँ शायद उर्वरता समिति के अध्यक्ष अलीकुल की बेटी है। तुम उसके बारे में क्या बता सकती हो ? उसका अतीत बेदाग़ नहीं है, क्या मैंने ठीक सुना है ?''

''लोगों के बारे में राय उनके अतीत के आधार पर तो नहीं क़ायम करनी चाहिए।''

''मैं यह थोड़े ही कहता हूँ।''

''अलीकुल अनुभवी और नेकदिल कामगार है। उसके बारे में हमारी राय अच्छी है।''

''तुम कहीं हद से ज़्यादा विश्वासप्रवण तो नहीं हो, आयक़ीज़ ?''

''कऽऽ कह नहीं सकती...''

''हाँ, याद आया, तुम यूसुफ़ी के साथ बातचीत के बाद फ़ौरन मेरे पास क्यों नहीं आईं ? क्योंकि उसी ने तो बात की थी ना तुमसे ?''

''की थी। लेकिन मैं समझ नहीं पाई थी कि उसका इरादा क्या है। वैसे उसकी बातचीत का लहजा उस इंस्पेक्टर जैसा था, जिसके लिए सब पहले से ही स्पष्ट हो।''

''और उससे तुम कुछ चौंकी नहीं ?'' जुराबायेव ने सिर हिलाया। ''तुम अभी भी कितनी अनुभवहीन हो, आयक़ीज़ ! बहुत से मामलों में तो ग़लती आख़िर तुम्हारी ही है। एक मामले में आगाह नहीं किया, दूसरे मामले में ध्यान नहीं दिया और तीसरे मामले में ज़रूरत से ज़्यादा विश्वास कर लिया...''

आयक़ीज़ को अजीब-सी अनुभूति हो रही थी। वास्तव में जुराबायेव उसे झिड़क रहे थे—नरमाई से, किन्तु उसकी खिन्नता के बावजूद पर्याप्त सख़्ती से और छिद्रान्वेषी की तरह। वह उसे उलाहना दे रहे थे, उस पर दोषारोपण कर रहे थे, फटकार रहे थे, पर कितने आश्चर्य की बात थी !—जुराबायेव उसे जितनी ज़्यादा झिड़कियाँ देते जा रहे थे, उसे उतनी ही ज़्यादा राहत महसूस होती जा रही थी। उनके शब्द, जिनमें उसके शोक का कोई लिहाज़ नहीं था, उसमें शक्ति, स्फूर्त्ति व शान्ति जगा रहे थे। उसने कमर सीधी कर सिर ऊँचा किया और उसकी आँखों में जीवन्त रुचि की चमक दिखाई देने लगी।

''यानी क्या आपका ख़याल है कि नज़ाकतख़ाँ ने ऐसा किसी के उकसाने पर किया है ?''

''बेशक ! मुझे तो विश्वास है कि यूसुफ़ी भी किसी की कठपुतली है।''

''तो फिर लेख किसने लिखा है ?''

यानी यूसुफ़ी की क़लम के पीछे किसका हाथ है ? तुम्हारे ख़याल से इस लेख से फ़ायदा किसको हो सकता है ? अछूती धरती को कृषि योग्य बनाने का हमारा 'झमेला' किसे पसन्द नहीं है ? सुलतानोव को, क़ादीरोव को और उनके जीहुज़ूरियों को। लेख उन्होंने ही लिखवाया है, इसमें मुझे रत्ती भर भी शक नहीं है !''

''सुलतानोव आपके पास आज आए थे ?''

''आया था। और उसने लेख के कुछ प्रसंगों पर ज़ोर देने की कोशिश भी की थी। उसका विचार है कि तुम अपने पद के अधिकार क्षेत्र का उल्लंघन करती हो। उसका कहना है कि ग्राम सोवियत न तो मंत्रालय है, न ज़िला समिति, और न ही सामूहिक फ़ार्म का कार्यालय, ग्राम सोवियत के सदस्यों की अपनी ज़िम्मेदारियाँ हैं, अपना ''विशिष्ट' कार्य-भार है, और आर्थिक व उत्पादन सम्बन्धी प्रश्नों पर विचार करना उनका काम नहीं है। उसने ऐसे ही कहा था : 'उमूरज़ाक़ोवा दूसरों के मामले में टाँग अड़ा रही है, यूसुफ़ी का शुक्रिया कि उसने समय पर उसे रोक दिया'।''

''ऐसा है ! यानी मुझे सिर्फ़ शिकायतों और प्रार्थनापत्रों की ही छानबीन करनी

चाहिए और गाँवों की जन-सुविधाओं की ही चिन्ता करनी चाहिए ?"

"तुम्हें ?...यही तो बात है कि सिर्फ़ तुम्हें ही नहीं। तुम्हारे अधिकारों व उत्तरदायित्वों को कृत्रिम ढंग से सीमित रखने का प्रयास करते हुए सुलतानोव सबसे पहले अपने लाभ की ही सोचता है। वह तो ज़िला कार्यकारिणी समिति के कुछ कार्यों व उत्तरदायित्वों को भी कम करना चाहता है। अधिक सम्मान, कम उत्तरदायित्व—यही है उसका आदर्श ! लेकिन जनता श्रेष्ठ लोगों को ग्राम सोवियतों व ज़िला सोवियतों के लिए निर्वाचित करके उनके प्रति सम्मान ही नहीं उन पर विश्वास भी प्रकट करती है, उन्हें अपना सेवक बना लेती है। और जनता की सेवा का अर्थ है—सभी बातों में रुचि लेना, सारी ज़िम्मेदारियाँ उठाना, जिससे कि लोग बेहतर ज़िन्दगी जिएँ ! जनता के विश्वास को सार्थक केवल इसी तरह सिद्ध किया जा सकता है।"

"सुलतानोव ने न जाने क्यों मुझे उनके पास आने को कहा है।"

"हो आओ ! शायद वह भी अपने ही लिखवाए लेख पर कुछ न कुछ प्रतिक्रिया दिखाना चाहेगा। शायद सम्पादक को सूचित करे कि उसने 'उचित क़दम' उठाए हैं। इससे लेख कुछ ठोस हो जाएगा। और 'क़दम उठाने' का मतलब है अपनी तदनुकूल आलोचना करना। ठीक है, बात कर लो उससे। साहस और आत्मविश्वास से काम लेना। और मुझे ज़रूर बता देना कि उसके इरादे क्या हैं। भाड़ में जाए ! ऐसे लोगों के साथ हमेशा यही होता है : आदमी सच्चे, खुले और सैद्धान्तिक संघर्ष के लिए कमर कसता है, और उसे फँसा दिया जाता है षड़यंत्रों में..."

जुराबायेव ने दासे पर बैठकर सिगरेट निकालकर सुलगाई। धुआँ नीलगूँ प्रवाह-रेखा बनाता बाहर जाने लगा। ऐन खिड़की के सामने सेब की मोटी डाल हिल-डुल रही थी। सेब अभी पके नहीं थे, पर अंडे के बराबर हो चुके थे। जुराबायेव ने सिर बाहर निकालकर सेब तोड़ा और उसे चखकर मुँह बनायाः

"खट्टा है ! तुम्हें नहीं चखाऊँगा, रहम करूँगा।"

आयक़ीज़ सोच में डूबी हुई थी, उसने जुराबायेव का मज़ाक सुना ही नहीं।

"एक बात को मैं किसी तरह नहीं समझ पा रही हूँ..." उसने धीरे-धीरे कहा। "ऐसा क्या है, जो उन्हें इतने दृढ़ निश्चय से हमारी योजनाओं का विरोध करने के लिए मजबूर कर रहा है ? ये ईमानदार हैं या ढोंग रच रहे हैं ?"

"जानती हो.." जुराबायेव दासे से नीचे कूदे और कुरसी खींचकर आयक़ीज़ के पास बैठ गए। "किसी सीमा तक वे ईमानदार हैं। वे सचमुच बिना फ़ालतू के झंझटों के जीना चाहते हैं। "

आयक़ीज़ ने संशय के साथ सिर हिलाया।

"क्या, बात इतनी सीधी है ?"

"नहीं, बेशक बात इससे कहीं ज़्यादा पेचीदा है ! वे बड़ी चालाकी से अपने विरोध के कारणों को छिपा रहे हैं। वे पहली नज़र में ठोस लगनेवाली दलीलों की आड़ लेकर खुद को भी धोखा दे रहे हैं। हर कार्य के आरम्भ में उत्पन्न होनेवाली कठिनाइयों को

बढ़ा-चढ़ाकर दिखा रहे हैं। इन वस्तुगत कठिनाइयों से दूसरों को भी डरा रहे हैं और खुद को भी। लेकिन अगर सारी बातों को सीधी-सादी तौर पर देखा जाए, उनमें सर्वनिष्ठ ढूँढ़ा जाए, तो दो मूल विरोधात्मक दृष्टिकोण इस प्रकार निश्चित किए जा सकते हैं: जनता के लिए जीना—और अपने लिए जीना।''

''लेकिन क़ादीरोव ने तो सामूहिक फ़ार्म के लिए बहुत कुछ किया है। वह इस समय भी उसे अग्रणी बनाने के लिए कोशिश कर रहा है।''

''एक तो तुम क़ादीरोव की पुरानी सेवाओं की बेकार दुहाई दे रही हो। तुम उसे सामूहिक फ़ार्म के संस्थापकों में से एक और जनता की खुशक़िस्मती के लिए संघर्ष करनेवाला आत्मत्यागी व निःस्वार्थ सेनानी मानती हो। मैं भी क़ादीरोव को काफ़ी अरसे से जानता हूँ। वह एक कुशल संचालक था। था ! लेकिन अब वह बदल गया है। वह घमंडी हो गया है। वह खुद को जनता का सेवक नहीं, बहुत बड़ा उपकारक मानता है। वह अब अपनी कोशिशों की क़ीमत चुकाने की माँग करता है : यश, सम्मान, विशेषाधिकार। जिसे कहना चाहिए, जनता से अलग हो गया है, सामूहिक किसानों की राय से ज़्यादा अपनी राय को महत्त्व देता है। उसके पास पहुँचना असम्भव हो गया है : वह सामूहिक फ़ार्म का 'मालिक' है ! और उसे मालिक बने रहना अच्छा लगता है ! वह अपने लिए, जनहित के लिए नहीं, अपनी महत्त्वाकांक्षा और सत्ता पाने की लालसा के लिए, जिसके लिए उसे ओछे लोग, चापलूस, जीहुज़ूरिए या उस पर अपनी लाभदायक दोस्ती की कृपा करनेवाले सुलतानोव सरीखे 'उच्च संरक्षक' उकसाते हैं, जीने लगा है।'' जुराबायेव मौन हो गए लगता था जैसे वह क़ादीरोव के चरित्र-चित्रण के लिए उपयुक्त शब्द खोज रहे हैं। ''हाँ, वह काम करता है, हाथ पर हाथ धरे नहीं बैठा रहता है, तुम यह ठीक कहती हो। पर अपनी ख़ातिर जीने का अर्थ आलस के वशीभूत हो जाना नहीं है। पिछले कुछ सालों से वह आधी ताक़त से काम कर रहा है। उसके लक्ष्य सीमित हैं। उपकारक कृपा इस तरह करना चाहते हैं, जिससे खुद उनका बोझ ज़्यादा न बढ़े, मानो कहते हैं : इसे ही बहुत समझो। क़ादीरोव के लिए मुख्य है—औपचारिक ढंग से योजना को पूरा करना : मन को भी चैन रहता है और आलोचना से भी सुरक्षा रहती है। वह योजना की अधिसिद्धि भी कर सकता है, किसानों के बीच मान पाने, ज़िले व प्रान्त के अधिकारियों से प्रशंसा पाने के लिए ! पर अपने लिए योजना वह न्यूनतम माँगता है और उसकी अधिसिद्धि कुछ ही प्रतिशत अधिक करता है। उसे इससे ज़्यादा की ज़रूरत नहीं है। ज़रूरत इसकी सामूहिक फ़ार्म को नहीं, बल्कि उसे, क़ादीरोव को ही नहीं है।

''मुझे एक बार किसी ने एक एथलीट, हैवीवेट खिलाड़ी के बारे में बताया,'' ज़िला समिति का सचिव मुस्कराया। ''बहुत ही तेज़ कामरेड था ! वह हर साल नया रिकार्ड क़ायम करता था और अपने ही क़ायम किए रिकार्ड तोड़ देता था। वह अपनी जय-जयकार, समाचारपत्र में छपे फ़ोटोग्राफ़ों व नक़द पुरस्कारों से बहुत खुश रहता था। उसमें एक बार में ही पुराने रिकार्ड से दस किलोग्राम अधिक उठा लेने की पर्याप्त शक्ति

थी, पर वह प्रति वर्ष एक-एक किलोग्राम ही अधिक उठाता था। अपनी शक्ति वह सावधानीपूर्वक, मितव्ययिता से, अपने हित का ध्यान रखते हुए ख़र्च करता था। इस तरह से उसे अधिक शान्ति भी मिलती थी और लाभ भी। क़ादीरोव मुझे उसी वेटलिफ़्टर की याद दिलाता है। लगता तो है कि उसकी प्रशंसा करने के लिए आधार काफ़ी है : उसके सामूहिक फ़ार्म ने कल परसों के मुक़ाबले ज़्यादा कपास दी, तो आज कल से ज़्यादा। अपने अध्यक्ष के बुद्धिमत्तापूर्ण नेतृत्व में सामूहिक फ़ार्म आगे बढ़ता जा रहा है। अध्यक्ष ज़िन्दाबाद ! लेकिन सामूहिक फ़ार्म के लिए ये कैसे क़दम हुए ? बेधड़क लम्बे डग नहीं, बल्कि सावधानी से रखे जा रहे नपे-तुले क़दम।

आयक़ीज़ ने स्वीकृति में सिर हिलाया। जुराबायेव ने यह देख लिया और दृढ़ विश्वास के साथ आगे बोले :

''क़ादीरोव ने 'पहले इससे बुरा हाल था' के बहाने से नए जीवन के लिए संघर्ष से अपने को अलग कर लिया है। जबकि किसानों का ख़याल है कि वे आज भी वैसे नहीं जी रहे हैं, जैसे वे जी सकते थे ! वे पीछे मुड़कर नहीं देखना चाहते, उनकी दृष्टि, दिल और विचार भविष्य की ओर उन्मुख हैं ! हाँ, कुछ साल पहले अलतीनसाय में कपास बिलकुल भी नहीं होती थी। हाँ, जीवन इतना समृद्ध नहीं था, जितना कि अब है। और यह बहुत ही अच्छी बात है कि सामूहिक फ़ार्म की सम्पदा दिन-प्रतिदिन बढ़ती जा रही है ! लेकिन थोड़ा-थोड़ा करके, धीरे-धीरे, हालाँकि अपनी छिपी क्षमता का उपयोग करके उसमें पहले से तीन-चार प्रतिशत अधिक नहीं, बल्कि तीन-चार गुना ज़्यादा फ़सल समेटने का सामर्थ्य है ! अछूती धरती को कृषि योग्य बनाने के साथ-साथ मशीनरी का व्यापक उपयोग और श्रम की युक्तियुक्त व्यवस्था—यह सब मिलाकर हमारे लिए आगे एक लम्बी छलाँग लगाना सम्भव कर देता, उस भविष्य को कुछ निकट ला देता, जिसे हम 'दूर' भविष्य का नाम देते हैं, पर जो हमेशा भविष्य नहीं रहेगा ! पर क़ादीरोव लोगों को पड़ाव डालने के लिए मना रहा है। ख़ुद ही फ़ैसला करो, वह किसके बारे में ज़्यादा सोचता है : जनता के बारे में या अपने बारे में ?''

''लेकिन कहीं वह जोखिम उठाने से तो नहीं डरता है ? लगता है उसे सफलता में उतना विश्वास नहीं है, जितना कि हमें।''

''वह जोखिम उठाने से नहीं डरता, उसे डर है कि असफल होने पर उसे झिड़की दी जाएगी, या फिर उसे अध्यक्ष पद से और अध्यक्ष के सारे विशेषाधिकारों से वंचित कर दिया जाएगा। वह गौण अनुमानों के कारण सावधानी बरतता है। अगर वह कार्य से होनेवाले लाभ के बारे में सोचता, तो जोख़िम उठाने को भी तैयार हो जाता ! तुम्हें ही लो—तुम क्या डरती हो कि हमारा 'झमेला', जैसा क़ादीरोव उसे नाम देता है, असफल होने पर ख़ुद तुम्हारे लिए मुसीबत खड़ी हो जाएगी ?''

''ज़रूरत पड़े, तो मैं ख़ुद हर तरह की मुसीबतें झेलने को तैयार हूँ। लेकिन मुझे केवल सफलता का विश्वास है। क्योंकि अलतीनसाय की ज़मीन को कृषि योग्य बनाकर हम पार्टी और सरकार के आह्वान का उत्तर दे रहे हैं। ताशक़न्द में हमारा समर्थन करेंगे,

ज़रूर करेंगे !''

''मुझे भी इसका विश्वास है। पक्का विश्वास है, हालाँकि मैं यह मानता हूँ कि कभी-कभी हमारे लिए हालात बहुत मुश्किल हो सकते हैं। हमारे चारों ओर ज़िन्दगी उजले और झिलमिलाते प्रवाह की तरह उफन रही है, पर कभी-कभी निर्मल तरंग पर भी गँदला फेन बन जाता है। क्योंकि कुछ लोगों के मन से बीते ज़माने की पपड़ी अभी तक नहीं उतर पाई है। हमें उनके लिए भी और उनके विरुद्ध भी काफ़ी शक्ति ख़र्च करके, यहाँ तक कि हानि भी उठाकर संघर्ष करना पड़ेगा...लेकिन हमारे पास जंगरोधी, एक ही वार में टुकड़े कर डालनेवाला हथियार है—लक्ष्य की स्पष्टता, अपनी सत्यता की चेतना। हमारा बुद्धिमान, तपा-तपाया और दूरदर्शी सेनापति है—पार्टी। हम अजेय वाहिनी का अंश हैं—जनता का। वह तो जानती ही है कि कौन उसका दोस्त है, कौन दुश्मन, उसके लिए क्या अच्छा है और क्या बुरा। मैंने हाल ही में 'क़िज़िल युलदुज़' के सामूहिक किसानों से बात की थी...अरे, तुम भी तो मौजूद थीं उस बातचीत में ! जानती हो, मुझे अलतीनसायवासियों की मनः स्थिति, उनका उत्साह , जुझारूपन बहुत अच्छा लगा। उनके विचार, जो हो रहा है उसका मूल्यांकन, कितना सही है ! बातचीत से आदमी अपने लिए बहुत, बहुत ही अनमोल लाभदायक निष्कर्ष निकाल सकता है।''

''अब्बा मुझे सारी ज़िन्दगी सीख देते रहे थेः हमेशा लोगों के साथ रहो। अब्बा...अब मैं उनके बिना क्या करूँ ?''

''तुम बस रोओ मत, आयक़ीज़। तुम्हें रोना नहीं चाहिए,'' जुराबायेव ने बच्चे की तरह उसके सिर पर हाथ फेरा। ''हमेशा अब्बा के बारे में सोचती रहो, अब्बा को हमेशा याद रखो ! लेकिन दिल छोटा मत करो। अपने अब्बा जैसी बनो, आयक़ीज़ !''

''मुझे...मुझे किसी तरह विश्वास ही नहीं होता कि वह नहीं रहे...घर लौटने तक से डरती हूँ !''

''तुम अकेली नहीं हो, आयक़ीज़। दोस्त तुम्हारे साथ हैं।''

''आयक़ीज़ जुराबायेव के पास से उनके सरल व हार्दिक शब्दों से उत्साहित होकर लौटी। उसे लग रहा था जैसे उसके सामने उसका बड़ा भाई हो। ''याद रखो, आयक़ीज़,'' उसने कहा था, ''पार्टी ने जनता का महान कार्य—कपास की खेती की भूमि के विस्तार—के लिए आह्वान किया है। और हर कार्य संघर्ष की सहायता से ही सफल होता है। यूसुफ़ी का गन्दा लेख केवल इस शाश्वत सत्य की पुष्टि करता है : ''अपने आख़िरी दिन गिन रही पुरानी पीढ़ी प्रगतिशील विचारों के कार्यान्वयन को रोकने की पुरज़ोर कोशिश करती है। जुराबायेव के इन शब्दों से और उनकी मित्रतापूर्ण स्पष्टवादिता से उसे लोगों व घटनाओं को दूसरी ही नज़र से देखने में सहायता मिली। उसके विचार स्पष्ट व उद्देश्यपूर्ण हो गए, अब वह अलतीनसाय पहुँचने, अपने अधूरे रहे कार्यों में जुट जाने, खेतों में चलने, अछूती धरती में और नए गाँव में हो आने के लिए अधीर हो उठी थी। लेकिन उसका सिर फिर घूमने लगा था, वैसे ही जैसे सुबह, जब वह चश्मे के पास बैठी थी...

आयक़ीज़ बरामदे में निकली और उसे आलिमजान नज़र आ गया। वह अभी-अभी मोटरसाइकिल से उछलकर उतरा था और पत्नी को देखते ही हर्ष व आश्चर्य से चिल्ला उठा :

''आयक़ीज़ !''

आयक़ीज़ पत्थर की सीढ़ियों से धीरे-धीरे उतरकर उसके पास गई।

''तुम यहाँ कैसे आए, आलिमजान ?''

''कितना ढूँढ़ा मैंने तुम्हें, आयक़ीज़ ! हम सब वहाँ तुम्हारे बारे में परेशान हो रहे थे। तुम जुराबायेव के यहाँ से आ रही हो ? और मैं उनके पास जा रहा हूँ। मालूम है, आज हमारे किसानों ने यूसुफ़ी के लेख पर सामूहिक रूप से विचार किया और मुझे जुराबायेव के पास भेजा है। कहते हैंः हम हमारी आयक़ीज़ का बाल भी बाँका नहीं होने देंगे।''

आलिमजान उत्तेजित स्वर में अटक-अटककर और उसके लिए अस्वाभाविक जोश के साथ बोल रहा था, साथ ही क़सूरवार की तरह और प्यार से देख रहा था...

''तुम जुराबायेव के पास आज मत जाओ।''

''ज़रूर जाऊँगा ! मुझे ज़िला समिति द्वारा क़दम उठाने और चुगलख़ोरों की अक़्ल दुरुस्त करवाने का काम सौंपा गया है !''

''आलिमजान, मेरे सच्चे दोस्त...'' आयक़ीज़ ने धीरे से, कृतज्ञता प्रकट करते हुए कहा। ''प्रिय...तुम मत परेशान होओ, जुराबायेव ख़ुद, जो ज़रूरी है, कर लेंगे। और मैं...और मुझे...'' वह अचानक लड़खड़ा गई और गिरने से बचने के लिए उसने आलिमजान का कन्धा पकड़ लिया।

''तुम्हें क्या हुआ, आयक़ीज़ ?''

'' कुछ नहीं...अभी ठीक हो जाऊँगी। मैं बस थक गई हूँ...और फिर...'' उसने एक गहरी साँस लेकर विश्वासपूर्वक पति से सटकर उसके कान में वह बात कही, जिसे सुनाने के लिए वह पिछले कई दिनों से लालायित थी।

आलिमजान के चेहरे पर हास्यास्पद व आह्लादक मुस्कान छा गई।

''आयक़ीज़ ! सच्ची ?''

''धीरे, आलिमजान...इसके बारे में और कुछ मत कहो...''

''तो चलते हैं, आयक़ीज़। मैं सिर्फ़ लपककर एक मिनट के लिए जुराबायेव से मिल आता हूँ। बस यही कहूँगा कि कल आऊँगा...क्योंकि लोगों के काम के बारे में ऐसे सुखद क्षण में भी नहीं भूलना चाहिए। तुम इजाज़त दोगी, प्रिये, एक मिनट के लिए ?''

''तु हमेशा ही ऐसे रहे हो, आलिमजान, मेरे सबसे प्यारे,'' आयक़ीज़ मुस्करा पड़ी। ''जाओ, मुझे भी यहाँ काम हैं। सुलतानोव ने मिलते जाने को कहा था।''

''हरगिज़ नहीं ! देखो, तुम कितने पीलीं पड़ गई हो। तुम्हें आराम करना चाहिए, लेटे रहना चाहिए। तुम्हें गोदी में उठाकर अलतीनसाय ले चलूँ ?''

आयक़ीज़ धीरे से मुस्करा दी।

“नहीं, मोटरसाइकिल पर चलेंगे...जाओ, मैं तुम्हारा इन्तज़ार करती हूँ...”

आलिमजान शीघ्र ही बरामदे से भागता लौट आया।

“बैठो मोटरसाइकिल पर और मुझे खूब कसकर पकड़े रहो। जुराबायेव इतने अच्छे आदमी हैं, इतने...”

और अपनी बात पूरे किए बिना ही कि ज़िला समिति के सचिव कितने अच्छे आदमी हैं, आलिमजान ने पत्नी को सावधानी से पिछली सीट पर बिठा दिया, खुद आगे बैठा और मोटरसाइकिल को सरपट अपने अलतीनसाय ले उड़ा।

“पर बायचीबार का क्या होगा ?” वे जब मुख्य मार्ग पर पहुँच रहे थे, आयक़ीज़ अचानक कह उठी।

“चलो लौटकर उसे गाँव में किसी के यहाँ छोड़ देते हैं,” आलिमजान ने सुझाव दिया, “मुझे कल तो यहाँ आना ही है, उसे ले जाऊँगा...

इस बार मोटरसाइकिल को अपनी तेज़, तूफ़ानी चाल बदलनी पड़ गईः आलिमजान के चिन्ताशील हाथों के इशारों पर वह धीरे-धीरे, गड्ढों से सावधानीपूर्वक बचकर निकलती आगे बढ़ रही थी, लगता था जैसे वह सड़क पर तैरती जा रही है...

छब्बीस

क़ादीरोव ने हथियार डाले

क़ादीरोव ज़िला केन्द्र से झुँझलाया और खिन्न हुआ लौटा। वह घायल भालू की तरह अहाते के बीचोंबीच नाली के पास बने निकुंज में जा छिपा और वहाँ से उसने पत्नी को खाना व वोदका लाने के लिए आवाज़ दी। यह आश्रय-स्थल, जहाँ क़ादीरोव को आराम करना और दावतें देना पसन्द था, सच पूछिए तो निकुंज नहीं कहा जा सकता था : वहाँ चबूतरे के दो ओर से ज़मीन में ऊँची बल्लियाँ गाड़ी हुई थीं, उन पर फट्टे रखे हुए थे, और लकड़ी के इस ढाँचे पर चबूतरे के ऊपर दो तरफ़ से खुला शामियाना बनाती अंगूर की बेलें लिपटी हुई थीं।

क़ादीरोव सुलतानोव की होड़ कहाँ कर पाता ! उसका अहाता भी उसके अहाते से छोटा था, घर भी मामूली-सा और अहाते में बनी कोठरियाँ भी घटिया और साधारण थीं। यह सच है कि युद्ध के बाद अध्यक्ष ने अपने ग्राम्य आवास का पुनर्निर्माण किया था : पुराना घर तोड़कर उसके स्थान पर पक्की ईंटों व स्लेट की छतवाला चार कमरों का मकान बनाया। उसने कोठरियों की मरम्मत की, कच्ची दीवार कुछ ऊँची कर ली और निकुंज बना लिया। अभी तक अलतीनसाय में क़ादीरोव के घर और अहाते से बेहतर घर व अहाता किसी का नहीं था। लेकिन फिर भी सुलतानोव के मुक़ाबले में क़ादीरोव के पास कुछ नहीं था...

सुलतानोव की पत्नी भी युवा और आकर्षक थी। अदालत अभी बुढ़िया नहीं हुई थी, पर उसका चेहरा मुरझाया हुआ और पुआल सा पीला था, वह सिर और कन्धे झुकाकर बुढ़ियों की तरह घिसटती हुई चलती थी। समझ में नहीं आता कि वह क्यों इतनी जल्दी बुढ़ा गईः खाती पेट भर के है, कपड़े भी औरों से बुरे नहीं पहनती है, दिन भर घर पर रहती है, पति उसे काम करने नहीं जाने देता। जियो और मौज उड़ाओ ! यह ठीक है कि काम घर में भी काफ़ी होते हैं, वह उसे बिलकुल छूट नहीं देता, लेकिन पत्नी आख़िर इसीलिए तो बनाई जाती है कि वह घर-गृहस्थी चलाए, पति का ख़याल रखे और उसके उत्तराधिकारी पैदा करे। फिर भी अदालत का अलतीनसाय की दूसरी औरतों से क्या मुक़ाबला—वह आख़िर अध्यक्ष की पत्नी है ! उसे तो इस पर गर्व होना चाहिए, शानदार गुलाब की तरह खिला रहना चाहिए, जबकि वह सूख रही है, मुरझाती जा रही है, हमेशा आज्ञाकारिणी और उदास रहती है। और इतनी सहमी-सहमी रहती है, मानो उसे बस अभी मार पड़नेवाली है। दिन भर चुप रहती है। नज़ाकतख़ाँ की तुलना में वह सुडौल पोपलर के पास उगे टेढ़े-मेढ़े शहतूत जैसी लगती है।

अदालत निकुंज में जब वोदका की बोतल व खाना लेकर आई, तो क़ादीरोव ने उसकी ओर देखा तक नहीं, उससे एक शब्द भी नहीं कहा। उसने गिलास भरके पी लिया, हुंकार भरी और एक रसदार खीरा मुँह में डाल लिया। रगों में सुखद लहर दौड़ने लगी, मन को थोड़ा चैन आ गया। किन्तु क्रोध कम नहीं हुआ, बल्कि वह अशान्त व युयुत्सु हो उठा। क़ादीरोव अपने को ईर्ष्यालुओं व उसे अपशब्द कहनेवालों के झपट्टों से वीरतापूर्वक बचानेवाला महावीर नज़र आने लगा।

ज़िला मुख्यालय वह जुराबायेव के बुलाने पर गया था ! और जुराबायेव ने फिर उस नासपीटे मकई की बात छेड़ दी !

अध्यक्ष जुती हुई अछूती धरती में मकई बोने के लिए केवल आलिमजान से पिंड छुड़ाने के लिए ही तैयार हुआ था। सामूहिक फ़ार्म के किसान पौधों की सँभाल कर रहे थे, उन्होंने काफ़ी पहले साइलो-गर्त खोद लिए थे, जबकि क़ादीरोव के कान पर अभी जूँ तक नहीं रेंगी थी। जुराबायेव ने आज उसे खूब खरी-खरी सुनाई थी। उन्होंने क़ादीरोव को उपदेश नहीं दिए थे, केवल प्रश्न पूछे थे, पर प्रश्नों में असन्तोष और सख़्त झिड़की का पुट था। अछूती धरती में देर से बोई जानेवाली फ़सलें किस हालत में हैं ? उनकी सँभाल कौन कर रहा है ? चारा सुरक्षित रखने के लिए साइलो-गर्त तैयार हैं या नहीं ?

क़ादीरोव जवाब में कुछ अस्पष्ट बुदबुदाया था और केवल अब अकेला रहने पर उसकी पुरानी युयत्सु आत्मनिर्भरता वापस लौट आई थी।

"क्या ज़रूरत पड़ी है आपको इस मकई की, कामरेड जुराबायेव, जैसे मेरे ज़िम्मे उसके अलावा और काम हैं ही नहीं ! जो है सो है, मैं इन खेतों में नहीं झाँकता। और मुझे वहाँ करना क्या है ? सरकार हमसे कपास चाहती है, और मैं कपास के लिए ही मरता-पचता हूँ। उमूरज़ाक़ोवा को अच्छा लगता है, तो वह अछूती धरती पर दिन-रात

रहा करे। मेरे लिए तो यह अछूती धरती आँख की किरकिरी बनी हुई है ! मैं नहीं चाहता, कामरेड सचिव ज़िला समिति, कि अख़बारों में मुझ पर उमूरज़ाक़ोवा की तरह कीचड़ उछाली जाए, नहीं चाहता ! आप हमेशा मई दिवसवालों की मिसाल देते रहते हैं...वे मुझ पर हुक्म नहीं चला सकते, मैं अभी तक किसी से कुछ सीखने नहीं गया हूँ। मैं ख़ुद ही दूसरों को सिखा सकता हूँ। आपको मेरा-फ़ार्म-प्रबन्धक पसन्द नहीं है ? कुछ लोगों के लिए वह बुरा हो सकता है, पर मुझे उससे कोई शिकायत नहीं है। ख़ुदा करे, ऐसा मेहनती सहायक सभी को मिल जाए ! यह ठीक है कि उसने साइलो-गर्तों का ध्यान नहीं रखा। उसे उनकी कुछ भी जानकारी नहीं है। फिर हमें साइलो-गर्तों की ज़रूरत ही क्या पड़ी है ? रोज़ी-पहलवान ने सामूहिक फार्म की गायों को पुआल खाने की आदत डाल दी है, कुछ नहीं होता : मज़े से खाती हैं, कोई शिकायत नहीं करतीं। सभी को ऐसा ही करना चाहिए : जोत है, उसी पर सन्तोष करना। और आप मुझे एक साथ तीन गाड़ियों में जो देना चाहते हैं ! हर मीटिंग में मीन-मेख निकालते रहते हैं: क़ादीरोव ऐसा है, क़ादीरोव वैसा है...सब आपकी आलोचना से बुरी तरहे ऊब गए हैं, आप मुझे एक साथ गाने, नाचने और दुतारा बजाने को मजबूर नहीं कर सकते। खाइए, पर गुर्राइए तो नहीं !''

फाटक की चरमराहट ने क़ादीरोव का चिन्तन भंग कर दिया। उसने निकुंज में से झाँककर देखा, ग़फ़ूर भी नशे में था। हरे सायबान में चढ़कर उसने जेब से बोतल निकाली और झटके के साथ क़ादीरोव के सामने रख दी।

''पीते हैं, अध्यक्ष ! दिल जला जा रहा है। तुम्हारे साथ पीना चाहता हूँ।''

''तलाक़ ले ली !'' क़ादीरोव ने उसे गुस्से में डपटकर बोतल दूर खिसका दी। ''किस ख़ुशी में ?''

ग़फ़ूर की आँखें सिकुड़ गईं, वह झल्लाकर फुफकारा :

''पूछते हो, कौन-सी ख़ुशी में ? ठहरो, ज़रा तुम्हें भी ख़ुशख़बरी सुनाता हूँ...''

क़ादीरोव ने भौंहे सिकोड़कर उसकी ओर देखा, उसके माथे पर भयावह बल पड़ गए।

''बताओ, क्या हुआ ?''

''क्या तुमने नहीं सुना ?''

''देर मत करो !'' क़ादीरोव ने चबूतरे पर मुक्का मारा। ''चलो, बताओ !''

''तुम्हारे सामूहिक किसानों ने आज मजमा लगाया था। तुमसे इस्तीफ़ा माँगने की धमकी दे रहे हैं !''

क़ादीरोव की भौंहे तन गईं, गरदन लाल हो गई, पसीने से तर हो गई, आँखों से चिनगारियाँ छूटने लगीं।

''क्या बकते हो।''

ग़फ़ूर ने किसानों की सुबहवाली ''मीटिंग'' के बारे में बताया, और क़ादीरोव धमकी देता कह उठा :

"यह बा ऽऽ त है ! मुझे मालूम है, लोगों को कौन उकसा रहा है ! लेकिन हमें भी देखना है, किसका पलड़ा भारी पड़ता है ! और फिर देखना किसी को...किसी को भी नहीं बख़्शूँगा !" उसने निराशा से सिर हिलाया। "और मुरातअली भी वहाँ था, बुड्ढ़ा गीदड़ !" और अचानक उसका मुँह उतर गया और वह चिल्लाया : "निठल्ले ! कामचोर ! फ़िक्र फ़सल की करनी चाहिए और ये बकवास कर रहे हैं !"

"सबसे ज़्यादा हल्ला बेकबूता और करीम ने मचाया," ग़फ़ूर ने ठकुरसुहाती कहते बताया और बड़ी खुशी के साथ धमकियों व गालियों की अगली बौछार सुनकर बोला : "इस मजमे में पोगोदिन अध्यक्ष की तरह जमा हुआ था।"

"पोगोदिन को भी मज़ा चखाऊँगा ! खूब झाड़ पड़ेगी उसे प्रान्तीय समिति में—फिर मशीन-ट्रैक्टर-स्टेशन में नहीं टिक पाएगा !"

"और अगर नहीं पड़ी तो ?" ग़फ़ूर ने द्वेषपूर्वक पूछा।

क़ादीरोव के कन्धे झुक गए, उसने खिन्नता से कहा :

"तो फिर हमें पड़ेगी...फिर हमारी खै़र नहीं ! इस बार मुझ पर ज़रा भी रहम नहीं किया जाएगा। ज़रा डालना वोदका ! अदालत ! अदालत, तुम कहाँ ग़ायब हो गईं ? जल्दी से और खाना लाओ !"

अदालत ने उन्हें नान, खीरे, टमाटर और हरे प्याज़ की सलाद, क़वरदक़* तथा खोया परोस दिए।

"खाओ, ग़फ़ूर," क़ादीरोव ने उदासी से कहा। "खाना बिलकुल वोदका के माफ़िक है और वोदका—मूड के माफ़िक..."

वे कुछ समय तक चुप बैठे पीते रहे। पूरा नशा चढ़ जाने पर क़ादीरोव अपना रोना रोने लगा :

"देख लो, ग़फ़ूर, इसे ही कहते हैं शुक्रगुज़ारी। मुझे निकाल फेंकना चाहते हैं, क्यों ? उमूरज़ाक़ोवा के खूब झूठे क़िस्से सुन लिए, अब क़ादीरोव उनके काम का नहीं रहा !"

"हमारे लोग हैं ही ऐसे, अध्यक्ष !" ग़फ़ूर ने एक ठंडी साँस ली। "जो उन्हें ज़्यादा सब्ज़ बाग़ दिखाता है, उसी के पीछे हो लेते हैं..."

"सच है। सच है, ग़फ़ूर ! उनके दिमाग़ ख़राब कर दिए उसने !...क्या मैं उन्हें सब्ज़ बाग़ नहीं दिखला सकता था ? दिखला सकता था, पर मेरी आत्मा गवाही नहीं देती ! मैं स्वप्नदृष्टा नहीं, व्यावहारिक हूँ। व्यावहारिक ! मैं हर बात को संजीदगी से परखता हूँ !" उसे हिचकी आई। "और वे मुझे...मुझे—घूरे पर डाल देना चाहते हैं !"

"अरे, दिल छोटा मत करो, अध्यक्ष ! दोस्त, तुम्हारे साथ हैं, वे तुम्हें अकेला नहीं छोड़ेंगे।"

"स ऽऽ च, ग़फ़ूर ! मैं भी तुम्हारा बाल भी बाँका नहीं होने दूँगा। हा-हा !

*कवरदक़—तेल में भुना हुआ गोश्त।

रोज़ी-पहलवान उन्हें फूटी आँख नहीं सुहाता पर मेरा तो वह दोस्त है। और अलीकुल भी दोस्त है ! और, ग़फ़ूर, तुम भी ! आओ, तुम्हें गले लगा लूँ, ग़फ़ूर !"

अहाते में अँधेरा छा चुका था। चबूतरे के ऊपर लटका बिजली का बल्ब जला दिया गया। हल्का प्रकाश रस संचित कर फूलते जा रहे अंगूरों के गुच्छों पर अठखेलियाँ करने लगा। सिर के ऊपर पत्तियाँ मन्द-मन्द सरसरा रही थीं। चश्मा मन्द-मन्द कलकल करता बह रहा था, मानो रात-राजाओं को डाँट रहा हो। पर निकुंज में मदमत्त आवाज़ें देर तक गूँजती रहीं, उनमें से एक में कभी पुरज़ोर गुस्सा, तो कभी ख़ुद पर रहम झलक रहा था, जबकि दूसरी में—चापलूसी और दुर्भावना।

देर रात गए क़ादीरोव लड़खड़ाता हुआ मेहमान को फाटक तक छोड़ आया और घर में गए बिना घिसटता हुआ नाली के किनारे बिछी खाट के पास पहुँचा। वह बिना कपड़े उतारे उस पर ढेर हो गया, पर नशे की थकान के बावजूद सो नहीं पाया। उसकी धुँधली चेतना में विचार रह-रहकर कौंध रहे थे। एक विचार दूसरे विचारों से ज़्यादा बार कौंध रहा था और ज़्यादा साल रहा था।

किसानों ने तुमसे मुँह क्यों फेर लिया, क़ादीरोव ? क्या वे मिठाई पर टूट पड़नेवाली मक्खियों की तरह थोथे वायदों के नदीदे हैं ? कहीं उनकी नज़रें तुमसे तेज़, चिन्तन तुमसे गहन और इस बात में विश्वास कि जो सोचा है, वह ज़रूर होगा, तुमसे ज़्यादा तो नहीं है ? ऐ, अध्यक्ष, होश में आओ, उन लोगों से अलग मत होओ, जिन्होंने तुम्हारे साथ मिलकर सामूहिक फ़ार्म की स्थापना की थी !

पर अब पीछे हटने का मौक़ा निकल चुका है !...उसने किसानों के सामने पश्चाताप किया, तो उससे कहा जाएगा : "सारा काम हो जाने पर तुम कैसे आ टपके ? अछूती धरती की जोताई हमने की, कपास हमने पैदा की, तुम हमारे काम में बस टाँग ही अड़ाते रहे, और अब उसी हलवे में अपना हिस्सा बँटाने भागे आए हो, जिसे ख़ुद ही पकाने नहीं दे रहे थे !" कुछ भी हो, पर उसे अध्यक्ष की कुरसी पर से हटा दिया जाएगा। देर कर दी, अध्यक्ष ! बहुत देर कर दी !"

सुबह जब क़ादीरोव की नींद खुली, तो वह मलेरिया के बाद जैसा थका-हारा और कमज़ोर था। उसका सिर फटा जा रहा था, मानो उसे शिकंजे में कसा जकड़ा जा रहा हो। न कुछ सोचने की इच्छा हो रही थी, न कुछ करने की। वह कराहता हुआ खाट से उठा और उसने नाली के पानी से मुँह धोकर, कमर सीधी कई बार की और आवाज़ दी :

"अदालत ! अदालत !"

पत्नी आख़िर दरवाज़े में दिखाई दी। क़ादीरोव पागलों की तरह उसे घूरने लगा। वह मामूली-सा कुरता, बदरंग काली जॉकेट पहने हुई थी और उसके सिर पर सफ़ेद रूमाल लिपटा हुआ था। उसके कन्धे पर कुदाल रखा था।

"यह क्या मज़ाक लगा रखा है ! खुमार उतारने को ज़रा थोड़ी वोद्का लाओ।"

अदालत चुपचाप चली गई और शीघ्र ही हाथ में वोदका का गिलास लिए बाहर

निकल आई। क़ादीरोव ने उसे एक घूँट में पी डाला, होंठ पोंछे और कुदाल की ओर इशारा कर अनिष्टकारी स्वर में पूछा :

"तुम कहाँ चलीं ?"

"खेत..."

"खेऽऽ त ?" क़ादीरोव ने ठहाका लगाया। "ओहो, इतनी ईमानदार हो गईं ! लेकिन पति से इजाज़त माँगी ?"

"घर बैठे रहते शर्म आती है..." अदालत ने नज़रें झुकाकर जवाब दिया। "सब काम करते हैं, और मैं..."

"तुम्हारी जगह घर में है ! कुदाल जहाँ से उठाया, वहीं रख दो !"

अदालत ने सिर उठाया।

"अगर आप मुझे नहीं जाने देंगे...मैं ग्राम सोवियत में जाऊँगी !"

क़ादीरोव की मुट्ठियाँ कस गईं, चेहरा तमतमा उठा, माथे पर मोटे-मोटे बल पड़ गए।

"जानता हूँ, कौन तुम्हें ग़लत रास्ते पर ले जा रहा है ! वही उमूरज़ाक़ोवा ! ठहरो ज़रा !" उसने पत्नी की नाक के आगे मुक्का हिलाया।

"तुम्हें ग्राम सोवियत और खेत का भी रास्ता भुलवा दूँगा !"

अदालत हड़बड़ाकर पीछे हटी और काँपती आवाज़ में चिल्लाई:

"आप...आप मुझे धमकी मत दीजिए ! आप सामूहिक फ़ार्म के अध्यक्ष हैं ! आपको शर्म आनी चाहिए !"

क़ादीरोव ने निढ़ाल होकर धम्म से खाट पर बैठ माथा पकड़ लिया...क्या जमाना आ गया—अपनी बीवी ही बग़ावत कर बैठी !

"वोदका लाओ !" उसने आदेश दिया।

"नज़ाकतख़ाँ पिलाती रहे आपको वोदका, मेरा खेत जाने का वक़्त हो चुका है !"

अदालत झटके से मुड़ी और पलटकर देखने से डरती सीधे खेत में खुलनेवाले पिछले फाटक की ओर चल दी। क़ादीरोव ने उसे नहीं रोका। इन दो दिनों में जो कुछ हुआ, उससे वह पूर्णतया किंकर्त्तव्यविमूढ़ हो गया था।

अदालत तेज़ी से चली जा रही थी, उसके कन्धे पर रखा कुदाल हिल रहा था। वह पति से डरती थी। उसके आदेशात्मक स्वर में हमेशा उपेक्षा और इस बात का पूरा विश्वास झलकता था कि उसका हर शब्द अदालत के लिए क़ानून है। जीवन अपमानजनक और कष्टकर हो गया था ! विवाह से पूर्व अदालत हँसमुख, काम-काज़ में फुर्तीली और अवकाश के क्षणों में खुशमिजाज़ युवती थी, पर क़ादीरोव के घर में पहुँचकर वह बिन पानी के फूल की तरह मुरझा गई थी। वह मन-ही-मन पहले ही की तरह सन्तोषजनक और ऊपर से सम्पन्न नज़र आनेवाली, किन्तु उबाऊ ज़िन्दगी का विरोध करती रही थी, जिससे किसी को कोई लाभ नहीं हो रहा था। तिस पर नज़ाकतख़ाँ और आ गई..अदालत ने पति को, जो जवान और चुलबुली स्टेनो से अकसर मिलता

रहता था, शर्मिन्दा करने की कई बार कोशिश की थी, किन्तु वह टाल जाता था : ''अफ़वाहें है, बेगम !'' यह अफ़वाहें कैसे हो सकती थीं, जब एक बार पति ने सुलतानोव, अलीकुल और नज़ाकतख़ाँ को अपने घर बुलाकर अदालत की आँखों के सामने उस बेशर्म को लुभाता रहा और वह इठलाती रही, खिलखिलाकर हँसती रही...नहीं, अदालत का जीवन सुखी नहीं था। उसे लोगों से दूर-दूर रहना पड़ता था। सार्वजनिक कार्यों और सामूहिक श्रम से ज़बरदस्ती का अलगाव अदालत को सबसे ज़्यादा सालता था। कल फाटक के पास उसकी मुलाक़ात वृद्ध हलीम-बाबा से हुई थी। वह उनके पास ही में रहते थे, पर उसे उनके घर गए हुए अरसा हो चुका था, और वृद्ध ने उसे इसी का उलाहना देते हुए अपना मेहमान बनने की दिली दावत दी थीं।

''अन्दर आओ, पड़ोसिन ! तुम्हारी अछूती धरती के ख़रबूज़ों से ख़ातिरदारी करूँगा !''

''कभी आऊँगी,'' अदालत ने टालमटोल की। हलीम-बाबा ने सिर हिलाया।

''लोगों से कतराना अच्छी बात नहीं है, अदालत। लोगों के बिना वैसा ही लगता है, जैसे सूरज के बिना। तुम अभी जवान हो, पर देखो, कैसी हो गई हो। आख़िर क्यों ? क्योंकि हर वक़्त अकेली रहती हो।''

''ऊब जाती हूँ, दुःखी रहती हूँ, हलीम-बाबा !'' अदालत ने अप्रत्याशित रूप से स्वीकार किया।

''ऊब बेकार बैठे रहने से होती है।''

''सारी गृहस्थी मेरे जिम्मे है...''

''तुम सिर्फ़ अपने मियाँ के लिए पचती रहती हो, ज़रा अपने सामूहिक फ़ार्म के लिए पचो—तुम्हारी ऊब ग़ायब हो जाएगी। मैं तो बूढ़ा हो चुका हूँ, पर घर नहीं बैठता। मेहनत करके अपने को जवान महसूस करता हूँ, पड़ोसिन ! तुम भी कुदाल उठाओ और खेत में लोगों के पास जाओ !''

हलीम-बाबा के शब्द अदालत के दिल में घर कर गए। शाम को जब ग़फ़ूर उनके यहाँ आया, तो अदालत सोचने लगी : पहले उनका घर मेहमानों से क्यों भरा रहता था, सामूहिक किसान बेतकल्लुफ़ी से अपने अध्यक्ष के यहाँ आते रहते थे, जबकि अब इज़्जतदार लोगों में से केवल सुलतानोव और अलीकुल ही आते हैं ? उसे अब ख़ातिरदारी या तो भूखे भेड़िए ग़फ़ूर की करनी पड़ती है या मोटे रोजी-पहलवान की, जबकि दूसरे किसानों से उसकी मुलाक़ात केवल रास्ते में जल्दी से जल्दी उनके पास से गुज़र जाने की कोशिश करते वक़्त ही होती है। नहीं, बहुत जी ली वह इस तरह सिर नीचा किए !

इस प्रकार शान्त व दब्बू अदालत, जो पति के डाँटने पर केवल रोती रहती थी और घर के काम-काज से खुद को तसल्ली दिलाती रहती थी, अचानक क़ादीरोव के साथ गुस्ताख़ी कर बैठी और अपने सारे विवाहित जीवन में पहली बार अपने मन की कर बैठी। आयक़ीज़ का इसमें बिलकुल भी हाथ नहीं था। किन्तु क़ादीरोव अकेला रह

जाने पर गुस्से में, जो कुछ हुआ उसके बारे में सोचता हुआ, सारी बातों के लिए उस चपल और सारे सामूहिक फ़ार्म में हलचल मचा डालनेवाली आयक़ीज़ को ही दोषी ठहराता रहा। वह किसी तरह ठोकर खा जाए, इसके लिए वह कैसी भी क़ीमत चुकाने को तैयार था। तथापि वह महसूस कर रहा था कि मुसीबत आयक़ीज़ पर नहीं, उसी पर आनेवाली है। यूसुफ़ी का लेख—किसानों की कल की मीटिंग और अदालत के आज के विद्रोह की तुलना में कुछ भी नहीं था। प्रान्तीय समिति में किसानों की आवाज़ ध्यानपूर्वक सुनी जाएगी, उमूरज़ाक़ोवा का समर्थन किया जाएगा—और चलिए, जवाब दीजिए, आदरणीय अध्यक्ष !

क़ादीरोव घर में गया और वोदका ढूँढ़कर फिर कल शाम की तरह निकुंज में पहुँच गया...

उसने उस दिन से बीमारी का बहाना बनाकर काम पर जाना बन्द कर दिया। उसे ग्राम सोवियत की बैठक में बुलाया गया, जहाँ अछूती धरती को कृषि योग्य बनाने की गति पर विचार-विमर्श किया जा रहा था, पर वह नहीं गया। पत्नी के साथ क़ादीरोव बात नहीं करता, सुबह से नशा करने लगता। अलीकुल ने उसे पूर्ववत् गर्व से रहने, काम करते रहने की सलाह दी। उसने कहाः भेड़ियों के बीच वैसे ही घूमते रहो, जैसे कुछ हुआ ही न हो, बस ख़ुद उनके मुँह में मत घुसो। अलीकुल को उसने जवाब दिया :

"बहुत तसल्ली दिला दी तुम लोगों ने मुझे ! तसल्ली दिलानेवाली एक ही चीज़ है। यह !" और उसने नाख़ून से बोतल को ठकठका दिया...

सत्ताईस

शिकार

कुछ दिन बाद एक शाम को क़ादीरोव को सुलतानोव ने टेलीफ़ोन किया। उसकी आवाज़ प्रफ़ुल्ल और निश्चिन्त थी।

"बड़े बेवक़्त बीमार पड़ गए, अध्यक्ष ! चलो, चलो, मेरा माथा मत खपाओ, मुझे मालूम है, तुम्हें कौन-सा रोग लगा है ! बड़ी जल्दी हिम्मत खो बैठे, प्यारे। मैं कल सुबह तुम्हारे यहाँ आ धमकूँगा। नहीं, नहीं, किसी काम से नहीं। आदमी कोई काम के भरोसे थोड़े ही जीता है। बन्दूकें उठाकर स्तेपी में पहुँच जाएँगें ! हिरनों के क्या हाल हैं वहाँ, अभी सारे के सारे तो नहीं मारे गए न ? मेरे हिस्से के बचे हैं ? तब तो बहुत ही अच्छी बात है। ज़रा शिकार करेंगे, प्यारे अध्यक्ष। इससे मूड बहुत जल्दी सुधर जाता है। सुबह मेरा इन्तजार करना।

क़ादीरोव ज़िला कार्यकारिणी समिति के सचिव के साथ शिकार पर पहली बार नहीं

जा रहा था। वे तीतरों का शिकार करने और मछलियाँ पकड़ने जाते रहे थे। सुलतानोव से बात करने के बाद उसने रोज़ी-पहलवान को बुलवाया और उसे आगामी शिकार की तैयारी करने के लिए स्तेपी में शूर-कुल—नमकीन पानी की झील पर भेज दिया।

सुलतानोव सामूहिक फ़ार्मों में जुराबायेव से कम आया करता था, और वह और अन्य लोग भी उसके हर दौरे को एक महत्त्वपूर्ण घटना मानते थे...

यदि जुराबायेव अलतीनसाय आते, किसान उन्हें तभी देख पाते, जब वह उनके बीच पहुँच जाते। वह प्रायः अचानक आते, मोटरगाड़ी से वहीं उतरते, जहाँ कोई चीज़ उनका ध्यान आकृष्ट करती, खेत देखते, सामूहिक, किसानों से बातचीत करते। यदि उन्हें क़ादीरोव से, आलिमजान या आयक़ीज़ से मिलना होता, वह ग्राम सोवियत और सामूहिक फ़ार्म के कार्यालय जाने की जल्दी नहीं करते, पर हमेशा ऐसा ही होता कि वह उन सबसे ज़रूर मिल लेते, जिनसे मिलना चाहतेः खेत में या क्लब में, अछूती धरती पर या मशीन-ट्रैक्टर-स्टेशन में। अनजाने लोगों को ये मुलाकातें आकस्मिक नज़र आती; लगता जैसे वह सामूहिक फ़ार्म में बिना किसी निश्चित लक्ष्य के आते हैं। लेकिन उनका हमेशा कोई न कोई लक्ष्य होता था, और ये सारी ''आकस्मिक'' बातचीतें और मुलाक़ातें जुराबायेव को उनके पूर्वनिश्चित कार्य पूरा करने में सहायक सिद्ध होती थीं।

कभी-कभी ऐसा भी होता कि क़ादीरोव या आलिमजान उनके आने की ख़बर पाकर खुद उनसे मिलने निकल पड़ते, तब वह नाराज़ होकर भौंहें सिकोड़े अनुरोध करतेः

''आप लोग अपना काम करिए, मुझे मार्गदर्शक नहीं चाहिए।''

उन्हें सबसे अधिक भय इसका लगता कि सामूहिक फ़ार्म के संचालक, जिसे कहना चाहिए, उन्हें केवल अपना ''सकारात्मक पक्ष'' ही दिखाना शुरू कर देंगे या फिर खुद हठी सहयात्री की भूमिका निभाते हुए उन्हें साधारण किसानों के जीवन की जानकारी पाने से रोकने लगेंगे।

जुराबायेव की तुलना में सुलतानोव सामूहिक फ़ार्म के अपने दौरों का आयोजन शानदार ढंग से नहीं, तो कम-से-कम बड़े ठोस ढंग से करता था। वह अपने आगमन की सूचना काफ़ी पहले दे दिया करता था। सामूहिक फ़ार्म में पहुँचकर वह केवल वही काम करता या उन्हीं बातों पर ध्यान देता, जो कि उसके उस दौरे के ठोस लक्ष्य में शामिल होते थे। यदि ग्राम सोवियत के काम की जाँच करनी होती, तो वह केवल ग्राम सोवियत में ही जाता। उसे क़ादीरोव से मिलना होता, तो ''मामूली'' मामलों पर शक्ति ख़र्च किए बिना, ''व्यर्थ'' की बातों से कतराता, जो कभी-कभी खुद ही ध्यान आकर्षित कर लेतीं, और केवल क़ादीरोव से ही मिलता। किसी निश्चित परिस्थिति में ही सामूहिक फ़ार्मों में आते रहने के कारण वह सामूहिक फ़ार्म के जीवन के बारे में कभी पूरी जानकारी नहीं पा सका।

इस बार उसके कार्यक्रम में केवल शिकार और क़ादीरोव के साथ बातचीत ही शामिल थे। रास्ते में खेत की तरफ़ जा रहे किसानों के मिलने पर उसे मोटर रोकने और उनके साथ कम-से-कम कुछ बातचीत करने का ख़याल भी नहीं आया। ज़िला

कार्यकारिणी समिति की गाड़ी बिना कहीं रुके, धूल उड़ाती सीधी सामूहिक फ़ार्म के अध्यक्ष के घर के सामने रुकी। क़ादीरोव को साथ बिठाकर सुलतानोव ने ड्राइवर को क़िज़िलक़ूम की तरफ़ चलने को कहा।

उस सड़क से थोड़ी-सी दूरी पर नई बस्ती स्थित थी। सुलतानोव ने बड़ी बेफ़िक्री से दिलचस्पी दिखाई :

''नई बस्ती तैयार हो गई ?...''

''सुना है, उमूरज़ाक़ोवा लोगों को नए घरों में बसाने की जल्दी कर रही है।''

सुलतानोव हँस पड़ा।

''जल्दी तब करनी चाहिए, जब हिरन तुमसे दूर भाग रहा हो ! उमूरज़ाक़ोवा अपनी गरदन फँसा लेगी !''

क़ादीरोव चुप रहा। सारे रास्ते अपना मुँह न खोलनेवाले ड्राइवर के पास बैठे सुलतानोव ने मुड़कर देखा। उसके दाँत उत्साहवर्धक मुस्कान के साथ मोतियों की लड़ी जैसे चमक उठे।

''मैं देखता हूँ, तुम बिलकुल ढीले पड़ गए हो ! सिर ऊँचा रखो, प्यारे ! अभी तक हमने मात नहीं खाई है। क्या बहुत से लोग पुनर्वास के लिए तैयार हैं ?''

''हमारे ज़माने में बेवक़ूफ़ों की कोई कमी है ?''

''क्या नाम है उसका...शायद मुरातअली, उसका क्या ख़याल है ? यूसुफ़ी ने उसके बारे में अपने लेख में लिखा था।''

''मुरातअली की बात पत्थर की लकीर है।''

''शाबाश, मुरातअली ! उसे क्या कुत्ते ने काटा है, जो स्तेपी में रहने लपके ? विश्वास रखो, प्यारे, जो जोश मे आकर जा बसेंगे, वे हर हालत में बाद में अपने-अपने पुराने गाँवों को लौट जाएँगे। मैं हमारे लोगों को जानता हूँ, उनकी ज़िन्दगी के पुराने ढर्रे को बदलना इतना आसान नहीं है। और अगर मुरातअली जैसों ने अपना घर नहीं छोड़ा, अगर एक भी किसान नई बस्ती से भागा, तो हमारे हाथ में तुरुप का ज़ोरदार पत्ता आ जाएगा !''

मोटर हचकोले खाती, धूल उड़ाती स्तेपी के रास्ते पर भागी जा रही थी। ठोस हुई मिट्टी कहीं-कहीं तड़की हुई थी, कहीं-कही सिकुड़ी हुई थी। रास्ते के दोनों ओर अनजुती अछूती धरती की स्याह निश्चल लहरें फैली हुई थीं। किन्तु अपनी वाकपटुता में मग्न सुलतानोव को किसी चीज़ पर ध्यान देने की इच्छा नहीं हो रही थी।

''हमें आख़िरी दम तक लड़ना चाहिए, प्यारे अध्यक्ष !'' वह बोलता रहा। ''सच पूछो, तो हम पीछे नहीं हट सकते, पीछे-खाई है। ज़रा-सा भी पीछे हटे-और सिर के बल उस में जा गिरेंगे ! तुम अध्यक्ष की कुरसी से ऊबे तो नहीं हो ? मैं अपनी कुरसी से अभी नहीं ऊबा हूँ। अगर मैं उसको बदलने को तैयार भी हुआ, तो...हा-हा...सिर्फ़ उससे गुदगुदी कुरसी से ! तरक़्क़ी करते रहना चाहिए, अध्यक्ष,—यह हमारे जीवन का नियम है ! और अगर हम हाथ सिर के ऊपर उठा दें, हार मान लें, उमूरज़ाक़ोवा की

योजना का समर्थन करें—तो, आदरणीय अध्यक्ष, हमारे सिर तोड़ दिए जाएँगे। हम सफ़ेद झण्डा दिखाने का मौक़ा चूक गए, उसे वसन्त में ही दिखा देना चाहिए था। अपनी ग़लतियाँ स्वीकार करने से अब हमारा कुछ भला नहीं होगा। समझे हमारी हालत को ?"

सुलतानोव की बातें क़ादीरोव के कुछ समय पूर्व के विचारों के अनुरूप थीं, वह ध्यानपूर्वक सुन रहा था, स्वीकृति में सिर हिला रहा था, पर उसके चेहरे से उदासी का भाव दूर नहीं हो रहा था। उसने ज़बान के नीचे एक चुटकी तम्बाकू रखी, उसे चबाया और सड़क पर थूक दिया।

"अरे, तुम ऐसे मुँह बनाकर मत बैठो !" सुलतानोव ने झिड़कते हुए कहा। "हमारे लिए घबराने का कोई कारण नहीं है। ख़ुदा के शुक्र से अभी कुछ रोड़े बाक़ी हैं, और उन्हें पूरे कारगर ढंग से अटकाना चाहिए ! तुमने पढ़ा, जुराबायेव ने हमारे अख़बार में यूसुफ़ी के लेख का पूरी तरह खंडन करनेवाला लेख छपाया है ?"

"देखा !"

"देखा !"

"क्या देखा ?" हमें हाथ पर हाथ धरे नहीं बैठे रहना चाहिए, बल्कि काम करना चाहिए ! उसने लेख ज़िले के अख़बार में छपवाया है, और मैं प्रान्त के समाचार-पत्र में छपवा दूँगा। वे पुनर्वास का शोर मचा रहे हैं, और हम मुरातअली के क़िस्से को नमक-मिर्च लगाकर फैला देंगे। वे अछूती धरती को पूरी तरह कृषि योग्य बनाने की डींग हाँक रहे हैं, और हम सिद्ध करेंगे कि उसमें कपास नहीं पनप सकेगीः आँधी और लू नहीं पनपने देंगी। फिर तुम भी तो अपने सामूहिक फ़ार्म का तेल नहीं निकालने दोगे। तुम्हें श्रम-शक्ति फ़ालतू खर्च करने की ज़रूरत नहीं है, अछूती धरती के लिए लोग मत दो, बस !"

"उन्हें नहीं दूँ !" क़ादीरोव बड़बड़ाया। "सारा दफ़्तर तो उन्हीं के इशारों पर नाचता है।"

"पर तुम कब से दफ़्तर के हाथों की कठपुतली बने हुए हो ? बुरा मत मानना, प्यारे अध्यक्ष, पर तुम हो बुद्धू। दफ़्तरवालों को अपनी इज़्ज़त करने को, तुम्हारी राय मानने को मजबूर करो। तुम सामूहिक फ़ार्म के मालिक हो। तुम खुद श्रम-शक्ति का वितरण करने और यह निर्णय करने के लिए स्वतन्त्र हो कि इस पतझड़ में काम का नुक़सान करनेवाले महान जन पुनर्वास का नाटक खेला जाए या नहीं। यह तुम्हारा काम है, न कि उमूरज़ाक़ोवा का !"

"समझ में नहीं आता कि ऊँट किस करवट बैठेगा। उधर किसान भी शोर मचा रहे हैं...उनकी 'मीटिंग' के बारे में सुना ही होगा ?"

सुलतानोव ने उपेक्षा से मुँह बनाया।

"शोर मचाएँगे और चुप बैठ जाएँगे। तुमने लगाम ढीली छोड़ दी, इसीलिए वे गला फाड़-फाड़कर चिल्ला रहे हैं," और अचानक चौंककर कह उठा : "और हम इसका भी फ़ायदा उठा लेंगे ! कहेंगेः पोगोदिन और उमूरज़ाक़ोवा किसानों को सामूहिक फ़ार्म

के संचालकों के ख़िलाफ़ भड़का रहे हैं, जनता की नासमझी का लाभ उठा रहे हैं ! ये 'मरू विजेता' प्रान्तीय समिति के सामने सम्पन्न किया हुआ कार्य पेश करना चाहते हैं: उन्होंने अपनी योजना कार्य रूप में परिणत कर ली—तो प्रान्तीय समिति के लिए उस पर अपनी पुष्टि की मुहर लगाने के सिवा और कोई चारा नहीं रहेगा। इसीलिए तो वे इतनी जल्दी मचा रहे हैं। पर हम भी तो बैठे ऊँघते नहीं रहेंगे। प्रान्तीय समिति में हमारी बात भी सुनी जाएगी !''

ड्राइवर मोटर की गति कम करके रेगिस्तान में बनाई गई सड़क पर चलाने लगा। हवा के मामूली-से झोंके से सड़क पर धूल उड़कर फैल रही थी। जहाँ से हवा गुज़रती, रेत की पट्टियाँ रह जातीं, चलना मुश्किल हो जाता। सूरज अब झुलसने लगा था। मोटर के लोहे के दरवाज़े तपने लगे थे। सुलतानोव ड्राइवर के और पास सरक आया। सीट पर झुककर उसने क़ादीरोव को विश्वासप्रवण ढंग से बताया :

''ठीक है, तुम्हें एक राज़ बताता हूँ। तुम तो जानते ही हो, अब्दुल्लायेव हमारी तरफ़ है, वह मेरा अच्छा दोस्त है। इस तरह वह भी जल्दी ही झगड़े में कूद पड़ेगा। हमें पहाड़ का सहारा मिला हुआ है, अध्यक्ष ! अब्दुल्लायेव अछूती धरतीवाले इस अभियान को नाकाम करने के लिए क़सर नहीं छोड़ेगा। तब हमारे बहादुरों को अपनी ग़ैरक़ानूनी कार्रवाइयों के लिए जवाब देना पड़ेगा। वे खुद भले ही घूँसे दिखाते रहें, पर उन्हें भी खुद पर पूरा विश्वास नहीं है। मैंने हाल ही में उमूरज़ाक़ोवा को बुलाया था, उसे डाँट लगाने का इरादा था...वह शायद समझ गई, डर गई, नहीं आई।''

क़ादीरोव काफ़ी खुश हो उठा। वह आख़िर क्यों सचमुच इतना घबरा गया था ? यह सुलतानोव उसकी आशंकाओं का मज़ाक़ उड़ाए जा रहा है। पर सुलतानोव है बहुत बड़ा आदमी, उसे क़ादीरोव से कहीं ज़्यादा ख़बर रहती है ! सुलतानोव के भरोसे ही रहना चाहिए !

वे शूर-कुल पर पहुँच गए। गाड़ी रुक गई। रोज़ी-पहलवान बतख़ की तरह मटकता आगंतुकों के पास भाग आया। वह कल शाम से ही वहाँ मौजूद था, नाश्ते व खाने के लिए तरह-तरह की चीज़ें लाया था और उसने पानी से भरी सुराहियाँ मिट्टी में गाड़ रखी थीं। खूब घी चुपड़ी रोटी की तरह हमेशा चमकता रहनेवाला उसका चेहरा इस समय दुगुना चमक रहा था, चाँद की तरह दमक रहा था; उसकी फूली-फूली आँखों से असीम हर्ष और निष्ठा टपके पड़ रहे थे।

सुलतानोव सबसे पहले गाड़ी से उतरा और उसने चिलचिलाती धूप के कारण आँखें मींच लीं और लम्बी अँगड़ाई ली।

''यहाँ बहुत अच्छा है, अध्यक्ष !'' उसने क़ादीरोव से चिल्लाकर कहा। ''बहुत अच्छा ! अगर सारे कामों में एक साथ हाथ डालोगे—उनमें ही उलझकर रह जाओगे, ज़िन्दगी का मज़ा नहीं लूट पाओगे।''

सुलतानोव आज वैसे कपड़े पहने हुए था, जैसे उसके अनुसार शिकारियों को पहनने चाहिए थे : पुराने बूट, फौजी कोट की गहरे रंग की पतलून, शिकारियों की

जाकेट, माथे पर खींची हुई छज्जेदार टोपी। पीछे-पीछे उसका ड्राइवर दुनाली उठाए चला आ रहा था...

आगंतुक घास पर बिछे बड़े-से लाल क़ालीन की तरफ़ चल दिए। क़ालीन के बीचोंबीच सफ़ेद दस्तरख़ान चमक रहा था और उसके दोनों ओर मेहमानों की बाट जोह रही फूलदार दरियाँ और गुदगुदे तकिए लुभाते हुए लगे हुए थे। कुछ दूरी पर अलाव से, जिस पर रखे देग में सूप पक रहा था, धुँआ चक्कर खाता ऊपर उठ रहा था।

सुलतानोव ने हाथ-मुँह धोए। रोज़ी-पहलवान ने सुराही से उसके हाथों पर पानी डाला।

"बहुत बढ़िया जगह चुनी है तुमने !" सुलतानोव ने उसकी तारीफ़ की। "और मौसम भी बुरा नहीं रखा है, हा-हा !..."

वहाँ वास्तव में बहुत ही अच्छा लग रहा था...पास ही सरकंडों के छीदे झुरमुटों में धूप में झील झिलमिलाती नज़र आ रही थी। आँखें चौंधिया दे रही झिलमिलाहट के कारण झील के रंग को पहचान पाना मुश्किल था। और चारों ओर, जहाँ भी नज़र डालिए—रेत ही रेत और सूखी घास नज़र आती थी। रेत के सागर के बीच जहाँ-तहाँ ऊँट के कूबड़-से रेत के लहरदार टीले उठे हुए थे, सक्साऊल की झाड़ियाँ थीं, बहुत कम हरे, लगभग पूर्णतया पत्रहीन तुरांग—केवल जलावन के काम आनेवाले वृक्ष चमक रहे थे, कँटीले यंताक़* उगे हुए थे। और यह सब धूप के सुनहले लावा से ढका हुआ था।

मरुस्थल का भूदृश्य हालाँकि एकरस होता है, पर अपने उजाड़ व निर्जन विस्तार के कारण आकर्षक भी लगता है। मरुस्थल का अर्थ है—निस्सीम विस्तार और सूरज।

शिकार पर जाने से पहले सुलतानोव व क़ादीरोव ने छककर नाश्ता किया। रोज़ी-पहलवान ने भाप में पकाए हुए भेड़ के मांस, चरबीदार सींक-कबाबों और हासिप-शोरबा—भेड़ की पतली-पतली आँतों में गोश्त व चावल भरकर बनाई सूप से उनकी ख़ातिरदारी की।

"हो गया," सुलतानोव ने पेट पर हाथ फेरते हुए सन्तोष प्रकट किया। "पेट भरते ही, सारी फ़िक्रें काफ़ूर हो गईं ! बहुत अच्छा !" वह रोज़ी-पहलवान की ओर मुड़ा। "दोपहर के खाने में हमारे पास हिरन का गोश्त होने की उम्मीद है ना !"

"क्या आप फिर भी जोखिम उठाना ही चाहते हैं, कामरेड सुलतानोव ?"

"आख़िर हम यहाँ आए ही किसलिए हैं ? ख़ूब सारे हिरनों का शिकार करेंगे और ज़ोरदार दावत उड़ाएँगे ! तुम्हें क्या भरोसा नहीं है कि हमारा शिकार सफल रहेगा ?"

"क्यों नहीं, क्यों नहीं," रोज़ी-पहलवान ने उसे तत्परता से शान्त किया। "हम ख़ाली हाथ नहीं लौटेंगे। तो क्या पहले आप थोड़ी देर आराम नहीं करेंगे ?"

पर सुलतानोव अब शिकार के नशे में मतवाला हो चुका था।

"आराम भी कर लेंगे। मेरी बन्दूक कहाँ है ? होशियार, हिरनो !"

---

*यंताक़—एक प्रकार की झाड़ी।

खाने व प्रचुर मात्रा में चढ़ाई गई ब्रांडी के कारण वह काफ़ी वज़नी हो गया था और क़ादीरोव व रोजी-पहलवान का सहारा लिए गाड़ी तक पहुँचा।

उनके कोई एक किलोमीटर का फ़ासला तय करते ही उन्हें दूर गतिशील बिन्दु नज़र आए। ये हिरन थे। केवल सुलतानोव ही, जिसकी आँखों के आगे सब धुँधला पड़ रहा था, उन्हें नहीं देख पा रहा था।

गाड़ी रेत में झुंड का रास्ता काटती तेज़ी से उनकी तरफ़ बढ़ गई थी। हिरन अचानक दाईं ओर मुड़ गए। वे अपनी लम्बी-लम्बी टाँगों पर ऊँची छलाँगें लगाते, अकसर दिशा बदलते हवा से बातें कर रहे थे। गाड़ी भी हचकोले खाती टेढ़ी-मेढ़ी भाग रही थी, वह मोड़ों पर घिसट रही थी, और शिकारी भी इधर से उधर झटके खा रहे थे। आख़िर वे गोली की मार में झुंड के पास पहुँच गए, रोज़ी-पहलवान उत्तेजित स्वर में चिल्लाया :

''गोली चलाइए ! कामरेड सुलतानोव ! गोली चलाइए ! वे वहाँ हैं !''

''होशियार, हिरनो !'' सुलतानोव ने फिर युयुत्सु स्वर में चिल्लाकर दुनाली की नाल बाहर निकाल लगातार दो गोलियाँ दागीं, दुबारा निशाना साधा, फिर गोली चलाई, पर हिरनों ने ऐसे भागना जारी रखा, मानो कुछ हुआ ही न हो। अब वे ज़रा शान्ति से भाग रहे थे, मानो जानते हों कि शिकारी की आँखें उसे धोखा दे रही हैं, और बन्दूक ऐसे काँप रही है, जैसे उसे जूड़ी चढ़ आई हो। हिरन शीघ्र ग़ायब हो गए, लगा जैसे वे रेगिस्तान की तपती हवा में विलीन हो गए। कोई दो घंटा रेगिस्तान में भटकने के बाद शिकारियों को एक हिरनी बच्चे के साथ नज़र आई। फिर गोलियाँ चलीं, पर हिरन पीछा करनेवालों को चिढ़ाते हुए-से गाड़ी के सामने से छलाँगें लगाकर सूखी नदी की शाखा के गहरे साए में ग़ायब हो गए।

थके-हारे और झल्लाए हुए सुलतानोव ने ड्राइवर को रुकने का हुक्म दिया, गाड़ी से उतरा और अपने सहयात्रियों पर गुस्से भरी नज़र डाल, मानो निशाना चूक जाने के लिए दोषी वे हों, चुप्पी साधे घास पर लेट गया, टोपी चेहरे पर खींच ली और रेगिस्तान को ज़ोरदार खर्राटों से गुँजाता तत्क्षण सो गया।

क़ादीरोव और रोज़ी-पहलवान स्वयं भी दुःखी थे कि वे अपने सम्मानित अतिथि को खुश नहीं कर पाए। उन्होंने सलाह करके फ़ैसला किया कि क़ादीरोव निद्रामग्न सुलतानोव के पास रहेगा, और अधिक अनुभवी शिकारी होने के नाते रोज़ी-पहलवान उन सबकी ''ग़लती'' सुधारने जाएगा।

''बिना शिकार के मत लौटना,'' क़ादीरोव ने खिन्न स्वर में धमकी दी। ''सिर उड़ा दूँगा !''

मेहनती रोज़ी-पहलवान ने अपने अध्यक्ष को निराश नहीं किया। कोई आधा घंटा बाद ही वह गाड़ी से तीन बड़े हिरनों की लोथें घसीटकर निकाल रहा था। उनकी धूसर-पीली खालों में से एक की आँख अधखुली थी, उसमें कष्टप्रद भय जड़ हो गया था...

हर्षित क़ादीरोव ने सुलतानोव को जगा दिया। वह आँखें मलकर विस्मय से शानदार शिकार को घूरने लगा।

सबसे बड़े हिरन की ओर इशारा करते हुए ख़ुशामदी भरे स्वर में कहाः

"मुबारक हो, कामरेड सुलतानोव। इस हिरन को आपने मारा है, मैं तो सिर्फ़ इसे उठाकर लाया हूँ। और बाक़ी को मैंने मारा है।"

सुलतानोव की आत्मा उसे कचोटने लगी।

"तुम्हें ज़रूर ग़लतफ़हमी हुई है। मेरी गोलियाँ तो एक तरह से निशाने पर लगी ही नहीं थीं।" उसने प्रश्नसूचक दृष्टि से क़ादीरोव की ओर देखा।"यही बात थी ना, अध्यक्ष ?"

"ग़लतफ़हमी तो आपको हुई है, कामरेड सुलतानोव !" क़ादीरोव ने, यह भाँपते हुए कि उससे भी ऐसी ही आपत्ति की आशा की जाती है, विरोध किया। "हमने पीछा करने के जोश में ध्यान ही नहीं दिया कि आप आख़िर एक हिरन मारने में सफल हो चुके थे। और आपके सोने के बाद रोज़ी-पहलवान और शिकार करने गया और उसे यह शानदार हिरन मिल गया। इसे आपके अलावा और कौन मार सकता है ?"

सुलतानोव उठकर हिरन के पास आया और बड़े आत्मसन्तोष के साथ उसकी चिकनी खाल थपथपाई।

"वाह, क्या चीज़ है !" और गर्वपूर्ण मुस्कान के साथ रोज़ी-पहलवान को सम्बोधित कर बोलाः "तुम्हारे हिरनों से इसका क्या मुक़ाबला !"

सुलतानोव ख़ुश था। क़ादीरोव और रोज़ी-पहलवान भी ख़ुश थे। खाना बहुत ही बढ़िया रहा।

शाम होते-होते क़ादीरोव थक चुका था, पर उसका मूड बहुत अच्छा था। हिरन उसने एक भी नहीं मारा था, पर उसे सुलतानोव के साथ शिकार पर जाने का अफ़सोस नहीं था : इस सफ़र के बाद उसका हौसला फिर बढ़ गया था।

अट्ठाईस

बाप और बेटी

क़ादीरोव के कक्ष में मेज़ पर हमेशा ठंडे से भरी शीशे की सुराही रखी रहती थी। क़ादीरोव दिन भर में ऐसी कई सुराहियाँ ख़ाली कर देता था, विशेषतः यदि उसकी पूर्वसन्ध्या को ज़ोरदार रंगरलियाँ मनाई गई हों। सुराही में ताज़ा जल क़ादीरोव की पहली आवाज़ पर या कभी-कभी बिना आवाज़ दिए ही हाज़िर होनेवाली नजाकतख़ाँ भरा करती थी। सुबह अध्यक्ष को कड़क हरी चाय भी वही पिलाती थी। उसे क़ादीरोव की टहल बजाना काग़ज़ातों में माथा खपाने से कहीं ज़्यादा पसन्द था। वह जब उसके कमरे में

घुसती, उसके चेहरे पर सदा कृतज्ञतापूर्ण व आशाएँ जगानेवाली मुस्कान खेलती रहती थी। यह सच है कि यदि क़ादीरोव भोंडे ढंग से प्यार जताते हुए उसके गले में हाथ डालता या बेहूदे ढंग से उसके सिर पर हाथ फेरता, उसे पीछे हट जाने, उसके पसीने से तर भारी हाथ को झटक देने की इच्छा होने लगती, पर वह पीछे नहीं हटती, बल्कि उसे बढ़ावा भी देती। केवल इसीलिए नहीं कि उसका पिता उसे क़ादीरोव के साथ विनम्र और आज्ञाकारी रहने की सलाह देता रहता था। वह स्वयं भी बिना किसी प्रशंसक के नहीं रह सकती थी, और क़ादीरोव उसके स्थानीय उपासकों में सबसे योग्य लगता था : आख़िर, सामूहिक फ़ार्म का मालिक था, उसका प्रत्यक्ष अधिकारी था, और अधिकारियों का प्यार और उनकी प्रशंसा पाना विशेषतः प्रिय और सुखद लगता है। नज़ाकतख़ाँ क़ादीरोव को हर प्रकार से ख़ुश रखने का प्रयास करती, उसके बिलकुल भी पिता-सुलभ न लगनेवाले प्यार का सहर्ष प्रत्युत्तर देती थी, बड़ी चतुराई से उसके मूड के अनुरूप अपने को ढाल लेती थी। जब वह उदास होता, कुशल व बेधड़क बातों से उसका मन बहलाती। जब वह खिन्न हुआ किसी बात का रोना रोता, उदास व सहानुभूतिपूर्ण होने का ढोंग रचती, यह दिखावा करती कि वह बस रोने ही वाली है। जब वह उसे अपने विचारों से अवगत कराता, हैरानी से ठंडी साँसें लेती। फिर भी क़ादीरोव के उसका ध्यान रखने से उसे केवल निस्स्वार्थ सन्तोष ही नहीं प्राप्त होता था। उसके मिजाज का लाभ उठाकर वह अपने लिए हर तरह की रिआयतें और लाभ प्राप्त कर लेती। गाँव की ख़बरों व घटनाओं को—वे प्रायः अफ़वाहें और मनगढ़ंत ही होती थीं—वह ऐसे ही रंग में पेश करती, जिससे उसे और अलीकुल को फ़ायदा हो।

शिकार के अगले दिन क़ादीरोव आख़िर दोपहर के क़रीब कार्यालय में पधारा। नज़ाकतख़ाँ ने ख़ुशी की चिल्लाहट के साथ उसका स्वागत किया :

"आप ठीक हो गए, मुबारक हो !" और चबा-चबाकर बातें करती निढ़ाल हुई शिकायत करने लगीः "आपके बिना यहाँ कितनी बोरियत होती थी !"

क़ादीरोव ने किसी कारण कमर पर हाथ रखकर मुँह बनाया, जैसे उसे पीड़ा हो रही हो, और उलाहना देता बोलाः

"तुम पर बिलकुल भरोसा नहीं रहा, सुन्दरी। बीमार से मिलने आने का वक़्त ही नहीं निकाल सकीं !"

"शर्म आती थी..." नज़ाकतख़ाँ ने धीरे से कहा और शर्माते हुए आगे बोलीः "डर लगता था...आपकी बीवी से डर लगता था।"

"उससे क्या डरना ! वह भेड़िया तो है नहीं, जो खा जाएगी। अब्बा के साथ आई होतीं, उसने तो मुझे नहीं भुलाया।"

"आप सख़्त बीमार थे, अध्यक्ष ?" नजाकतख़ाँ ने सहानुभूतिपूर्वक पूछा।

"दुश्मन को भी नसीब न हो ऐसी बीमारी !" क़ादीरोव ने कहा और स्टेनो को एक बार फिर यह विश्वास दिलाने के लिए कि उसका रोग अभी गया नहीं है, फिर कमर पकड़ ली। वह कराहता हुआ मेज़ के पीछे अपने स्थान पर गया।

कुछ ही मिनट बाद नज़ाकतख़ाँ ख़ाली सुराही उठाकर ले गई और उसे भरकर ले आई। क़ादीरोव ने गिलास उसके आगे रख दिया। नज़ाकतख़ाँ ने उसमें पानी भर दिया, जिसे उसने फ़ौरन पी डाला। वह एक गिलास पानी दो घूँटों में पी डालता था।

''आप चाय पिएँगे, अध्यक्ष ?''

''चाय ? ले आओ चाय ! तुम अगर सागर भी देतीं–तो मैं इस वक़्त सागर भी पी डालता !''

''आपको ज़रूर बुख़ार होगा ''नज़ाकतख़ाँ ने उसके साथ हमदर्दी दिखाई। ''आपको बिस्तर से उठना ही नहीं चाहिए था।''

''नहीं, बाला, बीमार पड़ने की बिलकुल फ़ुरसत नहीं है ! क़ादीरोव के बिना तो सामूहिक फ़ार्म बरबाद हुआ जा रहा है !''

क़ादीरोव बोलता जा रहा था, पर नज़ाकतख़ाँ के चेहरे से नज़रें नहीं हटा रहा था। आड़ जैसे कोमल मख़मली कपोलों पर गुलाबी लाली छाई हुई थी, लम्बी बरौनियाँ झुकी हुई थीं; उनकी छाया में काली झील सी आँखें चमक रही थीं। और होंठ, चमकीले, नम होंठ निमंत्रण दे रहे थे...

अपने को जी भरके निहारने देने के बाद नज़ाकतख़ाँ चली गई और शीघ्र ही जीदा के फूल सुन्दर प्याली में चाय और तश्तरी में मिठाई लिए आ गई। उसके हाथों से प्याली लेते हुए क़ादीरोव ने युवती की पुष्ट उँगलियों को छू ही लिया। नज़ाकतख़ाँ ने सादगी से नज़रें झुका लीं और जैसा कि वह हमेशा विनम्र संकोच दिखाने की इच्छा होने पर करती थी, निचला होंठ काट लिया।

''शुक्रिया, बेटी,'' क़ादीरोव ने उसे धन्यवाद दिया। ''देखती हो, अध्यक्ष लोगों को पहचानने में ग़लती नहीं करता। मैंने जब तुम्हें अपने यहाँ काम पर रखा, मुझे मालूम था कि तुमसे बेहतर स्टेनो मुझे ढूँढ़े नहीं मिलेगी। तुम्हारे अब्बा को तुम्हारी जैसी बेटी होने की ख़ुशी होनी चाहिए।''

''मेरे अब्बा भी आपके उतने ही वफ़ादार हैं, जितनी कि मैं...''

''जानता हूँ ! तुम्हारे अब्बा मेरे सबसे अच्छे दोस्त हैं। उर्वरता समिति के अध्यक्ष के पद के लिए उनके नाम की सिफ़ारिश करते समय मुझे विश्वास था कि वह मेरे लिए ठोस सहारा होंगे। और ऐसा ही हुआ !''

क़ादीरोव ने दीवार के पास रखे सोफ़े पर बैठकर नज़ाकतख़ाँ का हाथ पकड़कर पास बिठा लिया।

''बताओ, मेरी ग़ैरहाज़िरी में यहाँ तुम लोग कैसे रहे। तुम्हें किसी ने कुछ बुरा तो नहीं कहा ?''

नज़ाकतख़ाँ ने एहतियातन रूमाल निकाल लिया, उसके चेहरे पर विनम्रता मिश्रित दुःख का भाव झलकने लगा।

''आपके बीमार पड़ते ही, अध्यक्ष, सबके सब बुरी तरह मेरे पीछे पड़ गए : यह ठीक नहीं है, वह ठीक नहीं है। जीना मुश्किल हो गया। क्योंकि आपके सिवा अभागी

लड़की का बचाव और कोई नहीं कर सकता।''

''बताओ, किसने तुम्हें बुरा कहा ?''

''आपके बिना मैं वीराने में तिनके की तरह हूँ, ''नज़ाकतख़ाँ ने अपना रोना जारी रखा। ''कल मेखरी और करीम मेरे कमरे में घुस आए। अब उन्हें किसी तरह अलग नहीं किया जा सकता : जिधर मेखरी, उधर ही करीम। घुस आए और सारी टोलियों के सदस्यों की सूचियाँ माँगने लगे। कहने लगे : 'हमें यह पता लगाना है कि कहाँ कितने कोम्सोमोल हैं।' और पिछले दिनों मैं इतनी बेहाल थी, अध्यक्ष...'' उसने अर्थपूर्ण दृष्टि क़ादीरोव पर डाली। ''मैं कोई काम ढंग से नहीं कर पा रही थी। मैंने सारे काग़ज़ात उलट-पुलट डाले, पर वे नई सूचियाँ किसी तरह नहीं ढूँढ़ पाई। समझ में नहीं आता, कहाँ ग़ायब हो गईं। मेखरी झल्लाकर कहने लगी : 'तुम्हारी जगह टेलीफ़ोन के पास नहीं है, बल्कि तुम्हें तो कुदाल उठाकर खेत में जाना चाहिए। जब मैं यहाँ काम करती थी, हर चीज़ ढंग से रखी रहती थी !' नज़ाकतख़ाँ ने मुँह फुला लिया। ''वह सोचती है कि वह उप टोली-नायक है, तो वह शेखी बघार सकती है ! मैं भी खेत में खुश रह सकती हूँ, लेकिन मैंने पढ़ाई कोई इसलिए की है !''

''तुम क्यों करोगी खेत में काम !'' क़ादीरोव ने भावुक स्वर में कहा। ''तुम्हारी जैसी त्वचा...तुम्हारे जैसे हाथ...तुम्हारी जैसी आवाज़...तुम जब गाती हो, मेरा दिल मक्खन की तरह पिघलने लगता है। तुम्हारे गीत भी तुम्हारे जैसे सुन्दर होते हैं।''

वह नज़ाकतख़ाँ का आलिंगन करने के लिए हाथ बढ़ाने ही जा रहा था, पर बाहर खुलनेवाली खिड़की में झाँककर प्रलोभिका से दूर हट गया और खाँसकर शुष्क व कठोर स्वर में बोला :

''मेख़री किसी बात की डींग नहीं हाँक सकती। जब वह मेरे यहाँ काम करती थी, उस पर हमेशा नज़र रखनी पड़ती थी। वह ढीठ है। और ज़िद्दी भी।''

''मुझ पर करीम भी बरस पड़ा !'' नज़ाकतख़ाँ ने क़ादीरोव की बात काट दी। ''कहने लगा : 'हमारी नज़ाकतख़ाँ को अपनी ज़िम्मेदारियाँ निभाने का समय ही नहीं मिलता। उसे तो अखबारों के लिए मनगढ़ंत बातें लिखनी पड़ती हैं।' लेकिन समाचारपत्र को पत्र लिखने के लिए तो आपने ही मुझे कहा था ना ?''

''हूँ...तुमने उनके सामने तो यह नहीं बका ना ?''

''क्यों बकूँगी !'' नज़ाकतख़ाँ फुफकारी। ''मैं क्या उनको रिपोर्ट पेश करूँगी ! मेखरी की जगह मैं होती तो चुप रहती। उस पर सब वैसे ही उँगलियाँ उठाते हैं ! शर्म ही नहीं आती, सारी दुनिया के सामने अपने करीम के गले लगी रहती है। मैंने अपनी आँखों से देखा, कैसे प्यार जता रहे थे एक दूसरे से...''

''अपनी आँखों से देखा ?'' क़ादीरोव में मानो जान पड़ गई। ''अच्छा, बताओ, बताओ।''

और नज़ाकतख़ाँ ने क़िस्सा सुना दिया...

गत सन्ध्या को अलतीनसाय के खुले सिनेमा में नई फ़िल्म दिखाई जा रही थी।

सिनेमा क्लब के पास स्थित था और चारों ओर से सफ़ेदी की हुई कच्ची दीवारों से घिरा हुआ था। फिर भी वे दीवारें मनमौजी छोकरों को मुफ़्त में फ़िल्म देखने से नहीं रोक पाती थी : वे पेड़ों पर चढ़कर आराम से डालों पर बैठ जाते और पर्दे से नज़रें ही नहीं हटाते।

अलतीनसायवासी सिनेमा देखने अपने-अपने पूरे परिवार के साथ सज-धजकर, हँसी-खुशी से जाते थे, मानो किसी के घर मेहमान बनकर जा रहे हों। वृद्ध पोते-पोतियों के साथ जाते, पति पत्नियों के साथ, युवतियाँ—मित्रों व सखियों के साथ। केवल नज़ाकतख़ाँ उस शाम अकेली थी। अलतीनसाय में उसे सभी जानते थे, उसके हँसमुख स्वभाव के लिए उसे प्यार भी करते थे, लेकिन यह एक प्रकार से सबसे अलग रहती थी। जब पिता व्यस्त होता, उसे सिनेमा अकेले ही जाना पड़ता। वह लम्बे-चौड़े, झाड़-बुहारकर साफ किए चौक में से गुजर रही थी, अभिवादन का प्रत्युत्तर दे रही थी, परिचितों से हँसी-मज़ाक़ कर रही थी, उसके होठों पर अभ्यासजनित मुस्कान खेल रही थी, पर दिल ऊब रहा था। सिनेमा के ऐन प्रवेश-द्वार के सामने उसे मेख़री और करीम मिल गए।

वे अपनी निश्चिन्त बातचीत में इतने मग्न हो गए कि उन्होंने उसे देखा ही नहीं। सभी अलतीनसायवासियों की तरह वे भी बढ़िया कपड़े पहने थे : करीम क्रीम के रंग का हल्का सूट, सफ़ेद रेशमी क़मीज़ और ठाठदार टाई पहने था, मेख़री फ़ैशनेबल पम्प जूते, सफ़ेद रेशमी कुरता और नाना प्रकार के फूलों की क्यारियों जैसी रंगबिरंगी बेलबूटेदार टोपी पहने थी। उनका चेहरा लाल हो रहा था, आँखें सितारों की तरह चमक रही थीं ! नज़ाकतख़ाँ मुड़कर उनके पास से निकल अपनी सीट की ओर बढ़ गई। पर वह शो के दौरान भी प्रेमी-युगल पर नज़र रखे रही। वे पिछली क़तार में बैठ गए। नज़ाकतख़ाँ, खुद भी न समझ पाते हुए कि वह उनके प्रसन्न चेहरे देखकर क्यों परेशान हो रही है, बार-बार मुड़कर उनकी ओर देखती रही। ठंडक थी। करीम और मेख़री एक दूसरे से पूरी तरह सटे बैठे थे। पर्दे पर जो कुछ हो रहा था, उसमें खोया करीम मेख़री का बेंच पर रखा हाथ दबा रहा था। वे शायद एक दूसरे के बारे में बेख़बर थे,पर पर्दे को एक ही नज़र से देख रहे थे, उनकी अनुभूतियाँ एक-सी थीं, एक ही बात के बारे में सोच रहे थे...नज़ाकतख़ाँ के दिल में संकुचित डाह जाग उठी। काश, वह भी अपने प्रियतम के साथ उसके हाथों की तपिश महसूस करती, उसकी साँसें सुनती बैठ पाती...काश, वह भी करीम जैसा जवान, सुन्दर होता, उसे उसी तरह प्यार करता, जैसे करीम मेख़री को प्यार करता है !

नज़ाकतख़ाँ पूरी फ़िल्म देखे बिना ही चली गई और इस समय वह क़ादीरोव को सारा क़िस्सा सुनाते हुए उसमें ऐसी मनगढ़ंत बातें जोड़ रही थी, जो केवल उसकी डाह की ही उपज हो सकती थीं। क़ादीरोव निन्दात्मक ढंग से घुटा हुआ सिर हिलाता रहा, आहें भरता रहा, जबान चटखारता रहा और यह सोचता रहा कि उसे उन तथ्यों का उपयोग कैसे करना चाहिए।

"आपने ऐसी स्टेनो कैसे रखी थी !" नज़ाकतख़ाँ ने उलाहना देते और हैरानी दिखाते हुए कहा। "इसमें कोई शक नहीं है कि मेख़री सुन्दर है..."

क़ादीरोव की भौंहें सिकुड़ गईं।

"अलतीनसाय में तो मैं बस एक ही सुन्दरी को जानता हूँ।"

"ओह, आप भी क्या, अध्यक्ष !" नज़ाकतख़ाँ ने आपत्ति की। "मैं कोई सुन्दर हूँ ! वह मेख़री है—फूल जैसी।"

"ज़हरीला फूल है।"

नज़ाकतख़ाँ खुश होकर मुस्करा पड़ी। अब वह मेख़री और करीम की प्रशंसा करती हुई केवल आग में घी डाल रही थी।

"करीम भी हालाँकि रसिया है, पर आकर्षक है।"

"रसिया ?" क़ादीरोव बौखला उठा। "वाह ! सारे गाँव के सामने बेशर्म लड़की से इश्क़ लड़ाए ! यह तो छिछोरेपन से भी बदतर है। कैसी मिसाल रख रहे हैं वे नौजवानों के सामने !"

यह मानते हुए कि बातचीत का रुख़ कामकाजी हो गया है, क़ादीरोव उठकर अपनी मेज़ के पास आ गया।

"मैं अलतीनसाय के इन लैला-मजनूँ की हरकतों के बारे में अर्से से जानता हूँ !" वह धम्म से कुर्सी पर बैठ गया। "तुम्हारे सुनाए सच्चे क़िस्से से इसी बात की पुष्टि होती है कि वे बिलकुल बेशर्म हो गए हैं। वे सारे गाँव की नाक कटवा सकते हैं ! वह बूढ़ा गुल-गपाड़ा मचानेवाला मुरातअली क्या करता रहता है ? उसे तो गला फाड़-फाड़कर चिल्लाने में बड़ा मज़ा आता है..." उसने खिन्नता से मोटी-मोटी उँगलियों से मेज़ पर खटखटाया और बात पूरी की :

"...जब इसकी ज़रूरत नहीं होती।"

"वह रहा मुरातअली !" नज़ाकतख़ाँ खिड़की की ओर इशारा करके कह उठी। "वह सड़क पर जा रहा है !"

"शैतान का नाम लिया और सिर पर आ सवार हुआ !" क़ादीरोव बड़बड़ाया। "सुनो...तुम उसे ज़रा मेरे पास बुला लाओ। और उसके जाने तक अपने कमरे में रहो। मुझे उससे बातें करनी हैं।"

नज़ाकतख़ाँ बाहर चली गई। शीघ्र ही क़ादीरोव की मेज़ के सामने मुरातअली की कृशकाय आकृति प्रकट हो गई। टोली-नायक खेत से लौट रहा था। उसका पुराना चोग़ा, कमरबन्द और बूट—सब धूल से मटमैले हो गए थे।

क़ादीरोव ज़बरदस्ती विनम्रता से मुस्कराया, बड़े मेहमाननवाज़ी अन्दाज़ में मुरातअली को तशरीफ़ रखने को कहा और उससे शिकायत की कि वह उसकी बीमारी के दौरान एक बार भी उसके यहाँ नहीं झाँका।

मुरातअली अपनी सफ़ाई देने लगा :

"तुम खुद ही जानते हो, अध्यक्ष, इस वक़्त काम ज़ोरों पर है, एक मिनट की भी

फ़ुरसत नहीं मिलती।''

क़ादीरोव ने मुरातअली से पूछा कि क्या वह कहीं दूर जा रहा है।

वृद्ध ने बताया :

''दुकान जा रहा हूँ, सुना है, बूट आए हैं। मैंने सोचा खरीद लूँ, पुराने तो तंग हैं...''

इधर-उधर की बातें पूछने के बाद क़ादीरोव ने अन्त में वह बात छेड़ने का फैसला किया, जिसकी खातिर उसने टोली-नायक को बुलवाया था। लेकिन यह मालूम होने के कारण कि बूढ़ा मुरातअली कितना मनमौजी और गुस्सैल है, उसने बात घुमा-फिराकर छेड़ी : उसे बस कोई बेतुकी बात कहने की देर है कि वह अपनी हठधर्मिता के कारण ज़ोरदार बहस करने लगता है।

''तुम जानते हो, प्यारे, मैं तुम्हारी कितनी इज़्ज़त करता हूँ,'' क़ादीरोव ने घटिया क़िस्म की दोस्ताना बेतकल्लुफ़ी दिखाते हुए बात शुरू की। ''हमें तो एक दूसरे की नस-नस का पता है। तुम मेरा हमेशा साथ देते रहे हो...हूँ...मैं—तुम्हारा।''

मुरातअली मौक़ा देखता चुप रहा। क़ादीरोव ने नज़ाकतख़ाँ के साथ हुई बातचीत में उसे व्यर्थ ही गुल-गपाड़ा मचानेवाला कहा था : वृद्ध को जब तक ठेस नहीं पहुँचाई जाती, वह मितभाषी ही रहता था।

''तुम्हारी बेटी भी मेरी सगी बेटी जैसी है,'' क़ादीरोव बोलता रहा। ''याद है, उसके मुँह से दूध की बू आती थी, पर मैंने उसे अपनी स्टेनो बना लिया था। तीन साल तक वह मेरी देख-रेख में रही, उसके पैर में चुभनेवाला हर काँटा उससे ज़्यादा मुझे सालता था। मैंने मेख़री को काम सिखाया, पढ़ाया। मैं उस पर भरोसा करता था ! मैं उसके लिए बाप की तरह परेशान रहता था। इस तरह तुम्हारी बेटी की ज़िम्मेदारी मुझ पर भी है।''

मुरातअली के पतले होंठ भिंचे हुए थे, केवल घनी, सफ़ेद भौंहों के नीचे चुभती चमकवाली आँखें ही उसकी सतर्कतापूर्ण रुचि का राज़ बता रही थीं।

''बहुत अच्छी लड़की है तुम्हारी बेटी। इसीलिए उसके दोस्त भी कम नहीं हैं। उसके पीछे लगे रहते हैं !'' क़ादीरोव समझ गया कि वह बकवास किए जा रहा है और एकदम रुककर कामकाजी लहजे में बोला : ''हूँ...मैं बस उसे ज़रा सख़्ती बरतने की सलाह देना चाहूँगा। तुम्हें मालूम है, तुम्हारी बेटी किसके साथ उठती-बैठती है ?''

''करीम अच्छा लड़का है,'' मुरातअली ने हठपूर्वक कहा।

''अरे, तुम क्या अन्धे हो गए हो !'' क़ादीरोव भड़क उठा। ''सारा गाँव हमारे लैला-मजनूँ पर हँसता है ! सबके मुँह से बस यही सुनते हैं : मेख़री करीम के गले लगी रहती है, करीम परछाईं की तरह मेख़री के पीछे लगा रहता है ! हर जगह साथ रहते हैं : क्लब में, सिनेमा में, नाच में।''

''लड़कों और लड़कियों को सिनेमा की मनाही नहीं है,'' मुरातअली अड़ा रहा, हालाँकि वह खुद बेटी और करीम पर अपना गुस्सा उतारने को तैयार था। ''अब वह

ज़माना नहीं रहा।''

''यानी इश्क़ लड़ाने की भी इजाज़त है ?'' क़ादीरोव ने खीसें निपोड़ीं। ''नहीं, प्यारे, कुल्हिया में गुड़ नहीं फोड़ा जाता। मेख़री और करीम मर्यादा का उल्लंघन कर रहे हैं। क्या तुम सोचते हो कि वे फ़िल्म देखने सिनेमा जाते हैं ? बस वहाँ बेखटके एक दूसरे का आलिंगन कर सकते हैं !''

''किसने देखा ?''

''सारे गाँव की ज़बान पर यही बात है ! और तुम जानते ही हो, बिना आग के धुआँ नहीं उठता। जब मेख़री तुम्हारे घर में नाती लेकर आएगी; तब देखेंगे, तुम कैसे रोते हो।''

मुरातअली उठा और उसने अपने काँपते हाथ मेज़ पर टिका दिए।

''मेरी बेटी के बारे में अफ़वाहें मत फैलाओ, अध्यक्ष ! मेख़री ! अपने बाप का नाम बदनाम नहीं कराएगी। और करीम...

''करीम !...'' क़ादीरोव कुर्सी पर पीछे खिसका और उसका थुलथुल बदन ठहाके से हिल उठा। ''अरे, यह दुधमुँहा तो कोई भी पाप करने में नहीं हिचके। वह तो मुझे भी...हूँ...वह तो तुम्हें सारे चौराहों पर गालियाँ देता फिरता है। मैंने सुना है, तुम उसकी हाँ में हाँ मिलाने लगे हो, पर वह तुम्हें नहीं बख़्शता ! वही तो मेख़री को पुश्तैनी घर छोड़कर नए गाँव में बसने के लिए फुसला रहा है ! वही करीम तो सारे गाँव में गाता-फिरता है कि मेख़री का बाप जाहिल है, पिछड़ा हुआ है और पुरखों की हड्डियों पर वैसे ही जान देता है, जैसे कंजूस सोने पर। तुम उनकी तरफ़दारी करते हो, पर वे तुम्हारा बेवक़ूफ़ बुड्ढे का मज़ाक़ उड़ाते हैं।''

''खुदा तुम्हें सज़ा देगा, अध्यक्ष, अगर तुम झूठ बोल रहे हो।''

''मैं बातें गढ़ने में माहिर नहीं हूँ,'' क़ादीरोव ने सख़्ती से कहा। ''मैं तुम्हारा और तुम्हारी बेटी का भला चाहता हूँ। मेख़री से बहुत ज़्यादा की उम्मीद नहीं की जा सकती, वह अभी नासमझ लड़की है। अगर वह करीम से दूर ही रहे तो उसी के हक़ में बेहतर होगा। फिर चुगलख़ोरों की ज़बानें भी बन्द हो जाएँगी। यही बात है, प्यारे।''

मुरातअली ने क़ादीरोव को कुछ नहीं कहा, केवल उसकी बिखरी हुई भौंहें साही के काँटों की तरह खड़ी हो गईं। दफ़्तर से निकलकर वह दुकान की बजाए खेत की ओर चल दिया। क़ादीरोव उसे जाते देख और आश्वस्त होकर कि वह आख़िर वृद्ध को बनाने में सफल रहा और मेख़री की अब ख़ैर नहीं, अचानक उदास हो उठा और कनपटियों को मुट्ठियों से दबाकर अपने लिए अप्रत्याशित रूप से बोझिल, उदासीन वितृष्णा के साथ सोचने लगा : ''कितने पतित हो गए तुम, अध्यक्ष ! कितने गिर गए !'' क़ादीरोव खुद भी नहीं समझ पा रहा था कि उसे क्या हो रहा है। लगता तो ऐसा था कि उसने अपने दिल की भड़ास निकाल ली, एक साथ मेख़री, मुरातअली और करीम में मनमुटाव करवाकर एक तीर से तीन शिकार कर डाले। उसे तो ख़ुशी के मारे हाथ पर हाथ मारना चाहिए था : इसी क़ाबिल हो तुम, गला फ़ाड़नेवालो ! पर उसे

सन्तोष की अनुभूति नहीं हो रही थी, दिल बोझ से दबा जा रहा था, दुख रहा था।

उसी समय मुरातअली आग-बबूला हुआ खेत-कैम्प के रास्ते पर लम्बे-लम्बे डग भरता चला जा रहा था। क्रोध के कारण उसकी आँखों में अँधेरा छा रहा था। वह कुछ नहीं सोच रहा था, न ही सोचना चाहता था। वह केवल मन-ही-मन उसके दिल में ज़हरीले डंकों की तरह साल रहे क़ादीरोव के शब्दों को बार-बार दोहरा रहा था।

टोली का भोजनावकाश था। खुले में लाकर रखी गई लम्बी मेज़ पर सामूहिक किसान बैठे थे, उनके आगे भाप छोड़ती शोरबे की रकाबियाँ रखी थीं। कुछ किसान छाया में बैठे घर से लाया खाना खा रहे थे। मेख़्री सायबान में बैठी पत्रिकाओं के पन्ने उलट-पुलट रही थी। मुरातअली को देखते ही वह जल्दी से उसके पास गई।

"अब्बा ! मैं आपका इन्तज़ार कर रही हूँ। बूट ख़रीद लाए ?"

"बूट ख़रीदने की फ़ुरसत नहीं मिली," मुरातअली ने रुखाई से कहा।

"आप...आपने अभी खाना नहीं खाया ?"

"खाने की फ़ुरसत नहीं है ! कहीं चलते हैं, मुझे तुमसे काम है।"

मेख़्री ने घबराहट और हैरानी से कन्धे उचकाए और पिता के पीछे चल दी। वह उसे किसानों से दूर हौज़ के चारों ओर लगे बेदमजनुंओं के पास ले गया।

मुरातअली रुककर झटके से बेटी की ओर मुड़ा। मेख़्री ने उसकी गुस्से से लाल हुई आँखें और फड़कते सफ़ेद होंठ देखे और समझ गई—अब तूफ़ानी बातचीत होगी। किन्तु वह, गुस्से के मारे आपे से बाहर हुए जा रहे मुरातअली की बात शान्ति से सुनने के बजाए, अभी तक यह न समझ पाते हुए कि पिता उस पर किसलिए नाराज़ हैं, दो टूक जवाब देने के लिए तैयार हो गई। मेख़्री भी वृद्ध मुरातअली से कम ज़िद्दी नहीं थी !

बेटी को दहकती आँखों से घूरते हुए मुरातअली ने सनसनाती फुसफुसाहट में पूछाः

"कब तक चलता रहेगा यह, बेशर्म ?"

"आप किसके बारे में कह रहे हैं, अब्बा ?"

"बनो मत ! मैंने कितनी बार तुम्हें कहा : करीम के साथ मत घूमो-फिरो, इसका नतीजा अच्छा नहीं निकलेगा ! लेकिन चिकने घड़े पर कहीं पानी ठहरता है। तुम अपने मन की ही करने की कोशिश करती रहती हो ! मिल गया ना नतीजा इसका...और मुझे भी बुढ़ापे में !"

"समझाइए, अब्बा, बात क्या है ?"

"बनो मत, तुम्हें मालूम है, मैं किस बारे में कह रहा हूँ ! तुम दोनों सारे गाँव में जगहँसाई करवा रहे हो। तुम्हारे ऊपर कीचड़ उछाला जा रहा है ! अब कभी उसके दाग़ धो सकोगे ! पता है, गाँव में तुम लोगों का क्या नाम पड़ा हुआ है ? लैला-मजनूँ !"

"पर आपको लैला-मजनूँ में कौन सी बात पसन्द नहीं आई, अब्बा ?"

बेटी की शान्तचित्तता से, जिसमें व्यंग्य भी था और हठधर्मिता भी, मुरातअली और ज़्यादा भड़क उठा।

''मुझे तुम्हारा चोरी-छिपे इश्क़ लड़ाना पसन्द नहीं ! मैं नहीं चाहता कि तुम बुढ़ापे में मेरी मिट्टी ख़राब करवाओ !''

मेख़री पिता के सामने उतरा मुँह लिए दृढ़निश्चय से खड़ी थी।

उसकी सुगठित सुकुमार आकृति में कसकर ताने हुए तार का-सा तनाव महसूस हो रहा था। नाक के बाँसे पर हठीला रोयेंदार काला धब्बा चमक रहा था। मेख़री पिता को प्यार करती थी, आज्ञाकारिणी पुत्री थी, पर खुद उसने ही उसे मिथ्या निन्दा, अन्याय और झूठ से घृणा करना सिखाया था। उसके लिए पिता के बेतुके, अन्यायपूर्ण उलाहने और अधिक सह पाना असम्भव हो गया था।

''अब्बा !'' मेख़री ने खनकती आवाज़ में कहा। ''मैंने तो कभी आपसे नहीं छिपाया कि मेरी करीम के साथ दोस्ती है।''

''दोस्ती है !...'' मुरातअली बेरहमी से व्यंग्यपूर्वक मुस्कराया। ''तुम इसे दोस्ती का नाम देने की जुरअत करती हो ! पुराने ज़माने में, मुझे याद है, इसे कुछ और ही नाम से पुकारते थे...''

मेख़री ने गर्व से सिर झटका और पिता की आँखों में घूरा।

''ठीक है, अब्बा ! यही सही। मैं और करीम एक दूसरे को प्यार करते हैं। मैं उसे प्यार करती हूँ, इस प्यार की ख़ातिर ऊँचे-ऊँचे पहाड़ ढहाने और उफनती नदियाँ पार करने को तैयार हूँ। लैला-मजनूँ भी एक दूसरे को हमसे कम प्यार करते थे !''

मुरातअली ऐसी स्वीकारोक्ति से दंग रह गया, उसकी भौंहें काँपीं, पर उसने शीघ्र ही अपनी बौखलाहट पर काबू पा लिया और बेटी पर किसी अशोभनीय हरकत का आरोप-सा लगाता व्यंग्यपूर्वक कह उठा :

''आजकल के नौजवान हैं ही ऐसे ! इसे अपना प्यार सारी दुनिया को दिखाते डर नहीं लगता ! तुम्हारी ज़बान पर ऐसी बात आई कैसे ?''

''हमारे लिए शर्मिन्दा होने का कोई कारण नहीं है, अब्बा। हमारा प्यार पवित्र है, पर्वत शिखरों के हिम जैसा। करीम मुझसे शादी करेगा...''

''नहीं होगी यह शादी !'' मुरातअली चीख़ा। ''तुम्हारा करीम बकवादी है। बदतमीज़ और ढीठ छोकरा है। मैं खुद तुम्हारे लिए दूल्हा ढूँढ़ लूँगा।''

''पर शादी मैं सिर्फ़ करीम से ही करूँगी।''

''और मैं कहता हूँः वही होगा जो मैं चाहूँगा ! तुम जवान और बेवक़ूफ़ हो, तुम्हें लोगों की पहचान नहीं है !''

मेख़री को अब कोई डर नहीं रहा था। अब वह हावी हो उठी और दिल में घर कर रही निराशा को महसूस कर चिल्लाई :

''आप ! अब्बा, आप !...आपके कैसे-कैसे दोस्त हैं ! कहीं आप मेरी शादी ग़फ़ूर से नहीं करवा देंगे ?''

''मैं चाहूँगा तो ग़फ़ूर से ही शादी करोगी। उसमें तुम्हें क्या पसन्द नहीं है ?''

''ग़फ़ूर कालाबाज़ारी करता है। वह काम से जी चुराता है, दिन भर बाज़ारों में

मँडराता रहता है।"

"बड़ों की बुराई करना तुम्हारा काम नहीं है।"

"ग़फ़ूर और रोज़ी-पहलवान एक बाज़ार में गायें सस्ते में ख़रीदकर दूसरे में तिगुने दामों पर बेचते हैं," मेख़री चुप नहीं रही। "ग़फ़ूर की कपास की सँभाल करने की फ़ुरसत ही नहीं होती। और आप उसको छूट देते हैं। आप टोली-नायक हैं, पर आप देखकर भी आँखें मूँद लेते हैं।"

"बाप से ऐसे बात करती हो, ढीठ कहीं की ! चुप करो वरना..."

"नहीं आप मुझपर हाथ नहीं उठाएँगे, अब्बा। आप गुस्से में अन्धे हो रहे हैं, आप मुझपर हाथ नहीं उठाएँगे। आपने ज़िन्दगी में मुझे कभी हाथ नहीं लगाया। और मैं कहूँगा ! ग़फ़ूर को हमारी टोली से निकाल देना चाहिए ! उसने आपके साथ भी ग़द्दारी की है, अब्बा। अकेला वही रट लगाए हुए है जैसे आपने ही आयक़ीज़ को बदनाम किया है !"

"मैं तो इसके लिए उसकी इज़्ज़त करता हूँ। उसका दिल साफ़ है, वह जो सोचता है, उसे मुँह पर कहने में नहीं हिचकिचाता।"

मेख़री ने पिता को घूरकर देखा, उसके कन्धे झुक गए, आँखों में आँसू डबडबा आए—निर्बल सहानुभूति के आँसू ! बेटी के साथ हुई बहस ने मुरातअली को भी थका दिया, किन्तु वह जब दोबारा बोला, उसकी आवाज़ फ़ौलादी तलवार जैसी सख़्त और रूखी थी।

"तो मेरा आख़िरी फैसला यह है, मेख़री। चुन लोः या मुझे, या करीम को।"

मेख़री ने दुःख से सिर हिलाया।

"कहते हैं प्यार आग की तरह होता है। लेकिन आग को रौंदा जा सकता है, जबकि प्यार को—नहीं। मैं बिना करीम के नहीं रह सकती।"

"तो फिर उसी के पास चली जाओ।"

"मैं आपके बिना नहीं जा सकती, अब्बा..."

"मैं तो देखता हूँ, करीम तुम्हें बाप से ज़्यादा प्यारा है ! तुम भूल गईं, एहसानफ़रामोश, कि बेवकूफ़ बुड्ढे मुरातअली ने तुम्हारे लिए कितना किया है !...जाओ अपने करीम के पास !"

"अब्बा !"

"जाओ ! तुमने ज़रूर अपने लिए नए गाँव में घर भी चुन रखा होगा, क्यों ?"

"हम उसमें साथ रहेंगे, अब्बा !"

"बूढ़ा मुरातअली उस घर की दहलीज़ पर कभी पाँव नहीं रखेगा। वहाँ अकेली रहना ! और क़तारताल में तुम्हारी सूरत भी नज़र नहीं आनी चाहिए !"

"अब्बा !"

"और रोओ मत। तुम्हारा अब बाप नहीं रहा," मुरातअली ने धृष्ट स्वर में कहा। "और मेरी...मेरी आज से कोई बेटी नहीं रही !"

वह दृढ़ता व विश्वासपूर्वक डग भरके चलने की कोशिश करता हुआ खेत के अपने टुकड़े की ओर रवाना हो गया। उसने मेख़री के रोते हुए पुकारने पर भी मुड़कर देखा नहीं...

उन्होंने पूरे दिन एक दूसरे से एक शब्द भी नहीं कहा, मुरातअली रात को खेत-कैम्प में रुक गया, मेख़री आयक़ीज़ के यहाँ चली गई।

किसी ज़माने में, जब वे स्कूल में पढ़ती थीं, मेख़री को आयक़ीज़ की परछाईं कहकर पुकारा जाता था। मेख़री अपनी बड़ी सहेली से कुछ नहीं छिपाती थी। वह अपने सारे सुख और दुःख, मामूली से मामूली भी, आयक़ीज़ को बताने जाती थी, और वह उसके साथ ख़ुशी बाँटती थी, स्नेहपूर्ण शब्दों से सहेली के दुःख व आशंकाएँ दूर कर देती थी।

मेख़री ने उसे पिता के साथ हुई अपनी कहा-सुनी के बारे में बताया; आयक़ीज़ सोच में पड़ गई। इन दिनों में वह अधिक गम्भीर और संयत हो गई थी, उसकी भौंहों के बीच गहरा बल—हाल ही की ग़मी की निशानी—पड़ा रहता था। आयक़ीज़ जब सोच में पड़ती, माथे का बल और अधिक सुस्पष्ट हो उठता था।

"तुम ज़रूरत से ज़्यादा तो जोश में नहीं आ गई थीं, बहन ?" उसने सहेली को जाँचते हुए उसकी आँखों में झाँककर पूछा। "आख़िर वह तुम्हारे अब्बा हैं। और अब्बा..."

उपयुक्त शब्द न सूझने पर आयक़ीज़ ने अनजाने में नाक के बाँसे पर हाथ फेरा, मानो वह असामान्य बल को दूर करना चाहती हो, और मेख़री सुबकी भरकर धीरे से बोली :

"मैं...मैं...उनसे माफ़ी माँगने को तैयार हूँ। समझ में नहीं आता मैंने क्यों...लेकिन तुम तो अब्बा को जानती हो। वह मुझसे बात तक नहीं करना चाहते !"

"तुम भी शैतान-सी जिद्दी हो !" आयक़ीज़ मुस्करा उठी। "अरे बाप के आगे झुकने में तुम्हारा क्या जाता था ?"

"यानी करीम से कभी न मिलूँ ?"

"यह लो ! अब तुम तो तिनके को पहाड़ करने लगीं ! ऐसी कोई समस्या है ही नहीं जिसका हल न निकल सके, मेख़री। मैं तुम्हारे अब्बा को जानती हूँ। मुझे पूरा विश्वास है : कुछ वक़्त गुज़र जाए, फिर वह ठंडे पड़ जाएँगे और सारी बात समझ जाएँगे। और इसमें हम उनकी मदद करेंगे। तुम अब्बा के साथ भी रहोगी और करीम के साथ भी।"

"सच, आयक़ीज़-आपा ?"

"बेशक !" आयक़ीज़ हँस पड़ी। "सब ठीक हो जाएगा, देख लेना ! और सच कहती हूँ, अगर तुम्हारी शादी करीम के साथ होती है तो मैं तुम दोनों के लिए ख़ुश हूँगी। करीम बहुत अच्छा जवान है उसे दोस्ती की बहुत ज़रूरत है। आख़िर वह बिना बाप के बड़ा हुआ है, मेख़री..."

आयक़ीज़ की आँखें नमी से चमक उठीं, और अब मेख़री सहेली को तसल्ली दिलाने लगी।

"फिलहाल तुम मेरे यहाँ रहो, बहन," आयक़ीज़ ने दोनों के जी भर रो लेने के बाद कहा। "तुम्हारे रहने से मुझे ख़ुशी होगी...जब आलिमजान घर पर नहीं होते, कभी-कभी इतना अकेलापन और ऊब महसूस होती है...फिर तुम नई बस्ती में नए घर में रहने चली जाना। मुरातअली-अमाकी भी वहाँ रहेंगे। आख़िर वह हमारे साथ हैं। तुम्हारे अब्बा हमारे साथ रहेंगे !"

उनतीस

अब्दुल्लायेव का फ़ैसला

सुलतानोव का आसरा और उम्मीद, प्रान्तीय समिति का सचिव अब्दुल्लायेव परेशान था। वह अपने हाथ पीछे किए चिन्तामग्न अपने कक्ष में मेज़ से खिड़की तक और खिड़की से मेज़ तक चहलक़दमी कर रहा था। वह दिमाग़ पर ज़ोर देकर सोच रहा था कि अचानक और अनजाने उत्पन्न हुई इस कठिन परिस्थिति से ससम्मान कैसे उबरा जाए।

गुदगुदे क़ालीन के कारण क़दमों की आहट सुनाई नहीं दे रही थी। खुली खिड़की के बाहर के ऊँचे, शाखी वृक्ष के घने व सुप्रचुर शीर्ष ने सारी खिड़की ढँक ली थी और बाहर के दृश्य को छिपा रखा था।

अब्दुल्लायेव का कक्ष सुरुचिपूर्ण और शानदार ढँग से सजाया हुआ था; सारा फ़र्नीचर पॉलिश की हुई अखरोट की लकड़ी का था...मेज़ पर चमचमाते टेलीफ़ोनों तथा श्वेत संगमरमर के भारी-भरकम क़लमदान के पास यों ही रखा मुड़ा-तुड़ा व गहरी सिलवटें पड़ा समाचारपत्र इस लम्बे-चौड़े, भव्य व ठोस कक्ष में कुछ भद्दा, नीरस और उबाऊ लग रहा था। किन्तु इसी समाचारपत्र ने अब्दुल्लायेव का मूड ख़राब कर दिया था।

समाचारपत्र उसे याद दिला रहा था कि अलतीनसाय में बनाई गई और पार्टी की ज़िला समिति द्वारा समर्थित अछूती धरती को कृषि योग्य बनाने की योजना के बारे में उसकी सुस्पष्ट व अन्तिम राय बताने का समय आ गया है। योजना की पुष्टि ज़िला समिति काफ़ी पहले कर चुकी थी, अछूती धरती को कृषि योग्य बनाने का काम चल रहा था, पर प्रान्तीय समिति ने अभी तक उसके बारे में अपना निर्णायक मत प्रकट नहीं किया था, और इसके लिए दोषी था कृषि सम्बन्धी प्रश्नों के लिए उत्तरदाई अब्दुल्लायेव। अलतीनसायवासियों की पहलक़दमी में आरम्भ से ही रुचि लेनेवाला प्रथम सचिव माँग कर रहा था कि अब्दुल्लायेव न तो "नहीं" कह रहा था और न ही "हाँ", हालाँकि आज तक उसका झुका नकारात्मक उत्तर के पक्ष में था।

अब्दुल्लायेव उन बिरले ही नज़र आनेवाले पार्टी कार्यकर्त्ताओं में से था जिन्हें ख़ुद को पार्टी से अभिन्न समझने, पार्टी की ओर से भाषण देने लेकिन सारी ज़िन्दगी दूसरों के इशारों पर जीने का शौक़ होता है।

अब्दुल्लायेव फिर भी कुछ मामूली ज़िम्मेदारियाँ अपने ऊपर ले सकता था, जैसे उसने बिना किसी झिझक के ज़िला कार्यकारिणी समिति के अध्यक्ष के पद के लिए सुलतानोव के नाम की सिफ़ारिश की थी। किन्तु वह अधिक गम्भीर व पेचीदा प्रश्नों का समाधान केवल " ऊपर" से मिले ठोस निर्देशों के अुनसार पूरी सख़्ती से करना बेहतर समझता था। उसके लिए पार्टी की नीति के पालन का अर्थ उच्चतर विभागों के आदेशों का पालन करना था, और कुछ नहीं। वह पार्टी की इच्छा को सोवियत जनता की केंद्रित इच्छा नहीं बलिक कोई सर्वोच्च अमूर्त शक्ति मानता था जो अधिकारों से सम्पन्न नहीं है। वह न तो समझ सकता था और न ही समझना चाहता था कि पार्टी केवल मार्ग-दर्शन ही नहीं करती है, बल्कि सुनती भी है, केवल सिखाती ही नहीं है, सीखती भी है, न केवल निर्णय लेती है और आदेश देती है, बल्कि जनता की समस्त मूल्यवान पहलक़दमियों का उत्साहपूर्वक समर्थन भी करती है। नीचे से की गई पहलक़दमी उन स्पष्ट व शान्तिमय सिद्धान्तों का, जिनका पालन वह अपने कार्य में करता था, उल्लंघन करते हुए उसका सारा खेल बिगाड़ रही थी। वास्तव में वह पार्टी की इच्छा का संचालक नहीं, बल्कि एक प्रकार का संचारी था, जो पार्टी की उच्चतर संस्थाओं के निर्णय को निचली संस्थाओं को प्रेषित करता था। प्रतिवर्त्तन का इस संचारी में प्रावधान नहीं था। अलतीनसायवासियों की योजना ने अब्दुल्लायेव के मन में गम्भीर शंकाएँ उत्पन्न कर दी थी, क्योंकि उसे "नीचे" से भेजा गया था। इस मामले में "ऊपर" से कोई स्पष्ट निर्देश नहीं थे। ज़िले के नेताओं की भी इसके बारे में एक राय नहीं थी। प्रश्न विवादास्पद था और अब्दुल्लायेव के मतानुसार प्रान्तीय समिति को उसकी केवल उपेक्षा कर देनी चाहिए थी, जिससे व्यर्थ का झंझट और परेशानियाँ न मोल ले ली जाएँ।

यदि यह योजना कम-से-कम ताशक़न्द से ही आई होती, तो और बात होती...किन्तु ताशकन्द ने अब्दुल्लायेव को गश्ती पत्र भेजकर आलतीनसाय की अछूती धरती को कृषि योग्य बनाने का सुझाव नहीं दिया था। इसलिए अलतीनसायवासियों के सुझाव को खटाई में डालना और हवाई क़िले मानकर दफ़ना देना ही बेहतर होगा। अब्दुल्लायेव बेशक समझता था कि उसे अपने आधार को प्रमाणित करना चाहिए। किन्तु यह तो मात्र औपचारिकता होती है। जब तक अलतीनसाय के मेहनतकश आस्तीनें चढ़ाए नई ज़मीन जोतते रहे, आँधी से अकेले जूझते रहे, प्रान्तीय समिति में अब्दुल्लायेव के आग्रह पर आयोगों का गठन और उनकी बैठकें होती रहीं। विशेषज्ञ लम्बी-लम्बी और परस्पर विरोधी रिपोर्टें तैयार करते रहे। अलतीनसायवासियों की नेक पहलक़दमी दस्तावेज़ों के अथाह दलदल में धँसती रही।

किन्तु अलतीनसायवासियों ने हिम्मत नहीं हारी। वे अपनी बात का औचित्य सिद्ध

करके दिखाने की कोशिश करते रहे। यूसुफ़ी ने उसके काम में बाधा डालीं, पर उसके लेख के जवाब में उसी समाचार-पत्र में जूराबायेव का लेख छपा और कहने की ज़रूरत ही नहीं कि लेख तर्कसंगत और सटीक था। "अछूती धरतीवाली" योजना की रक्षा के लिए साधारण किसान उठ खड़े हुए।

प्रान्तीय समिति का प्रथम सचिव, जो इन बातों के बारे में जानता था, अब्दुल्लायेव को हठपूर्व जल्दी करने को कहने लगा।

एक बार उसने उसे अपने कमरे में बुलाया और बैठने को सख़्त शब्दों में, जैसा कि अब्दुल्लायेव को लगा, झल्लाकर कहा:

"अलतीनसायवासियों के सुझाव को प्रान्तीय समिति के ब्यूरो के समक्ष विचार के लिए काफ़ी पहले रख दिया जाना चाहिए था। देर किस कारण से हुई ?"

अब्दुल्लायेव ने कन्धे उचका दिए।

"हर चीज़ की बारीकी से जाँच करनी चाहिए। इस सुझाव के प्रवर्त्तक एक प्रकार से अपनी सारी ठोस दलीलें दे चुके हैं। पर ज़िला कार्यकारिणी समिति के सचिव कामरेड सुलतानोव के अनुमान भी उनसे कम ठोस नहीं है..."

"कैसे अनुमान हैं ये ?"

"उनका यह सोचना पूर्णतया न्यायसंगत है कि हमने अभी तक मौजूदा ज़मीन का पूरा लाभ नहीं उठाया है। सबसे पहले तो पौधों की सघनता बढ़ाते हुए कपास की उर्वरता में वृद्धि करनी चाहिए।"

"ठीक है। यह अत्यन्त महत्त्वपूर्ण घटक है, पर एकमात्र नहीं !...कपास के उत्पादन में तीव्र वृद्धि हम केवल इसी स्थिति में कर सकते हैं, यदि उसके साथ-साथ जोत का क्षेत्रफल भी बढ़ाएँ। यदि क्षेत्रफल में वृद्धि अछूती धरती को कृषि योग्य बनाकर की जाए।"

"लेकिन यह मत केवल सुलतानोव का ही नहीं है !..."

"आप दूसरों के मतों को आधार मत बनाइए बल्कि जीते-जागते अनुभव और व्यावहारिक ज्ञान को बनाइए। यह ज़्यादा विश्वसनीय तरीक़ा होगा।"

अब्दुल्लायेव हिचकिचाकर बोला :

"इसलिए तो मैं सब स्पष्ट कर लेना चाहता हूँ। अछूती धरती को कृषि योग्य बनाना—जोखिम का काम है। कामरेड सुलतानोव ज़ोर देकर कहते हैं कि 'अछूती धरतीवाली' योजना के प्रवर्त्तकों ने स्थानीय परिस्थितियों की विशिष्टताओं का ध्यान नहीं रखा है। इसकी पूरी सम्भावना है कि उनका कहना सही है। फिर..अभी तक हमें कोई निर्देश नहीं मिले हैं !..."

"अपने दिमाग़ से काम लेना चाहिए !" प्रथम सचिव ने गुस्से में कहा। "पता लगाइए, पर ज़रा जल्दी से। नहीं तो आप केवल कथनी से तो कपास उत्पादन के उत्थान का समर्थन करते हैं, पर करनी से उसे उत्थान में रोड़े अटकाते हैं, महत्त्वपूर्ण प्रश्नों को खटाई में डाल देते हैं। आपको और कौन-से निर्देश चाहिए ? क्या आपको

मालूम नहीं है कि पार्टी जनता की पहलक़दमियों को, उसके सृजन को पूरा अवसर देती है ? अपने अन्तिम निष्कर्ष जल्दी से जल्दी सामने रखिए।''

प्रान्तीय समिति के प्रथम सचिव के दृढ़ स्वर से परिणाम अच्छा न निकलने का अन्देशा नज़र आ रहा था। वह काफ़ी अरसे से ध्यान व सतर्कतापूर्वक अब्दुल्लायेव पर नज़र रखे हुए था और इसीलिए माँग कर रहा था कि वह अपनी राय सुस्पष्ट ढंग से निश्चित कर ले। शायद प्रथम सचिव उसकी इस राय के आधार पर ही उसकी कार्य-क्षमता के बारे में अपनी राय क़ायम करे। वह बड़ी मुश्किल में फँस गया।

तिस पर जनतन्त्र के समाचारपत्र में यह लेख और छप गया।

परिस्थितियाँ ऐसी होती जा रही थीं कि अब और टालना असम्भव हो गया था। अब्दुल्लायेव के लिए या तो अलतीनसायवासियों की योजना की पुष्टि करने का विकल्प बन रहा था, या सुलतानोव के मत और आयोगों व विशेषज्ञों के अस्पष्ट प्रतिवेदन का हवाला देते हुए उसे अस्वीकार कर देने का।

पुष्टि कर दे ?...पर अब्दुल्लायेव का हाथ प्रान्तीय समिति में ताशक़न्द से नहीं बल्कि किसी अलतीनसाय नाम के गाँव से आई योजना पर हस्ताक्षर करने के लिए उठ नहीं रहा था।

अस्वीकार कर दे ?...पर मामला काफ़ी आगे बढ़ चुका है। इस योजना को अव्यवहारिक और राष्ट्र के हितों के प्रतिकूल बताने पर उसके प्रवर्त्तकों व निर्वाहकों के विरुद्ध पार्टी की ओर से कड़ी अनुशासनात्मक कार्रवाई करनी पड़ सकती है। प्रान्तीय समिति की इस प्रकार की कार्रवाइयों का व्यापक प्रचार हो सकता है। पंडित लोग अवश्य ही उच्चतर विभागों में अपील कर सकते हैं। उस स्थिति में अपनी कार्रवाइयों की न्यायसम्मतता प्रमाणित करने के लिए अब्दुल्लायेव को ''अछूती धरतीवाली'' योजना के विरुद्ध उन आपत्तियों से, जो इस समय वह कर रहा था, अधिक ब्योरेवार व ठोस आपत्तियों की ज़रूरत पड़ सकती है। तिस पर यह समाचारपत्र....

अब्दुल्लायेव मेज़ पर बैठ गया और अख़बार उठाकर चिन्ताजनक लेख ध्यानपूर्वक दुबारा पढ़ डाला।

लेख का खुद अब्दुल्लायेव से कोई वास्ता नहीं था। उसमें एक बहुत बड़े सरकारी फ़ार्म के पार्टी संगठन के सचिव की निदेशक के साथ मिलकर साधारण श्रमिकों के अभिनव परिवर्तन की पहलकदमी की उपेक्षा करने के लिए आलोचना की गई थी, खूब कटु आलोचना की गई थी। अब्दुल्लायेव उस सचिव को जानता था और उसे आज तक अभेद्य मानता था। और यह लीजिए—उस तक की ख़बर ले ली गई ! इसका मतलब यह हुआ कि पार्टी द्वारा कटु आलोचना से अब कोई सुरक्षित नहीं रह गया ! अब्दुल्लायेव के लिए कठिन और चिन्ताजनक समय आ गया। ''यह बात सच ही निकली,'' उसने दुःखी होते हुए सोचा, ''कुछ पता नहीं, ऊँट किस करवट बैठे।''

भिन्न-भिन्न लोग उनकी अपनी कार्रवाइयों से प्रत्यक्ष या अप्रत्यक्ष सम्बन्ध रखनेवाली समाचारपत्रों में छपी आलोचनाओं को भिन्न-भिन्न रूप में लेते हैं। कुछ

लापरवाही से खीसें निपोड़ते हैं: ''यह मेरे बारे में नहीं लिखा गया है, मेरी तो ज़िम्मेदारियाँ ही दूसरी हैं और ओहदा भी ऊँचा है।'' कुछ, जो ज़रा समझदार होते हैं, लेख या हास्य-स्तम्भ में किए गए आक्षेपों को स्वयं पर किए गए आक्षेप समझते है, पर मानते हैं कि हास्य-स्तम्भ से केवल उन्हीं लोगों को डरना चाहिए, जिनके नाम उसमें लिए गए हैं, जबकि व्यक्तिगत रूप से उन पर आया ख़तरा टल गया है : एक-सी मुसीबत एक ही आदमी पर दो बार नहीं आती, एक मुर्गी नौ जगह हलाल नहीं होती। कुछ लोग, या तो कुछ तेज़नज़र होने के कारण या डरपोक होने के कारण, ऐसी सामग्री में अपने लिए पक्का ख़तरा देखते हैं। ''आज समाचार पत्र में मेरे परिचित को निशाना बनाया गया है, पर कौन जाने, कल मुझे ही झाड़ पड़ जाए। आजकल आलोचना से बच पाना टेढ़ी खीर है...''

अब्दुलायेव भी यही सोचता था। वह अलतीनसायवासियों का समर्थन करने का निर्णय नहीं कर पा रहा था। पर उसे इससे ज़्यादा डर इस बात का था कि समाचार पत्र में सरकारी फ़ार्म के जिस ''चौधरी'' की, लेख में उसे यही नाम दिया गया था, कटु आलोचना की गई है, उसी की जैसी कार्रवाइयों के लिए निकट भविष्य में अब्दुल्लायेव को भी झाड़ पड़ सकती है, और उसे अलतीनसायवासियों की योजना को स्वीकार न करने के लिए नहीं, बल्कि समय पर उसकी पुष्टि न करने के लिए जवाब देना पड़ेगा !

अब्दुल्लायेव फटकार से, केवल फटकार से डरता था। किन्तु ''अछूती धरतीवाली'' योजना के प्रति शुभचिन्तक का रुख़ अपनाते हुए, मन-ही-मन में उसे पुष्टि के लिए प्रान्तीय समिति के ब्यूरो के सामने रखने की तैयारी करते हुए, भय के कारण अपनी सामान्य सतर्कता खोते हुए वह अपनी भावी गतिविधियों व अपने साधारण सिद्धान्तों में सामंजस्य स्थापित करने की कोशिश करने लगा। क्योंकि समाचार पत्र में छपा लेख हालाँकि पूर्णतया न सही, पर था तो, ''ऊपर'' से मिला निर्देश–''ऊपर'' से पार्टी के नेतृत्व से ''नीचे'' से की गई पहलक़दमी का समर्थन करने की माँग की जा रही थी। इस माँग को पूरा करना ज़रूरी था।

अब्दुल्लायेव को केवल एक ही बात परेशान कर रही थी। अछूती धरती को कृषि योग्य बनाए जाने के सबसे कट्टर विरोधी सुलतानोव का क्या किया जाए ? क्योंकि अब्दुल्लायेव ने जिला कार्यकारिणी समिति के अध्यक्ष को अपने समर्थन का आश्वासन दिया था, और यदि वह कन्धा ही हटा ले, जिसके सहारे सुलतानोव खड़ा है, तो यह गद्दारी होगी। किन्तु सबसे बुरी बात तो तब होगी, जब सहारा खो बैठने और भाग्य भरोसे छोड़ दिए जाने पर सुलतानोव अपने दोस्त और संरक्षक को भी अपने साथ ले डूबेगा। दूसरी तरफ़ से सुलतानोव को बचाना जो पहले ही बात काफ़ी आगे बढ़ा चुका है, जोखिम से भरा होगा। ''ठीक है,'' अब्दुल्लायेव ने खुद को तसल्ली दिलााई, ''बाद में कोई तरकीब ढूँढ़ लेंगे। बदक़िस्मत दोस्त को किसी तरह बचा लूँगा !''

और कृपालु खेद के साथ व्यंग्यपूर्वक मुस्करा पड़ा।

तीस

क़ादीरोव अकेला रह गया

प्रान्तीय समिति द्वारा अछूती धरती को कृषि योग्य बनाए जाने की योजना का समर्थन किए जाने के बाद आयक़ीज़ की ज़िम्मेदारियाँ बढ़ गईं, पर वह पूर्ववत्, सहर्ष और अक्सर नए गाँव को देखने जाती रही। वह उसे जीवन्त, लोगों की आवाज़ों से और नए प्रवासियों की घर-गृहस्थी की दौड़-धूप से प्रफुल्लित देखने के लिए अधीर थी। वह घोंसला ही क्या हुआ, यदि उसमें पक्षी ही न हों।

उस्ताद हज़रतकुल ने अपने वादे के अनुसार बस्ती सामूहिक फ़ार्म को निश्चित अवधि से काफ़ी पहले सौंप दी। अब स्मिर्नोव का काम बाकी रह गया था। आयक़ीज़ पुनर्वास समारोह का आयोजन केवल बड़ी नहर के तैयार होने और बस्ती में पानी आने के बाद ही करना चाहती थी।

अगस्त के एक दिन वह स्मिर्नोव के पास यह मालूम करने गई कि नहर का क्या अभी काफ़ी काम बाक़ी है। स्मिर्नोव ने अपनी आदत के अनुसार चश्मा पोंछा, उसे लगाया और आयक़ीज़ को खिड़की के पास ले जाकर हाथ से उनके सामने के निर्माण कार्य की ओर इशारा किया।

''खुद देख लो, आयक़ीज़ !'' और बड़बड़ाते हुए बोला, मानो आयक़ीज़ उस पर कोई आरोप लगा रही हो : ''हम बेकार नहीं बैठे हैं, हाथ पर हाथ धरे...''

जलागार का निर्माण कार्य समाप्ति पर था। नहर जहाँ से कृत्रिम झील से निकल रही थी, वहाँ कंक्रीट का बाँध खड़ा नज़र आ रहा था। ऐन नहर के ऊपर जो पर्याप्त गहरी हो चुकी थी, एक्सकेवेटरों की फ़ौलादी गरदनों का झुंड लगा हुआ था, स्क्रेपर व बुलडोज़र पूरी तत्परता से तल को हमवार बना रहे थे। हर जगह—लोग, मशीनरी, मिट्टी व गिट्टी के पहाड़ नज़र आ रहे थे। किन्तु स्मिर्नोव के कक्ष से पानी दिखाई नहीं दे रहा था, इसीलिए नहीं कि अर्द्धवृत्ताकार बाँध उसे देखने में बाधा डाल रहा था। पिछले कुछ महीनों में झील छिछली हो गई थी। उसका पानी कपास के खेत पी गए थे। दिन-प्रतिदिन झील में पानी कम होते देखनेवाले स्मिर्नोव को वे खेत सप्राण प्रतीत होते थे। लगता था वे अपने गरम व प्यासे होंठों को पानी से लगाए हुए हैं, जैसे पशुओं का झुंड किसी पोखर पर, पिए जा रहा है, पिए जा रहा है, पर प्यास किसी तरह बुझ ही नहीं रही है। अपने कार्य से सदा असन्तुष्ट रहनेवाला स्मिर्नोव झील में जल के वार्षिक भंडार में वृद्धि करने की, और उसका वितरण इस प्रकार करने की कि एक अमूल्य बूँद भी बेकार न जाए, कोई तरकीब निकालने की सोच रहा था।

''काम आपका ठीक-ठाक चल रहा है, इवान निकितिच,'' आयक़ीज़ ने जलागार पर नज़र दौड़ाकर प्रशंसापूर्ण स्वर में कहा।

इंजीनियर मुस्करा उठा, उसकी ठोढ़ी पर मटर-सा मस्सा थोड़ा उछला।

''कहाँ ठीक-ठाक से चल रहा है ! अवधि कम रह गई है, आयक़ीज़।''

''आप तो काम अवधि के अन्दर ही कर रहे हैं, इवान निकितिच।''

''मैं इस अवधि की बात नहीं कह रहा हूँ, जो योजना में है, हमने अपने लिए दूसरी ही अवधि निश्चित की थी। इसीलिए तो कम पड़ रही है !''

आयक़ीज़ हँस पड़ी :

''अवधि को लेकर तो मैं भी परेशान हूँ ! आख़िर, इवान निकितिच, नई नहर में पानी की कलकल कब सुनना नसीब होगा ?''

''जल्दी ही, आयक़ीज़, जल्दी ही ! तब तक आप लोग पुनर्वास का काम शुरू कर दें, कुछ दिनों में हम पानी सप्लाई करने लगेंगे। नए प्रवासी एक-दो दिन तक गुजर कर लेंगे ना ?''

''एक दिन भी नहीं ! हमने वादा किया है कि वे सर्वसुविधायुक्त गाँव में रहेंगे और हमें अपना वादा पूरा करना चाहिए। ज़रा ज़ोर दीजिए, इवान निकितिच।''

''कैसी ज़िन्दगी है !'' स्मिर्नोव ने ठंडी साँस ली। ''एक तो खुद ही के मारे चैन नहीं हैं, तिस पर तुम भी ज़ोर दे रही हो। अच्छा, आयक़ीज़, ज़ोर देंगे।''

उसकी बातचीत जुराबायेव के अप्रत्याशित आगमन से भंग हो गई। जिला समिति का सचिव गत सन्ध्या को ताशक़न्द से लौटा था, जहाँ उसे अब्दुल्लायेव के साथ बुलाया गया था। उसकी हर्षोत्फुल्ल और शरारती आँखें मुस्करा रही थीं। उसने आयक़ीज़ व स्मिर्नोव का अभिवादन किया और रहस्यपूर्ण ढंग से कहा :

''दोस्तो, मैं आप लोगों के पास ऐसा तोहफ़ा लेकर आया हूँ जिसे आपने शायद सपने में भी नहीं देखा होगा !''

''सताइए मत !'' आयक़ीज़ ने कहा। ''बताइए !''

जुराबायेव लपककर खिड़की के पास पहुँचा, खिड़की की ओर पीठ की और दोनों हाथ आगे फैलाकर, मानो मित्रों का आलिंगन करना चाहता हो, विजयोल्लास में कह उठा :

''विजय की बधाई, प्यारे कामरेडो ! भारी जीत की बधाई ! ताशक़न्द में हमारी योजना पर विचार किया गया, उन्होंने उसका केवल अनुमोदन ही नहीं किया, बल्कि काफ़ी दूरगामी निष्कर्ष भी निकाले। उन्होंने कहा : 'आपकी योजना तो ऐसी ही योजनाओं का अभी श्रीगणेश मात्र है !' और यह भी कहा : 'जनतन्त्र महान घटनाओं की देहलीज़ पर खड़ा है, आपकी पहलक़दमी—महान नदी की शाखा है !' समझे, कामरेडो ? कहने का मतलब है कि अछूती धरती को कपास की खेती के लिए और ज़्यादा बड़े पैमाने पर कृषि योग्य बनाने का सुझाव दिया गया है। हमें भारी सहायता का वादा किया गया है। मैं उड़ता हुआ-सा लौटा हूँ, आप लोगों को जल्दी-से-जल्दी खुशख़बरी देना चाहता था।''

''इससे बेहतर तोहफ़े की कोई सोच भी नहीं सकता,'' स्मिर्नोव ने सहमति व्यक्त की। ''लेकिन हमें इसके सिवा और किसी चीज़ की आशा भी नहीं थी...''

"क्या ? क्या आशा नहीं थी ?" आयक़ीज़ ने उसे टोक दिया। "हमारी ख़ुशी इससे कहीं कम हो सकती है ! मुझे तो लग रहा है जैसे मेरे भी पंख निकल आए हैं।"

"ठीक कहती हो, उमूरज़ाक़ोवा," जुराबायेव ने उसका समर्थन किया। "लेकिन यह भी याद रखिए : हमें अभी कठिन परीक्षाएँ देनी हैं। सुलतानोव और क़ादीरोव हमें कठिनाइयों की दुहाई देकर डराते रहे थे, और एक मामले में उनका कहना सही निकला : हमारा आगे का रास्ता फूलों की सेज नहीं है, उससे कोई नहीं गुज़रा है। हाँ, याद आया, मैं अरसे से आपके खेतों में नहीं हूँ–वहाँ काम कैसा चल रहा है ?"

"फ़सल बहुत अच्छी होने की आशा है," आयक़ीज़ ने कहा।

"और क़ादीरोव कैसा है ? क्या अभी भी झगड़ता रहता है ?"

"कादीरोव ?..." आयक़ीज़ एक मिनट के लिए सोच में पड़ गई। "क़ादीरोव कुछ शान्त हो गया है, उससे अभी न कोई नुक़सान हो रहा, न ही कोई फ़ायदा..."

"यानी नुक़सान ही हो रहा है !"

जुराबायेव कुरसी के किनारे पर बैठकर गाल पर हथेली फेरकर दुःखी स्वर में बोले :

"क़ादीरोव के मामले में हम चूक गए ! हाँ, हाँ, चूक गए ! किसी ने ठीक ही कहा है : जियो और सीखो। मैं इसमें बस यह जोड़ना चाहूँगा : लोगों से सीखो ! क्योंकि मैं देख ही चुका हूँ कि क़ादीरोव कितना बदल गया है। मैं जानता था कि सामूहिक फ़ार्म के सामने पैदा हुई नई समस्याओं का समाधान उसके बस का नहीं है। पर फिर भी उसका लाड़ करता रहा, उदारता दिखाता रहा है, उस पर दया करता रहा है, इन्तज़ार करता रहा कि वह अपनी ग़लतियाँ कब मानेगा। आम किसान अध्यक्ष की मुझसे कम इज़्ज़त नहीं करते हैं, पर उसके अहंकार को बढ़ावा नहीं देना चाहते। उन्होंने बिना लिहाज़ के दो टूक सवाल उठाया है : हमें ऐसा अध्यक्ष नहीं चाहिए, और बात ख़त्म। और उनकी बात ठीक है। क़ादीरोव के स्थान पर बहुत पहले ही किसी दूरदर्शी और आर्थिक मामलों में कुशल व आधुनिक अध्यक्ष को रख लेना चाहिए था !"

देखिए, संयोग भी कैसा रहा, ऐन उसी समय कार्यालय के गलियारे में स्मिर्नोव के पास अपने सामूहिक फ़ार्म की अगली बार सिंचाई के लिए कुछ अधिक पानी देने की प्रार्थना करने जा रहा क़ादीरोव आ पहुँचा। इंजीनियर के कक्ष का दरवाज़ा खुला था। क़ादीरोव ने जुराबायेव के अन्तिम शब्द सुन लिए। सुनते ही दबे पाँव चलने की कोशिश करता हुआ वह उलटे क़दम दरवाज़े की ओर हटने लगा। वह चौकन्ना होकर अगल-बग़ल झाँकता बाहर लपका और धप-धप करता भागा हुआ अपने घोड़े के पास पहुँचा। उसका पैर काफ़ी देर तक रकाब में नहीं पड़ पाया। अन्त में क़ादीरोव क़दमबाज़ पर सवार होने में सफल हो गया और सरपट जिला केन्द्र की ओर भाग चला।

जब प्रान्तीय समिति के सचिव ने, उस "पर्वत" ने जिससे समर्थन मिलने की सुलतानोव को आशा थी, निर्णायक क्षण में अलतीनसाय में मरुभूमि को कृषि योग्य बनाने की योजना का विरोध करने के स्थान पर अचानक खुद को उसका पक्षधर घोषित

कर दिया, तो क़ादीरोव समझ गए कि अब वह सामूहिक फ़ार्म के अध्यक्ष के पद पर टिका नहीं रह सकेगा। वह समझ तो गया, पर उस पर विश्वास नहीं करना चाहता था। वह सामूहिक फ़ार्म के सारे कार्य सँभाले रहा था, दौड़-धूप करता रहा था, आदेश देता रहा था, टोली-नायकों को जल्दी करने को कहता रहा था, पर अपनी ये ज़िम्मेदारियाँ निरुत्साह से, अनिच्छापूर्वक और बिना खुशी महसूस किए निभाता रहा था। उसके सारे विचार, आशाएँ, आकांक्षाएँ उसके मस्तिष्क को निरन्तर कुरेद रहे, दिन-प्रतिदिन के कार्यों पर ध्यान केन्द्रित करने से रोक रहे एक ही विचार में समा गए थे : क्या पता, माफ़ ही कर दें, क्षमादान दे दें, कुछ न कहें ! आख़िर वह अनुभवी है...जिले में भी और प्रान्त में भी उसकी अतीत की सेवाओं को ध्यान में रखा जाना चाहिए। उसे बस अध्यक्ष बना रहने दिया जाए, फिर वह दिखा देगा कि क़ादीरोव कितना योग्य है ! वह बिलकुल गऊ हो जाएगा, पर उससे जो भी कहा जाएगा, करेगा ! वह केवल इस ससुरी अछूती धरती में ही नहीं—सारे रेगिस्तान में कपास बो देगा ! बस उसे हटाएँ नहीं...

क़ादीरोव को चमत्कार की आशा थी, पर कोई चमत्कार नहीं हुआ। स्मिर्नोव के कक्ष में संयोगवश सुनाई दे गई बातचीत ने उसे पूर्णतया होश में ला दिया। "ख़तम हो गया तुम्हारा खेल, अध्यक्ष," उसने घोर निराशा के साथ मन में कहा। "भूतपूर्व अध्यक्ष !..."

क़ादीरोव को घेर रहे घुप अँधेरे में केवल एक दीया टिमटिमा रहा था। और क़ादीरोव बिना कुछ सोचे जिला कार्यकारिणी समिति में सुलतानोव के पास दौड़ा। उसे विश्वास नहीं था कि सुलतानोव उसे बचा सकेगा, लेकिन जिला कार्यकारिणी के सचिव को निश्चय ही क़ादीरोव से ज़्यादा मालूम होगा। सुलतानोव दूरदर्शी है, वह अपने मित्र को सदा उत्साहित करता रहा था, उसका हौसला बढ़ाता रहा था ! क़ादीरोव उसका समर्थन प्राप्त करने, सलाह लेने, सान्त्वना प्राप्त करने जा रहा था। वह डूब रहा था और तिनके का सहारा मिलने पर भी खुश हो सकता था।

उसके जिला मुख्यालय तक पहुँचते-पहुँचते उसका रूमाल, जिससे वह बार-बार चेहरा, गरदन और गुद्दी पोंछ रहा था, बिलकुल तर हो गया, मानो क़ादीरोव ने उसे नदी में भिगोया हो।

जिला कार्यकारिणी समिति की वह जानी-पहचानी इमारत भी आ गई। छातानुमा सायेदार वृक्ष लगी चौड़ी वीथि। सब्र करने के आदी हुए और प्रतीक्षारत मुलाक़ातियों के लिए सुघड़ बेंचें। स्वागतकक्ष, जिसमें सुलतानोव की शान्ति की भयावह पहरेदार गदराए बदनवाली स्टेनो आसीन रहती थी। ठाठदार काले चमड़े से मढ़ा चिर-अभीप्सित दरवाज़ा...

स्टेनो ने क़ादीरोव को देख रुखाई से सिर हिलाया और न जाने क्यों उससे पूछा :

"आपको किससे मिलना है, कामरेड क़ादीरोव ?"

"सुलतानोव अपने कमरे में हैं ?"

स्टेनो अपनी मेज़ से उठकर मन्थर गति से निकली और क़ादीरोव व उस दरवाज़े

के बीच, जिसमें वह घुसना चाहता था, मज़बूती से अड़ गई।

''कामरेड सुलतानोव अपने कक्ष में हैं, पर किसी से नहीं मिल रहे हैं। उनके यहाँ मीटिंग हो रही है।''

क़ादीरोव का चेहरा बिगड़ गया, उसने गीले रूमाल से पसीने से तर हो रही गरदन पोंछी।

''मेरे ख़याल से मेरे लिए तो वह कम-से-कम दो मिनट का समय दे देंगे।''

''कामरेड सुलतानोव किसी के साथ भेद-भाव नहीं करते।''

''फिर भी आप उन्हें मेरे बारे में ख़बर कर दीजिए। मुझसे तो उन्हें ज़रूर मिलना चाहिए।''

स्टेनो कन्धे उचकाकर दरवाज़े में ओझल हो गई। एक मिनट बाद वापस निकलकर वह उलाहना देती हुई बोली :

''मैंने आपसे कहा तो था न ! कामरेड सुलतानोव को बहुत खेद है, पर उनके यहाँ मीटिंग हो रही है। अगर चाहें, तो तब तक बाग में बैठ सकते हैं...लेकिन वह शायद ही जल्दी खाली हो सकें।''

''ठी...क...है'' क़ादीरोव ने सब समझते हुए कहा। वह कुछ क्षण खड़ा रहकर एकदम मुड़ा और गुस्से में भड़ाक से दरवाज़ा बन्द करके चला गया। सारी बात पूरी तरह साफ़ थी। सुलतानोव के यहाँ कोई मीटिंग नहीं हो रही थी—क़ादीरोव को तो उसकी ये चालबाज़ियाँ मालूम ही थी ! वह क़ादीरोव से मिलना ही नहीं चाहता था। उसे अब अपने दोस्त की कोई ज़रूरत नहीं रही थी...हाँ, कामरेड सुलतानोव बहुत दूरदर्शी हैं !

क़ादीरोव जब अलतीनसाय लौटा, सूरज क्षितिज की ओर उन्मुख हो रहा था। सामूहिक फ़ार्म के कार्यालय के आस-पास कोई नहीं था। क़ादीरोव इससे खुश होकर अपने कक्ष की ओर चल दिया। रास्ते में उसने उस कमरे में झाँककर देखा, जहाँ साधारणतया उसकी स्टेनो बैठती थी। नज़ाकतख़ाँ अभी गई नहीं थी, पर अकेली नहीं थी : वह अपने पिता से बात कर रही थी।

''अलीक़ुल ! जब बात ख़तम कर लो, तो मेरे कमरे में आना,'' क़ादीरोव ने चलते-चलते कहा।

मेज़ पर बैठकर उसने पानी की सुराही की ओर हाथ बढ़ाया, पर खीजकर तत्क्षण वापस खींच लिया : सुराही खाली थी। नज़ाकतख़ाँ पिछले कई दिनों से अध्यक्ष की न चाय से ख़ातिरदारी कर रही थी, न ही मिठाइयों से, उसे सुराही में ताज़ा पानी भरने तक में आलस आता था। वह क़ादीरोव से कतराने लगी थी। कौन जाने, एक समय मेख़री और करीम के पवित्र व आत्मविस्मृत प्रेम से ईर्ष्या करनेवाली नज़ाकतख़ाँ के मन में भी शायद अपने प्रति और उन लोगों के प्रति, जिन पर वह बिना प्रेम के बड़ी निश्चिन्तता से अपनी कृपादृष्टि रखा करती थी, घृणा की भावना जाग उठी थी। किन्तु क़ादीरोव कुछ और ही सोच रहा था : ''तुम भाँप गई हो, सुन्दरी, कि मैं अब अध्यक्ष नहीं रहूँगा,'' वह खिन्न हुआ सोच रहा था, ''इसीलिए तुम्हारा व्यवहार बदल गया है !

ज़िन्दगी में ऐसा ही होता है : आदमी सम्मान और सत्ता खोते ही दोस्तों को भी खो बैठता है। बस तुम्हारे बाप की ही मुझसे मुँह फेरने की क़सर रह गई है ! अरे, नहीं, वह मुसीबत की घड़ी में मेरा साथ नहीं छोड़ेगा, हम एक ही थैली के चट्टे-बट्टे हैं !''

अलीक़ुल ने कक्ष में आकर अध्यक्ष को सिर नवाया और उदास व विनम्र मुखमुद्रा के साथ सोफ़े पर बैठ गया।

''सुना ?'' क़ादीरोव ने उसे सम्बोधित किया। ''हमारी हालत ख़राब है। उमूरज़ाकोवा आख़िर अपनी ठानी करके ही रही ! हम शायद कहीं चूक गए। बुरी तरह चूक गए।''

''चूके तो तुम हो, अध्यक्ष, तुम,'' अलीक़ुल ने शान्तिपूर्वक आपत्ति की। ''तुमसे विनती करता हूँ, अपना दोष दूसरों के सिर मत मढ़ो।''

''क्या, क्या...'' क़ादीरोव की भौंहें सिकुड़ गईं। ''तुम क्या बक रहे हो ?''

''तुम्हारे साथ बहुत बुरा होगा, अध्यक्ष। बहुत बुरा !'' अलीकुल ने दुःख से आँखें मीच लीं। ''क्या ज़रूरत पड़ी थी तुम्हें मुसीबत को बुलावा देने की, और दूसरों को भी गुमराह करने की ?''

''क्या !'' क़ादीरोव ने मेज़ पर मुक्का मारा। ''मैं तो जानता हूँ कि मेरा क्या होनेवाला है। पर तुम भी अब उर्वरता समिति के अध्यक्ष नहीं रह सकोगे। इसीलिए आओ कुछ तरकीब सोचें...''

''मुझे क्या सोचना है, अध्यक्ष ? मुझे यह ओहदा आसानी से नहीं मिला है। बिलकुल नहीं ! लोगों की इज़्ज़त पाने के लिए मुझे कितने बरस खून-पसीना एक करना पड़ा ! मुझे उर्वरता समिति का अध्यक्ष किसानों ने चुना है। यह अच्छा पद है, अध्यक्ष। मुझे क्या ज़रूरत पड़ी है उससे इनकार करने की ?''

क़ादीरोव अभी तक उसकी बातों का अर्थ न समझ पाकर जड़वत् अलीकुल को घूरने लगा। अलीकुल सोफ़े पर सीधे-सादे ढंग से बैठा पतली-पतली उँगलियाँ छीदी बुच्ची दाढ़ी में फेरता रहा। उसकी अधमिची आँखों में लोमड़ी जैसी कुटिल मुस्कान छिपी हुई थी।

उस व्यंग्यपूर्ण मुस्कान को देखकर क़ादीरोव झल्लाया :

''तुम क्या गऊ होने का ढोंग रच रहे हो ? आओ, साफ़-साफ़ बात करें, मर्दों की तरह। तुम्हें मालूम है, हमें किस बात का ख़तरा है ?''

''ख़तरा तुम्हें है, अध्यक्ष,'' अलीकुल ने फिर अपना राग अलापा ''तुम्हें है, मुझे नहीं...''

''तुम्हारी याददाश्त क्या कमज़ोर हो गई है ? आख़िर हम दोनों ही तो अछूती धरती के ख़िलाफ़ थे ! अख़बार को वह ससुरा पत्र भी हमने ही मिलकर गढ़ा था ! हम दोनों ने ही गलती की, और हम दोनों को ही जनता के सामने इसका जवाब देना है !''

''नहीं, अध्यक्ष, जवाब तुम अकेले ही देना। मैं तो ऐसे कामों से दूर रहता हूँ।''

अलीक़ुल व्यंग्यपूर्ण कुटिल मुस्कान के साथ सिर से पैर तक उस पर नज़र डालता

अपनी दाढ़ी में उँगलियाँ फेरता रहा...

"तुम क्या, प्यारे दोस्त," क़ादीरोव ने धमकी भरे स्वर में कहा, "अब पीठ दिखाना चाहते हो ? क्या यह चाहते हो कि सबकी तरफ़ से मैं ही जवाब दूँ ? ऐसा नहीं होगा, प्यारे। मैं ख़ुद पर रहम नहीं करूँगा, लेकिन तुम सबकी भी ख़ैर नहीं !"

"लेकिन तुम पर विश्वास कौन करेगा, अध्यक्ष ?" अलीक़ुल ने पूछा, उसकी आवाज़ में मिठास थी, पर साथ ही व अशुभसूचक भी थी। "किसानों की नज़रों में तुम थोथा चना हो। तुम पर किसी को विश्वास नहीं रहा ! जबकि मेरी सामूहिक किसान इज़्ज़त करते हैं..."

"उन्हें अभी तुम्हारी काली करतूतों का पता नहीं चलेगा, अध्यक्ष। क्या तुम उन्हें उनके बारे में बताओगे !"

"मैं अपने किसानों का दुश्मन नहीं हूँ। मैं उन्हें सारी सच्चाई बता दूँगा, अपने बारे में भी, सुलतानोव के बारे में और तुम्हारे बारे में भी, बूढ़ी लोमड़ी !"

"और मैं कहूँगा कि यह झूठी शिकायत है। कहूँगा : अध्यक्ष ने ख़ुद गन्दे काम किए हैं और अब सारा दोष दूसरों के सिर मढ़ रहा है। क्योंकि यह बेतुकी बात है : मीटिंगों में तुम ही सबसे ज़्यादा गालियाँ देते थे, जबकि मैं चुप रहता था, तुम्हारा नाम यूसुफ़ी के लेख में लिया गया है, जबकि मेरा नहीं..."

"और दावत में कही गई तुम्हारी बातें ? आख़िर आयक़ीज़ के खिलाफ़ तुम्हीं तो मुझे भड़काते थे ! या भूल गए इस बात को ?"

"और किसने सुनी थीं मेरी बातें ? रोजी-पहलवान ने ? गफ़ूर ने ? अलीक़ुल ने अपनी सुखट्टी मुट्ठी कसी। "क्या परवाह है मुझे उनकी ! मुझे मालूम है, बाज़ारों में वे क्या-क्या करते हैं ? बढ़िया गायों के बदले में सूखी गायें ले आते हैं, सामूहिक फ़ार्म की गायों की नस्ल बिगाड़ते हैं, और पैसे अपनी जेब में रख लेते हैं या अध्यक्ष को रिश्वत देने पर ख़र्च करते हैं। और अध्यक्ष उनसे तोहफ़े लेता रहा है। अध्यक्ष की आत्मा भी निष्कलंक नहीं है। बुरा होगा, बहुत बुरा होगा, अगर किसानों को इन बातों का पता चल गया !"

अलीक़ुल के शब्द क़ादीरोव को गोली की तरह बेध गए। वह बूढ़े को ज़िन्दा चबा जानेवाली नज़रों से घूरने लगा और हाँफता हुआ बोला :

"मैं तुझसे नहीं डरता, बुड्ढे गीदड़ !"

"डरते हो, अध्यक्ष," अलीक़ुल ने किन्चित् खेद के साथ कहा, "डरते हो। और तुम डरोगे क्यों नहीं ? तुम खुद ही सोचो : तुम सामूहिक किसानों और जिला समिति के सामने अपने कुछ पापों को स्वीकार करोगे—लेकिन सारे पापों को नहीं, सारे पापों को नहीं, अध्यक्ष ! कहोगे कि तुम्हारी आँखों पर परदा पड़ गया था, इसीलिए तुम अछूती धरतीवाले मामले को ठीक से नहीं समझ पाए। तुम्हें गालियाँ दी जाएँगी, तुम्हारी बदली करके टोली-नायक बना दिया जाएगा, और इस पर सारी बात ख़तम हो जाएगी। लेकिन दूसरों को डुबोने लगोगे, तो वे भी चुप नहीं रहेंगे, और फिर तुम पार्टी-कार्ड को

अपने कानों की तरह कभी नहीं देख पाओगे। यक़ीन रखो, अध्यक्ष, उस हालत में तुम्हें बाक़ी सारी बातें बहुत ही अच्छी लगेंगी ! और मेरा क्या होना है ? कहते हैं : जो रंगे हाथों नहीं पकड़ा जाए, उसे चोर नहीं ठहराया जाता। यह सच है कि गलती मुझसे भी हुई, किसानों ने मुझे तुम्हारे साथ खाते-पीते देखा है। लेकिन देखा भी है, तो भी मुझे वे बुरा नहीं कहेंगे ! मैं तो मामूली आदमी हूँ, क़ादीरोव को जिसकी मनाही है—अलीक़ुल को वह माफ़ है। मैं कहूँगा : तुम्हीं ने, अध्यक्ष, मुझे अपनी चौकड़ी में फँसाया है। मैं कहूँगा : तुम मेरी बेटी की नाक में दम किए हुए थे। मुझे तो ऐसी-ऐसी बातें मालूम है, जिन्हें किसी भी मीटिंग में स्वीकार करने की हिम्मत तुम्हें नहीं होगी !''

क़ादीरोव अलीक़ुल की बातें सुनता हुआ बड़ी मुश्किल से अपने पर क़ाबू रख पा रहा था। उसके दिल में लाचारी का गुस्सा उमड़ा पड़ रहा था। वह गुस्से के मारे भूत हुआ बूढ़े की तरफ़ बढ़ा और उसका गरेबान पकड़कर भर्राई आवाज़ में किसी तरह बोला :

''बुड्ढे गीदड़ ! साँप !...तुझे भी किए की सज़ा भुगतनी पड़ेगी !''

''छोड़ दो, होश में आओ, अध्यक्ष !...'' अलीक़ुल क़ादीरोव की पकड़ से छूट खिड़की की तरफ़ लपका और उसे मुक्का मारकर ज़ोर से चिल्लाया :

''बचाओ ! बचाओ !''

क़ादीरोव ने अलीक़ुल के कन्धे पकड़कर खिड़की से खींच लिया और उसके मुँह पर हाथ रख दिया :

''चुप रह, शैतान ! चुप रह !''

अलीक़ुल अपने दोस्त की मज़बूत पकड़ से छूट गया और सन्तुष्ट होकर मुस्कराया :

''देखा, अध्यक्ष ! मेरा शुक्रिया अदा करो कि रास्ते में कोई नहीं था।'' वह तनकर खड़ा हो गया और उसकी आँखों में क्रूर व निर्मम भाव झलका। ''तुम मुझसे ज़ोरआज़माई में कमज़ोर पड़ते हो, अध्यक्ष। मैं तो हमेशा बेदाग़ बच निकलता हूँ, पर तुम खुद को तबाह कर लोगे ! हमारे तुम्हारे रास्ते अलग-अलग हैं, प्यारे।''

अलीक़ुल चलता बना, और क़ादीरोव अकेला रह गया।

वह सोफ़े पर झुका हुआ, अपने बड़े, भारी हाथों को, जो कभी कुदाल और बन्दूक भी सँभाल चुके थे, घुटनों में भींचे बैठा रहा। खिड़की के बाहर अँधेरा तेज़ी से छा रहा था, कक्ष में भी अँधेरा छा रहा था...

अपने किए की सज़ा भुगतने की घड़ी भी आ गई, क़ादीरोव...

इस घड़ी के आने से पहले तुम्हारे जीवन में दूसरा ही समय आया था, जब तुम सामूहिक फ़ार्म की सफलताओं को अपनी सफलताएँ मानकर केवल अपनी ही इज़्ज़त करते थे, केवल अपने पर ही विश्वास करते थे। जीवन बहुत आगे बढ़ गया है। लोग परिपक्व होते रहे, सीखते रहे, अपनी पूरी शक्ति लगाकर समय के साथ क़दम मिलाकर चलने की कोशिश करते रहे। जबकि तुम आत्मसन्तुष्ट होकर यह सोचते हुए कि तुमने सब हासिल कर लिया है, अलग खड़े रहे। तुम चरबी की परतें चढ़ाते रहे, क़ादीरोव,

तुमने इस बात पर ध्यान नहीं दिया कि कैसे तुम्हारी कठोर दृढ़निश्चयता निरंकुशता में बदल गई, गृहस्वामी-सुलभ मितव्ययिता—सशंक सतर्कता में, अपने सामर्थ्य की शान्तिपूर्ण समझ—परिपक्व व महत्त्वकांक्षी आत्मसन्तुष्टि में। तुम इस पर ध्यान देना ही नहीं चाहते थे !

ज़रा देखो, क़ादीरोव, इतने वर्षों तक तुमने कैसे लोगों को शरण दी, कैसों के साथ सलाह की, कैसे लोगों को अपने मित्र मानते रहे ! अभी-अभी तुम्हें अलीक़ुल की निर्मम व्यंग्यपूर्ण मुस्कान भेड़िए के दाँत दिखाने जैसी लगी थी। ग़फ़ूर, रोज़ी-पहलवान, मुल्ला सुलैमान—क्या वे उनसे बेहतर हैं, क्या वे एक दूसरे के मुक़ाबले की नहीं हैं ? तुम मन-ही-मन शेखी बघारते रहे, डींग हाँकते रहे : "किसान मुझे कन्धों पर बिठाकर ले जाने को तैयार हैं !" और तुम्हारे सामने खुशामदीभरी बातें कौन करता रहता था ? तुम कठिन क्षणों में खुद को तसल्ली दिलाते रहते थे : मेरे पास ऐसे लोग हैं जिन पर भरोसा रख सकता हूँ। लेकिन जब तक तुम्हारी इज़्ज़त थी, कौन तुम्हारा समर्थन करता था ? भेड़िए और लोमड़ी !

लेकिन तुम्हें उन्हीं की तो ज़रूरत थी, क़ादीरोव। उन्होंने अपनी सिर चकरानेवाली मीठी-मीठी बातों से तुम्हारे अन्तःकरण को सुला दिया। उन्हें तुम्हारे आत्मसन्तोष और अहंकार से घृणा नहीं होती थी, वे तुम्हें—तुम्हीं को—तुम्हारे सच्चे और कल्पित गुणों को परी कथाओं की तरह बढ़ा-चढ़ाकर वैसा दिखाने की कोशिश कर रहे थे, जैसे कि तुम थे ही नहीं। वे शान्तिपूर्वक जीने में तुम्हारी सहायता कर रहे थे, तुम खुद को हर तरह की प्रशंसा के योग्य समझते थे, तुम जब उन लोगों के विरुद्ध हो गए, जो मरुभूमि को कृषि योग्य बनाने के लिए संघर्ष कर रहे थे, तो तुम्हें अपने औचित्य में सचमुच पूरा विश्वास हो गया था। तुम क्या वास्तव में यह नहीं देख रहे थे कि वे ऐसा लोकहित के लिए कर रहे हैं ? देख रहे थे ! पर घोर ईर्ष्या ने तुम्हारी आँखों पर परदा डाल दिया। तुम अपनी पुरानी सेवाओं की एवज़ में शान्ति और शाश्वत सम्मान चाहते थे। तुम्हारे मन में एक बार भी शंका नहीं उत्पन्न हुई : "ऐसा क्यों है—अगर मेरी बात सही है, तो फिर मुझे गाँव के श्रेष्ठ लोगों के बजाय ऐसे ही लोग क्यों घेरे रहते हैं, जिनके दिमाग़ में केवल दावतें उड़ाने और ऐश करने की बातें ही भरी रहती हैं ?"

महत्त्वाकांक्षा के बाद में तुमने सच्चाई को न देखने के इरादे से आँखें मीच लीं।

अब तुम अपने दोस्तों की असलियत जान गए हो। उन्होंने तुम्हें धोखा दिया, तुम फँस गए, पर उनसे बदला तक नहीं ले सकते, उनका भंडा नहीं फोड़ सकते। तुम्हारे हाथ बँधे हुए हैं, क़ादीरोव ! और कुछ हो भी नहीं सकता था ! क्योंकि अलीक़ुल ने सच कहा : वह हर हालत में बेदाग़ बच निकल सकता है। पर ज़रा तुम सामूहिक किसानों और पार्टी को पूरी हक़ीकत बताकर देखो—तुम्हें ज़रूर ही पार्टी-कार्ड से हाथ धोना पड़ जाएगा।

नहीं, तुम अभी पूरी बात नहीं समझे हो, अध्यक्ष ! इस समय भी तुम अपनी ही चिन्ता में लगे हो, अपनी जान बचाने की सोच रहे हो ! पार्टी-कार्ड सुरक्षित रखने की

ख़ातिर तुम पार्टी के प्रति कर्त्तव्य और अपने सम्मान की बलि देने को तैयार हो, इसी की ख़ातिर तुमने अलीक़ुल के साथ मौन समझौता कर लिया है ! यानी तुम्हारे लिए सर्वोपरि पार्टी की सेवा करना नहीं बल्कि केवल पार्टी में बने रहना है ? लेकिन इस तरह सच्चे कम्युनिस्ट नहीं बनते हैं, क़ादीरोव !

नहीं, तुम अभी पूरी बात नहीं समझते हो...

तुम अभी तक यही सोच रहे हो कि उमूरज़ाक़ोवा और उसके मित्र अपनी योजनाओं पर ज़ोर अपना भविष्य सुधारने के इरादों से दे रहे हैं। तुम अभी तक यही मानते हो कि उन्होंने तुम्हारे विरुद्ध "षड्यन्त्र" रचा था। तुमने जब अलीक़ुल से कटुता से कहा : "उमूरज़ाक़ोवा अपनी ठानी करके रही !"—तो तुम यही तो कहना चाहते थे कि वह ऐसा व्यक्तिगत लाभ के लिए कर रही थी। इसीलिए खुश हो रही है !

तुम उनके औचित्य को किसी तरह देख ही नहीं पा रहे हो, अध्यक्ष। तुम उनके इस औचित्य के शीशे-से साफ़ मर्म : जनता की चिन्ता और जनता में विश्वास—को नहीं देख पा रहे हो। अब उनका सपना सच होते देखकर तुम पछताओगे कि तुमने गलती की, मौक़ा हाथ से निकल जाने दिया, कि समय पर उनका समर्थन नहीं किया, उनका साथ नहीं दिया। लेकिन ज़रा याद करो, तुम्हें ऐसा करने से क्या रोक रहा था ? तुम जोख़िम भरे काम को हाथ में लेकर अपने सम्मानित पद से हाथ धोने से डरते थे और तुम डरते थे इसलिए कि तुम्हें सफलता में विश्वास नहीं था, अपने किसानों पर, उनकी सामूहिक बुद्धिमत्ता और उनकी शक्ति पर विश्वास नहीं था। नहीं, तुम्हारा अन्धापन अभी दूर नहीं हुआ है, क़ादीरोव !

और अगर तुमने साहस नहीं बटोरा, अपने व्यक्तित्व की तुच्छ चिन्ताओं को नहीं छोड़ा, सच्चाई से आँखें चार नहीं की, हर मामले को पूरी तरह समझने की कोशिश नहीं की—तो तुम बिलकुल अकेले रह जाओगे।

और यह जीवन में सबसे भयानक बात होती है—अकेला रह जाना...

इकतीस

चिर-अभीप्सित दिन

अलतीनसायवासियों ने सामूहिक फ़ार्म की आम सभा में आलिमजान को "क़िज़िल युल्दूज़" सामूहिक फ़ार्म का अध्यक्ष चुन लिया। क़ादीरोव को अछूती धरतीवाली नई टोलियों में एक उपटोली सौंप दी गई "मैं यह मान सकता हूँ कि मैं सस्ते में छूट गया," भूतपूर्व अध्यक्ष ने कटुता से सोचा, "इससे बुरा भी हो सकता था। क्या हुआ, तुम हो ही इसी लायक़...उल्लू !" पूर्ण व शुद्ध हृदय से स्वीकारोक्ति का किसी प्रकार साहस न होने पर क़ादीरोव अछूती धरती में ईमानदारी से मेहनत करके अपने दोष का

प्रायश्चित करने का इरादा रखता था और साथ ही सबको यह भी दिखा देना चाहता था कि उसमें अभी जूझने के लिए काफ़ी दम है। उसके पुराने दोस्त उसका साथ छोड़ गए, लेकिन उसे इससे खुशी ही हुईः उनसे अलग होने पर अब वह खुद को उनका साझी महसूस नहीं करता था।

अगस्त के अन्त में नई बस्तियों की नालियों में पानी बहना शुरू हो गया था। सारे ज़िले में सामूहिक पुनर्वास आरम्भ हो गया, जो ज़िला समिति व ग्राम सोवियतों के अनुमानों के अनुसार फ़सल उठाने से पहले पूरा हो जाना था। वीरान स्तेपी में वजूद में आए गाँवों में अलतीनसाय, यक्कातूत, आक़्कूम और क़ोकताश ग्राम सोवियतों के सामूहिक किसान बसने लगे। स्तेपी में जान आ गई। उन स्थानों पर चहल-पहल शुरू हो गई, जहाँ चरवाहों के इक्के-दुक्के कच्चे घर दिखाई देते थे और जिनकी वजह से वह और भी ज़्यादा वीरान, निस्सीम और निष्ठुर लगती थी।

लेकिन जुराबायेव ने सच कहा था—"क़िज़िल युल्दूज़" के प्रवर्त्तकों द्वारा आरम्भ किया गया कार्य अछूती धरती को कृषि योग्य बनाने के व्यापक आन्दोलन और उनको कपास के उर्वर खेतों में परिवर्तित करने का शुभारम्भ सिद्ध हुआ।

"क़िजिल युल्दूज़" के आस-पास स्थित कई सामूहिक फ़ार्म उनके हिस्से में पड़नेवाली अछूती धरती की जोताई पूरी कर चुके थे। यक्कातूतवालों ने ट्रैक्टर-चालकों से सलाह करके दो सौ हेक्टेयर अतिरिक्त अछूती धरती को कृषि योग्य बनाने का निर्णय ले लिया था। अछूती धरती अब अछूती नहीं रही थी। अलतीनसायवासियों की उस योजना से वैसी योजनाओं का सिलसिला शुरू हो गया।

क़तारताल में लगभग सभी परिवार—परिवार कुल मिलाकर बीस से कम नहीं थे—पुराने घर छोड़कर जा रहे थे। नए प्रवासी नई बस्ती में आकर बड़ी बारीकी से उन्हें सौंपे गए घरों की जाँच करते रहे, अहातों व व्यक्तिगत जोतों को ठीक-ठाक करते रहे, फलदार वृक्ष लगाते रहे और जाड़े के लिए ईंधन जुटाते रहे। बस्ती बढ़िया थी; वह क़तारतालवासियों को फौरन पसन्द आ गई, और वे जल्दी-जल्दी उसमें बसने के लिए आने लगे।

अन्त में पुनर्वास की सुबह भी आ गई।

भोर से पहले ही क़तारताल में ट्रकों की क़तार आ पहुँची और उसके एकमात्र रास्ते में लम्बे, उत्सव के दिन का-सा कारवाँ बनाती खड़ी हो गई। ट्रकों को दोनों ओर से लाल कपड़ों की पट्टियों से सजाया हुआ था, चालक केबिनों पर पोस्टर चमचमा रहे थे, रेडिएटरों पर लाल झंडियाँ फहरा रही थीं। हर ट्रक की एक ओर या चालककोष्ठ पर बड़े-बड़े अक्षरों में उस परिवार के मुखिया का नाम लिखा था, जिसके लिए वह भेजा गया था।

गाँव में आनन्दमय चहल-पहल हो रही थी। उसके केन्द्र में, रास्ते में ही अलाव जला दिया गया था, जो दूर से काँपते विशाल व भरे-भरे गुलाब-सा दिखाई दे रहा था। जब तक क़तारतालवासी बड़े उत्साह के साथ ट्रकों में क़ालीन, मेज़ें, रज़ाइयाँ, पलंग और

कपड़ों व नाना प्रकार की घर-गृहस्थी की चीज़ों से भरे अपरिहार्य भारी-भरकम सन्दूक़ लादते रहे, अलाव के पास निरन्तर स्फूर्तिदायक संगीत जारी रहा। डफलियाँ ताल के साथ बजती रहीं, करनायों का कंठ्य स्वर गूँजता रहा, दुतारों प तम्बूरों के तार झंकृत होते रहे, सुरनाय और बाँसुरी आरोह-अवरोह के साथ बजती रहीं। वादक अपने काम में लगे रहे, और किसान लोभ सँवरण न कर पाकर एक के बाद एक नाचते निकलने लगे। इस उत्सव में केवल क़तारतालवासी ही भाग नहीं ले रहे थे, वहाँ अलतीनसाय से भी मेहमान नाचने, रंगरलियाँ मनाने, मित्रों, सम्बन्धियों तथा अपने मेहनतकश साथियों की खुशी बटाने आए हुए थे।

वहाँ बेकबूता, सुवानकुल और करीम भी मौजूद थे। बहुत से दूसरे अलतीनसायवासी भी जमा हो गए थे। जब करीम ने नाचना शुरू किया, सारे सामूहिक किसान, मेहमान व मेज़बान अलाव के इर्द-गिर्द खड़े हो गए। वे नर्त्तकों का हौसला बढ़ाते हुए एक साथ तालियाँ बजा रहे थे, और करीम कमानी की तरह तना ज़मीन के ऊपर तैर रहा था, बड़ी तेज़ी से कन्धों को उचका रहा था, तीव्र गति से पैर बदलता हुआ लट्टू की तरह घूम रहा था। लचीला और फुर्तीला वह ज्वाला-सा चपल और ज्वाला-सा ही भारहीन लग रहा था।

वह आरक्त कनपटियों पर पसीने से तर हुआ सुवानकुल के सामने रुक ट्रैक्टर-चालक को नाचकर तरोताज़ा होने का निमंत्रण देने लगा, और सुवानकुल बेकबुता को भी अपने साथ खींच लाया। सुवानकुल बड़ी मुश्किल से मुड़ता और भोंडे ढंग से अपने विशाल हाथ हिलाता नाच कम रहा था और एक ही जगह खड़ा धपधप ज़्यादा कर रहा था। जबकि बेकबूता बड़ी नख़रीली अदाओं के साथ भौंहें हिलाता, प्यार से मुस्कराता, आँखें मारता दोस्त के चारों ओर फिरकी-सा घूम रहा था। दर्शक हँस रहे थे, तालियाँ बजा रहे थे। नृत्य बहुत सफल रहा था। शक्ति, उमंग और उत्साह से परिपूर्ण करीम एक के बाद एक नए नर्त्तकों को नाचने को बुला रहा था। स्मिर्नोव व पोगोदिन को भी अपना कौशल दिखाना पड़ा। पोगोदिन स्थूलकाय था, पर इस विनोदपूर्ण प्रतियोगिता में वह इंजीनियर से आगे रहाः वह ऐसे उकड़ूँ बैठकर घुटनों के बल बैठकें लगा रहा था कि सब दंग रह गए।

प्रभात शनैः-शनैः अपने रंग पर आ रहा था। उसका आरम्भ क्षितिज पर मद्धिम प्रकाश रेखा से हुआ, फिर पूर्व में एकत्र हुए फूले-फूले बादल अरुणाभ हो उठे। शीघ्र ही सारी हवा स्वच्छ व पाटलवर्णी हो उठी, और प्रातःकालीन प्रकाश होने पर, जिसमें पहाड़ियाँ, आकाश व धरती नहाए हुए थे, अलाव की ज्वाला फीकी पड़ने लगी, किन्तु ट्रकों पर लगी लाल पट्टियाँ और तेज़ी से चमकने लगीं।

लदाई समाप्त हो गई। आयक़ीज़ ने किसानों के सामने एक छोटा-सा भाषण दिया, उसके बाद उस्ताद हज़रतक़ुल ने कुछ शब्द कहे। वह आज दो त्योहार मना रहा था : एक तो निर्माताओं का टोली नायक सारे क़तारतालवासियों के साथ नए गाँव में रहने जा रहा था, दूसरे वह गाँव स्वयं उस्ताद हज़रतकुल की कृति था। कारीगर के सिर पर

साधारण स्ट्रॉहैट नहीं था, उसने उसकी जगह नई टोपी लगा रखी थी; त्योहार के अवसर पर वह नए बूट, बिरजिस और भूरा कमज़ोल पहने हुए था। सज-धजकर वह उतना लम्बा और बेढ़ब नहीं लग रहा था, जितना कि अपने पुराने कपड़ों में।

''आज हमारे यहाँ त्योहार है, मेरे दोस्तो,'' उस्ताद हज़रतकुल ने कहा। 'बहुत बड़ा त्यौहार ! ऐसे त्योहार हर बरस नहीं आते हैं। नया घर—नया जीवन होता है, इसीलिए तो लोग इतने उत्साह से नए घरों में बसने जाते हैं। आप नए घर में रहने लगेंगे,—वह आपके पुराने घरों से सौगुना ज़्यादा सुन्दर है,—और यह आप अपनी आँखों से देख लेंगे, दिल से महसूस कर लेंगेः 'हाँ, मैं आज कल से बेहतर जिन्दगी जी रहा हूँ ! यानी मैंने बेकार मेहनत नहीं की, मेरी मेहनत का इनाम मुझे मिल गया।' जब कोई परिवार घर बदलता है, तो खुद घरवालों को भी ख़ुशी होती है, उनके रिश्तेदारों को भी और दोस्तों को भी। वे यह दिन आनन्ददायक गृहप्रवेश के रूप मे मनाते हैं ! और आज तो सारा गाँव यह स्थान छोड़कर जा रहा है, सारे क़तारतालवासी गृहप्रवेश मनाने जा रहे हैं ! यह बहुत ही ख़ुशी की बात है, इसके लिए हमारी पार्टी को, सारी जनता को धन्यवाद ! और मैं इसलिए ख़ुश हूँ, क्योंकि यह मेरी टोली ही है, जिसने आपके लिए यह उपहार तैयार किया है !'' टोली-नायक ने बड़े गर्व से अपनी किन्चित् नीचे झुकी घनी मूँछों पर हाथ फेरा। ''मैं बड़ाई नहीं कर रहा हूँ, पर आपको बता दूँ कि मेरे बाँके नौजवानों ने अथक मेहनत की है और उनके दिमाग़ में केवल एक ही बात थीः घर किसी तरह ऐसे बनाएँ कि आप, दोस्तो, उनमें कोई मीन-मेख न निकाल सकें ! मुझे भी इस गाँव में घर दिया गया है, और विश्वास रखिए, मैं उसमें बड़े ठाठ से रहूँगा, क्योंकि मैं घरों का अच्छा जानकार हूँ ! केवल अड़ियल टट्टूओं को ही इस बस्ती में आ बसने से ख़ुशी नहीं, बल्कि तकलीफ़ होगी। हमारे गाँव में कुछ ऐसे लोग हैं...वे क़तारताल में रुक रहे हैं, और ख़ुदा की क़सम मुझे उन पर तरस आता है ! हम इन्तज़ार करेंगे, शायद उन्हें अक़्ल आ जाए। आप सबको मैं गृहप्रवेश की हार्दिक बधाई देता हूँ और नए स्थान में आपके उज्ज्वल, ईमानदार और सुखी जीवन की कामना करता हूँ...''

''अपने-अपने ट्रकों में बैठिए !'' आलिमजान ने उस्ताद हज़रतकुल के भाषण के बाद गद्गद कंठ से पुकारा। ''आप सबको आपके नए घरों में चलने का निमंत्रण देते हैं !''

नए प्रवासी और अतिथि शोर करते ट्रकों पर बैठ गए। कारवाँ धूम-धाम से रवाना हो गया। आगे-आगे मोटरगाड़ी में आयक़ीज़, आलिमजान, स्मिर्नोव और पोगोदिन चल रहे थे। उनके पीछे बैंडवाला ट्रक चल रहा था। और उनके पीछे वह ट्रक था, जिसमें उस्ताद हज़रतक़ुल का परिवार बैठा था तथा सामान लदा था। उन्हें नवप्रवासियों में सर्वप्रथम नए गाँव में प्रवेश का और नए घर में बसने का सम्मान प्रदान किया गया था।

क़तारताल सूना हो गया, पर अधिक समय के लिए नहीं। आलिमजान की पहलक़दमी पर वहाँ डेयरी स्थापित करने की योजना थी, जिसके लिए वह काफ़ी अरसे से कोशिश कर रहा था, पर डेयरी को व्यर्थ का बोझ माननेवाला क़ादीरोव अन्तिम क्षण

तक उसका कड़ा विरोध करता रहा था।

क़तारतालवासी बाजे-गाजे के साथ गीत गाते अलतीनसाय से गुज़र रहे थे। रास्ते के दोनों ओर फैले कपास के हरे-भरे खेत लहलहा रहे थे। मेहमान मेज़बानों से विदा लेकर ट्रकों से कूदकर उतर गए और जल्दी-जल्दी अपने दलों की ओर चल दिए।

नवप्रवासियों का कारवाँ उस खेत से स्पष्ट दिखाई दे रहा था, जहाँ मुरातअली का दल काम कर रहा था। बैंड का धूम-धड़क्का और उल्लसित आवाज़ें सुनकर वृद्ध सड़क की ओर मुड़कर, न जाने ईर्ष्या से या असहमति से कठोर मुद्रा में भींचे एक लम्बा लाल फ़ीता-सा बनाते हुए जा रहे ट्रकों को देर तक देखता रहा।

मुरातअली अपने गाँववालों को छोटे-से सुखद सफ़र पर विदा करने के लिए क़तारताल नहीं गया। वह अपने वैसे ही दुःखी हृदय को और निष्ठुर नहीं बनाना चाहता था। नवप्रवासियों से किन्चित् डाह करते हुए वह यह नहीं समझ पा रहा था कि उन्होंने अपना गाँव, जिसमें वे सुख में, दुःख में बच्चों को पालते-पोसते इतने बरस जीते रहे, जहाँ की ज़मीन उनके पसीने से सींची गई थी और निकट सम्बन्धियों की क़ब्रें दहकते आँसुओं से नम रखी थीं, जहाँ के हर वृक्ष और घास की हर पत्ती की वे प्यार से सँभाल करते थे, छोड़ने का फ़ैसला कैसे कर लिया। लोगों का वहाँ से जाना ठीक वैसा ही था, जैसे कोई किसी पेड़ को काटकर, ज़मीन में उसकी जड़ें छोड़कर चला जाता है, जिनके बिना पेड़ ज़िन्दा नहीं रह सकता।

वृद्ध मुरातअली यही सोच रहा था। वह अपने ख़ूबानी के वृक्ष के बारे में भी स्नेह और आशंकाओं के साथ सोच रहा था। इस दौरान में वह न जाने कैसा हो गया होगा ? उसके फल पक रहे हैं या नहीं ? ख़ूबानी के मनमौजी पेड़ की सँभाल करने की ज़िम्मेदारी अपने पर लेनेवाला पड़ोसी कहीं आलस तो नहीं करता है ?

मुरातअली काफ़ी अरसे से क़तारताल नहीं गया था। खेती का काम ज़ोरों पर था, और उन दिनों वह रातें खेत-कैम्प में ही गुज़ारता था। सच कहा जाए, तो उसे घर जाने की इच्छा ही नहीं हो रही थी, हालाँकि मुरातअली इसे स्वीकार करने को तैयार नहीं होता था। रोज़ाना अकेले क़तारताल से अलतीनसाय का लम्बा रास्ता तय करना और वापस लौटना बहुत उबाऊ लगता था। घर मेख़री के जाने के बाद सूना हो गया था और काटने को दौड़ता था...

मुरातअली बेटी को दुनिया में सबसे ज़्यादा प्यार करता था। वह बारह बरस की भी नहीं हुई थी, जब वह अपनी माँ को खो बैठी। तब से मुरातअली ने दिन-रात बेटी का पूरा ख़याल रखा, उसे शिक्षा दिलाई, उसका पालन-पोषण किया, उसकी सफलताओं पर ख़ुशियाँ मनाईं, उसकी स्पष्टवादिता, ईमानदारी व कर्मनिष्ठा पर गर्व अनुभव किया और उसके बीमार पड़ने पर उसे गोद में अलतीनसाय ले गया। वह बार-बार कहता रहता था कि उसके लिए मेख़री ही सब कुछ है...

और अब कई दिनों से वह उससे केवल काम पर ही मिल रहा था, टोली-नायक की हैसियत से उसे आवश्यक निर्देश देकर तुरन्त मुँह फेर लेता था और उसकी सारी

बातों, विनतियों व आँसुओं का उत्तर केवल हठपूर्ण मौन से ही दे रहा था। मेख़री सुलह का रास्ता खोज रही थी, वह पिता को नरम करने के लिए पूरी कोशिश कर रही थी, पर मुरातअली कठोर ही बना रहा। सब देख रहे थे कि मेख़री के साथ हुए झगड़े से वह कितना दुःखी रहता है। इन दिनों में वह अधिक गम्भीर और मितभाषी हो गया था। वह कितना ही दुःखी क्यों न था, पर किसी तरह की रिआयत करने को तैयार न था और उसने सबको उसके सामने बेटी का नाम तक न लेने की सख़्त मनाही कर दी थी। वह न तो मेख़री को क़रीम के प्रति उसके लज्जाजनक प्रेम के लिए क्षमा कर सकता था, जिसे पिता का आशीर्वाद प्राप्त नहीं था, और न ही उसकी इच्छा के विरुद्ध नए गाँव में जाकर बसने के लिए तैयार होने के लिए।

अब वह ज़रूर घर से लाए गए सामान के साथ किसी एक ट्रक में बैठी होगी और उसके पास करीम पसरा बैठा होगा। वे ज़िन्दादिली और बेफ़िक्री से हँस रहे होंगे और उन्हें ''बूढ़े मुरातअली, ज़ाहिल, बेवकूफ़ बुड्ढे'', जैसा कि ग़फ़ूर के अनुसार वह बदतमीज़ छोकरा उसे बताता है, कोई फ़िक्र नहीं होगी।

उस बूढ़े ज़िद्दी को इसका अनुमान भी नहीं था कि मेख़री नए गाँव में घर मिलने पर भी अभी वहाँ रहने जाने की सोच भी नहीं रही है। आयक़ीज़ ने सहेली को सलाह दी थी :

''अभी घर छोड़कर मत जाओ। अब्बा को नाराज़ मत करो। ज़िन्दगी को ही उनकी अक़्ल ठिकाने लाने दो।''

''लेकिन किसान क्या कहेंगे, आयक़ीज़ आपा ?'' मेख़री ने आपत्ति की'' मैंने सबका पुनर्वास के लिए आह्वान किया था और मैं ख़ुद ही पुराने घर में रुकी रहूँ !''

''तुम डरो मत, किसान तुम्हारी बात समझ लेंगे। थोड़ी देर सबर करो। तुम्हारा अकेले वहाँ रहने नहीं जाना चाहिए। यह अच्छा नहीं होगा...

मेख़री ने आयक़ीज़ की बात मान ली—आख़िर वह भी तो पिता को दुनिया में सबसे ज़्यादा प्यार करती थी...

बत्तीस

मुरातअली का भ्रम दूर हुआ

दूसरे दिन मुरातअली बीमार पड़ गया। उसे ज़िला चिकित्सालय में भरती होना पड़ा। उसे अरसे से जिगर की बीमारी थी, लेकिन इस बार बीमारी का दौरा पहले से काफ़ी गम्भीर था।

मुरातअली ने अपनी ज़िद्दी बेटी को शरण देने के लिए आयक़ीज़ को और ख़ुद अपने को चिढ़ाने के लिए अपने स्थान पर ग़फ़ूर को टोली-नायक बना दिया। वृद्ध ग़फ़ूर

को पसन्द नहीं करता था, पर अपने दुराग्रह के कारण अपने को विश्वास दिलाता रहता था कि ग़फ़ूर विश्वसनीय व्यक्ति है। यह सच है कि वह काम से जी चुराता है, पर अवश्य ही इसीलिए, क्योंकि मोटा काम उसके बस का नहीं है, लेकिन जब उसे पूरी टोली के लिए जवाब देना पड़ेगा, तो वह सुधर जाएगा और अपनी प्रतिष्ठा पर आँच नहीं आने देना चाहेगा। आलिमजान उस दिन ज़िला केन्द्र गया हुआ था, और उर्वरता समिति के अध्यक्ष अलीकुल ने बड़ी ख़ुशी से मुरातअली के निर्णय का अनुमोदन कर दियाः ग़फ़ूर उसके काम आ सकता था। कुछ समय दल का नेतृत्व कर ले, सत्ता का आनन्द ले ले—सत्ता तो सभी को अच्छी लगती है...

मुरातअली अस्पताल में लगभग दो सप्ताह रहा। मेख़री ने कई बार उससे मिलने की कोशिश की पर मुरातअली ने उसे अपने पास नहीं आने दिया। करीम भी अस्पताल जाता रहा, पर वह भी बीमार के पास आने में असफल रहा। मुरातअली किसी से नहीं मिलना चाहता था। डॉक्टरों और नर्सों के पास, ज़िन्हें चिड़चिड़ा बुज़ुर्ग काफ़ी परेशान कर रहा था, चालाकी से काम लेने के अलावा और कोई चारा नहीं रहाः वे उनसे खाना लेते रहे, पर यह नहीं बताते कि कौन लाया है।

तबीयत कुछ सुधरने पर मुरातअली ने उसे अस्पताल से छुट्टी दिए जाने को कहा। लड़-झगड़कर वह अपनी ठानी करवा कर रहा। जब वह बाहर निकला, तो आदी न रहने के कारण उसके सिर में चक्कर आने लगे। उसने कमज़ोरी पर क़ाबू किया और दृढ़ कदमों से राजमार्ग की ओर चल पड़ा, जहाँ उसकी दिशा में जानेवाली मोटरगाड़ी में बैठ गया। फिर भी वह अलतीनसाय तक नहीं गया बल्कि अपने खेत से कुछ दूरी पर मोटरगाड़ी से उतर गया। अस्पताल में वह जितने दिन रहा, सारे समय उसे एक ही चिन्ता, एक ही आशंका खाए जाती रहीः कहीं ग़फ़ूर ने उसके साथ दग़ा तो नहीं की ? उस समय कपास के इर्द-गिर्द सावधानीपूर्वक ढूहे बनाए जाने और समय पर पानी पटाए जाने की ज़रूरत थी। मुरातअली जल्दी से जल्दी अपनी कपास देखने को लालायित हो रहा था।

शाम हो चली थी। खेत में कोई नहीं था। पड़ोसी टोलियों की ज़मीन के पास से गुज़रकर मुरातअली अपने खेत तक पहुँचा। उसका दिल डूब गया। खेत के कुछ भागों की सँभाल नहीं हुई थी, कपास के इर्द-गिर्द वहाँ घना खर-पतवार उग आया था, कुछ क़तारों के बीच में सूखी और ढंग से नहीं जोती गई मिट्टी पर झड़े हुए फूल और कलियाँ पड़ी थीं। सबसे भयावह बात हो गई थी : पर्याप्त मात्रा में पानी न मिलने और ढंग से सँभाल न होने के कारण कपास के फूल झड़ने लगे थे। एक-दो दिन यही हालत रहने पर—सारे फूल झड़ जाएँगे। पौधों के निचले भागों में निकली अखरोट सरीखी डोंड़ियाँ रह जाएँगी, लेकिन नई नहीं निकलेंगी !

बूढ़े मुरातअली की भलाई का ग़फ़ूर ने यह बदला चुकाया ! ग़फ़ूर ने कपास और टोली की प्रतिष्ठा के बारे में सोचा तक नहीं, न ही यह देखा कि किसान कैसे काम कर रहे हैं, और उनमें से जो हमेशा अपनी सुस्ती के लिए मशहूर थे, उन्होंने तो उन

दिनों कुदाल को हाथ भी नहीं लगाया। क्योंकि कपास खुद सबसे अधिक स्पष्ट शब्दों में टोली-नायक को बता रही थी कि किसने कैसे मेहनत की है...

मुरातअली का गला रुँध गया। वह हताशा से खेत को देखता रहा, जहाँ प्यार से ढूहे बनाए गए कपास के पौधों के साथ उपेक्षित और प्यास से तड़पते पौधे भी मौजूद थे, उसके मन में खुद पर और ग़फ़ूर पर गुस्सा उबलने लगा। धोखेबाज़, कामचोर और पियक्कड़—ग़फ़ूर है ही ऐसा ! वह खुद भी कपास का दम घोंटनेवाले खर-पतवार जैसा है, उस अमरबेल जैसा है, जो कपास के पौधे के चारों और लिपटी रहती है ! वह प्यार से पौधे का आलिंगन कर और मैत्रीपूर्ण विश्वस्तता से उससे चिमटकर कपास का दम घोंटती है ! अमरबेल की जड़ें नहीं होतीं, वह अपनी कुटिल मित्रता के बदले में पौधों का रस चूसकर अपना पेट भरती है। पौधा सूखता जाता है, मर जाता है, पर अमरबेल विजयोल्लास के साथ सूरज की ओर बढ़ती चली जाती है। तुम भी, ग़फ़ूर, ऐसे ही दूसरों की मुसीबत का फ़ायदा उठाते हो ! बूढ़े मुरातअली ने तुम्हें टोली सौंपी, तुम पर दोस्त की तरह विश्वास किया, पर तुम आज़ादी महसूस करते ही सब छोड़कर बाज़ार भाग लिए। ज़रूर सब ऐसे ही हुआ होगा ! मेख़री तुम्हें यों ही तो कालाबाज़ारिया नहीं कहती है। अच्छी क़ीमत मिलने पर तुम अपनी आत्मा, दोस्ती और दूसरों के विश्वास को भी बेचने को तैयार रहते हो ! तुम्हें अमरबेल की तरह आज़ादी तभी महसूस होती है, जब दूसरों का बुरा हो रहा हो। जहाँ भी तुम्हारे क़दम पड़ें, वहीं फूल झड़ जाते हैं और ज़मीन पर खर-पतवार फैलने लगता है !

लेकिन ज़रा ठहरो !...तुम्हारी खुशहली हमेशा नहीं रहेगी ! अमरबेल से पिंड छुड़ाया जा सकता है। जिस जगह वह फैलती है, किसान ज़मीन पर मिट्टी का तेल छिड़ककर आग लगा देते हैं, और अमरबेल जलकर राख हो जाती है ! और उसके साथ ही उसके आस-पास उगे सारे पौधे भी जल जाते हैं...तुम पर लोगों का क़हर टूटेगा, ग़फ़ूर, और मुरातअली तो अपने हठ के लिए, दुश्मनों और दोस्तों में फ़र्क़ न करने के लिए सजा, बहुत सख़्त सजा पा चुका है। उसे अपने अन्धेपन की भारी क़ीमत अदा करनी पड़ेगी: तुम्हारी तबाह की हुई कपास अब बचाई नहीं जा सकेगी...

मुरातअली एक ठंडी साँस लेकर मुड़ा और कुदाल उठाने तथा अपने दिल का बोझ उतारने के लिए धीरे-धीरे खेत-कैम्प की ओर चल दिया। वहाँ उसकी आयक़ीज़ से मुलाक़ात हो गई।

"ठीक हो गए, मुरातअली-अमाकी ? !" आयक़ीज़ सच्ची सहृदयता से कह उठी। "मैं सचमुच बहुत खुश हूँ आपको देखकर।"

"खुश होने की तो कोई बात ही नहीं है," टोली-नायक ने घबराकर कहा। "मुझ पर मुसीबत आई है बेटी..."

आयक़ीज़ का चेहरा गम्भीर हो उठा। उसने सहानुभूतिपूर्वक सिर हिलाया।

"मुझे मालूम है, मुरातअली-अमाकी। मैं आज सारे खेतों में गई थी, आपके खेत में भी।" उसने किन्चित् उलाहना भरे स्वर में पूछा : "आपने यह कैसे, बिना किसी

से सलाह किए ग़फ़ूर को टोली-नायक बना दिया ?''

''मैंने अलीकुल को बताया था।''

''और अलीकुल आपके फ़ैसले से सहमत थे ? समझ में नहीं आता। सभी तो जानते हैं कि ग़फ़ूर कैसा आदमी है !''

''ओह, बेटी...मैंने तो इस बदमाश पर विश्वास किया था।''

''क्या यही बात है, मुरातअली-अमाकी ?'' आयक़ीज़ के स्वर में शंका झलक रही थी। ''क्या आपको मालूम नहीं था कि मेरे मामा कैसे आदमी हैं ?''

मुरातअली ने आँखें उठाकर उसकी ओर देखा, उसकी आँखों में उस समय पीड़ा और थकान झलक रही थीं, और एक ठंडी साँस ली :

''मालूम था, बेटी। सारा क़सूर मेरा ही है।''

''आप दिल छोटा मत कीजिए, मुरातअली-अमाक़ी !'' आयक़ीज़ ने स्नेहपूर्वक कहा। ''कपास को अभी बचाया जा सकता है।''

''तुम बहुत भली हो, आयक़ीज़। लेकिन मुझे डर है कि उसे बचा पाना मुश्किल होगा।''

''लेकिन हम कोशिश करेंगे। कोई तरकीब सोचेंगे !''

''अब देर हो चुकी है, बेटी !'' मुरातअली ने निराशा से हाथ हिलाया। ''कपास को सँभालने के लिए टोली को कम-से-कम एक हफ़्ते का वक़्त चाहिए। और हमारे पास दूसरे काम भी कम नहीं हैं। एक हफ़्ते में मुरझाए पौंधों के सारे फूल और कलियाँ झड़ जाएँगे।''

आयक़ीज़ सोच में पड़ गई और उसका चेहरा फिर उत्साहवर्धक मुस्कान से खिल उठा।

''जब तक साँस, तब तक आस, टोली-नायक। आप देख लेना, सब ठीक हो जाएगा। आप घर जाकर आराम कीजिए। क्या अस्पताल से आप काफ़ी पहले निकल आए थे ?''

''दोपहर में छुट्टी मिली।''

''यह लीजिए ! आप अपनी सेहत का ख़याल ही नहीं रखते हैं।''

''यहाँ सेहत की फ़िक्र का मौक़ा ही कहाँ है, बेटी ? तुम जाओ, मैं थोड़ी देर काम करूँगा।''

''अँधेरा हो चला है, मुरातअली-अमाकी। अब कैसा काम, रात हो चली है ! आइए, मैं आपको अलतीनसाय तक छोड़ आती हूँ, और वहाँ से बायचीबार पर सवार होकर अपने घर क़तारताल चले जाइए। आप अलतीनसाय में तो रात नहीं गुज़ारना चाहते हैं ना ?''

''नहीं, मैं घर जाऊँगा...कतारताल की याद सता रही है।'' वे जब सड़क पर पहुँचे, तो आयक़ीज़ ने पूछा :

''आपने अभी तक घर बदलने का कोई फ़ैसला नहीं किया, मुरातअली-अमाकी ?

आपके यहाँ के सारे लोग गृहप्रवेश कर चुके हैं। और बहुत सन्तुष्ट हैं।''

मुरातअली में न तो बहस करने की शक्ति रही थी, न ही गुस्सा करने की, वह केवल बड़बड़ाया :

''मैं दूसरों की होड़ नहीं कर सकता ! तुमने सुना, मेरे बारे में क्या-क्या कहते हैं ? मुरातअली—जाहिल, बेवकूफ़ और बिलकुल निकम्मा बुड्ढा है !''

''बस कीजिए, मुरातअली-अमाकी ! आपके बारे में कोई ऐसी बात नहीं कहता।''

मुरातअली के होंठ काँप उठे।

''और आपका शेख़ीबाज़ करीम ? उसे मुझसे मेरी बेटी छीनकर सबर नहीं हुआ, ऊपर से बूढ़े आदमी पर छींटाकशी भी करता है ! और तुम भी कम नहीं, आयक़ीज़ ! उसे शर्मिन्दा करने के बजाए तुमने मेख़री को अपने यहाँ पनाह दे दी...''

''मेखरी मेरी सहेली है, मैं उसे पनाह देने से इनकार नहीं कर सकती थी। लेकिन आप....किसी ने आपसे करीम की झूठी शिकायत की है ! आप विश्वास करिए, मुरातअली-अमाकी, जितनी इज़्ज़त आपकी करीम करता है, उतनी शायद ही कोई और करता हो। आप किसानों से पूछ लीजिए, वह हमेशा आपका ज़िक्र बेटे की तरह इज़्ज़त के साथ करता है। उसे बदनाम करने की किसने ठानी है ?''

मुरातअली चुप रहा।

''नहीं, मैंने किसी के मुँह से आपके बारे में बुरी बात नहीं सुनी,'' आयक़ीज़ ने आगे कहा। ''हालाँकि आपको सच-सच बता दूँ कि यह जानकर कि आप घर नहीं बदलना चाहते हैं, हमें बहुत दुःख हुआ। हमें आपके लिए बहुत दुःख हुआ, मुरातअली-अमाकी ! आप तो हमेशा जनता के साथ रहते थे, पर अचानक सार्वजनिक कार्य से किनारा कर बैठे। सब क़तारताल छोड़कर जा चुके हैं, पर आप अकेले अड़े हुए हैं, ज़रा सोचिए, मुरातअली-अमाकी, कभी ऐसा हो सकता है कि सब ग़लती पर हों और अकेले आप ही की बात ठीक हो ? आप बुरा मत मानिए, लेकिन अगर आदमी अकेला रह जाता है, तो इसका मतलब है—वही ग़लती पर है ! मुझे भी पूरा विश्वास है कि आपका अकेलापन आपके लिए बोझ हो गया है। अकेलेपन में आदमी ख़ुद भी दुःखी रहता है और दूसरों को भी सुखी नहीं बना सकता है। अकेलेपन में तो पहाड़ तक बारिश और हवा की मार से ढह जाता है ! आप ख़ुद लोगों से थोड़ा दूर होकर बदज़बान चुगलख़ोर के जाल में फँस गए हैं। पेड़ तक को भी अकेले बड़ी मुश्किल होती है...'' आयक़ीज़ कुछ याद कर चुप हो गई और थोड़ी देर के सोच के बाद दुःखी स्वर में बोलीः ''आपको शायद मालूम नहीं, मुरातअली-अमाकी...आपका ख़ूबानी का पेड़ सूख गया है।''

मुरातअली को आयक़ीज़ पर विश्वास नहीं हुआ, पर उसके शब्दों ने उसे जल्दी करने के लिए मजबूर कर दिया। उसने साभार उससे बायचीबार को ले लिया और शीघ्र ही क़तारताल पहुँच गया। घोड़े को फाटक से बाँधकर वृद्ध ख़ूबानी की ओर लपका। धरती के ऊपर शाम का धुँधलका गहराने लगा था। किन्तु अन्धकार ने यह देखने में

बाधा नहीं डाली कि ख़ूबानी का पेड़ सूख चुका है। पत्तियाँ बिना झड़े टहनियों पर मुरझा गई थीं...उसने दुःखी मन से प्यार से निचली डाल पर हाथ फेरा। पत्तियाँ उसके हाथ तले से झड़ गईं। छाल सख़्त और खुरदरी लगी। आयक़ीज़ ने सच कहा था।

बीमारी के बाद थका हुआ और गत दिन की घटनाओं से परिक्लान्त हुआ वृद्ध घिसटता हुआ बिस्तर तक पहुँचा। वह बिना बत्ती जलाए और कपड़े उतारे लेट गया, पर उसे नींद अच्छी नहीं आई, वह करवटें बदलता रहा। उसे सारी रात दुःस्वप्न आते रहे।

सुबह उसके लिए अपने साथ दुःख भी लाई और सान्त्वना भी।

जब कमरे में छनकर धुँधला प्रकाश आया, मुरातअली उठा और उसने देखा कि घर में कुछ भी नहीं छुआ गया है। हर वस्तु अपने स्थान पर थी, बेटी के पलंग पर सलीक़े से बिस्तर बिछा था, मानो मेख़री कहीं गई ही न हो। यानी वह उस पर बेकार ही गुस्सा होता रहा था। वह अभी तक आयक़ीज़ के यहाँ ही रह रही है, न कि नए गाँव में। उसने अभी पिता के पास लौटने का इरादा नहीं छोड़ा है।

अहाते में निकलकर मुरातअली अपने दिल के टुकड़े—पेड़ की दशा देखकर बस रो ही नहीं पड़ा। उसे शायद वसन्त में ही पाला मार गया था, लेकिन मुरातअली ने इस पर ध्यान नहीं दिया था। वृक्ष में अन्तिम बार पत्तियाँ व फूल निकलने देने का सामर्थ्य रह गया था, पर जुलाई में वह मुरझाने लगा और सूख गया। मुरातअली ने उसमें कितना ही पानी दिया, कितनी ही उसकी सँभाल की, पर उसका अन्त निश्चित था। किन्तु पिछले कुछ दिनों में वृद्ध क़तारताल विरले ही आता था और अपने वृक्ष की बहुत कम सँभाल करता था।

नीचे, सामूहिक फ़ार्म के बाग़ में ख़ूबानी के पेड़ अप्रभावित रहे थे, उनकी एक भी पत्ती नहीं गिरी थी और पर पर फल भी आ रहे थे। वे बहुत थे, एक दूसरे की सहायता करते रहे थे। मैत्रीपूर्ण और शक्तिशाली होने के कारण पाला उनके लिए भयावह नहीं रहा था। जबकि उसका वृक्ष अकेला और अरक्षित, नंगी टहनियाँ लिए, कोयले जैसा काला हुआ और सूखी, कुन्चित हुई पत्तियों के साथ खड़ा रहा था... आयक़ीज़ ने सच ही कहा था : पेड़ तक को अकेले में मुश्किल होती है।

मुरातअली डूबा हुआ दिल लिए काम पर निकला। लेकिन जब वह अपने खेत में पहुँचा, वह तुरन्त नहीं समझ पाया कि वहाँ क्या हो रहा है। और समझने पर उसे अपनी आँखों पर विश्वास नहीं हुआ।

खेत में केवल उसी की टोली नहीं, बल्कि बेकबूता और करीम की टोलियाँ भी मौजूद थीं। मुरातअली ने एक खेत में इतने लोगों को मेहनत करते कभी नहीं देखा था। किसान खर-पतवार उखाड़ रहे थे, मिट्टी की गोड़ाई कर रहे थे और कतारों के बीच मज़े से कलकल करता पानी बह रहा था। दूर, नहर के निकट "बहुप्रयोजन" ट्रैक्टर ज़ोर-शोर से गोड़ाई में जुटे हुए थे। ट्रैक्टर केवल पोगोदिन ही भिजवा सकता था,—यानी वह भी दूसरों की मुसीबत में अलग नहीं खड़ा रहा। ये ही हैं उसके सच्चे दोस्त, जो

मुसीबत की घड़ी में बिना सोच-विचार किए उसकी मदद को दौड़ पड़े हैं ! मुरातअली आश्चर्यचकित रह गया, उसकी समझ में नहीं आ रहा था कि वह कौन-सा काम करे। वह उखाड़े हुए खर-पतवार अंकवार में समेटकर उन्हें सड़क के पास फेंक आया। लौटकर उसने कपास के पौधे के इर्द-गिर्द ढूहे बनाना चाहा, पर कुदाल उसके हाथों से छूटकर गिर गया। वृद्ध ने कमर सीधी करके घबराकर चारों ओर देखा। लोगों ने उसे देख लिया था, किसान सहृदय और किन्चित् शरारतभरी मुस्कान के साथ उसकी ओर देख रहे थे। मुरातअली से कुछ दूरी पर आयक़ीज़ निराई कर रही थी—उस सुबह उसने भी कुदाल चलाई थी, और मुरातअली पौधों के पास से निकलकर अपनी उद्धारक के पास गया। उसे कोई सन्देह नहीं रहा था : खेत में वही लोगों को लेकर आई थी, क्योंकि उसने उससे कोई ''तरकीब'' सोचने का वादा किया था। वृद्ध के कपोंलों पर आँसू ढुलक रहे थे। उसने आयक़ीज़ को कसकर गले लगा लिया और उसे कहने को कुछ नहीं सूझ पाया।

''आप रो क्यों रहे हैं, मुरातअली-अमाकी ?'' आयक़ीज़ ने कहा। और अचानक उसने स्वयं भी अपनी आँखों को नम होता महसूस किया। ''अब सब ठीक तो हो चुका है।''

''तुम्हारा शुक्रिया, बेटी,'' मुरातअली ने कहा। ''मैं अपनी आख़िरी साँस तक इसे नहीं भूलूँगा...''

''शुक्रिया किस बात का ? यह तो सब करीम और बेकबूता ने किया है। मैंने आप पर आई मुसीबत के बारे में आलिमजान को बताया था, पर मालूम हुआ कि उसने हर काम का इन्तज़ाम पहले ही कर लिया था। उन्होंने कल ही टोली-नायकों से सलाह की थी, बेकबूता और करीम ने उनसे अपने यहाँ काम निबटाने के बाद आपके खेत में भी काम करने का वादा किया था। आप ख़ुद ही देख रहे हैं, मुरातअली-अमाकी, उन्होंने अपना वादा निभाया है ! बेकबूता ने आलिमजान से यही कहा था : 'पड़ोसी पर मुसीबत आई,—यानी मुझ पर मुसीबत आई'।''

''तुम्हारे बापों को तुम पर ज़रूर गर्व होता !'' मुरातअली ने गद्गद कंठ से कहा। ''ख़ुदा करे तुम्हारे भी तुम और आलिमजान जैसे समझदार और नेक बच्चे हों !''

आयक़ीज़ का चेहरा किंचित ! लाल हो उठा और उसने अपनी घबराहट छिपाने के लिए सलाह दीः

''आपको अपनी बेटी के पास जाना चाहिए, मुरातअली-अमाकी। वह वहाँ है, देख रहे हैं ? और करीम भी वहाँ है। उन पर गुस्सा मत कीजिए। वे दोनों जवान हैं और उनके विचार गरम क़दमबाज़ों के से हैंः रास्ते की परवाह किए बिना सरपट भागते हैं !''

''मेरे दिल में उनके लिए बिलकुल भी खुनस नहीं है। जवानी तो फूल की कली जैसी होती है : कली खिलने के लिए होती है, जवानी-ख़ुशक़िस्मती और प्यार के लिए।''

करीम और मेख़री के निकट आने तक प्रतीक्षा करके मुरातअली उनके पास गया। उन्होंने एक दूसरे से नज़र मिलाई, काम छोड़कर सीधे खड़े हो गए और वृद्ध की प्रतीक्षा

करने लगे। दोनों नज़रें झुकाए परेशान और उत्तेजित हुए खड़े थे।

उनके पास पहुँचकर मुरातअली ने बेटी का माथा चूमा और करीम से दुआ-सलाम की।

"शुक्रिया, बेटा..."

वृद्ध मुरातअली ने पहली बार करीम को बेटा कहकर पुकारा था। वह उस समय ऐसा महसूस कर रहा था, मानो कोई ऊँचा पहाड़ पार कर आया हो।

"मेरी आँखों से परदा हट गया, प्यारे बच्चों," उसने धीरे से कहा। "अब मैं जानता हूँ कि कौन मेरा दोस्त है, कौन दुश्मन..."

वृद्ध ने उस पर मुसीबत ढहानेवाले ग़फ़ूर को खोजने के लिए चारों ओर नज़र दौड़ाई। लेकिन ग़फ़ूर वहाँ नहीं था।

वह टोली में न दूसरे दिन लौटा और न ही तीसरे दिन। मुरातअली के स्वस्थ होने की ख़बर सुनकर वह गधे के सिर से सींग की तरह ग़ायब हो गया। ग़फ़ूर अपने टोली-नायक से ग़ुस्से से डरता था और जानता था कि उसे नए अध्यक्ष से भी कोई रिआयत नहीं मिलने-वाली। वह डेयरी से रोज़ी-पहलवान को निकाल चुका था और मुल्ला-सुलैमान को टोली-नायक के पद से। ग़फ़ूर हमेशा के लिए गाँव छोड़कर जाने की तैयारी कर रहा था। वह सबसे नफ़रत करता था—भानजी से, आलिमजान से, मुरातअली से, सारे किसानों से, सारे अलतीनसाय से, उस नई ज़िन्दगी से, जिसमें उसे डर लगा रहता था, चैन नहीं मिलता था।

जाने से पहले उसने अपने शत्रुओं में से किसी न किसी से बदला लेने की ठानी। यह बदला बहुत नीचतापूर्ण और ओछे ढंग का था, जो कमीना और घटिया आदमी ही कर सकता था।

उसने अपना नीचतापूर्ण इरादा रात के आख़िरी पहर में किया, जब सब गहरी नींद में सोए हुए थे। केवल आम दिनों की तरह खेत-कैम्प में सोनेवाला मुरातअली तड़के-तड़के, बड़े भोर में उठा था और हाथ-मुँह धोने नहर पर गया था।

वृद्ध पानी के ऊपर झुका ही था कि अचानक उसे कुछ दूरी से घोड़े की हल्की टापें सुनाई दे गईं। मुरातअली ने मुड़कर देखा। अँधेरा था, पर धुँधलका छँटने लगा था, और वृद्ध टोली-नायक की पैनी नज़र ऊषा-पूर्व के आकाश की पृष्ठ-भूमि में कठिनाई से दृष्टिगोचर होनेवाली घुड़सवार की आकृति पर पड़ गई। घुड़सवार नहर के किनारे-किनारे स्तेपी की ओर जानेवाला पगडंडी पर सरपट दौड़ा चला जा रहा था। वह घोड़े को पूरी रफ़्तार से दौड़ा रहा था। यह इतने बेवक़्त कहाँ जाने की जल्दी में है ?...

"ऐ !...कौन है ?..." मुरातअली ने पुकारा और उसकी आवाज़ चारों ओर छाए सन्नाटे में ज़ोर से गूँज उठी।

आवाज़ सुनकर घुड़सवार ने झटके से घोड़ा मोड़ लिया और नहर से दूर जाने लगा। मुरातअली इससे सतर्क हो उठा और बिना समय गँवाए किनारे से नीचे उतर

आया। पास ही में उनकी टोली का एक घोड़ा चर रहा था। वृद्ध ने उसका छंदना खोल दिया और रस्सी उठाकर पलक झपकते ही वह सन्देहास्पद अपरिचित के पीछे सरपट घोड़ा दौड़ा रहा था। वह घोड़ा काफ़ी अरसे से गाड़ी में जोता जा रहा था, पर उसकी पुरानी चुस्ती अभी गई नहीं थी, वह सहजता से भाग रहा था, पर अजनबी का घोड़ा शायद अड़ रहा था, इसलिए उसके और मुरातअली के बीच का फ़ासला उत्तरोत्तर कम होता जा रहा था। आगे जा रहे घुड़सवार ने अचानक फिर घोड़ा मोड़ दिया : वह घोड़े को खेत से अछूती धरती की ओर दौड़ाने लगा। मुरातअली उसका रास्ता काटकर उसके काफ़ी नज़दीक पहुँच गया, जिससे कि घुड़सवार को ठीक से देख सके। उसे बहुत आश्चर्य हुआ और रोष आया, जब उसने पहचान लिया कि भगोड़ा...ग़फ़ूर है और घोड़ा, जिस पर वह सवार था, बायचीबार है।

तो यह बात है !...इस नीच ने शायद अँधेरी रात की आड़ में सामूहिक फ़ार्म से, आयक्रीज़ के यहाँ से उसका प्यारा तेज़ घोड़ा उड़ाने और साथ ही भानजी का बुरा करने की ठानी है। आसार ऐसे लग रहे थे कि वह जल्दी से जल्दी लोगों की आँखों से ओझल होने की कोशिश करता क्रिज़िलक्रूम की ओर जा रहा है।

''ठहर ! ठहर, शैतान !...'' मुरातअली फिर चिल्लाया।

ग़फ़ूर ने बिना घोड़ा रोके मुड़कर देखा और बूट के मोज़े में से छुरा निकालकर वृद्ध को धमकाया।

रात की धुन्ध तेज़ी से छँट रही थी, मुरातअली के लिए भगोड़े की हर चेष्टा पर नज़र रखना आसान हो गया। ग़फ़ूर बड़ी बेरहमी से बायचीबार के पहलुओं में अपने नए बूट मार रहा था, और घोड़ा ज़ोर से हिनहिनाकर रोष प्रकट करता कमान से छूटे तीर की तरह हवा से बातें कर रहा था। लेकिन मुरातअली का घोड़ा भी बायचीबार से पीछे नहीं रह रहा था। वह कनौतियाँ दबोचे भागा जा रहा था, और वृद्ध चलते-चलते रस्सी से बनाई कमन्द से उसे केवल यदाकदा ही मार रहा था।

फिर भी उसे कमन्द का इस्तेमाल करने की ज़रूरत नहीं पड़ी। ग़फ़ूर का रास्ता पुरानी ज़मीन से अछूती धरती को जानेवाली नाली ने रोक दिया था। ग़फ़ूर ने घोड़े को टिटकारते हुए उसकी गरदन पर मुक्का मारा; बायचीबार ने पिछली टाँगों पर खड़े होकर सवार को गिरा दिया और नाली फाँद गया। दूसरे किनारे पर पहुँचकर वह जड़वत् खड़ा हो गया, कान हिलाता, मानो ध्यानपूर्वक कुछ सुन रहा हो और अयाल झड़कारकर निढ़ाल हुआ धीरे-धीरे गाँव की ओर जाने लगा...

ग़फ़ूर ने खड़े होकर धूल भरी आँखें मलकर देखा, तो घोड़े से कूदकर उतरे मुरातअली को अपने पास पाया। अपराधी भागने ही वाला था कि वृद्ध ने उसकी आस्तीन कस कर पकड़ ली।

''तूने यह क्या किया, नीच ?...''

ग़फ़ूर जैसे तभी वृद्ध को पहचाना और धृष्टतापूर्ण घनिष्ठता दिखाते हुए चिल्लायाः

''अहा, तुम हो, टोली-नायक ?...खुदा का शुक्रिया !...मैं तो सोचने लगा था कि

कोई डकैत मेरा पीछा कर रहा है।''

''तू खुद डकैत है ! चोर था और चोर ही रह गया। मैं तेरी पापी आत्मा को अच्छी तरह जानता हूँ। ग्राम सोवियत चल, लफँगे, वहाँ तुझे तेरे किए की सज़ा मिल जाएगी !...''

ग़फ़ूर ने टोली-नायक की पकड़ से छूटने के लिए उसे झटका दिया, पर मुरातअली की पकड़ शिकंजे जैसी थी। ग़फ़ूर के चेहरे से ढीठ मुस्कान काफ़ूर हो गई और उसकी आँखें चोर की तरह चलने लगीं। वह चापलूसी करता, मिन्नत करता उसे मनाने लगा :

''चिल्लाओ मत, दोस्त ! चिल्लाने की क्या ज़रूरत है ? हम तुम तो पुराने दोस्त हैं....''

''तुम्हारे जैसा दोस्त दुश्मन से भी ज़्यादा ख़तरनाक होता है !''

''अरे, अरे, ऐसा क्यों कहते हो ? तुम्हारे दुश्मन तो अलतीनसाय में हैं। तुम्हारे दुश्मन तो वे हैं, जिन्होंने तुम्हें तुम्हारे घर और बेटी से महरूम करने की ठान ली है। मैं तो हमेशा भला चाहता रहा हूँ...''

''तुम्हारी भलाई से ही हमारी कपास सूखी है !''

''कपास तो तुम्हारी नहीं, सामूहिक फ़ार्म की है। और तुम्हारा तो मैं हमेशा दोस्त रहा हूँ। अकेला मैं ही समझता था कि क़तारताल तुम्हें कितना प्यारा है। ज़रा याद करो, जब लोग तुम्हारे घर बदलवाने के लिए तुम्हारे पीछे पड़े हुए थे, तो किसने तुम्हारी तरफ़दारी की थी, किसने तुम्हें नेक सलाह दी थी।''

''सलाहों के लिए शुक्रिया, ग़फ़ूर,'' टोली-नायक ने व्यंग्यपूर्वक मुस्कराकर कहा, ''शुक्रिया ! उनसे मुझे फ़ायदा हुआ। तुम अगर किसी काम के ख़िलाफ़ हो, तो,—इसका मतलब है, वह काम अच्छा है, करने लायक़ है...अब मैंने घर बदलने का फ़ैसला कर लिया है।''

''अरे, अरे !...क्या तुम भी उनके इशारों पर नाचने लगे ?''

''तो क्या तुम सोच रहे थे कि मैं हमेशा तुम्हारे जैसों की बात मानता रहूँगा ? अंधा लकड़ी एक ही बार खोता है ! मेरी आँखें खुल गई हैं, अब मैं अच्छे और बुरे में फ़र्क कर सकता हूँ !''

''तुम मुझे कितने सालों से जानते हो, मुरातअली...''

''मैं जानता हूँ कि तुम चोर हो, खोनचेवाले और बटमार हो !''

''ठहर ज़रा....'' ग़फ़ूर फुसफुसाया। ''ठहर...''

ग़फ़ूर ने यह बातचीत केवल कुछ समय मिलने और मुरातअली का ध्यान बँटाने के लिए ही छेड़ी थी। उपयुक्त अवसर मिलते ही उसने वृद्ध को टंगड़ी मारकर छाती में धक्का दे दिया, और मुरातअली ज़मीन पर गिर पड़ा। ग़फ़ूर ने घुटने से उसका हाथ दबोच लिया और विजयोल्लास में चिल्लाया :

''क्यों ? अब मुझे ग्राम सोवियत क्यों नहीं ले जा रहा है ?''

''बचाओ !'' मुरातअली चिल्लाया। ''बचाओ !''

“धीरे बोल, बुड्ढे कुत्ते !” ग़फ़ूर ने छुरा निकाल लिया। “मुँह बन्द रख !...”

“ब...चा...ओ !...”

पीछा करने के शोर से काफ़ी पहले जागे हुए किसान खेत-कैम्प से नाली की ओर भागे आ रहे थे। क़दमों की आहट बराबर पास आती जा रही थी। ग़फ़ूर ने मुड़कर देखा। मुरातअली ने उसकी क्षण भर की किंकर्त्तव्यविमूढ़ता का लाभ उठाकर उसके हाथ से छुरा गिरा दिया। ग़फ़ूर गालियाँ देकर उचककर खड़ा हुआ और बूढ़े को ज़ोरदार लात मार पानी में लुढ़काकर पैदल नाली पार करके स्तेपी की ओर भागने लगा...

आँखें खोलने पर मुरातअली ने अपने टोली-नायक के किसानों के चेहरे अपने ऊपर झुके हुए देखे। वह सारा पानी में तर हो चुका था, उसे कँपकँपी छूट रही थी, हाथ, कन्धा और गुट्टी दुख रहे थे, फिर भी पीड़ा पर नियन्त्रण कर उसने किसी तरह सिर उठाया।

“यह ग़फ़ूर की करतूत है...उसी ने मुझे...उसे पकड़ना चाहिए, उसने घोड़ा चुराया है।” वृद्ध ने अँधेरे में अपना काँपता हाथ बढ़ाया। “वह उधर भागा है, स्तेपी की तरफ़...”

मेख़री रोती हुई पिता के चेहरे से ख़ून पोंछने लगी, और किसान अपराधी को पकड़ने लपके। सुवानक़ुल, जो उस समय स्तेपी में, ट्रैक्टर में पेट्रोल भर रहा था, उनसे पहले लपका। बचाओ, बचाओ की आवाज़ सुनकर उसने ग़फ़ूर को धर दबोचा और उस स्थान पर घसीट लाया, जहाँ मुरातअली लेटा था। ग़फ़ूर ट्रैक्टर-चालक के ताक़तवर हाथों में ख़रगोश की तरह फड़फड़ा रहा था।

अपने बन्दी को घास पर पटककर गुस्से में उसके एक ज़ोरदार लात लगाए बिना नहीं रह सका। ग़फ़ूर सहारा देकर खड़े किए गए मुरातअली के आगे जाकर गिर पड़ा। फिर बदमाश को भी उठाया गया। वह कन्धे और सिर झुकाए उठ खड़ा हुआ, उसके घुटने थोड़ा काँप रहे थे...मुरातअली ने उसे खा जानेवाली निगाहों से देखकर थूका और मुँह फेरकर एक ठंडी साँस ली।

“यह इनसान नहीं है...खर-पतवार है, अमरबेल है। इसे उखाड़कर जला देना चाहिए, जिससे इसका नामो-निशान तक मिट जाए...”

तैंतीस

संघर्ष जारी रहा

दिन बीतते गए, सप्ताह बीतते गए, शरद-ऋतु—फ़सल उठाने का मौसम, उस व्याकुलता का मौसम आ गया, जो सारे जनतन्त्र में व्याप्त हो जाती है। उज़्बेकिस्तान में रहनेवाला कोई भी व्यक्ति कैसा भी काम क्यों न करता हो, किसी भी जगह काम क्यों न करता

हो, इन दिनों वह यही सोचता रहता है कि सामूहिक फ़ार्मों ने कितनी कपास चुनी है, सरकार को जो तीस लाख टन कपास देने का वायदा किया गया है, क्या उसमें अभी काफ़ी कम पड़ रही है। इन दिनों सब लोग समाचारपत्रों में छपनेवाले ताज़ा बुलेटिनों पर नज़र रखे हुए हैं। उनमें बताया जाता है कि हर प्रान्त में कपास की चुनाई कैसी चल रही है। वैज्ञानिक तथा लेखक रेडियो के पास बैठकर ध्यानपूर्वक समाचार सुनते हैं, मज़दूर कारख़ानों में अवकाश के समय में समाचारपत्र-पट्टों के पास भीड़ लगाकर ज़ोरदार बहस में उलझे रहते हैं कि इस वर्ष कौन-सा प्रान्त प्रथम स्थान पर रहेगा। विद्यार्थी लेक्चर सुनने के लिए जाते हुए लाउडस्पीकरों के पास रुककर सच्ची उत्साहपूर्ण रुचि के साथ कपास की चुनाई के बारे में बातचीत करने लगते हैं। बाहर से आए लोग भी इस व्याकुलता से अप्रभावित नहीं रहते हैं और समाचारपत्र ख़रीदते समय उनकी नज़रें भी उसी सूचना को ढूँढ़ती रहती हैं।

इन दिनों बातचीत का मुख्य विषय, चिन्ताओं व खुशियों का मुख्य कारण, मुख्य समस्या, मुख्य शौक़-कपास ही होती है।

शरद-ऋतु !...सुखद, आशंकनीय और परिश्रम का समय !...

शरद-ऋतु के ऐसे ही एक मधुर व उष्ण दिन आयक़ीज़ और जुराबायेव स्मिर्नोव के दफ़्तर में मिले और खेतों में पैदल यह देखने चल पड़े कि "क़िज़िल युल्दूज़" सामूहिक फ़ार्म के किसानों का काम कैसा चल रहा है, उन्होंने सफलताएँ कैसी प्राप्त की हैं, कौन-सी कठिनाइयाँ उनके काम में बाधा डाल रही हैं।

वे पुरानी चौड़ी नहर के, जिसमें पानी शरद-ऋतु में सदा की तरह पूर्णतया स्वच्छ रहता था, किनारे-किनारे चलते हुए ट्रैक्टर-स्टेशन तक पहुँच गए और उन्होंने वहाँ पोगोदिन को खोज निकाला। पोगोदिन उन दिनों खिन्न व चिड़चिड़ा रहता था, अपने ज़िम्मे ज़्यादा से ज़्यादा काम लेने की कोशिश करता था, और सब जानते थे कि वह ऐसा अपनी मंगेतर लोला के बारे में विषादपूर्ण विचारों से पीछा छुड़ाने के लिए करता था, जो फिर पढ़ाई जारी रखने के लिए शहर चली गई थी। पोगोदिन ने जुराबायेव को सम्बोधित कर बड़बड़ाते हुए पूछाः

"हमारे ज़िला केन्द्र में लोग क्या सोचते रहते हैं ? अभी तक अछूती धरती तक सड़क क्यों नहीं बनी है ?"

"हर काम का अपना वक़्त होता है।"

"यही तो बात है ! मेरे यहाँ कुछ ऐसे ट्रैक्टर-चालक हैंः कोई पुर्ज़ा ख़राब हो जाए, तो उन्हें कोई परवाह नहीं होती। कहते हैंः 'बाद में ठीक कर लेंगे !' लेकिन इस मामूली-से काम के कारण ट्रैक्टर बीच में ही रुक जाता है, जब काम ज़ोरों पर होता है—और उसकी मरम्मत में आधा घंटा नहीं, पूरा हफ़्ता लग जाता है ! कामरेड जुराबायेव, काम टाल देने से वह तूल जाता है।"

आयक़ीज़ हँस पड़ीः पोगोदिन ने फिर अपनी उज़्बेकी कहावतों की जानकारी की फिर डींग मारी थी, पर जुराबायेव ने साश्चर्य उसकी ओर देखा और सहृदयता से कहा :

"तुम, इवान बोरिसोविच, बिना यह पता लगाए कि तुम्हारे सामने प्रतिद्वन्द्वी है या नहीं, हमला बोलने लगे हो। सर्दी तक सड़क तैयार हो जाएगी, मैं तुमसे पक्का वादा करता हूँ !"

"आप हमारे निदेशक पर नाराज़ मत होइए," आयक़ीज़ ने जुराबायेव से कहा और उसकी आँखों में शरारत की चमक झलकने लगी। "कुछ कारणों से इनका मूड कुछ ख़राब है..."

"मेरा मूड हमेशा जैसा है।"

"सच, इवान बोरिसोविच ? लेकिन मुझे लगता है कि मेरी बातों के बाद तुम्हारा दिल ज़रा ज़ोर से धड़कने लगा है।"

"मेरा इंजन हमेशा एक-सा चलता है," पोगोदिन ने किन्चित् बेढ़ब मज़ाक़ किया, लेकिन आयक़ीज़ से छिपाने की इच्छा उसे नहीं हो रही थी और उसने साफ़-साफ़ कहा: "बस अभी उसमें कुछ गड़बड़ हुई है। न जाने किसने ईजाद की है इन जुदाइयों की !"

"दुःखी मत होओ, इवान बोरिसोविच, मिलन भी उतना ही सुखद होगा ! इसका मुझे अनुभव है।"

पोगोदिन अपने ट्रैक्टर-चालकों के पास चला गया। जुराबायेव और आयक़ीज़ कपास के खेतों की ओर चले गए।

"मैंने सुना है, आयक़ीज़, कि तुम्हारे नाम की सिफ़ारिश ज़िला कार्यकारिणी समिति के अध्यक्ष पद के लिए की जा रही है," जुराबायेव ने कहा। "मैं समय से पहले इस बारे में नहीं बताना चाहता था, पर रहा न जा सका।"

"मेरे नाम की ही क्यों ?" आयक़ीज़ घबड़ाकर कह उठी। "मैं नहीं निभा पाऊँगी, कामरेड जुराबायेव। "मुझे बहुत कम अनुभव है।"

"निभा लोगी ! इसमें सम्वेदनशील दिल की ज़्यादा ज़रूरत है, न कि अनुभव की। ऐसे दिल की ज़रूरत है, जो लोगों की आवश्यकताओं को भाँप सके ! और अनुभव तो काम करते हुए हो जाएगा। पहले काम, फिर अनुभव—ज़िन्दगी में यही तो होता है ना, न कि इसका विपरीत ?"

वे टेकरी पर चढ़ गए, जहाँ से क़ादीरोव कभी अपने इलाक़े का पर्यवेक्षण किया करता था।

दाईं ओर जुती हुई अछूती स्तेपी जमे हुए काले लावा की तरह फैली हुई थी। वह दूर-दूर तक चली गई थी। कहीं उसके दूरस्थ छोर पर ट्रैक्टर एक के बाद एक नए हेक्टेयर जोतते हुए कर्मनिष्ठ चींटियों की तरह रेंग रहे थे। इन गरमियों के दौरान स्थापित स्तेपी की बस्तियाँ अभी तक प्रखर और धधकते शरतकालीन सूरज की किरणों में उत्सव के लिए सजी-धजी-सी लग रही थीं।

बाईं ओर अलतीनसाय शरत्कालीन सज्जा में फैला हुआ था। वृक्ष म्लानि के प्रचंड रँगो में जाज्वल्यमान हो रहे थे। सुघड़ तनोंवाले पोपलर केसरिया रंग के हो उठे थे। "बाग़" के वृक्षों के गुम्बदाकार शिखर तराशे हुए-से भूरी लोमड़ी के समूर जैसे लग रहे

थे। खूबानी के बाग़ सुनहरे रंगों में झिलमिला रहे थे, क़ैराग़ाचों के समूहों के रंग अरुणिम सूर्यास्त का स्मरण करा रहे थे। अलतीनसाय भूरे, पीले, सुनहरे और लाल रंगों के झागों में डूबा हुआ था, जो लुप्त होने से पहले आँखें चौंधियाते हुए भड़क उठे थे। आयक़ीज़ की नज़र ग्राम सोवियत की ईंटों की इमारत पर टिक गई। ग्राम सोवियत के ऊपर लाल झंडा फहरा रहा था।

टेकरी के सामने कपास के खेत फैले हुए थे। सन्ध्याकालीन पाले के शिकार हुए कपास के पत्ते गिर चुके थे। खेत पूर्णतया सफ़ेद हो गए थे। कपास झगियाती खुली डोंड़ियों से बाहर निकली पड़ रही थी, जिनमें वह कुछ समय पहले तक नीबू की कोमल फाँकों के रूप में छिपी थी। श्वेत फेन के इस समुद्र में कपास चुननेवाली मशीनें मन्थर गति से तैर रही थीं। जहाँ मशीनें नहीं थीं, वहाँ झोलों में कपास चुन रहे किसानों की झुकी हुई पीठें नज़र आ रही थीं। इन दिनों सभी खेत में थे : बूढ़े और जवान, कपास-उत्पादक और शहरी लोग, मीराब और राजगीर।

कटाई का दूसरा महीना चल रहा था, डोंड़ियाँ एक के बाद एक खुलती जा रही थीं। उन हिस्सों में, जहाँ लगता था कि सारी कपास चुन ली गई है, कुछ दिनों में फिर सफ़ेद नज़र आने लगता था।

इन दिनों रास्तों में बहुत शोर रहता, चहल-पहल रहती। खलिहानों से, जहाँ कपास सुखाई जाती थी, ठूँस-ठूँसकर भरी बोरियों से ऊपर तक लदी घोड़ागाड़ियों की क़तारें निकलती रहती थीं। ट्रक कपास के गोदामों की ओर दौड़ते थे। सड़कों पर मोटरकारें व मोटरसाइकिलें तीव्र गति से आती-जाती थीं। दोनों ओर से लदी कपास की गाँठों को ढोते ऊँट मन्थर गति से जाते थे। बाग़बान खेत-कैम्पों में खरबूज़े, तरबूज़, सब घोड़ागाड़ियों में लादकर ले जाते थे। गाड़ीवानों के गीत गूँजते रहते थे, पहियों की चरमराहट, घन्टियों की झन्कार सुनाई देती थी...

कपास के गोदामों में मैत्रीपूर्ण व बुद्धिमत्तापूर्ण श्रम से उत्पन्न कपास के पहाड़ निरन्तर ऊँचे होते जा रहे थे।

आयक़ीज़ को टेकरी से वे प्रत्येक पाँच-छह सौ टन के कपास के कोकताऊ जितने ऊँचे और उसकी हिमाच्छादित शिखरों जैसी सफ़ेद भीमकाय टालें दिखाई दे रही थीं।

आयक़ीज़ मन्त्रमुग्ध-सी खड़ी रही। गरम हवा के झोंके उसके छींट के साधारण कुरते की सलवटों, चोटियों को ढक नहीं रहे हल्के रूमाल और फूल की पंखुड़ियों को, जिसे उसने सफ़ेद जाकेट पर लगा लिया था, हिला रहे थे।

उसकी उमंग भरी तंद्रा को आलिमजान ने भंग किया। उसने जुराबायेव के पास आकर उससे हाथ मिलाया और किन्चित् उलाहना भरी, चिन्ता व स्नेहमिश्रित दृष्टि पत्नी पर डालीः उसे लगा कि आयक़ीज़ अपना ख़याल नहीं रखती है, आराम कम करती है, अपने को हद से ज़्यादा थका लेती है...

"क्या हाल हैं, अध्यक्ष ?" जुराबायेव ने पूछा। "क्या खुशख़बरी सुनाओगे ?"

"चुनने का काम पूरा होने जा रहा है, कामरेड जुराबायेव। अपनी प्रतिज्ञाएँ हम

पूरी कर लेंगे !"

"शाबाश ! इसका मतलब है कि सुलतानोव और उसके दोस्त बेकार ही हल्ला मचा रहे थेः आधी छोड़ सारी हो धाये, आधी रहे न सारी पाए। लेकिन लोग उनसे कहीं चतुर और साहसी सिद्ध हुए हैं !"

"हम इससे बेहतर फ़सल उगा सकते थे..." आयक़ीज़ ने कहा।

"सच, कामरेड जुराबायेव !" आलिमजान ने समर्थन किया। "अगर हमारे काम में रोड़े न अटकाए जाते, तो हम इससे ज़्यादा कपास पैदा कर सकते थे। मुल्ला-सुलैमान के खेत में बहुत सारी कपास बरबाद हो गई, मुरातअली के खेत में भी कुछ फूल झड़ गए। हमें न तो आँधी ने परेशान किया, न श्रमशक्ति की कमी ने, न और किसी मुश्किल ने, परेशान किया उन लोगों ने, जो इन परेशानियों की दुहाई देकर हमें डरा रहे थे।"

मनगढंत मुश्किलें पैदा करके परेशान कर रहे थे !" जुराबायेव ने भी बोलना शुरू कर दिया। "पहले तो हमसे बहस करते रहे, और फिर जान-बूझकर रोड़े अटकाने लगे। इसका भी अपना तर्क है। अगर कट्टर और रूढ़िवादी किसी नए काम का विरोध करता है, तो उसके लिए षड़यन्त्रों की सहायता लेना ज़रूरी हो जाता है। आख़िर वह हमारी वास्तविकता के नियमों का मुक़ाबला और कर ही कैसे सकता है ? जो नए जीवन के लिए संघर्ष करता है, वह सार्वजनिक हित का ख़याल रखता है ! जिसे नया काम पसन्द नहीं होता, जिसे उसमें अपनी शान्ति के लिए ख़तरा नज़र आता है, वह केवल अपनी और किसी न किसी तरह अपने विशेषाधिकारों को सुरक्षित रखने की ही सोचता रहता है। जब शान्त जीवन का ऐसा प्रेमी किसी दुःसाहसपूर्ण योजना के विरुद्ध संघर्ष छेड़ता है, तो वह नहीं सोचता—कहीं वह लोगों के अपने खुशक़िस्मती के लिए संघर्ष में बाधा तो नहीं डाल रहा है ? वह साधनों के बारे में चिन्ता नहीं करता, जनता पर आई विपत्ति तक का लाभ उठाने को तैयार रहता है, उससे उसे फ़ायदा होता है। अगर आँधी सारी कपास चौपट कर देती, तो हमारी योजना के विरोधी खुशी से उछलने लगतेः 'अहा, देख लिया ना नतीजा। तुम हो ही इसी लायक़।' आदमी एक क्षण के लिए भी जनता के और उसके हितों को भूलने पर, हमारे कार्य के लक्ष्य को भूलने पर, यह भूलने पर कि हम किसके लिए, किसकी ख़ातिर जीते हैं, काम करते हैं, संघर्ष करते हैं, गिर कर कहाँ पहुँच जाता है ! क्या कहा, मुरातअली के यहाँ भी कपास बरबाद हो गई ?"

"उनके यहाँ नुक़सान मामूली हुआ है," आयक़ीज़ ने कहा, "लेकिन यह सारा क़िस्सा कुछ अजीब-सा लगता है...आपको याद है, आपने मुझसे अलीकुल के बारे में पूछा था ?"

"कुछ याद नहीं आ रहा है...लेकिन उसका इससे क्या वास्ता ?"

"मुरातअली ने अपने कल्पित शत्रुओं के विरोध करने के बावजूद ग़फ़ूर को टोली-नायक बना दिया था। मुरातअली के कहे अनुसार अलीकुल ने इस नियुक्ति का समर्थन किया था। लेकिन इस बारे में जब मैंने खुद अलीकुल से पूछा, तो उसने इससे साफ़ इनकार कर दिया।"

"सचमुच, बड़ी अजीब बात है। बस बारे में तो तुम्हारा क्या ख़याल है ?"

"मुझे मुरातअली पर विश्वास है। उनका मिज़ाज ज़रा टेढ़ा है, पर वह आदमी ईमानदार है। वह अलीक़ुल पर लांछन नहीं लगा सकता था।"

"यानी अलीक़ुल चालबाज़ी कर रहा है ?"

"कह नहीं सकती...कुछ दिनों से मैं उस पर नज़र रखे हुए हूँ।"

"देखो, कहीं ज़रूरत से ज़्यादा विश्वासप्रवण होने के कारण ज़रूरत से ज़्यादा सन्देह न करने लगो। हो सकता है वह ग़फ़ूर के मामले में धोखा खा गया हो और अपनी ग़लती मानने का साहस नहीं कर पा रहा हो। बेशक इससे वह किसी तरह दोषमुक्त नहीं हो जाताः क्योंकि इस ग़लती से ही सामूहिक फ़ार्म को काफ़ी हानि उठानी पड़ी है। हर ग़लती, हर लापरवाही के परिणामस्वरूप काफ़ी आर्थिक हानि होती है। अगर सामूहिक फ़ार्म के स्वामी अच्छे नहीं हैं, तो सामूहिक किसान को अपनी मेहनत का पूरा फल नहीं मिलता, सरकार को नुक़सान उठाना पड़ता है। कोई बेवक़ूफ़ अधिकारी कामचोर को या बदमाश को काम सौंपता है, तो भी भुगतना जनता और सरकार को ही पड़ता है। केवल योजना पूरी करने की चिन्ता करते हुए अगर किसी कारख़ाने का निदेशक किसी विवेकपूर्ण सुझाव को खटाई में डाल देता है, तो इस तरह वह सरकार को होनेवाली अतिरिक्त आय को गँवा देता है। अगर कोई बातूनी अपने बेसिरपैर का भाषण देकर लोगों का ध्यान बँटा देता है, तो इसका मतलब है, वह उनका समय बरबाद करता है, वास्तविक सुख-सुविधाओं की वस्तुओं के उत्पादन में बाधा डालता है। गँवाए गए अवसर, तिस पर इन अवसरों का समय पर लाभ नहीं उठाया जाए तो—यह भी अपव्यय है। अगर तुम आज कुछ लाभदायक काम कर सकते थे, पर तुमने नहीं किया,—इसका मतलब है कि सामूहिक किसान अपने लिए मोटरसाइकिल कल नहीं, बल्कि देर से ख़रीद पाएगा, कामगार का वेतन नहीं बढ़ेगा। हम कहते हैं : यह आदमी ढंग से काम नहीं करता...लेकिन इस तरह वह ख़ुद, शायद अनचाहे ही, पर वास्तव में, जनता को लूटता है ! काश, सभी इस बारे में सोच सकें...वैसे, लगता है, मैं ख़ुद भी तुम्हारा बहुमूल्य समय बरबाद कर रहा हूँ। तुम इस वक़्त कहाँ जा रहे हो, आलिमजान ?"

"कपास चुननेवाली मशीनों के काम की जाँच करना चाहता हूँ। सामूहिक किसान अभी उनके आदी नहीं हो पाए हैं। उन्हें मशीनरी की श्रेष्ठता का क़ायल करना चाहिए ! दिल दुखता है, जब किसानों को झुककर कपास चुनते देखता हूँ..."

"तुम्हारी बात समझता हूँ, आलिमजान। मुझे तो आजकल सपने में भी मशीनें दिखाई देती हैं। तुम्हें कोई ज़रूरी काम तो नहीं है, आयक़ीज़ ? चलकर नया गाँव न देख लें ?"

"अपने गाँव की तारीफ़ करने की ख़ातिर तो यह सारी दुनिया छोड़कर जाने को तैयार रहती है," आलिमजान हँस पड़ा। "मैं खाना खेत-कैम्प में खाऊँगा, आयक़ीज़। वहाँ आ जाना...अपने साथ कामरेड जुराबायेव को भी लेती आना, साथ खाना खाएँगे।"

जुराबायेव और आयक़ीज़ नई बस्ती के लिए रवाना हो गए।

ज़िला समिति का सचिव चौड़ी, सीधी और दोनों किनारों पर पेड़ लगे रास्ते से जा रहा था। वह कुतूहलवश नए, मज़बूत आरामदेह, पत्थर की नींव और उजली स्लेट की छतोंवाले घरों पर नज़र डालता जा रहा था। दीवारों पर सफ़ेदी की हुई थी, हर घर के पास बिजली का खम्भा था—बस्ती का विद्युतीकरण हो चुका था।

''किसी के घर में झाँक लें ?''

''सब काम पर हैं, कामरेड जुराबायेव।''

''लेकिन यह बाग़ में कौन खटर-पटर कर रहा है ?''

''मुरातअली हैं। वह देर तक अड़े रहे थे, लेकिन अब ख़ाली वक़्त मिलते ही घर लौट आते हैं, क्योंकि घर अब नज़दीक है। इसे सुधारने में लगे रहते हैं। उनके पास चलते हैं।''

मुरातअली अकेला नहीं था। उसने आज हलीम-बाबा को अपने यहाँ बुलाया था। दरमियाने क़द, सँकरे कन्धोंवाला बाग़बान नए बूट और खुला सफ़ेद चोग़ा पहने हुए था और मुरातअली द्वारा एक दिन पहले खोदे गए गड्ढों में पौधे रोप रहा था, जबकि गृहस्वामी नाली पर झुका कुछ धो रहा था।

''कभी थकान न हो !'' जुराबायेव ने कहा।

''कभी थकान न हो !'' आयक़ीज़ ने कहा।

वृद्धों ने चोग़ों के पल्लों से हाथ पोंछे और आगन्तुकों के पास आकर उनसे बाअदब दुआ-सलाम की।

''नई जगह में कैसी कट रही है, मुरातअली-अमाकी ?'' आयक़ीज़ ने पूछा।

''शुक्रिया, बेटी। देखो, अब मेरे यहाँ खूबानी के कितने पेड़ हो गए हैं। यहाँ की मिट्टी अच्छी है, पानी बहुत है। 'तुम्हारा खूबानी का पेड़ सौ बरस फले-फूले,' मेरे अब्बा मुझसे कहते थे। और मैं खुद भी, बेटी, सौ बरस जीना चाहता हूँ...कम्युनिज़्म देखना चाहता हूँ !''

''ज़रूर देख लेंगे, मुरातअली-अमाकी !''

''देख लूँगा,'' मुरातअली ने सहमति व्यक्त ही। ''अगर यही रफ़्तार रही, तो इसी साल में देख लूँगा ! अफ़सोस, तुम्हारे अब्बा खुशी के ये दिन देखने तक न जी सके...''

आयक़ीज़ की आँखें धुँधला गईं। जुराबायेव ने मुरातअली से पूछा।

''आप वहाँ क्या धो रहे थे, टोली-नायक ?''

''बाप रे बाप, यह तो सन्दाल है !'' आयक़ीज़ साश्चर्य कह उठी। ''इसे आप नए घर में किसलिए उठा लाए, मुरातअली-अमाकी ? आपके यहाँ अँगीठी तो है।''

नाली के किनारे पर वास्तव में धूल भरा, कालिख लगा और शायद बरसों स्वामी की सेवा करनेवाला सन्दाल रखा था। मुरातअली ने हठपूर्वक कहा :

''मुझे सीख देने के लिए तुम अभी छोटी हो, बेटी। अँगीठी अँगीठी ही होती है, लेकिन बूढ़े बिना सन्दाल के बिलकुल नहीं रह सकते।''

आयक़ीज़ को हँसी भी आई और दुःख भी हुआ...

अभी कुछ समय पूर्व उसकी आँखों के आगे निस्सीम स्तेपी फैली हुई थी। जब वह निस्सीम विस्तार को देख रही थी, उसे लग रहा था जैसे वह भविष्य में झाँक रही हो। मुरातअली ने ठीक कहाः उन्होंने इस वर्ष भविष्य और कम्युनिज़्म की ओर एक लम्बा और ठोस क़दम उठाया है ! पर इसी मुरातअली ने अपने आनेवाले कल में अपने साथ पुराने ज़माने की निशानी–सन्दाल को लेकर पदार्पण करने का निश्चय किया है !

अछूती धरती कृषि योग्य बनाई जा चुकी है, किन्तु संघर्ष समाप्त नहीं हुआ है, आयक़ीज़ !...तुम्हें और तुम्हारे मित्रों को अभी तुम्हारे कुछ गाँववालों के आत्मारूपी खेतों को दुबारा जोतना और उनकी निराई करना बाक़ी है। तुम्हें आगे बहुत से कठिन कार्य करने हैं ! लेकिन क्या तुम्हें कठिनाइयों से डरना चाहिए, आयक़ीज़ ? तुम्हारे साथ तुम्हारे हज़ारों, लाखों विश्वसनीय सहयोगी हैं। तुम यह जानती हो, इसी कारण इतनी स्फूर्त्तिमान हो और सफलता के बारे में इतनी आश्वस्त हो। तुम्हें आनेवाले दिनों और दूर भविष्य में नई योजनाएँ व उपलब्धियाँ, संघर्ष व विजय दृष्टिगोचर हो रहे हैं...

कभी थकान न हो, प्रिय मित्रो !

1953–1958

●●●